La hermana luna

Lucinda Riley (1965-2021) fue actriz de cine y teatro durante su juventud y escribió su primer libro a los veinticuatro años. Sus novelas han sido traducidas a treinta y siete idiomas y se han vendido más de treinta millones de ejemplares en todo el mundo. La saga Las Siete Hermanas, que cuenta la historia de varias hermanas adoptadas y está inspirada en los mitos en torno a la famosa constelación del mismo nombre, se ha convertido en un fenómeno global y en la actualidad hay un proyecto en marcha para convertirla en serie de televisión. Sus libros han sido nominados a numerosos galardones, incluido el premio Bancarella, en Italia; el premio Lovely Books, en Alemania, y el Premio a la Novela Romántica del Año, en el Reino Unido. En colaboración con su hijo Harry Whittaker, también creó y escribió una serie de libros infantiles titulada The Guardian Angels. Aunque crio a sus hijos principalmente en Norfolk, Inglaterra, en 2015 Lucinda cumplió su sueño de comprar una remota granja en West Cork, Irlanda, el lugar que siempre consideró su hogar espiritual y donde escribió sus últimos cinco libros.

Para más información, puedes visitar:
esp.lucindariley.co.uk
 Lucinda Riley
 @lucindariley

Biblioteca

LUCINDA RILEY

La hermana luna
La historia de Tiggy

Traducción de
Matuca Fernández de Villavicencio
y **Ana Isabel Sánchez Díez**

DEBOLS!LLO

Papel certificado por el Forest Stewardship Council'

Título original: *The Moon Sister*

Primera edición en Debolsillo: marzo de 2020
Novena reimpresión: octubre de 2021

THE MOON SISTER (Book 5)
Copyright © 2018, Lucinda Riley
© 2018, 2020, Penguin Random House Grupo Editorial, S. A. U.
Travessera de Gràcia, 47-49. 08021 Barcelona
© 2018, Matuca Fernández de Villavicencio y
Ana Isabel Sánchez Díez, por la traducción
Diseño de la cubierta: Penguin Random House Grupo Editorial / Yolanda Artola
Fotografías de la cubierta: © Ildiko Neer / Trevillion y © Jeangill / Getty Images

Penguin Random House Grupo Editorial apoya la protección del *copyright*.
El *copyright* estimula la creatividad, defiende la diversidad en el ámbito de las ideas
y el conocimiento, promueve la libre expresión y favorece una cultura viva.
Gracias por comprar una edición autorizada de este libro y por respetar las leyes del *copyright*
al no reproducir, escanear ni distribuir ninguna parte de esta obra por ningún medio sin permiso.
Al hacerlo está respaldando a los autores y permitiendo que PRHGE continúe publicando libros
para todos los lectores. Diríjase a CEDRO (Centro Español de Derechos Reprográficos,
http://www.cedro.org) si necesita fotocopiar o escanear algún fragmento de esta obra.

Printed in Spain – Impreso en España

ISBN: 978-84-663-5111-9
Depósito legal: B-455-2020

Compuesto en M. I. Maquetación, S. L.

Impreso en Novoprint
Sant Andreu de la Barca (Barcelona)

P 3 5 1 1 1 B

Para Jacquelyn,
amiga, ayudante y hermana en otra vida

Sé el cambio que deseas ver en el mundo.

MAHATMA GANDHI

Querido lector:

Bienvenido a la historia de Tiggy. Según las leyendas de las Siete Hermanas, Taygeta es la quinta hija de Atlas y Pléyone, a la que Zeus convirtió en una cierva con los cuernos dorados y persiguió sin descanso.

Cuando me planteé escribir una saga basada en las Siete Hermanas de las Pléyades, no tenía ni idea de adónde me conduciría. Me atraía el hecho de que cada una de las hermanas mitológicas fuera una mujer fuerte y única. Se dice que fueron las Siete Madres que sembraron nuestra tierra, y no cabe duda de que, a juzgar por sus historias, ¡todas fueron muy fértiles! Además, quería rendir homenaje a los logros de las mujeres, sobre todo a las del pasado, puesto que entonces era habitual que sus contribuciones a convertir este mundo en el lugar que es ahora se vieran eclipsadas por los logros de los hombres, mucho más documentados.

La definición de «feminismo», no obstante, es igualdad, no dominación, y las mujeres sobre las que escribo, tanto las del presente como las del pasado, aceptan que quieren y necesitan amor en su vida. La serie de Las Siete Hermanas celebra sin reservas la interminable búsqueda del amor, pero no necesariamente con el objetivo tradicional de casarse y tener hijos, y explora las devastadoras consecuencias que se derivan para nosotros de su pérdida.

Mientras recorro el mundo siguiendo los pasos de mis personajes femeninos, tanto reales como ficticios, para investigar sus historias, me impresionan la tenacidad y el coraje de las generaciones de mujeres que me han precedido y me dan constantes lecciones de humildad. Tanto las que lucharon contra los numerosos prejuicios sexuales y raciales de tiempos pasados como las que perdieron a sus seres queridos a causa de los estragos de la guerra o la enfermedad, o construyeron una vida en el extremo opuesto del mundo, esas mujeres nos allanaron el camino para que gozáramos de la libertad de pensamiento y acción que disfrutamos hoy... y que tan a menudo damos por sentada. Nunca olvido que esa libertad la conquistaron miles de generaciones de extraordinarias mujeres que tal vez se retrotraigan hasta las mismísimas Siete Hermanas.

Espero que disfrutes del viaje de Tiggy; es la más espiritual de las hermanas, dulce, bondadosa y sumamente feliz cuando se encuentra en plena naturaleza. Sin embargo, debe enfrentarse a serios desafíos mientras descubre su verdadera identidad y cuál es el legado que le han transmitido sus antepasados.

Lucinda
x

Listado de personajes

ATLANTIS

Pa Salt – padre adoptivo de las hermanas (fallecido)
Marina (Ma) – tutora de las hermanas
Claudia – ama de llaves de Atlantis
Georg Hoffman – abogado de Pa Salt
Christian – patrón del yate

LAS HERMANAS D'APLIÈSE

Maia
Ally (Alción)
Star (Astérope)
CeCe (Celeno)
Tiggy (Taygeta)
Electra
Mérope (ausente)

Tiggy

Inverness, Escocia

Noviembre de 2007

Erizo europeo
(Erinaceus europaeus)
Hotchiwitchi, en la lengua romaní británica

1

Recuerdo con exactitud dónde me encontraba y qué estaba haciendo cuando me enteré de que mi padre había muerto.

—Yo también recuerdo dónde me encontraba cuando me pasó a mí. —Charlie Kinnaird clavó en mí aquella penetrante mirada de ojos azules—. Bueno, ¿dónde estabas?

—En la reserva natural de Margaret, recogiendo caca de ciervo con una pala. Ojalá me hubiera pillado en un escenario mejor, pero no fue así. En realidad no importa. Aunque...

Tragué saliva con dificultad y me pregunté cómo demonios era posible que aquella conversación —o, mejor dicho, entrevista— se hubiera desviado hacia la muerte de Pa Salt. En aquel momento, estaba sentada en la sofocante cafetería de un hospital delante del doctor Charlie Kinnaird. Desde el instante en que entró, me había percatado de que aquel hombre llamaba la atención con su mera presencia. No era solo que resultara asombrosamente atractivo gracias a aquella constitución esbelta y elegante, al traje gris de buena confección y al cabello ondulado de color caoba oscuro; poseía, además, un aire de autoridad natural. Varios miembros del personal del hospital que estaban sentados a mi alrededor habían descuidado sus cafés para levantar la mirada y dedicarle un saludo respetuoso cuando pasó junto a ellos. En cuanto llegó a mi lado y me tendió la mano para presentarse, una levísima descarga eléctrica me recorrió de arriba abajo. Después, cuando se sentó delante de mí, me fijé en aquellos dedos largos que jugueteaban sin parar con el busca que sujetaban, lo cual revelaba cierto nivel de energía nerviosa subyacente.

—¿«Aunque» qué, señorita D'Aplièse? —apuntó Charlie, cuya voz mostraba un suave acento escocés.

Me di cuenta de que era obvio que no estaba dispuesto a dejarme salir del jardín en el que me estaba metiendo yo sola.

—Eh… Es solo que no estoy segura de que Pa esté muerto. Es decir, claro que lo está, porque ha desaparecido y él nunca fingiría su muerte ni nada por el estilo… Sabría cuánto dolor causaría algo así a todas sus hijas… Pero es que lo siento cerca de mí todo el tiempo.

—Si te sirve de consuelo, creo que esa reacción es perfectamente normal —respondió Charlie—. Muchos familiares de fallecidos con los que hablo me dicen que perciben la presencia de sus seres queridos después de que hayan muerto.

—Por supuesto. —Su tono me pareció un tanto condescendiente, aunque debía recordar que estaba hablando con un médico, con alguien que trataba a diario con la muerte y con los seres queridos que esta deja atrás.

—Es curioso, la verdad. —Suspiró, levantó el busca del tablero de la mesa de melamina y empezó a darle vueltas y más vueltas entre las manos—. Como acabo de mencionar, mi padre también murió hace poco, y me asedian lo que solo puedo describir como visiones de pesadilla en las que el hombre, y te estoy hablando de forma literal, ¡se levanta de la tumba!

—¿No estabais unidos, entonces?

—No. Puede que fuera mi padre biológico, pero ahí empezó y acabó nuestra relación. No teníamos nada más en común. Está claro que tú sí estabas apegada al tuyo.

—Sí, aunque lo irónico es que Pa nos adoptó a mis hermanas y a mí cuando éramos bebés, así que no hay ningún tipo de conexión biológica entre nosotros. Sin embargo, no podría haberlo querido más. De verdad, era un hombre increíble.

Charlie esbozó una sonrisa al escuchar mis palabras.

—Bueno, entonces eso sin duda demuestra que la biología no desempeña un papel fundamental en si nos llevamos bien o no con nuestros padres. Es una lotería, ¿no te parece?

—Lo cierto es que no creo que lo sea —repliqué tras decidir que solo podía ser yo misma, incluso en una entrevista de trabajo—. Creo que nos entregan los unos a los otros por una razón, tanto si tenemos lazos de sangre como si no.

—¿Quieres decir que todo está predestinado? —Enarcó una ceja cínica.

—Sí, pero sé que la mayor parte de las personas no estarían de acuerdo conmigo.

—Yo entre ellas, me temo. Como cirujano cardiovascular, debo tratar a diario con el corazón, un órgano que todos identificamos con las emociones y el alma. Por desgracia, yo me he visto forzado a verlo como una masa de músculos... que encima falla a menudo. Me he formado para ver el mundo de un modo estrictamente científico.

—Creo que hay lugar para la espiritualidad en la ciencia —contraataqué—. Yo también he recibido una formación científica rigurosa, pero hay demasiadas cosas que la ciencia no ha explicado todavía.

—Tienes razón, aunque... —Charlie echó un vistazo a su reloj de muñeca—. Parece que nos hemos desviado por completo del tema que nos ocupaba, y tengo que estar de vuelta en la clínica dentro de quince minutos. Así que, perdóname por volver a los negocios, pero ¿qué te ha contado Margaret sobre la finca Kinnaird?

—Que son más de dieciséis mil hectáreas de monte y que estás buscando a alguien que conozca a los animales autóctonos que podrían habitarla, en concreto los gatos monteses.

—Sí. Con la muerte de mi padre, heredaré la finca Kinnaird. Él la utilizó como patio de recreo personal durante años; cazó, pescó, practicó el tiro y dejó secas las destilerías de la zona sin pensar ni por un momento en la ecología de la finca. Para ser justos, no es del todo culpa suya: a lo largo del último siglo, su padre y numerosos antepasados varones antes que él aceptaron de buen grado el dinero de los tratantes de madera de los astilleros. Se cruzaron de brazos y se quedaron mirando mientras se deforestaban enormes extensiones de bosques de pino caledonio. En aquella época no sabían hacerlo mejor, pero en estos tiempos, cuando disponemos de tanta información, sí. Soy consciente de que será imposible revertir la situación por completo, al menos mientras yo viva, pero estoy ansioso por iniciar el proceso. Tengo al mejor encargado de fincas de todas las Highlands, será él quien dirija el proyecto de reforestación. También hemos arreglado el pabellón de caza donde vivía mi padre, así que podemos alquilarlo a gente que quiera respirar el aire fresco de las Highlands y a alguna partida de caza organizada.

—Muy bien —contesté al tiempo que intentaba reprimir un escalofrío.

—Está claro que no apruebas que maten animales.

—No puedo estar de acuerdo con la muerte innecesaria de animales inocentes, no. Pero sí comprendo por qué tiene que suceder —añadí a toda prisa.

A fin de cuentas, me dije, estaba solicitando un empleo en una finca de las Highlands, donde matar ciervos era una práctica no solo habitual, sino obligatoria por ley.

—Con tus antecedentes, estoy seguro de que sabes que el hombre ha destruido todo el equilibrio natural de Escocia. No quedan depredadores naturales, como lobos u osos, que mantengan bajo control la población de ciervos. Hoy en día esa tarea recae sobre nosotros. Al menos podemos llevarla a cabo con la mayor humanidad posible.

—Lo sé, aunque debo ser del todo honesta y decirte que jamás sería capaz de participar en una cacería. Estoy acostumbrada a proteger a los animales, no a matarlos.

—Entiendo tu postura. He echado una ojeada a tu currículum y resulta impresionante. Además de licenciarte con matrícula de honor en zoología, ¿te especializaste en conservación?

—Sí, la vertiente técnica de mi carrera, la anatomía, la biología, la genética, las pautas conductuales de los animales autóctonos, etcétera, me resultó de gran valor. Trabajé en el departamento de investigación del zoo de Servion durante una temporada, pero no tardé en darme cuenta de que me interesaba hacer algo más activo para ayudar a los animales, en lugar de limitarme a estudiarlos desde la distancia y analizar su ADN en una placa de Petri. Es… bueno, es que siento una empatía natural hacia ellos cuando nos encontramos cara a cara y, aunque no poseo formación en veterinaria, tengo buena mano para curarlos cuando están enfermos. —Me encogí de hombros con timidez, abochornada por presumir así de mis habilidades.

—Desde luego, Margaret alabó mucho tus destrezas. Me dijo que has estado cuidando de los gatos monteses de su reserva.

—Sí, me he encargado de sus necesidades del día a día, pero la verdadera experta es Margaret. Teníamos la esperanza de que los gatos se aparearan esta temporada como parte del programa de resilvestración, aunque ahora que la reserva va a cerrar y que a los animales se los va a buscar un nuevo hogar, lo más probable es que no ocurra. Los gatos monteses son muy temperamentales.

—Eso me dice Cal, el encargado de la finca. No está nada contento con la adopción de los gatos, pero son autóctonos de Escocia y muy escasos, así que siento que es nuestro deber hacer lo que podamos por salvar esa especie. Y Margaret cree que, si hay alguien capaz de ayudar a los gatos a adaptarse al cambio de hábitat, eres tú. Por lo tanto, ¿te interesa subir con ellos a Kinnaird durante unas semanas para acomodarlos?

—Sí, aunque los gatos monteses no constituirían por sí mismos un trabajo a tiempo completo una vez que estén instalados. ¿Hay alguna tarea más que pueda desempeñar?

—Si te soy sincero, Tiggy, hasta el momento no he tenido muchas oportunidades de pensar con detalle en los planes futuros para la finca. Entre el trabajo y, desde que falleció mi padre, tratar de resolver la validación testamentaria, me he visto desbordado. Pero mientras estés con nosotros, me encantaría que pudieras estudiar el terreno y evaluar su idoneidad para otras especies autóctonas. He estado pensando en introducir ardillas rojas y liebres de montaña nativas. También estoy investigando la idoneidad del jabalí y el alce, además de la posibilidad de repoblar el salmón salvaje en los arroyos y lagos construyendo saltos y esas cosas para estimular el desove. La finca tiene un gran potencial si se dispone de los recursos adecuados.

—Muy bien, todo eso parece interesante —convine—. Pero debo advertirte que los peces no son mi especialidad.

—Por supuesto. Y yo debo advertirte a ti que la realidad financiera implica que solo puedo ofrecerte un salario básico más alojamiento, pero agradecería mucho la ayuda que puedas brindarme. A pesar del gran cariño que tengo a ese lugar, Kinnaird está demostrando ser una empresa difícil que requiere mucho tiempo.

—Ya debías de saber que la finca iría a parar a tus manos algún día, ¿no? —supuse.

—Sí, pero también creía que mi padre era uno de esos personajes que vivirían para siempre. Tanto es así que ni siquiera se molestó en hacer testamento, así que murió intestado. Aunque soy su único heredero y es una formalidad, implica otro montón de papeleo que no necesitaba. De todos modos, todo estará solucionado antes de enero, o eso dice mi abogado.

—¿Cómo murió? —pregunté.

—Es irónico, sufrió un ataque al corazón y me lo trajeron hasta aquí en helicóptero —respondió Charlie con un suspiro—. Para entonces ya nos había dejado, había ascendido al cielo en una nube de vapores de whisky, por lo que reveló la autopsia más tarde.

—Debió de ser difícil para ti —comenté, y solo de pensarlo, esbocé una mueca de dolor.

—Fue un shock, sí.

Me fijé en que agarraba el busca una vez más, un gesto que traicionaba su angustia interior.

—¿No puedes vender la finca si no la quieres?

—¿Venderla después de trescientos años siendo propiedad de los Kinnaird? —Puso los ojos en blanco y soltó una risita—. ¡Todos los fantasmas de la familia me perseguirían de por vida! Y si no por otra razón, tengo que intentar cuidarla al menos por Zara, mi hija. Le encanta ese lugar. Tiene dieciséis años y, si pudiera, dejaría el instituto mañana y se iría a trabajar a Kinnaird a tiempo completo. Le he dicho que primero tiene que completar sus estudios.

—Claro.

Miré a Charlie, sorprendida, y de inmediato cambié mi forma de verlo. En serio, ese hombre ni siquiera parecía lo bastante mayor para tener descendencia, mucho menos una hija de dieciséis años.

—Será una gran laird cuando crezca —continuó Charlie—, pero deseo que antes viva un poco: que vaya a la universidad, viaje por el mundo y se asegure de que lo que quiere de verdad es comprometerse con la finca familiar.

—Yo he sabido lo que quería hacer desde que tenía cuatro años, cuando vi un documental sobre cómo mataban a los elefantes por el marfil. No me tomé un año sabático, fui directamente a la universidad. Y apenas he viajado —me encogí de hombros—, pero no hay nada como aprender en el trabajo.

—Eso es lo que me repite Zara una y otra vez. —Charlie me dedicó una leve sonrisa—. Tengo la sensación de que las dos os llevaréis muy bien. Está claro que lo que debería hacer es renunciar a todo esto… —Abarcó lo que nos rodeaba con un gesto—. Y dedicar mi vida a la finca hasta que Zara pueda hacerse cargo de ella. El problema es que, hasta que la propiedad esté en mejor forma, desde el punto de vista económico, no tiene sentido dejar mi trabajo aquí. Y entre tú y yo, ni siquiera estoy seguro todavía de estar hecho para la vida de terrateniente en el campo. —Volvió a consultar el reloj—. De acuerdo, he de irme, pero si estás interesada, lo mejor es que visites Kinnaird y lo veas con tus propios ojos. Todavía no ha nevado por allí arriba, pero se espera que suceda pronto. Debes ser consciente de que es el lugar más remoto que puedas imaginar.

—Vivo con Margaret en su casita de campo en medio de la nada —le recordé.

—La casita de Margaret es Times Square en comparación con Kinnaird —respondió Charlie—. Te enviaré un mensaje de texto con el número de Cal MacKenzie, el encargado de la finca, y también con el teléfono fijo del pabellón. Si dejas mensajes en ambos, al final escuchará uno u otro y te devolverá la llamada.

—Vale. Yo...

El pitido del busca de Charlie interrumpió mi línea de pensamiento.

—Bueno, ahora sí que tengo que irme de verdad. —Se levantó—. Envíame un correo electrónico si te surge alguna pregunta más y, si me avisas de cuándo vas a subir a Kinnaird, intentaré reunirme allí contigo. Y, por favor, piénsatelo en serio. Te necesito. Gracias por venir, Tiggy. Adiós.

—Adiós —contesté, y luego lo observé mientras se alejaba entre las mesas hacia la salida.

Me sentía extrañamente eufórica, porque había experimentado una verdadera conexión con él. Charlie me resultaba familiar, como si lo conociera desde siempre. Y, dado que creía en la reencarnación, lo más seguro era que, en efecto, lo hubiera conocido. Cerré los ojos un segundo y despejé la mente para tratar de concentrarme en qué emoción se agitaba primero en mi interior cuando pensaba en él, y el resultado me sorprendió. En lugar de llenarme de un resplandor cálido hacia alguien que podría representar la figura paternal de un jefe, fue una parte muy distinta de mí la que reaccionó.

«¡No! —Abrí los ojos y me levanté para marcharme—. Tiene una hija adolescente, lo cual significa que es mucho mayor de lo que parece y que probablemente esté casado», me reprendí mientras caminaba por los pasillos bien iluminados del hospital y salía a la neblinosa tarde de noviembre. El crepúsculo ya había empezado a caer sobre Inverness, a pesar de que eran poco más de las tres de la tarde.

Ya de pie en la cola del autobús que me llevaría a la estación de tren, me estremecí, aunque no sabía si por el frío o por el cosquilleo de la emoción. Lo que sí tenía claro era que estaba instintivamente interesada en el trabajo, aunque fuera temporal. Así que saqué el móvil, encontré el número de Cal MacKenzie que Charlie acababa de enviarme y lo marqué.

—Entonces —me dijo Margaret esa noche cuando nos acomodamos para tomar nuestra habitual taza de chocolate frente al fuego— ¿cómo ha ido?

—Subiré a ver la finca Kinnaird el jueves.

—Bien. —Los brillantes ojos azules de Margaret destellaron como rayos láser en su rostro arrugado—. ¿Qué te ha parecido el laird, o el lord, como dirían en Inglaterra?

—Ha sido muy… amable. Sí, eso es —conseguí responder—. No era para nada lo que me esperaba —añadí con la esperanza de no estar poniéndome roja—. Creí que sería mucho mayor. Es posible que sin pelo y con una panza enorme de beber demasiado whisky.

—Sí. —Rio como si me hubiera leído la mente—. Es agradable a la vista, eso está claro. Conozco a Charlie desde que era un niño; mi padre trabajaba para su abuelo en Kinnaird. Era un joven encantador, aunque todos supimos que estaba cometiendo un error cuando se casó con esa esposa suya. Además, era demasiado joven todavía. —Margaret puso los ojos en blanco—. Su hija, Zara, es muy dulce, aunque, ojo, también un poco salvaje. Pero es que no ha tenido una infancia fácil. Bueno, cuéntame qué más te ha dicho Charlie.

—Aparte de cuidar de los gatos, quiere que investigue razas autóctonas que puedan introducirse en la finca. Para serte sincera, no me ha parecido muy… organizado. Creo que sería solo un trabajo temporal, hasta que los gatos se aclimatasen.

—Bueno, aunque sea poco tiempo, vivir y trabajar en una finca como Kinnaird te enseñará mucho. A lo mejor allí comienzas a asimilar que no puedes salvar a todas y cada una de las criaturas que estén a tu cargo. Y eso también va por los casos perdidos de la especie humana —añadió con una sonrisa irónica—. Tienes que aprender a aceptar que los animales y los humanos deben seguir su propio destino. Solo puedes hacerlo lo mejor que te sea posible, nada más.

—Nunca seré lo bastante dura para soportar el sufrimiento de un animal, Margaret. Ya lo sabes.

—Cierto, querida, y eso es lo que te hace especial. Eres una chiquilla minúscula con un corazón enorme, pero ten cuidado de no extenuarlo con tantas emociones.

—Bueno, ¿cómo es el tal Cal MacKenzie?

—Uy, al principio parece un poco brusco, pero bajo esa apariencia es un tesoro. Lleva esa finca en la sangre, así que aprenderías mucho de él. Además, si no aceptas ese trabajo, ¿adónde irás? Ya sabes que tanto los animales como yo nos habremos marchado de aquí antes de Navidad.

Debido a la gravedad de su artritis, Margaret por fin iba a mudarse a la ciudad de Tain, a cuarenta y cinco minutos en coche de la casa de campo húmeda y desvencijada en la que estábamos sentadas en aquellos instantes. A orillas del estuario de Dornoch, sus ocho hectáreas de terreno, situado en la ladera de una montaña, habían albergado a Margaret y su variopinto grupo de animales durante los últimos cuarenta años.

—¿No te da pena marcharte? —volví a preguntarle—. Si yo fuera tú, estaría llorando a lágrima viva día y noche.

—Por supuesto que sí, Tiggy, pero, como he tratado de enseñarte, todo lo bueno debe tener un final. Y, si Dios quiere, comenzarán cosas nuevas y mejores. No tiene sentido lamentar lo que fue, solo debes aceptar lo que será. Hace mucho tiempo que sabía que esto llegaría y, gracias a tu ayuda, he conseguido quedarme un año más aquí. Además, mi nuevo bungalow cuenta con radiadores que puedo encender cuando quiera, ¡y la señal de televisión siempre funciona!

Me dedicó una carcajada y una gran sonrisa, aunque yo, que me enorgullecía de ser intuitiva por naturaleza, no supe si de verdad estaba ilusionada por el futuro o si solo intentaba parecer valiente. Fuera lo que fuese, me puse en pie y fui a abrazarla.

—Creo que eres increíble, Margaret. Los animales y tú me habéis enseñado muchas cosas. Os echaré muchísimo de menos.

—Sí, bueno, no me extrañarás tanto si aceptas el trabajo en Kinnaird. Estoy en el valle, a tiro de piedra, y disponible para aconsejarte sobre los gatos si lo necesitas. Y tendrás que visitar a Dennis, Guinness y Button, o ellos también te echarán de menos.

Bajé la mirada a las tres criaturas escuálidas que descansaban delante del fuego: un anciano gato naranja con tres patas y dos perros viejos. Cuando eran jóvenes, Margaret los había cuidado a todos hasta que recuperaron la salud.

—Subiré a ver Kinnaird y luego tomaré una decisión. De lo contrario, volveré a Atlantis en Navidad y me replantearé las cosas. Bueno, ¿te ayudo a acostarte antes de subir?

Era una pregunta que le hacía a Margaret todas las noches y que ella contestaba con su habitual respuesta orgullosa:

—No, me quedaré otro rato sentada junto al fuego, Tiggy.

—Dulces sueños, mi querida Margaret.

Le di un beso en la mejilla apergaminada y después subí por la estrecha y desnivelada escalera hasta mi habitación. Mi dormitorio había sido el de Margaret hasta que incluso ella se dio cuenta de que subir esos escalones todas las noches era demasiado peligroso. Así pues, habíamos bajado su cama al comedor, y tal vez fuese una bendición que nunca hubiera dispuesto de los fondos necesarios para trasladar el baño al piso de arriba, porque así continuaba encontrándose en la gélida construcción anexa a la casa, a solo unos metros de la habitación que Margaret utilizaba entonces como dormitorio.

Mientras seguía mi rutina habitual de quitarme toda la ropa de día para luego ponerme capas y más capas de ropa de noche antes de meterme entre las sábanas heladas, me reconfortó pensar que mi decisión de trasladarme allí, a la reserva, había sido la correcta. Tal como había explicado a Charlie Kinnaird, al cabo de seis meses en el departamento de investigación del zoo de Servion de Lausana, me había dado cuenta de que quería cuidar y proteger a los animales con mis propias manos. Así que contesté a un anuncio que había visto en línea y me mudé a una maltrecha casita de campo junto a un lago para ayudar a una anciana artrítica en su reserva natural.

«Confía en tu instinto, Tiggy, nunca te defraudará.»

Era lo que Pa Salt me había dicho muchas veces.

«La vida es intuición con un toque de lógica. Si aprendes a usar ambas cosas en su justa medida, lo normal es que cualquier decisión que tomes sea correcta», había añadido un día que nos plantamos juntos en su jardín privado de Atlantis para contemplar la luna llena que se alzaba sobre el lago de Ginebra.

Recordé que había estado contándole que mi sueño era ir a África algún día y trabajar con sus increíbles criaturas en su hábitat natural, en lugar de entre rejas.

Esa noche, mientras colocaba los dedos de los pies encogidos en un trozo de la cama que había calentado con las rodillas, me di cuenta de lo lejos que me sentía de cumplir mi sueño. Desde luego, encargarme de cuatro gatos monteses escoceses no era jugar en primera división.

Apagué la luz y me quedé allí tumbada, pensando en cómo se metían conmigo todas mis hermanas por ser la sensible y la espiritual de la familia. La verdad es que no podía echárselo en cara, porque cuando era una niña todavía no entendía que era «diferente», así que me limitaba a hablar de las cosas que veía o sentía. Una vez, cuando era muy pequeña, le dije a mi hermana CeCe que no debía trepar a su árbol favorito porque la había visto caerse de las ramas. Ella se rio de mí, aunque no con crueldad, y me dijo que lo había escalado cientos de veces y que me estaba comportando como una idiota. Al cabo de media hora, cuando se cayó, CeCe fue incapaz de mirarme, avergonzada por el hecho de que mi profecía se hubiera cumplido. Desde entonces yo había aprendido que era mejor mantener la boca cerrada cuando «sabía» cosas. Como en ese momento, cuando «sabía» que Pa Salt no estaba muerto…

De haberlo estado, habría reconocido el instante en que su alma abandonó la tierra. Sin embargo, no había sentido nada, solo la absoluta conmoción por la noticia cuando recibí la llamada de mi hermana Maia. Me pilló desprevenida por completo; no había percibido ningún «aviso» de que iba a ocurrir algo malo. Por lo tanto, o mi cableado espiritual estaba defectuoso o me encontraba en estado de negación porque no soportaba aceptar la verdad.

Mis pensamientos viraron de pronto hacia Charlie Kinnaird y la extraña entrevista de trabajo que había mantenido con él aquel día. Se me volvió a encoger el estómago de forma inapropiada al evocar aquellos sorprendentes ojos azules y las manos estilizadas de dedos largos y sensibles que tantas vidas habían salvado…

—¡Dios, Tiggy! Contrólate —murmuré.

Tal vez se debiera solo a que, llevando una vida tan aislada, no podía decirse que los hombres atractivos e inteligentes entraran en tropel por la puerta, precisamente. Además, Charlie Kinnaird debía de ser al menos diez años mayor que yo...

Aun así, pensé mientras cerraba los ojos, estaba deseando visitar la finca Kinnaird.

Tres días más tarde, me bajé del pequeño tren de dos vagones en la estación de Tain y me encaminé hacia un Land Rover desvencijado, el único vehículo que vi ante la entrada principal del diminuto edificio. El hombre que ocupaba el asiento del conductor bajó la ventanilla.

—¿Tiggy? —me preguntó con un marcado acento escocés.

—Sí. ¿Eres Cal MacKenzie?

—El mismo. Sube a bordo.

Y eso hice, aunque no conseguía cerrar la pesada puerta del pasajero detrás de mí.

—Levántala y después pega un portazo —me recomendó Cal—. Este cuatro latas ha tenido días mejores, como la mayoría de las cosas de Kinnaird.

De repente oí un ladrido a mi espalda, me volví y vi a un gigantesco lebrel escocés sentado en el asiento trasero. El perro se adelantó para olisquearme el pelo y luego me dio un lametón áspero en la cara.

—¡Eh, Cardo, abajo, muchacho! —ordenó Cal.

—No importa —dije, y estiré las manos para rascar a Cardo detrás de las orejas—, me encantan los perros.

—Sí, pero no vayas a empezar a mimarlo, es un perro de trabajo. Bien, nos vamos.

Tras unos cuantos intentos fallidos, Cal logró poner el motor en marcha y cruzamos Tain, un pueblo pequeño, construido con adusta pizarra gris, que proporcionaba servicio a una gran comunidad rural y albergaba el único supermercado decente de la zona. La extensión urbana desapareció enseguida y continuamos circulando por una carretera serpenteante, entre colinas de pendientes suaves, cubiertas de brezo y salpicadas de pinos caledonios. Las cimas de los montes estaban envueltas en una espesa niebla gris y, tras tomar una curva, a nuestra derecha apareció un lago. Bajo la llovizna, me recordó a un inmenso charco gris.

Me estremecí a pesar de Cardo, que había decidido apoyar la peluda cabeza gris en mi hombro y calentarme la mejilla con su aliento, y recordé el día que había aterrizado en el aeropuerto de Inverness, hacía casi un año. Había dejado atrás el cielo azul claro de Suiza y la capa fina de la primera nevada de la temporada sobre la cima de las montañas situadas frente a Atlantis, solo para encontrarme en una réplica deprimente del mismo paisaje. Cuando el taxi me llevaba a la casa de campo de Margaret, me pregunté muy en serio qué demonios había hecho. Un año después, tras haber vivido en las Highlands durante las cuatro estaciones, sabía que, cuando llegara la primavera, el brezo haría que las laderas cobraran vida con el púrpura más tenue y que el lago destellaría con un plácido azul bajo el benévolo sol escocés.

Miré con disimulo a mi conductor: un hombre fornido y bien formado con las mejillas coloradas y una rala cabellera pelirroja. Las enormes manos que agarraban el volante eran las de un hombre que las usaba como herramientas: las uñas con tierra incrustada debajo, los dedos cubiertos de arañazos y los nudillos enrojecidos por los rigores del trabajo a la intemperie. Dado que las tareas que desempeñaba Cal resultaban duras desde el punto de vista físico, decidí que debía de ser más joven de lo que parecía y lo situé entre los treinta y los treinta y cinco años.

Como la mayoría de las personas que había conocido en aquella zona, acostumbradas a vivir y trabajar en la tierra y aisladas del resto del mundo, Cal no hablaba mucho.

«Pero es un buen hombre…», me dijo mi voz interior.

—¿Cuánto tiempo llevas trabajando en Kinnaird? —pregunté para romper el silencio.

—Desde que era un crío. Mi padre, mi abuelo, mi bisabuelo y mi tatarabuelo hicieron lo mismo antes que yo. Salí a trabajar con mi padre en cuanto aprendí a andar. Los tiempos han cambiado desde entonces, eso es seguro. Los cambios conllevan sus propios problemas, ojo. A Beryl no le hace ninguna gracia que un puñado de *sassenachs* invada su territorio.

—¿Beryl? —pregunté.

—El ama de llaves del pabellón de Kinnaird. Lleva más de cuarenta años trabajando allí.

—¿Y *sassenachs*?

—Los ingleses; hay un montón de ricos engreídos del otro lado de la frontera que vendrán a pasar el Hogmanay en el pabellón. Y a Beryl no le gusta la idea. Eres la primera huésped desde que lo arreglaron. La esposa del laird se encargó de la reforma y no escatimó en nada. Solo la factura de las cortinas debió de ascender a miles de libras.

—Bueno, espero que no se haya tomado ninguna molestia por mí. Estoy acostumbrada a las condiciones difíciles —dije, pues no quería que Cal me tomara de ninguna de las maneras por una princesa malcriada—. Deberías ver la casita de Margaret.

—Sí, la he visto muchas veces. Es prima de mi primo, así que nos une un parentesco lejano. Como la mayoría de la gente de estos lares.

Volvimos a sumirnos en el silencio cuando Cal tomó una curva brusca hacia la izquierda junto a una pequeña capilla destartalada con un letrero desgastado y torcido de «Se vende» clavado en un muro. El camino se había estrechado y habíamos pasado a avanzar por campo abierto, con muros de piedra en seco a ambos lados de la calzada para mantener a las ovejas y el ganado contenidos a salvo detrás de ellos.

A lo lejos, se atisbaban unas nubes grises suspendidas sobre un terreno más montañoso. De vez en cuando aparecía alguna que otra casa de piedra a uno u otro lado del camino, y de las chimeneas brotaban columnas de humo. A las cuatro de la tarde, el crepúsculo ya había llegado. Continuamos circulando y la carretera se llenó de baches; la suspensión del viejo Land Rover se me antojó inexistente mientras Cal salvaba una serie de puentes angostos y curvos que cruzaban arroyos turbulentos y salpicados de rocas caídas en torno a las que el agua que bajaba formaba una espuma blanca y burbujeante, señal de que estábamos ascendiendo.

—¿Cuánto queda? —pregunté tras echar un vistazo al reloj y darme cuenta de que hacía una hora que habíamos salido de Tain.

—Ya no mucho —contestó Cal cuando giramos a la derecha y el camino se convirtió en poco más que una pista de grava con unos baches traicioneros y tan profundos que el barro que los llenaba saltó y salpicó las ventanillas—. Verás la entrada de la finca justo delante.

Cuando un par de columnas de piedra pasaron a toda prisa ante la luz de los faros, pensé que ojalá hubiera llegado de día para orientarme.

—Ya casi estamos —me tranquilizó Cal mientras girábamos hacia uno y otro lado dando bandazos por el camino.

Mientras el Land Rover intentaba remontar una pendiente pronunciada, las ruedas daban vueltas y más vueltas, luchando por agarrarse a la grava suelta y empapada. Cal por fin paró el vehículo y el motor se estremeció hasta detenerse con alivio.

—Bienvenida a Kinnaird —anunció al tiempo que abría la puerta y salía.

Me fijé en que era ágil, teniendo en cuenta su envergadura. Dio la vuelta al coche y me abrió la puerta del pasajero. Luego me tendió la mano para ayudarme a bajar.

—Puedo apañármelas sola —insistí, y acto seguido di un salto y aterricé en un charco.

Cardo también saltó del coche y me dio un lametón amistoso antes de alejarse para olfatear los alrededores del camino de entrada, sin duda satisfecho de encontrarse de nuevo en terreno conocido.

Alcé la vista y, a la luz de la luna, distinguí las líneas limpias y definidas del pabellón Kinnaird. Sus tejados inclinados y puntiagudos y sus chimeneas elevadas proyectaban sombras en la noche; las luces cálidas brillaban detrás de los altos ventanales que se asomaban a las sólidas paredes de esquisto.

Cal sacó mi mochila de la parte trasera del Land Rover y acto seguido me guio por un lateral del pabellón hacia una puerta trasera.

—La entrada de servicio —masculló mientras se limpiaba las botas en el limpiabarros colocado fuera—. Solo el laird, su familia y los invitados usan la puerta principal.

—De acuerdo —dije cuando entramos y recibí el impacto de una bienvenida ráfaga de aire caliente.

—Esto es como un horno —se quejó Cal cuando recorríamos un pasillo con un intenso olor a pintura fresca—. La esposa del laird ha instalado un sofisticado sistema de calefacción y Beryl aún no ha aprendido a controlarlo. ¡Beryl! —gritó al tiempo que entrábamos en una gran cocina ultramoderna, iluminada por numerosos focos.

31

Parpadeé para que se me adaptaran los ojos mientras trataba de asimilar la gran isla central reluciente, las hileras de armarios brillantes colgados en la pared y lo que parecían dos hornos de última generación.

—Es muy elegante —le dije a Cal.

—Sí, así es. Deberías haber visto esta habitación antes de que muriera el viejo laird; calculo que habría cien años de mugre acumulada detrás de los viejos armarios, además de una gran familia de ratones. Todo se caerá a pedazos, claro, si Beryl no es capaz de aprender a usar esos hornos tan modernos. Siempre ha cocinado en los fogones viejos, y se necesita una licenciatura en informática para poner esos dos chismes en marcha.

Mientras Cal hablaba, entró una mujer distinguida y delgada, con el pelo blanco como la nieve recogido en un moño a la altura de la nuca. Sentí que su mirada de ojos azules, situados uno a cada lado de una nariz aquilina en una cara larga y angulosa, me evaluaba.

—La señorita D'Aplièse, supongo —dijo, y su voz modulada apenas reveló un dejo de acento escocés.

—Sí, pero, por favor, llámeme Tiggy.

—Tutéame tú también, aquí todos me llaman Beryl.

Pensé que su nombre la contradecía. Me había imaginado a una mujer maternal, con el busto generoso, las mejillas enrojecidas y unas manos tan ásperas y grandes como las cacerolas con las que hacía malabarismos todos los días, no a esa mujer atractiva, más bien severa, ataviada con un inmaculado vestido negro de ama de llaves.

—Gracias por dejarme pasar la noche aquí. Espero no haber causado demasiadas molestias en un momento en que estáis tan ocupados.

Tenía la boca reseca, me sentía como una niña que se dirige a la directora del colegio. Beryl poseía un aire de autoridad que simplemente exigía respeto.

—¿Tienes hambre? He hecho sopa… Casi lo único que soy capaz de preparar de forma segura hasta que haya descifrado los programas de los hornos nuevos. —Dirigió a Cal una sonrisa sombría—. El laird me ha dicho que eres vegana. ¿Te bastará con una sopa de zanahoria y cilantro?

—Sí, perfecto, gracias.

—Bueno, yo os dejo —intervino Cal—. Tengo que ir al cobertizo a hervir algunas cabezas de ciervo de la partida de ayer. Buenas noches, Tiggy, que duermas bien.

—Gracias, Cal, tú también —contesté al tiempo que contenía las ganas de vomitar que me habían provocado sus palabras de despedida.

—Muy bien, entonces te llevaré arriba, a tu habitación —dijo Beryl con brusquedad para indicar que debía seguirla.

Al final del pasillo, giramos hacia un gran vestíbulo con el suelo de losas y una impresionante chimenea de piedra sobre la que colgaba la cabeza de un ciervo, rematada por una magnífica cornamenta. El ama de llaves me guio hacia el piso superior por una escalera recién alfombrada, cuyas paredes estaban atestadas de retratos de antepasados de los Kinnaird, y a lo largo del amplio rellano en el que desembocaba; después, abrió la puerta de una habitación grande, decorada en suaves tonos beis. Una enorme cama con dosel cubierta con tartán rojo ocupaba el lugar más destacado, unos sillones de cuero con cojines mullidos descansaban junto a la chimenea y dos antiguos pies de lámpara de latón colocados sobre sendas mesillas de caoba pulidas emitían un suave resplandor.

—Es preciosa —murmuré—. Me siento como si estuviera en un hotel de cinco estrellas.

—El viejo laird durmió en esta habitación hasta el día que murió. Apenas la reconocería ahora, claro, sobre todo el baño. —Beryl señaló una puerta a nuestra izquierda—. Él lo utilizaba como vestidor. Hice instalar un inodoro allí hacia el final, porque los aseos estaban al otro lado del pasillo, ¿sabes?

Beryl suspiró con pesadez y su expresión me reveló que sus pensamientos permanecían anclados en el pasado, en un pasado que quizá añoraba.

—He pensado que podría utilizarte como conejillo de Indias, que podrías probar la suite y ver si hay algún problema, si no te importa —continuó Beryl—. Te estaría muy agradecida si te dieras una ducha y me avisaras de cuánto tarda en salir el agua caliente.

—Será un placer. Donde vivo en este momento, el agua caliente escasea.

—Muy bien, todavía estamos esperando que nos traigan la mesa del comedor del taller del restaurador, así que lo mejor será que te suba aquí una bandeja.

—Lo que te resulte más fácil, de verdad, Beryl.

La mujer asintió y salió de la habitación. Me senté en el borde de lo que parecía un colchón muy cómodo y pensé que no era del todo capaz de descifrar a Beryl. Y ese pabellón… el lujo que me rodeaba era lo último que esperaba encontrarme. Al final, me levanté de la cama y fui a abrir la puerta del baño. En el interior encontré un lavabo doble con encimera de mármol, una bañera independiente y una cabina de ducha con una de esas enormes alcachofas circulares bajo la que, después de meses bañándome en la desportillada tina de esmalte de Margaret, me moría de ganas de meterme.

—El paraíso. —Suspiré antes de desnudarme, abrir el grifo de la ducha y pasar un tiempo indecente debajo de ella.

Al salir, me sequé y luego me puse el albornoz espléndidamente esponjoso que colgaba de la parte posterior de la puerta. Me sequé los rizos rebeldes con la toalla y volví a la habitación, donde encontré a Beryl, que ya depositaba una bandeja encima de una mesa junto a una de las butacas de cuero.

—Te he traído un zumo casero de flor de saúco para acompañar la sopa.

—Gracias. Por cierto, el agua ha salido enseguida y estaba muy caliente.

—Bien —respondió Beryl—. De acuerdo, entonces te dejaré cenar. Que duermas bien, Tiggy.

Y, sin más, salió de la habitación.

2

Ni un solo destello de sol se filtraba a través del grueso forro de las cortinas mientras buscaba a tientas el interruptor de la luz para ver qué hora era. Me sorprendí al descubrir que eran casi las ocho, una verdadera exageración para alguien que, por lo general, se levantaba a las seis para dar de comer a los animales. Salí reptando de la enorme cama y crucé la habitación para descorrer las cortinas. La hermosa vista que me encontré al otro de la ventana me arrancó una exclamación de alegría.

El pabellón estaba ubicado en una colina que daba a una cañada, de modo que el terreno descendía con suavidad hasta un río estrecho y sinuoso que corría por el fondo llano del valle y se elevaba de nuevo por el otro lado hacia una cadena montañosa cubierta por una capa de nieve que parecía azúcar glasé. Todo el paisaje resplandecía de escarcha bajo el nuevo sol y abrí la ventana, recién pintada, para respirar una bocanada de aire de las Highlands. Tenía un olor puro, con un sutilísimo toque de tierra turbosa otoñal. La hierba y el follaje se descomponían para fertilizar el resurgir de la primavera siguiente.

Lo único que me apetecía era salir a toda prisa y perderme en el milagro de la naturaleza en todo su esplendor. Me puse los vaqueros y el jersey, la chaqueta de esquí, un gorro y mi par de botas más resistentes, y después bajé hasta la puerta principal. No estaba cerrada con llave y, al abrirla, me deleité en el etéreo paraíso terrenal que se extendía ante mí, milagrosamente ajeno tanto a los humanos como a los lugares que habitaban.

—Esto es todo mío —susurré mientras caminaba por la hierba áspera y crujiente de escarcha del jardín delantero.

Oí un susurro procedente de los árboles a mi izquierda y vi un corzo joven, con las orejas grandes y puntiagudas, las pestañas largas y el pelaje moteado de castaño, que saltaba con ligereza entre ellos. A pesar de que el recinto de los ciervos de Margaret era grande y se había diseñado con la intención de imitar su hábitat mientras los animales se recuperaban, no dejaba de ser un cercado. En Kinnaird, los ciervos contaban con miles de hectáreas para vagar libres y salvajes, aunque, de todas formas, se enfrentaban al peligro de los depredadores humanos, en lugar de a sus enemigos naturales de antaño.

Ningún elemento de la naturaleza estaba a salvo, pensé, ni siquiera los humanos, los autoproclamados amos de la tierra: con toda nuestra arrogancia, nos creíamos invencibles. Sin embargo, había visto en innumerables ocasiones cómo una poderosa ráfaga de viento de los dioses desde los cielos podía acabar con miles de nosotros de golpe durante un tornado o un tsunami.

En mitad del descenso de la colina, me detuve junto a un torrente impetuoso, crecido por la lluvia de la noche anterior. Inspiré el aire y miré a mi alrededor.

«¿Podría vivir aquí durante un tiempo?»

«¡Sí, sí, sí!», fue la respuesta de mi alma.

No obstante, el aislamiento era extremo, incluso para mí: Kinnaird era sin duda otro mundo. Sabía que mis hermanas me dirían que estaba loca por recluirme allí, que debería pasar más tiempo con gente (preferiblemente hombres solteros), pero eso no era lo que me alegraba el corazón. La naturaleza hacía que me sintiera viva, que los sentidos se me agudizaran y se elevaran, como si me alzara sobre la tierra y me convirtiera en parte del universo. En Kinnaird, sabía que ese resquicio interior que yo ocultaba al resto del mundo podría florecer y crecer cuando me despertara todas las mañanas ante el regalo de esa cañada mágica.

—¿Qué opinas de que me venga a Kinnaird, Pa? —pregunté levantando la mirada hacia los cielos y deseando con fervor poder establecer esa conexión vital e invisible con la persona a la que más quería en el mundo. De nuevo, sin embargo, me encontré hablando con la nada, tanto física como espiritualmente, lo cual resultaba muy irritante.

A unos cientos de metros del pabellón, me sorprendí mirando hacia abajo desde un peñasco rocoso hacia una zona inclinada y muy boscosa. Se trataba de un lugar recóndito, pero, cuando bajé por la pendiente para investigar, resultó ser de fácil acceso. Era el lugar perfecto para que Molly, Igor, Posy y Polson —es decir, los cuatro gatos monteses— tuvieran sus cercados.

Pasé un buen rato paseando por la zona, consciente de que la boscosa ladera posterior proporcionaría la sensación de seguridad que los gatos monteses necesitaban para llegar a sentirse lo bastante cómodos para aventurarse hacia el exterior y, con el tiempo, reproducirse. Se hallaba a solo diez minutos del pabellón y de las casas de campo circundantes, lo suficientemente cerca para que pudiera suministrarles sus raciones diarias incluso en lo más crudo del invierno. Satisfecha con mi elección, volví a subir por la pendiente hacia el sendero angosto e irregular que, sin duda, servía de camino de acceso por la cañada.

Entonces oí el sonido de un motor que traqueteaba hacia mí y, al volverme, vi a Cal asomado por la ventanilla del Land Rover, con cara de alivio.

—¡Aquí estás! ¿Dónde te habías metido? Beryl tenía el desayuno preparado hace un buen rato, pero cuando ha ido a llamarte a tu habitación, la ha encontrado vacía. Estaba convencida de que se te había llevado esta noche MacTavish el Temerario, el fantasma residente del pabellón.

—Ay, Dios, lo siento mucho, Cal. Hace una mañana tan bonita que he salido a explorar. Además, he encontrado el lugar perfecto para construir el recinto de los gatos monteses. Está justo ahí abajo.

Señalé la pendiente.

—Entonces ha valido la pena alterar a Beryl y su desayuno. Y si me apuras, no le va mal que se le activen los sentidos, un poco de emoción, ya sabes a qué me refiero. —Me guiñó un ojo mientras yo forcejeaba con la puerta del pasajero—. Desde luego, el problema es que se cree que es la verdadera señora del pabellón, y no puede negarse que, en muchos sentidos, lo es. Sube, que te llevo de vuelta.

Obedecí, y nos pusimos en marcha.

—Estos caminos se vuelven traicioneros cuando nieva —comentó Cal.

—Siempre he vivido en Ginebra, así que al menos estoy acostumbrada a conducir con nieve.

—Pues eso es bueno, porque vas a pasarte meses viendo un montón. Mira —señaló—, justo al otro lado del arroyo, en ese bosquecillo de abedules, es donde les gusta refugiarse a los ciervos por la noche.

—No parece ofrecer mucha protección —dije observando los escasos árboles.

—Sí, y ese es el problema. La mayor parte del bosque natural ha desaparecido de la cañada. Vamos a empezar a reforestar, pero tendremos que vallarlo todo o los ciervos se comerán los vástagos. El nuevo laird se está embarcando en una gran tarea. Eh, Beryl, no me hagas esto.

Se produjo un chirrido cuando Cal intentó meter la marcha en el Land Rover. El vehículo dio sacudidas durante unos segundos y después volvió a funcionar sin problema.

—¿Beryl? —repetí.

—Sí. —Rio entre dientes—. Se llama así en honor a nuestra ama de llaves; este coche es tan resistente como unas botas viejas y, casi siempre, confiable, a pesar de sus traspiés.

Cuando Cal y yo volvimos al pabellón, me disculpé mil veces con la Beryl humana por haber desaparecido antes del desayuno, y luego me sentí obligada a comerme hasta el último de los sándwiches de crema de extracto de levadura que me había preparado «En sustitución del desayuno que no te has comido». Y no puede decirse que sea muy fan del extracto de levadura.

—Creo que no le caigo bien —susurré a Cal cuando la mujer salió de la cocina y él me ayudó comiéndose un par de aquellos ladrillos.

—Qué va, Tig, la pobre mujer solo está estresada —comentó Cal con sensatez mientras sus enormes mandíbulas demolían los sándwiches—. Entonces ¿a qué hora piensas coger el tren? Hay uno a las 15.29, pero tú decides.

El timbre de un teléfono rompió el silencio, luego se detuvo. Antes de que me diera tiempo a responder a Cal, Beryl ya estaba de vuelta en la cocina.

—El laird desea hablar contigo, Tiggy. ¿Es un buen momento? —me preguntó.

—Por supuesto.

Me encogí de hombros para indicar a Cal que no sabía a qué

venía la llamada y luego seguí a Beryl por el pasillo de atrás hasta una pequeña habitación que, sin duda, servía de despacho.

—Te dejaré sola —dijo Beryl, y señaló el teléfono que reposaba en el escritorio.

Cerró la puerta a su espalda.

—¿Hola? —dije al auricular.

—Hola, Tiggy. Acepta mis disculpas por no haber podido reunirme contigo en Kinnaird. Surgieron un par de emergencias en el hospital.

—No te preocupes, Charlie —mentí, porque en realidad sí estaba decepcionada.

—Bueno, ¿qué opinas de Kinnaird?

—Creo… que es uno de los lugares más increíbles que he visto en mi vida. Es impresionante, de verdad, Charlie. Ah, y, por cierto, me parece que he encontrado el lugar perfecto para los gatos monteses.

—¿En serio?

—Sí.

Le expliqué a qué parte de la finca me refería y las razones en las que basaba mi elección.

—Si crees que ese emplazamiento es el correcto, Tiggy, entonces estoy seguro de que así es. ¿Y qué me dices de ti? ¿Te gustaría subir con ellos?

—Bueno… el sitio me encanta —contesté sonriendo al auricular—. De hecho, no solo me encanta, lo adoro.

—Entonces ¿podrías vivir ahí una temporada?

—Sí —respondí sin pensármelo—. Seguro.

—Bueno, pues eso es… ¡fantástico! Cal, sobre todo, estará encantado. Soy consciente de que aún no hemos hablado ni de dinero ni de las condiciones, pero ¿te parece bien que te envíe un correo electrónico al respecto? ¿Establecemos un período inicial de tres meses?

—Sí, muy bien, Charlie. Leeré el correo electrónico y responderé.

—Estupendo. Ojalá sea yo quien te enseñe el resto de la finca la próxima vez, pero espero que Beryl te haya hecho sentir cómoda en el pabellón.

—Uy, sí, claro.

—Bien. Pues te enviaré ese correo electrónico y, si accedes a trabajar en Kinnaird, ¿podrías subir con los gatos monteses a principios de diciembre?

—Me parece perfecto.

Después de despedirme con educación, puse fin a la llamada y me pregunté si había tomado la mejor o la peor decisión de mi vida.

Tras dar las gracias de forma efusiva a Beryl por su hospitalidad, Cal me acompañó en una visita rápida a la cabaña rústica pero encantadora que compartiría con él si aceptaba el puesto. Luego nos subimos a Beryl, el Land Rover, y partimos hacia la estación de Tain.

—Bueno, ¿vas a venirte con los gatos o no? —me preguntó Cal sin rodeos.

—Sí, vendré.

—¡Gracias a Dios! —Cal dio un manotazo al volante—. Los gatos eran lo último que necesitaba echarme a la espalda, con todas las cosas que ya tengo que hacer.

—Llegaré con ellos en diciembre, lo que significa que tienes que empezar a organizar la construcción del recinto.

—Sí, y necesitaré que me aconsejes seriamente al respecto, Tig, pero es una gran noticia que vengas. ¿Estás segura de que sobrellevarás el aislamiento? —me preguntó mientras dábamos tumbos por el camino que salía de la finca—. No es para todo el mundo.

En ese momento, el sol eligió salir de detrás de una nube e iluminó la cañada que se extendía por debajo de nosotros, envuelta en una niebla etérea.

—Oh, sí, Cal. —Sonreí y sentí que una burbuja de emoción crecía en mi interior—. Sé que puedo.

3

El mes siguiente pasó en un abrir y cerrar de ojos; fue un mes con muchas despedidas tristes cada vez que Margaret y yo decíamos adiós con dolor a nuestros queridos animales. Los ciervos, dos ardillas rojas, los erizos, los búhos y el único burro que nos quedaba fueron enviados a sus nuevos hogares. Margaret se mostró mucho más serena que yo, que lloré sin consuelo después de la partida de cada uno de ellos.

—Es el ciclo de la vida, Tiggy, está lleno de bienvenidas y despedidas, y te iría bien entenderlo lo antes posible —me había aconsejado ella.

Intercambié numerosos correos electrónicos y consultas telefónicas respecto al recinto de los gatos monteses con Cal, que a continuación contrató a una empresa para construirlo.

—No debo reparar en costes, al parecer —me dijo Cal—. El laird ha solicitado una subvención y está decidido a que los gatos se reproduzcan.

En las fotos que me envió, vi que el recinto era de última generación: una serie de jaulas similares a pabellones unidas por túneles angostos y rodeadas de árboles, vegetación y escondites artificiales para que los gatos exploraran. Habría cuatro pabellones en total para que todos reclamaran su propio territorio y pudiéramos mantener a las hembras alejadas de los machos en caso de que se quedaran preñadas.

Le mostré las fotos a Margaret mientras nos tomábamos una copa de jerez nuestra última noche juntas.

—¡Madre mía! Podrían meter a un par de jirafas ahí y estarían cómodas. Unos cuantos gatos escuálidos ni te cuento —dijo entre risas.

—Está claro que Charlie se toma muy en serio lo de su programa de cría.

—Sí, bueno, es un perfeccionista, nuestro Charlie. Es una pena que le arrebataran su sueño cuando era tan joven. No creo que se haya recuperado del todo desde entonces.

Agucé el oído.

—¿De qué?

—No debería haberlo mencionado, pero este jerez me ha soltado la lengua. Digamos que ha tenido mala suerte en el amor. Perdió a una chica, que se fue con otro, y luego se casó con esa esposa suya por despecho.

—¿Conoces a su mujer?

—Solo la he visto una vez en persona, el día de su boda, hace ya más de dieciséis años. Intercambiamos unas cuantas palabras, pero no me gustó la pasta de la que está hecha. Es muy hermosa, ojo, pero, como ocurre en los cuentos de hadas, la belleza física no siempre se traduce en belleza interior, y Charlie siempre fue muy ingenuo en lo que a mujeres se refiere. Se casó a los veintiún años, cuando estaba en tercero de medicina en Edimburgo. —Soltó un suspiro—. Ella ya estaba embarazada de Zara, su hija, ¿sabes? Yo diría que hasta entonces toda la vida de Charlie había sido una reacción al comportamiento de su padre. La medicina y el matrimonio le ofrecieron una vía de escape. Puede que por fin haya llegado el momento de Charlie —dijo, y dio el último trago a su jerez—. Ya es hora, sin duda.

A la mañana siguiente, andaba de acá para allá en la parte trasera de Beryl, el Land Rover, que en aquellos momentos contenía a Molly, Igor, Posy y Polson, que aullaban y chillaban a modo de protesta desde el interior de sus cajas. Había costado Dios y ayuda cargarlos y, a pesar del grosor de mi jersey y de los guantes de trabajo, tenía varios arañazos profundos en las muñecas y los brazos. Aunque los gatos monteses escoceses eran más o menos del mismo tamaño y colorido que los domésticos, ahí terminaba la similitud. No se los conocía como los «tigres de las Highlands» por nada. Polson, en particular, tenía tendencia a morder primero y preguntar después.

Sin embargo, a pesar de su naturaleza gruñona y a menudo agresiva, los quería a todos. Eran un pequeño destello de esperanza en un mundo donde muchas especies nativas habían pasado a mejor vida. Margaret me había explicado que, para evitar que se apareasen con los gatos domésticos, en Escocia había varios programas de cría que tenían como objetivo producir cachorros de pura raza para resilvestrarlos posteriormente. Cuando cerré las puertas contra los gruñidos de indignación de los gatos, sentí el peso de la responsabilidad de ser una de los guardianes de su futuro.

Alicia, la eriza que tenía como mascota (llamada así porque de pequeña se había caído en una madriguera de conejo y me había tocado rescatarla de las fauces de Guinness, el perro, cuando ya la estaba sacando del agujero), se hallaba en su caja de cartón en el asiento delantero, junto con mi mochila, que contenía la poca ropa que poseía.

—¿Lista para marcharte? —preguntó Cal, que ya estaba sentado al volante, ansioso por partir.

—Sí. —Tragué saliva con dificultad, consciente de que tenía que volver a la casa y decir adiós a Margaret, el momento más desgarrador de todos—. ¿Me das cinco minutos?

Cal asintió en silencio, comprensivo, y regresé corriendo a la casita de campo.

—¿Margaret? ¿Dónde estás? ¿Hola?

No la veía por ninguna parte, así que salí a buscarla y la encontré sentada en el suelo, en el centro del recinto de los gatos monteses, ya vacío. Guinness y Button montaban guardia uno a cada lado de la mujer, que tenía la cabeza apoyada en las manos y los hombros temblorosos.

—¿Margaret? —Me acerqué a ella, me arrodillé y la abracé—. Por favor, no llores o empezaré yo también.

—No puedo evitarlo, muchacha. He intentado ser valiente, pero hoy… —Se apartó las manos de la cara y vi que tenía los ojos enrojecidos—. Bueno, en realidad hoy es el final de una época, porque los gatos y tú os vais.

Tendió hacia mí una mano nudosa y artrítica, de las que suelen asociarse a las brujas malvadas en los cuentos de hadas, aunque transmitía justo lo contrario: la bondad personificada.

—Has sido como una nieta para mí, Tiggy. Jamás podré recompensarte por haber mantenido a mis animales vivos y sanos cuando yo no disponía de la fuerza física necesaria para hacerlo sola.

—No tardaré en visitarte en tu nuevo bungalow, te lo prometo. No estamos tan lejos, al fin y al cabo. —La abracé por última vez—. Ha sido un placer y he aprendido muchísimo. Gracias, Margaret.

—El placer ha sido mío. Y, hablando de aprender, asegúrate de visitar a Chilly mientras estés allí. Es un viejo gitano que vive en la finca, y una mina de oro en cuanto a remedios herbales tanto para animales como para humanos.

—Lo haré. Adiós de momento, querida Margaret.

Me puse en pie y, como sabía que estaba a punto de echarme a llorar yo también, me dirigí rápidamente hacia la puerta. Cal apareció a mi lado.

—Tú solo encárgate de que esos gatos nuestros tengan unos cuantos cachorritos preciosos, ¿vale? —me gritó Margaret, con un último gesto de despedida, mientras me montaba en Beryl y ponía rumbo al siguiente capítulo de mi vida.

—Esta es tu habitación, Tig —dijo Cal, que dejó caer mi mochila al suelo.

Eché un vistazo al pequeño dormitorio, al techo bajo de yeso cubierto de grietas como venas y protuberancias, como si estuviera exhausto de sostener el tejado. Era una habitación a) heladora y b) espartana, incluso para lo que estaba acostumbrada. Pero al menos tenía una cama y una cajonera, sobre la que coloqué a Alicia, la eriza, todavía dentro de la caja de viaje.

—¿Puedo meter la jaula aquí también? —preguntó Cal—. Llevaría mal tenerla en la sala de estar. Si se escapa de noche, ¡podría pisarla y aplastarla por error de camino al baño! ¿No se supone que debería estar hibernando?

—Hibernaría si se hallara en libertad, pero no puedo correr el riesgo —expliqué—. No ha ganado suficiente peso desde que la rescaté y no sobreviviría al invierno. Tengo que mantenerla caliente y cómoda, y asegurarme de que siga alimentándose.

Cal llevó la jaula a la habitación y, tras acomodar de nuevo a Alicia en su casa y darle un sobre de su comida para gatos favorita, me sentí tan cansada que me senté con pesadez en la cama deseando poder tumbarme.

—Muchas gracias por haberme ayudado hoy, Cal. No podría haber bajado a esos gatos por la ladera hasta los recintos yo sola.

—Sí. —Cal me recorrió de arriba abajo con la mirada—. Eres un hada diminuta, ¿no? Dudo que pueda pedirte que me ayudes a reparar las cercas o a cortar leña para las chimeneas este invierno.

—Soy más fuerte de lo que parezco —mentí, a la defensiva, porque en realidad no lo era. Al menos físicamente.

—Sí, bueno, estoy convencido de que tienes otros puntos fuertes, Tig. —Cal abarcó la habitación fría y desnuda con un gesto—. Esta cabaña necesita un toque femenino —insinuó—. Yo no tengo ni idea de esas cosas.

—Estoy segura de que podemos hacerla más acogedora.

—¿Quieres algo de comer? Hay un poco de estofado de venado en la nevera.

—Eh, no, gracias, soy vegana, no sé si lo recuerdas…

—Cierto. Bueno… —Se encogió de hombros al verme bostezar con ganas—. A lo mejor necesitas dormir un rato.

—Creo que sí.

—El baño tiene bañera, si te apetece ponerte en remojo. Yo esperaré para que aproveches la primera agua caliente.

—De verdad, no te preocupes. Me voy a acostar ya —respondí—. Buenas noches, Cal.

—Buenas noches, Tig.

La puerta se cerró por fin a su espalda y me desplomé sobre un colchón engañosamente confortable y amoldado por el uso, me tapé con el edredón y me quedé dormida al instante.

Me desperté a las seis en punto, no solo por la gélida temperatura de la habitación, sino también por la llamada de mi alarma interna. Tras encender la luz, vi que fuera seguía completamente oscuro y que la cara interior de los cristales se había congelado.

Como no tenía que vestirme, porque aún llevaba el jersey y los vaqueros mugrientos del día anterior, me puse un cárdigan más, las botas, el gorro y la chaqueta de esquí. Entré en la sala de estar, que, bajo las pesadas vigas de madera, albergaba una espléndida chimenea esquinera. Cogí la linterna que Cal me había enseñado y que colgaba de un gancho junto a la puerta principal, la encendí e hice acopio de fuerzas para salir. Orientándome de memoria y gracias a la luz de la linterna, me dirigí al amplio granero que contenía la cámara frigorífica donde me esperaban los restos de paloma y conejo para alimentar a los gatos. Tras meterlos en una cesta, vi a Cardo dormido sobre una bala de paja en una esquina. Al oírme, se levantó y se desperezó, somnoliento, antes de acercarse a saludarme caminando con aquellas patas imposiblemente largas para apoyar el hocico puntiagudo en la palma de mi mano extendida. Lo miré a los inteligentes ojos marrones, enmarcados por un pelaje gris que recordaba a unas graciosas cejas pobladas, y se me derritió el corazón.

—Vamos, chico. A ver si podemos encontrar algo para que comas tú también.

Después de coger la comida de los gatos y seleccionar un hueso jugoso del tajo para Cardo, me dirigí de nuevo al exterior. Cardo intentó seguirme, pero lo empujé a regañadientes de vuelta al interior del granero.

—Tal vez otro día, cariño —le dije.

No podía arriesgarme a asustar a los gatos cuando acababan de llegar.

Crucé la extensión de césped helado y bajé por la pendiente hacia los cercados. La negrura del cielo era la más intensa que había visto en mi vida, sin una pizca de luz artificial siquiera. Sirviéndome de la linterna para guiarme por la ladera, llegué a la entrada del primer recinto.

—¿Molly? —susurré en la oscuridad—. ¿Igor? ¿Posy? ¿Polson?

Giré el pomo como de costumbre, pero entonces recordé que allí, donde era posible que se recibieran visitantes en el futuro, había un teclado sobre la cerradura para evitar que la gente entrara en los recintos de forma indiscriminada y alterara a los gatos. Obligué a mi cerebro a recordar el código que me había dado Cal, pulsé la que creía que era la combinación correcta y, al tercer intento, se produjo un pequeño clic y la puerta al fin se abrió. La cerré detrás de mí.

Repetí los nombres de los gatos una vez más, pero no oí nada; ni el más mínimo crujir de una pezuña sobre una hoja seca. Con aquellos cuatro recintos enormes, los felinos podían estar en cualquier sitio y, desde luego, todos estaban escondidos, seguramente enfurruñados.

—Eh, chicos, soy yo, Tiggy —susurré en medio del silencio más absoluto, y mi aliento formó olas heladas ante mí—. Estoy aquí, no hay por qué tener miedo. Estáis a salvo, os lo prometo. Estoy aquí con vosotros —reiteré, y esperé de nuevo para comprobar si respondían a mi voz.

No lo hicieron, y después de investigar todos los pabellones y de aguzar el oído durante todo el tiempo posible sin morir de frío, distribuí la carne, salí por la puerta y volví a subir la ladera.

—¿Adónde has ido tan de buena mañana? —me preguntó Cal al salir de la pequeña cocina con una humeante taza de té para cada uno.

—He ido a ver cómo estaban los gatos, pero no han salido. Lo más probable es que los pobres estén aterrorizados, aunque al menos han oído mi voz.

—Ya sabes que no soy precisamente fan de los gatos en general. Son criaturas antisociales y egoístas que arañan, y cuya lealtad varía hacia quienquiera que los alimente. Prefiero mil veces un perro como Cardo —comentó Cal.

—Lo he visto esta mañana en el granero y le he dado un hueso de la cámara —admití, y después di un sorbo al intenso brebaje—. ¿Siempre duerme allí?

—Sí, es un perro de trabajo, como ya te dije, no un cachorro urbanita mimado.

—¿No podría dormir en la cabaña de vez en cuando? Ahí fuera hace un frío tremendo.

—Uy, Tig, eres demasiado blanda. Está acostumbrado —me reprendió ligeramente cuando regresaba a la cocina—. ¿Quieres tostadas con mermelada?

—Sí, me encantaría, gracias —contesté a voces mientras entraba en mi habitación y me arrodillaba frente a la jaula de Alicia para abrirle la puertecita.

Vi dos ojos brillantes que asomaban de la chocita de madera en la que le gustaba acurrucarse. Se había roto una de las diminutas patas al caer por la madriguera del conejo y nunca se había recuperado del todo. Cojeaba por la jaula como una jubilada, a pesar de que tenía apenas unos meses.

—Buenos días, Alicia —susurré—. ¿Cómo has dormido? ¿Te apetece un poco de pepino?

Volví a la cocina para sacar el pepino de la nevera, que vi que necesitaba una limpieza a fondo para eliminar el tono verde del moho de la parte posterior y de los estantes. También me fijé en que el fregadero estaba lleno de cazuelas y sartenes sucias. Saqué la tostada de la parrilla y la unté con margarina sobre la estrecha encimera, que se hallaba cubierta con las migas de pan de al menos una semana.

«Típico de los hombres», pensé. Aunque no era una maniática de la limpieza, aquello superaba mis niveles de tolerancia y me moría de ganas de ponerme manos a la obra. Después de dar de comer a Alicia, me senté con Cal a la pequeña mesa situada en la esquina de la sala y me comí la tostada.

—Bueno, ¿qué es lo que sueles dar de comer a los gatos por la mañana? —preguntó.

—Hoy les he dado las palomas y un par de los conejos que me traje.

—Pues tengo un montón de corazones de ciervo para ti almacenados en el congelador. Ya te lo enseñaré, está en un cobertizo que hay en el patio trasero del pabellón.

—Les encantarán, Cal, gracias.

—No lo entiendo, Tig. Dices que eres vegana, así que ¿cómo eres capaz de manipular carne muerta a diario?

—Porque es la naturaleza, Cal. Los seres humanos estamos lo bastante evolucionados para tomar decisiones conscientes sobre nuestra dieta y tenemos muchas fuentes de alimento alternativas para mantenernos con vida, al contrario que los animales. Alicia come carne porque es lo que hace su especie, igual que los gatos. Es lo que hay, aunque reconozco que no me apasiona manipular corazones de venado. En realidad el corazón es la esencia de todos los seres, ¿no crees?

—No puedo hacer comentarios al respecto; soy un hombre y me gusta el sabor de la carne roja en la boca, ya sea asadura o el mejor corte de solomillo. —Cal me miró sacudiendo un dedo en señal de negación—. Y te lo advierto, Tig, nunca evolucionaré, soy un carnívoro de tomo y lomo.

—Te prometo que no intentaré convertirte, aunque trazaré el límite en cocinar chuletas de cordero y esas cosas para ti.

—Además, pensaba que a todos los franceses os encantaba la carne roja.

—Soy suiza, no francesa, así que puede que eso lo explique —respondí con una sonrisa.

—Margaret me dijo que también eres algo cerebrito, ¿no, Tig, con tu carrera y todo eso? Estoy seguro de que podrías conseguir un trabajo bien remunerado y de altos vuelos en algún laboratorio, en lugar de estar aquí haciendo de canguro a unos cuantos gatos sarnosos. ¿Por qué Kinnaird?

—La verdad es que trabajé varios meses en el laboratorio de un zoo analizando datos. El sueldo estaba bien, pero yo no era feliz. Lo que cuenta es la calidad de vida, ¿no te parece?

—Sí, y con lo que me pagan aquí por partirme la espalda trabajando un montón de horas, ¡más me vale creerlo! —Cal soltó una risotada grave—. Bueno, me alegro de que estés aquí, agradeceré la compañía.

—Había pensado en hacer la limpieza de primavera de la cabaña hoy, si no te importa.

—No le iría nada mal, eso está claro. Nos vemos más tarde.

Sin más, se arrebujó en su viejo Barbour y se dirigió a la puerta.

Pasé el resto de la mañana con los gatos, o, mejor dicho, sin ellos, porque por más que los busqué en las guaridas cuidadosamente ocultas en el follaje, no conseguí verlos.

—Menudo desastre si los animales a mi cargo murieran la primera semana —le dije a Cal cuando pasó por la cabaña a la hora del almuerzo para comerse uno de sus megasándwiches—. Su comida está intacta.

—Sí, sería un desastre —gruñó—, pero parecían tener grasa suficiente para sustentarse por lo menos unos días. Se estabilizarán, Tig.

—Eso espero, de verdad. Bueno, tengo que ir a comprar comida y productos de limpieza —añadí—. ¿Cuál es el sitio más cercano para eso?

—Te acompañaré a la tienda del pueblo. Así de paso te doy una clase de conducción: cuesta acostumbrarse a Beryl.

Pasé la hora siguiente conduciendo a Beryl y descubriendo sus excentricidades mientras íbamos a la tienda del pueblo y volvíamos. La tienda me resultó decepcionante, pues vendía ni se sabe cuántas variedades de galletas para los turistas de paso pero poco más. Al menos compré patatas, repollo y zanahorias, unos cacahuetes salados y muchas alubias cocidas, por las proteínas.

De vuelta en la cabaña, Cal se marchó de nuevo, pero, tras buscar una fregona y una escoba sin éxito, decidí que no me quedaba más remedio que ir a preguntar a Beryl si tenía algún utensilio que pudiera prestarme. Crucé el patio hacia la puerta de atrás del pabellón. Llamé con los nudillos y no obtuve ninguna respuesta, así que abrí y entré.

—¿Beryl? ¡Soy Tiggy, de la cabaña! ¿Estás aquí? —llamé mientras caminaba por el pasillo hacia la cocina.

—Estoy arriba, querida, explicándole las cosas a la nueva sirvienta —me llegó una voz desde la planta superior—. Bajo enseguida. Ve y pon la tetera en el fuego, por favor.

Seguí las órdenes de Beryl y aún estaba buscando una tetera cuando entró acompañada de una mujer joven con la cara pálida, ataviada con un delantal y un par de guantes de goma.

—Esta es Alison, mantendrá el pabellón como los chorros del oro cuando lleguen los huéspedes en Navidad. ¿No es así, Alison?

Beryl hablaba despacio, articulando las palabras, como si la chica fuera dura de oído.

—Sí, señora McGurk, eso haré.

—Bien, Alison, te veré mañana a las ocho en punto. Hay mucho que hacer antes de que llegue el laird.

—Sí, señora McGurk —repitió la muchacha, que parecía tener un miedo espantoso a su nueva jefa.

Se despidió con un gesto de la cabeza y a continuación se escabulló a toda prisa de la cocina.

—Madre mía —comentó Beryl al tiempo que abría un armario para sacar una tetera—, no ha sido bendecida con el don de la inteligencia, nuestra Alison, pero yo tampoco dispongo de una amplia gama de personal entre el que elegir en esta zona. Al menos puede venir caminando hasta el trabajo desde la granja de sus padres, y eso, durante el invierno, es muy importante.

—¿Tú vives cerca? —le pregunté a Beryl, que ya estaba echando las hojas de té a cucharadas en la tetera.

—En una casa de campo justo al otro lado de la cañada. Supongo que no pones leche al té.

—No.

—¿Tienes permitida una de mis galletas caseras de chocolate y caramelo? Llevan mantequilla. —Beryl señaló un tentador estante de galletas cubiertas con gruesas capas de chocolate y caramelo—. A fin de cuentas, la lechería del pueblo está a la vuelta de la esquina, y puedo certificar personalmente que las vacas están muy bien cuidadas.

—Entonces sí, gracias, me encantaría probar una —contesté tras decidir que no era el momento de intentar explicarle que a lo que me oponía era al hecho de que a los terneros recién nacidos los arrancaran de inmediato del lado de sus madres, a las cuales mantenían preñadas de continuo para que proporcionaran niveles antinaturales de leche para los humanos—. Son sobre todo la carne y el pescado lo que me niego a comer. Pero hago alguna excepción esporádica en lo que se refiere a los productos lácteos; me encanta el chocolate con leche —reconocí.

—¿Y a quién no? —Beryl me tendió un plato con una galleta y esbozó un atisbo de sonrisa, así que sentí que habíamos dado un pequeño paso hacia delante en nuestra relación, aunque fuera a expensas de mis principios—. Bueno, ¿cómo te las arreglas en la cabaña?

—Bien —dije sin dejar de saborear cada bocado de la deliciosa galleta, que, en efecto, llevaba mucha mantequilla—. He venido a preguntarte si tenías una fregona, una escoba y quizá un aspirador que pudiera llevarme prestados para hacerle una buena limpieza.

—Sí, por supuesto. Los hombres parecen disfrutar de vivir como cerdos en su propia mugre, ¿verdad?

—Algunos hombres, sí, aunque mi padre era una de las personas más escrupulosas que he conocido en la vida. Nunca había nada fuera de su sitio, y se hacía él mismo la cama todas las mañanas a pesar de que tenía… teníamos… un ama de llaves que se encargaba de esas cosas por nosotros.

Beryl me miró como si estuviera reevaluando mi estatus.

—O sea, que eres de familia bien, ¿no?

Era un concepto con el que no estaba familiarizada.

—¿Qué significa eso?

—Lo siento, Tiggy, tu inglés es tan bueno que me olvido de que debes de ser francesa, a juzgar por el acento que capto.

—En realidad soy suiza, pero mi lengua materna es el francés, sí.

—Me preguntaba si perteneces a la nobleza —añadió Beryl—. Por eso de que, según dices, teníais ama de llaves.

—No, o al menos no creo. Verás, mi padre nos adoptó a mis cinco hermanas y a mí cuando éramos bebés.

—Ah, ¿sí? Es fascinante. ¿Y tu padre te dijo de dónde procedes originalmente?

—Por desgracia, murió hace poco más de cinco meses, pero nos dejó una carta a cada una. En la mía me explica dónde me encontró con exactitud.

—¿Y vas a ir a ese lugar?

—No estoy segura. Soy feliz siendo yo… Es decir, el «yo» que he sido siempre, y guardo recuerdos maravillosos de mis hermanas y de mi padre adoptivo.

—¿Y no quieres que nada los altere? —preguntó Beryl.

—No, creo que no.

—¿Quién sabe? A lo mejor algún día te apetece, pero, de momento, lamento tu pérdida. Bien, las fregonas y las escobas están en el armario del pasillo, al salir a la izquierda. Puedes llevarte lo que necesites, siempre que lo devuelvas cuando hayas terminado.

—Gracias, Beryl —dije, conmovida por sus palabras de consuelo sobre Pa.

—Si necesitas cualquier otra cosa para hacer que esa cabaña vuestra sea más habitable, dímelo. Ahora debo llamar por radio a Ben, nuestro manitas, y pedirle que lleve leña a Chilly.

—¿El viejo gitano que vive en la finca?

—Ese mismo.

—Margaret me dijo que debería conocerlo.

—Bueno, está siempre en casa, querida. La artritis lo tiene doblado, y nunca entenderé cómo consigue sobrevivir a los inviernos ahí fuera, en la cañada. Al menos ahora tiene la cabaña de madera que el nuevo laird le construyó en verano. Tiene aislamiento, así que no pasa frío.

—Eso fue todo un detalle por parte de Ch… el laird.

—Yo ya le he dicho que, por la propia seguridad de Chilly, los servicios sociales deberían trasladarlo al pueblo. El problema es que, cada vez que se dan la caminata para venir a evaluarlo, ese viejo se esconde y nadie es capaz de encontrarlo. La próxima vez que vengan, no se lo advertiré. —Beryl resopló—. Eso también significa que uno de nosotros debe ir a verlo todos los días, llevarle comida y llenarle la cesta de leña. Como si no tuviéramos bastante que hacer ya. Bueno —Beryl alcanzó el equipo de radio—, tengo que seguir.

Cogí una fregona, una escoba y un aspirador y me los llevé como pude por el patio. El hecho de que Cardo no parara de cruzarse delante de mí, emocionado, no ayudó.

—Eh, Tig —me llamó una voz desde las entrañas del cobertizo del patio—. Estoy aquí, hirviendo un par de cabezas de ciervo. No irás a preparar té, ¿verdad?

—Sí, pero tendrás que salir y venir a buscarlo; no pienso poner un pie ahí dentro mientras estés haciendo eso —le contesté a gritos.

—Gracias, Tig. Dos de azúcar, por favor.

—Sí, ilustrísima —respondí—. Pero primero dejaré el cubo y la fregona, si no os importa.

Le dediqué una reverencia y luego abrí la puerta de la cabaña.

4

Faltaban apenas dos semanas para Navidad, y los días se habían acortado aún más ante la cercanía del solsticio de invierno. A pesar de la escarcha que se acumulaba en las ventanas, todavía no había nevado, y me sentía satisfecha de haber logrado que la cabaña resultara mucho más acogedora que antes. Beryl había aparecido con un montón de bonitas cortinas florales al día siguiente de que le pidiera prestadas la fregona y la escoba.

—Elige las que quieras —me había dicho—. Estaban colgadas en el pabellón antes de que lo reformaran, y eran demasiado buenas para tirarlas. También hay alfombras que ya no se usan, están un poco apolilladas, pero añadirían algo de calidez a los suelos de losas. Di a Cal que en el granero hay un viejo sillón de cuero que quedaría muy bien junto a esa chimenea.

—Estás hecha toda una amita de casa, ¿no? —Cal rio cuando vio la sala de estar recién renovada.

A mi pesar, había disfrutado del proceso, porque nunca había tenido un hogar propio. Por las noches, sentarme frente a la enorme chimenea en el desgastado sillón de cuero mientras Cal se tumbaba en el sofá era un placer. Aunque al principio Cal había ignorado a Alicia, había acabado cayendo bajo su hechizo y, a menudo, la sacaba de la jaula y la dejaba acurrucarse, tan contenta, en la palma de su manaza. Me ofendía un poco que no le molestara tener a Alicia como invitada pero que siguiera sin permitir que Cardo entrara en la casa.

—¿Te marcharás a ver a tu familia en Navidad? —me preguntó mientras desayunábamos juntos y la escarcha que rodeaba el cristal de la ventana enmarcaba la espectacular cañada que se extendía por debajo de nosotros.

—Al principio pensé en volver a Suiza un par de días, pero, con lo agitados que están aún los gatos, no creo que pueda. Me pasaría el día preocupada y, además, ninguna de mis hermanas volverá a casa este año, así que sería muy raro estar allí sin ellas y sin Pa.

—¿Dónde viven las demás?

—Maia, la mayor, está en Brasil; Ally está en Noruega; Star, en el sur de Inglaterra; al parecer CeCe ha emprendido una de sus aventuras, y Electra, mi hermana pequeña... bueno, podría estar en cualquier sitio. Es modelo. Es posible que hayas oído hablar de ella. La mayoría de la gente sabe quién es.

—No te estarás refiriendo a esa Electra, ¿no? A la que es incluso más alta que yo y sale siempre en las portadas de las revistas medio desnuda del brazo de una estrella del rock.

—Sí, esa es —confirmé.

—¡Uau, Tig! Eres una cajita de sorpresas, ¿eh? —Me estudió con detenimiento—. No, no te pareces en nada a ella.

—No sé si te acuerdas, Cal, de que Pa nos adoptó a todas. —Solté una risita—. No compartimos ni una gota de sangre.

—Ya, claro. Bueno, dile a Electra que, si alguna vez le apetece visitar a su hermana, estaría encantado de acompañarla al pueblo a tomar unas copas de whisky.

—Se lo diré la próxima vez que hable con ella —le respondí, y al ver cómo le brillaban los ojos, cambié de tema enseguida—. ¿Y qué vas a hacer tú en Navidad?

—Lo mismo que todos los años. Pasaré las fiestas en Dornoch con mi familia. Estás más que invitada a nuestra casa, Tiggy. Tampoco es que vayas a comerte todo el pavo, ¿verdad? —Rio entre dientes.

—Es muy amable por tu parte, Cal, pero todavía no he tomado una decisión definitiva. Me siento mal porque ninguna de las seis vaya a estar allí con Ma, la mujer que se hizo cargo de nosotras desde que éramos pequeñas. Tal vez debería invitarla aquí —reflexioné.

—¿Estaba tu «Ma» casada con tu padre?

—No, aunque bien podría haberlo estado. No en un sentido íntimo —aclaré enseguida—. La contrató como niñera para todas nosotras cuando éramos muy pequeñas, y Ma ya nunca se fue.

—Espero que no te importe que te diga que tienes una configuración familiar extraña, Tig. Al menos en comparación conmigo.

—Lo sé, pero quiero tanto a Ma, a Claudia, nuestra ama de llaves, y a mis hermanas como tú a tu familia. La verdad es que no deseo que la muerte de Pa nos separe. Él era el pegamento que nos mantenía a todas unidas. —Suspiré—. Siempre intentábamos volver a casa por Navidad.

—Sí, la familia lo es todo —convino Cal—. Puede que los odiemos con todas nuestras fuerzas, pero si alguien de fuera les hace daño, los defendemos a capa y espada. Si quieres pedirle a tu Ma que venga aquí, no hay problema; haremos cuanto podamos para hacer la Navidad… lo más navideña posible. Bueno, será mejor que vuelva a mis cercados. —Se puso en pie y me dio una palmadita en el hombro al pasar.

Llamé a Ma aquella misma mañana y la invité a pasar una Navidad escocesa, aunque ella rechazó mi oferta.

—Tiggy, *chérie*, es un detalle precioso por tu parte que hayas pensado en mí, pero siento que no puedo dejar sola a Claudia.

—Ella también está invitada —añadí—, aunque es posible que estemos un poco apretadas.

—Lo cierto es que ya hemos invitado a Georg Hoffman a pasar la Navidad aquí. Y, por supuesto, Christian también estará con nosotras.

—En fin, si estás segura… —dije, aunque me pareció muy triste que la Navidad en Atlantis solo fuera a reunir al personal, sin ningún miembro de la familia.

—Lo estoy, *chérie*. Bueno, ¿cómo estás? ¿Y cómo está ese pecho?

—Muy bien. Estoy respirando aire fresco de la montaña a raudales, Ma.

—Abrígate mucho, ¿eh? Ya sabes que a tu pecho no le sientan nada bien los climas fríos.

—Lo haré, Ma, te lo prometo. Adiós.

Unos días después, llamé a Margaret para saber cómo estaba y me invitó a comer con ella el día de Navidad, una oferta que acepté con gratitud. Aliviada de no tener que molestar a la familia de Cal en fechas tan señaladas, o, para ser más sincera, de no tener que enfrentarme a la montaña de aves muertas y asadas que constituirían su almuerzo, me llevé a Cardo a dar un paseo por la finca. El perro parecía haberme cogido cariño, para gran diversión de Cal, y me seguía como un espíritu familiar cada vez que no lo necesitaban para una cacería. Incluso lo había colado alguna vez en la cabaña cuando sabía que Cal no estaba. Se tumbaba junto al fuego mientras yo le cepillaba los nudos y le quitaba los abrojos del áspero pelaje con la esperanza de que su amo no se diera cuenta. Siempre había deseado tener un perro propio.

Cuando volví a casa, abrí la puerta y me encontré a Cal poniendo un pequeño árbol de Navidad en un rincón de la sala de estar.

Levantó la mirada y frunció el ceño al ver a Cardo, que me había seguido hasta la puerta y estaba sentado en el umbral con una expresión suplicante en los ojos.

—Vale, Tig, te he dicho mil veces que se supone que no debe entrar. Lo volverá melindroso.

—¿«Melindroso»? —repetí, y me pregunté, sintiéndome culpable, si Cal ya sabría que había desobedecido sus órdenes.

—Sí. Lo volverás blando. Déjalo fuera.

De mala gana, hice salir a Cardo al patio, le susurré que lo vería más tarde y cerré la puerta.

—Pensé que este árbol os animaría a ti y a esta vieja cabaña —comentó Cal—. Lo he arrancado del bosque, con raíces y todo, para que luego podamos replantarlo. ¿Y si vas mañana a Tain y compras unas cuantas luces y unos cuantos adornos?

Se me llenaron los ojos de lágrimas al ver el arbolito, que en aquel momento se alzaba en un ángulo extraño dentro de su cubo de tierra.

—Vaya, Cal, es un detalle muy dulce por tu parte, gracias. —Me acerqué a él y lo abracé—. Iré mañana después de dar de comer a los gatos.

—Bueno, que sea temprano; mañana nieva seguro. Los *sassenachs* del sur siempre sueñan con una Navidad blanca, pero yo no soy capaz de recordar un solo Yuletide aquí arriba sin esa cosa.

—Y yo la espero con impaciencia —dije con una sonrisa.

Como había predicho Cal, a la mañana siguiente me desperté con la primera nevada de la temporada. Cogí el Land Rover de repuesto, que era incluso más pesado y viejo que Beryl, y conduje con cuidado hasta Tain.

A apenas unos días de las fiestas, el pueblecito era un hervidero de compradores navideños y, después de elegir las luces y los adornos para el árbol, compré una bufanda de tartán suave para Cal y un jersey de lana rosa para Margaret. Cuando llegué a casa, me fijé en que había un Range Rover destartalado aparcado delante del pabellón Kinnaird. Beryl llevaba días como loca porque Charlie y su familia iban a subir a pasar la Navidad en el pabellón, antes de cedérselo a los primeros huéspedes de pago por Hogmanay.

Para cuando Cal llegó a casa, nuestro arbolito estaba decorado e iluminado, y el fuego ardía alegremente en el hogar. Un CD de villancicos navideños que había comprado en Tain se reproducía en el antiquísimo equipo de música de Cal.

—No me extrañaría que el mismísimo Papá Noel se dejara caer por la chimenea en cualquier momento. —Cal rio mientras colgaba la chaqueta, el sombrero y la bufanda en el perchero que le había hecho atornillar junto a la puerta de entrada—. Incluso tenemos los renos fuera, Tig, mira.

Miré por la ventana y vi que los seis ciervos que solían merodear por el césped junto al pabellón se habían aventurado a cruzarlo para vernos. Todos eran machos adultos, lo bastante dóciles para dejarse alimentar, y Cal me había contado que los habían criado a los seis con biberón en la finca.

—¿Sientes ya el espíritu de la Navidad, Tig? Pues espera a probar mi vino caliente. No me cabe la menor duda de que entonces sí que lo sentirás. ¿Qué hay de cena?

—Guiso de alubias, o puedes cocinarte tu propia caza —respondí de camino a la cocina.

—Vale, adelante, entonces. El último que hiciste estaba delicioso.

Mientras nos tomábamos el guiso y una botella de vino barato, Cal y yo comentamos la evolución de los gatos.

—Al menos ahora las palomas y los corazones de ciervo desaparecen de donde los dejo todos los días, pero, salvo Posy, los otros tres siguen negándose a acercarse a mí ni de lejos. Pronto tendré que llamar a un veterinario para que les haga una revisión, y no sé cómo voy a conseguir acercarme a ellos.

—Tig, no puedes obligar a los animales a adaptarse a un nuevo hábitat siguiendo un calendario.

—Lo sé. —Suspiré—. Pero me siento muy presionada, Cal. La temporada de apareamiento comienza en enero y están tan inquietos que apenas salen de sus recintos separados, así que de ponerse cariñosos mejor ni hablamos. Y para serte sincera, no tengo nada claro que hayan llegado a atraerse alguna vez. Nunca he visto química entre ellos.

—No estoy seguro de que el apareamiento tenga algo que ver con la química. Durante la temporada de celo, he visto a ciervos que montaban a seis hembras una detrás de la otra. Se llama «naturaleza», y solo debes mantener la esperanza de que esos muchachos tuyos sientan el impulso.

—Pues vaya una asesora de fauna estoy hecha —dije—. Si no tienen cachorros antes de la primavera, sentiré que he fallado a Charlie por completo.

—Oye, que el laird no es un monstruo, Tig. Lo he visto antes en el pabellón, y dice que bajará para haceros una visita a ti y a los gatos en algún momento durante las fiestas.

—Ay, Dios mío… —gemí—. ¿Y si no salen cuando vaya a verlos?

—Lo entenderá. A todo esto, quería pedirte consejo, dado que eres una chica y, además, la reina de la Navidad. Tengo que comprarle algo a Caitlin, y no tengo ni idea de qué.

—¿Caitlin?

—Mi novia. Vive en Dornoch, pero no seguirá siendo mi novia mucho tiempo si no se me ocurre algún regalo decente.

Miré a Cal con una sorpresa apenas disimulada.

—¿Tienes novia? Uau, Cal, ¿por qué no lo habías mencionado hasta ahora?

—Cosas personales, ¿no? Además, no había salido el tema hasta ahora.

—Pero si siempre estás aquí, en la finca. ¿A Caitlin no le… molesta no verte apenas?

—No mucho, porque siempre ha sido así. La veo un fin de semana y el primer jueves de cada mes.

—¿Cuánto tiempo lleváis juntos?

—Doce años, más o menos —respondió antes de embutirse otro bocado de guiso en la boca—. Hace un par de años le propuse matrimonio.

—¡Madre mía! Entonces ¿por qué no está viviendo aquí, en la cabaña, contigo?

—Para empezar, ella es gerente de una sociedad de préstamo inmobiliario en Tain, que, como sabes, está a una hora de aquí. Con este clima, no puede arriesgarse a quedarse atrapada por la nieve en la finca. Y tampoco quiere vivir en un cuchitril húmedo como este. Eso sí, si lo viera ahora que lo has arreglado, a lo mejor cambiaba de idea. —Soltó su habitual risa grave—. Y ya que hablamos de eso, ¿qué hay de ti? ¿Hay alguien especial en tu vida, Tig?

—Conocí a un chico en el laboratorio del zoo de Servion y tuvimos algo durante un tiempo, pero no fue nada serio. Todavía no he encontrado a la persona ideal. —Di un sorbo a mi copa de vino—. Tú tienes suerte de haber dado con ella. Me encantaría conocer a Caitlin, Cal. ¿Por qué no la invitas a pasar una noche durante la Navidad?

—Lo que pasa, Tig —contestó Cal con el ceño fruncido—, es que puede que le haya contado que estoy compartiendo alojamiento con una mujer barbuda que ha ganado hasta premios, y no con una muchacha guapa como tú. Ya sabes cómo son las mujeres, nunca dejaría de echármelo en cara.

—Razón de más para que la invites: puedo asegurarle que no soy una amenaza. Sea como sea, me gustaría conocerla en algún momento, porque ella es tu «persona». Ah, y te sugiero que le compres joyas.

—Es una chica más bien práctica, Tig —dijo Cal en tono dubitativo—. El año pasado le compré un par de calcetines térmicos para dormir y unos guantes impermeables. Yo creo que le gustaron bastante.

—Te lo prometo, Cal —repliqué mientras intentaba contener una risita—, a las mujeres, por muy prácticas que sean, o finjan serlo, les encantan las joyas.

Una hora más tarde, nos dimos las buenas noches y nos fuimos a la cama. Me alegraba por la revelación de Cal, pues, según mi experiencia, daba igual lo moderna que fuera la sociedad actual: la relación entre cualquier hombre y cualquier mujer que vivieran juntos siempre se caracterizaba por cierta tensión hasta que se establecían las reglas del juego, cosa que acababa de ocurrir durante nuestra conversación. No es que me sintiera sexualmente atraída por Cal de ningún modo, pero estaba claro que sí me sentía unida a él. La buena noticia era que, después de haberme criado con cinco hermanas, Cal podría convertirse en lo que siempre había deseado: un hermano mayor.

Alcé la mirada hacia Polson, que se hallaba sentado en una de las plataformas de madera que quedaban por encima de mi cabeza. Se estaba acicalando al sol, de espaldas a mí, ignorándome con descaro. No me importó. Al menos se encontraba fuera de su recinto y al aire libre, lo que me dio esperanzas de que por fin estuviera empezando a recuperarse de su trauma.

Le saqué una foto rápida con mi cámara, solo por si el laird (había empezado a llamar así a Charlie Kinnaird, como todos los demás) exigía una prueba de que los gatos estaban vivos.

—Feliz Nochebuena —le dije a Polson—, y a ver si mañana por la mañana te dignas mirarme de verdad y puedo desearte una feliz Navidad cara a cara.

Volví a escalar la pendiente mientras pensaba que, si los gatos tenían fama de ser tan altaneros y caprichosos como la realeza, entonces Polson era rey. Al levantar la vista, vi a una mujer muy delgada de pie en lo alto de la ladera, observándome. Tenía las piernas largas como una jirafa y vestía lo que Cal describiría como una chaqueta de esquí «urbanita» con un glamuroso cuello de piel. Su espesa melena rubia blanquecina resplandecía como un halo bajo la luz del sol y enmarcaba un par de grandes ojos azules y unos labios que parecían poder servir de almohadas. Quienquiera que fuese, era muy guapa. Comenzó a avanzar hacia mí con estruendo. Polson se retiró nada más verla.

—Eh, hola —la saludé al tiempo que doblaba la rapidez de mi ascenso. Cuando llegué a donde estaba la mujer, me encontré cara a cara con ella, o, más bien, me di cuenta de que mi mirada quedaba a la altura de su estómago, pues se cernía sobre mí en la ladera—. Lo siento mucho, señora, pero esta área es de acceso limitado.

—Ah, ¿sí? —dijo arrastrando las palabras y mirándome con desdén—. No lo creo.

—De momento, así es, porque, verá, tenemos unos gatos monteses recién llegados. Estoy tratando de aclimatarlos, y son muy temperamentales y no les gustan los extraños, y acabo de conseguir que empiecen a salir y…

—¿Quién dices que eres?

—Me llamo Tiggy, trabajo aquí.

—¿En serio?

—Sí. No pasa nada si se queda ahí arriba. Bueno, ya sé que no se ve mucho, pero el laird está intentando que los gatos se reproduzcan, porque solo quedan trescientos en toda Escocia.

—Todo eso ya lo sé —replicó, y en sus palabras capté el timbre de un acento extranjero, aparte de una antipatía apenas disimulada—. Bueno, no seré yo quien perturbe tu pequeño proyecto. —Esbozó una sonrisa tensa—. Haré lo que me dicen y me batiré en retirada. Adiós.

—Adiós —contesté a la doble de Claudia Schiffer mientras la veía volver a subir la colina.

Mi instinto me decía que acababa de cometer un error.

—Hoy me he topado con una mujer cerca del recinto de los gatos —le comenté a Cal cuando llegó, a la hora del almuerzo—. Era rubia, con labios de princesa Disney y muy alta.

—Entonces será la señora —respondió Cal sin dejar de sorber la sopa—. La esposa del laird, Ulrika.

—Mierda —susurré.

—No es propio de ti decir tacos, Tig. ¿Qué pasa?

—Puede que haya sido bastante grosera con ella, Cal. Acababa de conseguir sacar a Polson de su guarida, y ha llegado ella y el animal ha salido pitando a esconderse de nuevo. Así que, básicamente, le he dicho que se fuera.

Me mordí el labio y esperé la reacción de Cal.

—Debe de haberle sentado como un tiro —dijo mientras rebañaba el plato con un pedazo de pan antes de metérselo en la boca—. Es probable que sea la primera vez que alguien le dice que se largue.

—Jesús, Cal, solo intentaba proteger a los gatos. Estoy segura de que, si sabe algo de animales salvajes, lo entenderá.

—De los únicos que sabe algo es de los que lleva puestos, Tig. Siempre va hecha un figurín. Cuando era más joven trabajó de modelo.

—Debería haberme dado cuenta de quién era cuando la vi —gemí.

—Quienquiera que fuera, no querías que molestara a los gatos. No importa, Tig, estoy seguro de que lo superará. De todas maneras, imagino que no estaba allí para visitar a los gatos, sino para echar un vistazo a su cuidadora. Seguro que Charlie le ha hablado de ti y, sabiendo lo que sé de ella, diría que no le habrá hecho gracia que una joven invada su territorio. Y menos una tan guapa como tú.

—¡Ja! Bueno, gracias por el cumplido, Cal, pero dudo que se sienta amenazada por mí.

Me señalé el cuerpo minúsculo, que nunca había desarrollado las curvas femeninas que se le suponían, cubierto con mi viejo jersey de lana gruesa, el cual tenía casi tantos agujeros como tejido debido a las polillas de la casita de campo de Margaret.

—De todos modos, apuesto a que cuando te arreglas estás muy bien. Y eso es lo que harás para la fiestecita de esta noche en el pabellón. Me había olvidado de comentarte que el laird va a continuar con la tradición de su padre de ofrecer una copa y un *céilidh* en Nochebuena en el salón principal, así que tendrás que sacar tus mejores trapos.

—¿Qué? —Miré a Cal horrorizada—. No he traído ropa de arreglar.

—Bueno, al menos podrás bañarte, para no ir oliendo a gato montés.

Esa noche me di cuenta de que lo único que tenía aparte de un jersey apolillado era una camisa a cuadros rojos y mi «mejor» par de vaqueros negros. Me dejé el cabello castaño suelto en lugar de recogérmelo en una cola de caballo y me apliqué un poco de rímel y un toque de pintalabios rojo.

Ahogué una exclamación de sorpresa cuando me reuní con Cal en la sala de estar. Llevaba un *kilt* azul oscuro y verde, un *sporran* colgando de la hebilla del cinturón y un cuchillo metido en un calcetín.

—¡Uau! Estás increíble, Cal.

—Tú también estás bastante bien —dijo con aprobación—. Venga, vámonos.

Llegamos caminando a la entrada principal del pabellón, donde ya se oía un murmullo de voces procedentes del interior.

—Es la única ocasión del año en que a los palurdos nos permiten cruzar el umbral principal —me susurró cuando entramos y levanté la vista hacia las luces del precioso árbol de Navidad que ocupaba el hueco de la escalera.

Un gran fuego ardía en la chimenea, y Beryl y Alison ofrecían vino caliente y pastelitos rellenos de fruta confitada a los invitados que iban llegando; los hombres, vestidos con faldas escocesas, como Cal; las mujeres, con fajines de tartán.

—Estás muy guapa, Tiggy —me dijo Beryl—. Feliz Navidad.

—Feliz Navidad. —Brindé con ella y bebí un trago de vino caliente mientras escudriñaba la habitación con disimulo en busca de Charlie Kinnaird y de su esposa.

—Los dos siguen arriba. —Beryl me leyó la mente—. La nueva señora siempre tarda mucho en arreglarse. Al fin y al cabo, está preparándose para saludar a sus súbditos —añadió con los labios fruncidos.

Beryl se apartó para servir a otros recién llegados, y yo me puse a deambular por el salón pensando que la mayoría de los invitados parecía en edad de jubilarse. Luego vi a una adolescente que llamaba muchísimo la atención entre las cabezas canosas. Estaba sola y sujetaba su copa de vino caliente con la cara de aburrimiento que pondría cualquier persona de su edad en una fiesta así. Cuando me acercaba a ella, me di cuenta de que me resultaba familiar: tenía los mismos ojos de color azul claro y la misma piel inmaculada que la mujer con la que me había topado por la mañana en el recinto de los gatos monteses, pero lucía una melena muy corta de pelo ondulado color caoba. La sudadera y los vaqueros rotos dejaban claro que no había hecho ningún esfuerzo por arreglarse para la celebración de la noche.

—Hola. —Me acerqué a ella sonriendo—. Soy Tiggy. Acabo de empezar a trabajar aquí, en la finca. Me encargo de cuidar de los gatos monteses mientras se adaptan.

—Sí, papá me ha hablado de ti. Soy Zara Kinnaird. —La chica me examinó de arriba abajo con sus ojos azules, tal como había hecho su madre hacía unas horas—. Pareces demasiado joven para ser la asesora de fauna de papá. ¿Cuántos años tienes?

—Veintiséis. ¿Y tú?

—Dieciséis. ¿Cómo van adaptándose los gatos? —preguntó con lo que parecía interés genuino.

—Les cuesta, pero están haciendo progresos.

—Ojalá fuera tú, todo el día trabajando al aire libre con los animales, en lugar de encerrada en un aula estudiando matemáticas y esas cosas aburridas. Mamá y papá no me dejarán venir aquí a trabajar hasta que termine los estudios.

—No te queda mucho, ¿verdad?

—Nada más y nada menos que dieciocho meses. Y después seguro que mamá espera que me convierta en editora de *Vogue* o algo así. Que espere sentada. —Bufó—. ¿Fumas? —me preguntó en un susurro.

—No, ¿tú sí?

—Sí, a escondidas de mis padres. En el instituto fuma todo el mundo. ¿Me acompañas afuera para que pueda echarme un cigarro y luego dices que me has llevado a ver las cabezas de ciervo del cobertizo o algo así? Esto es un aburrimiento.

Lo último que necesitaba era que me pillaran detrás de los metafóricos cobertizos para bicicletas alentando a la hija del laird a fumar. Pero me caía bien aquella chica, así que dije que sí, y nos escabullimos por la puerta principal. Zara no tardó en llevarse la mano al bolsillo de la sudadera con capucha para sacar un mechero y un maltrecho cigarrillo de liar y encendérselo. Me fijé en los pesados anillos de plata que llevaba en los dedos y en el esmalte de uñas negro; me recordaron a mi hermana CeCe a la edad de Zara.

—Papá me ha dicho que debería hablar contigo mientras esté aquí y enterarme de lo que hacías en la reserva de Margaret. —Expulsó una bocanada de humo hacia el aire helado—. ¿Te llaman así por el erizo de las historias de Beatrix Potter? —continuó antes de que tuviera oportunidad de responder.

—De ahí viene mi apodo, sí. Por lo que se ve, de pequeña tenía el pelo como las púas de un erizo. Mi verdadero nombre es Taygeta.

—No es muy común. ¿De dónde viene?

—Todas mis hermanas y yo llevamos los nombres del cúmulo estelar de las Siete Hermanas. Mira. —Señalé el cielo nocturno, perfectamente despejado—. Ahí están, justo encima de esas tres que forman una línea que parece una flecha. Eso se llama el Cinturón de Orión. La leyenda dice que Orión persiguió a las hermanas por los cielos. ¿Las ves?

—¡Sí! —exclamó Zara con un entusiasmo infantil—. Son minúsculas, pero si me fijo bien las veo centellear. Siempre me han interesado las estrellas, aunque en el colegio no enseñan este tipo de cosas, ¿verdad? Oye, ¿te gustó la carrera de zoología? Quiero estudiar algo así en la universidad.

—Sí, me gustó, y estaré encantada de explicarte cosas sobre ella, pero ¿no crees que deberíamos volver adentro? Puede que estén buscándote tus padres.

—No, no estarán buscándome. Han tenido una discusión tremenda. Mi madre se niega a bajar, y mi padre está intentando convencerla. Como de costumbre. —Zara puso los ojos en blanco—. Se pone histérica, ¿sabes? Si papá no está de acuerdo con ella, tiene que pasarse siglos suplicándole que se calme.

Por lo que había visto hasta el momento del padre de Zara, me costaba identificar una escena así con un hombre que parecía tener todo su entorno tan bajo control. No obstante, habría estado fuera de lugar indagar, así que procedí a contarle a Zara todo lo que pude sobre la carrera, y luego sobre el trabajo en la reserva de Margaret, y se le iluminaron los ojos a la luz de la luna.

—¡Uau, suena genial! Ahora que papá por fin está a cargo, le dije que deberíamos reservar unas cuantas hectáreas para abrir una reserva de animales como la de Margaret. Y puede que también un pequeño zoológico con actividades educativas, así los padres de la zona podrían traer a sus hijos y animarlos a disfrutar de la finca.

—Es una gran idea, Zara. ¿Qué te contestó?

—Que en este momento no hay dinero para hacer nada. —Zara suspiró—. Le dije que dejaría los estudios y me vendría a trabajar aquí a tiempo completo para ayudarlo, pero él insistió en lo de que acabara el instituto y luego fuera a la universidad. Margaret no tiene ningún título universitario, ¿verdad? Lo único que necesitas es amar a los animales.

—Es cierto, pero un título universitario te ayuda a iniciar una carrera profesional, Zara.

—¡Yo ya tengo clara mi carrera profesional! —La pasión destelló en sus ojos azules cuando abrió los brazos para abrazar la finca de manera metafórica—. Tengo la intención de pasar aquí el resto de mi vida. A mi edad, ¿ya sabías que querías trabajar con animales?

—Sí.

—Los animales son mucho mejores que los humanos, ¿verdad?

—Que algunos humanos, sí, pero, bueno, uno de los gatos monteses, Polson, es toda una diva. La verdad, no creo que me cayera muy bien si fuera humano.

—Me recuerda a mi madre… —Zara soltó una risita—. Vamos, supongo que será mejor que volvamos adentro y veamos si mis padres han conseguido bajar de una vez.

En el camino de regreso al pabellón, pensé que Zara era el paradigma de la chica adolescente: atrapada de forma incómoda entre la infancia y la adultez de una mujer.

Cuando llegamos, el vestíbulo ya estaba abarrotado y vi que Zara saludaba con la mano y lanzaba besos a varios servidores fieles entre la multitud, quienes, a juzgar por su edad, sin duda la conocían desde que era un bebé. Ella era su «princesa», a fin de cuentas, la futura heredera de la finca Kinnaird. Una parte de mí no podía evitar envidiarla porque algún día heredaría toda aquella belleza, pero al menos mostraba auténtica pasión por Kinnaird.

Mis reflexiones se vieron interrumpidas por la aparición, junto a nosotras, de una mujer menuda, con los ojos azules, expresión recelosa y una melena de color rojizo brillante.

—Zara, ¿es que no vas a presentarnos? —preguntó la mujer.

La chica se volvió para besarla en ambas mejillas.

—¡Caitlin! Cómo me alegro de verte. Tiggy, esta es Caitlin, la media naranja de Cal. Caitlin, esta es Tiggy; ha venido a trabajar unos meses en la finca.

—Sí, Cal me ha hablado de ti. Bueno, ¿qué tal en la cabaña con él? No es el lugar más cómodo donde vivir, ¿no?

—Qué va, la verdad es que está bien, y tu Cal me ha hecho sentir bienvenida. La cabaña ya tiene mucho mejor aspecto que antes. Me he esforzado bastante para que nos resulte más acogedora a los dos…

«¡Tiggy, cállate ahora mismo!», me dije al ver la expresión de Caitlin.

Zara salió en mi rescate y empezó a hacer preguntas a Caitlin sobre su trabajo en la sociedad de préstamo inmobiliario. Unos segundos más tarde, fue el propio Cal quien se unió a nosotras con un vaso de whisky en cada mano. Lo acompañaba una mujer delgada y atractiva que calculé que rondaba los cuarenta. Me di cuenta de lo incómodo que se sentía al ver a su prometida y a su compañera de casa juntas.

—Veo que ya os habéis conocido. He intentado… eh… presentaros antes, pero no era capaz de encontrar a Tiggy.

Sonrió con cariño a Caitlin y le rodeó los hombros delicados con un brazo musculoso, de tal manera que el whisky chapoteó peligrosamente entre sus manos al hacerlo.

—Sí, nos hemos conocido.

Caitlin le devolvió una sonrisa que no se reflejó en sus ojos.

—Sí, bueno —continuó Cal, que sin duda quería hacer avanzar la conversación—, acabo de traer a Fiona para presentársela a Tiggy. Tiggy, esta es la veterinaria del pueblo, Fiona McDougal. Dijiste que necesitarías a alguien que echara un vistazo a los gatos, así que esta es la mujer que buscas.

—Hola, Tiggy, es un placer conocerte.

La voz de Fiona era suave y cálida, con un acento escocés refinado.

—Lo mismo digo —respondí, agradecida de tener algo que me distrajera de Caitlin.

Antes de que nadie pudiera decir nada más, se produjo un repentino destello de color en la escalera, por encima de nuestra cabeza. Como el resto de los ocupantes de la sala, levantamos la vista. Todo el mundo prorrumpió en aplausos cuando la mujer a la que había visto junto al recinto de los gatos, en ese momento ataviada con un vestido rojo muy ceñido y una banda de tartán cruzada en el pecho, bajó los escalones del brazo de su marido, Charlie Kinnaird. Él, en lugar del uniforme médico con que lo había visto por última vez, llevaba esmoquin, pajarita y *kilt*, y era la viva imagen de los siglos de lairds que adornaban las paredes del pabellón.

Cuando llegaron al rellano y giraron para bajar el segundo tramo de escalones, contuve el aliento. No por ella, a pesar de que estaba impresionante, sino por él. Me sonrojé, avergonzada, al sentir en el bajo vientre la misma punzada aguda que había experimentado la última vez que lo había visto.

El matrimonio se detuvo a medio descenso y me fijé en que la mujer saludaba a la multitud que esperaba más abajo como si le hubiera dado clases la anciana soberana británica. La postura de los hombros de Charlie, de pie a su lado, delataba la tensión interior que ya había percibido en la entrevista. Pese a la sonrisa que se obligaba a esbozar, me di cuenta de que estaba incómodo.

—Señoras y señores… —Charlie levantó una mano para pedir silencio—. En primer lugar, me gustaría daros la bienvenida a nuestra fiesta anual de Nochebuena. Esta es la primera de la que soy anfitrión, aunque he asistido a todas y cada una de ellas durante los últimos treinta y siete años. Como todos sabéis, mi padre, Angus, murió de forma repentina el pasado febrero mientras dormía y, antes de continuar hablando, deseo que alcéis las copas de whisky que Beryl ha ido distribuyendo amablemente y que brindemos por él. —Charlie cogió un vaso de la bandeja que le tendía Beryl y se lo llevó a los labios—. Por Angus.

—Por Angus —coreó la habitación.

—También me gustaría agradeceros a todos y cada uno de vosotros que hayáis ayudado a dirigir la finca a lo largo de tantos años. Muchos ya sabéis que, a pesar de los meses de incertidumbre que siguieron a la muerte de mi padre, tengo planes para el futuro, para hacer avanzar la finca Kinnaird hasta el siglo XXI y, al mismo tiempo, hacer cuanto esté en mi mano para restablecer su antigua gloria natural. Es una tarea difícil, pero sé que con el apoyo de la comunidad local puedo conseguirlo.

—¡Sí, claro que sí! —gritó el hombre que tenía al lado, que a continuación se sacó una petaca del bolsillo de la chaqueta, la abrió y dio un buen trago.

—Y, por último, me gustaría dar las gracias a mi esposa, Ulrika, por estar a mi lado durante este año tan complicado. Sin su apoyo, no podría haberlo logrado. Por ti, querida.

Todos volvieron a levantar los vasos pese a que estaban vacíos, así que Charlie prosiguió sin más demora.

—Y por supuesto, a mi hija Zara. ¿Zara? —Echó un vistazo en torno a la sala, y yo lo imité, pero la chica había desaparecido—. Bueno, hace tiempo que todos sabemos cuánto le gusta desaparecer en momentos inoportunos.

El comentario del laird provocó un murmullo de diversión generalizado.

—Bien, pues lo único que queda por decir es: ¡Feliz Navidad a todos!

—¡Feliz Navidad! —respondimos a coro.

—Ahora, por favor, rellenaos las copas, y dentro de unos minutos retiraremos las alfombras a fin de prepararnos para el *céilidh*.

—Vaya, ha sido un discurso conmovedor, ¿eh? —comentó Cal antes de tomar la mano de Caitlin entre sus garras de oso y murmurar algo acerca de que ambos fueran a buscar más bebidas.

—Es un buen hombre, este Cal —dijo Fiona mientras Cal se llevaba a Caitlin—. Bueno, ¿cómo te va por aquí?

Se volvió para concentrar toda su atención en mí y me sorprendió la inteligencia de su hermosa mirada de ojos verdes.

—Me estoy adaptando —contesté—. Esto es tan bonito que a veces me siento como si pudiera perderme en el paisaje. Me resulta extraño estar con tanta gente esta noche, después de las tres últimas semanas de aislamiento.

—Sé a lo que te refieres. Sentí algo parecido cuando me mudé aquí desde Edimburgo.

—Ah, y si no te importa que te lo pregunte, ¿qué te trajo desde la gran ciudad hasta las Highlands?

—Me enamoré de un hombre de por aquí —respondió con sencillez—. Casi había acabado las prácticas de veterinaria en la Universidad de Edimburgo y estaba haciendo una estancia en la clínica del pueblo, cerca de Kinnaird, cuando conocí a Hamish. Cultivaba una pequeña parcela allí al lado. Cuando terminé la carrera, me ofrecieron un trabajo en una clínica importante de Edimburgo, pero ganó el corazón, así que me casé con Hamish y me mudé aquí. Volví a trabajar en la clínica del pueblo, y luego me quedé al cargo de ella cuando Ian, mi compañero, se retiró hace un par de años.

—Entiendo. ¿Tienes mucho trabajo?

—Mucho, aunque aquí arriba trato a otro tipo de pacientes. Pocas mascotas, como las que tendría en Edimburgo, y un sinfín de ovejas y vacas.

—¿Te gusta?

—Sí, me encanta, aunque recibir una llamada a las tres de la madrugada para ayudar a una novilla que está teniendo un parto complicado, cuando hay una capa de treinta centímetros de nieve, puede ser todo un desafío. —Rio con discreción.

A su lado apareció un joven rubio, alto y ancho de hombros.

—Hola, mamá, me estaba preguntando dónde te habrías metido.

Los claros ojos de color verde grisáceo del muchacho, tan parecidos a los de Fiona que cualquiera adivinaba que se trataba de su hijo, brillaban bajo las luces.

—Hola, Lochie —contestó Fiona con una sonrisa cálida—. Esta es Tiggy, la chica que está cuidando a los nuevos gatos monteses de la finca.

—Encantado de conocerte, Tiggy.

Lochie me tendió una mano y a continuación, cuando Zara volvió a unirse a nosotros, lo vi ponerse como un tomate.

—Hola, Lochie —dijo Zara—. Hacía siglos que no te veía. ¿Dónde andabas escondido?

—Hola, Zara. —Se sonrojó todavía más—. Estaba en la universidad, en Dornoch.

—Ah, ¿y qué estás haciendo ahora?

—Busco trabajo de aprendiz. Por aquí no hay muchas opciones, así que he estado ayudando a mi padre en la granja.

—Le he dicho que debería hablar con Cal esta noche y preguntarle si hay algún puesto libre aquí, en Kinnaird —agregó Fiona.

—Cal está desesperado por encontrar ayuda —comenté.

—Pero papá no tiene dinero. —Zara suspiró.

—Trabajaría sin remuneración, solo por adquirir experiencia —dijo Lochie, y advertí su desesperación.

—Sin ninguna remuneración tampoco, Lochie —intervino su madre.

—Bueno, tú háblale de mí, ¿vale, Zara?

—Claro que sí. ¿Te importa ir a buscarme una copa? —le preguntó.

—¡Caray, sí que ha crecido! —me susurró Zara cuando Lochie asintió entusiasmado y se alejó hacia la mesa dispuesta al fondo del vestíbulo—. ¡Era bajo y gordo, y estaba lleno de granos! Creo que debería ir a echarle una mano.

—Claro —dije ya a su espalda.

—Adolescentes, ¿eh?

Fiona puso los ojos en blanco y las dos nos echamos a reír.

Cal volvió cargado con más vasos de whisky todavía, pero yo rechacé el mío, pues de pronto me sentía algo mareada. Me percaté de que Charlie y Ulrika iban estrechando la mano a todos los invitados y cada vez estaban más cerca de nosotros.

—La verdad es que no me encuentro muy bien. Debe de ser el alcohol. Creo que voy a marcharme a casa.

—Pero, Tig, tienes que quedarte al *céilidh*. ¡Es el mejor momento del año! Y sé que Charlie quiere saludarte.

—Tiene que saludar a mucha gente, y estoy segura de que habrá más oportunidades de hablar durante las fiestas. Quédate, Cal, y diviértete. Te veo en casa. Fiona, ha sido un placer conocerte.

—Lo mismo digo, Tiggy, y avísame cuando quieras que visite a tus gatos. Cal tiene mi número.

—Lo haré. Gracias, Fiona.

Me di la vuelta antes de que Cal pudiera detenerme y, cuando salí del pabellón, vi que había una espesa niebla y que la humedad que se arremolinaba como una telaraña en torno al árbol de Navidad del jardín delantero envolvía sus luces centelleantes. A unos metros del árbol, apareció otro destello de luz y me di cuenta de que cerca había alguien fumándose un cigarrillo.

—Feliz Navidad —dije al pasar junto a la figura.

—También para ti. Eh…

La figura se encaminó hacia mí y, cuando salió de entre la niebla, vi que se trataba de un hombre muy alto, aunque, en la oscuridad, no distinguí mucho más.

—¿Una buena fiesta? —me preguntó, y su voz reveló un ligero acento que no acerté a identificar.

—Muy buena, sí.

—¿Está dentro Char… el laird?

—Sí. Es el anfitrión de la fiesta junto con su esposa. ¿No has entrado todavía?

—No.

—¿Eres tú, Tiggy? —Nos iluminó el haz de una linterna—. He estado buscándote por todas partes ahí dentro.

Charlie Kinnaird se acercó a mí, pero se detuvo en seco cuando desvió el rayo de luz hacia mi acompañante.

—¿Qué estás haciendo tú aquí? —dijo al fin, al cabo de varios segundos.

—He venido a casa a visitar a mi madre por Navidad. Se me ha ocurrido darle una sorpresa. No va en contra de ninguna ley, ¿verdad?

Charlie abrió la boca para responder, pero luego volvió a cerrarla. La antipatía que emanaba de él era palpable.

—Muy bien —dije con toda la falsa alegría de la que fui capaz de hacer acopio—, yo ya os doy las buenas noches. Feliz Navidad

—añadí, me di media vuelta y eché a andar lo más rápido que pude hacia la cabaña.

Oí a los dos hombres hablando…, o más bien gruñéndose el uno al otro, cuando abría la puerta. El tono por lo general suave de Charlie tenía un dejo de aspereza que denotaba…

«¿Qué, Tiggy?»

—Odio —susurré con un escalofrío.

Cerré la puerta para aislarme del sonido de las voces alzadas y lo que sin duda era un altercado creciente. La cabaña estaba helada, porque el fuego casi se había extinguido y los acumuladores de calor se habían apagado. Reviví el fuego y me acurruqué frente a él. De repente me sentí muy sola y recordé que era la primera Navidad que pasaba fuera de Atlantis, sin mis hermanas y sin Pa.

Desenchufé mi móvil, que estaba cargándose, y, con la chaqueta de esquí todavía puesta, me dirigí al baño para ver si las hadas telefónicas que de vez en cuando nos proporcionaban dos escasas barras de cobertura nos habían visitado. Hubo suerte y pude leer varios mensajes de mis hermanas y recuperar un mensaje de voz de Ma, lo cual me hizo sentir mucho mejor.

Escribí un mensaje:

> Que la gracia y la alegría del espíritu navideño te acompañen, querida. Con cariño, Tiggy…

Lo envié cinco veces, a todas mis hermanas, y dejé a Ma un mensaje de voz en respuesta al suyo. Después, cuando volví a sentarme frente al fuego con Alicia en el regazo para que me hiciera compañía, oí que la campana de la capilla situada al otro lado de la cañada anunciaba la llegada del día de Navidad.

También oí un gemido junto a la puerta y me levanté para dejar entrar a Cardo, a sabiendas de que Cal tardaría horas en volver a casa. El animal entró dando saltos de felicidad y se dedicó a tratar de encaramarse a mi regazo mientras me acurrucaba delante del fuego.

—Cardo —le dije—, es que eres demasiado grande.

Aun así agradecí su calidez y su compañía.

—Dos criaturas solitarias juntas. Feliz Navidad, guapo —susurré mientras le acariciaba las suaves orejas, luego se las besé—. Y a ti Pa, dondequiera que estés.

5

La mañana de Navidad me desperté mucho más alegre. Había seguido nevando durante la noche y, en el horizonte, el primer indicio de un alboreo rosado prometía un amanecer espectacular.

Había oído a Cal y a Caitlin regresar a las tres de la madrugada. Como no quería molestarlos, después de abrigarme muy bien, salí de puntillas de la cabaña y fui a alimentar a los gatos. Aunque se suponía que era un día de fiesta para los humanos, la naturaleza no se detenía por la llegada de una fecha arbitraria en el calendario. Cuando alcancé la cima de la ladera, atisbé una figura alta junto al cercado, ataviada con una chaqueta Barbour y un gorro de lana, con el cuello levantado para protegerse del frío. El corazón se me aceleró un poco cuando me di cuenta de que era Charlie Kinnaird.

—Feliz Navidad —le dije en voz baja mientras me acercaba.

Se volvió hacia mí, sobresaltado.

—¡Tiggy! No te había oído llegar, caminas con mucha ligereza. Feliz Navidad para ti también —añadió con una sonrisa.

De cerca vi las manchas oscuras que le habían salido en torno a los ojos azules y una barba incipiente bajo los pómulos marcados.

—He bajado a ver a los gatos, pero luego he caído en la cuenta de que no sabía la combinación para entrar —continuó.

—Son cuatro sietes, para que te acuerdes la próxima vez —dije—. No quiero ser negativa, pero la verdad es que los gatos apenas salen, ni siquiera conmigo. Ya habrán captado tu olor, que es nuevo, así que es posible que tengas que venir unas cuantas veces para que se dignen aparecer.

—Entiendo. Cal me ha dicho que has tenido que trabajar mucho para animarlos a salir. No quiero alterarlos, Tiggy. ¿Prefieres que me vaya?

—¡Por supuesto que no! Tú eres quien les ha ofrecido un nuevo y encantador hogar. Son muy temperamentales, pero valdrá la pena si logramos que se reproduzcan.

—Aunque no puede decirse que sean adorables pandas gigantes —respondió Charlie con tristeza.

—Vaya, eso sí que atraería a la multitud. —Sonreí.

—¿Y si en lugar de que siga molestando a los gatos vamos a pasear un rato? —sugirió mientras yo dejaba en el recinto la dosis diaria de carne que necesitaban los gatos.

—Vale —convine.

Después de subir de nuevo por la ladera, serpenteamos en silencio hasta un afloramiento rocoso al que trepamos para tener las mejores vistas posibles del amanecer. Cuando los rayos brillantes y anaranjados comenzaron a surgir detrás de las montañas, me volví hacia él.

—¿Qué sensación da saber que todo esto es tuyo? —le pregunté.

—¿Con sinceridad? —Bajó la mirada hacia mí.

—Con sinceridad.

—Es aterrador. Prefiero mil veces la responsabilidad de salvar una vida humana a tener que solucionar los problemas de Kinnaird. Al menos en un hospital sé lo que estoy haciendo: hay un enfoque metódico que solucionará el problema o no. Mientras que esto… —Charlie hizo un gesto que pretendía abarcar el terreno salvaje— escapa con creces a mi control. Aunque quiero hacer cuanto esté en mi mano por Zara y los futuros Kinnaird, me pregunto si hacerme cargo de todo esto no será demasiado para mí. Todo lo que me gustaría lograr parece implicar aún más gastos y una inversión temporal a largo plazo.

—Pero todo merece mucho la pena.

Tomé aire, incapaz de evitar gesticular con los brazos de manera expansiva ante el increíble paisaje que nos rodeaba y brillaba con vida propia bajo la emergente luz del sol. Me miró durante un segundo y, a continuación, me imitó y miró hacia el otro lado de la cañada al mismo tiempo que inspiraba profundamente y observaba lo que, en efecto, era su reino.

—¿Sabes qué? —dijo al cabo de unos instantes durante los que pareció relajar los hombros y liberar parte de la tensión—. Tienes razón. Debo ser positivo, darme cuenta de la suerte que tengo.

—Tienes suerte, sí, pero entiendo a la perfección que debe de resultar abrumador. Sin embargo, todos te apoyamos, Charlie, de verdad.

—Gracias, Tiggy.

En un gesto espontáneo, tendió la mano para rozarme brevemente la manga de la chaqueta de esquí, y nuestras miradas se cruzaron un momento. Yo fui la primera en apartar la mía, y el instante se desvaneció con la misma rapidez con que había llegado.

Charlie carraspeó.

—Oye, quiero pedirte disculpas por la desafortunada escena que presenciaste anoche.

—No te preocupes por eso —le contesté—. Solo espero que se haya resuelto.

—No, y nunca se resolverá —replicó de forma brusca—. Esta noche no he podido pegar ojo, por eso me he levantado temprano y he venido aquí. Pensé que un poco de aire fresco me despejaría la cabeza.

—Lo siento, Charlie, fuera lo que fuese. Mi padre solía decirme que existían los problemas que podías solucionar y los que no, y que estos últimos tenías que aceptarlos, cerrar la puerta y seguir adelante.

—Parece que tu padre era un hombre muy sabio. No como yo. —Se encogió de hombros—. Pero tiene razón: Fraser ha vuelto a Kinnaird por razones desconocidas y no puedo hacer nada al respecto. Bien, será mejor que vuelva antes de que se enfríe el desayuno escocés completo de Beryl.

—No le haría ninguna gracia. —Sonreí.

—Desde luego que no —confirmó cuando nos dimos la vuelta para regresar a nuestras respectivas moradas—. ¿Dónde vas a pasar el día?

—Margaret me ha invitado a comer en su nuevo bungalow.

—Dale recuerdos de mi parte, por favor. Siempre le he tenido mucho cariño —dijo cuando nos detuvimos delante del pabellón—. Feliz Navidad una vez más, Tiggy. Gracias por hacerme compañía esta mañana. Espero que tengamos oportunidad de hablar un poco más.

—Yo también. Feliz Navidad, Charlie.

El bungalow de Margaret era todo lo que debería ser un bungalow nuevo y las dos emitimos exclamaciones de apreciación cuando me demostró que los grifos proveían agua caliente de inmediato, y cuando tocamos todos los radiadores y pusimos todos los canales de la televisión.

—Esto es muy acogedor, Margaret —dije mientras me guiaba a un nuevo sofá de dralón rosa y me servía un whisky.

Mi amiga tenía buen aspecto y estaba descansada, y sus dos perros y el gato dormían tranquilamente frente al fuego.

—Debo reconocer que no echo de menos levantarme al romper el alba. ¡Después de tantos años, es un verdadero lujo quedarse en la cama hasta las siete! Bueno, tú relájate, Tiggy, que yo voy a echar un vistazo a nuestra comida.

Me bebí el whisky despacio; el calor me bajaba agradablemente por la garganta. Al cabo de un rato, seguí a Margaret hasta la pequeña mesa que había decorado con velas y una flor de pascua de color rojo rubí. Mientras yo disfrutaba de mi asado de frutos secos, hecho como solo ella sabía, Margaret atacó una pechuga de pavo.

—¿Qué tal anoche en el *céilidh* de Nochebuena del pabellón? —me preguntó—. ¿Estaba Zara?

—Estaba agotada, así que no me quedé al baile, pero sí, conocí a Zara. Es todo un personaje —dije reprimiendo una sonrisa—. El caso es que, cuando salí del pabellón, había un hombre muy alto merodeando por el jardín. Luego salió Charlie y... Bueno —me encogí de hombros—, no pareció alegrarse mucho de verlo.

—¿Y dices que era alto?

—Mucho —confirmé—. Y tenía acento estadounidense, creo.

—Canadiense, más bien. No... no puede ser. —Margaret dejó el tenedor y se quedó mirando la luz de las velas.

—¡Se llamaba Fraser! —exclamé—. Lo ha dicho Charlie esta mañana.

—¡Entonces era él! ¿Qué diablos está haciendo otra vez aquí esa escoria? ¡Ja! —Margaret bebió un trago de whisky y después golpeó la mesa—. Apuesto a que lo sé.

—¿A que sabes qué?

—Nada, Tiggy, pero tú mantente alejada de él. Ese tipo es un problema andante. Pobre Charlie, es lo último que necesitaba en estos momentos. Me pregunto si él lo sabrá —reflexionó Margaret casi para sí, poco dispuesta a compartir sus pensamientos—. De todos modos, mejor olvidarse de él. A fin de cuentas, es Navidad.

Asentí obedientemente, pues no quería disgustarla. Después de comer, nos sentamos y disfruté de una de sus tartas de fruta caseras. Vimos el tradicional discurso del día de Navidad de la reina y, a continuación, Margaret dio una cabezada mientras yo fregaba los platos. Hice todo lo que pude por no pensar en Pa y en el hecho de que echaba mucho de menos a todas mis hermanas y la sensación de pertenencia que me proporcionaban. Aunque fuéramos un grupo dispar, sin ningún tipo de vínculo de sangre entre nosotras, nuestras fiestas navideñas siempre habían sido cálidas y muy reconfortantes; nuestras tradiciones nos mantenían unidas. Todas decorábamos juntas el árbol en Nochebuena, y luego Pa cogía en brazos a Star para «que se colocase a sí misma» en lo alto del árbol. Claudia, el ama de llaves, siempre preparaba la comida más maravillosa y, mientras todos los demás atacaban una fondue de carne o un ganso, yo disfrutaba de pequeñas delicias veganas cocinadas solo para mí. Luego, cuando nos sentíamos maravillosamente llenos y calentitos, abríamos juntos los regalos en la sala de estar, cuyas ventanas estaban cubiertas de nieve y dejaban entrar la luz titilante de las estrellas del cielo nocturno. La mañana de Navidad, todas entrábamos corriendo en el dormitorio de Pa para despertarlo y luego bajábamos a tomar uno de los tradicionales desayunos de creps dulces de Claudia. Después dábamos un paseo rápido y a la vuelta entrábamos en calor con una taza de su vino caliente.

Cuando Margaret se despertó, tomamos una taza de té y una porción de su fantástico pastel de Navidad, cuyos restos se empeñó en que me llevara para compartirlos con Cal. Señalé el cielo, ya oscurecido, y los pocos copos de nieve que comenzaban a caer al otro lado de la ventana.

—Creo que debería ir poniéndome en marcha.

—Claro. Tiggy, ten cuidado con el coche de vuelta a casa, y pásate a verme siempre que estés en la ciudad.

—Por supuesto, Margaret —le prometí, y le di un beso de despedida—. Gracias por haberme invitado hoy. Ha sido estupendo.

—Por cierto, ¿has conocido ya a Chilly? —me preguntó cuando me subía a Beryl.

Me di cuenta de que, con los preparativos navideños, me había olvidado de él.

—No, pero te prometo que pronto iré a verlo.

—Sí, no lo dejes pasar, querida. Adiós.

Al día siguiente me desperté a mi hora habitual y fui a dar de comer a los gatos. La capa de nieve de aquella mañana era espesa, así que, cuando les arrojé sus raciones de carne, no pude culparlos por permanecer arrebujados en sus camas. Me sorprendió y, al mismo tiempo, me complació encontrarme a Charlie esperándome cuando salí del recinto.

—Buenos días, Tiggy, espero que no te importe que haya vuelto a bajar. Me he despertado temprano y no he sido capaz de dormirme de nuevo.

—No pasa nada, Charlie —lo tranquilicé.

—¿Vamos a caminar un rato otra vez? A no ser que tengas que irte a algún sitio, claro —agregó.

—En la cabaña no me esperan más que un galgo viejo y maloliente y una eriza coja. Hasta Cal me ha abandonado. Está en Dornoch con su familia.

Charlie se echó a reír.

—Entiendo.

Cuando comenzamos a andar, me pareció que se mostraba mucho más positivo respecto a la finca, pues me señaló sus lugares favoritos y me reveló más detalles de su historia.

—Antes había una casa increíble que parecía un castillo medieval y estaba justo a la derecha del pabellón —me explicó—. Allí vivieron todos los lairds y sus familias hasta la década de 1850, cuando mi tatarabuelo se quedó dormido con un puro grande y gordo en la boca y le prendió. Él se quemó con la casa, aunque ya tenía más de ochenta años por aquel entonces, y todo quedó arrasado hasta los cimientos. Todavía se distinguen en el bosquecillo que hay al lado del pabellón.

—Uau, tienes un montón de historia familiar. Yo, sin embargo, no tengo ninguna.

—Me pregunto si eso será una bendición o una maldición. Últimamente me ha supuesto un gran peso, eso está claro. Aunque me ayudó mucho hablar contigo ayer, Tiggy. Creo que en los últimos meses me había vuelto casi inmune a la belleza de Kinnaird, la consideraba más una carga que una ventaja.

—Bueno, es comprensible, Charlie. Es una gran responsabilidad.

—No es solo eso —reconoció—. También se trata de que, en cierto sentido, ha cambiado el rumbo de la visión que tenía de mi propio futuro.

—¿Cuál era tu visión?

Se produjo un silencio prolongado, como si se estuviera planteando si confiar o no en mí.

—Bueno, me había planteado marcharme al extranjero a trabajar para Médicos Sin Fronteras cuando Zara terminara el instituto. El Servicio Nacional de Salud es una institución maravillosa, pero el papeleo y los presupuestos del gobierno ahogan al personal. Solo quiero poder utilizar mis habilidades con libertad en un sitio donde se necesiten de verdad, donde realmente pueda cambiar algo.

—Sé muy bien a qué te refieres. Siempre he soñado con trabajar con especies en peligro de extinción en África. Adoro a los gatos monteses, por supuesto, pero…

—Lo entiendo —me interrumpió Charlie con una sonrisa comprensiva—. No puede decirse que esto sea la sabana africana. Parece que compartimos un sueño similar.

—Bueno, los sueños tardan en convertirse en realidad y, aun así, no siempre ocurre en los lugares donde esperamos. Supongo que debemos ser pacientes y concentrarnos en lo que tenemos hoy.

—Sí, tienes razón, y hablando de eso, ¿has tenido ocasión de pensar en otras especies que pudiéramos introducir aquí?

—Creo que, sin duda, las ardillas rojas son una especie que podría implantarse en el futuro, cuando la reforestación esté más avanzada. He estado investigando la posibilidad de introducir el salmón salvaje, tal como dijiste, pero parece que la repoblación es bastante complicada y, como ya te comenté, no soy experta en peces, así que tendré que buscar el consejo de alguien que sí lo sea. Mientras tanto, creo que el alce podría ser el paso siguiente: conozco a una persona del zoo de Servion que podría aconsejarnos. Aunque, claro, necesitaríamos financiación. He pensado que podrías solicitar alguna subvención.

—Ay, ya lo sé. —Charlie suspiró—. He intentado solicitar una subvención del Programa de Desarrollo Rural aquí, en Escocia, y varias de la Unión Europea, pero son una pesadilla. Sencillamente no tengo tiempo para recopilar la información con todos los detalles que quieren.

—Yo podría ayudarte, dispongo de mucho tiempo libre.

—¿En serio? ¿Tienes alguna experiencia?

—Sí, en la universidad y en el zoo de Servion tuve que solicitar financiación para proyectos de investigación. Solo lo he hecho un par de veces, pero más o menos me desenvuelvo con la burocracia.

—Vaya, pues eso sería increíble. Me estaba tirando de los pelos con las solicitudes. Desde que murió mi padre, he estado metido en el hospital o con la cabeza enterrada en papeleo legal. Mi esposa no deja de intentar convencerme para que venda la propiedad o la convierta en un campo de golf, y no la culpo.

—Me han dicho que se hizo cargo de la reforma del pabellón. Ha hecho un gran trabajo, es impresionante

—Sí, aunque el proyecto acabó sobrepasando con creces el presupuesto original. Pero es injusto por mi parte criticarla. No ha sido fácil para ella, y solo trataba de ayudar.

—Y estoy segura de que el pabellón atraerá a clientes exigentes en el futuro —dije con firmeza mientras Charlie consultaba la hora en su reloj.

—Sí, claro. Tengo que volver. ¿Puedo acercarte a la cabaña el papeleo de las subvenciones, todo lo que he conseguido hacer, para que le eches un vistazo en algún momento?

—Cuando quieras, Charlie.

Para cuando volví a la cabaña, un viento gélido ululaba por la cañada, así que, después de desayunar, encendí el fuego y me acurruqué en el sofá con un libro. La noche anterior, como Cal se había marchado, había dejado a Cardo entrar en la cabaña y esa mañana me lo había encontrado de nuevo en el umbral. No tardó en intentar encaramarse a mi regazo y, al final, lo aparté y se acurrucó a mis pies. Sus ronquidos sibilantes y el suave crepitar del fuego me reconfortaban mientras leía.

Di un respingo cuando oí que alguien restregaba los pies en el felpudo de fuera. Si era Cal, sabía que me caería una buena bronca por lo de Cardo; sin embargo, por la puerta asomaron un par de brillantes ojos azules.

—Hola, Tiggy, ¿te pillo en mal momento? —preguntó Zara.

—Para nada, solo estaba leyendo —contesté al tiempo que me incorporaba—. ¿Estás pasando una buena Navidad?

—Cualquier día es bueno cuando estoy en Kinnaird —contestó tras sentarse a mi lado en el sofá. Cardo se acercó a ella de inmediato y le apoyó la cabeza en el regazo—. Esta mañana he cogido el coche y me he ido a Deanich Lodge. Mis padres estaban discutiendo otra vez, así que he salido en busca de un poco de paz y tranquilidad. Ese sitio es fantástico, ¿has estado?

—No, pero, Zara, ¿crees que es buena idea que conduzcas tú sola por ahí? Las carreteras son muy traicioneras con esta nieve…

—¡Conduzco por la finca desde que tenía diez años, Tiggy! Son nuestras tierras, ¿recuerdas? Aquí no necesito ni carnet ni nada. Me llevo una radio, un termo y cosas así por si algo sale mal… Conozco las reglas, ¿vale? He ido a darle a Chilly su caja de Navidad. Le he robado a mi padre una botella de whisky para animarla un poco. —Zara me guiñó el ojo con complicidad—. Hemos compartido una copita y unos cigarrillos. A pesar de que está loco y huele fatal, es la persona más divertida de por aquí. Excepto tú, por supuesto.

—Mi amiga Margaret me habló de él ayer. Me encantaría ir a conocerlo.

—Puedo bajarte cuando quieras. Creo que lo mejor será que te lo presente yo y le explique quién eres, porque no se lleva bien con los extraños.

—Entonces se parece a mis gatos monteses —le dije con una sonrisa.

—Sí, exacto. ¿Y qué tal si, a cambio de llevarte a conocer a Chilly, me dejas saludarlos? Camino con el mismo sigilo que tú, Tiggy, lo prometo, y me encantaría conocerlos. ¿Cómo se llaman?

Se lo dije sin dejar de pensar en que, si llevaba a Zara a verlos, ¿cómo se lo explicaría a su madre, después de que la hubiera echado de allí?

—¿Por qué no esperamos a ver si mañana se sienten sociables? Es que estoy paranoica con lo de que perciban olores de personas extrañas y vuelvan a esconderse.

—Lo entiendo, Tiggy. Estaré aquí hasta justo antes de Hogmanay, así que todavía nos quedan unos días. Y ya que estoy, me preguntaba si podría... ser tu ayudante o algo así. Seguirte por ahí y ver lo que haces en realidad.

—Me temo que en este momento, hasta que lo hayamos arreglado todo para traer más animales a la finca, los gatos son lo más destacado de mi jornada laboral.

Zara miró la hora en su móvil.

—Será mejor que me vaya. ¡Van a venir un montón de vecinos a cenar, y mi madre me obligará a ponerme un vestido! —Puso los ojos en blanco, se levantó y se dirigió hacia la puerta—. Si te parece bien, me pasaré mañana más o menos a mediodía.

—Ven siempre que quieras. Adiós, Zara.

—Hasta luego, Tiggy.

Zara apareció al día siguiente a la hora de comer, y me alegré de verla. Cal llevaba toda la mañana fuera, de cacería, y empezaba a sentirme como una vieja solterona solitaria.

—Hola, Tiggy. —Sonrió al entrar por la puerta principal—. Voy a bajar a Deanich Lodge para llevarle la comida a Chilly, ¿quieres que te lo presente?

—Me encantaría. —Cogí mi ropa de abrigo—. Te sigo.

Una vez que Zara se puso el cinturón de seguridad del asiento del acompañante, arranqué el coche. El viento gélido del día anterior se había esfumado durante la noche y hacía un día soleado, fresco y puro. Mientras el coche bajaba por la ladera, la nieve brillaba a nuestro alrededor y cubría de inocencia el hielo traicionero que se extendía por debajo. Zara me dio las indicaciones y luego se puso a parlotear sobre lo aburrida que había sido la cena de la noche anterior y lo poco que le apetecía volver al instituto, en los páramos de North Yorkshire, después de Año Nuevo.

—Que generaciones de antepasados Kinnaird asistieran a él no lo convierte en el adecuado para mí. ¿No es ridículo que a los dieciséis años puedas casarte, mantener relaciones sexuales y fumar legalmente, pero que en el internado todavía te traten como a una cría de diez? ¡Apagan las luces a las nueve y media!

—Solo te quedan dieciocho meses, Zara. Se te pasarán volando, de verdad.

—No es que estemos mucho en este mundo, así que ¿por qué malgastar todo ese tiempo, más de quinientos cuarenta días, que los he contado, en un lugar que odio?

En el fondo estaba de acuerdo con ella, pero la adulta sensata en que me había convertido sabía que era mejor no reconocerlo.

—La vida está llena de reglas ridículas, pero también hay algunas buenas, establecidas para protegernos a todos.

—¿Tienes novio, Tiggy? —me preguntó tras señalarme que debía cruzar al otro lado del río por un estrecho puente de madera.

Abajo el agua se congelaba sobre las rocas formando unas esculturas de hielo increíbles.

—No. ¿Y tú?

—Más o menos. Es decir, en el instituto hay un chico que me gusta mucho.

—¿Cómo se llama?

—Johnnie North. Está muy en forma, y todas las chicas de mi curso están enamoradas de él. Hemos quedado un par de veces en el bosque, hemos compartido algunos cigarrillos. Pero… es un chico malo, ¿sabes?

—Sí, sé de qué me hablas —murmuré, y me pregunté por qué tantas mujeres se sentían eternamente atraídas hacia el tipo de hombre que las usaría y maltrataría, cuando los buenos, y había muchos hombres buenos, se quedaban mirando de brazos cruzados y preguntándose por qué no conseguían echarse novia.

—A ver, no creo que sea malo de verdad, solo le gusta fingir que lo es para quedar bien delante de sus amigos. Cuando estamos a solas, hablamos de cosas muy profundas —continuó Zara—. Tuvo una infancia difícil, ¿sabes? En el fondo es un chico verdaderamente vulnerable y sensible.

Miré de soslayo la expresión soñadora de Zara y me di cuenta de que acababa de responder a mi pregunta: todas las mujeres que se enamoraban de un chico malo creían que en realidad no era un mal tipo, solo un incomprendido. Y, lo peor de todo, pensaban que ellas eran las únicas que lo entendían y, por lo tanto, podían salvarlo…

—El trimestre pasado nos hicimos muy íntimos, pero todos mis amigos dicen que lo único que le interesa es llevarme a la ca… —Zara se interrumpió y tuvo la delicadeza de sonrojarse—. Ya sabes a qué me refiero, Tiggy.

—Bueno, puede que tus amigos tengan razón —respondí, sorprendida ante la franqueza de Zara.

A su edad, a mí jamás se me habría ocurrido hablar de sexo con un «adulto», y menos aún con uno al que acababa de conocer. Detuve a Beryl con mucho cuidado y noté que los neumáticos patinaban un poco sobre la nieve congelada a pocos metros de una cabaña de madera incrustada en una grieta. Las montañas se elevaban en un arco elegante a nuestro alrededor; la sensación de aislamiento resultaba inquietante y espectacular a un tiempo. Bajamos del Land Rover y caminamos hacia la cabaña con el aire helado lacerándome hasta el último centímetro de carne expuesta. Me cubrí la nariz con la bufanda, porque respirar aquel aire hacía que me dolieran los pulmones.

—Uau, aquí rondarán los diez grados bajo cero. ¿Cómo sobrevive Chilly?

—Supongo que está acostumbrado. Y ahora que tiene la cabaña, está mejor. Espera aquí —me indicó Zara antes de llegar a la puerta—. Entraré y le diré que tiene visita, pero que no eres de los servicios sociales. —Me guiñó un ojo, luego continuó avanzando por la nieve y desapareció por la puerta de la cabaña.

Estudié la casa y vi que estaba bien construida, a partir de robustos troncos de pino, uno encima del otro, como las cabañas de esquí más antiguas de las laderas montañosas de Suiza.

La puerta se abrió y Zara miró a uno y otro lado.

—Ya puedes entrar.

Me encaminé hacia Zara. Al entrar, la maravillosa explosión de aire caliente y ahumado me produjo un gran alivio. Mis ojos se adaptaron a la penumbra de la habitación: la única luz provenía de un par de lámparas de aceite y del parpadeo de las llamas en la estufa de leña. Zara me agarró de la mano y me condujo un par de pasos hacia un sillón de cuero desgastado colocado frente al fuego.

—Chilly, esta es mi amiga Tiggy.

Un par de brillantes ojos castaños me observaron desde una cara tan arrugada que parecía el mapa de carreteras de una capital en expansión. Descubrí que el fuerte olor a humo no procedía de la estufa, sino de una larga pipa de madera que colgaba de la boca del hombrecillo. No le quedaba ni un pelo en la cabeza y tenía la piel muy curtida, con lo que me recordó a un monje anciano.

—Hola, Chilly —lo saludé, y entonces di otro paso hacia él y le tendí la mano.

No me la estrechó, se limitó a seguir mirándome. Mientras lo hacía, se me aceleró el corazón, así que cerré los ojos para tranquilizarme y se me apareció una imagen: estaba en una cueva mirando a los ojos de una mujer. Ella me susurraba palabras suaves tras el humo que flotaba ante su rostro, procedente de algún lugar cercano, y yo tosía sin parar...

Entonces caí en la cuenta de que también estaba tosiendo en ese momento. Abrí los ojos y me tambaleé un poco antes de obligarme a volver a la realidad. Zara me agarró del brazo.

—¿Te encuentras bien, Tiggy? El aire está bastante cargado aquí dentro, me temo.

—Estoy bien —dije mirando a Chilly con los ojos llorosos.

Era como si no pudiera apartar la vista de él aunque quisiera.

«¿Quién eres tú para mí...?»

Vi que sus labios se movían mientras me murmuraba algo en un idioma que no entendí, luego me hizo señas con un dedo huesudo para que me acercara hasta quedar a apenas unos centímetros de él.

—Siéntate —dijo en inglés con un acento muy marcado, y señaló el único asiento, aparte del suyo, que había en la habitación, un taburete de forma tosca situado cerca de la estufa.

—Adelante. Yo estaré bien en el suelo —dijo Zara, que agarró un cojín de la cama de latón para ablandar el suelo de hormigón desnudo.

—¡Hotchiwitchi! —exclamó Chilly de pronto, y me señaló con el índice doblado como una garra. Luego echó la cabeza hacia atrás y se echó a reír como si estuviera entusiasmado—. ¡Pequeña bruja! —añadió en lo que me pareció español.

—No te preocupes, siempre habla en un galimatías de inglés y español —murmuró Zara—. Papá dice que también habla un poco de la antigua lengua romaní.

—De acuerdo —dije, a pesar de que estaba casi segura de que Chilly acababa de llamarme bruja.

El anciano por fin había apartado la mirada de mí y estaba rellenando su pipa con algo que parecía musgo. Una vez que la encendió de nuevo, me sonrió.

—¿Hablas inglés o español?

—Inglés y francés, pero muy poco español.

Chilly chasqueó la lengua para mostrar desaprobación y chupó la pipa.

—¿Has estado tomándote las pastillas que te dio el médico? —preguntó Zara desde su cojín.

Chilly se volvió hacia ella con una mezcla de alegría y burla en los ojos.

—¡Veneno! Intentan matarme con esa medicina moderna.

—Chilly, son analgésicos y antiinflamatorios para la artritis. Te ayudan a estar mejor.

—Tengo mis propios métodos —afirmó, y levantó la barbilla hacia el techo de madera—. Y tú también los tendrás… —Me señaló—. Dame las manos —ordenó.

Las extendí como me pidió, con las palmas hacia arriba, y Chilly las tomó entre las suyas. Me sorprendió la suavidad de su tacto. Sentí un cosquilleo en las yemas de los dedos que fue cobrando intensidad a medida que el gitano recorría las líneas que me surcaban la palma y me apretaba, uno a uno, los dedos. Cuando terminó, alzó la vista hacia mí.

—O sea, que tu magia está aquí —declaró con un gesto hacia mis manos—. Ayudas a las criaturas pequeñas de la tierra… los animales. Ese es tu don.

—Cierto —respondí mirando con desconcierto a Zara, que no hizo más que encogerse de hombros.

—Poder de bruja —dijo, de nuevo en español—. Pero no del todo, porque tu sangre no es pura, ¿sabes? ¿Qué es lo que haces, Hotchiwitchi?

—¿Te refieres a en qué trabajo?

Asintió y se lo expliqué. Cuando acabé, me miró y chasqueó la lengua.

—Un desperdicio. Tu poder aquí. —Hizo un gesto hacia mis manos y mi corazón—. No ahí. —Me señaló la cabeza.

—Vaya —dije ofendida—. Bueno, al menos el título de zoología me ayuda a entender el comportamiento animal.

—¿Para qué sirven las estadísticas, el papeleo y los ordenadores? —Volvió a apuntarme con el dedo huesudo—. Eliges el camino equivocado.

—¿Te has comido el pavo que te traje ayer? —intervino Zara al darse cuenta de mi evidente inquietud.

Se puso en pie y se dirigió hacia un rincón de la cabaña para abrir un viejo armario que contenía varias latas abolladas y un batiburrillo de cacharros.

—Sí. ¡Uf! —Chilly fingió tener náuseas—. Pájaro viejo.

—Bueno, pues hoy hay sopa de pavo. —Zara se encogió de hombros y sacó un cuenco de la alacena, lo llenó con la sopa del termo que había llevado, le agregó pan y una cuchara, y se lo acercó a Chilly—. Muy bien, cómete esto, iré a buscarte más leña.

Zara levantó una cesta de troncos y salió de la cabaña.

Observé a Chilly comerse la sopa a toda prisa, como si no la saboreara siquiera. Cuando vació el cuenco, lo dejó a su lado, se limpió la boca con el antebrazo y volvió a encender la pipa.

—¿Sientes el Espíritu de la Tierra, hermana?

—Sí, lo siento —susurré, y me sorprendió entender por primera vez qué quería decir con exactitud.

—«¿Es real?», te preguntas.

—Sí, así es.

—Te ayudaré a confiar en él antes de que te vayas de aquí.

—Todavía no me planteo marcharme de Kinnaird, Chilly, ¡acabo de llegar!

—Eso es lo que piensas. —Rio con ganas.

Zara apareció con la cesta de troncos y la soltó al lado de la estufa. Después sacó un poco de pastel de Navidad de una lata y la botella de whisky que había robado a su padre, a la que ya le faltaba un tercio, y sirvió un poco más en una taza de hojalata.

—Aquí tienes, Chilly —dijo al tiempo que le dejaba el whisky y el pastel en la mesita que había junto a su sillón—. Ahora tenemos que irnos.

—Tú —el hombre me señaló—, vuelve pronto, ¿de acuerdo?

No era una petición, sino una orden, así que me encogí de hombros sin comprometerme a nada. Nos despedimos y regresamos caminando por la tierra helada hacia Beryl. Me sentía muy extraña, como si flotara, como si hubiera vivido algún tipo de experiencia extracorporal. Fuera quien fuese Chilly, e hiciera lo que hiciese, daba la sensación de conocerme y, a pesar de su rudeza, yo también sentía una extraña sinergia con él.

—El problema es que es muy orgulloso —comentó Zara durante el trayecto de regreso—. Se ha pasado toda la vida cuidándose solo y ahora ya no puede. Papá incluso se ha ofrecido a instalarle un generador, pero él se niega. Beryl dice que está convirtiéndose en un lastre y que nos roba demasiado tiempo, que por su propio bien debería estar en una residencia.

—Eso me dijo —respondí—, pero el caso es, Zara, que ahora que lo he conocido entiendo por qué quiere quedarse donde está. Sería como sacar a un animal de su hábitat natural después de que se haya pasado la vida en libertad. Si se lo llevaran a una ciudad, lo más probable es que muriera al cabo de unos días. Y aun en el caso de que prendiera fuego a la cabaña por accidente o sufriera un ataque al corazón, estoy segura de que preferiría irse así a verse atrapado en un asilo con calefacción central. Yo, desde luego, lo preferiría.

—Sí, seguro que tienes razón. De todos modos, parece que le has caído bien, Tiggy. Te ha invitado a volver a verlo. ¿Lo harás?

—Uy, sí —respondí—, claro que sí.

6

A la mañana siguiente, temprano, cumplí con mi parte del trato, me reuní con Zara en el patio y bajamos a ver a los gatos con una cesta de carne. No creía que su visita fuera a provocar ningún daño, porque, de todas formas, había seguido nevando durante la noche y cualquier animal sensato estaría enterrado en su acogedora madriguera.

—Bien —le dije cuando llegamos al camino que se alzaba por encima de los recintos—. A partir de ahora, sé lo más silenciosa que puedas, ¿de acuerdo?

—Recibido, jefa —susurró Zara, y me dedicó un saludo militar.

Nos deslizamos por la pendiente helada hasta el primer recinto. Abrí la puerta y lancé la comida hacia el interior.

—¿Molly? ¿Polson? ¿Posy? ¿Igor…? —los llamé y, con Zara detrás, rodeamos el resto de los recintos arrojando carne al interior de cada uno de ellos y charlando con mis amigos invisibles.

Cuando le indiqué con un gesto de la cabeza que los gatos no iban a salir a jugar, Zara se negó a marcharse.

—Cinco minutos más, por favor. ¿Puedo intentar llamarlos? —me suplicó en un susurro.

—Vale, ¿por qué no?

Me encogí de hombros.

Se enderezó y se aproximó al recinto más cercano. Se agarró con los dedos enguantados a la valla de alambre, presionó la cara contra ella y repitió los nombres de los gatos. La seguí por los recintos mientras ella les hablaba y esperaba. Y entonces, de pronto, vi un movimiento en la caja preferida de Posy.

—Mira, es Posy —siseé señalando la caja, parcialmente cubierta por la maleza.

Y, en efecto, un par de ojos ambarinos destellaron en la penumbra.

—¡Ay, Dios! —susurró Zara entusiasmada. La vi clavar la mirada en los ojos del gato y parpadear muy despacio—. Hola, Posy, soy Zara —dijo en voz baja, y para mi sorpresa y deleite absolutos, Posy la imitó y parpadeó.

Entonces se oyó un repentino ruido de pisadas que crujían sobre la nieve y el gato se escondió de inmediato.

—¡Mierda! —soltó Zara—. Creía que estaba a punto de salir.

—Es posible que fuese a hacerlo —le dije mientras volvíamos sobre nuestros pasos colina arriba para ver quién había asustado al gato.

Allí, en lo alto de la ladera, estaba Charlie Kinnaird.

—¡Papá! —Zara trepó hasta él—. Había conseguido atraer a uno de los gatos hacia el exterior, pero entonces ha oído tus pasos y ha desaparecido —le espetó en un susurro exagerado.

—Lo siento, cariño. Yo también venía a ver a los gatos —susurró Charlie—. Y a verte a ti, Tiggy. ¿Y si subimos a la casa, donde hace más calor y podemos permitirnos hablar de verdad?

Charlie me sonrió y sentí que por dentro me derretía como la nieve al sol.

—¡Vaya, si estáis todos aquí! —exclamó una voz estruendosa desde más arriba. Levanté la vista y vi a Ulrika, que se acercaba por el camino hacia nosotros—. Creía que estos animales eran de acceso limitado para todo el mundo menos para ti. —Ulrika me señaló—. Menudo honor para vosotros —insistió mientras Charlie y Zara subían el resto de la ladera por delante de mí—. A mí me echaron hace unos días.

Con las manos en las caderas, su estatura y la posición por encima de mí en la colina, Ulrika me recordó a una valquiria enojada.

—Solo me ha traído porque se lo he suplicado hasta hartarla, mamá —dijo Zara para tratar de aplacarla.

—Entonces ¿la próxima vez yo también debo ponerme de rodillas y suplicarte?

Ulrika hablaba en tono ligero, pero, cuando me miró, sus ojos eran duros y fríos.

—Sube a casa con nosotros, Tiggy, así nos tomamos un café y charlamos —propuso Charlie cuando nos dirigíamos al pabellón.

—Lo siento, cariño, pero necesito que me lleves a Dornoch para visitar a lady Murray. Me espera para tomar un café a las once. ¿Quizá en otra ocasión, Tiggy? —sugirió Ulrika con frialdad.

—Por supuesto.

—Me pasaré por la cabaña cuando vuelva —dijo Charlie—. Quiero darte los papeles de las subvenciones y también hablar de lo de traer alces a la finca en primavera.

—De acuerdo. Bueno, adiós, Zara, adiós, Ulrika —dije.

Me batí en rápida retirada hacia la seguridad de la cabaña.

—¡Uau! —exclamé al tiempo que me desplomaba en el sofá.

—¿A qué viene ese «uau»? —me preguntó Cal cuando entró en la sala de estar con una tostada en la mano.

—A Ulrika Kinnaird. —Suspiré—. Tengo la sensación de que no le caigo muy bien.

—No creo que nadie le caiga muy bien, Tig. No te lo tomes como algo personal. ¿Qué te ha dicho?

Le expliqué lo que había sucedido y Cal se rio.

—Buf —dijo—, creo que quedas fuera de su lista de felicitaciones navideñas durante unos cuantos años. A Ulrika no le gusta que la dejen de lado en nada, y menos cuando está relacionado con su marido. A lo mejor se debe solo a que es muy insegura.

—Tal vez le pida a su marido que me despida.

—El laird te valora mucho, Tig, no te preocupes. Bueno, tengo que irme. Su Majestad ha pedido que quite la nieve del camino de entrada con una pala y que eche un poco de sal para no que no se caiga sobre su precioso y minúsculo trasero. —Me guiñó un ojo y salió de la cabaña.

—Entonces ¿se ha pasado el laird a tomar un té y a charlar? —me preguntó Cal cuando volvió a casa a las ocho de la tarde.

—No, no ha venido —contesté, y serví a Cal el whisky que me había pedido.

—Bueno, quizá se haya liado con otras cosas.

—Puede ser. Aun así, no es que el pabellón esté a mil kilómetros; podría haberse acercado a decírmelo. He estado todo el día aquí sentada esperándolo.

—Sí, y seguro que estaban en el pabellón. He visto que su coche volvía alrededor de las tres. Venga, Tig, no pongas esa cara.

—Bueno, pues como ahora ya está claro que no vendrá, me voy a bañar.

Solo quedaba agua tibia, y me quedé tumbada en la bañera pensando si el hecho de que Chilly hubiera insinuado que me marcharía pronto tendría algo que ver con la aparición matutina de la valquiria rubia.

Oí unos golpecitos repentinos en la puerta del baño.

—¿Tig? ¿Has salido ya? Tenemos visita.

—Eh… Casi —contesté, y quité el tapón de la bañera antes de salir—. ¿Quién es?

Contuve la respiración a la espera de la respuesta de Cal, con la esperanza de que no fuera Charlie Kinnaird. No tenía ningunas ganas de salir a la sala de estar con mi vieja bata de lana azul y de tener que correr a mi habitación para coger la ropa.

—Es Zara, y está un poco nerviosa —siseó.

—Vale, ya voy —dije a través de la puerta.

Cuando la abrí y me dirigí a la sala de estar, vi a Zara sentada en el sofá, con la cabeza enterrada entre las manos, sollozando con fuerza.

—Os dejo solas, chicas. —Cal enarcó una ceja y se fue.

—Zara, ¿qué ocurre? —pregunté, y me senté en el sofá junto a ella.

—Mi padre me prometió que podríamos quedarnos hasta el día anterior a Hogmanay, ¡pero ahora dice que nos vamos ya! ¡Podría haber pasado aquí dos días enteros más, y ahora tengo que volver a Inverness!

—¿Por qué?

—No lo sé. Un hombre ha entrado en el pabellón esta mañana y ha tenido alguna discusión fuerte con papá. No me he atrevido a bajar, pero los oía gritarse. Después mi padre ha subido y me ha dicho que nos íbamos a casa. ¡Y yo no quiero irme!

—¿Sabes a qué se debía la discusión? ¿O quién era ese hombre?

—No, papá no ha querido contármelo.

—Zara, cariño —le dije mientras la abrazaba—, lo siento. Solo tienes que recordar que en realidad no te queda mucho para cumplir los dieciocho, y luego, si lo que deseas es estar en Kinnaird, nadie podrá impedírtelo.

—Mi padre me ha dicho que, si quería, podía pasar todas las vacaciones de Navidad aquí, pero mamá no me deja quedarme. Ella odia la finca.

—Tal vez este no sea su tipo de vida.

—Nada es su tipo de vida, Tiggy. —Zara suspiró; su expresión era la viva imagen del cansancio y la desesperación—. No para de decir que se alegrará si papá hace esto o aquello, como llevársela de vacaciones de lujo con un dinero que no tiene, o comprarle un coche nuevo o un cuadro que le gusta porque así se sentirá mejor. Pero no es verdad. Es una persona muy infeliz, ¿sabes?

Cuando me senté y acaricié el cabello sedoso a Zara, pensé que, a pesar de que tal vez estuviera exagerando debido al dramatismo de las hormonas adolescentes, yo misma había visto lo suficiente de Ulrika para comprender que tenía un carácter difícil. Y de repente caí en la cuenta de que, aunque me habían adoptado y había vivido bajo el cuidado de una mujer contratada por mi padre adoptivo, y aunque a menudo había soñado en secreto con ser la amada hija de dos padres biológicos casados, en realidad había idealizado la situación. No conocía la experiencia de tener unos padres enfrentados. En Atlantis no había oído a Pa Salt y a Ma discutir ni una sola vez: nos habían criado en absoluta tranquilidad, y por primera vez fui consciente de lo extraño que era en realidad. Lo que Zara estaba experimentando era lo que muchos de mis amigos del colegio habían pasado también. Mis hermanas y yo habíamos vivido en una fantasía de perfección en nuestro castillo de cuento de hadas, al menos en lo que a nuestros «padres» se refería. Por supuesto, lo que salvó nuestra infancia fue que éramos seis y, desde luego, la armonía nunca había sido soberana suprema entre nosotras: siempre había alguna enfadada con otra y, por lo general, esa «otra» era mi hermana pequeña, Electra…

Se hizo el silencio mientras continuaba acariciando el pelo a Zara. Permanecimos así tanto tiempo que llegué a preguntarme si se habría quedado dormida, pero de repente levantó la cabeza.

—¡Ya sé! ¡Podría preguntar a papá si me deja quedarme contigo y con Cal aquí, en la cabaña! ¡Podría decirle que me necesitas para que te ayude hasta el final de las vacaciones! —Se le iluminó el rostro de entusiasmo ante la nueva idea—. ¿Puedo quedarme, Tiggy? Prometo que no causaré ninguna molestia. Puedo dormir aquí, en el sofá, siempre y cuando a Cal no le importe, y estoy segura de que no le importará, porque nos llevamos de maravilla y le caigo bien y…

—Me encantaría que te quedaras, Zara, pero tu madre casi no me conoce y dudo que vaya a confiarle su preciosa hija a una extraña.

—Bueno, Beryl está en el pabellón, y mi madre confía en ella, y mi padre conoce a Cal desde que nació y…

—Zara, lo único que puedes hacer es hablar con tus padres. Si acceden a que te quedes aquí conmigo y con Cal, entonces sí, estaremos encantados de acogerte.

—Hablaré con ellos y, si no me dejan, a lo mejor me escapo.

—No digas eso, Zara, es una amenaza, y si quieres que todo el mundo crea que ya eres lo suficientemente adulta para tomar tus propias decisiones, esa no es la forma de gestionarlo. ¿Por qué no vuelves al pabellón y les preguntas? Si están de acuerdo, debes darles tiempo para que vengan a verme antes de marcharse —la alenté.

—De acuerdo. Gracias, Tiggy. —Se puso en pie y se encaminó hacia la puerta—. Juro que un día me vendré a vivir aquí, a Kinnaird. Para siempre. Y ni mi madre podrá impedírmelo. Buenas noches, Tiggy.

Como ya me imaginaba, ni Charlie ni Ulrika me visitaron aquella noche, y la ausencia del Range Rover a la mañana siguiente me confirmó que los tres se habían marchado a Inverness.

—Pobre cría, atrapada en medio de todo eso —comentó Cal mientras sorbía su café—. Familias disfuncionales, ¿eh? La mía no es perfecta, pero al menos diría que somos bastante normales. Bien, ¡hora de marcharme! —Cal se acercó a la puerta principal y se agachó para recoger un sobre de la alfombra—. Tienes correo, Tig. —Me lo entregó justo cuando Cardo asomaba la cabeza con aire melancólico por la puerta abierta—. Y tú te vienes conmigo, Cardo —dijo, y echó al perro.

Abrí el sobre y leí la breve nota que contenía.

Querida Tiggy, a toda prisa, disculpa por mi partida repentina y por no haber venido a verte. Ha surgido un problema legal. No tardaré en ponerme en contacto contigo.

Lo lamento mucho,

CHARLIE

No tenía idea de lo que quería decir, pero deduje que estaría relacionado con la fuerte discusión que Zara había mencionado.

Me fui a mi habitación; tanta charla sobre familias me había hecho extrañar a la mía. Abrí el cajón de la mesilla de noche y saqué la carta que me había escrito Pa Salt. La había leído tantas veces que empezaba a verse mugrienta. La desplegué y comencé a releerla, y la mera visión de la elegante caligrafía ligada de Pa me consoló.

Atlantis
Lago de Ginebra
Suiza

Mi queridísima Tiggy:

Bueno, no tiene mucho sentido dedicar tiempo a escribir los tópicos habituales sobre mi desaparición repentina de tu vida. Sé que te negarás a creer que me he ido. Pero es así. Aunque sé que todavía me sentirás en todas partes, debes aceptar que nunca volveré.

Por supuesto, estoy escribiendo esta carta sentado a mi escritorio de Atlantis, aún aquí, en esta tierra, así que todavía no puedo decirte cómo es el más allá, pero lo único que no tengo es miedo. Tú y yo hemos hablado muchas veces sobre la milagrosa mano de la fortuna, del destino y del poder superior —Dios, para algunos— que toca nuestras vidas. Me salvó cuando era un niño, y mi fe en él, incluso en los momentos más difíciles de mi vida, nunca ha flaqueado. Tampoco debe hacerlo la tuya.

En el caso de tus hermanas, he tenido mucho cuidado de proporcionarles solo información limitada sobre dónde las encontré de pequeñas, puesto que no quería perturbar sus vidas. Sin embargo, tú eres diferente. Cuando tu familia te entregó a mí, fue con la condición de que prometiera que un día, cuando sintiera que era el momento adecuado, te enviara de vuelta con ellos.

Formas parte de una cultura antigua, Tiggy, de una cultura que algunas personas actualmente desprecian. Creo que es porque muchos de nosotros, los humanos, hemos olvidado que está enraizada en la naturaleza y dónde residen su corazón y su alma. Tú, me contaron, provienes de un linaje especial de adivinos, aunque la mujer que te entregó a mí me dejó muy claro que es frecuente que el don se salte una generación o no se desarrolle del todo.

Me dijeron que te vigilara mientras crecías, y eso hice. Dejaste de ser un bebé enfermizo e inquieto y te convertiste en una niña curiosa a la que no había nada que le gustara más que rodearse de naturaleza y animales. Aunque no pudiste tener mascotas debido a la alergia de Ma, seguiste dedicándote en cuerpo y alma a todos los gorriones heridos que encontrabas y a los erizos que alimentabas en el jardín.

Quizá no recuerdes el momento en que te acercaste a mí cuando tenías cinco o seis años y me susurraste al oído que acababas de hablar con un hada en el bosque. Te había dicho que se llamaba Lucía y las dos habíais bailado juntas y descalzas en el bosque.

Bien, no es raro que una niña tan pequeña crea en las hadas, pero, en tu caso, fue entonces cuando supe que habías heredado el don. Querida Tiggy, Lucía era el nombre de tu abuela.

Así que ahora cumplo la promesa que hice y te digo que en algún momento de tu vida deberías viajar a España, a una ciudad llamada Granada. En una colina frente a la magnífica Alhambra, en un barrio llamado el Sacromonte, debes llamar a una puerta azul situada en un camino estrecho conocido como Cortijo del Aire y preguntar por Angelina. Allí descubrirás la verdad sobre tu familia biológica. Y tal vez también tu propio destino...

Antes de acabar, también debo revelarte que si no hubiera sido por una frase que alguien de tu familia pronunció hace muchos años, jamás habría recibido el regalo de todas mis queridas hijas. Esa persona me salvó de la desesperación y jamás podré saldar mi deuda con ella.

Con todo mi amor, mi querida y dotada hija. Estoy muy orgulloso de ti.

PA X

Luego saqué el papel que contenía la información que habían grabado en la esfera armilar que apareció por sorpresa, unos días después de la muerte de Pa, en su jardín especial. Cada banda que la formaba llevaba grabado uno de nuestros nombres, una cita en griego y un conjunto de coordenadas que indicaban en qué parte del mundo nos había encontrado Pa.

La cita que Pa había elegido para mí, traducida por mi hermana mayor, Maia, hizo que se me saltaran las lágrimas, porque se ajustaba a mí a la perfección.

Mantén los pies sobre la alfombra fresca de la tierra, pero eleva tu mente hacia las ventanas del universo.

En cuanto a las coordenadas, Ally, que era marinera y estaba acostumbrada a ese tipo de cosas, nos las había descifrado a todas. Las mías se correspondían exactamente con lo que Pa me había dicho en la carta. Hasta aquel día, no me había atrevido a entender a qué se refería Pa con lo de proceder de un linaje especial y estar «dotada». Sin embargo, Chilly me había dado la sensación de saber quién era yo, e incluso me había dicho que tenía «poder» en las manos. Me levanté y me acerqué al espejito que colgaba de la pared encima de la cajonera. Estudié mis rasgos: los ojos marrones leonados, las cejas oscuras y la piel aceitunada. Sí, si me echaba el cabello hacia atrás, era posible que me tomaran por alguien de sangre mediterránea. Sin embargo, mi pelo, a pesar de ser oscuro, tenía un rico matiz castaño. Todos los gitanos, si es que esa era la etnia a la que pertenecía, que había visto alguna vez por televisión o en fotos tenían el pelo negro azabache, así que, aunque tuviera algo de romaní en mí, el propio Chilly me había dicho que no era de sangre pura. Pero ¿quién lo era hoy en día? Dos mil años de mezclas significaban que todos éramos mestizos.

No sabía nada de los gitanos, salvo que muchos tendían a vivir en los márgenes de la sociedad. Era consciente de que no tenían la mejor reputación, pero, como Pa solía decirnos a mis hermanas y a mí, «Nunca juzgues un libro por su portada. Un vulgar terrón de tierra puede esconder la joya más preciosa...».

Y siempre me había enorgullecido de pensar lo mejor de los demás hasta que se demostrara lo contrario. De hecho, puede que mi mayor debilidad fuera mi ingenuidad respecto a los otros, irónicamente generada por mi mejor cualidad: mi fe infalible en la bondad de la naturaleza humana. Otras personas ponían los ojos en blanco cuando afirmaba que el bien siempre triunfaba sobre el mal. A fin de cuentas, en términos simplistas, de no ser así, todas las almas malvadas habrían asesinado a las buenas, y luego se habrían matado entre ellas, de modo que la raza humana ya no existiría.

Fuera cual fuese la raza de Chilly, sabía que él tenía un alma buena. Era el primer gitano al que conocía a sabiendas y, sin duda, quería saber más de él, pensé, mientras volvía a guardar la preciada carta en el cajón de la mesilla de noche.

7

La víspera de Año Nuevo, me desperté ilusionada con la cele-bración de Hogmanay a la que Cal iba a llevarme en el salón municipal del pueblo para que recibiera el Año Nuevo a la manera tradicional escocesa. Al regresar a la cabaña después de alimentar a los gatos, me encontré a Beryl paseando con nerviosismo de un lado a otro por nuestra sala de estar, con una expresión de ansiedad terrible pintada en el rostro.

—Tiggy, ¿cómo estás? —me preguntó.

—Estoy bien, gracias, Beryl. ¿Y tú?

Resultaba evidente que estaba alterada de una forma nada típi-ca en ella.

—Se han dado… algunas circunstancias desafortunadas, pero no quiero molestarte con eso ahora.

—Entiendo.

Me pregunté si las «circunstancias» tendrían algo que ver con la repentina partida de la familia Kinnaird, aunque para entonces ya conocía a Beryl lo suficiente para saber que no debía insistir al respecto.

Se recompuso, haciendo un esfuerzo considerable, y continuó:

—Sin embargo, mi problema más inmediato es que esta maña-na han llamado para decir que Alison está enferma. Al parecer, según me ha explicado su madre, tiene un resfriado terrible, pero me ha dejado colgada en el peor momento. Los huéspedes de No-chevieja llegarán a las cuatro en punto, son ocho, ¡y esperan un té completo! Tengo una montaña de sábanas sin planchar, ya que tuve que deshacer otra vez todas las camas porque había vuelto a asen-tarse el polvo de las reformas. Así que hay que pasar el aspirador en todas las habitaciones, abrillantar los muebles, poner la mesa del comedor y encender todos los fuegos. Y todo eso aparte de preparar la cena, y ni siquiera he desplumado el faisán todavía…

—¿Puedo ayudarte? —me ofrecí, pues capté la necesidad apenas disfrazada de Beryl.

—¿Lo harías, Tiggy? El caballero que ha reservado el pabellón para la semana es, al parecer, un multimillonario muy influyente. El laird confía en que corra la voz sobre Kinnaird entre sus amigos ricos, y con todo lo que ha sucedido en los últimos días, no puedo defraudarlo.

—Claro que no. Me iré al pabellón contigo ahora mismo.

Cal, que había estado escuchando desde la cocina, ofreció también sus servicios, y durante el resto del día planchamos sábanas, hicimos camas, aspiramos suelos y prendimos fuegos mientras Beryl trabajaba en la cocina. A las tres en punto nos reunimos con ella para tomarnos una taza de té, todos agotados.

—No puedo agradeceros lo suficiente lo que habéis hecho hoy —dijo Beryl mientras disfrutábamos de una galleta caliente—. No sé lo que habría hecho sin vosotros. Al menos está todo preparado para esta noche.

Eché un vistazo a toda la comida, dispuesta sobre la isla central de la cocina, y a la plétora de platos y sartenes cubiertos que ocupaban las encimeras.

—¿Tienes a alguien que venga a ayudarte a servir esta noche? —le pregunté.

—No, Alison iba a hacer también de camarera, pero seguro que me apaño.

—Oye, me quedo y te ayudo, Beryl. No puedes hacerlo todo sola, al menos no tan bien como querría el laird.

—Ah, no, Tiggy, no puedo pedirte algo así. Es Hogmanay y Cal va a llevarte al *céilidh*.

—Sí, pero puedo ir en otra ocasión. Beryl, me necesitas.

—Sí, es cierto —admitió—, aunque el laird ha pedido que el servicio vaya de uniforme.

—¡Ay, Tig, me muero de ganas de verte vestida de doncella francesa! —exclamó Cal guiñándome un ojo.

—Me siento fatal. —Beryl suspiró—. Eres una asesora de fauna con un título universitario, no una chica que sirve.

—Pues la verdad es que trabajé un verano entero en un restaurante de alto postín en Ginebra.

—Entonces solucionado, pero mañana llamaré al laird y le diré que, si vamos a abrir lo que quiere que sea un hotel de cinco estrellas, debe permitirme contratar al personal adecuado. No es justo ni para ti ni para mí.

—De verdad, no pasa nada. ¿Quieres que te ayude con el té de la tarde? Será mejor que me ponga el uniforme de doncella a toda prisa.

Sonreí al ver que eran las tres y media.

—No, vete a casa, date un baño y descansa un poco. La cena es a las ocho, pero te necesitaré a partir de las seis para servir los cócteles, ¿te parece bien?

—Perfecto, Beryl.

—¿Podrías bajarle esto a Chilly antes de irte? —le pregunté a Cal mientras cruzábamos el patio en dirección a nuestra cabaña, y le pasé una fiambrera con el guiso de faisán que había sacado de uno de los platos de Beryl—. Deséale feliz Año Nuevo de mi parte y dile que iré a verlo pronto.

—Por supuesto. Es una pena que no puedas venir conmigo esta noche, aunque ya te has ganado un hueco en el corazón de Beryl para siempre.

Regresé al pabellón a las seis, y Beryl me dio el uniforme que luciría aquella noche, con delantal blanco incluido.

—El de Alison no te habría valido, así que he sacado este de un viejo baúl que hay en el desván. Huele a naftalina, pero debería quedarte bien. Póntelo en el lavadero, y me temo que también tendrás que recogerte el pelo.

Hice lo que me había pedido y, cuando estuve lista, volví a la cocina.

—¿Cómo estoy?

—Preciosa —dijo Beryl sin apenas mirarme.

—¿De verdad tengo que ponerme también esto? —le pregunté levantando la diadema blanca con una raya negra que debía atarme alrededor de la frente.

—Creo que no hará falta. Bueno, bajarán dentro de unos minutos, así que tendrás que abrir el champán. Hay agua con gas y zumo de flor de saúco para los abstemios en esa nevera de ahí. Los licores están sobre el mueble bar del gran salón. Solo hay que llevar una cubitera.

—De acuerdo. —Me apresuré a cumplir con mis deberes.

Siempre me había gustado actuar en las obras de teatro del colegio, y la verdad es que me metí mucho en el personaje mientras servía el champán en el gran salón, casi con ganas de añadir «Sí, mi lord» y «Gracias, mi lady» y de realizar una venia rápida antes de pasar al huésped siguiente. Desde mi posición, cerca del mueble bar, vi que los huéspedes eran un grupo de personas adineradas: cinco hombres de esmoquin y tres mujeres con vestidos de cóctel y joyas de aspecto caro. Aunque todos hablaban inglés, también oí otros idiomas, desde alemán hasta francés.

—¿Cómo va todo ahí dentro? —me preguntó Beryl cuando aparecí en la cocina y corrí hacia la nevera.

—Bien, aunque ya se han terminado las primeras seis botellas de champán.

—Los llamaré para cenar en veinte minutos, más o menos. Solo espero que Jimmy el de la gaita se acuerde de que debe presentarse en la puerta principal para tocar en Año Nuevo.

Regresé al gran salón con la nueva bandeja de champán, y todas las miradas se volvieron hacia mí.

—¡Ah! ¡Aquí está! Había empezado a preguntarme si el personal se habría bebido todas las cajas que había enviado.

Todos los invitados se rieron y supuse que el hombre que caminaba hacia mí era el anfitrión. Cuando se acercó, me di cuenta de que era más bajo de lo habitual, que tenía los hombros anchos, el cabello rubio oscuro, unas facciones aquilinas y unos ojos verdes extrañamente hundidos.

—Gracias. —Me recorrió de arriba abajo con una mirada de aprobación—. ¿Cómo te llamas?

—Tiggy.

—No es muy común, ¿es escocés? —preguntó mientras me tendía su flauta de champán para que se la rellenara.

—No, es un apodo. Mi verdadero nombre es Taygeta. Es griego.

Me sorprendió ver que una fugaz expresión de reconocimiento cruzaba sus rasgos.

—Entiendo. ¿Ese acento que percibo es francés?

—Sí, aunque soy suiza.

—Ah, ¿sí? —dijo pensativo, y volvió a estudiarme con detenimiento—. Bueno, bueno. ¿Trabajas aquí?

En otras circunstancias, por ejemplo, si nos hubiésemos conocido en un bar, podría entender por qué me estaba preguntando todo aquello, pero allí, donde él era el anfitrión, y yo, sin lugar a dudas «el servicio», me parecía de lo más extraño.

—Sí, pero por lo general no en este puesto. Solo estoy ayudando esta noche porque la doncella está enferma. Soy la asesora de fauna de la finca.

—Ya veo. ¿Estás segura de que no nos conocemos de nada?

—Completamente —respondí—. Nunca olvido una cara.

—¿Dónde está ese champán? —preguntó uno de los huéspedes desde el otro lado de la sala.

—Será mejor que vaya —dije con una sonrisa cortés.

—Claro. Por cierto, me llamo Zed. Encantado de conocerte, Tiggy.

Volví a casa a las dos de la madrugada, apenas capaz de poner un pie delante del otro, y decidí que todas las camareras estaban absolutamente infravaloradas.

—Prefiero mil veces cuidar de leones y tigres —gemí cuando me quité la ropa, me puse el pijama térmico que me había regalado Cal por Navidad y me metí en la cama.

La buena noticia era que la cena había salido perfecta. Entre Beryl y yo habíamos logrado organizar una velada exitosa que fluyó sin contratiempos de un evento al siguiente. Cerré los ojos, agradecida, y mi pulso comenzó a ralentizarse, si bien el sueño no llegaba. En lugar de dormirme, seguía viendo la mirada de ojos verdes de Zed, que, aunque cabía la posibilidad de que fueran imaginaciones mías, tenía la sensación de que habían estado siguiéndome de un lado a otro de la sala toda la noche. Justo antes de la medianoche, cuando entré con más champán y whisky, Beryl me puso un trozo de carbón en la mano.

—Sal y da la vuelta hasta la puerta principal, Tiggy. Aquí tienes un cronómetro y está programado para las once cincuenta y nueve y cincuenta segundos. Cuando suene, llama a la puerta lo más fuerte que puedas. Tres veces —agregó—. Jimmy el de la gaita ya está allí en posición.

—¿Y qué hago con esto? —le pregunté mientras observaba el carbón.

—Cuando se abra la puerta, Jimmy comenzará a tocar y tú le entregarás el carbón a la persona que haya abierto la puerta. ¿Entendido?

—Creo que sí. Pero...

—Luego te lo explico. ¡Ahora, largo!

Así que me reuní fuera con Jimmy el de la gaita, que se tambaleaba un poco tras beberse unas cuantas copas de whisky, y esperé hasta que pitó mi cronómetro. Luego llamé a la puerta con todas mis fuerzas. La gaita había empezado a resonar en el aire helado cuando la puerta se abrió y vi a Zed plantado tras ella.

—Feliz Año Nuevo —dije cuando le entregué el trozo de carbón.

—Gracias, Tiggy. —Me sonrió, luego se echó hacia delante y me besó con delicadeza en la mejilla—. Feliz Año Nuevo para ti también.

No había vuelto a verlo, porque había estado ocupada limpiando la cocina con Beryl, pero después pensaba en el beso y me parecía un gesto extrañamente íntimo que compartir con una completa desconocida, sobre todo si iba disfrazada de criada...

Me desperté a las siete en una cabaña silenciosa y salté de la cama de inmediato. Beryl me había asegurado que podría arreglárselas para servir el brunch programado para el mediodía; aun así, me acerqué al pabellón después de alimentar a los gatos para ver si necesitaba ayuda.

—El único que se ha levantado es el anfitrión. Le he servido café en el gran salón —me explicó Beryl.

—Muy bien. ¿Estás segura de que no quieres que me quede?

—No. Alison ha conseguido salir de la cama y está poniendo la mesa en el comedor. Decepcionará un poco a los huéspedes después de tu profesional servicio de anoche —añadió—. Ya sabes lo que dicen, bueno y barato no caben en... ¡bueno, en Alison!

—Beryl, de verdad, la pobre chica tenía un resfriado terrible. Pues si estás segura de que no puedo hacer nada más, bajaré el almuerzo a Chilly.

—¿Queda café, Beryl?

Zed apareció en la cocina con una taza en la mano. Iba vestido con un jersey de cuello alto verde jade y unos pantalones vaqueros, y estaba tan fresco como una rosa.

—Por supuesto.

Beryl cogió la taza que le tendía y, mientras ella le servía café recién hecho, Zed volvió la mirada hacia mí.

—Buenos días, Tiggy. ¿Cómo estás?

—Estoy bien, gracias.

Era ridículo, pero sentí que el calor me invadía las mejillas.

—Un día hermoso, ¿verdad?

—Sí. Aquí arriba los días de sol siempre son preciosos.

—Nunca había estado en Escocia, pero creo que me he enamorado —dijo sin quitarme ojo.

—Aquí está su café, señor.

Beryl acudió en mi rescate, tan oportuna como siempre. Zed apartó la vista de mis ojos para aceptar la taza.

—Entonces —le dijo a Beryl—, después del brunch del mediodía, ¿podríamos visitar la finca? Creo que a mis invitados les iría bien respirar un poco de aire fresco.

—Por supuesto. Cal estará encantado de llevarlos a todos en el Land Rover —respondió Beryl.

—Excelente —contestó él, y capté el claro matiz de un acento alemán—. Si mis invitados no se han despertado en los próximos treinta minutos, les doy permiso para tirarles un vaso de agua helada a la cara a cada uno de ellos.

Se despidió de nosotras con un gesto formal de la cabeza y salió de la cocina.

—¿Ha vuelto ya Cal de Dornoch? —me preguntó Beryl con voz tensa.

—No, cuando he salido para venir aquí todavía no había llegado.

—Vale, ¿puedes llamar al número de sus padres por el teléfono del pabellón y asegurarte de que haya vuelto antes de las dos? Y lo bastante sobrio para llevar a nuestros huéspedes en coche sin matarlos en la cañada. —Beryl me señaló el número en la lista pegada por encima del auricular—. Voy a ver cómo va Alison.

Cuando marcaba el número, me acordé de un programa inglés acerca de un hombre muy excéntrico que dirigía un hotel con solo dos personas más a su cargo. No pude evitar sentir que Cal y yo, sin quererlo, nos habíamos convertido en miembros del elenco.

Después de hablar con la madre de Cal, que me prometió que sacaría a Cal de la cama de inmediato, aunque «se había corrido una buena juerga», entré en el despacho y comprobé mi correo electrónico en el ordenador.

Había uno precioso de mi hermana mayor, Maia, desde Río, en el que me deseaba un feliz Año Nuevo con la esperanza de que «todos mis sueños se hicieran realidad». En muchos sentidos, era la hermana con la que sentía que tenía más cosas en común: también era una soñadora y, de todas nosotras, era a la que probablemente más había afectado la muerte de Pa. Pero seis meses después llevaba una nueva vida en Brasil y cada palabra que escribía rebosaba felicidad.

Le envié una respuesta rápida deseándole lo mismo y diciéndole que debíamos organizar algo para que todas las hermanas nos reuniéramos y tiráramos al mar una corona de flores cerca de la isla griega donde nuestra hermana Ally creía haber presenciado el entierro de Pa. Justo cuando me disponía a cerrar el correo electrónico, oí el pitido de entrada de un mensaje nuevo.

1 de enero de 2008

Querida Tiggy:

Antes de nada, ¡feliz Año Nuevo! Una vez más, siento mucho no haber podido ir a verte para charlar un rato, como había prometido. Espero conseguir sacar tiempo para subir a la finca a lo largo de las dos o tres próximas semanas. Entretanto, te he mandado por correo los formularios para solicitar las subvenciones, con todo lo que ya he podido cumplimentar.

Además, me gustaría agradecerte lo buena que has sido con Zara durante el tiempo que ha pasado en Kinnaird. Sé que es complicada, todos los adolescentes lo son, así que valoro tu paciencia. Te envía recuerdos y dice que espera verte pronto. Igual que yo.

Con mis mejores deseos,

CHARLIE

Ya que estaba sentada delante del ordenador, mandé un breve correo electrónico a mi contacto del zoo de Servion para consultarle lo de los alces y le pedí que me dijera cuándo le iba bien que lo llamara por teléfono. Luego me dirigí a la cocina y la encontré vacía. Supuse que Beryl estaría ocupada atendiendo a los huéspedes, así que serví un cucharón de kedgeree en una fiambrera y me marché a ver a Chilly.

—¿Dónde andabas escondida, Hotchiwitchi? —me espetó una voz desde el sillón de cuero en cuanto abrí la puerta.

—Feliz Año Nuevo, Chilly —dije mientras le servía el kedgeree en el cuenco—. He estado ayudando a Beryl en el pabellón.

—Ah, ¿sí? —Me miró fijamente cuando le pasé una cuchara y el cuenco—. Ese lugar contiene cosas que te gustan, ¿no es así? —Entonces se rio a carcajadas, como el viejo brujo que era—. ¿Qué año es ya? —preguntó mientras engullía la comida.

—2008.

Dejó la cuchara suspendida bajo su boca y se quedó mirando la estufa de leña.

—Esos tipos ricos tendrán que saldar cuentas este año —dijo, luego siguió comiendo.

—¿Qué tipos ricos?

—No te preocupes, tú eres pobre como yo, pero ellos han sido codiciosos… A todos se los acaba pillando. ¿Has sabido algo del laird?

—Hoy he recibido un correo electrónico suyo.

—Tiene grandes problemas. Ten cuidado cuando estés cerca de él.

—Lo haré —dije.

—Cuando estés cerca de todos los de esa casa. El invierno va antes de la primavera… Recuérdalo, Hotchiwitchi.

—¿Qué es un «hotchiwitchi», Chilly? —pregunté.

—Eres un erizo, es tu nombre en lengua romaní.

Se encogió de hombros mientras yo lo miraba impactada, preguntándome cómo podía saber…

—Vienes de muy lejos. De España…

Aquellas palabras hicieron que aguzara el oído. Una vez más, ¿cómo podía saberlo?

—Mi padre me contó lo mismo en una carta que me escribió antes de morir. Me dijo que debería volver y…

Miré a Chilly, pero se había quedado traspuesto, así que aproveché para acercarme a la cueva de al lado y coger un poco de leña. El sol había coronado las montañas y sus delicados dedos de luz descendían para iluminar la blancura inmaculada de la cañada. Era un paisaje místico, un lugar en el que resultaba muy fácil desconectar de la realidad. Mientras estaba de pie, con la cesta de troncos colgada del brazo, volví a visualizar un techo tosco y blanqueado por encima de mi cabeza, y oí el murmullo de una voz que estaba segura de reconocer.

—*Ven, pequeña, yo te cuidaré hasta que crezcas.*

—*Devuélvala a casa con nosotros...*

Me estaban levantando hacia el techo, pero no tenía miedo, porque sabía que los brazos que me sostenían eran seguros.

Me tambaleé un poco cuando recuperé la conciencia y me di cuenta de que tenía los pies plantados con firmeza en el suelo y estaba sola en la cueva helada.

Para cuando volví a la cabaña, tenía la certeza de que una de las voces que había oído era la de Pa Salt.

—Tengo noticias para ti, dos, para ser exactos —me dijo Cal aquella noche durante la cena.

—¿Qué?

—Bueno, la primera es que anoche Caitlin y yo fijamos la fecha. Será en junio.

—¡Uau, Cal! —exclamé con una sonrisa—. Es fantástico. Pero no os deja mucho tiempo para los preparativos, ¿no?

—Sí, bueno, Caitlin lleva doce años planeando la boda, así que ha tenido tiempo más que suficiente.

—Enhorabuena, Cal, me alegro mucho por ti. Y, en serio, tienes que invitarla a cenar en la cabaña muy pronto. En Nochebuena la conocí solo de pasada y me encantaría volver a verla.

—Lo haré, Tig. El caso es que, dado que nos casaremos en unos meses, me soltó un sermón, me dijo que debía pedir al laird que me subiera el sueldo y, además, un ayudante. Este trabajo será mi muerte, o al menos la de mi espalda, si sigo haciéndolo solo.

—¿Qué hay del hijo de la veterinaria, Lochie? Parecía un buen chico.

—Sí, lo es, y además sabe lo que se hace cuando trabaja la tierra. Daré un toque al laird, conseguiré su visto bueno y luego hablaré con el chico.

—No aceptes un no por respuesta, ¿vale, Cal?

—Claro que no. Mañana me levantaré al amanecer para llevar a los hombres de cacería y hoy me he pasado toda la tarde buscando en qué parte de la finca estaban escondidos los ciervos. Nada molesta más al cliente que pasarse horas de caminata por la cañada sin avistar un ciervo siquiera.

—Se lo tienen merecido, por ser tan sanguinarios —repliqué—. Utilizaré todos mis poderes para asegurarme de que los ciervos se esconden bien.

—Ni se te ocurra, Tig, o me pondrán la cabeza como un bombo entre todos. Quieren volver a casa con sus trofeos y presumir ante sus mujeres, como los buenos cavernícolas que son, debajo de toda esa ropa pija. Sí, con un poco de suerte, mañana por la noche estaré desangrando unas cuantas cabezas de ciervo para hervirlas después —me dijo con un guiño.

—Basta, Cal. Ya sé que las cosas son así y que hay que controlar la población de ciervos, pero tampoco es necesario que me lo restriegues.

—Para que te sientas un poco mejor, aquí va mi segunda noticia.

—¿Que es…? —Todavía estaba enfadada con él.

—Bueno, muchacha, pues resulta que el anfitrión de la fiesta del pabellón, un tal Zed, no ha podido hacer la visita a la finca con todos los demás hoy, así que ha propuesto que mañana, mientras yo me llevo al resto del grupo de caza, lo acompañes en un recorrido privado.

—¿Y no será mejor que espere un día y que lo lleves tú? —Fruncí el ceño—. Conoces los terrenos mucho mejor que yo.

—No creo que sean la flora y la fauna lo que le interesa, Tig, sino la guía. Ha insistido en que lo llevaras tú.

—¿Y qué pasa si no quiero llevarlo?

—Tig, no seas cabezota. Son solo un par de horas y, los dos lo sabemos, el laird quiere ganarse la reputación de complacer a sus huéspedes. Está claro que el tipo tiene dinero a espuertas. Alquilar este lugar para todos sus amigos durante una semana le ha costado más que la suma de lo que ganamos tú y yo en un año. Mira el lado bueno: puede que te hayas ligado a un multimillonario.

—Muy gracioso.

Le retiré el plato antes de que pudiera ver el rubor que me invadía las mejillas.

—Entonces ¿lo harás? Beryl quiere saberlo.

—Sí. —Suspiré desde la cocina al mismo tiempo que abría el grifo.

—Tal vez deberías ponerte el uniforme de camarera de anoche —dijo partiéndose de risa.

—¡Basta ya, Cal, por favor!

8

Tal como me habían pedido, me presenté en el pabellón a las diez de la mañana siguiente. Beryl estaba en la cocina, sazonando dos salmones enormes, seguramente para la cena de esa noche.

—Buenos días, Tiggy. —Me dedicó una sonrisa tensa—. ¿Lista para hacer de guía turística? Te está esperando en el gran salón.

—Solo espero no perderme, Beryl. Nunca he conducido por toda la finca sin Cal.

—Seguro que no te pierdes, y además tendrás el equipo de radio, por si acaso. También hay un termo de café caliente y una lata de galletas en esa cesta de ahí.

—Gracias.

—Bueno, será mejor que te pongas en marcha ya. Si empieza a nevar con intensidad, vuelve enseguida.

—De acuerdo.

Salí de la cocina y recorrí el pasillo en dirección al gran salón. Zed estaba sentado frente al fuego, con un ordenador portátil apoyado en la mesita de café que tenía delante. El ambiente estaba cargado de un olor rancio, a humo de puro y alcohol.

—Ah, veo que ya ha llegado mi chófer —me dijo con una sonrisa—. Eso es bueno, porque estaba a punto de tirar el portátil por la ventana. La única conexión a internet decente está en el despacho de Beryl y no me gusta invadir su territorio.

—Estoy segura de que no le importaría.

—Es una mujer interesante; a la que diría que no conviene desafiar —comentó Zed, que se puso en pie y caminó hacia mí—. Creo que no me he ganado su aprobación.

—Uy, estoy segura de que sí, en serio, el día de Nochevieja me dijo que creía que eras un caballero.

—Entonces es que no me conoce nada bien. —Se le escapó una risa al ver la expresión de mi cara—. Solo era una broma, Tiggy. Bueno, ¿nos vamos?

Ya fuera, cargué el equipo de radio y la cesta con el café y las galletas en el asiento trasero de Beryl y me encaramé al asiento del conductor. Una vez que Zed se hubo acomodado en el asiento de al lado, le enseñé cómo debía cerrar la puerta del pasajero.

—Creo que es hora de que el propietario invierta en un nuevo medio de transporte para sus huéspedes —dijo cuando emprendimos la marcha—. Ayer las mujeres volvieron del paseo con dolor de espalda.

—Estoy segura de que lo ha incluido en su lista, pero, como sabes, acaba de inaugurar el pabellón para recibir huéspedes. ¿Os ha resultado todo cómodo hasta el momento?

—Comodísimo, sí, salvo este coche. —Me miró cuando superaba una pendiente pronunciada—. Eres más dura de lo que pareces, ¿verdad?

—Estoy muy acostumbrada a la vida al aire libre, sí.

—Bueno, ¿y qué hace una chica suiza en los páramos de Escocia?

Se lo expliqué tan brevemente como pude mientras bajábamos por la ladera con mucho cuidado hacia la cañada principal.

—Mira —le dije tras detener el Land Rover traqueteante. Cogí los binoculares del asiento trasero y se los pasé—. Ahí arriba, en la ladera que queda bajo ese grupo de árboles, hay una pequeña manada de ciervas.

Zed aceptó los prismáticos y, siguiendo la dirección que señalaba mi dedo, los enfocó sobre el grupo de árboles cubiertos de nieve.

—Sí, las veo.

—Muchas están preñadas en este momento, así que se mantienen alejadas de los machos, a los que veremos en el lado sur de la cañada. Ellos disfrutan al sol mientras las hembras tiritan en la sombra —agregué.

—Típico de los machos, siempre se quedan con el lugar más cálido —comentó entre risas, y me devolvió los binoculares.

—Me temo que, con tanta nieve, no hay mucho que ver por

aquí en esta época del año. Deberías volver en el verano, cuando las cañadas cobran vida. Es muy bonito.

—Ya me imagino, aunque yo soy más de ciudad.

—¿Dónde vives?

—Tengo residencias en Nueva York, Londres y Zúrich, y un barco en Saint-Tropez para el verano. Viajo mucho.

—Parece que eres un hombre muy ocupado.

—Sí, los últimos meses, sobre todo, han sido una locura. —Dejó escapar un suspiro profundo—. ¿Y esto es lo único que hay? —preguntó cuando nos adentrábamos en la finca, que, cubierta de hielo y nieve como estaba, no me permitía mostrarle mucho.

—Hay vacas de las tierras altas más adelante en la cañada. Son muy graciosas. Y si tienes mucha suerte, a lo mejor ves un águila dorada.

—O puede que no. Creo que ya he visto suficiente, Tiggy. Lo que me apetece es un almuerzo tranquilo y una copa de vino junto a un fuego vivo. ¿Conoces algún pub o restaurante cerca?

—Me temo que no. No he salido a comer ni a beber desde que llegué, porque no hay nada «cerca» de Kinnaird.

—Entonces volvamos al campamento base, por favor. Me estoy congelando. Si hubiera sabido que el coche no tenía calefacción, me habría puesto el traje de esquí.

—De acuerdo. —Me encogí de hombros y maniobré para dar media vuelta—. Estoy segura de que Beryl podrá prepararte algo en el pabellón.

—Seré sincero contigo, Tiggy: no era el paisaje lo que quería ver hoy.

Noté su mirada clavada en mí mientras me concentraba en conducir de regreso por la pista helada. Sentí que me ruborizaba y me odié por ello.

Ya de vuelta en el pabellón, entré detrás de Zed, que se dirigió hacia la cocina para hablar con una sorprendida Beryl. Resultaba evidente que había estado dando una clase de repostería a Alison, que se hallaba cubierta de harina mientras le daba a la masa la forma que Beryl requería.

—Hace demasiado frío ahí fuera, Beryl —dijo Zed—. Y ese Land Rover no tiene calefacción. Ahora que lo pienso, deberíamos habernos llevado mi coche, pero ya es demasiado tarde. Me gustaría que encendierais el fuego y nos sirvierais a los dos unos sándwiches en el gran salón. Ah, y dos copas de ese cabernet sauvignon blanco que traje conmigo.

—En realidad yo debería seguir con mi trabajo… —murmuré.

—Podrás tomarte un pequeño descanso para comer, ¿no, Tiggy? Además, no quiero comer solo.

Lancé a Beryl una mirada desesperada, que ella ignoró con descaro.

—Muy bien, señor. Vayan al gran salón, y les llevaré los sándwiches y el vino. Acompáñalo, Tiggy, y enciende el fuego, por favor. Yo iré en unos minutos.

No fue una petición, sino una orden, así que guie a Zed hasta el gran salón e hice lo que Beryl me había mandado.

—Mucho mejor. —Zed se sentó en una silla y se calentó las manos junto al fuego—. Una pena que no tengamos vino caliente. En las pistas me gusta tomarme una copa a mediodía para entrar en calor. ¿Esquías, Tiggy?

—Soy suiza. Por supuesto que esquío.

—Me encantaría llevarte a un chalet que conozco en Klosters. Para mí es el mejor; a pie de pista, para poder volver a casa a la hora del almuerzo y que el chef, galardonado con estrellas Michelin, te agasaje con los escalopines de ternera más sublimes. ¿Dónde fuiste al colegio, por cierto? —me preguntó de repente.

Le dije el nombre de la institución y Zed asintió con arrogancia.

—El mejor que hay. Supongo que tu francés es fluido.

—Es mi lengua materna, aunque a mis hermanas y a mí nos educaron también en inglés. ¿Cuál es tu idioma?

—El alemán, pero también me enseñaron inglés desde que nací, aparte de ruso y francés. Como mis casas, pertenezco a todas partes y a ninguna. En otras palabras, soy un típico ciudadano del siglo XXI en un mundo global —dijo justo cuando Alison entraba con una bandeja que contenía una botella de vino blanco y dos copas.

—Déjalo ahí —le espetó Zed en tono apremiante—. Ya nos servimos nosotros.

La muchacha no dijo nada, solo hizo un movimiento extraño que tal vez fuera una reverencia y salió a toda prisa de la habitación.

Observé a Zed mientras revisaba la etiqueta de la botella, vertía un poco de vino en su copa y luego lo olía, le daba unas vueltas y lo probaba antes de asentir y llenar la mía.

—Perfecto para el almuerzo. Fresco, vigorizante, con una buena nariz, pero un regusto delicioso. *Santé.*

—*Santé.*

Entrechocamos las copas y, mientras que Zed bebió un buen trago, yo tomé apenas un sorbo, por educación, puesto que no estaba acostumbrada a beber a la hora de comer. Me volví hacia el fuego y sentí su mirada clavada de nuevo en mí.

—No pareces muy suiza, Tiggy.

—Es porque soy adoptada. Como todas mis hermanas.

Una vez más, hizo ese extraño gesto de asentimiento, como si ya lo supiera.

—Entonces ¿de dónde procedes?

—De España, o eso creo. Mi padre murió el año pasado y, en la carta que me entregó después su abogado, me dijo que era allí donde me había encontrado.

—Eres una mujer muy poco corriente, Tiggy. —Sus ojos verdes destellaban a la luz del fuego—. Muchas de las alumnas de tu costoso internado suizo debían de ser princesitas ricas, pero tú... no eres así, desde luego.

—No creo que a mis hermanas y a mí nos educaran para eso.

—¿A pesar de haber tenido lo mejor de todo?

—Hemos llevado un estilo de vida muy privilegiado, cierto, pero nos enseñaron el valor de las cosas, y también lo que de verdad importa en la vida.

—¿Que es...? —me preguntó al tiempo que se rellenaba la copa de vino para hacer después lo propio con la mía, aunque en realidad no lo necesitaba.

—En resumen, ser una buena persona. No juzgar nunca a los demás por su posición en la vida, porque, como siempre decía Pa, la vida es una lotería, y unos ganan y otros pierden.

—En principio, estoy de acuerdo, por supuesto —convino Zed sin apartar la mirada ardiente de mí—. Pero, siendo sinceros, ¿qué podríamos saber tú y yo de las dificultades? Yo he tenido dinero toda mi vida, y tú, también. Nos guste o no, siempre hemos sabido que contamos con una red de seguridad lista para sostenernos si caemos. Así que, aunque vivamos como si no tuviéramos nada, nunca conoceremos de verdad el miedo que provoca la auténtica pobreza.

—Es cierto, pero al menos podemos empatizar, y estar agradecidos, y tratar de utilizar nuestros privilegios para hacer algo bueno en el mundo —respondí.

—Admiro tu altruismo. Y además lo vives de verdad, al trabajar aquí y cuidar de los animales probablemente por casi nada.

—Sí —convine.

—Te advierto, Tiggy, que puede que en algún momento del camino pierdas tus buenas intenciones.

—Nunca. —Negué firmemente con la cabeza.

—Entonces —bebió un sorbo de su vino mientras me calibraba— ¿llevas un cilicio metafórico?

—¡Para nada! Estoy haciendo lo que me gusta en un lugar que me encanta, no hay ningún otro motivo, y mucho menos culpa. Vivo de lo que gano, y ahí se acaba la historia. —Me sentí como si Zed intentara hacerme admitir algo que ni siquiera tenía dentro de mí—. Solo soy… —me encogí de hombros— quien soy.

—Tal vez esa sea la razón por la que me resultas fascinante.

Lo vi acercar una mano hacia la mía y, gracias a Dios, se oyeron unos golpes secos en la puerta. Me puse en pie para abrirla.

—El almuerzo —anunció Beryl, que entró con una bandeja.

—Muchas gracias —dije cuando se dirigía hacia la mesita baja situada delante del fuego y depositaba la bandeja en ella.

—Sí, gracias, Beryl. —Zed le sonrió—. Eres muy amable, y lo lamento mucho si he alterado tus planes del día.

—En absoluto, señor, para eso estoy aquí. ¿Quiere que sirva los sándwiches? —preguntó Beryl.

—No, estoy seguro de que Tiggy y yo nos las arreglaremos. Debo felicitarles, tanto a usted como al laird, por su excelente selección de personal. —Me señaló con un gesto de la cabeza—. Tiggy y yo tenemos mucho en común.

—Me complace que le complazca, señor —respondió Beryl en tono diplomático—. Que disfrute de la comida.

La mujer salió de la habitación y Zed sonrió.

—Ella tampoco es lo que parece.

—¿Un sándwich? —le pregunté mientras servía uno en un plato y se lo ofrecía.

—Gracias.

—Bueno, ¿y a qué te dedicas exactamente? —le pregunté.

—Dirijo una gran empresa de comunicaciones.

—Vale, pero no tengo idea de lo que significa eso en realidad.

—A veces yo tampoco —contestó entre risas—. Piensa en ello como en un paraguas bajo el cual se amparan la televisión, internet, los teléfonos móviles y los satélites, es decir, cualquier cosa que permita a la raza humana comunicarse.

—O sea, que eres un hombre de negocios.

—Así es. —Dio un gran mordisco a su sándwich de gambas y asintió con la cabeza en señal de aprobación—. Debo reconocer que pasar aquí el último par de días me ha hecho darme cuenta de cuánto necesitaba tomarme un descanso. Paso la mayor parte de mi vida viajando, corriendo por todo el mundo de reunión en reunión.

—Suena muy glamuroso.

—Cualquier cosa puede parecer glamurosa desde fuera hasta que la vives. Coches rápidos, viajes en primera clase, los mejores hoteles, vino y comida… pero al cabo de un tiempo todo eso se convierte en lo normal. Estar aquí, en este… —Zed señaló la vista de las montañas—. Pone las cosas en perspectiva, ¿no crees?

—Es lo que tiende a ocurrir con la naturaleza, sí. Yo vivo aquí todo el tiempo, así que tengo bastante perspectiva. —Sonreí—. Vivo el día a día, trato de aprovechar el momento y disfrutarlo.

—*Mindfulness*, atención plena —murmuró Zed—. Una vez un *coach* de vida me dio un libro sobre eso. Está claro que no es algo que me resulte natural. Pero, claro, ¿cómo iba a ser así si me paso la vida cogiendo un avión un día y llegando a otro país el siguiente? Tengo que prepararme para ello, mirar hacia el futuro, no solo dejarme llevar en una bruma de buenas intenciones.

—Pero tú eliges tu estilo de vida, ¿no?

—Sí, cierto. —Me miró como si de pronto le hubiera dado la llave del misterio de la vida—. Es decir, ya tengo suficiente dinero, podría vender el negocio y… parar.

—En efecto. Bueno… —Miré mi reloj—. Ahora sí que voy a tener que dejarte. Tengo trabajo pendiente.

—¿En serio? Si apenas has probado el vino.

—No quiero quedarme dormida al volante. Espero que la visita de esta mañana no te haya parecido demasiado decepcionante.

—Oh, no, no ha sido en absoluto decepcionante.

Me observó mientras me levantaba y caminaba hacia la puerta.

—¿Tiggy?

—¿Sí?

—Me marcho mañana, pero permíteme que te diga que ha sido un placer conocerte.

—Lo mismo digo —contesté—. Adiós.

—Adiós.

—Has estado ocupada, pequeña Hotchiwitchi. Huelo un hombre —me dijo Chilly más tarde, cuando le vertía el almuerzo en su cuenco de hojalata.

—Aquí tienes —indiqué sin prestar atención al comentario, y coloqué el cuenco en la mesita que tenía al lado.

—Cuídate —me advirtió señalándome con un dedo—. No es lo que parece. —Entonces se quedó callado, con la cabeza inclinada hacia un lado—. ¡O puede que sí! —Se rio—. ¿Hueles el peligro, Hotchiwitchi? —Me escudriñó—. Deberías.

—¿En serio? No estoy segura de que huela a nada. Apenas lo conozco —repliqué.

Empezaba a acostumbrarme a las afirmaciones dramáticas y aplastantes de Chilly, pero que hubiera notado que había un hombre cerca había despertado mi interés. Igual, si era sincera, que la sensación de incomodidad que experimentaba cuando me encontraba cerca de Zed.

—Bueno, siéntate ahí y explícame qué te contó tu padre acerca de dónde vienes.

Dejó junto a él una taza del fortísimo café que le gustaba beber.

—Pues me dijo que tenía que ir a la ciudad de Granada, y que frente a la Alhambra se halla el Sacromonte. Tengo que llamar a una puerta azul y preguntar por una tal Angelina.

Al principio pensé que Chilly estaba sufriendo algún tipo de ataque, porque se dobló por la cintura y comenzó a emitir unos extraños sonidos guturales. Pero cuando levantó la cabeza, por su expresión, estaba o riéndose o llorando, porque le resbalaban las lágrimas por las mejillas.

—¿Qué? ¿Qué pasa?

Masculló algo en español y se secó las mejillas con los puños bruscamente.

—¿Qué? ¿Qué pasa?

—El viento te ha traído hasta mí. Después de tantos años, has venido, como se dijo.

—¿Qué «se dijo»? —pregunté frunciendo el ceño.

—Que tú vendrías y yo te guiaría hasta casa. Sí, naciste en una cueva del Sacromonte, pequeña Hotchiwitchi, y yo ya lo sabía. —Asintió con vehemencia—. Las siete cuevas del Sacromonte... Sacromonte...

A continuación repitió la palabra una y otra vez sin dejar de balancear el cuerpo demacrado, rodeándose el pecho con los brazos. Me sentí extraña y temblorosa cuando de repente recordé las visiones en las que me alzaban hacia el techo de una cueva...

—Es... tu hogar —susurró—. ¿Por qué tener miedo? La sangre conoce a la sangre, te han enviado aquí conmigo. Yo te ayudo, Hotchiwitchi.

—Ese lugar... el Sacromonte, ¿por qué es tan especial?

—Porque es nuestro. Un lugar que nos pertenece. Y también por... —señaló la cama de latón con el dedo— eso.

Miré hacia la cama, pero no vi nada salvo una manta de ganchillo de colores intensos.

—Por eso, niña. —Chilly reajustó la dirección del dedo y entonces advertí que apuntaba a una guitarra apoyada contra la pared—. Tráela aquí —me ordenó—. Te lo enseñaré.

Me levanté, le acerqué el instrumento y la deposité entre sus manos extendidas. Lo miré mientras acariciaba la guitarra casi como una madre haría con su hijo. Era una guitarra antigua, de proporciones diferentes a las que yo había visto hasta entonces, con la madera oscura tan pulida que brillaba con intensidad y el área que rodeaba la boca decorada con nácar reluciente.

Los dedos nudosos de Chilly agarraron el mástil de la guitarra y se la llevó hacia el pecho. Pasó los dedos de la otra mano por las cuerdas y un sonido hueco, discordante, invadió la habitación. Repitió el movimiento y acto seguido lo vi manipular las clavijas, una por una, probando el sonido con una mano mientras trataba de ajustar la tensión de las cuerdas con la otra.

—¡Ahora! —dijo tras rasgar las cuerdas por última vez.

Comenzó a golpear el suelo con el pie para marcar un ritmo constante y después, moviendo el pie cada vez más rápido, a deslizar los dedos por las cuerdas. A continuación, los dedos del anciano, que parecían liberados de su estado artrítico gracias al alegre sonido que estaban creando, rasguearon a toda velocidad hasta que la pequeña cabaña se llenó del ritmo palpitante de lo que no podía asociarse más que con un único sonido: el flamenco.

Entonces Chilly empezó a cantar, al principio con la voz quebrada, tan cansada y gastada como las cuerdas que sus dedos manipulaban con destreza. Poco a poco, el gruñido de años de flemas acumuladas a causa de la pipa se disipó y se vio reemplazado por un sonido profundo, resonante.

Cerré los ojos, marcando a mi vez el ritmo con los pies, y sentí que toda la cabaña vibraba con el pulso de la música. Conocía aquel ritmo como me conocía a mí misma, y el compás incesante de la música me provocaba unas ganas locas de ponerme en pie y bailar…

Los brazos se me elevaron por encima de la cabeza con voluntad propia, y me levanté. Mi cuerpo y mi alma respondían de forma natural a la increíble música que estaba tocando Chilly. Y bailé, pues, como por arte de magia, mis pies y mis manos sabían exactamente qué debían hacer…

Un último rasgueo de cuerdas, un «¡Olé!» por parte de Chilly, y luego el silencio.

Abrí los ojos, casi sin aliento por el esfuerzo, y vi que Chilly se había desplomado sobre la guitarra y jadeaba con pesadez.

—Chilly, ¿estás bien?

Me acerqué a él, le busqué el pulso, y allí estaba, rápido pero constante.

—¿Te traigo un poco de agua?

Al final levantó un poco la cabeza y la volvió hacia mí, con los ojos brillantes.

—No, Hotchiwitchi, pero puedes traerme un poco de whisky. —Sonrió.

9

Me desperté a la mañana siguiente y pensé en lo extraordinario que había sido el día anterior. Con Chilly, tenía la sensación de que, cada vez que lo visitaba, toda la experiencia tenía cierta cualidad onírica. En cuanto a Zed, nunca había conocido a un hombre que me prestara tanta atención ni que me hiciera tantos cumplidos, así que en realidad no sabía cómo reaccionar. Sí, era físicamente atractivo, pero también tenía algo, una extraña… familiaridad conmigo que no alcanzaba a entender.

—Es como si me conociera —me susurré.

Uno de mis grandes problemas radicaba en que era bastante inocente en lo que a los hombres se refería. Había tenido muy pocas relaciones y me las había tomado todas en serio, confiando en ellas. Me había quemado en más de una ocasión por eso, así que sentía que debía someter a todo posible pretendiente a una serie de entrevistas en profundidad antes de llegar a cogerlo de la mano siquiera. Me habían llamado «frígida» por negarme a meterme en la cama a los dos segundos de conocer a alguien, pero no me importaba, prefería eso a terminar odiándome a la mañana siguiente. Ni mi psique ni yo estábamos hechas para los líos de una sola noche; éramos más de amor «para siempre», y no había que darle más vueltas.

Bajé a ver a los gatos y, cuando entré en el recinto, disfruté del calor sobre mi rostro al levantar la mirada y ver a tres de ellos sentados fuera, al sol. Charlé con ellos durante un rato mientras les echaba el desayuno, luego volví a subir la ladera hacia la casa, abrí la puerta trasera del pabellón y entré.

—¿Beryl? —llamé mientras recorría el pasillo.

No la encontré en su puesto habitual, en la cocina, pero, a juzgar por las sartenes que había en el fregadero y el olor a beicon, estaba claro que había preparado el desayuno. Me acerqué a la nevera y saqué el almuerzo de Chilly para bajárselo más tarde; luego salí de nuevo al pasillo. Lo más probable era que Beryl estuviera en el piso de arriba haciendo las camas, así que decidí regresar más tarde para pedirle que me dejara utilizar el ordenador de su despacho y buscar las siete cuevas del Sacromonte, en Granada.

—Tiggy —dijo una voz a mi espalda justo cuando me disponía a marcharme.

—Hola, Beryl. —Me di la vuelta y le sonreí—. Apuesto a que estás aliviada de que se haya ido todo el mundo y se haya restablecido la paz.

—Bueno, así fue anoche, pero —bajó la voz— esta mañana al despertarme me he encontrado con un correo electrónico del laird en el que me decía que por lo visto Zed ha decidido quedarse durante un tiempo indefinido. Los demás huéspedes se han marchado, pero él sigue aquí y, en estos momentos, está acaparando mi despacho. ¡Este pabellón enorme solo para una persona!

—¿Zed sigue aquí? —repetí sin entusiasmo.

—Sí, parece que ha decidido tomarse una temporada sabática, alejarse de todo durante algo más de tiempo, o eso me ha dicho el laird.

—Ay, Dios —susurré más para mí que para Beryl—. Bueno, entonces ya volveré a pedirte que me dejes conectarme a internet.

—A todo esto —añadió Beryl cuando ya me dirigía hacia la puerta—, esta mañana me ha dicho que su decisión de quedarse estaba relacionada con algo que le dijiste ayer.

—¿De verdad? Pues no se me ocurre qué puede ser. Me voy a ver a Chilly, Beryl. Adiós.

Mientras conducía hacia la cabaña de Chilly, sopesé qué me parecía la decisión de Zed y sentí un hormigueo en el estómago.

—Llegas pronto —murmuró Chilly cuando llamé a la puerta y entré.

No tenía ni idea de cómo podía saberlo, puesto que no había ningún reloj en la cabaña.

—Estaba preocupada por ti después de lo de ayer, así que he venido a comprobar que estabas bien.

—No tienes por qué preocuparte, niña. Hacía años que no me lo pasaba como ayer.

—Chilly, ese lugar, el Sacromonte, las cuevas… ¿Tú también naciste allí?

—No, yo soy catalán, nací en la playa de Barcelona, debajo de una carreta.

—Entonces ¿cómo es que conoces el Sacromonte?

—Mi bisabuela nació allí. Era una poderosa bruja. —La última palabra fue en español—. Mis primos, tías, tíos… muchos de mis familiares eran de allí.

—¿Qué es exactamente una «bruja»? —pregunté intentando repetir su pronunciación.

—Una mujer sabia, alguien que ve cosas. Micaela, ella trajo al mundo a tu abuela. Ella fue la que me dijo que vendrías. Y que yo te enviaría a casa. Yo era un crío pequeño, y tocaba la guitarra para tu abuela. Se hizo muy famosa.

—¿Haciendo qué?

—¡Bailando, por supuesto! ¡Flamenco! —Chilly juntó las manos y palmoteó un ritmo—. Lo llevamos en la sangre. —Cogió su pipa y volvió a encenderla—. Estábamos en el Sacromonte, en el gran festival que se celebraba en la Alhambra. Ella era una niña, como yo. —Chilly se echó a reír, encantado—. Después de ochenta y cinco años de espera, creía que Micaela había cometido un error, que no vendrías, pero aquí estás.

—¿Cómo sabes que soy… yo?

—Aunque tu padre no te hubiera dejado la carta, lo sabría.

—¿Cómo?

—¡Ja, ja, ja!

Chilly volvió a aplaudir y luego estampó el puño contra el lado de su asiento. Me recordó a Rumpelstiltskin, y de haber estado de pie, seguro que se habría puesto a hacer un baile extraño y a cantar alrededor de una olla.

—¿Qué?

—¡Tienes sus ojos, su elegancia, aunque tú eres guapa! Ella era fea, hasta que bailaba. Entonces era hermosa. —Señaló la vieja cama de latón—. Debajo, por favor. Saca la lata y te enseñaré a tu abuela.

Me levanté para hacer lo que me pedía, admirada ante lo ridículo que era que me encontrara en un páramo helado de Escocia con un anciano gitano loco que me decía que mi aparición en ese lugar ya se había predicho. Me arrodillé y saqué una lata oxidada de galletas de mantequilla.

—Te la enseño.

Deposité la lata en su regazo y los dedos artríticos del hombre la manipularon con dificultad. Cuando consiguió abrirla, un montón de fotos en blanco y negro se desparramaron por sus piernas y por el suelo. Recogí las que se habían caído y se las devolví.

—Bueno, este soy yo. Tocaba en La Estampa de Barcelona… Era guapo, ¿a que sí?

Estudié la foto en blanco y negro, y vi al Chilly de hacía quizá setenta años; tenía el pelo oscuro y las extremidades ágiles, lucía la camisa con volantes tradicional y se aferraba a la guitarra que sujetaba contra el pecho. Tenía la mirada clavada en una mujer que se hallaba de pie delante de él, con los brazos levantados por encima de la cabeza y vestida con un traje de flamenca y una gran flor en el reluciente cabello oscuro.

—Madre mía, es preciosa. ¿Esa es mi abuela?

—No, era mi esposa, Rosalba. Sí, era muy guapa… muy hermosa. Nos casamos a los veintiuno… La otra mitad de mi corazón. —Chilly se llevó una mano al pecho.

—¿Dónde está ahora?

La expresión de Chilly se oscureció y el anciano bajó la mirada.

—Ya no está. Murió durante la Guerra Civil. Malos tiempos, Hotchiwitchi. El diablo se metió en los corazones y las mentes de nuestros compatriotas.

—Chilly, lo siento mucho.

—Es la vida —susurró mientras acariciaba el rostro de su pobre esposa con el pulgar mugriento—. Todavía habla conmigo, pero su voz es más débil porque cada vez viaja más lejos.

—¿Por eso te marchaste de España? Es decir, ¿te fuiste después de perder a tu familia?

—Sí. Allí no me quedaba nada, así que seguí adelante, mejor dejar atrás el pasado.

—¿Y terminaste aquí?

—Sí, después de viajar mucho por Inglaterra. Bueno… —Chilly volvió a concentrarse en la pila de fotografías, y las que descartó cayeron volando al suelo una vez más. Cuando las recogí, vi que todas eran de guitarristas y bailarines en diferentes bares y clubes. Sin embargo, la expresión de éxtasis del rostro de cada artista, captada por la cámara para la eternidad, era idéntica—. ¡Aquí! Esta es ella.

Chilly me hizo señas para que me acercara y me topé con otra fotografía de una escena flamenca. En primer plano, había una bailarina diminuta con las manos levantadas por encima de la cabeza, pero en lugar del amplio vestido tradicional, llevaba un par de pantalones ajustados y un chaleco. Tenía la piel pálida, el pelo negro y untado con aceite, y un único rizo en el centro de la frente.

—¡La Candela! La llama que arde en el corazón de toda nuestra gente. ¿La ves, mi Hotchiwitchi? Mírala a los ojos… Son tus ojos.

Estudié con detenimiento los ojos de la minúscula mujer de la fotografía, pero era en blanco y negro, y me resultaba imposible distinguir si aquellos puntos diminutos eran azules o verdes.

—¡Es ella! Lucía Amaya Albaycín, tu abuela, ¡La Candela, la bailaora más famosa de su época! Nacida en una cueva del Sacromonte, traída al mundo por las manos de Micaela…

Una vez más, mi mente evocó el atisbo fugaz de la luz de una vela que parpadeaba contra un techo ovalado y blanqueado mientras me alzaban hacia él…

—Y ahora, Hotchiwitchi, voy a contarte la historia de tu familia. Comenzamos en 1912, el año de tu abuela, el nacimiento de Lucía…

María

Sacromonte, Granada
España

Mayo de 1912

Castañuelas
Instrumento de percusión que se utiliza
al bailar la zambra, las seguiriyas o las sevillanas
en la tradición flamenca

10

Reinaba un silencio sepulcral, como si incluso los pájaros contuvieran el aliento en los olivares que se extendían más allá de los caminos sinuosos que serpenteaban entre las cuevas del Sacromonte. Los gemidos de María resonaban contra las paredes de la cueva, y la extraña quietud amplificaba los quejidos guturales de la mujer.

—¿Dónde está todo el mundo? —preguntó a Micaela.

—En la boda de Paco y Felicia, ¿te acuerdas? —respondió Micaela.

La bruja se había recogido el largo cabello negro en un práctico moño a la altura de la nuca, un peinado que no concordaba con el elegante vestido de volantes que llevaba.

—Claro, claro… —murmuró María cuando le puso un paño frío en la frente sudorosa.

—Ya no queda mucho, cariño, pero debes volver a empujar. El bebé necesita tu ayuda.

—No puedo —gimió María cuando le atravesó el cuerpo otra contracción—. Estoy agotada.

—Escucha, María —dijo Micaela con la cabeza ladeada—. ¿Lo oyes? Están empezando las alboreás. ¡Escucha el ritmo y empuja!

María percibió el ritmo lento y constante de las manos sobre los cajones, un compás que sabía que pronto se transformaría en una explosión de alegría. Las guitarras se sumaron a él y el suelo sobre el que las dos mujeres se encontraban comenzó a vibrar con el zapateado de un centenar de pies que arrancaban a bailar.

—¡Dios mío! —gritó—. ¡Este bebé va a acabar conmigo!

—Y gimió mientras la criatura descendía un poco más por su cuerpo.

—Quiere salir y bailar, como su mamá. Escucha, os están cantando a los dos. ¡Es el alba, el amanecer de una nueva vida!

Minutos después, cuando el aire se llenó del glorioso sonido de la guitarra y de las voces flamencas mientras las alboreás alcanzaban su clímax, el bebé hizo su entrada en el mundo.

—Es una niña —anunció Micaela, que cortó el cordón con un cuchillo—. Es muy pequeña, pero parece bastante sana.

Dio la vuelta al bebé y le asestó unas palmaditas en el culete. Con una tosecilla, la niña abrió los pulmones y comenzó a gritar.

—Así —dijo Micaela mientras envolvía a la pequeña con la misma destreza que si estuviera envolviendo un pedazo de carne—. Es toda tuya. Que la Virgen la bendiga con salud y felicidad.

—Amén.

María bajó la mirada hacia la cara diminuta del bebé: los ojos enormes, la nariz bulbosa y los labios regordetes parecían demasiado grandes para aquel espacio. Tenía las manitas cerradas en unos puños que golpeaban el aire con enfado mientras seguía chillando a pleno pulmón. Dos pies decididos se desembarazaron de la sábana y se unieron a los dos brazos para explorar la libertad por primera vez tras salir del útero.

—Es fogosa. Tiene el poder dentro, el duende, lo noto. —Micaela señaló al bebé con un gesto de la cabeza mientras ofrecía a María unos trapos para detener el sangrado. Luego se lavó las manos en la palangana, ya ensangrentada—. Os dejaré solas para que os conozcáis. Le diré a José que tiene una hija y estoy segura de que volverá de la fiesta para verla.

Micaela salió de la cueva, y María suspiró mientras se llevaba al bebé al pecho para acallar sus alaridos. No era de extrañar que la bruja hubiera mostrado tanta prisa por que el parto fuera rápido; todo el barrio del Sacromonte estaba en la boda, esperada con ilusión desde hacía meses, puesto que la novia era la nieta de Chorrojumo, el difunto rey gitano. El aguardiente estaría corriendo a raudales y se ofrecería un banquete digno de la realeza. María sabía que había tantas probabilidades de que su marido abandonara la fiesta posterior para visitar a su esposa y a su nueva hija como de que cabalgara desnudo a lomos de su mulo por las calles de Granada.

—Estamos solas, chiquitina —susurró cuando el bebé por fin

empezó a mamar y el silencio descendió una vez más sobre la cueva—. Has nacido niña, y esa es tu mala fortuna.

María salió de la cama tambaleándose, con el bebé todavía enganchado a ella, desesperada por un trago de agua. Micaela se había ido tan deprisa que no había rellenado la taza a su paciente. Caminó desde su habitación hasta la cocina, situada en la parte delantera de la cueva, a pesar de que se sentía mareada por la sed y el esfuerzo. Cogió la jarra del agua, se la llevó a los labios y bebió. Echó un vistazo por la pequeña ventana excavada en la roca de la fachada de la cueva y vio que hacía una noche clara y hermosa, y que las estrellas brillaban con intensidad alrededor un cuarto menguante perfecto.

—Luz —susurró, y besó la suave coronilla del bebé—. Te llamaré Lucía, chiquitina.

Tras regresar a la cama, sujetando aún al bebé con un brazo y la jarra con el otro, por fin se sumió en un sueño exhausto, arrullada por el ritmo lejano de las guitarras.

1922, diez años más tarde

—¿Dónde has estado, niña desobediente? —María estaba de pie, con los brazos en jarras, ante la entrada de la cueva del Albaicín—. Alicia le ha contado a su madre que hoy has vuelto a faltar a la escuela.

—Alicia es una diabla chivata que debería meterse en sus asuntos. —Los ojos de Lucía destellaron de rabia.

María vio que su hija había imitado su postura y también tenía las manos en las minúsculas caderas.

—¡Ya vale tanto descaro, pequeña! Sé dónde estabas, porque Tomás te ha visto junto a la fuente bailando a cambio de monedas.

—¿Y qué? Alguien tendrá que ganar algo de dinero en esta casa, ¿no?

Lucía puso unos céntimos en la mano de su madre, y luego, echándose hacia atrás la larga melena negra con arrogancia, pasó por su lado y entró en la cueva.

María bajó la vista hacia las monedas, suficientes para comprar hortalizas en el mercado e incluso una o dos morcillas para la cena de José. Aun así, aquello no era excusa para la insolencia de la niña. Su hija de diez años seguía sus propias reglas; se la podía confundir con una niña de seis debido a su poca estatura, pero aquel frágil envoltorio exterior contenía un temperamento volcánico y apasionado que, según su padre, no hacía sino mejorar sus excepcionales habilidades flamencas.

—¡Nació al ritmo de las alboreás! El espíritu del duende vive en su interior —le aseguró José aquella noche mientras subía a su hija a la mula para llevarla a bailar a la plaza mayor de la ciudad al compás de su guitarra.

José sabía que el dinero que ganaría si la pequeña Lucía taconeaba y daba vueltas triplicaría las propinas habituales de los que bebían en los bares de los alrededores.

—¡No la traigas demasiado tarde! —le gritó María a su esposo cuando la mula se alejaba por el sendero sinuoso.

Luego se puso de nuevo en cuclillas sobre la tierra dura y polvorienta del exterior de la cueva para continuar tejiendo una canasta con el esparto que se había secado tras la cosecha. Apoyó la cabeza contra la pared un momento y disfrutó del calor suave del sol en el rostro. Al abrir los ojos, miró hacia el valle que se extendía más abajo, hacia el río Darro, que lo recorría hinchado por el deshielo primaveral de las montañas de Sierra Nevada. El sol poniente proyectaba un intenso resplandor anaranjado en la Alhambra, que se alzaba sobre ella en el lado opuesto del valle y cuyas torres antiguas emergían del bosque, verde oscuro.

—Viviremos poco mejor que las mulas, pero al menos tenemos belleza —murmuró.

Mientras trabajaba, la invadió la calma, a pesar de la sensación persistente de ansiedad por que José estuviera utilizando a Lucía para ganarse la vida. Era demasiado vago para aceptar un trabajo normal, así que prefería confiar en su preciosa guitarra y en el talento de su hija. A veces algún payo rico les hacía una oferta para que actuaran en una fiesta en una casa lujosa de Granada, y eso no hacía sino acrecentar los aires de grandeza de Lucía: la niña no entendía que los payos provenían de otro mundo al que ella nunca podría aspirar.

Aun así, Lucía parecía crecer feliz. Era difícil recordar un momento en el que no hubiera estado marcando un ritmo; incluso de bebé, sentada en su trona mientras comía con una cuchara de hierro, no paraba de mover los pies dictando el compás. La cría nunca estaba quieta. María se acordó de cuando, con solo nueve meses, Lucía se había puesto en pie agarrándose a la pata de la mesa y, con determinación, había dado sus primeros pasos tambaleantes sin ayuda. Había sido como ver a una frágil muñeca de porcelana levantarse y echar a andar. Los habitantes del Sacromonte se habían apartado, asustados, cuando María la había sacado a pasear.

«Niña del diablo», había oído que susurraba una vecina a su marido y, en efecto, cuando las rabietas de Lucía le retumbaban en los oídos, María había pensado lo mismo. Desesperada por encontrar algo de paz, al final había descubierto que la niña solo se calmaba con el sonido de la guitarra de su padre, mientras palmoteaba y movía los pies para acompañarla. Más adelante, un día en que María practicaba sus alegrías en la cocina para una fiesta, había bajado la vista y se había encontrado a una diminuta Lucía de dos años copiando sus movimientos. Desde la orgullosa barbilla levantada hasta la forma de mover las manos con elegancia alrededor del cuerpo minúsculo y el golpeteo feroz de los pies, Lucía había logrado capturar la esencia misma del baile.

—¡Dios mío! —había susurrado José, que se volvió hacia su esposa con asombro—. ¿Quieres aprender a bailar como tu mamá, cariño? —había preguntado a la niña.

Lucía había clavado su intensa mirada en su padre.

—Sí, papá. ¡Bailar!

Ocho años después de aquel momento, no había duda de que las habilidades como artista flamenca de la propia María, considerada una de las mejores del Sacromonte, habían quedado superadas por las de su prodigiosa hija. Los pies de Lucía taconeaban tantos compases por minuto que, a pesar de que la niña le suplicaba que los contara, María no era capaz de ir tan rápido. Su braceo (la colocación de los brazos en la posición correcta) resultaba casi impecable y, sobre todo, sus ojos emitían una luz procedente de una llama invisible que tenía dentro y que elevaba sus actuaciones a otro nivel.

La mayoría de las noches, mientras pequeñas volutas de humo se elevaban desde las chimeneas de las numerosas cuevas, la montaña del Sacromonte cobraba vida con el rasgueo de las guitarras, las graves voces masculinas de los cantaores y las palmas y los taconeos de los bailaores. No importaba que los gitanos que vivían allí fueran pobres y pasaran hambre, sabían que el espíritu del flamenco podía animarlos.

Y Lucía encarnaba ese espíritu mejor que nadie. Cuando bailaba con el resto del barrio durante una fiesta en alguna de las grandes cuevas comunales utilizadas para tales eventos, los demás se detenían para maravillarse ante el duende que albergaba en su interior; era un poder que no podía explicarse, que se elevaba desde el alma y mantenía al espectador hipnotizado, porque contenía todo el espectro de las emociones humanas.

—Es demasiado joven para saber si lo tiene —dijo José una noche después de que Lucía actuara para una multitud que se había congregado delante de su cueva, atraída por el golpeteo de los pies y los ojos destellantes de una niña pequeña que, en realidad, parecía poseída—. Y eso la hace aún más especial.

—¿Mamá? ¿Puedo ayudarte con las cestas? —le preguntó Lucía al cabo de unos días.

—Si no estás demasiado ocupada, sí. —María sonrió, dio unas palmaditas en el escalón junto a ella y pasó a su hija un poco de esparto.

Trabajaron juntas durante un rato, los dedos de María cada vez más lentos, a medida que la iba venciendo el cansancio. Se había levantado a las cinco para dar de comer a la mula, las gallinas y las cabras que vivían en la cueva que hacía las veces de establo al lado de la suya, luego había encendido el fuego y había puesto la olla a hervir para ofrecer a sus cuatro hijos y a su esposo un exiguo desayuno a base de gachas de maíz. Le dolía la parte baja de la espalda de subir por las empinadas callejuelas adoquinadas cargada con el agua de las grandes cisternas situadas en la falda de la montaña del Sacromonte.

Al menos estaba disfrutando de un raro momento de paz, allí sentada con su hija, trabajando en silencio junto a ella. Aunque, en muchas ocasiones así, había levantado la vista hacia la gran Alhambra, cuya posición y grandeza significaban todo lo que era tan injusto en la vida de María, y había despotricado contra ella, contra su existencia de lucha constante. Sin embargo, tenía el consuelo de estar rodeada de su propia gente, protegida en la pequeña comunidad de aquella ladera. Eran gitanos españoles a cuyos antepasados habían expulsado de las murallas de la ciudad de Granada para que cavaran sus hogares en la implacable roca de la montaña. Eran los más pobres entre los pobres, los más bajos entre los bajos, las personas a quienes los payos miraban por encima del hombro con desdén y desconfianza. Solo recurrían a los gitanos por su baile, sus artículos de quincallería o sus brujas: como Micaela, la curandera, a quien los payos consultaban en secreto cuando necesitaban ayuda con desesperación.

—¿Mamá?

—Sí, ¿Lucía?

María vio que su hija señalaba la Alhambra.

—Algún día, bailaré ahí delante de miles de personas.

María suspiró. Si cualquiera de sus otros hijos hubiera expresado tal pensamiento, les habría dado una colleja. En cambio, en aquel instante, asintió despacio.

—No lo dudo, cariño, no tengo ninguna duda.

Más tarde aquella misma noche, cuando Lucía por fin se hundió en el jergón situado junto a la cama de sus padres en el pequeño hueco excavado en la roca detrás de la cocina, María se sentó fuera de la cueva con su esposo.

—Me preocupa la niña. Tiene la cabeza llena de sueños ridículos, inspirados por lo que ha visto en las casas de los payos en las que habéis bailado —dijo.

—¿Qué tiene de malo soñar, mi amor? —José apagó en el tacón de su bota el puro que había estado fumando—. En esta triste existencia nuestra, es lo único que nos ayuda a seguir adelante.

—José, no entiende quién es, de dónde viene ni qué significa eso. Y que, siendo tan pequeña, tú te la lleves a ver el otro lado —María señaló hacia el comienzo de la muralla de la ciudad de Granada, a menos de un kilómetro de distancia por la ladera— la está confundiendo. Es una vida que nunca podrá tener.

—¿Eso quién lo dice? —Los ojos del hombre, tan parecidos a los de su hija, destellaron con rabia desde la piel oscura heredada de sus antepasados de pura sangre gitana—. Muchos de los nuestros han conseguido fama y fortuna gracias a su talento, María. ¿Por qué no puede pasarle lo mismo a Lucía? Desde luego, espíritu tiene. Cuando fui guitarrista en Las Ramblas de Barcelona, conocí a las grandes bailaoras Pastora Imperio y La Macarrona. Vivían en casas lujosas, como payas.

—¡Eso son dos entre decenas de miles, José! Los demás solo cantamos, bailamos y nos las arreglamos como podemos para ganar lo justo y poner comida encima de la mesa. Me preocupa que Lucía se lleve una decepción cuando sus grandes sueños queden en nada. ¡Esa niña no sabe leer ni escribir siquiera! Se niega a ir a la escuela, y que tú la animes no ayuda, José.

—¿Para qué necesita las palabras y los números si tiene un don? Mujer, te estás convirtiendo en una vieja triste que se ha olvidado de soñar. Me voy a buscar mejor compañía. Buenas noches.

María vio a su marido levantarse y alejarse despacio por el camino oscuro y polvoriento. Sabía que se dirigiría a uno de los bares, ubicado en una de las numerosas cuevas escondidas, donde sus amigos y él se divertirían hasta la madrugada. Últimamente pasaba la noche entera fuera más de lo habitual, así que María se preguntó si tendría una amante nueva. A pesar de que su cuerpo, una vez firme, estaba envejeciendo a marchas forzadas con el paso de los años, el coñac y la dureza de la vida que llevaban, José todavía era un hombre apuesto.

María recordó con viveza la primera vez que lo vio; ella apenas era mayor que Lucía entonces y él era un joven de dieciséis años que tocaba la guitarra a la entrada de la cueva de su familia. Su cabello oscuro y rizado emitía destellos color caoba bajo la luz del sol; los carnosos labios se le curvaron en una sonrisa perezosa cuando la vio pasar. María se había enamorado de él en aquel preciso instante, a pesar de que había oído cosas malas sobre El Liso, el apodo que se había ganado gracias a su habilidad con la guitarra. Y, como tristemente descubriría María más tarde, por su reputación con las mujeres. A los diecisiete años, el muchacho se había ido a Barcelona envuelto por un halo de gloria, pues lo habían contratado para tocar en Gracia, un barrio repleto de famosos bares de flamenco.

María se había convencido de que nunca volvería a verlo, pero, cinco años más tarde, José había regresado con un brazo roto y varios hematomas amarillentos en el hermoso rostro. Corría el rumor de que se había metido en una pelea por una mujer; también el de que habían cancelado su contrato en el bar de flamenco debido a sus problemas con la bebida y había tenido que recurrir a las peleas para ganarse la vida. Fuera lo que fuese, a María se le había acelerado el corazón al pasar por delante de la cueva de la familia de José de camino a la Alcaicería para comprar hortalizas en los puestos del mercado de la ciudad. Allí se lo había encontrado, fumando a la puerta de sus padres.

—Hola, preciosa —le había dicho él—. ¿Eres tú la chica que, por lo que me han contado, baila las alegrías mejor que nadie en el pueblo? Ven y habla un rato conmigo. Haz compañía a un hombre enfermo.

Con timidez, María se había unido a José y él había tocado la guitarra para ella. Más tarde el chico había insistido en que fueran a bailar al olivar que había más allá de su cueva. Después de que él le tocara las palmas, de que le rodeara la cintura con las manos para atraerla hacia sí y de que sus cuerpos se balancearan al ritmo de los sensuales latidos invisibles de su corazón, María había llegado aquella noche a su casa sin aliento y con expresión soñadora: la habían besado por primera vez en su vida.

—¿Dónde has estado? —Paola, su madre, había estado esperándola.

—En ninguna parte, mamá —había contestado la chica al pasar junto a ella, pues no deseaba que la viera ruborizarse.

—¡Ya me enteraré, señorita! —Su madre la había señalado con un dedo acusador—. Y sé que tiene que ver con un hombre.

María sabía que Paola y Pedro, su padre, rechazarían de plano cualquier relación entre José y ella. La familia del chico vivía en la pobreza, mientras que ella, siendo una Amaya, provenía de una familia rica, al menos según los estándares gitanos. Sus padres ya habían echado el ojo al hijo de un primo; de los siete embarazos de Paola, solo había sobrevivido una niña, y necesitaban con urgencia un heredero para la exitosa forja que dirigía Pedro.

Aunque María sabía todo eso y hasta el momento se había comportado como una hija solícita y diligente, todas sus buenas intenciones salieron volando como mariposas atrapadas cuando José empezó a perseguirla de forma implacable.

Tras caer aún más bajo el hechizo de los encantos de José, mientras los dedos del joven acariciaban no solo la guitarra, sino también el cuerpo de María, al final la muchacha se dejó convencer para escabullirse de noche de la cueva de su familia y yació con él en el olivar a los pies de la montaña de Valparaíso. A lo largo de todo aquel verano extraordinariamente caluroso, mientras la fragua de su padre emitía un calor extremo e insoportable, María se había sentido como si su mente y su cuerpo estuvieran también en llamas. Solo era capaz de pensar en la noche larga y fresca que se avecinaba, cuando el cuerpo de José se enredaba con el suyo.

La ira del padre de María había truncado sus encuentros nocturnos. A pesar de lo cuidadosos que habían sido, alguien del Sacromonte los había visto y chismorreaba.

—Has avergonzado a esta familia, María —había rugido Pedro tras arrastrar a su hija y a su amante a la cueva para que se enfrentaran a su deshonra.

—Lo siento, papá —se había disculpado María entre lágrimas—, pero lo quiero.

José se arrodilló para suplicar perdón y, de inmediato, pidió a Pedro la mano de María en matrimonio.

—Quiero a su hija, señor. Cuidaré muy bien de ella, créame.

—No te creo, muchacho. Tu reputación te precede, ¡y ahora también has mancillado a mi hija! ¡Solo tiene quince años!

María se sentó fuera de la cueva mientras su padre y José discutían su futuro. El rostro de su madre, tenso por la decepción y la humillación, fue quizá el peor castigo de todos. La pureza de una mujer gitana era sacrosanta, la única moneda de cambio que podía ofrecer.

Una semana más tarde, el barrio del Sacromonte celebró una fiesta de compromiso para la pareja, organizada a toda prisa, y un mes después, una gran boda. La celebración tradicional duró tres días. La última noche, María —con un vestido azul y fucsia con una larga cola, y el pelo adornado con flores rojas de granada— se subió a una mula detrás de su nuevo marido y todo el pueblo formó una procesión que los siguió hasta la cueva familiar para la ceremonia final de la noche.

María todavía recordaba cómo temblaba de miedo ante la perspectiva de la ceremonia de las «tres rosas». La cara de José estaba sobre ella en la cueva oscura, se acordaba del olor a alcohol de su aliento mientras la besaba y luego la montaba. María oía carcajadas sonoras fuera de la cueva, y los latidos de su corazón eran tan rápidos como las manos que golpeaban los cajones.

—¡Ya está hecho! —rugió José, una vez que se separó de ella, para que entrara la madre de María.

María se quedó allí tumbada, esperando a que Paola presionara un pañuelo blanco contra su parte más íntima, sabiendo que las tres flores de su virginidad no aparecerían.

—No hagas ni un ruido, hija —le había advertido Paola en un susurro urgente.

A la luz titilante de la vela, la joven había visto como su madre sacaba una cuchilla pequeña de un bolsillo y la apretaba contra la carne tierna del muslo de su hija. María ahogó un grito al ver que la sangre de la herida caía sobre el pañuelo que sostenía Paola.

—Te has hecho la cama tú sola, cariño, y ahora te acostarás en ella el resto de tus días —le había susurrado Paola con vehemencia antes de salir de la cueva con el pañuelo extendido delante de ella.

Fuera, el barrio había estallado en vítores y aplausos cuando Paola lo había agitado delante de todos para que lo inspeccionaran.

—Bueno, mujer —dijo José cuando reapareció a su lado poco después con una botella de aguardiente en una mano y un cigarro en la otra—. ¿Bebemos por nuestra unión?

—No, José. No me gusta cómo sabe.

—Pero sí te gusta cómo sabe esto, ¿no? —Sonrió mientras dejaba caer al suelo los pantalones y se unía a ella otra vez bajo la colorida manta que había tardado un mes en tejer.

Una hora más tarde, cuando María empezaba a quedarse dormida tras la tensión de los últimos días, había oído que José salía de la cama y se ponía la ropa.

—¿Adónde vas?

—Me he olvidado de algo. Tú duerme, mi amor, que vuelvo enseguida.

Sin embargo, cuando María abrió los ojos al amanecer de la mañana siguiente, José todavía no había regresado.

María suspiró mientras se dirigía a la hedionda letrina pública que utilizaban los habitantes de las cuevas. Si por aquel entonces, hacía ya dieciocho años, había creído que José la quería tanto como ella a él, tal pensamiento romántico llevaba mucho tiempo muerto. Quizá, pensó con amargura, José hubiera sabido que el matrimonio lo beneficiaba. Los padres de María tenían dinero suficiente para comprarles una cueva nueva, aunque a mayor altura, como regalo de boda, además de un juego de cocina de hierro excepcional.

Su primer hijo había nacido de forma prematura a los ocho meses, o eso le había dicho su madre que contara, pero no había sobrevivido más de seis. Con el segundo y el tercer bebé sufrió sendos abortos en el segundo mes. Y luego, por fin, había llegado Eduardo, y María se había entregado en cuerpo y alma a la maternidad. Ya podía sentarse con las demás mujeres para hablar de remedios para los cólicos, la fiebre y la diarrea que azotaban como una plaga a los jóvenes y los viejos del Sacromonte mientras caía la lluvia invernal, el barro corría por los senderos polvorientos y angostos, y las fosas sépticas se desbordaban. Daba igual que su marido rara vez estuviera en casa, o que no hubiera monedas en la lata que mantenían escondida en un armario de madera con llave detrás de un cuadro de la Santísima Virgen. Al menos su padre ya había prometido que el bebé Eduardo tendría un futuro en la forja, y su madre le pasaba suficientes hortalizas para mantener con vida a madre e hijo.

—No te daré más que esto —le decía Paola—. Esa rata que tienes por marido se gastaría en aguardiente todo el dinero que te diera.

Al salir de la letrina, María sonrió ante la imagen de Eduardo que apareció en su mente. Era un niño muy bueno, ya tenía dieciséis años y trabajaba con su abuelo. En cuanto a sus otros dos hijos… No cabía duda de que habían salido al padre. Ambos tenían la misma vena salvaje que parecía inherente a los gitanos de sangre pura. Carlos tenía casi quince años y se ganaba la vida con las peleas, un hecho que nunca reconocería, pero que a su madre le resultó obvio cuando empezó a aparecer en la cueva por las mañanas con el rostro hinchado y el cuerpo joven cubierto de cardenales. Felipe, que en aquel momento tenía trece años, había sido enfermizo de bebé y poseía un carácter más dulce, aunque se dejaba influir fácilmente por su hermano mayor, al que adoraba. Felipe era un guitarrista dotado en el que su padre tenía depositadas grandes esperanzas, pero en lugar de desarrollar su talento, seguía a Carlos de un lado para el otro como un perrito faldero, ansioso por ganarse su aprobación de cualquier manera posible. Cuando llegó de nuevo a la cueva, para consolarse, María desvió sus pensamientos hacia la pequeña Lucía, en la que ella misma había puesto muchas esperanzas al quedarse embarazada después de tres años improductivos.

—Será una niña —le había dicho Micaela cuando María fue a verla en el tercer mes de gestación—. Tendrá muchos talentos. Será especial.

María ya sabía que hasta la última palabra que le había dicho Micaela era cierta. Como bruja, poseía el tercer ojo y nunca se había equivocado. En el Sacromonte todo el mundo confiaba en Micaela para que les transmitiera las profecías que deseaban, y no se alegraban mucho si les decía algo que no querían oír.

Y el error lo cometió María al interpretar las palabras de Micaela como había querido. «Especial» y «talentosa» habían significado para ella lo que quería que significaran: otra mujer en la casa, dotada para el cuidado del hogar y la crianza de los hijos, una hija amable, buena, que la ayudaría y apoyaría en los últimos años de su vida.

—Eso es lo malo de los videntes y sus profecías —murmuró María mientras se desnudaba a la luz de la vela titilante, luego dobló con cuidado el bolero bordado, el delantal, la falda azul y las enaguas antes de ponerse el camisón.

No era que los brujos transmitieran el mensaje equivocado, sino que la persona que lo recibía podía convertirlo en lo que quería y necesitaba.

María había albergado la esperanza de que uno de sus hijos hubiera heredado el don de su bisabuela, que había sido la bruja del barrio antes de Micaela, por lo que el don corría por las venas de su familia. Había soñado que Micaela examinaría al recién nacido y le diría que sí, que aquella era la criatura que algún día se convertiría en el brujo siguiente. Entonces todo el mundo habría acudido a su cueva a visitarla, sabiendo que su bebé poseía el don de ver y que llegaría a ser la mujer o el hombre más poderoso de la comunidad.

María regresó a la cocina y se lavó la cara con agua del barril. Luego atravesó la habitación de puntillas; a su izquierda estaba el dormitorio de los niños, separado de la cocina por una cortina. Apartó la tela y sostuvo la vela ante ella; aun así, solo alcanzó a distinguir la leve forma de Felipe bajo una manta fina, con la respiración aún pesada tras una reciente dolencia en el pecho. Junto a él en el jergón de paja estaba Eduardo, con la mano encima de la cara de cualquier manera mientras dormía. María contuvo un suspiro de irritación al darse cuenta de que Carlos aún no había vuelto a casa.

Avanzó por el suelo de tierra hasta su habitación, justo al fondo, y vio a Lucía dormida plácidamente en su jergón. Aprovechando la última luz de la vela, se deslizó bajo la manta. Apagó los restos de la llama con los dedos, apoyó la cabeza en la dura almohada de paja y se quedó mirando la negrura. Aunque la noche era cálida, María se estremeció en el aire rancio y fétido de la cueva. Deseó que los brazos de José estuvieran allí para abrazarla, para quitarle el miedo al futuro. Pero esos brazos fuertes no querían a una mujer cuyo cuerpo se estaba volviendo flácido debido al alumbramiento de cinco niños y a la malnutrición. A los treinta y tres años, María sabía que parecía mucho mayor de lo que era.

«¿Para qué sirve todo esto?», preguntó al cielo y a la Santísima Virgen.

Y entonces, sin recibir respuesta, cerró los ojos y se durmió.

11

Por qué siempre tengo que ayudar a cocinar? —Lucía hizo un puchero mientras María la arrastraba hasta la cocina—. ¡Papá, Carlos y Felipe se sientan fuera a tocar la guitarra y a fumar mientras nosotras hacemos todo el trabajo!

Ya era otra mañana, y el mero hecho de pensar en todo lo que le quedaba por delante aquel día hacía que María se sintiera al borde de la extenuación.

—Cocinar es trabajo de mujeres, Lucía. Sabes muy bien que así son las cosas. —María le tendió una pesada olla de hierro—. Los hombres salen a ganar dinero, nosotras nos ocupamos de la casa. Y ahora, ¡deja de quejarte y pela esas hortalizas!

—¡Pero yo también gano dinero! Cuando bailo con papá en los bares, la gente le da monedas y él se las gasta en aguardiente, pero yo tengo que pelar las hortalizas de todas formas. ¿Por qué tengo que hacer las dos cosas? Un día ya no viviré en una cueva como un animal, sino en una casa grande y lujosa con un suelo que no sea de tierra y un dormitorio para mí sola —aseguró mientras miraba con asco la cueva del Albaicín—. ¿Por qué no podemos comprar una máquina que cocine las cosas? Vi una en la cocina del señorito rico cuando papá y yo actuamos en su casa. Tenían a una mujer que se encargaba de preparar todas las comidas. También tendré una de esas. —La niña echó las hortalizas en la olla que borbollaba sobre el fuego—. Hasta tenían un grifo de agua para una sola familia. ¡Imagínatelo! —exclamó maravillada acercándose la última zanahoria al pecho antes de meterla en la olla junto con las demás—. Lo que debe de ser ser rico…

—Sal de aquí ahora mismo —María la interrumpió dándole una jarra— y ve a por agua.

—Eso puede hacerlo uno de los chicos, ¿no? Es una caminata y estoy cansada.

—No tanto como para dejarte de chácharas —la reprendió María—. ¡Vamos, espabila!

—¡Algún día tendré un grifo de agua para mí sola! —fue la despedida desafiante de Lucía.

—Y algún día yo moriré de agotamiento —murmuró su madre.

Una tos convulsa brotó de la habitación de los niños y, unos segundos más tarde, Felipe salió arrastrando los pies y frotándose los ojos de sueño.

—¿Qué hay de desayunar, mamá? —masculló—. ¿Gachas otra vez?

—Sí, y te he preparado otro tónico de menta para el pecho, cariño.

Felipe hizo una mueca al sentarse a la mesa y comenzar a comerse el maíz aguado.

—Odio el tónico de menta.

—Pero te ayuda a respirar, así que bebe o tendremos que pedirle a Micaela que venga y te dé algún remedio aún más fuerte.

Felipe puso los ojos como platos, alarmado, y se bebió de mala gana el líquido de la taza que tenía delante.

—¿Dónde anda tu hermano Carlos? —le preguntó—. Eduardo me ha dicho que tenía pensado llevárselo hoy a la fragua. Ya es lo bastante mayor para empezar a aprender el oficio con su hermano.

Felipe se encogió de hombros y continuó desayunando sin atreverse a mirarla a los ojos. María sabía que él jamás revelaría los secretos de su hermano.

Como si le hubieran dado pie, Carlos entró en ese momento en la cueva luciendo un ojo morado e hinchado.

—Hola, mamá —dijo en tono despreocupado, y se dejó caer en un taburete al lado de su hermano.

En lugar de servirle su cuenco de gachas, María se agachó y le palpó con cuidado la piel sensible que le rodeaba el ojo.

—¿Qué es esto, Carlos? ¿Con quién te has peleado? —exigió saber.

El muchacho se zafó de ella.

—No es nada, mamá, deja de montar…

—¿Ha sido otra vez por dinero? No soy tonta, Carlos, ya me han contado lo que está pasando en las cuevas abandonadas de la cima de la montaña.

—Solo ha sido una riña con Juan por una chica, te lo prometo.

María entornó los ojos y le pasó el desayuno. A veces se desesperaba porque nada de lo que dijera o hiciera tenía ningún impacto sobre los hombres de su familia, salvo en el caso de su querido Eduardo.

—¿Te has enterado de la noticia, mi amor?

María levantó la vista y vio que su esposo había entrado en la cueva. José se quitó el sombrero calañés negro que le protegía los ojos del deslumbrante sol matutino.

—¿Qué noticia? —preguntó ella.

—En junio celebrarán un concurso de flamenco en la Alhambra.

Se sentó frente a sus hijos y apenas echó un vistazo al ojo morado de Carlos.

—¿Y qué? —preguntó María al ponerle un cuenco delante.

—¡Que también pueden participar aficionados! Es el Concurso de Cante Jondo», y lo organiza el gran compositor Manuel de Falla. No habrá profesionales de más de veintiún años, así que, como me retiré hace muchos años, puedo inscribirme.

—Y yo —murmuró María.

—Sí, claro que sí, pero ¿no lo ves? ¡Es la oportunidad de Lucía! Todo el mundo estará allí: el mismísimo Antonio Chacón formará parte del jurado, y se rumorea que La Macarrona también bailará, aunque no opte al premio.

—¿Estás diciendo que deberíamos inscribir a Lucía?

—¡Claro!

—Pero, José, ¡si no tiene más que diez años!

—Y ya baila como una reina.

Ejecutó unas palmas cortas, un ritmo ligero para demostrar su emoción.

—Estoy segura de que habrá alguna regla que prohíba actuar a los niños, José, si no todos los padres orgullosos llevarían a su pequeña Macarrona a lucirse delante de los jueces. —María suspiró.

—Tal vez, pero encontraré la manera de mostrar su talento al mundo. Tienes que coserle un vestido con cola que llame la atención —dijo José, y a continuación se encendió uno de sus interminables puros.

El humo se arremolinó por encima de la mesa de la cocina mientras los chicos engullían a toda prisa el resto del desayuno, pues presentían que se estaba fraguando una discusión entre sus padres. En cuanto acabaron, se levantaron y salieron de la cueva de inmediato.

—Apenas tenemos dinero para alimentar a nuestra familia. —María se había dado la vuelta de golpe para mirar a José—, así que ¡ni hablar de hacerle un vestido nuevo a Lucía!

—Entonces conseguiré ese dinero, lo juro —dijo—. Puede que esta sea nuestra única oportunidad.

—Prométeme que no lo robarás, José. Júramelo —le suplicó.

—Desde luego, lo juro por mi padre. ¿Y no cumplo siempre mis promesas?

José sonrió y le rodeó la cintura con un brazo, pero María se apartó de él y fue a recoger la cesta a medio terminar. Luego se dirigió con paso cansado hacia el establo de al lado, donde guardaba sus materiales junto a la mula flaca y la cabra. Solo había impuesto una regla a José y a sus hijos a lo largo de la difícil vida que llevaban, y era que nunca robaran. María sabía que, cuando estaban desesperadas, en muchas otras familias del Sacromonte recurrían a robar carteras en el mercado. Luego se volvían temerarios, los pillaban y terminaban en la cárcel de la ciudad o recibiendo, por parte de un juez payo implacable, sentencias que excedían con creces el delito cometido. Había poca misericordia o justicia para los gitanos.

Hasta el momento, creía que su esposo y sus tres hijos habían cumplido su palabra, pero el entusiasmo que había visto en los ojos de José le decía que no se detendría ante nada para conseguir el dinero con que comprarle un vestido a Lucía.

Cuando volvió a salir, levantó la vista hacia la Alhambra y recordó que hacía muy poco que su hija le había dicho que algún día bailaría allí. Se le ocurrió una idea y suspiró, sabedora de que era lo que tenía que hacer. Se le llenaron los ojos de lágrimas, pero se armó de valor cuando entró de nuevo en la cueva y se encontró a José sirviéndose un segundo plato de la olla.

—Reduciré a su medida mi vestido de flamenca —dijo.

—¿De verdad? ¿Harías algo así por tu hija?

—Si con eso te mantengo fuera de la cárcel, José, entonces sí, lo haré.

—Mamá, ¿te has enterado? ¡Voy a bailar en la Alhambra, como te dije que pasaría! —Lucía clavó los piececitos en la tierra y ejecutó un zapateado rápido—. Papá dice que habrá miles de personas viéndome, ¡y que me descubrirán y me llevarán a Madrid o a Barcelona para ser una estrella!

—Me he enterado, sí, es una noticia muy emocionante.

—¿Tú bailarás, mamá? Papá participará y dice que debo subir al escenario a escondidas cuando él empiece a tocar, porque soy demasiado pequeña para inscribirme legalmente. Es un buen plan, ¿no?

—Sí, pero, Lucía —María se llevó un dedo a los labios—, debe ser un secreto. Si alguien se entera de lo que planea tu padre, intentarán deteneros. ¿Lo entiendes?

—Sí, mamá. No diré nada —susurró—. Ahora tengo que irme a ensayar.

Dos días después, María cortó con las tijeras su hermoso vestido de flamenca. Era de un rojo intenso, con volantes blancos y negros, todos cosidos a mano por ella misma. Recordó la alegría con que lo había lucido en su juventud, cómo se transformaba su cuerpo cuando sentía el abrazo del corsé, la caricia de las delicadas mangas de algodón que le cubrían los hombros. Fue como si se estuviera cortando el corazón, despidiéndose de todos los sueños que había abrigado en su juventud: el de un matrimonio amoroso y feliz, el de unos hijos radiantes y el de bailar hacia un futuro dorado con su apuesto marido.

Las tijeras avanzaban corte a corte mientras los volantes de la cola iban cayendo al suelo. Al final solo quedaron unos pocos, los especificados por José.

Cuando terminó, María recogió las entrañas del vestido y, pese a que sabía que todas aquellas bandas cosidas con esmero podrían reutilizarse en un futuro vestido o para adornar el dobladillo o la cintura de alguna de sus faldas, volvió a aplicarles las tijeras y siguió cortando hasta que no quedó sino un montón de retales. Los barrió, los metió en su cesta y después los acercó al fuego y los arrojó a las llamas.

Cuando llegó la abrasadora mañana de junio del primer Concurso de Cante Jondo, la población del Sacromonte se había multiplicado por más de veinte. Los gitanos que habían llegado desde todos los rincones de España y no cabían en las cuevas de sus amigos o familiares habían acampado a lo largo de los estrechos senderos que serpenteaban entre el laberinto de cuevas de la ladera y en los olivares que se extendían más abajo.

Varios primos barceloneses de José se habían alojado con ellos, y su acento catalán era tan intenso como su apetito; María había preparado una gran vasija de barro de su famoso puchero a la gitanilla, un denso guiso de carne, hortalizas y garbanzos para el que, a regañadientes, había partido el cuello a su gallina más vieja.

Los primos de Barcelona se marcharon inmediatamente después de desayunar, acompañados por Felipe, pues estaban deseosos de dar el largo paseo que bajaba por el valle, cruzaba el río Darro y subía por la empinada ladera de la montaña hasta la Alhambra.

—Felipe, tienes que volver esta tarde para ayudar a tu hermana —le había dicho María mientras acababa de atarle la faja azul brillante alrededor de la cintura.

El muchacho se apartó de ella cuando intentó sacudirle el polvo del chaleco.

—Basta, mamá —murmuró, y la cara delgada se le puso roja de vergüenza, pues dos jóvenes primas lo miraban divertidas.

María los observó alejarse por el sendero junto con otros jóvenes del barrio, todos vestidos con sus mejores ropas, con las botas lustradas y el cabello oscuro reluciente de aceite.

—Nuestro barrio nunca ha sido tan famoso —comentó José mientras esquivaba a una familia de seis miembros que había acampado en el camino polvoriento justo delante de su cueva—. Y pensar que la mayoría de ellos se marcharon de aquí jurando no volver jamás… Entonces nos despreciaron, pero ahora claman por volver —dijo con satisfacción cuando pasó junto a María para entrar en la cocina.

«Tú también te fuiste y volviste una vez…»

De todas maneras, aquel era, en efecto, un momento que saborear: aquel fin de semana, el Sacromonte sería el centro del universo del flamenco. Y como el flamenco era el universo de los gitanos, daba la sensación de que hasta el último miembro de su clan se hubiera desplazado hasta allí para participar. No paraba de salir humo de todas las cuevas, pues las mujeres intentaban cocinar alimentos suficientes para mantener lleno el estómago de sus invitados. El aire estaba cargado del olor de los cuerpos sucios y del hedor de las docenas de mulas adicionales que pacían a la sombra de los olivares, con los párpados caídos por el calor y espantando moscas con las enormes orejas. En cada uno de sus numerosos viajes para acarrear agua, saludaban a María un montón de caras que hacía años que no veía. La pregunta que le hacían era siempre la misma:

—¿Cuándo te toca bailar?

Cuando ella les decía que no se había inscrito en el concurso, se quedaban horrorizados.

—Pero ¡debes participar, María! ¡Eres una de las mejores!

Después de ofrecer una explicación débil a los primeros curiosos —que lo había dejado, que estaba demasiado ocupada con la familia, a lo que le respondían con gritos de «¡Pero si nadie está demasiado ocupado para bailar! ¡Lo llevas en la sangre para siempre!»—, María decidió cerrar la boca. Hasta su madre, una de las habitantes más adineradas del Sacromonte, una mujer que por lo general contemplaba el flamenco con desdén porque lo veía como otra manera de que los gitanos vendieran su cuerpo a los payos, se había sorprendido cuando María le dijo que no iba a participar.

—Es una pena que hayas perdido tu pasión por el baile. Junto con tantas otras cosas —le espetó.

El alboroto de las guitarras y los taconeos disminuyó despacio a medida que el barrio del Sacromonte descendía por los senderos sinuosos. María se quedó un rato mirando a la multitud colorida y ruidosa, tratando de contagiarse un poco de su entusiasmo, pero tenía el alma cerrada. La noche anterior, José se había metido en la cama al amanecer apestando a perfume barato. Llevaba sin ver a Carlos desde el día anterior a la hora del almuerzo, pero al menos Eduardo había estado a su lado para ayudarla a ir a por agua y cargarla aquella mañana.

—Yo también tengo que irme —le dijo José al salir de la cueva;

estaba guapo con su camisa blanca con chorreras, los pantalones negros y el fajín—. Ya sabes qué hacer con Lucía. No llegues tarde —le advirtió mientras se echaba la guitarra al hombro y se apresuraba a unirse al resto.

—¡Buena suerte! —le gritó ella, pero él no se volvió para despedirse.

—¿Estás bien, mamá? —le preguntó Eduardo—. Toma, bebe un poco de agua, pareces cansada.

—Gracias. —Sonrió agradecida a su hijo, aceptó la taza y la vació—. ¿Has visto a Carlos?

—Antes, sí. Estaba en el bar con varios de sus amigos.

—¿Va a venir esta noche?

—¿Quién sabe? —Eduardo se encogió de hombros—. Estaba demasiado borracho para hablar.

—Solo tiene quince años. —María suspiró—. Deberías intentar alcanzar a tu padre, Eduardo. Yo tengo que quedarme aquí y ayudar a Lucía a vestirse.

—Te está esperando en tu habitación.

—Bien.

—Mamá… —Eduardo dudó un momento—, ¿crees que este plan de papá está bien? Lucía no tiene más que diez años. Dicen que está noche habrá una multitud de más de cuatro mil personas. ¿No se pondrá en ridículo? Y no solo a ella, sino también a papá y a todos nosotros…

—Eduardo, tu hermana no tiene nada de ridícula, y ambos debemos creer que tu padre sabe lo que se hace. Venga, te veré en la Alhambra cuando haya vestido a Lucía.

—Sí, mamá.

Eduardo salió de la cueva y María volvió a entrar. Aun bajo la resplandeciente luz de la tarde, la cocina estaba oscura.

—¿Lucía? Es hora de prepararse —dijo mientras abría la cortina y entraba en la negrura de su habitación.

—Sí, mamá.

María buscó a tientas la vela que había junto a la cama y la encendió, pensando que la voz de Lucía no sonaba para nada como de costumbre.

—¿Estás enferma? —preguntó cuando vio a su hija pequeña hecha un ovillo sobre su jergón.

—No…

—Entonces ¿qué pasa?

—Tengo… miedo, mamá. Habrá mucha gente… ¿y si nos quedamos aquí las dos? Podrías hacer esos pastelitos que me gustan y nos comemos todo el plato, y luego, cuando vuelva papá, le decimos que nos hemos perdido por el camino.

A la luz de la vela, los ojos de Lucía parecían enormes, y destellaron de miedo cuando María la cogió en brazos y la sentó en su regazo.

—Cariño, no tienes por qué asustarte —le dijo en voz baja mientras la desnudaba—. No importa delante de cuánta gente bailes. Tú cierra los ojos y finge que estás aquí, en casa, bailando en la cocina para papá, tus hermanos y yo.

—¿Y si no viene el duende, mamá? ¿Y si no logro sentirlo?

María estiró la mano para coger el vestidito que le había confeccionado a Lucía y se lo puso a la niña por la cabeza.

—Lo sentirás, cariño, en cuanto oigas el ritmo del cajón y la guitarra de tu padre, te olvidarás de todo. Lista. —María cerró el último broche sobre la esbelta espalda de Lucía—. Ponte en pie, veamos qué tal estás.

Bajó a su hija de sus rodillas y Lucía comenzó a dar vueltas con la cola haciendo frufrú detrás de ella como un tiburón hambriento. Durante las dos últimas semanas, María había enseñado a Lucía a manejarla, temerosa de la ignominia que supondría que su hija se tropezara con ella ante miles de personas. Sin embargo, como en todo lo relacionado con el baile, Lucía se había hecho enseguida a la cola. María la contempló en aquel momento, mientras la apartaba con habilidad de su camino y se volvía hacia su madre.

—¿Cómo estoy, mamá?

—Como la princesa que eres. Y ahora, venga, debemos irnos. Tienes que llevar la cola enganchada debajo de la capa para que nadie la vea. —María se agachó y rozó la nariz de su hija con la suya—. ¿Preparada? —preguntó al tiempo que le tendía la mano.

—Preparada.

María ensilló a Paca, la mula, y montó a Lucía sobre su lomo antes de asegurarse de que la cola del vestido quedara bien oculta. Se unieron al resto de la procesión, que todavía bajaba serpenteando por la montaña, y cuanto más se acercaban a la Alhambra y más jadeaba Paca por el esfuerzo de subir la empinada colina, más eufórica parecía Lucía al saludar a los amigos y los vecinos. Una anciana rompió a cantar y su voz ronca se elevó hacia la ligera brisa de junio, y María y Lucía dieron palmas y se unieron al coro con los demás lugareños.

Dos horas después de partir, llegaron a la Puerta de la Justicia. La gente franqueaba la entrada en forma de ojo de cerradura hacia la plaza principal de la Alhambra. María ayudó a Lucía a bajar del lomo de Paca y ató la mula debajo de un ciprés, donde se puso a pastar tan tranquila en una pequeña franja de hierba.

Aunque eran casi las seis en punto, el sol todavía tenía brío e iluminaba las intrincadas tallas antiguas de las paredes. Desde todos los rincones, los vendedores anunciaban sus productos, vendían agua, naranjas y almendras tostadas. María agarró con fuerza la mano de su hija mientras seguían el estruendo de cientos de guitarras y taconeos. Detrás de la plaza de los Aljibes, donde se estaba celebrando el concurso, se iluminaban las enormes paredes rojas de la Alhambra, que formaban un telón de fondo impresionante. María tiró de Lucía hacia la Puerta del Vino, donde debían encontrarse con José. Cuando bajó la vista, vio que el suelo de baldosas estaba cubierto de capullos de lavanda, tal vez para enmascarar el hedor de tantos cuerpos sudorosos y apiñados.

—Tengo sed, mamá, ¿podemos sentarnos y beber algo?

Lucía se dejó caer en el suelo mientras María buscaba a toda prisa en su cesta el recipiente de hojalata que había llevado con ella. Se agachó junto a su hija justo cuando estalló una oleada de vítores que indicaba que el siguiente concursante acababa de salir al escenario.

—¡Míralo! Pero ¿no estaba muerto? —oyó María que comentaba alguien.

Y, en efecto, cuando la multitud se precipitó hacia delante y ella levantó a su hija antes de que la pisotearan, vio que la figura diminuta que se alzaba con su guitarra era un hombre muy viejo.

—¡El Tío Tenazas! —exclamó una voz incorpórea desde algún lugar por delante de ellas.

Se hizo el silencio mientras el hombre afinaba la guitarra. A pesar de la distancia, María se dio cuenta de que le temblaban muchísimo las manos.

—Antes era famoso —susurró su vecino.

—Me han dicho que ha caminado durante dos días para llegar hasta aquí —dijo otro.

—¡Mamá, no veo! —protestó Lucía tirando de la falda de su madre.

Un hombre que tenían al lado levantó a Lucía en brazos.

El anciano del escenario rasgueó las cuerdas despacio y comenzó a cantar con una voz sorprendentemente potente. Los que todavía susurraban y reían se quedaron mudos mientras el hombre actuaba. La melodía trasladó de inmediato a María a los tiempos en que oía cantar a su abuelo, un cante grande conmovedor que había escuchado muchas veces. Como el resto de la multitud, sintió que cada palabra dolorosa se le clavaba en el alma mientras El Tenazas lloraba la pérdida del amor de su vida.

Los gritos de «¡Otra! ¡Otra!» demostraron que había obtenido un gran éxito entre la multitud más exigente que pudiera imaginarse.

—Tiene el duende, mamá —susurró Lucía cuando la bajaron al suelo.

Entonces una mano agarró por el hombro a María, que, al volverse, se topó con José.

—¿Dónde has estado? Te he dicho que te reunieras conmigo al lado de la Puerta del Vino. Venga, vamos detrás del siguiente cantaor.

—Nos ha arrastrado la multitud—explicó María, que debía esforzarse por mantener agarrada la mano de Lucía entre la muchedumbre mientras su esposo las conducía al escenario.

—Bueno, gracias a Dios ya estáis aquí, porque si no todo esto habría sido para nada. Escondeos detrás de este ciprés y arréglale el pelo —ordenó mientras la multitud rugía para recibir al intérprete siguiente —. Debo irme. Bien, mi querida Lucía —José se agachó y tomó las manitas de su hija entre las suyas—, espera hasta el cuarto compás, como ensayamos. Cuando grite «¡Olé!», sales corriendo desde aquí directa hacia el escenario.

—¿Estoy guapa, papá? —le preguntó Lucía cuando María le quitó la capa de los hombros y le desenganchó la cola de la espalda del vestido.

José, sin embargo, ya se dirigía hacia el lateral del escenario.

El corazón de María latía al ritmo de la música cuando decidió que su marido debía de haberse visto afectado por algún trastorno mental para plantearse siquiera que aquel plan pudiera funcionar. Miró a su hijita, consciente de que si a Lucía le fallaban los nervios, se asustaba y salía huyendo del escenario, serían el hazmerreír no solo del Sacromonte, sino de todo el mundo gitano.

«Santísima Virgen, protege a mi querida hija…»

Enseguida, el cantaor dedicó una reverencia a un público que lo despidió con tibieza y, unos segundos más tarde, José subió al escenario.

—Ojalá tuviera zapatos, mamá, los taconeos se oirían mucho mejor —suspiró Lucía.

—No necesitas zapatos, cariño, tienes el duende en los pies. —Cuando José comenzó a tocar, María empujó a su hija hacia delante—. ¡Corre, Lucía! —gritó, y luego la vio avanzar a toda prisa entre la multitud, con la cola sujeta sobre el bracito.

—¡Olé! —gritó José, que hizo una pausa después del cuarto compás.

—¡Olé! —repitió la multitud cuando Lucía saltó al escenario y después zigzagueó hacia el centro.

Inmediatamente se oyeron gritos de desaprobación y de «¡Baja de ahí al bebé y vuelve a meterlo en la cuna!».

Horrorizada, María vio a un hombre de gran tamaño que subía los escalones en dirección a su hija, que había adoptado su posición de apertura, con los brazos levantados sobre la cabeza. Entonces aquellos pequeños y extraordinarios pies comenzaron a golpetear el suelo, y Lucía mantuvo su posición mientras taconeaba a un ritmo vibrante e hipnótico. El hombre corpulento intentó subir al escenario y agarrarla, pero otro lo detuvo cuando Lucía empezó a girar, todavía zapateando y manteniendo la posición de apertura. Cuando volvió a quedar mirando al público, comenzó a dar palmas sin dejar de zapatear. Alzaba la barbilla y sus ojos miraban al cielo.

—¡Olé! —gritó cuando volvió a tocar su padre.

—¡Olé! —repitió el público mientras los pies de la niña continuaban marcando el ritmo.

José vio a su hija ocupar el centro del escenario y volver la cabeza con majestuosidad mientras los congregados se sumían en un silencio reverencial. María miró los ojos de su hija, brillantes bajo el foco que la iluminaba entonces, y supo que se había desplazado a un lugar lejano donde nadie la alcanzaría hasta que concluyera el baile.

La voz de José, que por lo general no era su punto fuerte, se elevó desde la montaña.

Con un suspiro de agotamiento, María miró más allá de su esposo y su hija hacia la gran fortaleza de la Alhambra y luego cayó de rodillas, asaltada por un mareo.

Sabía que aquella tarde los había perdido a los dos.

Recuperó la conciencia minutos después, entre un estruendo de vítores que parecía interminable.

—¿Está bien, señora? Tome. —Una vecina le lanzó una botella de agua—. Beba un trago, hace mucho calor.

María hizo lo que le decían y fue recobrando poco a poco los sentidos. Dio las gracias a la mujer y se puso en pie tambaleante.

—¿Qué ha pasado? —preguntó todavía aturdida.

—¡Esa niña ha causado sensación! —contestó la mujer—. Han empezado a llamarla La Candela por su brillo ardiente.

—Se llama Lucía —susurró María, que se reorientó y se puso de puntillas para ver a su hija de pie en el escenario junto a una mujer con un ornado vestido de flamenca blanco.

La mujer estaba arrodillada delante de su hija.

—¿Quién es esa? —le preguntó María a su vecina.

—¡Caray, pues la mismísima Macarrona! Está hincando la rodilla ante la reinecita.

María vio a La Macarrona levantarse, tomar la mano de Lucía entre las suyas y besarla. El público volvió a aullar cuando la mujer y la niña hicieron otra reverencia, y luego La Macarrona sacó a Lucía del escenario.

—¿Quién es? —era la pregunta que se hacía la multitud mientras María se acercaba para recoger a su hija.

—Es de Sevilla... Madrid... Barcelona...

—No, yo la he visto bailar junto a la fuente en el Sacromonte...

Había unas veinte filas de cuerpos al lado del escenario. María no veía a su hija entre ellos, solo a José sonriendo de oreja a oreja. Justo cuando se disponía a empezar a matar para encontrar a su hija, José se agachó y se subió a Lucía a hombros.

—Está a salvo, está a salvo —jadeó María mientras miraba a la niña jubilosa con el resto de la multitud.

—¿Mamá?

—¡Eduardo! Gracias a Dios —dijo, y las lágrimas de alivio rodaron por sus mejillas cuando su hijo mayor la abrazó.

—¡Ha sido un triunfo! —murmuró Eduardo—. Todo el mundo habla de Lucía. Tenemos que ir a felicitarlos a ella y a papá.

—Sí, claro que sí. —María se secó los ojos húmedos con los nudillos y se apartó del pecho de su hijo—. Debo llevármela ya a casa; estará agotada.

Tardaron varios minutos más en abrirse paso entre la multitud que rodeaba a José y a Lucía. A pesar de que el siguiente intérprete ya estaba en el escenario, habían creado su propia corte a un lado del mismo.

—Enhorabuena, cariño. Estoy muy orgullosa.

Lucía, con la cola del vestido recogida a un lado, bajó la mirada hacia su madre.

—Gracias, mamá. El duende sí que ha venido —susurró cuando María se acercó para escucharla.

—¿No te lo había dicho ya?

María agarró la mano a su hija mientras José la ignoraba y hablaba con el clamor de gente que los rodeaba.

—Sí, mamá, me lo habías dicho.

—¿Estás cansada, cielo? ¿Quieres volver ya a casa con mamá? Puedes echarte en la cama conmigo.

—¡Por supuesto que no está cansada! —José volvió la cabeza hacia su esposa—. ¿Verdad, Lucía?

—No, papá, pero…

—¡Tienes que quedarte y celebrar tu coronación! —dijo José justo antes de que alguien de entre la multitud le pasara un aguardiente y se lo bebiera de un trago—. ¡Arriba!

—¡Arriba! —repitió la multitud.

—Lucía, ¿quieres venir a casa conmigo? —preguntó María con suavidad.

—Creo… que debo quedarme con papá.

—Eso es, sí. Hay mucha gente que desea conocerte y a la que le gustaría que actuáramos.

José le lanzó una mirada de advertencia a su esposa.

—Entonces, buenas noches, cariño. Te quiero —susurró María, y soltó la mano de su hija.

—Yo también te quiero —respondió Lucía mientras su madre se agarraba del brazo de Eduardo y se alejaba.

Cuando se despertó a la mañana siguiente, María se estiró e, instintivamente, dio unas palmaditas en la cama junto a ella. Por suerte, había un cuerpo cálido a su lado, y roncaba como un cerdo, como de costumbre. Cuando se dio la vuelta, bajó la vista y vio a Lucía, todavía con el vestido de flamenca puesto, acurrucada en su jergón, dormida como un tronco.

María se santiguó, apenas capaz de creerse que no se hubiera enterado del regreso de su esposo y su hija, pero el trayecto de vuelta y la tensión del día la habían dejado exhausta. Sonrió sin dejar de mirar a Lucía. Sin duda aquel día recibirían en la cueva una procesión interminable de visitantes que querrían conocer mejor a La Candela, como La Macarrona la había bautizado de forma oficial la noche anterior. Querrían verla bailar, por supuesto, y ella, como madre de Lucía, podría deleitarse en la gloria de su talentosa hija.

—Y estoy orgullosa —susurró, casi para asegurarse de que no tenía celos, pero también porque sentía miedo por su hijita. Y por su matrimonio…

Al final María se levantó de la cama y se vistió. Captaba el hedor acre de su propio sudor, pero sabía que no tenía tiempo de ir a buscar más agua para lavarse. Se asomó por la cortina de la habitación de los chicos y vio que solo Eduardo estaba dormido en el colchón.

María intentó no ponerse nerviosa y calculó que la mitad de las familias del Sacromonte tenían parientes que la noche anterior habrían dormido donde hubieran caído. Los tres primos catalanes de José estaban tumbados en el suelo de la cocina, con las botas puestas todavía, uno aún abrazado a su guitarra, otro con los brazos alrededor de una botella de aguardiente. Se abrió paso con cuidado entre ellos y se dirigió a la puerta de al lado para alimentar a los animales y recoger leña para el fuego de la cocina.

Hacía una mañana gloriosa, el valle lucía un verde lustroso bajo el cielo azul claro. Las lantanas salvajes estaban en plena floración, y sus pétalos rosas, amarillos y anaranjados se alzaban sobre la hierba. El aire transportaba el aroma embriagador de la menta y la salvia silvestres. El pueblo se hallaba tranquilo, la mayoría de sus habitantes descansaban de los esfuerzos de la noche anterior. Todavía quedaba un día de concurso, así que, más tarde, la procesión volvería a descender por el valle hasta la Alhambra.

—Buenos días, mamá —dijo Eduardo, que apareció en la cocina cuando María revolvía las ralas gachas de maíz en la olla de hierro.

—Buenos días. ¿Has visto que no ha vuelto ninguno de tus hermanos?

—Ya. Los vi a los dos en la Alhambra anoche, pero…

—¿Qué, Eduardo?

—Nada, mamá. Estoy seguro de que vendrán a casa cuando tengan hambre.

Cogió su cuenco de gachas y salió a sentarse en el escalón exterior mientras los cuerpos se estiraban en el suelo de la cocina.

María se pasó la mañana preparando infinitos cuencos de gachas para aliviar la resaca de sus parientes y bajando a por agua a la falda de la colina. A la hora del almuerzo, seguía sin haber ni rastro de ninguno de sus otros dos hijos, y mientras José se preparaba para irse, ella le suplicó que preguntara por ellos por ahí.

—Deja de preocuparte, esposa; son hombres adultos, saben cuidarse solos.

—Felipe tiene solo trece años, no puede decirse que sea un hombre, José.

—¿Volveré a ponerme hoy el vestido? —preguntó Lucía al entrar en la cocina y mover la cola con gesto triunfal.

María advirtió manchas de lo que parecía chocolate por toda la cara de la niña y que tenía los pies del mismo color que el suelo de tierra.

—No. Ven, te ayudaré a quitártelo; no queremos que se estropee, ¿verdad? Y luego, cuando se hayan ido todos, os meteré a los dos en el barril y os daré un buen baño.

María sonrió.

—Déjatelo puesto, princesa mía, así todos sabrán que eres tú cuando vuelvan a verte hoy —decretó José.

—¿Va a volver a la Alhambra contigo? Estoy segura de que estás demasiado cansada para repetir el viaje, cariño —añadió dirigiéndose a Lucía.

—¡Pues claro que no! —respondió José por su hija—. ¡Anoche la mismísima Macarrona la coronó como nueva reina! No esperes que no disfrute del brillo de su éxito y se quede en casa contigo, ¿eh, Lucía?

Se volvió hacia la niña y le guiñó un ojo.

—¿Puedo ir, mamá? Esta noche anuncian a los ganadores, ¿sabes?

—Pero tú no puedes ser una de ellos —murmuró María.

Le limpió la cara a Lucía rápidamente con un paño húmedo e hizo todo lo posible por alisarle el pelo negro, aunque no tuvo tiempo de ponerle aceite y volver a recogérselo bien. En cuanto pudo, Lucía se zafó de las manos de su madre y salió corriendo con los salvajes rizos negros ondeando a la espalda.

—Venga, Lucía, ensillaré la mula y vendrás a la Alhambra a saludar a tus admiradores.

José tendió la mano a su hija, que saltó hacia él y la tomó.

—¡Por favor, no la traigas demasiado tarde! —gritó María desde la entrada de la cueva mientras los tres primos salían tambaleándose de la cocina para seguir a José.

Y tal como esperaba, María pasó el resto del día recibiendo visitas. Todo el mundo había oído hablar de la niña que tenía dentro el espíritu del duende. Aun cuando María les decía que Lucía no se encontraba en casa, algunos metían las narices en las habitaciones de atrás para asegurarse de que no estaba allí escondida. María se moría de vergüenza: no había tenido tiempo de hacer las camas y los dormitorios apestaban a tabaco, sudor y alcohol rancio.

—Mañana sí estará aquí —les aseguraba a todos—, y sí, puede que baile en la cueva grande.

Incluso Paola se aventuró a subir la colina para ver a su hija y a su nieta.

—Tengo entendido que dio un gran espectáculo —dijo mientras sorbía agua de una taza de hojalata y se secaba la frente.

El calor del día era agobiante.

—Sí, es cierto.

—Tu bisabuela, la bruja, siempre me dijo que vendría una criatura especial. A lo mejor es Lucía.

—Quizá.

—Bueno, hay tiempo para ver si se cumple la profecía, porque Lucía no puede trabajar de forma legal hasta que sea mayor. No es que eso frene a muchas familias de por aquí, pero espero que sí pare a la tuya. —La mirada de ojos castaños de Paola se clavó en la de su hija.

—José quiere que se convierta en una estrella, y Lucía también lo desea. —María suspiró, dejando caer su coraza habitual.

—¡Pero tú eres su madre! Tú decides lo que pasa bajo tu propio techo. De verdad, María, a veces pienso que desde que te casaste con José te has vuelto tan tímida como un ratón. No te pegará, ¿verdad?

—No —mintió María, porque, algunas veces, cuando había bebido demasiado, sí le había levantado la mano—. Está intentando hacer lo que cree que es mejor para nuestra hija.

—Y para forrarse también. —Paola resopló—. En serio, todavía no he sido capaz de entender lo que viste en él, más allá de lo que le cuelga entre los muslos. Y nosotros dispuestos a concertarte un buen matrimonio con el primo de tu padre... Bueno, tú te labraste tu propia suerte y, como sabía que ocurriría, ahora vives para lamentarlo. —Guardó silencio para dejar que sus palabras calaran—. He venido a decirte que tu familia y tú vendréis a vernos mañana con Lucía. Hemos recibido a muchos familiares de Barcelona que venían a ver el festival y desean conocer a mi famosa nieta. Ofreceré un banquete, así que al menos podréis llevaros algo a la boca —dijo echando un vistazo a la escasa pila de zanahorias y a la única col que les quedaba para cenar aquella noche.

—Sí, mamá —convino María, desanimada, cuando su madre se levantó del taburete.

—A la una en punto —agregó Paola mientras salía.

María se quedó sentada donde estaba, al borde del llanto. Se preguntó cómo una vida que había comenzado llena de expectativas se había desintegrado, de algún modo, hasta llegar a aquel momento, un momento en el que sentía que había fracasado como esposa y como madre. Se le llenaron los ojos de lágrimas, pero se los secó con brusquedad. No podía culpar a nadie que no fuera ella misma.

—Hola, María.

Alzó la vista y vio a Ramón, su vecino, asomado a la puerta. Los dos habían sido amigos de pequeños: él era un niño dulce, tranquilo y considerado, con una personalidad que quizá derivaba de ser el más pequeño de nueve hermanos mucho más ruidosos. Se había casado con una prima de Sevilla y los dos se habían construido una cueva al lado de la de María. Juliana había muerto hacía dos años al dar a luz su tercer hijo, así que Ramón se había convertido en un viudo con bocas jóvenes y hambrientas que alimentar.

—Pasa —le dijo ella con una sonrisa.

—Te he traído unas naranjas.

Le mostró la cesta y María salivó ante el espectáculo de esferas fragantes y relucientes.

—Gracias, pero ¿cómo las has conseguido? —Lo miró frunciendo el ceño.

—Es lo que nos han pagado los payos esta semana —murmuró mientras volcaba la fruta en la cesta de María—. Nos han dicho que los beneficios de la cosecha eran demasiado bajos para pagarnos en dinero. —Se encogió de hombros—. Pero no me quejaré. Al menos el agricultor me da un trabajo constante y honesto durante todo el año. Aunque estoy un poco harto de comer naranjas.

—Entonces, gracias. —Metió la mano en la cesta y sacó la más grande. Cuando la abrió, su aroma intenso estalló y María le dio un mordisco. El jugo fresco le explotó en la boca y le goteó por la barbilla—. Es muy injusto que crezcan por todas partes y, sin embargo, no podamos permitirnos comprarlas.

—Ya hemos aprendido que la vida puede ser injusta.

—¿Quieres un poco de agua? Ahora mismo es lo único que tengo.

—Sí, María, gracias.

—¿Dónde están tus hijas? —le preguntó mientras le pasaba una taza de hojalata.

—En el concurso, con sus abuelos de Sevilla. Parece que todo el mundo ha venido a Granada. ¿Y tu familia?

—José y Lucía ya están allí...

—Me he enterado por un amigo de que Lucía bailó anoche —dijo Ramón—. Y de que causó sensación.

—Sí, así es. Eduardo ha ido a por agua, y en cuanto a Carlos y Felipe, no los he visto.

—Bueno, al menos los dos tenemos unos minutos para sentarnos juntos y estar tranquilos. Pareces cansada, María.

—Hoy en el Sacromonte todo el mundo está cansado, Ramón.

—No, María, tú pareces estar cansada hasta el alma.

Sintió la dulce mirada de su vecino, y la expresión de preocupación y simpatía genuinas hizo que se le formara un nudo en la garganta.

—¿Qué te preocupa?

—Me gustaría saber dónde están mis hijos, si están a salvo. —Alzó la vista para mirarlo a los ojos—. Cuando tus hijos sean mayores, lo entenderás.

—Incluso entonces, espero que escuchen a su padre.

—Por tu bien, yo también lo espero. Bueno, debo continuar.

Cuando María hizo ademán de levantarse, Ramón le tendió una mano.

—Si alguna vez necesitas mi ayuda, por favor, dímelo. Siempre hemos sido amigos, ¿no?

—Sí. Gracias, pero va todo bien. Y gracias a ti, tengo zumo de naranja recién exprimido que ofrecer a los visitantes que vengan en busca de Lucía.

—Y gracias a ti, María, yo pude marcharme a trabajar sabiendo que mis hijos estaban en buenas manos después de que muriera mi esposa.

—Somos vecinos, Ramón, nos ayudamos unos a otros.

María lo vio salir de la cueva y pensó en el niño que una vez fuera. Daba la sensación de que aparecía en cualquier lugar del barrio donde estuviera ella, y a menudo le pedía que la dejara acompañarla con la guitarra cuando bailaba. Ella siempre se había negado, porque a Ramón nunca se le había dado muy bien tocar.

Mientras comenzaba a preparar las naranjas, incapaz de evitar dar algún que otro mordisco a los gajos jugosos, se preguntó si Ramón habría estado enamorado de ella alguna vez.

—María Luisa Amaya Albaycín —se burló de sí misma—, ¡eres una vieja triste que se aferra al pasado!

12

José, despierta! Hoy comemos en casa de mis padres. ¿Dónde están los chicos? ¿Los viste anoche en la Alhambra?

María alzó la mano de forma instintiva, deseosa de sacarlo de su ebrio sopor con un bofetón. El sol le indicaba que ya era casi mediodía y estaba muerta de preocupación por Carlos y Felipe. Bajó la mano y optó por zarandearlo, al principio con suavidad, pero luego, en vista de que no reaccionaba, con más fuerza.

—¿Qué pasa, mujer? —refunfuñó José volviendo en sí—. ¿No puede un hombre dormir como Dios manda después del triunfo más grande de su vida?

—Puede, cuando le haya dicho a su mujer si ha visto a sus hijos en los dos últimos días.

—¿No yace Lucía sana y salva a tu lado? —murmuró él mientras alargaba un brazo sin fuerzas para señalar el bulto que descansaba en el jergón junto a la cama.

—Sabes muy bien que no me refiero a Lucía —continuó María, sacando valor de las palabras de su madre del día anterior—. ¿Dónde están Carlos y Felipe?

—No lo sé. Tú eres su madre, es tu trabajo estar al tanto de lo que hacen, ¿no?

María lo ignoró y se volvió hacia Lucía, que dormía tan profundamente como su padre hacía unos instantes. La levantó del catre y la llevó a la cocina.

—Venga, Lucía, despierta. Tus abuelos nos esperan a todos dentro de una hora.

—¿Mamá? —Lucía se debatía entre el sueño y la vigilia mientras María se la sentaba en la rodilla y cogía un trapo del fregadero para quitarle la mugre de la cara.

—Veo que anoche volvieron a darte chocolate, ¿eh? —comentó, frotando enérgicamente las mejillas y la boca de su hija con el trapo.

—¡Ay! Sí. —Lucía sonrió mientras su madre procedía a quitarle el traje de flamenca, cuya cola estaba cubierta de barro—. Lo único que tenía que hacer era bailar para ellos y a cambio me daban monedas y chocolate.

—Y hoy tienes que bailar para tus abuelos, pero no con esto —dijo María, dejando a su hija desnuda en el suelo. Hizo un ovillo con el traje y lo metió en el baúl de madera que utilizaban para la ropa sucia—. Ten. —Le tendió un vestido limpio, de corte suelto, que por lo menos tenía un delicado bordado en el cuello y el dobladillo para distraer el ojo de la mala calidad de la tela—. Ponte este.

—¡Pero, mamá, si lo llevaba cuando tenía seis años! ¡Es un vestido de bebé!

—¡Y todavía te entra, fíjate! —la animó María, decidida a que su hija, que iba a ser casi con certeza el centro de atención después del almuerzo, no la avergonzara. Aun cuando su marido ya lo hubiera hecho y sus hijos no aparecieran por ningún lado…—. Ahora voy a hacerte unas trenzas. Si te estás quieta mientras te peino, te daré un zumo de naranja recién exprimido.

—¿Zumo de naranja? ¿De dónde lo has sacado, mamá?

—Eso da igual.

Después de peinar a Lucía y mandarla fuera con su zumo, María se ocupó de su aseo personal, que consistió en pasarse un agua en el barril que había rellenado Eduardo y ponerse una blusa limpia de color blanco. Frotó el preciado aceite de almendras por su larga melena y, sin espejo para orientarse, se recogió el cabello en un moño bajo. Hecho esto, se engominó con cuidado los pelitos cortos de ambos lados de la cara para crear sendos rizos lustrosos que le acariciaban las mejillas.

—Tenemos que hablar de lo que pasó anoche. —José entró en la cocina.

—Más tarde, después de la comida con mis padres. Toma, te he cepillado tu mejor chaleco. —María se lo tendió.

—Tienes que saber que Lucía y yo hemos recibido… ofertas de trabajo.

—Que estoy segura rechazaste porque Lucía es menor de edad.

—¿Crees que a la gente le importa eso? Si Lucía puede bailar en sus bares y atraer clientela, sabrán qué hacer para que no represente un problema.

—¿Y de dónde vienen esas ofertas de trabajo?

—De Sevilla, Madrid y Barcelona. La quieren, María, y sería una estupidez por nuestra parte no aceptarlas.

Mientras José agarraba el chaleco y se lo ponía sobre la camisa, sucia y maloliente, María se detuvo en seco.

—No habrás aceptado alguna de esas ofertas, ¿verdad?

—Eh… Ya hablaremos de eso más tarde. ¿Y el desayuno?

María se mordió la lengua y le ofreció un cuenco de gachas; había escondido el resto del zumo de naranja porque sabía que su marido se lo habría bebido de un solo trago. Mientras José se sentaba en el escalón de fuera y se fumaba un puro con las gachas, María fue en busca de Eduardo, que estaba vistiéndose.

—¿Viste a tus hermanos anoche?

—Al principio, sí.

—¿Estaban mirando el concurso?

—Estaban entre la gente, sí. —Eduardo le evitaba la mirada, nervioso.

—Entonces ¿dónde están ahora?

—No lo sé, mamá. ¿Quieres que vaya a ver si averiguo algo?

—¿Qué es eso que no me estás contando? —María observó detenidamente a su hijo.

—Nada… —Eduardo se ató al cuello un pañuelo de lunares rojos—. Iré a preguntar.

—No tardes mucho, dentro de nada tenemos que estar en casa de tus abuelos —dijo cuando Eduardo salía de la cueva.

La cueva de los padres de María se encontraba en la parte baja de la colina, lo cual, en cuanto a posición social dentro del Sacromonte, equivalía a decir que habían llegado a lo más alto. Tenía una puerta de madera, ventanas pequeñas con postigos y un suelo de cemento que su madre había cubierto con alfombras de vivos colores. En la cocina había un fregadero de verdad, que podían llenar con agua de un pozo cercano, y un fuego aparte solo para cocinar. El padre había fabricado los muebles con madera de pino local, y cuando María entró vio que la mesa estaba combada por el peso de las ollas repletas de comida.

—¡Ya estás aquí, María! Y también mi pequeña Lucía. —Paola cogió a la niña en brazos—. ¡Aquí la tenemos, señores! —anunció cuando entró en el cuarto de estar.

María la siguió y tropezó con un mar de rostros que no reconocía, pero al menos se alegraba de que Paola no pareciera haber reparado aún en la ausencia de su marido y sus hijos.

Lucía se vio rodeada por sus parientes, desde los más ancianos hasta los más pequeños, y la cacofonía que provocaban sus saludos en la estancia hueca hizo que le pitaran los oídos.

—Luego bailará para nosotros, por supuesto, puede que después de comer —dijo Paola.

María divisó a su padre sentado en su silla de siempre y se acercó a saludarlo.

—¿Cómo estás, papá?

—Bien, cariño. Y como puedes ver, tu madre está en su salsa. —Pedro le guiñó un ojo—. Personalmente, me alegraré cuando todo esto termine y podamos volver a la normalidad.

—¿Cómo va el negocio, papá?

—Bien, muy bien —asintió el hombre—. A los payos les gustan mis sartenes y cacerolas, así que estoy contento. Y algún día tu chico, Eduardo, ocupará el puesto de su viejo abuelo y puede que se instale dentro de los muros de la ciudad. Le he dicho a tu madre que tenemos dinero suficiente para construirnos allí una casita, pero ella no quiere. Aquí está arriba y allí estaría abajo. —Pedro alzó sus anchas manos al techo.

—A los gitanos nos gusta estar con nuestra gente, ¿no crees, papá?

—Sí, pero quizá demasiado. Por eso no somos del agrado de los payos. Como no nos conocen, y tampoco conocen nuestras costumbres, nos tienen miedo. En fin —sonrió débilmente—, qué se le va a hacer. ¿Dónde está José?

—De camino, papá.

—¿Te trata bien, cariño?

—Sí —mintió María.

—Bien, bien. Le diré que tiene un hijo del que poder estar orgulloso. Y ahora hay alguien a quien me gustaría que saludaras. ¿Te acuerdas de tu primo Rodolfo? De niños jugabais juntos y ahora tiene, como tú, su propia familia y un hijo de aproximadamente la edad de Lucía. El niño posee un don. —Señaló a un hombre alto que había cerca—. ¡Rodolfo! ¿Te acuerdas de tu prima María?

—Claro que sí —dijo Rodolfo aproximándose a ella—. Estás tan guapa como siempre —añadió al tiempo que le besaba la mano.

—Está claro que aprendió esos modales finos en Barcelona —bromeó Pedro—. ¡Dale un abrazo a tu prima, hombre!

Rodolfo lo hizo y, mientras charlaban, un niño no mucho más alto que Lucía se acercó a él y se abrazó a su pierna. Tenía los ojos castaños claros, hundidos en el rostro, y la piel oscura de un purasangre. El pelo le apuntaba hacia arriba en forma de extraños mechones, y María pensó que era un muchacho raro.

—Sé que no soy guapo, señora, pero soy listo —dijo mirándola directamente a los ojos.

María se puso colorada, preguntándose cómo podía saber lo que estaba pensando.

—Chilly, no seas maleducado. Esta es María, tu tía segunda.

—¿Cómo puede ser mi tía si es tan vieja y triste? —preguntó el muchacho a su padre.

—Ya basta. —Rodolfo propinó un suave coscorrón a su hijo—. No le hagas caso, María, tiene que aprender a mantener la boca cerrada.

—Este es el muchacho del que te hablaba, nuestro pequeño brujo —explicó Pedro—. Hace un rato me ha dicho que me quedaría calvo a los sesenta. ¡Por fortuna aún me quedan diez años de pelo!

—¿Por qué está tan triste? —repitió Chilly con la mirada todavía fija en María—. ¿Quién le ha hecho daño?

—No…

—Uno de sus hijos está en apuros, señora, en graves apuros. —El niño asintió con vehemencia.

—¡He dicho que basta, Chilly! —Rodolfo le tapó la boca con la mano—. Ahora ve a buscar a tu madre y pídele la guitarra. Tienes que tocar después de comer, así que a ensayar. —Le dio una palmada en el trasero para ahuyentarlo—. Lo siento —se disculpó, sudando de vergüenza—. Es demasiado pequeño para saber lo que dice.

El corazón de María retumbaba como un cajón contra su pecho.

—¿Suele acertar?

Reparando en la angustia de su hija, Pedro se tocó la cabeza cubierta de pelo.

—¡Lo sabremos dentro de diez años!

—Si me disculpas, papá, tengo que ayudar a mamá.

María se despidió de Rodolfo con un gesto de la cabeza, abandonó la sala, cruzó rápidamente la cocina y salió en busca de José. Su marido seguía sin aparecer, por lo que no podía contarle lo que le había dicho el pequeño brujo.

—¿Qué hago…? —murmuró, oteando el camino para ver si vislumbraba a José—. Por favor, Señor, que el muchacho esté equivocado —suplicó.

«Pero nunca se equivocan, María…», le dijo su voz interior.

Regresó adentro y se mantuvo ocupada ayudando a su madre a servir la comida a los numerosos invitados: grandes fuentes de judías con chorizo acompañadas de tortillas y crujientes patatas a lo pobre que cualquier otro día habría devorado con fruición. Entonces apenas podía probar bocado. Tras asegurarse de que Lucía se terminaba su plato en medio de las atenciones de sus parientes, María salió de nuevo para ver si su marido aparecía por el camino. No lo encontró, pero en su lugar vio a Eduardo, que corría hacia ella.

—¿Qué sabes de tus hermanos? —preguntó, deteniendo a su hijo antes de que se topara con las miradas curiosas de los invitados.

—Mamá —Eduardo jadeó mientras se doblaba en dos para recuperar el aliento—, no traigo buenas noticias. Me lo imaginé cuando los vi en la Alhambra el sábado por la noche. Formaban parte de una pandilla que se dedicaba a robar al público. La policía los pilló a los dos con las manos en la masa, pero Carlos consiguió escapar. He ido a hablar con el padre de uno los otros chicos y me ha dicho que están todos en la cárcel. Los juzgarán mañana o pasado.

—¿Y Carlos? ¿Dónde está?

—Ha debido de esconderse. —Eduardo se encogió de hombros.

—¡Dios mío! —María hundió la cara en las manos—. ¡Mi pequeño Felipe! Dime, ¿qué debemos hacer?

—No hay nada que podamos hacer, mamá. Tendrá que cumplir la condena que le pongan.

—¡Pero ya sabes cómo tratan a los nuestros en las cárceles de payos! Pegan a los gitanos, los maltratan…

—Fue solo un robo menor, así que la condena seguramente será corta. Y puede que enseñe una lección a Felipe.

—¡Si no lo hace, lo haré yo! —La angustia de María se transformó en ira—. Puede que también le enseñe que seguir a su hermano mayor como una sombra es estúpido y peligroso. ¿Sabes cuál es la condena para un delito como ese?

—No, pero creo que deberíamos hablar con el abuelo. Él tiene experiencia con los payos y tal vez conozca a alguien que pueda ayudarnos.

—¡Tu abuelo es herrero, no un juez payo! ¡Mi pobre, pobre Felipe! Solo tiene trece años, todavía es un niño…

—Sí. A lo mejor hay una ley que prohíbe que los niños vayan a las cárceles de adultos.

—Pero ¿y si me lo quitan? No sería la primera vez que ocurre. —María caminaba de un lado a otro, retorciéndose las manos con desesperación.

—Mamá, procura calmarte. Intentaré averiguar cuándo los juzgan y quizá entonces puedas presentarte ante el juez y suplicarle clemencia, decirle que Felipe actuó influenciado por otros…

—¡Sí, por su hermano! Deprisa, vete y, por favor, intenta encontrar también a tu padre.

María observó como Eduardo se alejaba corriendo y trató de serenarse al oír los pasos de su madre.

—¿Dónde te habías metido, hija? ¿Dónde está José?

—Está a punto de llegar, mamá, te lo prometo.

—Eso espero, porque la gente está impaciente por ver bailar a Lucía y, claro, José ha de acompañarla. Nuestros parientes tendrán que emprender pronto el viaje de vuelta a casa. —Paola señaló el prado situado frente a la cueva, el cual descendía hasta el río.

Había varias carretas estacionadas, y las mulas pacían ociosas entre ellas. Había comenzado a congregarse un nutrido grupo de personas alrededor de un pequeño tablao improvisado. María advirtió que se acercaba más gente por el camino.

—¿Qué pasa aquí, mamá?

—Nada. —Paola tuvo la delicadeza de sonrojarse—. Simplemente dije a algunos amigos y vecinos que Lucía bailaría después de comer.

—Querrás decir que le contaste a todo el pueblo que ibas a ofrecer un espectáculo privado —farfulló María—. Pues no es posible sin José.

—Puede que no lo necesitemos. Tal vez haya alguien aquí que pueda sustituirlo. Voy a buscarlo.

—Mamá, la abuela dice que quiere que baile, pero papá no está. —Lucía apareció a su lado—. Así que quiere que me acompañe él.

María siguió los deditos de Lucía a través de la multitud hasta Chilly, el muchacho que hacía un rato le había hecho aquellas predicciones tan perturbadoras. Sostenía una guitarra que parecía demasiado grande para su cuerpo.

—¿Él? —María frunció el entrecejo.

—Anoche tocó en el concurso. Tiene talento, pero yo quiero que me acompañe papá.

—¿María? —Notó una mano suave en el hombro y al darse la vuelta vio a la bruja Micaela.

—Felicidades por el éxito de tu hija. Debes de estar muy orgullosa —dijo la mujer al tiempo que Chilly se unía a ellas. Micaela le alborotó el pelo—. Y este… es igual de talentoso. Tiene el don, como yo.

—Lo sé —balbuceó María sin atreverse a mirar al muchacho por miedo a que le dijera otra cosa que no soportara oír.

—Así que voy a tocar para ti, Lucía, ¿no? —dijo Chilly.

—No, gracias. Esperaré a mi papá. Es el único que sabe tocar para mí —respondió ella en tono despótico.

—Chilly tocará muchas veces para ti en el futuro —declaró Micaela—. Y…

María se volvió hacia la bruja y la vio poner los ojos en blanco, como hacía siempre que escuchaba a los espíritus.

—Este jovencito —Micaela dio a Chilly unas palmaditas en el hombro— un día mostrará a tu nieta el camino a casa.

—¿A mi nieta? —preguntó María desconcertada.

—Tuya, no, de ella. —Micaela señaló a Lucía—. Recuerda lo que acabo de decir, pequeño brujo —dijo a Chilly—. Ella vendrá. ¡Por Dios, qué calor! Necesito un vaso de agua.

Micaela se marchó y Lucía miró estupefacta a su madre.

—Soy demasiado joven para tener una nieta, ¿no, mamá?

—Sí, Lucía, claro que sí. Bueno, ¿vas a dejar que Chilly toque para ti o no? El público está aumentando y empezará a impacientarse.

—Sería un honor tocar para usted, señorita. —Chilly sonrió, mostrando el hueco dejado por la caída de los dientes de leche.

—Supongo que no me queda otra. —Lucía suspiró—. Bailaré unas bulerías, ¿vale, mamá?

—Me parece bien.

—¿Sabes tocarlas? —preguntó a Chilly con escepticismo.

—Sé tocarlo todo, señorita. Vamos. —Chilly la cogió de la mano—. Empecemos ya porque mi familia también tiene que volver a casa.

Sorprendentemente, Lucía lo siguió sin rechistar. El prado estaba abarrotado de espectadores para cuando los diminutos artistas subieron a la tarima. Habían encontrado a alguien para tocar el cajón y Chilly se sentó a su lado, en un taburete, mientras Lucía ocupaba el centro del escenario y adoptaba su posición de arranque.

—¡Olé! —gritó.

—¡Olé! —contestó el público.

Chilly se puso a tocar sin apartar en ningún momento los ojos de Lucía, que era quien llevaba la batuta. Los piececillos de la muchacha comenzaron a golpear la madera mientras María la observaba embelesada. Ya fuera por el acompañamiento casi tierno del muchacho, que parecía anticipar cada movimiento de Lucía con las cuerdas de la guitarra, ya fuera por la seguridad que ella había adquirido con los halagos recibidos los últimos dos días, el caso es que María pensó que nunca había visto a su hija bailar tan bien.

El público estaba extasiado y lanzaba gritos de ánimo a los dos jóvenes artistas.

—¡Vamos ya! ¡Olé! —voceaban.

Lucía concluyó su actuación con un zapateo final tan poderoso que la madera casi se astilla bajo sus pies.

María jaleó a su hija mientras esta saludaba al público y daba las gracias al guitarrista con un gesto elegante de la mano.

—¿Quién es el niño que ha tocado para nuestra hija? —preguntó una voz a su espalda.

—Es mi sobrino segundo, José. Es bueno, ¿verdad?

José ignoró el comentario.

—¿Por qué está acompañando a Lucía?

—Porque tú no estabas aquí para hacerlo —declaró María.

José soltó un eructo y plantó un brazo pesado en el hombro de su mujer para mantenerse firme. María podía ver y oler que había estado bebiendo. Él hizo ademán de acercarse al escenario improvisado, pero María lo agarró del chaleco.

—¡No, José! Tengo que hablar urgentemente contigo. ¿Has visto a Eduardo?

—No. Suéltame.

—No hasta que me escuches. Vamos a un lugar donde podamos hablar a solas.

—¿No puede esperar?

—¡No, no puede! Iremos allí.

Se detuvieron detrás de una de las carretas.

—¿Qué es eso tan importante, mujer?

—Tu hijo Felipe está en una celda de la cárcel de la ciudad. La policía los pilló a Carlos y a él robando a la gente durante el concurso de anoche. Eduardo me ha dicho que cogieron a otros tres muchachos y que los juzgarán en los próximos dos días. Carlos consiguió escapar, pero nuestro pobre Felipe…

María soltó un sollozo ahogado y supo que al fin gozaba de la atención plena de su marido.

—Nooo… —gimió José, y enterró la cabeza entre las manos. Miró a su esposa con el rostro desencajado—. Pese a todos mis defectos, si algo no he hecho nunca es robar. Creía que había metido eso en la cabeza de mis muchachos. ¡Dios mío, no puedo creerlo!

—¿Sabes qué pasará ahora, José?

—No, pero quizá puedan decírnoslo otros que ya hayan estado en esa situación.

—Tal vez. Eduardo se ha ido a buscar a Carlos y a averiguar más sobre Felipe.

—Todo esto es culpa de Carlos. Verás cuando le ponga las manos encima —gruñó José—. Seguro que se ha escondido en alguna cueva. ¡Apuesto a que le da más miedo lo que pueda hacerle yo cuando lo encuentre que la policía! Voy a registrar el pueblo entero y no volveré hasta que dé con el malparido.

—No le pegues, José. Seguro que está asustado y…

—¡Soy su padre y recibirá lo que se merece! —gritó el hombre, temblando de ira.

María vio a su marido alejarse con pasos largos y, seguidamente, romper a correr camino arriba.

—¡Lucía ha estado maravillosa! —Paola había localizado a su hija entre el gentío y juntó las manos mientras hablaba—. Nuestros primos están encantados. Debes de estar muy orgullosa.

—Lo estoy, mamá.

—Pues no lo parece. Estás blanca como un fantasma. ¿Qué ocurre?

—Nada. Estoy cansada del fin de semana, eso es todo.

—¿Cansada? María, solo tienes treinta tres años y, sin embargo, te comportas como una vieja. Quizá deberías pedirle a Micaela un brebaje que devuelva la luz a esos ojos. Ahora ven a despedirte de tus primos antes de que se vayan.

María siguió a su madre hasta el grupo de carros y carretas que debían trasladar a sus parientes a Barcelona y allende. Todos la felicitaban por la actuación de Lucía y expresaban el deseo de que ella y su familia les hicieran pronto una visita. María asentía y sonreía mecánicamente, pues tenía tal nudo en la garganta que apenas podía articular palabra.

—Adiós, señora. —Chilly estaba tirándole de la falda para que se agachara—. No se preocupe, la ayuda llegará. No estará sola —susurró. Le dio unas palmaditas en el brazo, como un padre a una hija, y se subió con Rodolfo a un carro.

Aunque le temblaban las piernas de agotamiento y preocupación, María permaneció al lado de sus padres y de Lucía, despidiéndose con la mano de la columna de carretas hasta que fue una mera mancha en el horizonte.

Logró hacer acopio de fuerzas para ayudar a su madre a recoger los restos dejados por los invitados mientras Lucía, sentada en la rodilla de su abuelo, escuchaba anécdotas de otros tiempos y se chupaba el pulgar. Cuando fue a buscarla para llevársela a casa, dormía profundamente.

—Demasiadas emociones juntas para la chiquilla. —Pedro sonrió mientras la depositaba en los brazos de María—. Me ha contado que ha recibido muchas ofertas para bailar en cafés de Barcelona, pero espero que no las aceptéis hasta que tenga unos años más.

—Claro que no, papá.

—¿Estás bien, hija? Te encuentro rara.

Su padre le apartó un mechón de la cara con suavidad. La ternura del gesto avivó en María el deseo de arrojarse a sus brazos y contárselo todo, de pedirle ayuda y consejo, pero sabía que José jamás se lo perdonaría. Él era el cabeza de familia.

Una vez en casa, Lucía se despertó y salió a la calle para practicar con ostentación su zapateado, esperando claramente atraer más elogios de los vecinos que pasaban por su lado. No había duda de que la atención era una droga a la que Lucía ya se había enganchado. María se esforzaba por mantenerse ocupada mientras esperaba que José y Eduardo regresaran a casa con novedades sobre sus hijos desaparecidos. Seguro que a esas alturas ya corrían rumores por todo el barrio.

Caía la noche cuando María al fin divisó a José acercándose por el camino. Con un suspiro de alivio, comprobó que Carlos lo seguía a cierta distancia.

—Entra. —José metió a su hijo en la cueva de un empujón.

Carlos tropezó con el escalón y cayó al suelo de tierra. José levantó un pie para patearlo.

—¡No! —gritó María, interponiéndose entre su hijo y su marido—. Esta no es la solución, José, aunque se merezca algo mucho peor. Lo necesitamos con la mente despejada para que nos diga dónde está Felipe.

—Yo sé dónde está tu chico. Ya te lo ha dicho Eduardo: Felipe está en la cárcel de la ciudad. —José se inclinó sobre su amedrentado hijo y lo instó a levantarse—. Y mientras su hermano pequeño está en prisión, este se escondía en el establo de su amigo Raúl como una cabra asustada camino del matadero. ¡Ni siquiera se le había ocurrido venir a casa para contar a sus padres lo que le había pasado a Felipe!

—Mamá, papá, os pido perdón. Estaba asustado, no sabía qué hacer. —Carlos se puso en pie y sus ojos eran los del niño que había sido en otros tiempos.

—Estabas más interesado en salvar tu triste pellejo. Debería arrastrarte hasta la cárcel de la ciudad y entregarte para que cumplas condena con tu hermano y los demás. ¡Es lo mínimo que te mereces, cobarde desgraciado!

—¡No, papá! Nunca volveré a ser tan estúpido. Fue idea de los otros chicos, lo juro, y Felipe y yo pensamos que podríamos ayudar a mamá a comprar comida y puede que un vestido bonito para Lucía.

—Cierra esa sucia boca —gruñó José—. ¡No quiero oír más excusas cuando los dos sabemos que todo el dinero que hubieses robado se habría ido por tu garganta! Ni un solo miembro de la familia Albaycín ha estado jamás en la cárcel. Puede que cuando nos moríamos de hambre escarbáramos en la basura de los payos en busca de comida, pero nadie cayó jamás tan bajo como tú. ¡Eres la deshonra del apellido Albaycín! Me entran ganas de echarte de esta casa y dejarte en la calle. Ahora sal de mi vista.

—Sí, papá. Lo siento, mamá.

—¡Como vuelvas a pasarte de listo, será tu propio padre quien te entregue a la policía! —bramó José mientras Carlos retrocedía y desaparecía tras la cortina de su cuarto.

—¿Qué pasa, papá? ¿Por qué le gritas a Carlos? —Lucía había irrumpido en la cocina.

—Por nada, cariño —la reconfortó María—. ¿Por qué no vas al lado a ver a tu amiga Inés? Podrías enseñarles a ella y a sus hermanas tus bailes —le propuso al tiempo que la empujaba afuera de la cueva.

José se derrumbó en un taburete y hundió la cabeza en las manos.

—Ay, María, qué vergüenza tan grande…

—Lo sé, José. ¿Qué haremos si alguno de los chicos menciona a Carlos cuando la policía los interrogue?

—Eso es lo que menos me preocupa. El honor entre gitanos lo mantendrá a salvo. Dios mío, ese muchacho es tan rebelde que yo a su lado parezco un gatito. Quizá necesite el amor de una buena mujer para que lo domestique. —José tendió una mano hacia su esposa y sonrió débilmente—. Tú eres una buena mujer, María. Te pido perdón por no recordarlo con la frecuencia que debiera.

María tomó la mano que José le ofrecía y entre ellos se produjo un raro momento de ternura.

—¿Qué hacemos ahora? —preguntó ella.

—Esperaremos a que vuelva Eduardo. Los padres de uno de los chicos han bajado a la cárcel esta mañana, pero los guardias no les han dejado ver a su hijo. La única buena noticia es que la cárcel está a reventar de gente que se ha aprovechado de los visitantes de la Alhambra. Otra pandilla asaltó a una pareja de payos a punta de navaja. Tendieron una emboscada a la carreta y les robaron el dinero y las joyas.

—Si condenan a Felipe, ¿cuánto tiempo le echarán?

—Depende del juez. Mañana habrá mucho ajetreo en el juzgado.

Eduardo regresó una hora después sin más novedades que las que había relatado José. Estaba demacrado y aparentaba el doble de su edad, pero al menos se alegraba de que hubieran encontrado a Carlos y se hallara en casa. Una vez que los chicos cenaron y se acostaron —José había insistido en que Carlos comiera solo en su cuarto a la luz de una vela—, María llevó del establo sus canastos y se puso a trabajar.

—No hace falta que hagas eso ahora, Mía.

Ella levantó la vista, sorprendida de que José hubiera utilizado su apodo cariñoso. Hacía muchos meses que no la llamaba así.

—Usar las manos me tranquiliza. ¿No sales con tus amigos esta noche?

—No. Tú y yo tenemos que hablar de Lucía.

—Creo que ya hemos hablado suficiente por hoy, ¿no te parece?

—Esto no puede esperar.

María dejó la cesta en el suelo y observó a su marido, que se instaló en su silla.

—Habla, entonces.

—Me han hecho muchas ofertas.

—Eso ya lo dijiste.

—Ofertas serias que traerían un buen dinero a esta casa.

—Y, como dije, ofertas que debes rechazar.

—Y, como dije, hay maneras de sortear los problemas. Me contratarán como guitarrista y Lucía aparecerá de repente en el escenario, como hizo en el concurso. Todos están dispuestos a correr el riesgo de exhibir el talento de Lucía ante un público más numeroso.

—Y a llenarse los bolsillos mientras obligan a mi hija a trabajar ilegalmente y a ti te pagan una miseria por las molestias, seguro.

—No, María, mi antiguo jefe de Barcelona se ofreció a triplicarme el sueldo si me acompañaba Lucía. ¡Esa cantidad te permitirá preparar una comida decente para nuestra familia cada día de la semana!

—Sí, pero tú y Lucía no estaréis aquí, José. Barcelona está muy lejos.

—Mía, ¿no crees que deberíamos probarlo? ¿Qué clase de vida tenemos ahora? ¡Hijos tan desesperados por conseguir dinero que están dispuestos a robar! Nada en la olla que puedas cocinar, ropas hechas andrajos. —José se levantó y empezó a caminar de un lado a otro—. Has visto bailar a Lucía, sabes lo que es capaz de hacer. Lucía es única y nuestra situación es desesperada.

—¿Tan desesperada como para separar a esta familia, como para que mi marido y mi hija se vayan y nosotros nos quedemos aquí, sin ellos?

—Si todo va bien, podrás mudarte a Barcelona con los chicos dentro de unas semanas.

Aunque María no había esperado que su marido le propusiera que los acompañara, el hecho de que se le hubiese pasado por la cabeza la opción de dejar a su familia atrás la sorprendió.

—¡No, José! Lucía es demasiado pequeña y no se hable más. Barcelona es una ciudad grande, llena de ladrones y vagabundos… y lo sabes.

—Sí, lo sé, porque conozco bien la ciudad, razón por la cual la elegiría por delante de las ofertas de Madrid y Sevilla. Conozco a gente allí, Mía. Puedo mantener segura a mi hija.

María advirtió en los ojos de su marido una luz que no había visto en años y comprendió que aquello no solo tenía que ver con Lucía, sino con él. Le estaban dando otra oportunidad de brillar, de intentar hacer realidad sus sueños frustrados.

María entornó los párpados, vislumbrando de repente la verdad.

—Has aceptado, ¿no es cierto?

—Se iba hoy. Tenía que darle una respuesta. —José le suplicó con la mirada que lo entendiera.

El silencio se adueñó de la cocina. Finalmente María suspiró hondo y, cuando levantó la vista, tenía los ojos anegados de lágrimas.

—¿Cuándo os vais?

—Dentro de tres días.

—¿Lo sabe Lucía?

—Ella estaba allí, rogándome que aceptara. El Bar del Manquet es uno de los mejores cafés flamencos de Barcelona. Es una oportunidad fantástica para nosotros… para ella. Lo entiendes, ¿verdad?

—Ni siquiera pensó en preguntárselo a su madre —susurró María—. ¿Y qué pasa si Felipe va a la cárcel? ¿Dejarás a tu hijo pudriéndose allí solo? Y Carlos necesita la orientación de un padre, José.

—Estoy seguro de que podrás hacer de madre y de padre durante el escaso tiempo que tarde Lucía en forjarse una reputación en Barcelona. Esto podría ser el principio de una nueva vida para todos nosotros —imploró José.

—La decisión está tomada, entonces. —María se levantó y se volvió hacia su marido—. No hay nada más que decir.

José se puso en pie y deslizó una mano por la espalda de su mujer.

—Vamos a la cama, Mía. Hace mucho que tú y yo...

«Porque nunca estás aquí cuando me voy a acostar...»

Sabedora de que una esposa gitana jamás debía negar a su marido sus derechos maritales, María le cogió la mano a regañadientes y lo siguió hasta el dormitorio. Se tumbó a su lado y notó que José le subía las enaguas de algodón que cubrían sus partes más íntimas. Mientras él se colocaba encima y se abría paso en su tierna carne, ella se limitó a esperar el momento de la descarga y la paz y el silencio posteriores.

José no tardó en soltar un gruñido y rodar sobre su espalda. María se quedó ahí tendida, con las enaguas todavía amontonadas a la altura de la cintura, contemplando la oscuridad. Una lágrima le resbaló por la mejilla.

«¿En qué te has convertido, María?», se preguntó.

«En nada», fue la respuesta de su cansado espíritu.

13

Un mes? —María miró horrorizada a José y a Eduardo—. ¿No le habéis explicado al juez que solo tiene trece años? ¡Dios mío! ¡Es un niño y lo van a encerrar con todos esos criminales cuando lo único que hizo fue imitar a su hermano!

—Lo hemos intentado, mamá —explicó Eduardo—, pero el juzgado era una locura. Había tantos hombres esperando sentencia que nos ha sido imposible acercarnos a pedir clemencia. Los han llevado a todos juntos, la pandilla al completo. Han leído en alto los cargos y dictado sentencia en cuestión de segundos el juez.

—¡Eso no es justicia! —gritó María.

—Los gitanos nunca reciben justicia, solo castigo. —José se dirigió al aparador de la cocina, donde guardaba una botella de anís medio vacía—. Podría haber sido peor. Los ladrones que iban antes que ellos han recibido seis semanas. —Descorchó la botella y bebió un trago largo—. Todos somos culpables a los ojos de los payos.

—Mi pobre hijo —dijo María, sin importarle que las lágrimas le surcaran el rostro.

—Esperemos que la experiencia le enseñe una lección. Y tú —ladró José cuando un Carlos avergonzado salió del dormitorio y entró en la cocina—, mira lo que le ha hecho esto a tu madre.

—Perdóname —suplicó Carlos, abriendo los brazos para abrazar a María.

Ella le dio la espalda.

—¿Puedo al menos ir a verlo? —preguntó María mientras se secaba bruscamente las lágrimas.

—Sí, he apuntado los horarios aquí —contestó Eduardo, que

era el único de la familia que sabía leer. Le entregó el papelito—. Iré contigo.

—¿Qué le ha pasado a Felipe? —Lucía apareció en la entrada de la cueva—. Alguien me ha dicho que está en la cárcel de la ciudad. ¿Es cierto?

—Sí, es cierto —dijo José—. Felipe hizo algo malo, robó dinero en el concurso, y ahora lo castigarán. Tú nunca robarás, ¿verdad, mi princesa?

—No necesitaré hacerlo, papá, porque tú y yo vamos a hacer rica a esta familia cantando y bailando.

—¿De qué está hablando Lucía? —Eduardo se volvió hacia su padre.

—Será mejor que se lo cuentes a tus hijos, José. —María se limpió la nariz con el delantal mientras Eduardo y Carlos ponían cara de desconcierto.

José lo hizo, con su ilusionada hija sentada en su rodilla.

—Y mientras estoy fuera más os vale cuidar bien de vuestra madre o tendréis que véroslas conmigo.

De pie en su deprimente cocina, María deseó por un instante ser ella la que estuviera huyendo a Barcelona. En el barrio ya corrían los rumores sobre Felipe y, por mucho talento que tuviera su hija, nada podía reparar la humillación que sentía como madre.

Cuando Carlos se refugió de nuevo en su cuarto y José anunció que tenía «asuntos que atender» antes de su marcha, Eduardo se sentó con su madre en el escalón de fuera. Le cogió las manos y ella reparó en que la joven piel de su hijo ya estaba plagada de callos y cicatrices por el duro trabajo que realizaba en la forja de su abuelo.

—Mamá, yo cuidaré de ti mientras papá esté fuera.

María se volvió hacia él, le tomó el rostro entre sus manos y sonrió débilmente.

—Sé que lo harás, mi precioso muchacho. Y doy gracias a Dios por ello.

—Hasta muy pronto, Mía. —José asió las manos de María y le besó las yemas de los dedos.

—¿Cómo sabré que habéis llegado? ¿Que estáis bien? —preguntó ella mientras la familia permanecía junto a la mula y el carro del primo de José, donde habían instalado el equipaje con el estuche de la guitarra de su marido ocupando un lugar de honor.

—En cuanto pueda, te enviaré un mensaje con algún viajero que venga de vuelta. Lucía, despídete de tu madre.

—Adiós, mamá —dijo obedientemente Lucía. Pero, cuando la estrechaba con fuerza, María notó que su hija estaba deseando ponerse en marcha.

—Es una pena que no hayas podido ir a ver a tu hijo a la cárcel antes de irte —susurró a José.

—Las visitas no son hasta el viernes, y prometí a mi jefe que Lucía y yo estaríamos allí el jueves. Solo le ha caído un mes, María. Pasará deprisa y le enseñará una lección que nunca olvidará.

—Si sobrevive —murmuro María, sabedora de que José quería marcharse exultante, sin pensamientos negativos sobre su hijo encarcelado.

—Bien. —José arrancó a Lucía del abrazo de su madre, como si temiera que no fuera a soltarla nunca, y subió a la chiquilla al basto banco de madera situado en la parte delantera del carro—. Tenemos que irnos. —Se sentó al lado de Diego, su primo, que sostenía las riendas—. Envía noticias con todos los que viajen a Barcelona. ¡Diles que vayan al Bar del Manquet para ver a la nueva estrella! ¡Vamos!

Diego agitó las riendas contra la grupa de la mula y emprendieron el descenso por el camino. Los vecinos habían salido de sus cuevas para despedir a los viajeros, de modo que María, apoyándose pesadamente en el firme brazo de Eduardo, se esforzó por contener las lágrimas.

—Adiós, mamá. ¡Ven a verme bailar a Barcelona! ¡Te quiero! —gritó Lucía mientras el carro traqueteaba pendiente abajo.

—¡Yo también te quiero, cariño! —María agitó la mano hasta que no fueron más que un punto en el horizonte.

—¿Estás bien, mamá? —preguntó Eduardo cuando entraron en casa—. Deberías venirte conmigo y pasar un rato con la abuela. Hoy debe de ser un día duro para ti.

—Volverán. —María tuvo que hacer un esfuerzo para pronunciar las palabras siguientes—. Y les deseo todo el éxito que se merecen.

—Entonces me voy a trabajar. Carlos se viene conmigo para ver si es capaz de golpear un trozo de metal hasta convertirlo en un cazo.

María vio que su hijo mediano se encogía de hombros con resignación. Cuando se hubieron marchado, se consoló pensando que golpear un trozo de metal al menos era preferible a golpear a un ser humano en una pelea.

«Así que me he quedado sola —se dijo—. ¿Y qué hago ahora?»

Paseó la mirada por la cueva con desconcierto. Aunque sabía que muchos de sus días comenzaban así, con su marido y sus hijos ausentes, la diferencia era que ese tres de ellos seguirían faltándole por la noche.

«Pero no todo era malo», se dijo con firmeza.

Tal vez Lucía y José ganaran dinero suficiente para que todos ellos pudieran mudarse a Barcelona, aunque eso significara dejar el único hogar que ella había conocido. Puede que eso les proporcionara el nuevo comienzo que necesitaban.

—No sé cómo te atreves a dejarte ver en el barrio, María —murmuró Paola el viernes siguiente, mientras su hija se preparaba para ir a ver a Felipe a la cárcel—. Tu hijo ha traído la vergüenza a nuestras dos familias. Esperemos que los clientes payos de tu padre no se enteren de que es nuestro nieto y dejen de hacerle encargos.

—Lo siento mucho, mamá. —María suspiró—. Pero lo hecho hecho está, y ahora debemos llevarlo lo mejor posible.

En el centro de Granada, las calles bullían de gente con la avalancha matinal hacia el mercado, y María y Eduardo sorteaban carros repletos de higos, limones y naranjas que propagaban su fresco aroma por el aire cargado de polvo. Cuando llegaron a las puertas de la cárcel, se sumaron a la larga cola de visitantes y, con el sol cayendo con fuerza sobre sus cabezas, aguardaron a ser admitidos.

Finalmente los dejaron pasar. Dentro, en marcado contraste con el sol que brillaba fuera, se respiraba un aire húmedo y fétido, y el olor a cuerpos desaseados y purulentos era tan penetrante que María tuvo que taparse la nariz con un pañuelo. El guardia los hizo bajar incontables escalones, alumbrando el camino con la luz de una vela.

—Parece que los presos estén enterrados en vida —susurró María mientras seguían al hombre por un pasillo angosto. El suelo estaba empapado de algo que olía a aguas residuales.

—Tu hijo está allí. —El guardia señaló una celda grande.

Tras los barrotes, María no alcanzó a adivinar más que una masa de cuerpos, sentados, erguidos o tendidos allí donde encontraban un hueco.

—¡Felipe! —llamó.

Algunos prisioneros se volvieron hacia ella y, seguidamente, apartaron la mirada.

—¿Estás ahí, Felipe?

Felipe tardó un rato en aparecer y abrirse paso entre la muchedumbre. Cuando finalmente le agarró las manos a través de los barrotes metálicos, María rompió en sollozos.

—¿Cómo lo llevas, hermano? —le preguntó Eduardo con un nudo en la garganta.

—Bien —respondió Felipe con la voz ronca, pero su aspecto dejaba mucho que desear. Su fino rostro estaba blanco como la luna, y le habían trasquilado los largos rizos negros a lo bruto, dejándole cicatrices en la calva cabeza—. No llores, mamá, es solo un mes, me las apañaré. —Empezó a temblarle el labio—. Perdóname, mamá, no sabía lo que hacía, no lo entendía. ¡Soy un idiota! Seguro que querrías clavarme un cuchillo en el corazón por la vergüenza que he traído a la familia.

—Cariño, todo irá bien, mamá está aquí contigo y te perdona. —María le estrechó una mano con fuerza. Notó que transpiraba pese al intenso frío—. ¿Te dan bien de comer? ¿Dónde duermes? Tiene que haber más espacio que este… —La voz se le apagó cuando su hijo negó con la cabeza.

—Duermo donde puedo, y sí, nos dan de comer una vez al día… —De repente Felipe sufrió un ataque de tos y se agarró el pecho.

—Te traeré una botella del tónico de Micaela para esa tos. Oh, mi Felipe…

—No llores, mamá, te lo ruego. Yo me lo he buscado. Pronto volveré a casa, te lo prometo.

—¿Necesitas algo, hermano? —intervino Eduardo ante la congoja de su madre.

—Aquí dentro hay mercado negro para todo, y son los hombres más fuertes los que reparten las provisiones al resto —reconoció Felipe—. Cualquier cosa que puedas traer… pan, queso, y a lo mejor ropa de abrigo. —Tembló involuntariamente.

183

—Claro —asintió Eduardo al tiempo que el guardia los informaba de que se les había agotado el tiempo—. Sé fuerte. Volveremos la semana que viene. Que Dios te acompañe —susurró mientras se llevaba de allí a su angustiada madre.

A partir de ese día, María emprendía el penoso trayecto hasta la cárcel y con cada visita su hijo parecía un poco más débil.

—Aquí hace mucho frío por las noches —le susurró Felipe—, y la manta que me diste me la robaron enseguida. No tenía fuerzas para enfrentarme…

—Felipe, solo dos semanas más, es lo único que te queda aquí, luego podrás empezar de cero, ¿sí?

—Sí, mamá. —Felipe asintió fatigosamente mientras las lágrimas trazaban surcos en su rostro mugriento.

A María se le encogió el corazón al oír su respiración jadeante.

—Aquí tienes el tónico para la tos, Felipe. Y cómete esto antes de que alguien lo vea.

Le pasó una pequeña hogaza de pan y lo observó devorar la mitad y esconderse el resto debajo de la fina camisa.

Dejarlo allí cuando se terminaba el tiempo de visita era una de las cosas más difíciles que María había tenido que hacer en su vida. Lloraba durante todo el trayecto a casa, deseando que José estuviera con ella para poder desahogarse. No quería abrumar a sus otros hijos.

«Lo soportaré, aunque solo sea por Felipe», se dijo cuando llegó a su silenciosa cueva.

Todavía no había tenido valor para decirle a Felipe que su padre y su hermana se habían ido a Barcelona.

—¡Hola!

María se dio la vuelta y vio a Ramón en el umbral.

—¿Molesto?

—No. —María se encogió de hombros—. Están todos… fuera.

—Te traigo algo —dijo él tendiéndole una cesta.

—¿Más naranjas? —María esbozó una sonrisa débil.

—No, solo magdalenas que nos trajo mi madre y que no podemos terminarnos.

María sabía que las magdalenas eran una exquisitez que todo el mundo podía comer hasta reventar, y el gesto la conmovió.

—Gracias.

—¿Cómo está Felipe?

—Aguantando —dijo mientras daba un bocado a una magdalena con la esperanza de que el azúcar la reanimara.

—Seguro que sí. Bueno, me voy, pero si puedo hacer algo para ayudar, dímelo, por favor.

—Lo haré, gracias —respondió ella.

Ramón asintió y se marchó.

Cada día que transcurría de ese julio seco y caluroso, María detenía a los viajeros gitanos cuando estaba en la ciudad o cuando estos traspasaban sus muros para adentrarse en el Sacromonte. Ninguno llevaba noticias de Barcelona. Se lo consultó a Micaela cuando fue a recoger los tónicos de Felipe.

—Los verás antes de lo que imaginas —fue cuanto pudo decirle.

Como mínimo, cada día que pasaba era un día menos que faltaba para que Felipe regresara a casa.

Finalmente llegó el día con el que había estado soñando. Temblando de emoción, María aguardó con las demás madres delante de la cárcel. Las puertas se abrieron y una fila de hombres variopinta y desaliñada salió en tropel.

—¡Mi querido Felipe!

María corrió hasta su hijo y lo estrechó contra su pecho. Estaba en los huesos, la ropa le colgaba como si fueran harapos y el hedor que desprendía hizo que la bilis le subiera hasta la garganta. «No importa —pensó mientras entrelazaba el escuálido brazo de Felipe con el suyo—. Está libre.»

Aunque había llevado a Paca, la mula, el largo trecho hasta la casa fue una tortura. La tos profunda de Felipe retumbaba en las calles empedradas del Sacromonte cuando finalmente emprendieron el ascenso por la pronunciada cuesta, y María tenía que sujetarlo porque apenas se tenía derecho sobre el lomo del animal.

Cuando llegaron a la cueva, María lo desvistió y le quitó cuidadosamente la mugre con un paño caliente. Hecho esto, lo tumbó en la cama y lo envolvió con varias mantas. Lo que quedaba de sus ropas estaba plagado de piojos, así que las dejó a un lado para quemarlas más tarde.

Mientras ella trajinaba, Felipe yacía en la cama sin hablar apenas, con los ojos cerrados y el pecho jadeante.

—¿Te gustaría comer algo? —le preguntó María.

—No, mamá. Solo necesito dormir.

La tos de Felipe reverberó en la cueva durante toda la noche, y cuando María se levantó por la mañana encontró a Eduardo y a Carlos durmiendo en la cocina.

—Nos vinimos aquí por el ruido —explicó Eduardo mientras María le tendía un pedazo de pan ácimo para desayunar—. Mamá, Felipe está muy enfermo. Tiene fiebre, y esa tos… —Meneó la cabeza con pesar.

—Voy a ver cómo está. Vosotros dos marchaos a la forja.

Cuando entró en el cuarto de los chicos, María se percató de que Felipe estaba ardiendo. Corrió hasta el armario de las hierbas y preparó una infusión de corteza de sauce seca, ulmaria y matricaria, luego sujetó la cabeza de Felipe con una mano y le vertió el líquido entre los labios con una cuchara. Felipe lo vomitó segundos después. María permaneció a su lado todo el día, empleando un paño húmedo para bajarle la calentura e introduciéndole gotas de agua en la boca, pero la fiebre no remitía.

Al caer la tarde, María advirtió que a Felipe le costaba respirar y que jadeaba a causa del esfuerzo.

—María, ¿está Felipe enfermo? Lo oigo toser a través de las paredes —dijo una voz desde la cocina.

María asomó la cabeza por detrás de la cortina y vio a Ramón con dos naranjas en las manos.

—Sí, Ramón, Felipe está muy enfermo.

—Puede que mejore con esto. —Ramón señaló la fruta.

—Gracias, pero me temo que hará falta algo más que eso. Debería ir a ver a Micaela para pedirle que venga a darle algún brebaje, pero no me atrevo a dejar a Felipe solo, y los chicos no han vuelto aún del trabajo. —Meneó la cabeza—. Dios mío, creo que está muy grave.

—No te preocupes, yo voy a buscarla. —Ramón se marchó antes de que María pudiera detenerlo.

Micaela llegó media hora después con la preocupación reflejada en el rostro.

—Déjame a solas con él, María —ordenó—. Aquí solo hay aire para dos.

María obedeció e intentó concentrarse en preparar para sus demás hijos una sopa aguada a base de patatas y una zanahoria.

Micaela entró en la cocina con expresión grave.

—¿Qué le pasa?

—Felipe tiene una enfermedad en los pulmones. Debió de contraerla en la humedad de esas celdas, porque está muy avanzada. Tráelo a la cocina, donde el aire está menos cargado.

—¿Se pondrá bien?

Micaela no respondió.

—Toma, intenta darle un poco de láudano. Eso por lo menos lo ayudará a dormir. Si no está mejor por la mañana, tendrás que plantearte llevarlo al hospital payo de la ciudad. Se le están llenando los pulmones de agua y es preciso vaciarlos.

—¡Jamás! ¡Ningún gitano sale vivo de ese hospital! Y mira lo que los payos le han hecho ya a mi pobre niño.

—Entonces te aconsejo que enciendas una vela a la Virgen y reces. Lo siento, cariño, pero poco más puedo hacer. —Micaela le cogió las manos—. La enfermedad ha ido demasiado lejos para que yo pueda ayudarlo.

Cuando Eduardo y Carlos regresaron de la forja, trasladaron a Felipe a la cocina y lo tendieron en su camastro. María se estremeció al ver que tenía la almohada manchada de la sangre que había estado tosiendo. Cogió una almohada limpia de su cama y se la puso debajo de la cabeza. Felipe apenas se movió.

—Tiene la piel morada, mamá —dijo, nervioso, Carlos, mirando a María en busca de un consuelo que ella no podía darle.

—¿Y si voy a buscar a los abuelos? —preguntó Eduardo—. Puede que ellos sepan qué hacer. —Caminaba de un lado a otro mientras su hermano resollaba en el catre.

—Ojalá papá estuviera aquí —añadió Carlos en tono conmovedor.

María los envió fuera y se arrodilló junto a Felipe.

—Mamá está aquí, cariño mío —susurró mientras le lavaba la frente. Al rato pidió a los chicos que llevaran sacos de paja del establo con el fin de incorporar a su hermano y ayudarlo a respirar.

La respiración de Felipe se fue haciendo cada vez más débil a medida que avanzaba la noche; parecía que no le quedaran fuerzas ni para toser y desatascar temporalmente los pulmones. María se levantó y salió de la cueva, donde sus otros dos hijos estaban fumando con nerviosismo.

—Eduardo, Carlos, id a buscar a vuestros abuelos. Que vengan de inmediato.

Comprendiendo lo que su madre quería decir, se les llenaron los ojos de lágrimas.

—Sí, mamá.

Les entregó un candil para que alumbraran el camino y así pudieran correr lo más deprisa posible, y se acuclilló junto a su Felipe.

Los ojos del muchacho se abrieron ligeramente y se posaron en ella.

—Mamá, tengo miedo —susurró.

—Estoy contigo, Felipe. Mamá está aquí.

Felipe le dedicó una sonrisa débil, esbozó con los labios «Te quiero» y un instante después cerró los ojos por última vez.

Tras comunicar a todo el que viajaba a Barcelona que buscaran a José y a Lucía, María y su familia comenzaron el duelo. El cuerpo de Felipe fue instalado en el establo después de sacar a los animales para que familiares y vecinos pudieran presentar sus respetos. Había flores rojas de granado y lirios blancos por doquier, y su intenso olor se sumaba al del incienso y las velas que ardían junto al muchacho. María permanecía a su vera noche y día, a menudo en compañía de otros dolientes que se sumaban a ella para ayudar a alejar a los espíritus. Micaela lanzaba los conjuros y hechizos tradicionales a fin de proteger el alma de Felipe para que pudiera volar libre a los cielos. Una y otra vez, María pedía perdón por todas las maneras en que había fallado a su hijo. Nadie tocaba el cadáver por miedo a interferir con los espíritus.

Su compañero más constante era Carlos, que lloraba y se lamentaba por su hermano. María sabía que lo aterraba la posibilidad de que Felipe regresara para atormentarlo el resto de sus días. Hizo dos veces la peregrinación a la abadía del Sacromonte, situada en lo alto de la montaña, para rezar por el alma de su hermano. Quizá se lo planteara como una manera de librarse de pasar tantas horas sentado en el fétido calor de la cueva, pero María estaba dispuesta a pensar lo mejor de él.

La vida se detuvo para toda la familia. La costumbre dictaba que nadie podía comer, beber, lavarse o trabajar hasta que Felipe recibiera sepultura.

El tercer día, cuando María creía que iba a desmayarse a causa de la sed, el hambre, la conmoción y el olor a carne en descomposición que impregnaba el aire, Paola se sentó a su lado y le ofreció un vaso de agua.

—Debes beber, mi hija, o acabaremos caminando detrás de tu ataúd.

—Mamá, sabes que no debemos.

—Estoy segura de que Felipe perdonará a su madre por beber un poco de agua mientras lo vela. Vamos, bebe.

María obedeció.

—¿Alguna noticia de Barcelona? —preguntó Paola.

—No.

—En ese caso, te suplico que des sepultura a Felipe sin José. Aparte de todo lo demás, el olor es terrible... —Paola arrugó la nariz—. Ya está atrayendo a las moscas y propagará enfermedades.

—Calla, mamá. —María se llevó un dedo a los labios, temerosa de que Felipe pudiera oír la manera en que se estaba hablando de sus restos terrenales, como si fueran un mero pedazo de carne putrefacta—. No puedo enterrar a nuestro hijo sin su padre. José jamás me lo perdonaría.

—Yo diría que eres tú quien no debería perdonarle que se marchara dejando a su hijo en la cárcel. María, debes enterrarlo mañana y no se hable más.

Cuando su madre se hubo marchado, María salió del maloliente establo y se arrastró hasta la cocina. Incluso ella sabía que no podía seguir posponiendo el funeral.

Se permitió una leve sonrisa al pasear la mirada por la cocina. Por lo visto, el barrio al completo había acudido con un presente en forma de comida, aguardiente o golosinas. Por lo menos tendría algo que ofrecer después del entierro. Encendió una vela y fue a arrodillarse bajo la imagen descolorida de la Santísima Virgen. Le suplicó perdón, se dio la vuelta y pidió lo mismo a las almas del cielo. Luego salió y encontró a Eduardo y a Carlos fumando con desgana.

—¿Podéis correr la voz por el barrio de que el entierro tendrá lugar mañana? —dijo.

—Sí, mamá, vamos ahora mismo. Yo tomaré el camino de abajo, y tú, el de arriba, hermano —propuso Eduardo a Carlos.

—Muchachos… —los detuvo María cuando se iban—, ¿creéis que vuestro padre se enfadará?

—Si se enfada, lo tiene merecido —respondió Eduardo con sequedad—. Para empezar, nunca debió marcharse.

El cortejo fúnebre ascendía por la ladera, salpicada de cipreses y cactus en flor, acompañado del perfume embriagador de los lirios que adornaban las mulas. María caminaba delante del féretro que había fabricado su padre con la ayuda de sus nietos a partir de restos de roble procedentes del taller. Un gemido triste se elevó en el aire y María reconoció la voz de su madre, que comenzaba a entonar un lamento fúnebre. Aunque áspera por la edad y la emoción, la voz de Paola sonó con fuerza cuando la multitud se sumó a su canto. María dejó que lágrimas silenciosas le rodaran por el rostro y cayeran en la tierra seca bajo sus pies.

La ceremonia fue una mezcla extraña, un entierro católico tradicional unido a los murmullos indescifrables de Micaela para proteger el alma de Felipe y a quienes quedaban atrás.

María bajó la mirada hacia el valle y la elevó de nuevo hacia la Alhambra, que tanto derramamiento de sangre había presenciado a lo largo de sus casi mil años de historia. Por alguna razón, siempre la había temido, y entonces comprendió por qué. Era el lugar donde su hijo había recibido la sentencia de muerte.

14

María despertó al día siguiente como si le hubiesen absorbido hasta el último ápice de energía. Se aseguró de que sus hijos partieran puntuales al trabajo. Carlos fue el primero de los dos en levantarse. Si algo bueno había salido de la muerte de Felipe, era que la culpa que Carlos sentía lo había reformado, al menos por el momento.

Tras servirse un zumo del último lote de naranjas que le había llevado Ramón la noche anterior, María se sentó en el escalón y dio pequeños sorbos. Lo que fuera una familia de seis se había reducido a la mitad. Tenía que aceptar que Felipe no iba a volver, pero su marido y su hija... Parpadeó al intenso sol para ahuyentar las lágrimas, temerosa de que también ellos estuvieran convirtiéndose en meros espectros de su imaginación.

—¿Dónde estáis? —preguntó a los cielos—. Por favor, enviadme noticias.

Más tarde ese mismo día, se puso el velo de luto, cogió dos de los preciados huevos de sus gallinas y se dirigió a la cueva de Ramón.

—Quiero que escribas al jefe de mi marido en Barcelona —le dijo. Ramón era uno de los pocos gitanos que sabía escribir y se prestaba a redactar cartas a cambio de comida o leños—. Te he traído esto. —Le ofreció los huevos.

Ramón le envolvió las manos con las suyas y negó con la cabeza.

—María, jamás podría aceptar de ti forma alguna de pago y menos aún en estos momentos. —Caminó hasta una alacena y sacó sus utensilios de escritura. A continuación hizo señas a María para que se sentara a la mesa de la cocina con él—. En primer lugar, ¿ese hombre sabe leer?

—No lo sé, pero es de ciudad y lleva un negocio, por lo que es de esperar que sí.

—Entonces empecemos.

—Estimado encargado del Bar del Manquet —dictó María—. Creo que ofreció usted un puesto de guitarrita al señor José Albaycín hace unas semanas, cuando los conoció a él y también a mi hija en el concurso de Granada. Si todavía trabaja en su café, ¿podría darle el recado de que su esposa tiene una noticia urgente…?

Ramón alzó una mirada llena de compasión, y la pluma vaciló sobre la hoja de papel.

—No —balbuceó ella, cayendo de repente en la cuenta de que estaba escribiendo al jefe de José y Lucía, quien no se tomaría a bien la petición de una esposa de instar a sus empleados a volver a casa de inmediato—. Gracias, pero debo encontrar la manera de ponerme en contacto con José directamente.

—Lo entiendo, María —dijo él cuando ella se levantó—. Si puedo hacer algo más, lo que sea, solo tienes que pedírmelo.

—He decidido que debo ir a buscar a papá y a Lucía a Barcelona. No descansaré hasta que sepan lo que le ha pasado a Felipe. —María miró a sus hijos por encima de la mesa de la cocina.

—Mamá, estoy seguro de que alguno de los mensajeros que enviamos con la noticia los encontrará pronto —dijo Eduardo.

—Pero no lo suficiente. Además, es una noticia que solo deberían dar una esposa y una madre. —María se llevó a la boca una cucharada del estofado que los chicos habían cogido de casa de su abuela. Sabía que iba a necesitar toda la fuerza que pudiera reunir.

—Pero no puedes ir sola. Te acompañaremos. —Carlos propinó un codazo a Eduardo, que asintió sin demasiada convicción.

—No. El negocio de vuestro abuelo ya ha sufrido bastante estos últimos días por vuestra ausencia. Además, debéis quedaros aquí, no vaya a ser que me cruce con vuestro padre por el camino y no haya nadie en casa cuando llegue.

—Entonces yo me quedaré aquí y enviaré a Carlos contigo —propuso Eduardo.

—He dicho que no —insistió María—. Carlos tiene suerte de contar con un trabajo y necesitamos el dinero que gana.

—¡Es un locura, mamá! —Eduardo estampó la cuchara contra el plato—. Una mujer no puede hacer sola un viaje como ese. Papá no lo permitiría.

—¡Yo soy la cabeza de familia ahora y digo lo que está permitido y lo que no! —espetó María—. Partiré mañana al amanecer. Tomaré el tren. Ramón dice que es muy fácil. Me ha explicado lo que tengo que hacer y dónde tengo que cambiar.

—¿Te ha robado un espíritu el juicio, mamá? —preguntó Carlos cuando María se levantó para recoger los platos.

—Todo lo contrario, Carlos. Al fin lo he recuperado.

Pese a la insistencia de sus hijos de que al menos uno de ellos debería acompañarla, María se levantó al día siguiente antes del amanecer y metió en una bolsa agua y un poco de comida que había sobrado del funeral. Por consejo de Ramón, se echó encima un mantel negro a modo de capa y se cubrió los reveladores rizos de gitana con un chal negro. Durante el viaje la tomarían por viuda, lo cual, cuando menos, inspiraría respeto y garantizaría su seguridad.

Ramón se había ofrecido a llevarla a la estación en su carreta. La estaba esperando con la mula ya enjaezada.

—¿Lista, María?

—Lista.

Partieron justo cuando el sol empezaba a elevarse en el cielo y las gotas de rocío titilaban en las espinas de los cactus junto a los que pasaban a lo largo de los estrechos caminos que conducían a la ciudad. Cuando franquearon sus puertas y se adentraron en las ya concurridas calles de Granada, María se preguntó si no habría perdido realmente el juicio. No obstante, era un viaje que sabía que tenía que hacer.

En la bulliciosa estación, Ramón amarró la mula y acompañó a María para ayudarla a comprar el billete. Seguidamente aguardó con ella en el abarrotado andén a que el tren entrara en la estación.

—Acuérdate de bajarte en Valencia —le dijo mientras la ayudaba a subir al vagón de tercera clase—. Justo al lado de la estación hay una casa de huéspedes respetable llamada Casa de Santiago, donde puedes pasar la noche antes de seguir viaje hasta Barcelona por la mañana. No es cara, pero... —Le puso unas monedas en la mano—. Ve con Dios, María, y ten cuidado.

Antes de que ella pudiera protestar, el jefe de tren hizo sonar su silbato y Ramón se apeó del vagón.

El día era caluroso y soleado, y a sendos lados de las vías se extendían campos de olivos y naranjos. Las montañas de Sierra Nevada tenían las cumbres espolvoreadas de nieve y su blancura titilaba contra el cielo, limpio y azul.

—¿Puedes creerte —susurró María para sí, presa de una repentina euforia— que nunca he salido de Granada?

Fuera lo fuese que la había impulsado a hacer ese viaje, María decidió que se alegraba. Estaba viendo el mundo por primera vez en su vida.

Esa tarde se apeó en Valencia y pasó la noche en la casa de huéspedes que le había recomendado Ramón, donde, aferrada a su bolsa por miedo a los ladrones, apenas pegó ojo.

A la mañana siguiente, cuando el sol empezaba a despuntar tras las montañas, se subió a otro tren. Aunque le dolía el trasero a causa del duro asiento y el disfraz de viuda le empapaba la piel, se sentía extrañamente libre. Por las ventanillas vislumbraba trocitos de océano detrás de los pueblecillos por los que pasaban, y pensó que le llegaba el aroma fresco a mar y a sal.

Conforme avanzaba el día comprendió que debían de estar aproximándose a Barcelona, pues en cada parada el tren se iba llenando un poco más de gente que hablaba en catalán; algunas palabras le resultaban familiares; otras, no. Entrada la tarde, María divisó finalmente la silueta de la ciudad emergiendo en el horizonte.

—¡Dios mío, es enorme! —susurró—. ¿Cómo voy a encontraros aquí?

A su derecha podía ver el mar envolviendo una península como un brillante delantal azul, y los habitantes de esa gran ciudad tenían viviendas que se extendían a lo largo de la llanura, protegidas por una cadena de montañas a un lado. Por encima del contorno de la ciudad, los capiteles de las iglesias se alzaban hacia los cielos como dagas.

Bajó del tren en la bulliciosa estación y salió a la calle, una avenida amplia dónde le sorprendió ver tantos tranvías y automóviles que hacían sonar sus bocinas de manera constante. María se sintió como la campesina que era cuando vio a mujeres payas que lucían faldas con las que dejaban a la vista los tobillos y parte de las espinillas, cabello corto como los hombres y los labios colorados como si se los hubiesen pintado con cera roja. Había tiendas encastradas en los bajos de los edificios, con puertas de cristal y ventanales que exhibían muñecas de tamaño natural vestidas con ropa de mujer.

—¿Qué lugar es este? —murmuró para sí mientras varios coches daban bocinazos detrás de ella.

—¡Oye, sal de ahí! ¡Estás formando un atasco!

El ruido y los gritos le provocaron un sudor frío y, presa de un mareo, corrió hasta la sombra de un edificio increíblemente alto. Preguntó a un hombre mayor de tez oscura, al que tomó por uno de los suyos, dónde estaba el Barrio Chino. El hombre le habló en catalán, pero al menos señaló en la dirección del mar, a donde María decidió que debía dirigirse.

Al cabo de un buen rato, perdida en las interminables callejuelas empedradas, estaba a punto de abandonar toda esperanza cuando salió a una explanada, enfrente de la cual se extendía el mar. Para entonces estaba resoplando de sed; hacía tiempo que se había terminado el agua, pero se animó al divisar algunas chabolas sobre la playa. Cruzó la carretera y echó a andar por la arena blanca, y cuando se acercaba oyó el rasgueo quedo de una guitarra española.

Se inclinó para coger un puñado de arena y rio cuando los granos le hicieron cosquillas en la palma.

—Algo más lejos, reparó en la presencia de familias payas que comían y reían mientras sus hijos chapoteaban en las olas.

—Cómo me gustaría poder hacer eso —murmuró María, sabedora de que existían muchas probabilidades de que se ahogara si lo intentaba, pues nunca había aprendido a nadar.

Se alejó de la feliz escena y puso rumbo a las familiares chabolas y el sonido de la música. Muchas de ellas eran poco más que láminas de hojalata y tablas de madera unidas con clavos. Cada chabola tenía una chimenea torcida que asomaba por el techo y de la cual salía humo. A medida que se acercaba, le llegó un fuerte olor a verdura podrida y desagües desbordados.

Avanzó a trompicones por la estrecha calle de arena flanqueada por chabolas sintiéndose, por primera vez en su vida, privilegiada por vivir en una cueva. Las chabolas apenas tenían el tamaño de su cocina, y al mirar con disimulo por las entradas abiertas vio familias enteras acuclilladas dentro, comiendo o jugando a las cartas en el suelo.

Al rato, jadeando y mareada de sed, se sentó en la arena y descansó la dolorida cabeza en las rodillas.

—Hola, señora.

María levantó la vista y vio a un niño pequeño y sucio que la miraba desde el umbral de una chabola.

—¿Está enferma? —preguntó en catalán.

—No, pero ¿tienes un poco de agua? —pidió desesperada, señalándose la lengua y resoplando para transmitir al niño lo que quería decir.

—Sí, señora, entiendo.

El muchacho se metió en la chabola y salió con una taza de café del tamaño de la de una muñeca. A María se le cayó el alma a los pies, pero engulló el fresco líquido, que le supo a gloria.

—Gracias —dijo—. ¿Tienes más?

El niño regresó adentro y llenó de nuevo la tacita, que María le devolvió después de vaciarla. El pequeño rio y, como si se tratase de un juego, procedió a llenarle la taza varias veces.

—¿Dónde está tu familia? —le preguntó María, que sentía que revivía al fin.

—No están aquí, se han ido a trabajar. —El chiquillo señaló la gran ciudad que se extendía detrás de ellos—. Estoy yo solo. ¿Juegas a las chapas?

María sonrió y asintió mientras el niño se sacaba del bolsillo varios tapones de colores. Juntos dieron golpecitos a las chapas para ver quién las mandaba más lejos. María contuvo la risa al pensar en lo absurdo de acabar de llegar a Barcelona y ponerse a jugar a las chapas con un niño al que no conocía, como había hecho en otros tiempos con sus hijos.

—¡Stefano!

María levantó la cabeza, sobresaltada, y vio que una mujer corpulenta vestida de negro la miraba como si fuera una raptora de niños.

—¡Stefano! ¿Dónde te habías metido? ¡Te he estado buscando por todas partes! ¿Quién es esta?

María se lo explicó y le pidió disculpas.

—Me ha dicho que no había nadie cuidándolo —explicó al tiempo que se levantaba y se sacudía la arena de la falda.

—Siempre desaparece —cacareó la mujer—. ¡Tú, adentro! —ordenó al muchacho—. ¿De dónde es?

Para alivio de María, la mujer le habló en el dialecto gitano.

—Del Sacromonte.

—¡Ah, el Sacromonte! —Sacó dos taburetes y ofreció uno a María—. ¿Dónde está su marido? ¿Buscando trabajo en la ciudad?

—No, ya lleva tiempo aquí y he venido a hablar con él.

—¡Un marido errante! Conozco bien el problema. Me llamo Teresa. ¿Y tú?

—María Amaya Albaycín.

—¿Amaya, dices? ¡Caray, yo tengo primos Amaya! —Teresa se dio una palmada en el generoso muslo—. ¿Conoces a Leonor y a Pancho?

—Sí, viven a solo dos calles de mi casa. Leonor acaba de dar a luz un niño. Ahora tiene siete criaturas —explicó María.

—Entonces tú y yo debemos de estar emparentadas. —Teresa sonrió—. ¡Bienvenida! Seguro que tienes hambre después del largo viaje. Te traeré un cuenco de sopa.

Celebrando su buena fortuna, y dando las gracias a la Santísima Virgen por la vasta red de parientes gitanos que se extendía por toda España, María devoró la sopa aguada, que tenía un sabor extraño y salobre.

—¿Dónde trabaja tu marido?

—En el Barrio Chino, en el Bar del Manquet.

—¿Qué hace?

—Es guitarrista, y mi hija está con él, bailando. ¿Sabes dónde está?

—Sí. —Teresa asintió y señaló a su espalda—. El Barrio Chino empieza justo allí, pero si lo visitas de noche, ve con cuidado. Los bares están llenos de marineros y estibadores borrachos. No es lugar para una mujer sola.

—Mi marido me dijo que ese barrio era el centro del flamenco, y muy respetado.

—Los cuadros que actúan allí son, sin duda, los mejores de España. Mis hijos van a menudo, pero eso no significa que sea una parte respetable de la ciudad. —Teresa enarcó las cejas—. Mis hijos lo frecuentan siempre que tienen dinero. ¡Uno de ellos me contó que hay una mujer que baila allí y que se quita la ropa buscándose una pulga!

—¡No puede ser! —María estaba horrorizada.

—Esto es Barcelona, no el Sacromonte. Aquí la gente hace lo que sea para ganarse el sustento.

A María la asaltaron imágenes de la pequeña Lucía viéndose obligada a quitarse la ropa para buscarse una pulga imaginaria.

—Debo encontrarlos cuanto antes. Tengo una noticia muy triste que darles.

—¿Qué noticia?

—Uno de nuestros hijos ha muerto hace poco. Intenté enviar recado a mi marido con los viajeros que se dirigían a Barcelona, pero no he recibido respuesta.

Teresa se santiguó y posó su mano gruesa y morena sobre el brazo delgado de María.

—Lamento oír eso. Oye, quédate aquí con Stefano e iré a buscar a uno de mis hijos para que te acompañe esta noche al Barrio Chino.

Se levantó con pesadez y dejó a María sola en el claustrofóbico callejón de arena, deseando con toda su alma estar de vuelta en su casa, en el entorno seguro del Sacromonte.

Nada de lo que había imaginado acerca de sus parientes de Barcelona guardaba parecido con la realidad. Los había hecho en casas bonitas con agua corriente y cocinas grandes, como los payos de Granada. En lugar de eso, parecían vivir más como ratas amontonadas en una playa, la arena movediza una metáfora de la senda incierta por la que transitaban entre la vida y la muerte. Y en algún lugar intermedio estaban su marido y su hija…

Teresa regresó al rato con un joven flacucho que lucía un bigote cuidadosamente aceitado.

—Este es Joaquín, el menor de mis hijos. Se ha ofrecido a llevarte esta noche al Bar del Manquet. Conoces el local, ¿verdad?

—Sí, mamá. Hola, señora. —Tras estudiar el atuendo de viuda, Joaquín saludó a María con una leve inclinación de la cabeza.

—Y esta noche puedes quedarte con nosotros —la tranquilizó Teresa—. Aunque solo tengo un catre en el suelo para ofrecerte.

—Gracias —dijo María—. ¿Hay algún lugar donde pueda asearme?

—Al final de la calle. —Teresa lo señaló con el dedo.

María caminó entre las hileras de chabolas y se sumó a la cola de mujeres que aguardaban para utilizar las letrinas públicas. Dentro olía peor que el cuerpo descompuesto de su pobre hijo, pero al menos había un espejo resquebrajado y deslucido en la pared y un barril de agua donde lavarse las manos y la cara. Apretando los labios por temor a que le entrara alguna gota en la boca, se echó agua en el rostro y retiró las manchas de suciedad. Tras deshacerse de la ropa de viuda, se soltó la melena, se pasó el peine y se miró en el espejo.

«Has llegado sola hasta aquí, María —se dijo—. Y ahora has de encontrar a tu familia.»

Para cuando regresó a la chabola de Teresa, varios hombres y mujeres a los que no conocía pero que, al parecer, estaban emparentados con ella se habían congregado fuera para darle la bienvenida. Uno de ellos había llevado una botella de anís y otro una de manzanilla para brindar por el triste fallecimiento de su hijo. Al caer la noche apareció un guitarrista y María cayó en la cuenta de que estaba asistiendo a un velatorio improvisado con gente a la que no había visto nunca. Así era la manera gitana, y esa noche lo agradecía.

—¿No es hora de irnos? —susurró a Joaquín, que negó con la cabeza.

—En el Barrio Chino no ocurre nada hasta más tarde.

Finalmente el joven le hizo una seña y comunicó a los reunidos, que habían aumentado en número a medida que avanzaba la noche, que se iba con María a buscar a su marido. Cuando se pusieron en marcha, María cayó en la cuenta de que ninguno de los presentes había dicho que hubiese visto a José o a Lucía.

Poco acostumbrada a beber, lamentó el vaso de vino que se había tomado por cumplir mientras sus pies forcejeaban con la arena siguiendo a Joaquín. Ya alcanzaba a oír el rasgueo de guitarras procedente del otro lado de la carretera, y el estómago le dio un vuelco ante la idea de ver a José.

Una ristra de luces a lo lejos y un río constante de gente indicaban hacia dónde se dirigían. Joaquín apenas hablaba y, a diferencia de su madre, poseía un marcado acento catalán. Después de cruzar la carretera, la condujo por un laberinto de callejuelas empedradas, todas ellas flanqueadas de bares. Había sillas dispuestas fuera y mujeres con vestidos ajustados anunciando la comida y la música que se ofrecía en el interior. El sonido de las guitarras se había intensificado y María siguió a Joaquín hasta una placita repleta de bares.

—El Bar del Manquet está allí —farfulló el joven, señalando un local del que salía gente y la voz de un cantaor que interpretaba una canción melancólica.

María advirtió que no se trataba de un público sofisticado, sino de gitanos y obreros corrientes que bebían vino y aguardiente baratos. Aun así, la multitud apiñada en la entrada era más numerosa que la de los demás cafés que había visto.

—¿Entramos? —preguntó Joaquín.

—Sí. —María asintió, no quería perder al joven en medio de todo ese gentío.

Dentro el ruido era ensordecedor. Había gente sentada a las mesas y en la barra, y no quedaba un hueco libre.

—¿Sabes quién es el encargado? —preguntó María dirigiendo la mirada hacia el pequeño escenario situado al fondo del local, donde estaba sentado el cantaor. En la barra había dos muchachas vestidas con trajes de flamenca que fumaban y charlaban con clientes payos.

—Invítame a una copa y lo preguntaré —le propuso Joaquín.

María utilizó su menguante reserva de monedas para comprarle un aguardiente. Joaquín habló con el camarero en un catalán rápido al tiempo que estallaba una ovación. María se dio la vuelta y vio que en el escenario había aparecido una bailaora.

—Dice que el encargado vendrá más tarde —le gritó Joaquín en el oído, tendiéndole un vaso de agua.

—Gracias. —María se puso de puntillas para ver a la bailaora por encima de las cabezas.

Se produjo otra ovación cuando un bailaor salió al escenario con paso arrogante.

—¡Señoras y señores! —gritó un hombre—. ¡Un fuerte aplauso para La Romerita y El Gato!

La gente estalló en aplausos al tiempo que El Gato posaba una mano en la mejilla de su pareja. Ella le sonrió e hicieron una seña al guitarrista.

María notó que un leve escalofrío la recorrió de arriba abajo cuando los dos bailaores empezaron a moverse juntos. La mujer comenzó a marcar un ritmo con los pies y elevó los brazos por encima de su cabeza en tanto que El Gato le deslizaba una mano por la espalda.

María rememoró los tiempos en que José y ella habían bailado juntos en su juventud, y los ojos se le llenaron de lágrimas de nostalgia mientras contemplaba el espectáculo. No importaba que ese café fuera insignificante y el público sencillo, esos dos bailaores eran de lo mejor que había visto nunca. Durante unos minutos se dejó llevar con el resto del público por la pasión y la destreza que la pareja volcaba en el escenario. María prorrumpió en aplausos cuando saludaron y dejaron libre la tarima para la actuación siguiente.

—Qué maravilla. —Se volvió entusiasmada hacia Joaquín, pero descubrió que ya no estaba a su lado.

Presa del pánico, miró en derredor y lo divisó en la barra, fumando y charlando con un conocido. Sus ojos se posaron en La Romerita, que estaba disfrutando de las atenciones de admiradores masculinos, y regresaron de nuevo al escenario, donde otra mujer hermosa, de ojos grandes y rutilantes, estaba bailando una zambra. Como en el caso de La Romerita, María enseguida supo que la mujer era una bailaora excepcional. Aguzó entonces la mirada, porque algo en ella le resultaba familiar…

—¡Juana la Faraona! —musitó. Se trataba de una prima de José que se había marchado a Barcelona años atrás y que era quien le había conseguido el primer contrato en un bar de la ciudad. Si alguien podía saber dónde estaban su marido y su hija, era esa mujer. Era familia, a fin de cuentas.

Cuando Juana bajó del escenario acompañada de sonoros aplausos, María respiró hondo y se abrió paso entre la gente para hablar con ella.

—Perdón, Juana, me llamo María Amaya Albaycín. Soy la esposa de José y la madre de Lucía.

Los bellos ojos de Juana se volvieron hacia ella y la examinaron. María jamás se había sentido tan zarrapastrosa y desaliñada como delante de aquella criatura exótica. Con sus zapatos de flamenca, Juana le sacaba un palmo y, pese al sudor que bañaba su piel sedosa, un rizo negro descansaba todavía intacto en medio de su frente.

—Hola, María —dijo—. ¿Una copa? —Le ofreció la botella de manzanilla que había encima de la barra, en el rincón de los bailaores.

—No, gracias. He venido a buscar a José y a Lucía. Tengo una noticia que darles. José me dijo que trabajaban en este bar.

—Es cierto, trabajaban aquí, pero se fueron.

—¿Sabes adónde?

—Al Villa Rosa. El encargado, Miguel Borrull, les ofreció más dinero.

—¿Queda lejos? —preguntó María con las piernas temblándole de alivio.

—No, pero… —Juana miró el reloj de la pared—. Dudo que los encuentres allí a estas horas. La niña baila temprano para evitar las redadas que hace la policía de madrugada.

—¿Sabes dónde viven?

—Sí, a tres puertas de mi casa.

María escuchó con atención mientras la mujer le explicaba cómo llegar.

—Gracias. —María se dio la vuelta para marcharse.

—¿Por qué no vas mañana? —Los ojos de Juana parecían contener una señal de advertencia—. Es tarde y puede que estén durmiendo.

—No, he hecho un largo camino para encontrarlos.

Juana se encogió de hombros y le ofreció un cigarrillo que María rechazó.

—Tu hija tiene mucho talento, María. Llegará lejos, siempre y cuando su padre no le extraiga todo el fuego que tiene dentro siendo aún una chiquilla. Buena suerte —dijo cuando María se encaminaba a la salida.

María buscó a Joaquín con la mirada, pero el joven había desaparecido, de modo que se marchó sola del bar.

Aunque era más de medianoche, las calles hervían de borrachos que la miraban con lascivia y le gritaban groserías. María se esmeró en seguir las indicaciones de Juana —había dicho que la casa estaba a menos de cinco minutos a pie—, aunque acabó doblando la esquina equivocada y fue a parar a un callejón sin salida. Al darse la vuelta, la figura corpulenta de un hombre avanzó hacia ella y le cortó el paso.

—Hola, señorita. ¿Cuánto por follar? —Hizo ademán de agarrarla, pero María consiguió esquivarlo y el hombre se estampó contra la pared.

—¡Dios mío! ¡Dios mío! ¿Cómo ha podido José traer a nuestra hija a vivir a semejante lugar?

El edificio que buscaba se hallaba al otro lado de la calle, en un pasaje estrecho. Respirando de forma entrecortada, María llamó a la puerta y fue recibida por unos gritos que salían de una ventana.

—¡Lárgate! ¡Estamos durmiendo!

Probó el pomo, desesperada por entrar, y descubrió que la puerta estaba abierta.

A la luz de la débil llama del único quinqué que alumbraba el espacio, advirtió que se encontraba en un recibidor. Frente a ella había una empinada escalera de madera.

—Juana ha dicho primer piso, segunda puerta de la izquierda. —Resopló subiendo los peldaños con el máximo sigilo posible.

El quinqué del recibidor apenas alcanzaba para el primer piso, pero encontró la puerta y llamó tímidamente. No obtuvo respuesta. Llamó de nuevo, temiendo despertar a los demás residentes, y finalmente giró el pomo, que no opuso resistencia.

La luz de una farola iluminaba el diminuto cuarto a través de una ventana sin cortinas. Y allí, sobre un colchón tirado en el suelo, dormía la familiar y amada silueta de su hija.

María contuvo las lágrimas de alivio. Se acercó de puntillas y se arrodilló junto al colchón.

—Lucía, mamá está aquí —dijo en susurros para no espantarla, pese a que sabía que Lucía dormía a pierna suelta.

Acarició los cabellos enredados de su hija y la rodeó con sus brazos. La niña olía mal, y el colchón, aún peor, pero no le importó. En esa ciudad inmensa, entre gentes que hacían que los residentes del Sacromonte parecieran haber tomado los hábitos, había encontrado a su hija.

—Lucía. —María la zarandeó con suavidad—. Soy mamá, estoy aquí.

Lucía se removió al fin y abrió los ojos.

—¿Mamá? —La miró de hito en hito, negó con la cabeza y cerró de nuevo los ojos—. ¿Estoy soñando?

—¡No! Soy yo. He venido a buscaros a papá y a ti.

Lucía se incorporó de golpe.

—¿Eres real?

—Sí. —María asió los dedos de su pequeña y los apretó contra su mejilla—. ¿Lo ves?

—¡Mamá! —Lucía se arrojó a los brazos de su madre—. Cuánto te he echado de menos.

—Y yo a ti, cariño mío. Por eso he venido a buscarte. ¿Estás bien?

—Oh, sí, muy bien. —Lucía asintió—. Trabajamos en el mejor bar de toda Barcelona. ¡La gente lo llama la catedral del flamenco! ¡Imagínate!

—¿Y tu padre? ¿Cómo está? ¿Dónde está? —María paseó la mirada por el cuartucho, donde había sitio para poco más que Lucía y su colchón.

—Puede que siga en el Villa Rosa. Me trae a casa a dormir y él regresa para seguir tocando. No está lejos.

—¿Te deja aquí sola? —María estaba horrorizada—. Alguien podría entrar y raptarte durante la noche.

—No, mamá. La amiga de papá cuida de mí cuando él no está. Duerme en el cuarto de al lado. Es muy simpática. Y bonita —añadió Lucía.

—¿Y dónde duerme papá?

—Ah —Lucía titubeó—. Por allí. —Señaló la puerta con gesto vacilante.

—Bueno —dijo María, tratando de tragarse el nudo que se le había formado en la garganta—. Ya que he venido hasta aquí, lo mejor es que vaya a ver si ha vuelto.

—Oh, no, no lo creo, mamá. Quédate aquí conmigo, por favor. Es tarde. Tumbémonos juntas en el colchón y durmamos abrazadas.

María ya se había puesto en pie.

—Chis. Vuelvo enseguida.

Cuando salió al pasillo, dejó escapar un gemido de desolación. Desde luego que Lucía podía equivocarse, pero María lo dudaba. Preparándose para lo peor, se acercó de puntillas a la puerta contigua, giró el pomo con sumo sigilo y la abrió. La misma farola iluminaba una cama de bronce donde su marido y una mujer —que no aparentaba más de dieciocho años— yacían desnudos. El brazo de José descansaba sobre el vientre terso de la mujer, justo por encima del triángulo de vello negro que protegía su femineidad.

—José, soy María, tu esposa. He venido a verte. —Lo dijo en un tono de voz normal, sin importarle que todos los residentes de la calle la mandaran callar a gritos.

La chica fue la primera en abrir los ojos. Se incorporó de golpe y miró a María, parpadeando para intentar distinguir su silueta en medio de la penumbra.

—Hola —dijo María avanzando hacia la cama—. ¿Y tú eres…?

—Dolores —pio la mujer al tiempo que cubría su desnudez con la fina sábana.

María estuvo a punto de echarse a reír. Parecía una escena sacada de una comedia.

—¡José! —Dolores lo zarandeó—. ¡Despierta! ¡Tu mujer está aquí!

Mientras José remoloneaba, Dolores se levantó de un salto y agarró su camisón. Al alzar los brazos para ponérselo por la cabeza, María vio los senos turgentes, las caderas esbeltas y las suaves nalgas antes de que la muselina los cubriera.

—Os dejos solos para que habléis —dijo Dolores, que caminó de puntillas hacia la puerta y hacia María como un fauno tímido.

María la dejó pasar. Al fin y al cabo, la muchacha era poco más que una chiquilla.

—Me dijo que era viudo —susurró Dolores, encogiéndose de hombros, antes de cerrar la puerta tras de sí.

María avanzó hasta los pies de la cama y se detuvo de brazos cruzados.

—O sea, que ahora eres viudo, ¿eh? Entonces yo debo de ser un espíritu que ha venido a atormentarte.

José, completamente despierto ya, miraba a María con cara de espanto.

—¿Qué haces aquí?

—Lo mismo podría preguntarte yo. —María señaló el espacio del colchón que había junto a José.

—No es lo que parece, Mía, te lo juro. El cuarto que tenemos Lucía y yo es demasiado pequeño para los dos, así que Dolores me deja compartir…

—¡No sigas mintiendo, cobarde! ¡Además de traicionarme, me tomas por idiota! Llevo años sabiendo lo de las otras mujeres, pero como buena esposa gitana, elijo ignorarlo… —María contuvo el aliento cuando el volcán de ira que había mantenido a raya durante años entraba al fin en erupción—. Y mientras tú yacías con esa chiquilla, nuestra hija dormía en el cuarto de al lado. ¡No me tienes ningún respeto, cerdo! —María le escupió—. Eres un miserable, y mis padres llevaban razón desde el principio. ¡Nunca has hecho nada bueno!

José tuvo la decencia de permanecer callado mientras ella seguía despotricando.

—Perdóname, María —dijo finalmente—. Sé que soy un hombre débil, fácil de enredar. Pero te quiero y siempre te querré.

—¡Calla! —gritó María enfurecida—. Tú no tienes ni idea de lo que es querer. Solo te importas tú. Utilizaste a Lucía para volver aquí, ¡y ahora mi hija yace sola en un sucio cuarto de una sucia ciudad por culpa de tu ambición!

—Te equivocas, María. ¡A Lucía le encanta esto! Está cosechando un grupo de admiradores que crece con los días y aprende flamenco de lo mejor del Villa Rosa. No… —José agitó un dedo—. No puedes culparme de su ambición. Pregúntale, ella te lo dirá. —Una mueca burlona cruzó su rostro—. Bien, ya has dado conmigo. Ahora, ¿qué quieres?

«Divorcio…» fue lo primero que se le pasó a María por la cabeza. Lo ignoró, pues ninguna pareja gitana podía poner fin a su matrimonio, y respiró hondo para tratar de serenarse.

—He venido para decirte que Felipe murió de una enfermedad en los pulmones el diecisiete de julio, justo un día después de salir de la cárcel.

Escudriñó el rostro de José para evaluar su reacción. Y cuando la culpa asomó a los ojos enrojecidos de su marido, supo que ya había recibido la noticia.

—Te mandé el aviso con todos los viajeros que venían a Barcelona que pude encontrar. Les pedía que te dijeran que Lucía y tú teníais que volver a casa de inmediato. Pero no volvisteis. Y al final... —María emitió un sollozo ronco—. Nuestro muchacho apestaba y tuve que enterrarlo sin su padre y su hermana presentes.

Comunicar la noticia de la muerte de Felipe al hombre que había puesto la semilla para darle la vida enseguida diluyó la ira que sentía. En su lugar, el dolor emergió en forma de sollozos desgarradores mientras por sus mejillas caían lágrimas de desesperación. Se derrumbó en el suelo con las manos en la cara, llorando una vez más la pérdida de su amado hijo.

Unas manos rudas le rodearon los hombros y durante unos minutos María se aferró a ellas, porque finalmente estaban ahí para sostenerla.

—Mía, lo siento mucho. Nuestro pequeño Felipe... muerto...

A través de la neblina de sus emociones, María recordó la mirada de culpa que había visto en los ojos de José. Se apartó para plantarle cara.

—Ya lo sabías, ¿verdad?

—No...

—¡Por Dios, José, basta de mentiras! ¡Nuestro hijo yace en su tumba! ¿Lo sabías?

—Sí, pero no me enteré hasta cinco días después de su muerte. Supuse que para entonces ya lo habrías enterrado.

María tragó saliva y respiró hondo.

—Aunque no hubieses llegado al funeral, ¿no se te ocurrió que quizá debías regresar al Sacromonte para consolar a tu afligida esposa y a tus hijos?

—María, me enteré de la muerte de Felipe el mismo día que debíamos empezar nuestro nuevo contrato en el Villa Rosa. Tú no puedes entender el honor que supone para Lucía y para mí. Si nos hubiésemos ido entonces, si les hubiésemos fallado cuando estaban apostando tanto por nosotros, se habría acabado el futuro para nosotros.

—¿Aunque les hubieses dicho que tenías que volver a casa porque se había muerto tu hijo pequeño? —María apenas podía dar voz a su incredulidad.

—Sí. Sabes muy bien que los gitanos tenemos fama de informales. Habrían pensado que mentía.

—José, ellos también son gitanos, lo habrían entendido. —María meneó la cabeza—. Eras tú el que no lo entendía.

—Perdóname, me equivoqué. Me daba mucho miedo irme. Después de tantos años, por fin nos hemos hecho un hueco en la catedral del flamenco. El dinero que podría traer a nuestra familia, la fama que podría dar a Lucía…

—No hay excusa posible, José, y lo sabes. —María se levantó del suelo y miró a su marido desde arriba—. Tal vez hubiera podido perdonarte tu última infidelidad, pero jamás podré perdonarte esto. Solo espero que tu hijo pueda.

Al oír esas palabras, José sintió un escalofrío y se santiguó.

—¿Se lo has contado a Lucía? —preguntó María.

—No. Como te he dicho, era nuestro primer día en el Villa Rosa y no quería perturbarla con una noticia tan terrible.

—Me voy a dormir al cuarto de al lado con mi hija. Mañana por la mañana le diré que su hermano ha muerto. —María se encaminó a la puerta—. Tu amiga puede volver a tu cama si lo desea. —Se despidió con un gesto de la cabeza y salió de la habitación.

—¿Felipe se ha ido? —Lucía la miró con ojos como platos—. ¿Adónde?

—Se ha convertido en un ángel, Lucía. Le salieron alas y se marchó volando para estar con la Santísima Virgen.

—¿Como los de la abadía del Sacromonte?

—Sí.

—Pero esos ángeles son de piedra, mamá, y Felipe, no.

—No, pero estoy segura de que ahora está volando por el cielo, y puede que ya haya bajado para verte bailar en el Villa Rosa.

—A lo mejor es una paloma, mamá. Tenemos muchas en la plaza que hay delante del Villa Rosa. O un árbol —musitó—. Micaela, la bruja, dice que, cuando volvemos a la tierra, podemos ser cualquier cosa. Aunque a mí no me gustaría ser un árbol, porque eso querría decir que solo podría mover los brazos y no podría zapatear.

Mientras la chiquilla hablaba, María le pasaba el peine por los cabellos mojados. Se los había lavado en una jofaina con el agua que había cogido de la fuente de la plaza antes de quitarle pacientemente los piojos. Suspiró, rumiando que no era de extrañar que Lucía tuviera una idea tan confusa del más allá, ya que los gitanos españoles habían sido obligados cientos de años atrás a convertirse al catolicismo, la religión nacional, al tiempo que convivían con sus arraigadas creencias y supersticiones gitanas.

—Sea lo que sea, mamá, espero que sea feliz —añadió Lucía.

—Yo también, cariño.

—No volveré a verlo en muchos años, ¿verdad?

—No. Todos lo echaremos de menos, y es muy triste que ya no esté con nosotros.

—Mamá —Lucía había decidido que era hora de cambiar de tema—, ¿vendrás a verme bailar al Villa Rosa esta noche?

—Claro que sí, cariño. Pero anoche estuve hablando con papá. Creo que eres demasiado joven para estar en Barcelona sin tu madre.

—¡Pero tengo a papá! Y podrías quedarte aquí con nosotros.

—¿No echas de menos el Sacromonte? ¿No extrañas a Eduardo y a Carlos? —María seguía peinando el cabello de su hija de forma rítmica.

—A veces, sí, pero sobre todo a ti. Papá no sabe cocinar, y su amiga Dolores, tampoco, aunque en el café me dan de comer todas las sardinas que quiera. Me encantan las sardinas. —Lucía esbozó una sonrisa de oreja a oreja—. Y estoy aprendiendo mucho, mamá. Hay una paya que baila allí, La Tanguerra, ¡y tendrías que ver sus tangos y bulerías! Y hay otra gitana, La Chicharra, que se queda en enaguas cuando intenta pillar una pulga. Y el señor Miguel tiene una hija que toca las castañuelas. Me ha estado enseñado a tocarlas. Tienes que hacer clic, clic. —Lucía imitó el movimiento con sus deditos—. Marcan el ritmo como los pies. ¿Te acuerdas de Chilly? ¡También vive aquí! Ahora somos amigos, aunque es un chico raro, y a veces actuamos juntos en el bar. —Lucía hablaba atropelladamente, llevada por la emoción, hasta que tuvo que hacer una pausa para respirar.

María reflexionó sobre lo que acababa de oír.

—Entonces ¿no quieres volver al Sacromonte conmigo?

—No, mamá, quiero que tú, Eduardo y Carlos vengáis aquí, conmigo y con papá.

—Eduardo y Carlos trabajan con tu abuelo, Lucía. Además, el Sacromonte es nuestro hogar.

Entrada la tarde, cuando José llamó a la puerta y dijo que tenía que irse con Lucía al Villa Rosa, María los despidió diciendo que iría más tarde. Se sentó en el colchón maloliente del cuarto de su hija. Esa mañana había estado dispuesta a coger a su pequeña y llevársela al Sacromonte. Pero entonces, tras percibir la pasión y la determinación de Lucía, sabía que no podía hacerlo. La chiquilla había nacido para bailar, y si María la obligaba a volver a casa, no solo Lucía estaría desconsolada por ver frustrado su futuro, sino que ella, como madre, se sentiría culpable por haberle negado la oportunidad.

Lucía y José regresaron del café a las cinco para descansar una hora antes de la actuación de la noche. María estaba esperándolos en la puerta del edificio.

—Tenemos que hablar —dijo cuando José se quedó fuera para terminarse su puro y Lucía corrió escalera arriba.

—¿Qué quieres decirme?

María lo observó aplastar el puro con la bota, recuperada su chulería habitual después del torbellino de emociones de la noche anterior.

—Has roto el juramento sagrado que me hiciste. A partir de ahora, ya no podemos ser marido y mujer.

—Por favor, María, no nos precipitemos. Han sido tiempos difíciles…

—Que no mejorarán mientras sigamos fingiendo que estamos juntos.

—Parece que no entiendas que todo lo que hago es por nuestra familia y para promover el gran talento de Lucía.

—No voy a discutir más contigo, José. —María suspiró—. Solo quiero acabar con esto y empezar de nuevo. Sin embargo, aunque deseo con todo mi ser llevarme a Lucía conmigo para que crezca rodeada de su familia como una niña normal, sé que no puedo hacerlo. Debe tener su oportunidad. Así que te suplico que cuides de nuestra hija, que la protejas en todo momento. No me queda más remedio que confiar en que lo harás.

—Puedes confiar en mí, María, te lo juro.

—Ahora eres un hombre libre, José. Pero no permitas que Lucía sepa la verdad sobre nosotros. Para ella, tú y yo seremos siempre marido y mujer, y su padre y su madre.

—Como quieras —aceptó José.

—Ahora pasaré un rato con Lucía antes de que os vayáis al Villa Rosa. Iré a verla bailar y luego me marcharé al Sacromonte. —María respiró hondo y se puso de puntillas para darle un último beso a José—. Gracias por el precioso regalo de mis hijos.

Se dio la vuelta y entró para hablar con Lucía.

Tiggy
Finca Kinnaird, las Highlands
Escocia

Enero de 2008

Gato montés escocés
(Felis silvestris grampia)
También conocido como tigre de las Highlands

15

La cabeza me salió disparada hacia arriba cuando volví en mí. Cambié de postura y noté que los músculos de la espalda protestaban tras permanecer tanto tiempo derecha en el taburete de tres patas. Había oscurecido y el aire de la estancia estaba cargado; el fuego de la estufa debía de haberse apagado hacía rato. Me saqué el móvil del bolsillo de los vaqueros y me serví de la luz de la pantalla para buscar el quinqué y encenderlo. Vi que Chilly dormía en su butaca con la cabeza caída hacia un lado. Ignoraba en qué momento nos habíamos quedado dormidos, pero sabía que antes de hacerlo me había internado en otro mundo, un mundo lleno de pobreza, desesperación y muerte. Sin embargo, las imágenes que Chilly había evocado en mi mente también estaban llenas de color y pasión.

—Un mundo que forma parte de mí… de mi pasado —susurré.

Me revolví ligeramente, sintiendo que necesitaba tocar tierra, dejar ese mundo irreal en el que parecía adentrarme cada vez que franqueaba la puerta de la cabaña de Chilly. Aunque Chilly pudiera permitirse existir en él permanentemente, yo no podía, y en esos momentos sentía que corría el riesgo de que me engullera. Después de encender de nuevo la estufa y recoger más leños para que Chilly pudiera usarlos durante la noche, preparé una jarra de café cargado y se la dejé junto a la butaca.

Contemplé su rostro surcado de arrugas y traté de imaginarlo como el niño que había sido, tocando la guitarra para Lucía, su prima…

—Eso significa —mascullé en alto— que también tengo un parentesco lejano contigo… —La voz se me apagó.

¿Cómo era posible que allí, en medio de las Highlands de Escocia, hubiese encontrado a un familiar? Por otro lado, ¿era cierta su historia?

—Adiós, Chilly —murmuré, y me incliné para darle un beso en la frente, pero no reaccionó.

Salí al frío implacable y, mareada por el humo de la estufa y la pipa de Chilly, regresé a mi cabaña.

—¿Dónde has estado todo el día? —Cal me miró de modo acusador cuando entré y colgué la cazadora en la percha—. ¿No habrás estado de juerga con nuestro invitado especial?

Nunca me había alegrado tanto de ver su cuerpo robusto y tranquilizador llenando la estancia de techos bajos.

—Estaba en la cabaña de Chilly. Esto… no se encontraba bien.

—Vosotros conectáis, de eso no hay duda. Eres una víctima voluntaria de sus relatos —bromeó Cal—. Apuesto a que ha estado llenándote la cabeza de cuentos e historias de su pasado.

—Es un hombre interesante, me gusta escucharlo —dije a la defensiva.

—Ya lo creo que lo es, pero no empieces a tragarte sus cuentos, muchacha. Una vez me dijo que en otra vida fui un oso pardo que acechaba a mis presas a lo largo y ancho de las Highlands.

Cal soltó una risotada, aunque viéndolo ahí, con su imponente presencia, no hacía falta echarle mucha imaginación para creer que hubiera sido un oso en otra vida. Y hasta la fecha, Cal, el hombre, seguía acechando a sus vulnerables presas…

—Vamos, Tig, tienes esa mirada soñadora en los ojos. Debes volver a la realidad, y tengo la noticia perfecta para conseguirlo.

—¿Qué?

Me encaminé a la cocina en busca de algo que comer. No había probado bocado desde el desayuno.

—Tu enamorado solicita tu presencia en el pabellón mañana a las diez.

—¿Por qué? ¿Para qué?

—Ni idea. Quiere llevarte a un lugar especial —dijo Cal desde la puerta de la cocina mientras yo cortaba una gruesa rebanada de pan y la untaba con margarina.

—No pienso aceptar, como es lógico. He sido contratada para hacer un trabajo. No puedo largarme así como así, y a saber adónde, solo por capricho de nuestro querido invitado. Además, ¿qué diría el laird? ¿O Beryl?

—Oh, Beryl está encantada. Dice que así lo perderá de vista y podrá abrir las ventanas del salón principal para que se vaya el humo de todos esos puros. Su señoría detesta el frío, dice.

—¡Por Dios, Cal! —espeté al tiempo que engullía un trozo de pan—. ¡Tengo la sensación de que me están prostituyendo! Aquí soy una asesora de la vida animal, no un servicio de acompañantes. Lo siento, pero no. Iré al pabellón ahora mismo y le diré a Beryl que tengo mucho trabajo que hacer sobre… eh, la investigación del ciervo europeo. O algo por el estilo —añadí, abriendo la nevera para ver qué había para cenar, que no era mucho. Decepcionada, volví a cerrarla.

—Vamos, Tig, no es propio de ti alterarte así. Se irá pronto, y tampoco puede decirse que estés de trabajo hasta las cejas, ¿no crees?

—¿Y de quién es la culpa? Llevo aquí casi un mes y todavía no me he sentado con Charlie para hablar del futuro como es debido. Estoy acostumbrada a mantenerme ocupada, Cal, y no pienso hacer de anfitriona a un ricachón que cree que puedo dejarlo todo para estar a su entera disposición.

—Tig, ¿qué te pasa hoy? No paras de hablar. Mira. —Cal señaló dos botellas de vino tinto que habían aparecido encima de la mesa de trabajo—. Las ha enviado Beryl para agradecernos la ayuda en Fin de Año. Voy a abrir una. Yo diría que esta noche necesitas un trago.

—No hay nada de cena con que acompañarlo, Cal. Hoy no he ido a comprar porque estaba con Chilly y… oh, Dios… —Suspiré, sintiendo que se me empañaban los ojos—. Lo siento, esta noche no me encuentro muy bien.

—Ya lo veo —dijo Cal con suavidad al tiempo que sacaba el corcho de la botella con la misma facilidad que el tapón de una bañera y cogía dos copas de un aparador—. Ahora —me tendió una copa hasta arriba— coge esto y ve a ponerte en remojo mientras preparo la cena.

—Te he dicho que no hay nada…

—Largo… —Me empujó hacia el cuarto de baño—. Adentro.

Para cuando salí media hora después, algo más tranquila, un olor delicioso emanaba de la cocina.

—Patatas y nabos con la salsa secreta de mi abuela —anunció Cal plantando dos platos en la mesa—. Al mío le he añadido pollo, pero juro que en el tuyo no hay nada animal ni lácteo.

—Gracias, Cal.

Hundí la cuchara en el humeante cuenco de hortalizas cubiertas con una espesa salsa marrón. Cal me llenó la copa de nuevo y se sentó delante de mí.

—Vaya, está buenísimo —dije tras un par de cucharadas.

—Te sorprenderá saber que me las apañaba para alimentarme antes de que tú llegaras. Y ahora dime, ¿quién te ha alterado de ese modo? ¿Solo Zed o también Chilly?

—Los dos.

—Bueno, ya me has dicho qué opinas de que tu millonario crea que puede comprar tu compañía, así que pasemos al gitano chiflado.

—Seguro que dirás que está loco, Cal, y probablemente sea verdad, y que yo estoy loca por creer lo que cuenta, pero…

—¿Qué?

—Dice que cuando era joven le anunciaron que un día me mostraría el camino a casa. También dice que sabe quién es mi abuela. Y hoy me ha hablado mucho de ella.

—Ya. ¿Y lo crees?

—Es posible. Me ha dicho cosas que también me decía mi padre en su carta y… todo esto es ridículo, pero… no sé. Puede que solo esté confusa y emocionalmente agotada. Aunque siempre he creído en otro plano, me refiero al espiritual, lo que ha ocurrido esta tarde se me escapa incluso a mí. La verdad es que no sé si fiarme de lo que me cuenta.

—Entiendo. —Cal asintió, instándome a continuar.

—El caso es que… me da vergüenza reconocer que estoy pasando por una crisis de fe. Me paso la vida diciéndoles a los demás que confíen en el universo, que crean en un poder superior… y aquí estoy esta noche, hecha polvo porque me asusta que todo lo que me ha contado Chilly solo sea fruto de la imaginación de un viejo solitario. ¿Comprendes lo que digo?

—Sí. Y ahora —Cal apartó su bandeja— voy a decirte lo que yo pienso. Es posible que a veces bromee con lo de que Chilly está como una cabra, pero no puedo decir que haya un ápice de malicia en él. Mi padre me contó que en otros tiempos mucha gente de la zona acudía a verlo con sus animales para pedirle hierbas medicinales y para que les leyera el futuro. Y jamás oí que engañara a nadie. Es cierto que ahora está mayor y que nadie quiere ya sus servicios, pero es un buen hombre. Y creo que si alguien tiene un don para ver y curar, es él. Además, se ve a la legua que te tiene aprecio. Él no te haría ningún daño, Tig, en serio.

—Lo sé, Cal, pero ¿y si ha perdido la cabeza con la edad? Puede que simplemente desee creer que existe una conexión entre nosotros, que yo soy la chica de la que le hablaron... que estoy emparentada con él de algún modo...

—Casi se diría que te asusta creerlo. Ya sabes lo cínico que soy, pero ni siquiera yo puedo ver una razón para que quiera engañarte. Recuerda que es gitano y que miles de personas han confiado ya sea en las habilidades o en la clarividencia de los gitanos. Y si tu padre también te dijo eso, ¿por qué dudas?

—Porque es verdad que estoy asustada —confesé en un susurro—. Quizá sea porque se trata de algo muy personal... quiero decir, mi familia biológica, el lugar de donde provengo... es abrumador.

—Puede que algún día me cuentes lo que te ha dicho Chilly sobre tu familia, Tiggy, pero creo que deberías ir y ver dónde está con tus propios ojos.

—Tienes razón, aunque no puedo dejar colgado mi trabajo así, sin más. El poco que hay. —Puse los ojos en blanco y bebí otro trago de vino.

—El laird no tardará en volver. Solo tienes que ser paciente.

—Otra cosa extraña es que una de las primeras cosas que me dijo Chilly fue que me marcharía pronto de aquí. Es cierto que los gatos ya están bien. Y a Charlie le conviene mucho más contratar a alguien que te ayude a mantener la finca.

—Ahora que lo mencionas, Lochie empezará a trabajar conmigo dentro de un par de días. He llamado al laird y me ha dado su visto bueno.

—¡Qué gran noticia, Cal! Lochie parece justo la persona que necesitas.

—El laird solo ha aceptado porque Lochie está recibiendo una subvención del gobierno por un programas para aprendices, pero aun así estoy encantado. Bien, es evidente que estás agotada. ¿Por qué no te vas a la cama?

—¿Para tener buena cara mañana para Zed? Quizá debería sacar mi mejor lencería y pintarme las uñas de los pies…

—Ajá. —Cal se levantó—. Has dejado claro tu punto de vista y lo comparto. Ahora mismo voy al pabellón a decirle a Beryl que mañana estarás muy ocupada, ¿te parece bien?

—Entonces me sentiré mal por Beryl. Ella no tiene la culpa y en estos momentos parece muy estresada…

—No te preocupes, muchacha, yo me encargo de arreglarlo. —Cal ya estaba encaminándose a la puerta—. Venga, a la cama.

Por suerte, esa noche dormí a pierna suelta y al día siguiente me desperté mucho más tranquila. Mientras daba de comer a los gatos, me dije que en algún momento tendría que aventurarme hasta el pabellón, no solo para perseguir a mi contacto de los ciervos europeos, que todavía no había respondido a mi correo, sino para buscar el Sacromonte y a Lucía Albaycín en internet. Solo entonces sabría si Chilly estaba diciendo la verdad.

—¿Te encuentras mejor esta mañana? —preguntó Cal a mi vuelta.

—Sí. Lamento lo de anoche, no estaba bien, pero hoy me siente mucho mejor. Gracias por portarte conmigo como hiciste, Cal.

—No seas boba. Oye, ¿por qué no me acompañas? Tengo que contar los ciervos que hay en la cañada principal.

—¿Para que puedas reducir su número mañana?

—Ajá, pero no hay nada de malo en que sepas más sobre dónde les gusta esconderse, ¿no crees? Y te mantendrá fuera de peligro en el caso de que su señoría no acepte un no por respuesta de Beryl.

—Entonces ¿hablaste con ella?

—Ajá, y lo entendió. Saldremos dentro de diez minutos y nos llevaremos el almuerzo de Chilly. Por cierto, puede que al final me toque a mí aguantar a nuestro invitado y no a ti. Anoche me pilló cuando salía del pabellón y me preguntó si estaría dispuesto a organizarle un tiro al blanco.

Mientras me ponía mis capas habituales de ropa para salir, medité sobre la información que me había dado Cal. Me detuve en el patio y llamé con un silbido a Cardo, que salió del granero con paso pesado y encaramó gustosamente su desgarbado cuerpo al asiento trasero de Beryl. Armados con prismáticos, descendimos lentamente hasta la cañada. Cal se detenía de vez en cuando y señalaba las arboledas, a ambos lados del valle, en las que se refugiaban los machos y las hembras en grupos separados.

—Pronto subirán a terrenos más elevados para pastar, de modo que el mejor momento para contarlos es a primera hora de la mañana —explicó Cal señalando una pequeña arboleda situada justo al otro lado del riachuelo helado que cruzaba serpenteante el valle—. ¿Cuántos hay allí, Tig?

Dirigí mis prismáticos hacia la arboleda donde se apiñaban siete ciervos machos. Miré una segunda vez, y una tercera…

—¡Cal, deprisa!

—¿Qué pasa?

—¡Dios mío! Creo que hay un macho blanco justo allí, a la izquierda…

Cal volvió sus prismáticos hacia mi ventanilla.

—¿Puedes verlo? Está justo entre aquellos dos, algo rezagado…

—No puedo, Tig. —Al cabo de un rato, bajó los prismáticos y meneó la cabeza—. Es lo que ocurre cuando miras la nieve demasiado tiempo. Empieza a moverse y a adquirir formas extrañas delante de tus ojos.

—¡No! ¡Estoy segura de que lo he visto!

Sin esperar respuesta, abrí la portezuela y bajé. Más allá del angosto sendero, la nieve me llegaba hasta las rodillas y el puente de madera era una pista de hielo traicionera. Tras cruzarlo, y a solo cuarenta metros ya de la arboleda, volví a sacar los prismáticos, pero los machos probablemente habían oído el crujido de mis pisadas y habían desaparecido entre los árboles.

—¡Maldita sea! —solté entre dientes—. Te he visto, sé que te he visto.

Cuando regresé al coche, Cal estaba sentado con los brazos cruzados bajo el pecho. Me dedicó uno de sus ceños especiales para indicar que pensaba que estaba chiflada.

—¿Qué? ¿Lo has visto?

—No, la manada entera se ha esfumado.

—¿No me digas? —repuso con sarcasmo mientras nos alejábamos—. Es lo que ocurre cuando pasas demasiado tiempo con nuestro amigo gitano. A este paso acabarás viendo unicornios, boba.

Cuando llegamos a la cabaña de Chilly diez minutos más tarde, Cal levantó una mano para impedir que saliera del coche.

—Tal como están las cosas, será mejor que hoy le lleve yo la comida. Espera aquí.

Mientras se ausentaba, cerré los ojos y vi una imagen del ciervo blanco en mi mente.

—Lo he visto —susurré para mí—. Lo he visto.

Cardo posó la cabeza en mi hombro en señal de solidaridad y se la acaricié con aire distraído.

Cal regresó minutos después y me aseguró que Chilly estaba bien y que había preguntado por mí. Cuando volvíamos a casa, oímos un estruendo por encima de nuestras cabezas y, al mirar hacia arriba, vi un helicóptero que sobrevolaba la cañada a baja altura.

—Uau, es la primera vez que veo un helicóptero por aquí —comenté.

—Seguramente un equipo de salvamento que traslade a algún desgraciado al hospital de Inverness. Fue una noche dura en el mar, según el parte meteorológico marino.

Pero al regresar a la cabaña vimos el helicóptero estacionado en medio del césped que había delante del pabellón.

—Debe de ser para su señoría —dijo Cal cuando nos apeamos—. Puede que lo necesite para ir a la ciudad a comprar la mejor botella de brandy y más puros.

Cinco minutos después, mientras Cal y yo entrábamos en calor con una taza de café, llamaron a la puerta.

—Apuesto a que son malas noticias —farfulló Cal cuando fue a abrir.

—¿Está Tiggy? —preguntó una voz sobria y familiar.

—Sí —dijo Cal con sequedad—. Voy a avisarla. ¿Tig? Tienes visita. —Se volvió hacia mí encogiéndose ligeramente de hombros—. Estaré en el cobertizo.

—Hola, Tiggy —dijo Zed mientras él entraba y Cal salía, pese a suplicarle con la mirada que se quedara—. Has vuelto justo a tiempo.

—¿Para qué?

—Para una visita panorámica de los alrededores, seguida de una comida en un pequeño restaurante que conozco en Aviemore.

Es una estación de esquí que está a solo media hora de aquí en helicóptero.

—Eh... gracias, pero me temo que tengo que trabajar.

—Tendrás que parar para comer, ¿no? Estarás de vuelta a las tres, te lo prometo.

Al parecer, lo que fuera que Beryl le había dicho sobre mi falta de disponibilidad había caído en saco roto.

—Es necesario que te pongas esto. —Me tendió una bolsa negra de Chanel.

—¿Qué es? —acerté a balbucear.

—Unas cosillas que elegí para ti y que he hecho traer en el helicóptero. Imaginé que no tendrías toda tu ropa contigo. Ahora ve a cambiarte, por favor, para que podamos ponernos en marcha.

Estaba tan atónita que no se me ocurría nada que decir, por lo que decidí que lo mejor que podía hacer era retirarme a mi cuarto y tomarme unos instantes para reponerme. Cerré la puerta tras de mí y me derrumbé en la cama con la bolsa entre las piernas.

Vencida por la curiosidad, la abrí y saqué varios paquetes, todos ellos delicadamente envueltos en papel de seda y adornados con una camelia blanca. El primero que abrí contenía un jersey de color crema, parecido a mi agujereado jersey de Arán pero de suavísimo cachemir. En el siguiente paquete había un pantalón negro de lana de corte elegante; el tercero y más grande contenía un precioso anorak de color crema, y en el último había un gorro negro de cachemir con bufanda y guantes a juego.

No pude evitar acariciar el jersey y sentir el impulso del deseo hacia una prenda tan bonita. Una prenda que podría ser mía si...

«¡Tiggy, compórtate!»

Detestándome por la pena que sentí al devolver las ropas a la bolsa, respiré hondo y salí del cuarto para enfrentarme a Zed, alias mi versión personal de Richard Gere en *Pretty Woman*.

—Gracias por comprarme todo esto, pero me temo que no puedo aceptarlo.

—¿Por qué no?

Se me ocurrían miles de respuestas, a cuál más grosera. Conseguí descartarlas porque sabía que Charlie necesitaba el negocio de Zed. Contesté con un débil:

—Simplemente no puedo.

—Bien. —Para mi sorpresa, Zed aplaudió con lo que parecía regocijo—. ¡Acabas de pasar la primera prueba! Ahora ya puedo declarar, sin temor a equivocarme, que eres diferente de todas las mujeres que he conocido hasta ahora.

—¿En serio? —dije mientras la rabia se apoderaba de mí—. Me alegro de haberte hecho feliz por pasar una prueba que ni siquiera sabía que estaba haciendo. Ahora, por favor, ¿puedo continuar con mi trabajo? —Me di la vuelta para marcharme, pero Zed avanzó un paso y me cogió suavemente del brazo.

—Tiggy, está visto que te he hecho enfadar. Lo siento mucho. Ahora me doy cuenta de que ha sido una estupidez, pero no puedes imaginarte lo que es ser yo.

—No, no puedo —admití de corazón.

—Las mujeres que conozco… Te parecerán problemas de primer mundo, pero nunca puedo estar seguro de si les gusto por mí o por lo que puedo ofrecerles.

«Y yo no puedo estar segura de que me gustes en absoluto…»

—Sí, problemas de primer mundo —dije—. De hecho, no podrían serlo más.

—Solo quería estar seguro de que no podía comprarte.

—Ya. Bueno, ahora que ya sabes que no puedes, tengo que irme.

—Sí, por supuesto. Cancelaré el helicóptero. Fue una idea ridícula, pero quería que voláramos fuera de Kinnaird para poder conocernos un poco mejor. La intención era buena. Perdóname.

—Claro. En cualquier caso, gracias por el detalle.

Zed puso rumbo a la puerta, aunque se detuvo a medio camino.

—¿Por casualidad… ya que el helicóptero está aquí y sería una pena no aprovecharlo… no te gustaría dar una vuelta sobre la finca? Sin condiciones, lo prometo, y te traeré de vuelta a las dos.

«La verdad es que me encantaría —pensé—, sería increíble verla desde del aire. Pero…»

—Eh, no, gracias, Zed, me temo que detesto los helicópteros. Tuve que subirme a uno para ir desde La Môle hasta el barco de mi padre en Saint-Tropez y me mareé. Ahora, si me disculpas, tengo trabajo.

Dicho esto, caminé hasta la puerta y la abrí. Pillando finalmente la indirecta, y cabizbajo como un niño travieso, Zed se marchó.

16

Al día siguiente, cuando abrí la puerta, encontré en el felpudo un ramo de flores enorme y un sobre a mi nombre. Cogí ambas cosas y entré en casa para abrir la nota.

Desplegué la hoja y examiné la bonita caligrafía escrita con pluma.

Pabellón de Kinnaird
5 de enero de 2008

Querida Tiggy:

Un pequeño detalle para trasladarte una vez más mis disculpas por mi comportamiento vulgar y desconsiderado de ayer.
¿Podemos empezar de nuevo, por favor?

ZED

—¡Bah! —dije a Cardo mientras me dirigía al pabellón.

—Buenos días, Tiggy —me saludó Beryl cuando entré en la cocina y la encontré friendo beicon—. ¿Estás bien?

—Sí, gracias. He venido a buscar la comida de Chilly. Ah, ¿y está libre el despacho? Necesito mirar el correo.

—Sí, aunque nuestro huésped normalmente toma posesión de él a partir de las nueve, así que yo que tú me daría prisa.

—Gracias.

Recorrí el pasillo hasta el despacho y cerré la puerta firmemente a mi espalda.

—Bien —murmuré al entrar en Google y escribir «Lucía Albaycín». La rueda irisada empezó a girar con una lentitud insoportable mientras la máquina se esforzaba por conectarme con lo que podría ser mi pasado...

Finalmente, desplegándola en la pantalla como un pergamino moderno, empezó a descargar la información. Pinché el primer enlace y vi que era de Wikipedia, lo cual significaba que Lucía había sido famosa y, por tanto, que lo que me había contado Chilly no había sido una completa fantasía. Por otro lado, podría ser una domadora de caballos de Sudamérica, pero...

Justo cuando la página empezaba a descargarse, mostrando un trocito tentador de una fotografía en blanco y negro que revelaba el nombre de Lucía Albaycín y media frente, oí que la puerta se abría detrás de mí. Pulsé «imprimir» y minimicé la pantalla.

—Buenos días, Tiggy. Veo que has madrugado.

Antes de que pudiera darme la vuelta, noté dos manos suaves sobre mis hombros. Me estremecí de manera visible.

—¿Estás temblando? —me preguntó.

—Sí. Debo de estar incubando algún resfriado —mentí, levantándome de golpe.

—¿Te falta mucho? Necesito enviar un mensaje urgente.

—No, solo imprimo unas cosas y habré terminado.

—En ese caso, iré a desayunar mientras espero.

Cuando recogí las hojas de la impresora instalada debajo del escritorio, me llevé una alegría al ver una foto granulosa de la mujer de la que Chilly me había hablado y, arriba, un título que rezaba: «Lucía Albaycín – Bailaora».

Muerta de curiosidad, conseguí contener el impulso de leer el artículo allí mismo. En lugar de eso, salí del despacho y me escabullí por la puerta de atrás.

Pillé a Cal justo cuando se disponía a marcharse y me subí a Beryl con él.

—¿Qué haces aquí?

—Evitar a Zed y hacer autostop para ir a casa de Chilly. —Señalé la fiambrera que llevaba en las manos—. También me estaba preguntando si por casualidad no pasaríamos por la arbolea donde me pareció ver...

—Sabes perfectamente por dónde paso para ir a casa de Chilly. —Cal suspiró—. Esa pequeña fantasía tuya no te lleva a ninguna parte. Si hay un ciervo blanco en Kinnaird, ¡juro que correré desnudo por la nieve únicamente con un *haggis* sobre mis partes íntimas!

—Allí estaré para verlo —dije—. Porque estoy segura de lo que vi, Cal.

—Y yo estoy seguro de que ese ciervo estaba bailando con las hadas en el valle cuando lo viste. —Cal rio al tiempo que se abría la puerta trasera de Beryl y, dándome la vuelta, vi subir a Lochie.

—Buenos días a los dos —dijo cerrando la portezuela.

—Hola, Lochie, me alegro de volver a verte.

—Hola, Tiggy. —Me dedicó una sonrisa cálida y pusimos rumbo a la cañada.

Cal tuvo el detalle de parar frente a la arboleda sin que tuviera que recordárselo. Bajé a toda prisa del vehículo, consciente de que Cal tenía mucho que hacer y no le interesaba lo más mínimo lo que veía como un producto de mi imaginación.

Crucé el puente y dirigí los prismáticos hacia la arboleda, pero los ciervos ya se habían trasladado a laderas más altas.

—¿Has visto algo? —preguntó Cal cuando nos pusimos en marcha.

—No, pero ¿podríamos venir mañana a primera hora? —le supliqué—. ¿Antes de que se vayan a pastar monte arriba?

—Podemos, aunque solo sea para convencerte de que fue una alucinación —aceptó Cal—. Ahora te llevaré a casa de Chilly porque Lochie y yo tenemos ciervos que contar y cercas que reparar.

—Quizá sea mejor que hoy también le des tú la comida a Chilly, Cal. A ti no intentará convencerte de que te quedes —propuse cuando nos detuvimos delante de la cabaña—. ¡Dile que lo veré mañana! —grité por la ventanilla—. Y que lo quiero.

Esa tarde busqué en los armarios ingredientes para un guiso que llevaba siglos prometiéndole a Cal. Últimamente había sido muy paciente conmigo y sentía que necesitaba agradecérselo de algún modo. La ausencia de casi todo lo que me hacía falta me instó a subirme al Landy para ir en una carrera a Tain a comprar provisiones.

—Hola, Cal —saludé cuando regresó a casa esa tarde—. ¿Has tenido un buen día?

—Muy bueno, gracias —respondió—. Lochie es una joya. Mucho más fuerte de lo que parece y, además, conoce bien su trabajo.

—Me alegro —dije mientras Cal se metía en el cuarto de baño sin otro comentario.

Para mi sorpresa, oí correr el agua de la bañera. Normalmente Cal, como el caballero que era, dejaba que yo me bañara primero.

«Puede que se haya caído sobre alguna boñiga de ciervo», pensé, regresando a la cocina para controlar el guiso.

Al cabo de quince minutos, en vista de que no salía, llamé a la puerta del cuarto de baño y del otro lado me llegó un agradable aroma a loción de afeitar.

—El guiso estará listo en diez minutos. Te dije que te lo haría y te lo he hecho —anuncié.

La puerta se abrió y Cal emergió envuelto en su albornoz y con el rostro afeitado.

—Tig, estoy seguro de que te dije que esta noche había quedado con Caitlin. Me voy a Dornoch.

—¡Es verdad! Lo había olvidado por completo. No te preocupes, los guisos están aún más ricos después de veinticuatro horas. Te guardaré un poco para mañana.

—Gracias, y lo siento.

—No te preocupes —dije, siguiéndolo cuando se encaminó a su cuarto para vestirse—. Y un día de estos deberías invitar a Caitlin a cenar aquí. Me encantaría volver a verla.

—Lo haré. —Me cerró la puerta en las narices y diez minutos después salió luciendo una camisa a cuadros y unos vaqueros limpios. Parecía otro.

—¿Vuelves esta noche? —le pregunté, sintiendo que estaba sobreprotegiéndolo como una gallina clueca.

—Si los cielos se mantienen despejados, sí. Adiós, Tig —se despidió al tiempo que se ponía la cazadora—. Pórtate bien durante mi ausencia.

—¡Ja! —dije a Alice mientras le daba de comer—. Ahora mismo voy a dejar entrar a Cardo —añadí en un arranque de rebeldía. Abrí la puerta y, notando una ráfaga de aire glacial que ya estaba por debajo de los cero grados, lo llamé—. ¡Vamos, cariño! —grité para animarlo.

—Bonita bienvenida —dijo una voz cuando Cardo echó a correr hacia mí, seguido, instantes después, de un hombre.

—Hola, Zed. —Se me cayó el alma a los pies—. ¿Necesitas algo?

—Sí, alguien con quien compartir esta magnífica botella de Châteauneuf-du-Pape en esta gélida noche de invierno. Qué bien huele. —Olisqueó el aire—. ¿Esperas a alguien? He visto salir a Cal.

—No, solo me apetecía un guiso —respondí, incapaz de pensar en una sola razón, salvo la pura grosería, para no invitar a Zed a pasar—. Si quieres tomar una copa, eres bienvenido.

Cruzó el umbral, pero Cardo se colocó delante de mí con el pelo erizado y emitió un gruñido amenazador.

—¡*Scheiße* controla esa cosa! —farfulló Zed dando un paso atrás.

—Chis, Cardo, no pasa nada. —Le puse la mano en el lomo—. No sé qué le pasa, por lo general es muy tranquilo y amable…

—Está claro que le falta disciplina —repuso Zed secamente.

—Cardo —le susurré al oído mientras continuaban los gruñidos—, si no te callas tendré que dejarte fuera.

Sintiéndome tremendamente desleal con mi protector canino, pero temiendo que le llegaran quejas a Cal o a Charlie sobre el comportamiento de Cardo, lo saqué al patio al tiempo que Zed entraba en la cabaña. Al cerrar la puerta tras de mí, pensé en lo desafortunado que era el intercambio. Traté de hacer oídos sordos a los aullidos insistentes que llegaban del exterior.

Zed me siguió hasta la cocina y le tendí el viejo sacacorchos, el cual estaba doblado y requería mucha maña para manipularlo. Lo observé pelearse con él antes de servir el líquido de color rubí en dos copas.

Tras sus acostumbradas inspiraciones y balanceos, bebió un sorbo, echó la cabeza hacia atrás y dio vueltas al vino en la boca antes de tragar.

—Está bueno —anunció—. Seguro que iría de maravilla con un guiso.

—¿Es una indirecta? Si lo es, te invito a comerlo, pero te advierto que es vegano. Además, seguro que Beryl tiene algo delicioso esperándote en el pabellón.

—Es su noche libre, por lo que ha venido la sirvienta retardada a calentarme una sopa —fue la respuesta despectiva de Zed—. Hasta tu guiso suena mejor que eso.

—Eh, gracias. Bueno, no te hará ningún daño probarlo. Estoy muerta de hambre.

—¿Puedo hacer algo? —preguntó.

—Creo que hay que avivar el fuego —contesté, y cuando Zed salió de la cocina se me ocurrió que seguramente no supiera avivar un fuego. Era probable que tuviera a un subordinado para hacerlo.

—¿A qué universidad fuiste? —le pregunté, por charlar de algo, cuando nos sentamos a cenar.

—A la Sorbona de París. Hace solo un par de noches que caí en la cuenta de por qué me sonaba tu nombre. Estudié allí con tu hermana Maia.

—¿En serio?

—Sí. De hecho, salimos juntos un tiempo. Nada serio, pero recuerdo que me habló de sus cinco hermanas adoptadas y de sus extraños nombres. Cuando terminé la universidad, a ella todavía le quedaba un año, de manera que perdimos el contacto.

—Maia nunca me ha hablado de ti, aunque no me sorprende. Es una persona muy reservada.

—Eso recuerdo. Pero simpática. E increíblemente guapa, desde luego.

—Sí, de las seis, es conocida por eso.

—¿Y por qué se te conoce a ti?

—Ah, yo soy la excéntrica. —Sonreí—. Me llaman la hermana «espiritual».

—¿Me estás diciendo que eres bruja?

—Si lo soy, soy tan blanca como la nieve de ahí fuera. De hecho, ese es parte de mi problema. Nunca quiero herir los sentimientos de la gente —dije de manera intencionada.

—Refréscame la memoria. ¿Hago bien en creer que Electra es otra de las hermanas D'Aplièse?

—Es mi hermana menor, la más joven. ¿Me estás diciendo que también la conoces?

—Nuestros caminos se han cruzado en algunos actos benéficos de Nueva York, sí.

—Electra acude a muchos actos de ese tipo. ¿Y tú?

—Antes sí. Era divertido, así que por qué no.

—Es exactamente la clase de cosas que detesto. —Torcí el gesto—. Grandes espacios llenos de gente vacía que reparte besos para que puedan fotografiarla y salir en las revistas.

—Un momento, Tiggy. —Zed alzó una mano—. No puedes medir a todo el mundo por el mismo rasero.

—Para serte franca, sí puedo. Últimamente Electra se ha vuelto una mujer vacía y creo que tiene que ver con el mundo del famoseo en el que vive.

—Puede que no tenga que ver con el lugar, sino con la compañía —sugirió Zed.

—De hecho, ahora mismo mi vida tiene que ver solo con el lugar y no con la compañía —repuse con una sonrisa.

—Pues igual que tú detestas las fiestas de famosos, yo no podría soportar este aislamiento. Confieso que tengo la capacidad de concentración de una mosca y la paciencia de un diablo en lugar de un santo. Mi estancia en Kinnaird tiene que ver con hacer frente a mis miedos: internet limitado, a varios kilómetros del pueblo más cercano y nada de relaciones sociales, salvo contigo, claro. Por lo menos eres una excelente compañía.

—Gracias, aunque hablas como si Kinnaird fuese un calvario. Me parece a mí que tu situación no está nada mal. El pabellón es precioso y tiene internet, aunque a veces falle.

—Tienes razón —reconoció Zed—. Soy un niño malcriado. Ahora cuéntame cómo es tu padre. Maia hablaba de él con mucho cariño.

—Desgraciadamente murió el pasado junio. Todas lo adorábamos y su pérdida fue un golpe muy duro. —Por una vez me abstuve de soltar el rollo de que no sentía que estuviera muerto: no podía imaginarme a Zed mostrando el menor interés por lo espiritual.

—Te acompaño en el sentimiento, Tiggy. Mi padre también murió hace poco —explicó con voz queda—. Tenía cáncer, pero como no había estado enfermo un solo día de su vida, poco después de que le comunicaran que era terminal se fue mar adentro con su yate y se suicidó.

—Oh, Zed, es terrible. Lo siento.

—Probablemente fue lo mejor para él. Era muy mayor, tenía noventa años, y había disfrutado de una buena vida. Estuvo ocupando su mesa en la oficina de Nueva York hasta el final.

—¿Qué negocio tenía?

—Lightning Communications, la empresa que yo he heredado. Llevaba años trabajando para él y me creía perfectamente preparado, pero el juego cambia por completo cuando te toca dirigir a ti.

—¿Cómo se llamaba tu padre? —pregunté.

—Kreeg, y Eszu es nuestro apellido. Puede que hayas oído hablar de él. Salía mucho en la prensa, fotografiado en algún acto social, o en la tele soltando sus opiniones. Era todo un personaje. ¿Qué hacía tu padre?

—No lo sé muy bien. Cuando éramos pequeñas estaba siempre viajando y nos mantenía totalmente al margen de sus negocios. Decía que cuando estaba en Atlantis, la casa que tiene nuestra familia en Ginebra, todo su tiempo era para nosotras.

—Mi padre me llevó por primera vez a su oficina cuando yo era un bebé, según me contó mi madre, y apenas me he movido de allí desde entonces. —Zed esbozó una sonrisa triste—. Y estos últimos meses ha habido muchos asuntos que ordenar.

—Me lo imagino. ¿Tu madre todavía vive?

—Por desgracia, no, a pesar de que era treinta años más joven que mi padre. Siempre la llamaba su «pequeña novia». Se divorciaron cuando yo era un adolescente, y hubo una batalla en los tribunales por mi custodia. Ganó mi padre, como siempre, aunque ignoro por qué se molestó en pelear por mí cuando lo único que hizo fue enviarme a un internado. Mi madre falleció en un accidente de esquí a los cuarenta y tantos. Una tragedia. Perdona, Tiggy, no sé por qué te estoy contando todo esto, pero gracias por escucharme. —Posó una mano sobre la mía—. Y gracias por la cena. No esperaba que estuviera tan sabrosa.

—De nada. Me gusta cocinar. Cuando era niña pasaba horas en la cocina con Claudia, nuestra ama de llaves. Ella me enseñó a preparar muchos platos de hortalizas deliciosos.

—¿Ama de llaves? —Zed sonrió y me di cuenta de que había vuelto a delatarme.

—Por favor, Zed, ¿podemos dejar ese tema?

—Claro. Y dime —se inclinó hacia delante—, ¿cuál es el trabajo de tus sueños?

—Siempre he querido ir a África y trabajar con los animales salvajes —dije.

—¿En qué campo?

—Sobre todo en el de la conservación. Es en lo que me especialicé en los estudios de zoología. Aunque últimamente me he dado cuenta de que también me interesa el cuidado activo de los animales.

—¿Quieres decir como veterinaria?

—Quizá.

—En mi opinión, la conservación es mucho más sexy.

—No me interesa lo «sexy», Zed, solo aprovechar bien mis conocimientos —dije mientras me levantaba para recoger la mesa.

—Pues yo te encuentro muy sexy —replicó él siguiéndome hasta la cocina. Me arrebató los cuencos de las manos, los dejó en la encimera y me rodeó con sus brazos—. ¿Puedo besarte?

Antes de que pudiera contestar, sus labios descendieron sobre los míos. Presa de la estupefacción, intenté liberarme de su abrazo.

—Buenas noches —dijo Cal desde la puerta. Con la nieve apilada en el sombrero, semejaba el Abominable Hombre de las Nieves. La firme presión en mi espalda cedió de inmediato—. ¿Interrumpo algo? —preguntó con aire inocente.

—¡No! —respondí de inmediato, acercándome a él—. Zed ya se iba, ¿verdad?

—Por mí no lo hagas. Siento molestaros, pero he cogido a Beryl y la muy condenada me ha dejado tirado. He tenido que hacer más de un kilómetro a pie. Me apetece un chocolate caliente para entrar en calor. ¿Te apuntas? —preguntó a Zed mientras se quitaba la cazadora, que estaba empapada.

—No, gracias. —Zed había leído las señales—. Es hora de que me vaya. Gracias por la cena, Tiggy. Buenas noches.

Se marchó con un portazo.

—¡Por Dios! ¡Menos mal que has entrado cuando lo has hecho! —exclamé en tanto que me derrumbaba en el sofá temblando de desconcierto y alivio.

—Bueno, me alegro de que mi velada fallida con mi amada haya servido de algo —repuso Cal con ironía, acercándose al fuego—. Deduzco que no ha sido una insinuación deseada.

—Desde luego que no. —Resoplé, sinceramente asustada—. ¡Me ha agarrado sin más!

—Está claro que le gustas.

—Me he sentido acosada como un ciervo en una cacería.

—Ahora ya estoy aquí para protegerte. Voy a cambiarme y a acostarme, pero hablaremos por la mañana, ¿de acuerdo?

—De acuerdo. Gracias, Cal.

Esa noche no pegué ojo, asaltada por imágenes de Zed tratando de abrir mi ventana con una palanca para abalanzarse sobre mí y salirse con la suya…

—Vamos, Tiggy —me dije a la mañana siguiente, cuando me levanté trabajosamente de la cama—. Solo intentó besarte, no violarte. Es evidente que está acostumbrado a dar el primer paso…

«Pero ¿y si Cal no hubiese entrado en ese momento…?»

—Parece que te hayan dado una paliza —comentó Cal cuando me lo encontré en la cocina, frente a la tetera.

—Así me siento. —Suspiré—. Voy a cerrar todas las cortinas para asegurarme de que no puede espiarme.

—Estás metida en un buen lío, mujer fatal.

—No tiene gracia, Cal. No sé por qué, pero Zed me da miedo.

—Supongo que cuando la sabandija se dé cuenta de que no tiene nada que hacer, regresará al húmedo agujero del que salió.

Cuando Cal se hubo marchado, me aventuré a ir afuera y, viendo el nivel de la nieve después de la gran nevada que había caído durante la noche, decidí coger a Beryl para hacer una visita a los gatos. Si allí tenía esa altura, seguro que en la cañada me llegaría por encima de las rodillas. Lógicamente los gatos no querían salir a jugar, de manera que regresé a la cabaña, encendí la chimenea y me senté con las hojas que había impreso sobre Lucía Albaycín en la butaca junto al fuego, en parte porque quería leer todo lo posible sobre ella antes de ir a ver a Chilly y en parte porque me proporcionaba una distracción para no pensar en Zed.

En efecto, la versión de Wikipedia sobre la vida de Lucía y su lanzamiento a la fama coincidía con lo que me había contado Chilly. Y dado que él no sabía leer y presumiblemente jamás había visto un ordenador, no era probable que hubiese copiado la información. Leí hasta el momento en que Lucía había bailado en el Bar del Manquet de Barcelona y decidí dejarlo ahí. Prefería que me lo contara Chilly de viva voz, pero al menos ya sabía que podía comprobar si su historia era real y que éramos familia.

—Bueno, al parecer —dije a mi reflejo en el espejo— tienes sangre gitana.

Y en cierto modo, pensé mientras iba al pabellón a recoger el almuerzo de Chilly, eso explicaba muchas cosas. Camino de la cabaña, me detuve una vez más junto a la arboleda para buscar al ciervo blanco, pero la encontré vacía y seguí mi camino.

Sorprendentemente, cuando abrí la puerta de la cabaña, no encontré a Chilly en su butaca. Estaba durmiendo y en la cabaña hacía un frío que pelaba. Me acerqué de puntillas a la cama, sabedora ya de que estaba vivo por los gruñidos y murmullos que emanaban de ella.

—¿Estás bien, Chilly? —le pregunté

Entreabrió un ojo, me miró enfurecido y agitó una mano para ahuyentarme. Luego rompió a toser con un ruido cavernoso que brotaba del fondo de su pecho. Siguió tosiendo hasta que pareció que iba a ahogarse.

—Voy a sentarte, Chilly —dije asustada—. Puede que eso te ayude.

Chilly estaba demasiado ocupado tosiendo para detenerme, así que le pasé un brazo por los hombros y lo incorporé junto con la almohada. Era tan ligero y flexible como una muñeca de trapo, y al palparle la frente advertí que estaba ardiendo.

«Como Felipe...», pensé.

—Chilly, estás enfermo. Tienes una tos espantosa. Voy a llamar a un médico por radio.

—¡No! —Un dedo tembloroso señaló la cómoda—. Utiliza hierbas —dijo con voz ronca—. Te digo cuáles y las hierves.

—¿En serio? Yo creo que ha llegado el momento de recibir atención médica como es debido.

—¡Haz lo que te digo o vete! —Sus ojos, enrojecidos por la fiebre, me miraron iracundos antes de que sufriera otro ataque de tos.

Le llevé un vaso de agua y lo obligué a beber.

Siguiendo sus instrucciones, cogí de la cómoda tomillo, anís estrellado, comino y eucalipto, encendí el hornillo, puse los ingredientes en un cazo con agua y dejé que hirvieran a fuego lento. A continuación saqué un trapo limpio de un cajón, lo humedecí y lo coloqué sobre la frente de Chilly, tal como Ma había hecho tantas veces conmigo cuando era niña y caía enferma con tanta frecuencia.

—Cuando era pequeña tenía ataques de asma muy fuertes —expliqué a Chilly—. Me daba una tos terrible.

—Te llegará otra enfermedad —murmuró poniendo los ojos en blanco, como hacía cuando entraba en uno de sus trances.

Se quedó dormido y tomé asiento junto a su cama pensando en lo que acababa de decirme y confiando en que se refiriese a un simple resfriado. También pensé que eso de saber cosas acerca de mi célebre abuela estaba muy bien, pero ¿quién había sido mi madre? Y si Lucía Albaycín llegó a ser toda una estrella, también debía de ser bastante rica, por lo que yo no había sido entregada en adopción por razones económicas.

Las hierbas y las especias —que habían inundado la cabaña de un olor casi antiséptico— habían teñido el agua de un color marrón turbio. Retiré el cazo del hornillo y vertí el brebaje en la taza de hojalata de Chilly.

—Ya está listo, Chilly. Ahora tienes que tomártelo.

Me costó despertarlo, pero finalmente conseguí acercarle la taza a los labios y bebió el líquido en pequeños sorbos hasta apurarlo.

—Ahora estaré bien, Hotchiwitchi. —Sonrió, me dio unas palmaditas en la mano y volvió a cerrar los ojos.

Decidí esperar una hora para comprobar si la infusión le bajaba la altísima fiebre y, de no ser así, llamar por radio a Cal para que avisara al médico.

Fuera volvía a nevar y los copos eclipsaban la luz de los ventanucos conforme se apilaban en los alféizares. Me pregunté una vez más cómo diantre había conseguido Chilly sobrevivir todos esos años allí solo. Aunque él diría que no estaba solo, que los árboles, el viento y los pájaros le hablaban y le hacían compañía.

Me parecía curioso que la mayoría de la gente a la que conocía no soportara el silencio. Lo ahogaban con la música, la tele o la charla. A mí, en cambio, me encantaba, porque me permitía escuchar el silencio, que en realidad no era sino una cacofonía de sonidos naturales: el canto de los pájaros, el murmullo de las hojas de los árboles mecidas por la brisa, el viento y la lluvia… Cerré los ojos y escuché el golpeteo quedo de los copos contra los cristales, como hadas que intentaran entrar…

También yo debí de quedarme dormida, agotada a causa de la noche anterior, porque en un momento dado noté una mano en el brazo.

—Se ha ido la fiebre, Hotchiwitchi. Dame más y vete.

La luz había menguado, y cuando puse una mano en la frente de Chilly, que estaba igual de fría que la mía, vi también que se le habían desempañado los ojos y que me estaba mirando con algo cercano al cariño. Tosió y oí el estertor profundo que retumbó en su pecho.

—Lo haré, pero no me gusta cómo suena esa tos, Chilly —contesté, al tiempo que me levantaba para acercarme a la cómoda—. Tiene pinta de que necesites un inhalador, y puede que también antibióticos.

—¡La medicina del hombre es veneno! —exclamó por enésima vez.

—La medicina del hombre ha salvado incontables vidas, Chilly. Mira los años que vivimos hoy en día.

—¡Mírame a mí! —Como un Tarzán anciano, Chilly se golpeó débilmente el pecho—. ¡Yo hago lo mismo sin ella!

—Cierto, pero todos sabemos que tú eres especial —dije mientras encendía el hornillo para calentar el pestilente brebaje.

Chilly se quedó callado, algo insólito en él.

—Tú también eres especial, Hotchiwitchi —dijo finalmente—. Algún día lo verás.

Me enfrenté a la ventisca que soplaba fuera preguntándome si sería capaz de volver a casa o tendría que pasar la noche en la cabaña de Chilly, recogí algunos leños para alimentar el fuego y los entré junto con el equipo de radio del coche. Cuando la infusión estuvo lista, sujeté la taza para que Chilly pudiera beber.

Rechazó mi ayuda y la sostuvo él mismo. La mano le temblaba ligeramente, pero era evidente que estaba mucho mejor.

—Vete a casa antes de que oscurezca. Mal tiempo.

—Te dejaré el equipo de radio, Chilly. ¿Sabes cómo funciona?

—No. Llévatelo. Si ha de llegarme mi hora, bienvenida sea.

—Si me dices eso, Chilly, no podré marcharme.

Al ver la expresión de mi cara, sonrió y negó con la cabeza.

—Todavía no ha llegado mi hora, Hotchiwitchi. Pero cuando llegue… —de repente me agarró la mano— lo sabrás.

—No digas eso, Chilly, por favor. En fin, si estás tan seguro, mejor me voy antes de que se haga de noche. Volveré mañana a primera hora. Digas lo que digas, voy a dejarte la radio. Pulsa cualquiera de los botones y Cal o yo responderemos. ¿Me prometes que lo harás?

—Te lo prometo.

La ventisca había arreciado y el corazón me daba extrañas sacudidas mientras dirigía a Beryl a través de la cortina de nieve. Detuve el coche y traté de distinguir qué era carretera y qué era arroyo, pues los dos estaban helados y cubiertos por una gruesa capa de nieve. Sabía que si me salía de la pista, el agua congelada no soportaría el peso del Land Rover.

—¡Mierda!

Se me aceleró el corazón y decidí darme la vuelta y volver a casa de Chilly hasta que pasara la ventisca, pero comprendí que ya tampoco podía hacer eso, pues cabía la posibilidad de que el río estuviera a solo unos centímetros del coche por mi izquierda y cayera fácilmente en él al dar marcha atrás.

—Y has dejado la radio en la cabaña de Chilly, estúpida —me reprendí. Habían empezado a castañetearme los dientes de frío y miedo.

Justo cuando me había resignado a morir congelada, divisé la luz de unos faros a lo lejos. Cinco minutos después, el flamante Range Rover de Zed apareció junto a mi coche. Sentí una mezcla de inquietud y alivio cuando el conductor se apeó y echó a andar hacia mí.

—¡Gracias a Dios! —exclamamos Cal y yo al unísono cuando abrió la portezuela.

—¿Por qué no has llamado por radio? —me preguntó al tiempo que me trasladaba prácticamente en volandas al calor del Range Rover y subía la calefacción al máximo.

—La he dejado en casa de Chilly —expliqué mientras Cal realizaba un peligroso cambio de sentido con los limpiaparabrisas a toda máquina—. Estaba enfermo.

—¡Por Dios, Tig! ¡Sabes que la primera regla aquí es llevar siempre encima el equipo de radio! ¿Tienes idea de lo preocupado que estaba cuando he visto que no contestabas? ¡Podrías haber muerto aquí! ¡Es un milagro que te haya encontrado!

—Lo siento —dije, notando un hormigueo en las manos y los pies helados cuando el calor empezó a circular por ellos.

—Al ver que no volvías, he ido a ver a Zed y le he suplicado que me dejara su coche nuevo. Yo diría que este trozo de acero te ha salvado la vida.

—Mañana iré a darle las gracias. Y gracias a ti también, Cal —añadí cuando me ayudaba a bajar del vehículo y a entrar en la cabaña—. Lo siento de veras.

Más tarde, mientras Cal me cubría la cama de mantas y me preparaba un ponche y una bolsa de agua caliente, pensé en lo afortunada que era por poder contar con él. No importaban los guías del más allá, yo parecía tener mi propio protector en la tierra.

17

Fue un alivio comprobar que el único efecto adverso que sufría tras mi experiencia con la ventisca era un frío interno que con el tiempo derivó en un resfriado y una tos asquerosa.

—Chilly volvió a acertar —dije a Cal durante el desayuno unos días más tarde—. Dijo que enfermaría. ¿Cómo está él?

—Como una rosa, pero estaba preocupado por ti.

—Estoy bien, en serio —insistí, aunque todavía me notaba exhausta, probablemente por la tos y los estornudos constantes—. ¿Y tú estás bien? —le pregunté—. Llevas dos días muy callado.

—No, Tig, no estoy bien. El laird me había prometido hoy una visita y acaba de cancelarla otra vez. Tenía una lista como mi brazo de larga de cuestiones que quería hablar con él, como por ejemplo la necesidad de reemplazar a Beryl.

—Imagino que te refieres al coche y no al ama de llaves. —Le sonreí.

—¡Ja! El asunto no tiene gracia, Tig. Si esa noche no te hubiese encontrado, y como Beryl no tiene calefacción, podrías haber muerto de una hipotermia. Y en esta casa también hace un frío de mil demonios. Caitlin me dijo que debía pedir calefacción central. «Tienes razón», le dije, todo el dinero se ha ido en la pomposa casa para complacer a su alteza y sus invitados, y eso no es justo para el personal.

—Cal MacKenzie, delegado sindical de Kinnaird —comenté con ironía.

—Antes de volver a mis socavones, llamaré a Charlie y le pediré una reunión telefónica. No permitiré que vuelva a escaquearse de sus responsabilidades.

—De paso podrías preguntarle qué quiere que haga yo. Mi único trabajo consiste en dar de comer a los gatos y, reconozcámoslo, Lochie podría hacer eso de manera permanente.

—Sí, pero no pienso contribuir a que te quedes sin trabajo —dijo antes de irse.

Cuando se marchó, encendí el fuego y me instalé en el sofá con Cardo; yo leía un libro y él roncaba estentóreamente. Advertí que su respiración sonaba más fuerte de lo normal y que tosía un par de veces mientras dormía.

—Espero no haberte contagiado el resfriado —dije acariciándole las orejas para calmarlo.

Llamaron a la puerta. Cardo saltó del sofá y empezó a gruñir.

—Ven aquí —le ordené. Me obedeció a regañadientes—. ¡Siéntate!

Cuando abrí la puerta me encontré con Zed.

—Hola. —Era consciente de que como mínimo debía darle las gracias—. Pasa.

—¿Corro peligro? —preguntó, pues Cardo seguía gruñendo quedamente.

—Le pondré la correa. —No estaba dispuesta a mandarlo afuera después de lo que había sucedido la última vez. Descolgué la correa del gancho que había junto a la puerta y se la até al collar—. Vamos, Cardo. —Lo arrastré hasta el sofá.

—En primer lugar —dije una vez me hube sentado—, muchas gracias por prestarle el Range Rover a Cal para que me rescatara. Y también por eso. —Señalé las flores que descansaban en la repisa de la ventana, la cuales habían aparecido en mi puerta hacía dos días—. Me han animado mucho.

—¿De veras? Me alegro. Por cierto —prosiguió mientras tomaba asiento en la butaca junto al fuego mirando a Cardo con cautela—, me he enterado de que al final el laird no viene hoy a Kinnaird. Es una pena, estaba deseando verlo.

—Y yo. Quería hablar con él de algunas cosas, y Cal también.

—Imagino que no es fácil tener un jefe ausente.

—No, pero Charlie tiene otro trabajo. Es cirujano cardíaco en Inverness, así que tampoco es fácil para él.

—Mi padre me enseñó que no es bueno abarcar demasiado, que hay que concentrarse en una cosa y poner toda la energía en ella —murmuró Zed.

—Charlie no tiene mucha opción ahora mismo. No puede abandonar a sus pacientes sin más, ¿no crees?

—¿Y qué hay de sus empleados aquí? En cuanto llegué me percaté de que a esta finca le falta personal y de que, sin un capitán al timón, navega a la deriva. Aunque yo esté físicamente en Kinnaird, paso al menos seis horas al día, a veces incluso más, comunicándome por teléfono o por correo con mis empleados.

—Charlie lo tiene difícil para hacer eso en medio de una operación a corazón abierto —repuse, y me percaté del tono defensivo en mi voz.

—Estoy de acuerdo, por eso debe decidir qué quiere hacer, y pronto. Hace un par de días, consulté las cuentas de la finca y está en números rojos. De hecho, está en quiebra.

—¿Cómo es posible que miraras las cuentas? —pregunté horrorizada.

—En internet puedes acceder a todo si sabes buscar. Es una sociedad anónima y está inscrita en Companies House.

—Oh —dije, aunque eso no explicaba por qué había mirado las cuentas.

—¿De cuánto tiempo es tu contrato?

—De tres meses, pero Charlie dijo que seguramente me lo renovaría.

—Ya. Aunque mirando esas cuentas y el préstamo que pidió para restaurar el pabellón, me pregunto cómo piensa pagar la factura de la luz el mes que viene, y no digamos al personal. Tiggy —Zed se inclinó hacia mí—, iré directo al grano. En mi empresa hemos creado un puesto del que me gustaría hablarte.

—Uy, me temo que yo no sé nada de tecnología y comunicaciones.

—Lo sé, y tampoco quiero que lo hagas. Eso es lo mío. Este departamento en particular, recién creado por mí, pertenece al fondo benéfico global de Lightning Communications.

—¿Y en qué consiste?

—Se trata de devolver al mundo parte de lo que he tomado de él. Seré sincero contigo: mi padre no gozaba de un buen historial. La mayoría de los empresarios lo consideraba un delincuente, y estoy seguro de que para triunfar como él, partiendo de cero, hace falta algo de juego sucio. Pero ahora que estoy yo al mando, puedo asegurarte que todo eso ha cambiado. Yo no soy mi padre, Tiggy, y quiero crearme una imagen pública mucho más positiva. Tú y nuestra conversación me habéis servido de inspiración. ¿Qué mejor manera de conseguirlo que creando una fundación benéfica? En resumidas cuentas, quiero que dirijas la sección de la fundación relacionada con la vida animal.

—Eh… ¡madre mía! Pero…

—Te ruego que, antes de decir nada, me escuches. Mi contable me ha asegurado que hay mucho dinero disponible. Las donaciones benéficas son desgravables, por lo que estamos hablando de un presupuesto sustancioso. De millones, de hecho, los cuales tendrías a tu disposición para hacer con ellos lo que juzgaras conveniente. Tú elegirías los proyectos y, por supuesto, serías la portavoz de la fundación porque serías la única que sabría de qué está hablando. Además, eres muy fotogénica. —Zed sonrió al tiempo que formaba un recuadro con los dedos y me miraba a través del mismo—. Ya puedo imaginarme la foto de la primera presentación cuando hagamos el lanzamiento. Tú contemplando a una jirafa en algún lugar de la sabana africana. —Se dio una palmada en los muslos—. ¿Buena o no? Bien… ¿qué opinas, Tiggy? ¿Te atrae la idea?

¿Que si me atraía la idea? Tener millones para gastar como quisiera por todo el mundo, salvaguardando el futuro de especies raras, protegiendo animales vulnerables y disponiendo de una verdadera plataforma desde la que hablar de su sufrimiento. Elefantes cazados por sus colmillos, visones criados en cautividad para obtener su piel, tigres abatidos para convertirlos en alfombras trofeo…

—Tiggy, ¿me estás escuchando?

Regresé al presente y miré a Zed.

—Me parece un proyecto increíble —susurré—. ¡Increíble!

—Me alegro de que pienses eso.

—Pero ¿por qué yo? En estos momentos solo soy… la canguro de los gatos.

—Taygete d'Aplièse —Zed rio—, a ti también te he buscado en internet. Sé que ganaste un premio importante por sacar la nota más alta de Europa en tu tesis final de zoología. Salía una fotografía tuya en el *Tribune de Genève* sosteniendo el trofeo. A partir de ahí te ofrecieron varios puestos de categoría y te decidiste por el zoo de Servion, pero al cabo de seis meses lo dejaste y te viniste a Escocia.

Me sentí aún más invadida, pero por otro lado entendía que Zed hubiera indagado acerca de mí.

—Sí, pero eso no significa que posea la clase de experiencia necesaria para semejante proyecto.

—Uno de tus problemas es que actualmente no estás fomentando ni utilizando tu potencial. Tienes veintiséis años, solo hace dieciocho meses que terminaste la universidad. Me he pasado los últimos meses deshaciéndome de todos los carcamales que mi padre llevaba demasiado tiempo empleando. La gente nueva que ahora trabaja para mí es joven, como tú, y no está influenciada por su pasado. El mundo está cambiando, Tiggy, y necesito rodearme de personas que puedan mirar hacia el futuro, que tengan la energía, la pasión y el ímpetu necesarios para triunfar, exactamente como su jefe.

Miré con detenimiento a Zed y me pregunté si habría considerado alguna vez hacerse orador motivacional. Estaba a un tris de convencerme.

—Sé que mencionaste tu pasión por África —continuó— y eso encaja a la perfección con el proyecto. Los animales salvajes son sexis, reciben mucha cobertura en los medios. Es cierto que tendrías que viajar a menudo entre África y Manhattan, donde está nuestra sede central, pero el paquete incluiría vuelos en primera, un sueldo de seis cifras, alojamiento… ah, y un coche de la empresa con calefacción —añadió con una risita.

—Dios mío, Zed, estoy francamente abrumada. Me cuesta creerlo. Aun así, ¿por qué yo?

—Por favor, no olvides que tu trayectoria en la universidad y en el zoo de Servion te coloca entre los candidatos jóvenes más aptos. Esto no es un favor, Tiggy, por muy bien que me caigas. Es una propuesta seria, aunque es cierto que esperaré mucho a cambio.

—No lo dudo —dije, tratando de eliminar de mi voz el menor dejo de ironía—. Y es una oportunidad increíble —reconocí—, pero…

—Necesitas tiempo para pensarlo.

—Sí.

—Por supuesto. —Se levantó—. Creo que tú y yo trabajaríamos muy bien juntos. —Hizo ademán de acercarse a mí, pero se detuvo en seco cuando Cardo empezó a gruñir—. Medítalo y, cuando estés preparada, seguimos hablando.

—Lo haré —le prometí—. Y gracias por la oportunidad.

—Buenas noches, Tiggy.

—Buenas noches, Zed.

Más tarde, cuando yacía en la cama de mi gélida habitación, y a pesar del enorme inconveniente que representaba tener a Zed como jefe, no pude evitar fantasear sobre las llanuras de África, sobre todo ese dinero y los incontables animales que podría ayudar a salvar con él…

Al día siguiente me desperté muy temprano y me arrastré hasta la cocina, donde encontré a Cal metiéndose una tostada en la boca, listo para salir.

—Buenos días. Estaba a punto de irme a dar de comer a tus gatos. ¿Te apetece venir y saludarlos personalmente?

—Sí. Después de dos días de encierro, me encuentro mucho mejor del resfriado y me irá bien que me dé el aire. ¿Cómo están?

—Tan insociables como siempre. Cogeremos a Beryl, porque quiero ver dónde se esconden los ciervos en la nieve. Mañana tenemos una gran cacería aquí, con tu enamorado incluido. Con suerte, generará algo de dinero para invertirlo en una Beryl nueva. Por fin he conseguido fijar una reunión telefónica con el laird para esta tarde.

Cardo, que seguía tosiendo, se instaló en la parte trasera del coche y nos pusimos en marcha.

Afortunadamente los gatos salieron a saludarme, casi como si hubiesen echado de menos mi presencia.

—¿Sabes? Dudo mucho que se reproduzcan este año, si es que lo hacen algún día —farfullé mientras metía las piezas en los cercados.

—Ese pesimismo no es propio de ti, Tig.

—Tengo que ser realista, Cal. Y me estoy preguntando si realmente hay un trabajo aquí para mí —dije cuando nos subíamos a Beryl.

—Pues voy a contarte algo que quizá te levante el ánimo.

—¿De qué se trata?

—Seguro que te encanta. Te reirás cuando lo oigas, sobre todo viniendo de mí.

—Habla de una vez —insistí cuando Cal detuvo a Beryl delante del bosquecillo de abedules *motu proprio* y sacó los prismáticos.

—Verás, la noche que salí a buscarte, la ventisca era increíble, de las peores que he visto nunca. Llegué más o menos hasta donde estamos ahora, y me ponía nervioso continuar con el riachuelo tan cerca. Hasta yo, que conozco la carretera como la palma de mi mano, estaba desorientado. Entonces… y esta es la parte que te hará reír, los copos del parabrisas parecieron unirse para crear una silueta. Y… —Cal respiró hondo— vi un macho blanco justo allí. —Señaló el lugar desde la ventanilla—. Me estaba mirando fijamente. Los ojos le brillaban a la luz de la luna. De repente se dio la vuelta y empezó a correr delante de mí. En un momento dado, se detuvo para mirar atrás, como si me estuviera animando a seguirlo. Y eso hice. Al cabo de unos minutos, divisé la forma de Beryl cubierta de nieve contigo dentro. El ciervo se quedó allí unos segundos y cuando hice ademán de bajar del coche desapareció. —Dirigió los prismáticos hacia la arboleda—. Fue como si me hubiera llevado hasta ti.

—Uau —susurré. Luego miré a Cal con suspicacia—. No me estarás tomado el pelo, ¿verdad?

—Ojalá. El problema es que ahora tengo tantas ganas como tú de ver al condenado animal; de lo contrario, yo también empezaré a creer en esas hadas que habitan en la cañada.

Pese al tono jocoso, advertí que la experiencia le había afectado de verdad. Por una parte me alegraba de haber ganado a mi adepto más difícil, y por otra me maravillaba la posibilidad de que mi criatura mítica me hubiese salvado la vida.

—Entonces no te lo dije, pero de no ser por ese ciervo, o lo que parecía un ciervo, jamás te habría encontrado —reconoció Cal—. Qué, ¿nos acercamos a la arboleda? Veamos si el colega sale a decirle hola a su chica.

Nos agazapamos detrás de unas aulagas para que los ciervos no se percataran de nuestra presencia. Como aún era temprano, seguían allí, apiñados bajo la exigua protección que les proporcionaban los árboles, pero al cuarto de hora regresamos al calor relativo del coche sin haber visto nada salvo los ciervos rojos.

—¿Qué dirías si te propongo vigilar la arboleda cada mañana al amanecer? —me preguntó Cal.

—Sabes que te diría que sí, Cal. Ese ciervo está ahí, en algún lugar.

—Por fin empiezo a creerte, Tig.

Por la tarde, me sorprendió oír el sonido que anunciaba la entrada de un mensaje de texto en mi teléfono. Corrí hasta el cuarto de baño, donde solía dejar el móvil apoyado en la ventana con la esperanza de que captara alguna señal, y vi que el mensaje era de Star. Me contaba que habían fotografiado a CeCe en Tailandia con un tipo buscado por la policía por fraude bancario y que la instantánea había acabado en los periódicos.

—¡Mierda! —farfullé, preguntándome de qué iba esa historia y sintiéndome culpable por no comunicarme con mis hermanas más a menudo. Conseguí responder a Star y enviar un texto a CeCe para preguntarle cómo estaba antes de volver a perder la señal.

Necesitaba alguna distracción, así que decidí llevarme a Cardo a la cabaña de Chilly en Beryl.

Chilly estaba de nuevo en la cama, con los ojos cerrados, y no en la butaca junto a la estufa de leña, como tenía por costumbre. Temiendo que le hubiera vuelto la fiebre o algo peor, me acerqué a él con preocupación. Sus ojos se abrieron de golpe.

—¿Estás mejor, señorita?

—Sí, pero Cardo tiene tos. ¿No tendrías unas hierbas que pudiera mezclar para ayudarlo?

Chilly observó a Cardo, que se había desplomado en el suelo delante de la estufa.

—No, Hotchiwitchi, cúralo tú. Utiliza tus manos. Tienen ese poder, ya te lo dije.

—Pero no sé cómo hacerlo, Chilly.

Tomó mis manos entre sus dedos nudosos y puso los ojos en blanco.

—Te marcharás pronto, pero luego vendrás a casa.

—Sí, vale, ahora he de irme —dije, ignorando sus palabras e inusitadamente irritada por su manera enigmática de hablar.

Yo solo quería una cura para la tos de Cardo.

—¿Qué ha querido decir con eso de que me marcharé? —murmuré a Cardo mientras atravesábamos el hielo.

Cuando llegué a casa, había empezado a nevar una vez más, de modo que encendí la chimenea, tendí a Cardo delante del fuego y me arrodillé a su lado para intentar «utilizar mis manos», tal como

Chilly me había dicho. Se las coloqué sobre el cuello y el pecho, pero lo único que conseguí fue que Cardo creyera que quería jugar y rodara sobre el lomo con las patas hacia arriba. Aunque me habían dicho en muchas ocasiones que tenía un don para sanar a los animales, intentar hacerlo de manera consciente era muy distinto.

Cuando Cal regresó, le supliqué que permitiera que Cardo se quedara en la cabaña.

—No está bien, seguro que te has fijado en esa tos —dije—. ¿No podemos dejar que duerma al calor del fuego unas cuantas noches?

—Se está haciendo mayor, eso es todo, y es la época del año en que los animales y los humanos nos acatarramos. No le hará ningún bien pasar constantemente del frío al calor.

—He ido a ver si Chilly tenía algún remedio de hierbas para él —insistí—, pero he vuelto con las manos vacías. —No mencioné mis débiles esfuerzos por curar al perro para que Cal no pensara que había perdido la cabeza por completo—. ¿Te importa que le pida a Fiona que le eche un vistazo?

Se acercó para acariciar a Cardo por detrás de las orejas y finalmente cedió.

—No le haría ningún daño y, además, ya le toca una revisión.

Le ofrecí una sopa de hortalizas y me senté con mi plato frente a él.

—Cal, necesito consejo.

—Dispara, aunque si tiene que ver con cosas de relaciones, no soy la persona más indicada.

—De hecho, tiene que ver con mi futuro profesional.

—Entonces soy todo oídos.

Le conté lo que Zed me había ofrecido y, al oír la cifra, soltó un silbido.

—Puedes imaginar lo tentador que resulta, y más teniendo en cuenta lo… insegura que parece la situación en Kinnaird.

—Cierto, cierto, pero ¿qué me dices de Zed? No puedo evitar pensar que te estarías metiendo en la guarida del león, literalmente —declaró con una risotada.

—Me dijo que pasaría mucho tiempo en África.

—Y la pregunta es: ¿cuántas veces aparecería tu jefe con ese avión privado que sin duda tendría siempre listo para volar? Por otro lado, estoy de acuerdo en que ahora mismo aquí estás malgastando tu talento.

—No puedo dejar de pensar en lo que me dijo Chilly la primera vez que lo vi. Hoy ha vuelto a decirlo.

—¿Que es…?

—Que no iba a quedarme en Kinnaird mucho tiempo. Que me marcharía pronto.

—Ah, no le hagas mucho caso, Tig. Tiene buenas intenciones, pero cada día está más frágil.

—Lo dice el hombre que me ha contado hace un rato que unos copos de nieve transformados en un ciervo blanco lo condujeron hasta mí.

—Tienes razón, pero cuando se trata de tomar decisiones importantes, no deberías dejarte influir por lo que diga Chilly.

—Lo sé, pero es difícil no hacerlo.

—Creo que ha llegado el momento de dejarse de rodeos e ir al meollo del asunto. ¿Qué piensas de Zed, aparte de que esté forrado y acabe de ofrecerte el trabajo de tus sueños?

—¿Sinceramente? Lo encuentro repulsivo.

—Pues no me parece una buena noticia que vaya a ser tu jefe, ¿no crees? Además, no habrá nadie que le pare los pies, porque sea cual sea vuestra relación oficial, se asegurará de trabajar estrechamente contigo. Y tienes que estar segura de que lo llevarás bien, si aceptas el empleo.

—Lo sé. —Me estremecí—. ¿Por qué no puede ser más fácil la vida?

—Bueno, me has pedido mi opinión y te la estoy dando. Ese Zed está acostumbrado a conseguir lo que quiere, y en estos momentos te quiere a ti. Sospecho que no se detendrá ante nada, aunque eso signifique inventarse una fundación para animales a fin de poder ofrecerte un trabajo. Bien, ya lo he dicho, y lo siento. —Cal se puso en pie—. Voy a darme un baño caliente y después me iré a la cama. Buenas noches, Tig.

A la mañana siguiente, Cardo continuaba tosiendo, de modo que llamé a Fiona, la veterinaria, que llegó en menos de una hora.

Tras examinar a Cardo, me sonrió.

—Creo que no es nada grave, solo una infección menor. Voy a ponerle una inyección de antibióticos y esteroides para abrirle las vías respiratorias. Con eso debería bastar. Si no es así, llámame y lo llevamos a la consulta para hacerle algunas pruebas. Mi intuición me dice que se pondrá bien.

—Gracias, Fiona —dije de corazón—. Hablando de intuición, el caso es que…

—¿Sí? —preguntó mientras ponía la inyección.

—Verás, aunque no tengo una formación reglada, siempre se me ha dado muy bien cuidar de animales enfermos. He pensado que me gustaría dedicarme más a ello en el futuro, empleando métodos naturales, quiero decir.

—¿Te refieres a un trabajo holístico?

—Sí, pero ¿existe algo así para los animales?

—Ya lo creo que sí. Conozco a varios veterinarios que combinan tratamientos médicos y alternativos en su consulta. Siempre he querido hacer algún curso, pero nunca encuentro tiempo. Si decidieras hacerlo, me encantaría que trabajaras conmigo.

—Madre mía, ¿en serio?

—En serio. —Fiona sonrió—. Pero tendremos que dejar esta conversación para otro día —dijo al tiempo que devolvía las cosas a su maletín—. Debo atender a una vaquilla enferma.

Cuando se hubo marchado, me senté con Cardo en el regazo, contemplando el fuego.

—O leones y tigres, o vosotros, ovejas y vacas —le dije, hundiendo la cara en su pelaje.

Aunque no soportaba la idea de rechazar la oferta de Zed, ya sabía que no tenía elección. Antes de tomar la decisión final, sin embargo, necesitaba escribir a mi hermana Ally. No quería disgustar a Maia sacando a relucir a un novio del pasado, y si alguien conocía los detalles de la relación que había mantenido con Zed, era Ally. Más tarde me colé en el despacho y le escribí un correo rápido.

Hola, querida Ally:

Siento no escribirte todo lo que me gustaría. Aquí no hay más que un ordenador, que tenemos que compartir entre todos, y la cobertura del móvil es penosa. Espero que tú y mi pequeño sobrino o sobrina [añadí aun cuando algo me decía que iba a ser niño] estéis sanos y bien. ¿Adivina qué? Actualmente tenemos un huésped en el pabellón. Se llama Zed Eszu. Por lo visto conoció a Maia en la universidad y salieron juntos. No quiero mencionárselo a ella porque quizá se disgusta, pero, como vosotras estáis muy unidas, he pensado que tal vez tú sepas qué ocurrió entre ellos. Es un hombre poco corriente (¡) y parece muy interesado en conocerme. ¡Hasta me ha ofrecido un trabajo! La cuestión es por qué.

Ahora tengo que irme a contar ciervos, pero escríbeme en cuanto puedas con todo lo que sepas.

Os mando un abrazo fuerte a ti, a tu pequeñín y a tu gemelo (¡estoy deseando conocerlo!).

Tiggy XXX

—Bien —dije al levantarme para volver a la cabaña con Cardo—, ya veremos qué tiene que decir mi hermana mayor acerca de Zed.

18

Por cierto —dijo Cal cuando regresábamos del bosquecillo de abedules al amanecer tras el tercer día de búsqueda infructuosa del ciervo blanco—, Beryl me dijo anoche que la mujer del laird quería venir a Kinnaird a pasar una temporada. Por lo visto, anda molesta con el hecho de que su invitado alargue su estancia.

—Creo que en eso estamos todos de acuerdo —comenté.

—Aun así, es curioso, porque desde que se casaron ella no ha pasado aquí más de unas pocas noches. Creo que diseñó el pabellón con la idea de vivir aquí ella sola.

—Estoy segura de que a Zed no le importaría compartirlo con Ulrika. Yo diría que es exactamente su tipo.

—Si le van las mujeres mayores que él —apostilló Cal con malicia—. ¿Te apuntas a otra sesión de vigilancia mañana al amanecer?

—Por supuesto. Si perseveramos, veremos a ese ciervo blanco, Cal, te lo prometo.

Pasaron otras tres mañanas glaciales hasta que ocurrió…

Al principio pensé que era una alucinación; llevaba mucho tiempo mirando la nieve y el pelaje blanco del ciervo se fundía a la perfección con el paisaje; sus grandes astas eran del mismo marrón claro que los árboles de los que emergió lentamente. Pero ahí estaba, alejado de los ciervos rojos, a solo unos metros de mí.

—Pegaso.

El nombre brotó de mis labios como si siempre hubiera estado ahí. Y entonces, como si supiera que ese era su nombre, el animal levantó la cabeza y me miró a los ojos.

Pasaron cinco maravillosos segundos durante los cuales creí

que no volvería a respirar nunca. Pegaso parpadeó despacio y yo parpadeé a mi vez, y entre nosotros se produjo un instante de comprensión.

—¡Jesús!

Pegaso se sobresaltó, luego echó a correr hacia la arboleda y desapareció. Solté un gemido de frustración y fulminé con la mirada a Cal, que había bajado los prismáticos y me estaba mirando como si de verdad acabara de ver a Jesús.

—¡Tig, es real! —susurró.

—Sí, y lo has espantado —lo reprendí—. Pero volverá, sé que volverá.

—¿Estás segura de que tú también lo has visto?

—Absolutamente —confirmé.

—Dios mío. —Cal tragó saliva y pestañeó. Advertí que estaba al borde de las lágrimas—. Será mejor que le digamos al laird lo que tiene en la finca y le preguntemos qué quiere que hagamos al respecto. Habrá que proteger al ciervo de los cazadores furtivos una vez que corra la noticia, de eso no hay duda. No sabría decirte un precio por la cabeza de un ciervo blanco, pero sería... incalculable.

—Por Dios, Cal. —Me estremecí solo de pensarlo—. ¿No puede quedar entre nosotros?

—El laird debería saberlo, Tig. Son sus tierras, después de todo, y eso incluye al ciervo. Y te aseguro que él jamás pondría a un animal en peligro. Necesito preguntarle si puedo construir un observatorio cerca de la arboleda. Vamos a tener que vigilar al ciervo las veinticuatro horas del día, por si las moscas, y eso requerirá personal. Una vez que la gente se entere de su existencia, será tan vulnerable como un recién nacido desnudo en la nieve.

Así que Cal hizo la llamada a Charlie y con la ayuda de Lochie y Ben, el manitas, erigió rápidamente un observatorio de madera y lona sencillo pero eficaz, que mantendría a los protectores de Pegaso resguardados del viento glacial.

A lo largo de la semana siguiente, adquirí el hábito de despertarme a las cinco de la mañana y bajar a la cañada con un termo de café para reemplazar al turno de noche, compuesto por exempleados de Kinnaird de plena confianza, y esperar la llegada de Pegaso. Era como si el ciervo percibiera mi presencia, porque cada amanecer, como un reloj, emergía de la oscura bruma y juntos veíamos la salida del sol, las luces rojizas y moradas surcando el cielo y veteando su pelaje blanco como un cuadro, antes de retirarse una vez más a la seguridad de la arboleda.

Charlie había pedido fotos, y fue un amanecer nevoso de la cuarta semana de enero cuando Cal consiguió fotografiar a Pegaso antes de que se perdiera en el cegador paisaje blanco.

—Llevaré las fotos a revelar, así por lo menos el laird no pensará que son imaginaciones nuestras. Y yo tampoco —añadió con una sonrisa.

Lo acompañé a la diminuta oficina de correos local, la cual hacía de todo, desde revelar fotos hasta duplicar llaves. Tomamos un café mientras esperábamos el revelado del carrete y nos abalanzamos sobre las fotos, que aún estaban pegajosas.

—Está claro que es real. —Cal agitó la mejor instantánea de Pegaso delante de mi cara.

—Ya lo creo. —Deslicé suavemente los dedos por la imagen de su elegante cuerpo erguido sobre la nieve—. Recuerde su promesa, señor MacKenzie —bromeé.

Añadí las solicitudes de las subvenciones al sobre dirigido a Charlie y le escribí una nota breve.

—Espero que estés bien —murmuré al entregar el sobre a la jefa de correos.

De vuelta en Kinnaird, estaba debatiéndome entre correr o no el riesgo de encontrarme con Zed para poder ver mi correo en el despacho —Ally todavía no había contestado el mensaje que le había enviado— cuando vi a Beryl salir de la casa y echar a andar hacia mí.

—Me acaba de llamar el laird. Se ha enterado de que Zara ha vuelto a faltar al colegio. Lo ha hecho otras veces y normalmente aparece aquí. El laird va a darle veinticuatro horas para llegar a Kinnaird antes de avisar a la policía. Si no estoy en casa y Zara acude a ti, dímelo, por favor.

—Por supuesto. No pareces muy preocupada.

—Si no está aquí mañana a esta hora, entonces lo estaré. —Resopló—. Ah, y Zed me ha dicho que quería hablar contigo. Cree que lo estás evitando.

—Eh, no, qué va, he estado muy ocupada, eso es todo.

—Yo solo te digo lo que me ha dicho —declaró Beryl—. Y esperemos que Zara aparezca pronto.

Esa noche, Cal se marchó a ver a Caitlin después de su visita fallida de unas semanas antes y, con Lochie y su padre vigilando a Pegaso en el observatorio, me fui pronto a la cama. Debí de dormirme al instante, porque me despertaron unos golpecitos en la ventana. Enseguida pensé que Zed había recurrido a medidas desesperadas para verme, pero cuando me levanté en medio de un frío que pelaba y descorrí con disimulo una esquina de la cortina para mirar, fue la cara de Zara la que apareció en el marco escarchado de la ventana.

—¡Dios mío, Zara, debes de estar congelada! Entra —exclamé desde el cristal, y señalé la puerta—. ¿Cómo demonios has llegado hasta aquí? —le pregunté nada más abrir.

—Me han traído en coche desde la estación de Tain hasta la entrada de la finca y he hecho el resto del camino a pie. Estoy bien —me aseguró mientras conducía su cuerpo trémulo hasta la butaca que había junto a la chimenea.

—Tendrías que haber llamado. —Avivé el fuego y le cogí las manos para calentarlas con las mías.

—No hay cobertura, Tiggy. Además, no quiero que nadie más sepa que estoy aquí. —Miró nerviosa a su alrededor—. ¿Dónde está Cal? ¿En la cama?

—No, está en Dornoch con Caitlin. Zara, tu padre ya ha llamado a Beryl, por lo que debo decirles al menos que estás bien.

—¡No! Por favor, Tiggy, solo necesito un poco de tiempo para pensar. Veinticuatro horas es todo lo que te pido.

—Pero…

—Si no me das tu palabra, buscaré otro lugar donde esconderme. —Zara se levantó de inmediato.

—Vale, vale, no diré nada por el momento —capitulé—. ¿Seguro que estás bien?

—No, en realidad, no.

—¿Puedo ayudarte de algún modo? —Entré en la cocina para preparar chocolate caliente.

Zara me siguió y se apoyó en el marco de la puerta.

—Tal vez… Tú eres la única persona adulta en la que confío, pero, Tiggy, te lo ruego, no se lo cuentes a nadie. Solo necesito un poco de tiempo para aclararme.

—Me siento halagada, Zara, pero apenas me conoces.

—Gracias. —Cogió su chocolate caliente y regresamos junto al fuego.

—Imagino que tiene que ver con un chico —dije mientras Zara sostenía la taza contra su pecho.

—Sí. ¿Cómo lo sabes?

—Intuición —respondí encogiéndome de hombros—. ¿Es ese Johnnie del que me hablaste en Navidad?

—¡Sí! —Al instante se le llenaron los ojos de lágrimas—. Pensaba que yo le gustaba de verdad. Aunque las demás chicas me lo advirtieron, él me decía que yo era especial y lo creí…

El cuerpo de Zara se derrumbó y empezaron a temblarle los hombros con los sollozos. Le quité la taza, me arrodillé frente a ella y le cogí las manos.

—Me siento tan estúpida… —continuó—. Soy tan patética como todas esas otras chicas de las que me reía cuando eran utilizadas por un chico. Ahora me ha tocado a mí y…

—¿Qué ha pasado, Zara? ¿Puedes contármelo?

—Me dirás que soy una idiota. Sabía qué fama tenía, pero no hice caso porque pensaba que yo era diferente… que nosotros éramos diferentes. Lo… lo quería, Tiggy, y pensaba que él también a mí. Y que por eso saldría bien.

—¿Qué tenía que salir bien, Zara? —Creía saber a qué se refería, pero necesitaba oírlo de sus labios.

—Él… él no paraba de hablar de eso, decía que no podíamos ser una pareja de verdad hasta que lo hiciéramos. Así que… lo hicimos. Y entonces… entonces… —Los ojos se le anegaron de nuevo.

—¿Sí?

—Entonces al día siguiente me envió un mensaje en el que me decía que me dejaba. ¡El muy imbécil ni siquiera fue capaz de decírmelo a la cara! Es justo como las demás chicas decían que era, solo iba detrás de una cosa. Luego me enteré de que se lo había contado a todos sus amigos, de manera que cuando entré a cenar, la gente empezó a reírse por lo bajo y a señalarme. Fue tan humillante, Tiggy… Así que al día siguiente, o sea, esta mañana, tenía permiso para salir y me he subido a un tren y he venido aquí. ¡No puedo volver! ¡Nunca! —recalcó, por si me quedaba alguna duda.

—Es terrible, Zara. —Empaticé con ella, que seguía encogida de vergüenza—. No me extraña que huyeras. Estoy segura de que yo habría hecho lo mismo.

—¿En serio? —Zara levantó la vista.

—En serio —repetí—. Tú no tienes la culpa de lo que ha pasado. El que ha hecho algo malo aquí es él, no tú.

—Eres muy amable, Tiggy, pero yo sí hice algo malo. ¡Perdí mi virginidad con él dentro de un colegio católico! Los monjes se pasan el día previniéndonos sobre los pecados de la carne. Si se enteraran, ¡me caerían cien mil avemarías! Y encima me expulsarían.

—Es a él a quien deberían expulsar —farfullé con aire sombrío—. ¿Por qué en estos casos siempre se nos culpa a las mujeres? Tú te sientes como una completa zorra mientras tu Johnnie se pasea por ahí como un… ¡como un semental en un picadero!

Zara nos observó a mí y a mi vehemencia con cara de pasmo.

—¡Bien dicho, Tiggy! ¡Así se habla! Y por cierto, no es «mi» Johnnie. Aunque se arrastrara de rodillas hasta Kinnaird, le diría que se fuera a tomar por… ¡semental!

Nos reímos y me alegré de verla un poco más animada.

—Zara, ¿has hablado de esto con tu madre? —aventuré—. Estoy segura de que ella lo entendería, también fue joven y…

—¡Dios mío, no! Con mi madre no puedo hablar de nada, ¡y aún menos de sexo! ¡Se limitaría a echarme la bronca por haberla cagado!

—Vale, lo entiendo, pero tengo que contarle a tu padre que estás aquí. Beryl ha dicho que tenía intención de llamar a la policía si no habías aparecido aquí para mañana por la mañana. Y con todo lo que ya tienes, no creo que te apetezca pasar por eso.

—Entonces dame hasta mañana, Tiggy, por favor —suplicó.

—Está bien —acepté tras una larga pausa—. Puedes dormir en el sofá.

Cuando me desperté a la mañana siguiente, Zara no estaba y encima del sofá había una nota garabateada.

Lo siento, Tiggy, necesito estar sola un poco más de tiempo. No te preocupes por mí, estoy bien.

Z XX

—¡Mierda!

Me vestí a toda prisa y corrí hasta el pabellón.

—Menos mal que te encuentro, Beryl —dije cuando irrumpí en la cocina jadeando y con el corazón a cien por hora.

—¿Qué ocurre, Tiggy?

Le hice un resumen de la situación.

—No te culpes, Tiggy, hiciste lo que creías que era lo mejor —me apoyó Beryl, lo cual me sorprendió.

—Gracias, pero tengo que hablar con Charlie. ¿Puedo utilizar el fijo?

—Claro, querida.

Llamé al móvil de Charlie, que saltó directamente al buzón de voz, y seguidamente probé con el número de su casa. Como no esperaba que respondiera tampoco al fijo —la lógica me decía que probablemente estaba en el hospital—, tardé un par de segundos en reconocer la voz femenina con acento extranjero que contestó al segundo tono. «Ulrika, claro.» Se me cayó el alma a los pies.

Pareció alegrarse de oír mi voz tanto como yo de oír la suya, pero dadas las circunstancias no me quedó más remedio que contarle que Zara estaba en Kinnaird. Tuve que mantener el teléfono a un brazo de mi oreja mientras Ulrika volcaba dramáticos sollozos —presumiblemente de alivio— en el auricular, aunque al final se calmó.

—¡No he pegado ojo en toda la noche! No estoy en condiciones de conducir, pero iré a recoger a Zara en cuanto pueda —me dijo.

Temiendo ya la llegada inminente de la Valquiria, regresé a la cocina e hice a Beryl un resumen de la conversación.

—Espero que te haya dado las gracias. Has hecho lo que has podido y ahora les toca a los Kinnaird solucionar sus asuntos familiares.

Mientras bebía el té cargado que Beryl me había puesto delante, me pregunté cómo era posible que un trabajo que me había inquietado que fuera demasiado tranquilo se estuviera convirtiendo en un drama constante de proporciones chejovianas.

—Ya que estoy aquí, ¿se encuentra libre el despacho? —le pregunté.

—Sí. Su señoría está hablando por el fijo en el salón y no se le puede molestar.

—Genial, gracias.

Entré en el despacho y abrí mi cuenta de correo electrónico. Al fin había recibido una respuesta del hombre de los ciervos europeos, quien decía que podía desplazarse a Kinnaird para estudiar el terreno y proponía una fecha para al cabo de un mes. Me dio un vuelco el corazón cuando vi que también tenía un mensaje de Ally.

Queridísima Tiggy:

Qué maravilla saber de ti. Me alegro de que estés adaptándote a tu nuevo trabajo. Cuando miro por la ventana, la nieve lo cubre todo y el fiordo aparece semihelado; seguro que es igual donde tú estás. Cada día estoy más gorda y me alegro de que solo falten unas pocas semanas para que el bebé llegue a este mundo. Felix, mi padre, viene a verme todos los días (¡yo tomo chocolate caliente, y él, aquavit!) y ayer me trajo una cuna en la que había dormido Pip, su padre. El hecho de verla me hizo tomar conciencia de que el bebé está en camino.

Cambiando de tema, Tiggy, me preguntas sobre Zed Eszu y Maia. Es cierto que Zed salió con Maia cuando estaban en la universidad y… oh, Tiggy, no quiero traicionar la confianza de Maia, pero la cosa acabó muy mal. Además, mi querido Theo coincidió con él un par de veces cuando navegaba y, para serte sincera, pensaba que era un idiota arrogante. (Lo siento.) Estoy casi segura de que también conoce a Electra… parece que tenga una fijación con las hermanas D'Aplièse…

También he de decirte que cuando vi el barco de Pa cerca de Delos el verano pasado, reconocí asimismo el yate de Kreeg Eszu fondeando a su lado en la bahía. No te lo he contado antes porque todavía no sé si se trata de una coincidencia o de algo más… pero, Tiggy, entre el padre y el hijo, son muchas las coincidencias, ¿no crees?

No me cuentas si mantienes una relación sentimental con Zed, pero ve con cuidado, por favor. No estoy segura de que sea una buena persona. Quizá deberías hablar con Maia, ella lo conoce mucho mejor que yo.

Está siendo un año extraño para todas nosotras mientras nos acostumbramos a vivir sin Pa. Fijemos una fecha para ese viaje con el resto de las hermanas para arrojar una corona donde vi por última vez su barco. Creo que sería terapéutico para todas nosotras volver a estar juntas y enterrar definitivamente a Pa.

¡Besos y abrazos desde la nevada Noruega!

ALLY XX

Imprimí el correo para meditar sobre el mismo con tranquilidad, aun cuando no había hecho más que confirmar lo que ya sabía, y me marché antes de que Zed llegara en busca de su desayuno.

Dos horas más tarde, oí que entraba un coche en el patio. Al cabo de diez minutos, me estaba preparando para llevarle el almuerzo a Chilly y oí unos golpes fuertes en la puerta.

No la había alcanzado aún cuando Ulrika irrumpió en la cabaña.

—¡Por todos los santos, Tiggy! ¡Beryl me ha dicho que Zara apareció aquí anoche! ¿Por qué no nos llamaste enseguida?

—Ulrika, lo siento mucho, yo…

—Y resulta que ha vuelto a desaparecer —me interrumpió, y advertí que estaba temblando de indignación—. Le he dejado varios mensajes urgentes a Charlie, pero todavía no me ha contestado. Típico, típico de él: su hija desaparece y él no devuelve las llamadas.

En ese momento entró Cal por la puerta.

—El Land Rover ha desaparecido. ¿Están las llaves en el tarro?

—No lo sé, no se me ha ocurrido mirar —le dije.

—¿Crees que puede haberlo cogido Zara? —preguntó Ulrika.

—Sí. —Cal se acercó al tarro que había en el aparador—. Las llaves no están —confirmó.

—¡Eso es todavía peor! —gritó Ulrika—. Zara nunca ha recibido clases como es debido, solo ha conducido por la finca. ¿Y si tiene un accidente? ¿O la para la policía? Se meterá en un buen lío…

Se produjo otro golpeteo en la puerta y los tres nos sobresaltamos. Cal fue a abrir.

—De modo que estáis todos aquí. —Era el hombre alto, Fraser, al que había visto por última vez en Nochebuena, delante del pabellón. Agachó la cabeza para entrar—. Puede que por una vez te alegres de verme —dijo a Cal al tiempo que tiraba con fuerza de su mano derecha y aparecía Zara bajo el umbral—. La he encontrado en la cuneta, intentando cambiar una rueda de la vieja cafetera que conducía. No tenía ni idea de cómo hacerlo, claro. Se la habría cambiado yo, pero he pensado que era más importante traerla primero aquí para descongelarla. Podría haber muerto si no la hubiese encontrado —añadió.

—¡Zara, gracias a Dios que estás bien! —La Valquiria se acercó a los dos—. Muchas gracias. —Vi que Fraser y Ulrika se miraban e intercambiaban un atisbo de sonrisa antes de que Ulrika devolviera la atención a su hija—. ¿Dónde has estado, cariño? Estábamos muertos de preocupación. —Abrazó a Zara, cuya rígida postura no se ablandó.

Zara me miró por encima del hombro de su madre, suplicándome en silencio que la ayudara. El problema era que no sabía cómo.

—Hay que meterla de inmediato en una bañera con agua caliente —dijo Ulrika, frotando inútilmente los brazos de su hija—. Dudo mucho que en esta choza haya de eso, y claro, tampoco podemos ir al pabellón.

—Podéis venir a mi casa —les propuso Fraser—. Tengo calefacción central y agua caliente de sobra.

—Pues gracias, lo haremos.

—Mamá…

—¡Ni una palabra, señorita! —espetó Ulrika, y Zara cerró la boca.

—En marcha, entonces —dijo Fraser.

Cuando se hubieron ido —sin que Zara pronunciara otra palabra—, Cal cerró la puerta y se volvió hacia mí.

—No sé tú, pero, después de tantas emociones, yo voy a servirme un vaso de mi reserva de whisky de Navidad. ¿Quieres?

—Sí, por favor. Todavía estoy temblando. Pobre Zara —gemí al tiempo que mi corazón daba un latido extraño y me derrumbaba en el sofá.

—Aquí tienes, Tig. —Cal me tendió un vaso y brindamos antes de bebernos el whisky de un trago.

El líquido me sacudió el corazón, pero finalmente lo estabilizó y empecé a calmarme.

—Por el reencuentro de madre e hija —dijo Cal.

—¿Quién es ese hombre, Cal? Llevo queriendo preguntártelo desde que lo vi en Navidad.

—¿Fraser? Es el hijo de Beryl.

—¿El hijo de Beryl? —aullé—. ¿Por qué demonios no me ha hablado nunca de él?

—Es… complicado, Tig. Hay mucho resentimiento por cosas del pasado, no sé si me entiendes, y no me corresponde a mí contártelas. Baste decir que Beryl no se alegra de que su hijo haya vuelto de Canadá y, de hecho, tampoco el resto de la gente de Kinnaird. Solo Dios sabe por qué ha venido, aunque tengo mis sospechas. —Cal se dio unos golpecitos en la nariz.

—Entonces ¿Fraser no vive con su madre?

—Ah, no, no después de lo que hizo. De todos modos, sabes que no me gusta cotillear, así que dejémoslo ahí, ¿vale? Fraser ha vuelto por razones que él sabrá y yo, por mi parte, tendré el alma en vilo hasta que se vaya. Ahora he de irme a rellenar unos baches más. Te veo luego.

Acababa de tumbarme en el sofá para dar una cabezada después de comer, sintiéndome todavía exhausta por el resfriado y los madrugones con Pegaso, cuando volvieron a llamar a la puerta.

—Hola, Charlie —dije. El corazón se me aceleró de nuevo al verlo.

—Hola, Tiggy. Beryl me ha contado que Ulrika ha venido a verte esta mañana para saber dónde estaba Zara.

Mientras hablaba, reparé en las ojeras y en los contornos profundos de sus facciones. Me dio la impresión de que había adelgazado desde la última vez que lo había visto.

—Zara está bien, Charlie. Ella y Ulrika se han ido para que Zara pudiera darse un baño caliente.

Le expliqué entonces que su hija había cogido a Beryl y había sufrido un pinchazo.

—¿Y quién la ha encontrado?

—Ese hombre, Fraser. La ha devuelto a Kinnaird.

—Ya. —El semblante de Charlie se ensombreció—. ¿Dónde están ahora? ¿En el pabellón?

—No, han ido a casa de Fraser.

—Entiendo —contestó tras una larga pausa—. Supongo que lo mejor es que vaya a verlas allí.

—Supongo que sí. —Quería añadir un «lo siento», porque me daba cuenta de que estaba sufriendo, pero no me pareció adecuado dadas las circunstancias.

—Gracias por cuidar ayer de Zara —dijo encaminándose a la puerta.

—De nada. Creo que solo necesitaba desahogarse un poco.

—Gracias, Tiggy —repitió con una sonrisa tensa, y se marchó.

19

Al día siguiente me desperté al alba con una sensación como de resaca. Me notaba el corazón agitado y una opresión en el pecho cada vez que inspiraba.

—Estrés, Tiggy, nada más —me dije mientras me vestía para ir a ver a Pegaso.

Ignoré el observatorio y me agaché tras el helecho más próximo a los ciervos, cerré los ojos y rememoré las palabras de Chilly sobre el poder que tenían mis manos. Sin abrirlos, alargué los brazos e intenté concentrar todo mi poder en atraer a Pegaso.

Sintiéndome ridícula, abrí los ojos y no me sorprendió ver que Pegaso no había aparecido por arte de magia. Sin embargo, al levantarme oí una exhalación familiar a apenas unos centímetros de mi espalda.

—¡Pegaso! —susurré, me di la vuelta y me percaté de que mis labios esbozaban una sonrisa de oreja a oreja.

Respondió con un resoplido suave y se quedó un rato mordisqueando un helecho antes de alejarse pausadamente para reunirse con el resto de la manada.

Cuando regresé a la cabaña, vi a Cal en el patio, hablando con un hombre al que no conocía. Parecía una conversación acalorada. Me metí en casa para poner agua a hervir.

—¿Quién era? —pregunté a Cal cuando entró.

—Caray, Tig, no tengo ni idea de cómo ha corrido la voz. —Suspiró.

—¿Sobre qué?

—Sobre tu Pegaso, claro. El tipo de ahí fuera es del periódico local. Ha oído rumores…

—Que tú, por supuesto, has negado.

—Claro, pero no podía echarlo de las tierras. Tiene derecho a pasarse por ellas, como el resto de los escoceses.

—Al menos no tiene ni idea de dónde encontrar a Pegaso. Sería como buscar una aguja en un pajar.

—Cierto, pero a un cazador experto no le llevaría mucho tiempo averiguar dónde les gusta pastar a los ciervos. Será mejor que vaya a la casa y hable con Charlie sobre qué debemos hacer. Si alguien tiene que hacer un anuncio oficial a la prensa, es él. Hasta luego.

—Adiós. —Di un mordisco a una tostada con la cabeza a cien.

—Tiggy, ¿estás en casa? —preguntó una voz al otro lado de la puerta una hora después.

—Justo lo que necesitaba —masculló para mí, lamentando el hecho de que la cabaña pareciera haberse convertido en el foco principal de actividad de Kinnaird en los últimos dos días—. Voy. —Me levanté del sofá para recibir a Zed.

—Buenos días, Tiggy —dijo con una gran sonrisa—. Hacía mucho que no te veía.

—Sí, ya, es que he estado ocupada. Tenía muchas cosas que hacer en la finca —contesté con la máxima soltura posible.

—Comprendo. He venido a preguntarte si has pensado en mi propuesta. Estoy impaciente por poner en marcha el proyecto y sabes que me gustaría que fueses tú quien lo dirigiera, pero si no puede ser, tendré que buscar a otra persona.

—Lo entiendo perfectamente, Zed. Lamento haberme tomado mi tiempo, pero es cierto que he estado muy ocupada. Y es una decisión muy importante.

—Claro. —De repente Zed, algo inusual en él, bostezó—. Perdona, anoche apenas pegué ojo. El laird y su esposa vinieron a verme para preguntarme si podían alojarse en la casa con su hija. El matrimonio tuvo una larga… discusión en el dormitorio de al lado. Esa hija suya también parecía muy alterada. La oí llorar. Creo que se escapó del colegio.

—Sí, pero estará bien y…

—Bueno, Tiggy —Zed avanzó un paso en mi dirección, y yo

reculé otro—, comprendo que es una decisión importante, pero me temo que necesito una respuesta para finales de semana.

—Lo siento mucho, Zed, de verdad que he estado muy ocupada…

—Me hago cargo, Tiggy, pero teniendo en cuenta lo que oí anoche a través de las paredes, te aconsejo que consideres mi oferta muy seriamente. A juzgar por lo que me llegó, diría que Kinnaird tiene los días contados. —Asintió con la cabeza, esbozó una sonrisa breve y se marchó.

Cal llegó a los pocos minutos.

—He hablado con el laird y está de acuerdo en que deberíamos mantener la existencia de Pegaso en secreto todo el tiempo que podamos antes de hacer cualquier declaración oficial.

—¿Sabemos quién se ha ido de la lengua?

—Lochie ha dicho que el viejo Arthur habló de las fotos del ciervo la última vez que estuvo en la oficina de correos —explicó con pesar—. Estoy seguro de que no lo hizo con mala intención, pero al parecer así se enteró el periodista local. Como puedes imaginar, los rumores corren como la pólvora por estos lares. En fin, me voy.

—Ten cuidado, cariño —susurré a Pegaso al tiempo que un escalofrío me recorría el cuerpo.

—¡Joder! —maldijo de forma inusitada Cal a la mañana siguiente, cuando oímos que entraban varios vehículos en el patio. Un fotógrafo se había apeado ya de un coche y estaba filmando las pintorescas vistas de la cañada con su cámara.

—¿Es usted el encargado? —preguntó uno de los hombres a Cal cuando este apareció en la puerta.

—No —dijo—, pero ¿en qué puedo ayudarlo?

—Tim Winter, de *The Northern Times*. Nos ha llegado el rumor de que podría haber un ciervo blanco en esta finca. —El periodista hurgó en su bolsillo y sacó una libreta—. ¿Puede confirmarlo?

—No puedo decir nada porque no soy el jefe, pero dudo mucho que vaya a ver nada que encaje con esa descripción aquí, en Kinnaird. Yo, desde luego, no lo he visto —mintió resueltamente.

—Mi fuente estaba casi segura de que se ha avistado un ciervo blanco. Dijo que hay fotos de él. Me las mandará a lo largo del día por correo electrónico.

—Estoy impaciente por echarles un vistazo —respondió Cal con cara de póquer.

Estaba impresionada con sus dotes interpretativas, pues sabía que por dentro debía de hervir de ira.

Otro reportero dio un paso al frente y se presentó.

—Ben O'Driscoll, de STV North. Quizá pueda decirnos por dónde suelen pasearse los ciervos. Así podríamos ir a verlos personalmente.

—Eso sí puedo hacerlo. —Cal asintió afablemente—. A esta hora están justo allí, a media altura de aquella colina. —Señaló en la dirección opuesta al lugar donde pastaba Pegaso y ahogué una risita cuando Cal dio al periodista una complicada retahíla de indicaciones.

Los observé correr hacia sus coches y furgonetas y ponerse en marcha.

—Por lo menos hemos ganado algo de tiempo, Tig. —Cal suspiró cuando regresábamos a la cabaña—. Llamaré por radio a Lochie para decirle que retire el Landy de la arboleda y eche más nieve sobre el observatorio. Hay que evitar darles cualquier tipo de pista. —Cogió su radio y pulsó el botón para contactar con Lochie—. Con suerte, si no encuentran nada se hartarán y se largarán en busca de los trapos sucios de alguien. ¿Lochie? ¿Me oyes? Bien. Necesito que escondas el Landy y…

Con un suspiro, dejé a Cal impartiendo instrucciones y entré en mi cuarto para dar de comer a Alice.

Llamaron a la puerta de la cabaña y, cuando fui a abrir, me dio un vuelco el corazón al ver el rostro pálido de Charlie al otro lado del cristal.

—Hola —dije mientras pasaba a la sala.

—Hola. —Charlie esbozó una sonrisa tensa. Tenía muy mala cara. Si yo no había pegado ojo en toda la noche, él tampoco.

—¿Cómo estás? —me preguntó por educación.

—Bien. Pero lo más importante, ¿cómo está Zara?

—No muy bien. Anoche tuvimos una fuerte discusión cuando le dijimos que tenía que volver al colegio. Acabó encerrándose en el cuarto con pestillo. Se niega a salir. De todos modos —suspiró—, ella no es problema tuyo. Háblame de ese ciervo blanco… Por la cantidad de coches y furgonetas que rondan por la finca, está visto que ya ha corrido la noticia. Cal dice que tú también lo has visto.

—Sí. Es mucho más bello de lo que aparece en las fotos que te enviamos.

—¿Y seguro que no es fruto de vuestra imaginación?

—Seguro, Charlie, pero ahora tenemos que hacer todo lo posible para protegerlo.

—Puedo reunir a algunos colegas y traer más personal, pero… ¡Dios! —Charlie se pasó una mano por el pelo—. Qué complicado es todo ahora mismo.

Parecía tan perdido que sentí el deseo de acercarme y estrecharlo con fuerza. Y de hacer que se sentase, acurrucarlo entre mis brazos y preguntarle qué había sucedido exactamente desde la última vez que nos habíamos visto. Pero sabía que no podía, que no era cosa mía. De modo que le ofrecí el mejor remedio para todo: una taza de té.

—Te lo agradezco, Tiggy, pero no puedo quedarme. Debo volver al pabellón y convencer a Zara de que salga de su cuarto. ¿Puedes darme algún consejo? Todavía no estamos seguros de lo que ha pasado. Se niega a contárnoslo. ¿Tiene que ver con un chico?

—Eh, digamos que es un caso de orgullo herido —respondí con cautela, pues no me correspondía a mí desvelar el secreto de Zara—. Quizá la ayudarías si dejas que falte unos días al colegio para lamerse las heridas. Estoy segura de que acabará aburriéndose de estar en casa sin nada que hacer. Echará de menos a sus amigos y querrá saber qué hacen.

—Probablemente tengas razón. —Charlie me miró con cara de alivio—. Probaré esa estrategia. Es una pena que en una etapa tan difícil de su vida, Zara sienta que no puede confiar en su madre.

—Puede que lo haga cuando madure —dije.

—Por desgracia, lo dudo. Oye, Tiggy —añadió tras una pausa—, siento no haber estado en contacto contigo últimamente. Tenía demasiadas cosas. ¿Puedo pedirte un poco más de paciencia con el tema del trabajo? No quiero perderte.

«Y yo he sentido que te perdía…»

—Claro que sí. Es solo que me siento un fraude, cobrando por dar de comer a unos gatos dos veces al día.

—En absoluto. Rellenar aquellos formularios para las subvenciones me ahorró mucho tiempo, te lo aseguro. Y puede que lleguen más —añadió sin demasiada convicción.

—He quedado en reunirme con el hombre de los ciervos europeos, pero no te preocupes por eso ahora, Charlie. Haz lo que tengas que hacer y nosotros intentaremos mantener a Pegaso a salvo.

—Gracias, Tiggy. Eres maravillosa, en serio. —Vi que daba un paso hacia mí, se lo pensaba mejor y retrocedía—. Te llamaré pronto. Adiós.

—Adiós, Charlie.

Una hora después, todavía saboreando el hecho de que Charlie me hubiese llamado «maravillosa», vi pasar su destartalado Range Rove a toda velocidad por delante de mi ventana, seguido de cerca por el jeep de Ulrika, mucho más elegante, rumbo a la salida de la finca.

—¡Por lo que más quieras, contrólate! —me dije con firmeza. Aun así, contemplé el Range Rover hasta que no fue más que un punto en el horizonte.

Pasé los dos días siguientes evitando a Zed mientras daba vueltas a su oferta de trabajo, tarea que me resultaba más fácil cuando me llegaba el turno de vigilar a Pegaso.

—Bien, Tiggy —me dije una tarde—, antes de tomar una decisión, ha llegado la hora de que llames a tu hermana mayor para que te aconseje sobre Zed Eszu.

Así pues, avivé el fuego para cuando Cal llegara a casa y me fui al pabellón.

Por desgracia, Zed estaba en la cocina hablando de brazos cruzados con Beryl.

—¿Qué es eso de que han visto un ciervo blanco en Kinnaird? —me preguntó.

—Una locura, lo sé —dije.

—Bueno, en enero nunca hay muchas noticas, ¿no? —añadió Beryl.

—Normalmente, cuando el río suena, agua lleva, pero… Necesito una respuesta, Tiggy. ¿Te parece que mañana comamos aquí y lo hablemos?

—Eh… vale. —Comprendí que no podía seguir dándole largas.

—Bien. Beryl, dentro de quince minutos tengo que llamar a Nueva York. Lo haré desde el fijo y no quiero interrupciones, ¿entendido?

—Por supuesto, señor.

Cuando oímos que la puerta del salón se cerraba tras Zed, Beryl soltó un suspiro.

—¿Cuándo piensa irse ese condenado hombre? —farfulló.

—Muy pronto, espero —murmuré entre dientes—. Beryl, antes de que Zed acapare el teléfono, ¿te importa que lo utilice para llamar un momento a mi hermana? Necesito hablar con ella urgentemente, pero, como vive en Brasil, pagaré el coste de la llamada.

—No digas tonterías, Tiggy. Estoy segura de que con lo que Zed está pagando por alojarse aquí, podemos concederte una conferencia de unos minutos. Pero date prisa antes de que Zed se queje de que la línea está ocupada.

—Gracias, Beryl. Será un momento.

Recorrí el pasillo hasta el despacho, cerré la puerta y descolgué el auricular mientras pensaba en lo que iba a decirle a Maia.

El teléfono sonó varias veces. En Río era por la tarde y recé por que Maia estuviera en casa.

—*Oi* —dijo la voz dulce y familiar de mi hermana mayor.

—*Oi*, Maia. —Sonreí en el auricular al oír su voz—. Soy Tiggy.

—¡Tiggy! ¡Qué alegría oírte! ¿Cómo estás? ¿Dónde estás?

—Sigo perdida en las Highlands de Escocia, cuidando de mis animales. ¿Y tú?

—Ocupada enseñando inglés en las favelas, y también con Valentina, que no para. No entiendo cómo Ma se las apañaba para controlarnos a todas cuando yo apenas puedo con una niña de seis años. Tiene una energía inagotable —añadió, aunque advertí el cariño en su voz—. ¿Qué tal estás tú?

—Bien. El caso es que Ally me aconsejó que hablara contigo sobre alguien llamado Zed Eszu.

Hubo una larga pausa al otro lado del teléfono.

—Adelante —dijo Maia al fin.

—Resulta —continué— que Zed me ha ofrecido un trabajo. Y, Maia, es una oportunidad fantástica.

Procedí a explicarle las características del puesto y la suma de dinero que Zed me ofrecía para gastar en la fundación.

—Y eso sin contar mi sueldo y todas las ventajas. ¿Qué piensas?

—¿De la oferta de trabajo o de Zed?

—De ambas cosas, supongo.

—Oh, Tiggy… —La oí suspirar hondo—. No sé qué decir.

—Sea lo que sea, Maia, te ruego que hables —insistí.

—Antes de hacerlo quiero preguntarte si tú y Zed… ¿tenéis un vínculo sentimental o se trata únicamente de una relación laboral?

—Por mi parte es laboral, pero por la suya… la verdad, no estoy segura.

—¿Está muy pendiente de ti?

—Sí.

—¿Te escribe cartas, te hace regalos y te envía flores?

—Sí.

—¿Se presenta en tu casa sin haber sido invitado?

—Sí.

—¿Dirías que te acosa?

—Sí. De hecho, Cal, mi compañero de casa, lo llama «el acosador».

—Ajá. ¿Crees que está ofreciéndote ese trabajo porque eres la persona adecuada o como cebo para conquistarte?

—Esa es la cuestión, que no lo sé. Puede que las dos cosas.

—Bueno, quizá Ally te haya mencionado que no soy precisamente la mayor admiradora de Zed Eszu, por lo que no sé si seré capaz de darte una respuesta imparcial. Lo único que puedo decir es que las cosas que cuentas que te ha hecho también me las hizo a mí. Digamos que no estaba dispuesto a detenerse ante nada hasta conseguirme. Prácticamente me perseguía. Y cuando al fin me consiguió, cuando cometí la estupidez de rendirme, no tardó en perder el interés.

—Oh, Maia, cuánto lo siento. Debe de resultarte muy doloroso hablar de ello.

—Ya lo tengo superado, pero por aquel entonces… En cualquier caso, es posible que contigo sea diferente. Tal vez Zed haya cambiado, madurado, aunque ahora que pienso en aquellos tiempos, estoy segura de que mencionó que podría ofrecerme un trabajo de traductora en la empresa de su padre cuando terminara la uni. Al final prácticamente ni se despidió de mí cuando dejó la Sorbona, un año antes que yo.

—Dios —susurré—. Ally dijo que Zed podría tener una especie de fijación con las hermanas D'Aplièse. A lo mejor es cierto.

—Bueno, sin duda es muy extraño que Ally viera el barco del padre de Zed fondeando cerca del *Titán* en Grecia el verano pasado. Y luego su hijo aparece en las remotas Highlands de Escocia, donde resulta que estás trabajando tú.

—Estoy segura de que esa parte es mera coincidencia, Maia —dije—. Parecía muy sorprendido cuando nos conocimos y ató cabos.

—Tiggy, ¿te gusta Zed? ¿Como hombre?

—No. En absoluto. Lo encuentro… —bajé la voz— muy raro. Es un tipo realmente arrogante, pero no puedo evitar que me dé pena. Recuerda que él también perdió a su padre, casi en la misma época en que nosotras perdimos a Pa.

—Y estoy segura de que ha utilizado eso para acercarse a ti, Tiggy. Todas sabemos lo buenaza que eres. Concederías el beneficio de la duda al mismísimo diablo, y apuesto a que Zed se dio cuenta de eso. —Había un dejo de amargura en su voz—. Lo siento, Tiggy, no me hagas caso. El trabajo suena alucinante y entiendo que desees aceptarlo. Y en cuanto a tener a Zed como jefe, a nivel profesional, ahí no puedo opinar. A nivel personal, te ruego que vayas con cuidado. Hará lo que sea por conseguir lo que quiere y, por lo que me has contado, ahora mismo te quiere a ti.

—Maia, la pregunta fundamental es: ¿crees que es buena persona?

Maia hizo una pausa angustiosa antes de responder.

—No, Tiggy, me temo que no.

—Vale. Te agradezco tu sinceridad, y siento mucho si esto te ha traído malos recuerdos.

—No pasa nada, Tiggy, en serio. Hace mucho tiempo de eso. Simplemente… no quiero que sufras como sufrí yo. Además, tú eres la intuitiva, así que debe ser decisión tuya.

—Sí. Ahora será mejor que cuelgue, porque estoy utilizando el fijo de mi jefe y nuestro… amigo en común quiere llamar a Nueva York.

—De acuerdo. Me ha encantado hablar contigo. No pierdas el contacto, ¿vale?

Devolví el auricular a su sitio confiando en no haberla disgustado. Estaba claro que Zed no era tan solo alguien que había pasado de forma breve por la vida de Maia, sino alguien que la había herido profundamente.

Aprovechando que Zed no estaba y el ordenador se encontraba libre, me metí en internet para buscar trabajo de zoóloga en el extranjero. Si no pensaba aceptar la oferta de Zed, significaba —dada la incierta situación en Kinnaird— que debía buscarme otra cosa.

En la pantalla aparecieron varios puestos que Google consideraba adecuados y los miré por encima.

«Profesor auxiliar de inmunología animal y ecología del paisaje, Georgia, EE. UU.»

«No me llama», pensé, aunque hubiera tenido la experiencia para ejercer de profesora auxiliar, que no era el caso.

«Asistente de campo zoológico, especializado en focas y aves marinas, Antártida.»

«Ni soñarlo, Tiggy, como si en Escocia no hiciera ya suficiente frío...»

«Se necesita director de conservación en reserva natural de Malawi.»

«Eso ya me suena interesante...»

Escribí un correo rápido y adjunté el currículum, y solo después de darle a enviar caí en la cuenta de que no había cambiado la dirección de Suiza por la de Kinnaird, pero sabía que Ma me reenviaría de inmediato a Escocia cualquier correspondencia que llegara a mi nombre.

Tras darme a mí misma al menos una alternativa segura para el futuro, al día siguiente me desperté con la intención de visitar a Chilly antes de reunirme con Zed para comer. Me detuve brevemente a medio camino de la ladera y escuché los sonidos de la cañada. Ni el susurro de una brisa alteraba la quietud absoluta. Había aprendido que el silencio sobrecogedor solía preceder a las tormentas de nieve. Los gatos, sin duda, estaban de acuerdo, pues ninguno había salido a verme. Cuando me dirigía al pabellón para recoger el almuerzo de Chilly, pensé en lo que le diría a Zed. O, de hecho, en cómo iba a formular el «no» que tenía que darle.

—¡¿Yo en Nueva York?! Ni pensarlo —me dije—. Odiarías estar dentro de una caja de cristal en el cielo, Tiggy. Manhattan probablemente tenga el mismo tamaño que Kinnaird —añadí—, pero abarrotado de edificios.

«Zed dijo que pasarías mucho tiempo viajando...»

—No, Tiggy —me reprendí con firmeza—. Pase lo que pase, da igual lo que haga para convencerte, tienes que decir que no. No es... lo que te conviene. Y no se hable más.

—¿Otra vez estás enfermo, Chilly? ¿Quieres que llame a alguien? —pregunté cuando llegué a la cabaña y lo encontré de nuevo en la cama.

—No estoy peor de lo que estaba ayer o de lo que estaré mañana. —Chilly abrió los ojos cuando me acerqué—. Eres tú la que se va, no yo.

—En serio, Chilly —repliqué—, a veces no dices más que tonterías.

—Dile a Angelina que fui yo quien te mostró el camino a casa, tal como prometí.

Volvió a cerrar los ojos, pero esta vez le cogí la mano.

—No pienso irme a ningún lado, Chilly —dije en voz baja.

—Tú te vas a casa. Y despés —declaró con un leve suspiro—, también yo.

Aunque me pasé los minutos siguientes suplicándole que me explicara qué quería decir con eso, Chilly o se hacía el dormido o se había quedado traspuesto de verdad, porque no dijo nada más. Lo besé en la frente y, cuando resultó evidente que no iba a responder, solo me quedaba dejarle la comida junto al hornillo para que se la calentara más tarde y despedirme con un quedo adiós.

—Hola, Beryl —saludé cuando entré en la cocina, una hora más tarde.

—Llegas un poco temprano. Zed me ha dicho que te esperaba a la una.

—Lo sé, pero primero necesito utilizar el ordenador, si está libre.

—De hecho, lo está. Nuestro invitado se encuentra en el salón, enfrascado en una de sus interminables conferencias. Por las mañanas son China y el Este; por las tardes y las noches, Nueva York y el Oeste. Sinceramente, no entiendo qué hace aquí si apenas disfruta de lo que hay al otro lado de las ventanas... Solo sale para hacer prácticas de tiro en el bosquecillo una hora al día. Si te soy sincera, Tiggy, ahora mismo tengo ganas de gritar.

La vi atacar violentamente con un cuchillo la zanahoria que tenía delante.

—Lo siento mucho, Beryl. Con suerte, pronto se irá y podrás recuperar el pabellón. Y ventilar —añadí tratando de aligerar la conversación.

—¿Y quién vendrá en cuanto esté libre? Ella ha vuelto. Esta mañana, cuando venía, los he visto cabalgando juntos. Los muy sinvergüenzas me han sonreído —murmuró, apuñalando otra zanahoria.

—¿Quién, Beryl?

—Ah, nadie. —Sacó un pañuelo de papel de su delantal y se sonó la nariz—. No me hagas caso. Esta época del año es deprimente, ¿no crees?

—Sí. Y, Beryl... en serio, si alguna vez quieres hablar, aquí estoy.

—Gracias, querida.

Cerré la puerta del estudio tras de mí, me senté al escritorio y accedí a Hotmail. Tenía dos mensajes, uno de Charlie y otro de Maia.

Leí primero el de Charlie.

Hola, Tiggy, perdona las erratas porque (como siempre) estoy escribiendo con prisas. En primer lugar, he caído en la cuenta de que no me disculpé por el cuasi accidente que tuviste en la nieve. Si «Beryl» no hubiera estado en tan mal estado, podría haberse evitado. Y si te hubiese pasado algo, jamás me lo habría personado. También te pido disculpas por no despedirme como es debido el otro día, cuando me fui. Te mereces un millón de gracias por ayudar a Zara y por ayudarme a mí a lidiar con ella. Tu consejo funcionó: después de llegar a casa, pidió volver al colegio. Desde entonces no la hemos oído quejarse, así que confiemos en que se haya amoldado de nuevo.

Me gustó verte y charlar contigo, aunque fuera brevemente, pero espero volver a verte pronto, cuando, con suerte, tenga noticias más alentadoras sobre el futuro de la finca.

Cuídate mucho,

CHARLIE X

Me di un pequeño abrazo de placer por el beso, la dulzura y el interés que contenía el correo. Como la triste criatura solitaria que era, incluso lo imprimí para volver a leerlo más tarde.

A renglón seguido, leí el mensaje de Maia.

Querida Tiggy:

He estado pensando mucho en nuestra conversación y estoy preocupada por ti y por nuestro extraño «acosador». Aunque el trabajo suena increíble, te ruego que lo pienses detenidamente.

No sabía si enviarte el archivo adjunto, pero creo que deberías verlo antes de tomar una decisión. Es de hace un año, pero...

¡No me odies!

Espero verte en verano.

Hablamos pronto,

MAIA XX

Bajé el cursor y abrí el archivo. Y ahí, ante mí, apareció una foto del hombre que en ese momento me estaba esperando en el salón. Tenía un brazo alrededor de los hombros de mi hermana Electra y el pie rezaba:

Zed Eszu y Electra disfrutan de su muta compañía en la inauguración de una galería en Manhattan. Dado que en los últimos dieciocho meses se los ha visto juntos en varias ocasiones, nos preguntamos si son oficialmente pareja o si seguirán teniéndonos en ascuas.

—Esto lo confirma —musité al tiempo que le daba a «imprimir», luego doblé la hoja y me la guardé en el bolsillo trasero de los vaqueros.

Respiré hondo unos segundos para tranquilizarme y me encaminé al salón.

—Tiggy. —Zed se levantó de la butaca junto al fuego y se acercó a mí. El calor en la estancia era sofocante—. Siento que hace mucho que no te tengo solo para mí. Casi diría que has estado evitándome —añadió mientras me besaba en ambas mejillas.

—En absoluto, Zed. Es solo que he estado muy ocupada.

—¿Con la aparición del ciervo blanco, quieres decir?

—Eso... eso son habladurías, Zed.

—Vamos, Tiggy, todos sabemos que lo has visto y que Cal le hizo fotos, que de algún modo han llegado a manos de los medios. Si yo fuera Charlie Kinnaird, estaría dando saltos de alegría. Es una manera perfecta de poner Kinnaird en el mapa turístico. ¿A qué está esperando?

—Charlie jamás haría eso, Zed, porque tenemos que hacer todo lo que podamos para proteger al ciervo, y permitir que cientos de turistas entren en la finca no es la mejor manera de lograrlo. Por no mencionar la amenaza de los cazadores furtivos. Ese ciervo es tan raro que resulta casi mítico. Por favor, recuerda que mi profesión, y mi cometido aquí, es la conservación de los animales.

—Por supuesto, ¿y no sería increíble que consiguiéramos una foto tuya con el ciervo para el lanzamiento de nuestra fundación? Olvídate de la jirafa —bromeó Zed—, eso no es nada en comparación. La próxima vez que salgas para ver al ciervo, ¿puedo acompañarte con una cámara? Creo que lo han avistado en el bosquecillo de abedules. Vi el viejo Range Rover aparcado allí ayer, cuando salí con el mío para intentar dar con el ciervo.

—Zed, tenemos que hablar —dije con firmeza, horrorizada de que pareciera saber dónde estaba Pegaso.

—Claro. Querrás conocer los detalles de tu paquete. Tengo el ojo puesto en un loft en Chelsea que creo que te iría perfecto para cuando estuvieras en Manhattan y no salvando leones en África. He puesto una botella de champán a enfriar. —Señaló una cubitera que descansaba sobre el minibar—. ¿La abro?

Lo miré incrédula. Era evidente que estaba convencido de que iba a aceptar el trabajo.

—No, Zed, porque...

—Te preocupan las condiciones —me interrumpió—. Te he

preparado un dosier con las características de tu puesto y, por supuesto, tu salario. Toma. —Me tendió una carpeta.

—Gracias por haberte tomado tantas molestias, pero me temo que no puedo aceptar el trabajo, y nada me persuadirá a cambiar de opinión.

Zed frunció el ceño.

—¿Puedo preguntar por qué?

—Porque... —Todas las respuestas que había preparado se desvanecieron cuando su mirada no flaqueó—. Me gusta este lugar.

—Vamos, Tiggy, seguro que puedes darme una razón más convincente.

Vi el brillo acerado aflorar a sus ojos.

—En el fondo soy una chica de campo y siento que este es mi hogar.

—Si te molestaras en echar un vistazo a lo que hay en esa carpeta, verías que también he incluido un vuelo en primera clase para que puedas viajar a cualquier lugar de Europa una vez al mes. En el informe también verías que tengo intención de que pases al menos seis meses al año en África, sobre todo al principio, mientras buscas maneras de gastar los veinticinco millones de dólares que tendrás a tu disposición.

«Veinticinco millones...»

—Suena maravilloso, pero no tengo más que veintiséis años y solo poseo experiencia en la conservación de animales. Sería incapaz de llevar toda la parte administrativa.

—Por eso contarás con el apoyo de un equipo experto. Como ya he dicho, tu único cometido será proponer proyectos y estar al frente de los mismos. Te pondremos un estilista, vestuario nuevo, un profesor para aprender a hablar en público...

Me quedé inmóvil mientras Zed seguía contándome cómo iba a ser moldeada y convertida en su propiedad. Y mientras pensaba en ello, el semblante y el cuerpo de Zed empezaron a cambiar, y se transformó en un enorme lagarto verde y viscoso cuya lengua puntiaguda entraba y salía de su boca mientras hablaba...

Zed se calló al fin y en ese momento pasó de nuevo de reptil a humano.

—Esto, gracias, Zed, en serio, me siento halagada, pero, digas lo que digas, sigue siendo un no.

—¿De verdad es este lugar, Kinnaird, lo que te retiene aquí?

—Sí —declaré—. Me encanta.

—Entonces está decidido. —Se dio una palmada en el muslo—. Compraré la finca. Llevo varios días dando vueltas a la idea. Estoy seguro de que Charlie accederá a vendérmela. Todos sabemos lo desesperado que está. Estará encantado de deshacerse de ella.

—¿Quieres comprar Kinnaird? —susurré, temblando de espanto.

—¿Por qué no? Será desgravable. Podríamos organizar ejercicios al aire libre para fomentar el espíritu de equipo de mis empleados, y quizá utilizar una parte del terreno para un campo de golf de dieciocho hoyos. Podría ampliar el pabellón para crear un hotel y convertir los viejos graneros en tiendas de productos locales. En resumen, traería el nuevo milenio a este lugar. Y tú, Tiggy, puedes quedarte y ayudarme.

Estaba tan estupefacta que solo acertaba a abrir y cerrar la boca como un pez.

—Bueno —continuó Zed con una sonrisa—, elijas lo que elijas, Tiggy, está visto que acabarás trabajando para mí. Ahora, abramos ese champán.

—Lo siento, Zed, pero tengo que irme.

—¿Por qué? ¿He dicho o hecho algo que te haya ofendido?

—Eh… Has sido muy generoso, y te lo agradezco de veras, pero no puedo trabajar para ti, Zed, ni aquí ni en Nueva York.

—¿Por qué no, Tiggy? Pensaba que congeniábamos.

—El caso es que… —Saqué la hoja del bolsillo trasero de mis vaqueros—. Le hablé de ti a mi hermana Maia, y me ha enviado esto.

Le tendí el papel y lo observé mientras lo abría. Miró la fotografía y levantó la vista.

—Es mi hermana Electra —dije.

—Sé quién es, Tiggy, pero no entiendo tu reacción.

—Primero sales con Maia, luego con Electra, ¡y ahora estás aquí conmigo! Lo siento, pero lo encuentro un poco… raro.

—No seas tan ingenua, Tiggy, por favor. Seguro que eres consciente de que la prensa puede coger una amistad completamente inocente y hacer que parezca el idilio más llamativo desde Burton y Taylor. Te conté abiertamente que conocía a Maia y a Electra. Y sí, con Maia tuve una relación, pero lo de Electra es solo amistad. Como bien sabes, actualmente tiene novio, por lo que hace meses que no la veo. Además, las tres sois mujeres guapas que os movéis en los mismos círculos que yo. Es así de sencillo.

—Yo, desde luego, no me muevo en los mismos círculos que tú y nunca lo haré. Me voy, y preferiría que no volviéramos a vernos jamás.

—¿No estarás celosa de tus dos hermanas?

—¡Por supuesto que no! —casi grité de frustración al ver que Zed continuaba sin pillarlo—. Tu fijación conmigo y con mis hermanas… da miedo. Adiós, Zed.

Salí de la estancia casi temiendo que me siguiera y agradecí que Beryl se encontrase en la cocina para protegerme y Cal estuviese en casa para comer. Una vez fuera, crucé el patio a la carrera, entré en la cabaña y cerré de un portazo.

—¡Mierda! —exclamé mientras barajaba la posibilidad de arrimar el sofá contra la puerta como medida adicional de protección.

—¿Dónde está el fuego? —Cal salió de la cocina comiéndose una enorme porción de pastel de carne.

—¿Vas a estar aquí la próxima hora? —jadeé.

—Puede. ¿Por qué?

—Porque acabo de rechazar la oferta de trabajo de Zed. No le ha hecho mucha gracia, por decirlo suavemente, así que ha dicho que quería comprar Kinnaird, por lo que de un modo u otro acabaría trabajando para él y… entonces le he enseñado una foto de una revista en la que aparece con una de mis hermanas, y resulta que también salió con mi otra hermana y… Dios, Cal, de veras creo que está loco.

—Uau, Tig, me he perdido. ¿Qué es eso de que quiere comprar Kinnaird?

—Acaba de decirme que iba a hacerlo. ¡Oh, Cal! —Las lágrimas acudieron a mis ojos—. Ha empezado a hablar de poner un campo de golf y tiendas y…

Cal se derrumbó en una silla.

—El laird jamás vendería Kinnaird, y menos a alguien como Zed.

—Tanto tú como yo sospechamos que Charlie y la finca están en bancarrota. Aunque obtengamos la subvención máxima, la situación seguirá siendo precaria.

—Señor —murmuró—, sería sin duda el final de una época. Adiós a mi sueño de casarme con Caitlin y comprarnos una casa.

—Lo peor de todo es que Zed compraría la finca como si fuese un mero juguete. Y puede que solo para fastidiarme.

—Así que crees que vales unos cuantos millones, ¿eh, Tig? —bromeó Cal.

Me puse colorada y eso relajó un poco el ambiente.

—No lo decía por eso, pero tengo la sensación de que viene a por mí, haga lo que haga.

—Sí, parece tener una extraña fijación contigo. ¿Y dices que también ha salido con dos de tus hermanas?

—Sí, y Maia no tenía nada bueno que decir de él. Dios, Cal, acabo de rechazar un presupuesto de veinticinco millones de dólares para gastarlos como yo quisiera —gemí—. Y si Zed compra Kinnaird, tendré que irme.

—Dudo mucho que eso ocurra, Tig. —Cal meneó la cabeza—. Quizá deberías hablar del asunto con Charlie.

—Quizá —dije encogiéndome de hombros—. En fin, me voy a Tain a pasar la tarde con Margaret, y por la noche iré a vigilar a Pegaso. Zed sabe dónde está. ¿Tú no crees que…?

—¡Señor! Y aquí estoy yo, organizándole una práctica de tiro. De todas formas, ¿te parece prudente salir esta noche? Se acerca una ventisca —advirtió Cal examinando el cielo azul por la ventana de la cabaña.

El sol del mediodía rociaba de purpurina la capa de nieve que cubría el suelo durante todo el invierno. Era la imagen perfecta para una felicitación navideña.

—¡Sí! No podemos arriesgarnos, Cal, sabes que no podemos.

—Dudo que esta noche salga el Abominable Hombre de las Nieves —murmuró Cal.

—Prometiste que mantendríamos la vigilancia —imploré—. Oye, me llevaré la radio y te llamaré si surge algún problema.

—¿De verdad crees que voy a dejar a una muchachita como tú sola en medio de una tormenta de nieve mientras hay un posible cazador furtivo merodeando por la finca? No seas ridícula —me gruñó al tiempo que sus rubicundas facciones mostraban irritación y, finalmente, conformidad—. Pero un par de horas como mucho. Después, te traeré a casa de los pelos. No quiero ser el responsable de que acabes con hipotermia otra vez. ¿Queda claro?

—Gracias, Cal —respondí aliviada—. Sé que Pegaso está en peligro. Sencillamente... lo sé.

Había caído una nieve densa y el tejado de lona del refugio se había combado bajo su peso. Me preguntaba si acabaría viniéndose abajo y nos enterraría vivos bajo la nieve que pesaba sobre nuestras cabezas.

—Nos vamos, Tig —dijo Cal—. Tengo los miembros entumecidos y el camino de vuelta no va a ser fácil. La ventisca ha amainado y debemos irnos a casa ahora que todavía podemos. —Bebió un último sorbo del café tibio que había en el termo y me lo pasó—. Termínatelo. Voy a retirar la nieve del parabrisas y a encender la calefacción.

—Está bien. —Suspiré, pues sabía que no serviría de nada discutir.

Llevábamos en el refugio más de dos horas sin ver otra cosa que copos de nieve que se precipitaban contra el suelo. Cal salió y se dirigió a Beryl, que estaba aparcada más allá de un saliente rocoso del valle. Miré por el ventanuco del refugio mientras me bebía el café, apagué el quinqué y salí a gatas. No necesitaba la linterna porque el cielo se había abierto y en ese momento titilaba con miles de estrellas y una Vía Láctea claramente visible por encima de mí. La luna, a la que solo le faltaban dos días para estar llena, refulgía con intensidad, iluminando el manto blanco e impoluto que cubría el suelo.

El silencio que reinaba después de la nevada era tan hondo como la alfombra rutilante que reclamaba mis pies y la mayor parte de mis pantorrillas.

«Pegaso.»

Lo llamé mentalmente y caminé despacio hacia los árboles, suplicándole que apareciera para poder irme a casa a dormir sabiendo que estaba otra noche a salvo.

Surgió de repente, como una imagen mística, y alzó la cabeza en dirección a la luna. Luego se volvió y clavó sus profundos ojos castaños en mí. Empezó a andar con paso vacilante hacia mí, y yo hacia él.

—Querido Pegaso —susurré, y en ese momento vi una sombra en la nieve de la arboleda.

La sombra levantó un rifle.

—¡No! —grité en medio del silencio. La figura estaba detrás del ciervo, apuntándolo con el arma, lista para disparar—. ¡Deténgase! ¡Huye, Pegaso!

El ciervo se dio la vuelta y reparó en el peligro, pero en lugar de salir huyendo para ponerse a salvo, echó a correr hacia mí. Sonó un disparo, luego otros dos, y noté un dolor punzante en el costado. Mi corazón sufrió una sacudida extraña y se puso a latir tan deprisa que empecé a marearme. Me fallaron las rodillas y me desplomé en el manto de nieve.

De nuevo el silencio. Traté de permanecer consciente, pero no podía seguir luchando contra la oscuridad, ni siquiera por él.

Al rato abrí los ojos y vi un rostro querido y familiar inclinado sobre mí.

—Tiggy, cariño, todo irá bien. Te quedarás conmigo, ¿verdad?

—Sí, Pa, claro que sí —le susurré mientras me acariciaba el pelo como cuando me ponía enferma de niña. Volví a cerrar los ojos, sabedora de que en sus brazos estaba a salvo.

Cuando desperté de nuevo, noté que alguien me levantaba del suelo. Busqué a Pa, pero solo vi el semblante alarmado de Cal, que luchaba por ponerme a salvo. Cuando volví la cabeza hacia la arboleda, vi el cuerpo tendido de un ciervo blanco y gotas de sangre que salpicaban la nieve a su alrededor.

Y supe que Pegaso se había ido.

20

B uenos días, Tiggy, ¿cómo te encuentras?
   Me obligué a abrir los ojos para ver quién me hablaba, pues no reconocí la voz.

—Hola —dijo una enfermera, sonriéndome.

Con gran esfuerzo, desenterré recuerdos fugaces de...

—Pegaso —susurré, y mi labio inferior empezó a temblar al tiempo que los ojos se me llenaban de lágrimas.

—Tranquila, cariño. —La enfermera, que tenía el cabello de un pelirrojo intenso y un rostro amable cubierto de pecas, colocó una mano regordeta sobre la mía—. Has sufrido una conmoción, pero al menos conseguiste salir sana y salva. El médico residente vendrá a verte dentro de nada. Voy a tomarte la temperatura y la presión, y luego ¿quizá te apetezca desayunar algo?

—No, gracias, no tengo hambre —respondí cuando nuevos recuerdos de la noche anterior empezaron a descargarse en mi cerebro.

—¿Qué tal una agradable taza de té?

—Gracias.

—Pediré que te la traiga uno de los auxiliares. Abre, por favor —añadió antes de ponerme el termómetro debajo de la lengua y ceñirme el manguito alrededor del brazo—. No tienes fiebre, pero tu presión todavía está un pelín alta, aunque ha bajado desde anoche. Seguro que fue por todo el drama —me reconfortó con una sonrisa—. Tu amigo Cal está esperando fuera. ¿Lo dejo pasar?

—Sí. —Pensar en Cal y en la forma en que una vez más había cuidado de mí la noche anterior hizo que se me humedecieran los ojos de nuevo.

—Buenos días, Tig —dijo cuando entró, minutos después—. Me alegro de verte despierta. ¿Cómo te encuentras?

—Hecha polvo. ¿Está Pegaso...? —Me mordí el labio—. ¿Muerto?

—Sí, Tig. Lo siento de veras, sé lo mucho que significaba para ti. Lo mejor será que te lo imagines como el Pegaso mítico al que le salen alas y vuela a los cielos.

—Lo intentaré. —Le sonreí débilmente. Cal no era dado a las fantasías y le agradecía el esfuerzo—. Me gusta la idea, pero me siento responsable. Pegaso confiaba en mí, Cal, vino a verme como otras veces y le dispararon por culpa de eso.

—Tig, no podías hacer nada. Ninguno de los dos podía.

—¡No lo entiendes! Le grité que huyera, pero en lugar de eso corrió hacia mí. Si Pegaso no se hubiera interpuesto entre el cazador y yo, sería yo la que ahora estaría muerta. Me salvó la vida, Cal, en serio.

—En ese caso, le doy las gracias. Aunque es una pérdida terrible para nosotros, y también para el mundo natural, prefiero que haya sido él y no tú. ¿Ha pasado ya el médico?

—No, pero la enfermera me ha dicho que está al caer. Espero que me quite todo esto... —señalé los tubos y la máquina a la que estaba enchufada— para poder irme a casa.

—Algunos dicen que nuestro servicio sanitario deja mucho que desear, pero el helicóptero tardó menos de media hora en llegar con los paramédicos después de que llamara.

—Eso explica el zumbido y los sonidos metálicos —dije—. Pensaba que lo había soñado.

—No lo soñaste. Yo os seguí en el coche y dudo que quede alguna parte de ti que no haya sido escaneada, radiografiada o analizada. El médico dijo que tendría los resultados esta misma mañana.

—Si te soy franca, no recuerdo gran cosa, salvo mucho ruido y muchas luces brillantes. Por lo menos no me duele nada.

—No me extraña, con todos los analgésicos que te chutaron. Tienes que saber que hay un agente de policía esperando para hablar contigo cuando te sientas más fuerte. Le he contado todo lo que sé, pero, si lo recuerdas, no estaba allí en el momento del tiroteo.

—¿Un agente? ¿Por qué demonios querría la policía hablar conmigo?

—Alguien te disparó anoche, Tig. Como tú misma has dicho, podrían haberte matado.

—Pero solo por error, Cal. Los dos sabemos que quienquiera que fuese iba a por Pegaso.

—Bueno, por el momento lo están tratando como un caso sospechoso.

—Es ridículo, aunque quiero que descubran quién mató a Pegaso. La caza furtiva también es un delito, sobre todo de un animal tan raro.

—¿Viste quién fue, Tig?

—No. ¿Y tú?

—Tampoco. Cuando llegué, el cabrón ya había desaparecido.

Nos quedamos un rato callados, rememorando la conversación que habíamos mantenido el día anterior sobre Zed, pero ninguno de los dos se atrevió a expresar lo que pensaba.

—¿Quieres que avise a alguien? ¿A una de tus hermanas? ¿O a esa señora a la que llamas Ma? —me pregunto Cal.

—Dios, no, a menos que el médico te haya dicho que me estoy muriendo.

—Te aseguro que no. Dijo que eras una muchacha con suerte. Hablando del rey de Roma…

Un hombre que no aparentaba ser mucho mayor que yo había aparecido tras la cortina.

—Hola, Tiggy, soy el doctor Kemp. ¿Cómo se encuentra esta mañana?

—Bien. —Asentí, y mi corazón pegó un brinco mientras se preparaba para el informe sobre mi estado.

Vi que el médico echaba un vistazo al monitor antes de volverse de nuevo hacia mí.

—La buena noticia es que la radiografía que le hicimos anoche salió limpia y confirmó lo que ya sospechábamos. La bala atravesó el costado del anorak y los tres jerséis que llevaba puestos, pero a usted solo le hizo una herida superficial. Ni siquiera tuvimos que darle puntos. Solo lleva puesta una gasa.

—Entonces ¿puedo irme a casa?

—Me temo que todavía no. Los paramédicos que la atendieron en el helicóptero dijeron que tenía el ritmo cardíaco disparado y la presión arterial muy alta. Al principio pensamos que se trataba de un ataque al corazón, por eso la conectamos a un monitor. El electrocardiograma muestra que está experimentando algo denominado arritmia, que significa que el corazón no es capaz de mantener un ritmo regular. También tiene episodios de taquicardia, que es cuando el corazón late más deprisa de lo normal. ¿Últimamente ha notado palpitaciones o el corazón acelerado?

—Eh… sí, un poco —contesté, consciente de que debía decir la verdad.

—¿Desde cuándo?

—No me acuerdo, pero ahora me encuentro muy bien, en serio.

—Siempre es conveniente realizar un chequeo por si hay afecciones subyacentes, Tiggy. Y eso es lo que queremos hacer.

—Estoy segura de que mi corazón está perfectamente, doctor —dije con firmeza—. De niña sufría de asma severa y tenía bronquitis constantes. Me hacían muchas pruebas en el hospital y en cada ocasión me miraban el corazón.

—Me tranquiliza oír eso, pero el equipo de cardiología quiere hacerle una angiografía por si las moscas. Dentro de un rato vendrá a buscarla un enfermero. ¿Se ve capaz de sentarse en una silla de ruedas?

—Sí —respondí apesadumbrada.

Odiaba los hospitales, y cuando el enfermero me empujaba por el pasillo diez minutos más tarde, decidí que estaba de acuerdo con Chilly y que, decididamente, optaría por apagarme en mi entorno.

Aunque desagradable, la angiografía resultó indolora, y en menos de media hora estaba de nuevo en la cama con un plato de sopa aguada, lo único vagamente vegano del menú.

—¿Te ves con ánimos de recibir al agente de policía, Tig? —propuso Cal—. El pobre tipo lleva esperando desde el amanecer.

Acepté y Cal lo hizo pasar. El hombre se presentó como el sargento McClain, vestía de paisano y parecía sensato y amable. Tomó asiento junto a mi cama y sacó una libreta.

—Hola, señorita D'Aplièse. El señor MacKenzie ya ha declarado y me ha contado lo que cree que sucedió anoche. Nos hemos llevado su anorak y sus jerséis para analizarlos. Se salvó usted por los pelos. Tienen la bala que mató al ciervo, pero están buscando el casquillo en la escena del delito. Podremos identificar el modelo exacto del rifle a partir del casquillo y la bala. Ahora me temo que necesito tomarle declaración como única testigo del tiroteo. Si desea parar en algún momento, dígalo, por favor. Entiendo que no es una situación agradable para usted.

Respiré hondo y me concentré en terminar con todo eso para estar de vuelta en mi cama de Kinnaird lo antes posible. Expliqué cuanto había sucedido mientras que el agente me instaba a entrar en los detalles.

—Entonces ¿no consiguió ver a la persona que disparó? —aclaró.

—No. Solo vi su sombra en la nieve.

—¿Cree que era un hombre?

—Sí —dije—. La sombra era muy alta, aunque supongo que las sombras no se corresponden con la estatura de una persona, ¿verdad? Puede parecer extraño, pero creo que llevaba un sombrero de fieltro anticuado. Entonces vi a Pegaso correr hacia mí…

—¿Pegaso?

—El ciervo blanco. Lo llamaba Pegaso.

—Tig y el ciervo estaban muy unidos, agente —explicó Cal mientras se me humedecían los ojos.

—Y ahora desearía no haberlo estado, porque entonces Pegaso seguiría vivo…

—Bien, podemos dejarlo aquí, señorita D'Aplièse. Ha sido usted de gran ayuda.

—¿Podrán acusar a ese hombre de caza furtiva? —pregunté.

—Desde luego que sí, no se preocupe. Si atrapamos al canalla que les hizo eso a usted y al ciervo, me aseguraré de que la fiscalía lo acuse de todos los cargos posibles. Yo diría que ese ciervo recibió una bala que iba dirigida a usted, por lo que podríamos incluso acusarlo de intento de asesinato. Le advierto, no obstante, que la prensa ya está al tanto de la historia. —El sargento McClain suspiró—. Las malas noticias corren como la pólvora, sobre todo porque el ciervo ya estaba en el punto de mira de los medios. Hay un par de periodistas merodeando en la entrada del hospital. Cuando le den el alta, le recomiendo que salga por la puerta de atrás. Mi consejo es que responda «Sin comentarios» a todas las preguntas que le hagan, ¿de acuerdo?

—De acuerdo, gracias.

—Ahora le ruego que lea su declaración y, si está todo correcto, escriba sus iniciales en cada hoja y firme abajo.

Hice lo que me pedía y le devolví las hojas procurando que no me temblaran las manos. Contar lo ocurrido me había dejado sin una gota de energía.

—Aquí tiene mi tarjeta por si recuerda algo más durante los próximos días. Tengo sus datos de contacto, de modo que ya puedo dejarla tranquila para que se reponga. Si encontramos el casquillo, se lo comunicaremos, y nuestro servicio de apoyo a las víctimas se pondrá en contacto con usted en breve. Y le ruego que intente hacer memoria, señorita D'Aplièse. Cualquier otra cosa que recuerde podría permitir acusar a ese idiota. Entretanto, espero que se recupere pronto, y gracias por su ayuda.

Una vez que se hubo marchado, noté que me pesaban los párpados. Estaba cerrándolos cuando oí la cortina abrirse de nuevo.

—¿Cómo se encuentra?

Abrí los ojos y vi al doctor Kemp, el médico residente, mirándome desde arriba

—Bien. —Me esforcé por mostrarme totalmente despejada—. ¿Puedo irme a casa?

—Todavía no, lo siento. El doctor Kinnaird, el especialista de nuestro departamento de cardiología, va a venir a verla. En principio, los resultados de la angiografía estarán listos mañana por la mañana. Me temo que el doctor tardará un rato todavía, porque ahora mismo está operando. Por cierto, le envía saludos —añadió—. Por lo visto se conocen.

—Sí. —Tragué saliva cuando me dio otro vuelco el corazón—. Trabajo para él. En su otra vida, quiero decir, en la finca.

—Ya. —El médico residente parecía desconcertado, y caí en la cuenta de que probablemente no sabía nada de la vida personal de Charlie.

Miré por la ventana y vi que el cielo empezaba a oscurecerse.

—¿Podré irme esta noche a casa?

—No, porque el señor Kinnaird querrá ver los resultados de la angiografía y puede que desee hacerle más pruebas. Una última cosa, Tiggy. Su amigo Cal me ha dicho que es usted ciudadana suiza, no británica.

—Así es.

—Eso no representa un problema, los suizos pueden recibir tratamiento en el Servicio Nacional de Salud, pero me temo que no aparece en nuestro sistema. ¿Se ha visto alguna vez con un médico del Servicio Nacional de Salud?

—No.

—En ese caso, necesitamos su pasaporte y su número de la seguridad social, y ha de llenar un par de formularios para planificar su atención futura. Su número de la seguridad social aparecerá en su nómina.

—Ya. —Miré a Cal—. Lo siento mucho, mi pasaporte está en el cajón de mi mesilla de noche, junto con mis nóminas.

—¿Es urgente, doctor? —preguntó Cal—. Me llevará tres horas ir y volver.

—Bastante —dijo el médico residente—. Seguro que sabe cómo funciona la burocracia del Servicio Nacional de Salud. ¿Hay alguien que pueda traérselo?

—No, tendré que ir yo. A menos, Tig, que quieras que Zed te haga una visita. —Cal hizo una mueca.

Miré su semblante cansado y luego el reloj, que marcaba las cuatro de la tarde pasadas. El agente de policía había estado más de dos horas conmigo. Tomé una decisión.

—Cal, ¿por qué no te vas a casa y descansas? Si he de quedarme esta noche, puedes volver con el pasaporte y las nóminas mañana por la mañana y, con suerte, aprovechar el viaje para recogerme.

—¿Estás segura de que no te importa pasar la noche sola?

—Estaré bien, en serio. Tú tienes peor aspecto que yo.

—Gracias, Tig. Y tienes razón, necesito un buen baño.

—Bien, me marcho —dijo el médico—. Hasta mañana, Tiggy. Que duerma bien.

—Lamento tanto todo esto, Cal… Es lo último que necesitas con todo lo que está pasando en Kinnaird.

—Lo último que necesitabas tú era una herida de bala. Será mejor que vaya tirando, Tig. Al menos tendré el placer de conducir un Range Rover nuevecito. Zed me lo dejó al enterarse de que te habían trasladado en helicóptero al hospital.

—Ha sido un detalle —dije a regañadientes, recordando nuestra conversación del día anterior.

—Sí. —Cal frunció el ceño—. O puede que haya sido la culpa. Todos sabemos que entre el amor y el odio hay un paso, y ayer le diste calabazas. Además, la cabeza de un ciervo blanco es un trofeo magnífico para colgarlo en una pared. El no va más, diría yo, sobre todo para un hombre como Zed. ¿Crees que fue el quien te disparó?

—Dios, Cal —dije mientras mi corazón sufría otra sacudida—, no lo sé.

—No pretendo espantarte, pero por lo que me has contado tú y lo que he visto yo, Zed está acostumbrado a conseguir lo que quiere. Por lo menos sé que aquí no corres peligro.

—Eso espero. —Suspiré—. Cal, ¿podrías traerme algunas cosas? La mochila, el bolso, que creo que lo dejé sobre la cama, unos vaqueros, una camiseta, un jersey… y… ropa interior limpia. El equipo forense tiene mi ropa y no me hace mucha gracia irme de aquí con el camisón del hospital.

—Cuenta con ello. Y no te metas en más líos mientras estoy fuera, ¿de acuerdo?

—Mira dónde estoy. Sería imposible incluso para mí.

—Para ti nada es imposible, Tig. —Me dio un beso en la frente—. Volveré por la mañana. Si te acuerdas de cualquier otra cosa que necesites, llama a Beryl al pabellón y ella me dará el recado.

—Gracias, Cal. Solo otra pregunta… —Me preparé para la respuesta—. ¿Adónde se han llevado a Pegaso?

—Que yo sepa, lo dejaron donde estaba porque forma parte del escenario del delito.

—Es que… me encantaría despedirme.

—Lo averiguaré y te lo diré. Adiós, Tig.

Se marchó despidiéndose con la mano y de repente me sentí muy sola. Definitivamente, había algo en Cal que me hacía sentir a salvo. No solo eso, también me hacía reír. El vínculo que habíamos forjado era muy especial y me preguntaba si no habríamos sido parientes en una vida anterior…

—Hola, Tiggy —dijo otra enfermera, que se acercó a la cama—. Me llamo Jane y necesito molestarte otra vez con el termómetro. —Me lo introdujo en la boca—. Muy bien. ¿Tienes dolores? —preguntó al tiempo que cogía una carpeta de plástico roja situada a los pies de la cama.

—No.

—Bien, eso significa que podremos quitarte el suero muy pronto. Tienes otra visita. ¿Te ves con ánimos?

—Depende de quién sea. —Mi corazón dio otro de sus vuelcos al imaginarme a Zed acechando detrás de la cortina.

—Se llama Zara y dice que es una buena amiga.

—Me encantaría verla, sí.

Segundos después, el rostro radiante de Zara asomaba por detrás de la cortina.

—Mi pobre Tiggy. Y también Pegaso… ¡Dios! ¿Por qué no me hablaste de él?

—Lo siento, Zara, pero debía ser un secreto.

—Pues ya no lo es. Cuando venía en el coche, estaban hablando del tiroteo por la radio local. ¿Cómo te encuentras?

—Bien, y deseando irme a casa.

—¿Quién crees que lo hizo?

—Si te soy sincera, Zara, no tengo ni idea. Solo vi una sombra —dije, reacia a rememorar otra vez el episodio—. ¿Cómo estás tú? Tu padre me contó que habías vuelto al colegio.

—Sí, pero tenemos un permiso de fin de semana. Mamá ha ido a recogerme y le he pedido que me trajera directamente aquí para verte.

—¿Va todo bien en el colegio?

—Sí, muy bien… Johnnie me escribió para pedirme que nos viéramos y decirme que lo sentía mucho y todo eso. Lo mandé a la mierda. —Rio.

—Bien hecho. —Levanté la palma y la choqué débilmente con la suya.

—¿Te vas a poner bien, Tiggy?

—Por supuesto. Mañana me dan el alta —la tranquilicé, absteniéndome de añadir que era su padre quien me estaba reteniendo allí—. ¿Qué tal las cosas en casa?

—Fatal. Prefiero el colegio a estar en casa con mamá. Cuando papá no está en el hospital, está encerrado en su estudio, hablando con su abogado.

—¿Su abogado?

—Algo relacionado con la finca. No sé… —Zara se rascó la nariz—. Parece que lleve el peso del mundo sobre sus hombros. En fin, será mejor que me largue. Mamá me está esperando. Nos vamos el fin de semana a Kinnaird, lo cual estará bien. Eso sí, Zed Eszu es un tío muy raro. Espero que se vaya pronto. Adiós, Tiggy.

—Se inclinó y me abrazó con fuerza—. Gracias por todo, te has portado genial. —Se levantó y se fue.

Me recosté y noté el dolor en el costado, pues los analgésicos habían dejado de hacer efecto. Cerré los ojos mientras los acontecimientos de los últimos dos días empezaban a hacer mella en mí.

—Hola, Tiggy, ¿cómo te encuentras?

Abrí los ojos al cabo de unos minutos y, cuando alcé la mirada, vi a Ulrika, que arrastraba una silla hacia mi cama.

—Bien, gracias.

Tomó asiento y se inclinó hacia mí.

—Me alegro. Siento lo del cazador. Espero que lo atrapen pronto.

—Y yo.

—Bien, sé que no es un buen momento, pero quería hablar contigo.

Mi corazón dio otro brinco cuando percibí la ira que latía bajo la apariencia calmada de Ulrika.

—¿De qué?

—En primer lugar, de tu influencia sobre mi hija. Todo lo que tú dices va a misa. Recuerda, por favor, que su madre soy yo.

—Por supuesto. Perdona, no...

—En segundo lugar, de mi marido. Desde el principio noté que querías echarle el lazo. Como muchas otras antes que tú...

—¡Eso no es cierto! —exclamé horrorizada—. Charlie y yo somos compañeros de trabajo. ¡Es mi jefe!

—No creas que no sé lo de vuestros paseos matutinos y vuestras pequeñas charlas a solas en Navidad. Que sepas que estás perdiendo el tiempo. Charlie nunca me dejará, nunca.

—No, Ulrika. —Meneé la cabeza, consternada—. Estás muy equivocada.

—No lo creo. Se ve a la legua que estás colada por él.

—Yo no...

—Lo que te estoy pidiendo, Tiggy, es que dejes en paz a mi familia. Puedes pensar lo que quieras sobre mi matrimonio y mi relación con mi hija, pero hazlo bien lejos de nosotros.

Tardé unos segundos en entender lo que estaba insinuando.

—¿Quieres que deje mi trabajo y me marche de Kinnaird?

Ulrika me fulminó con sus fríos ojos azules y bajé la mirada.

—Te dejo sola para que lo pienses. Estoy segura de que acabarás comprendiendo que es lo adecuado para todos. Que te mejores —añadió con sequedad antes de levantarse y desaparecer tras la cortina.

Me derrumbé sobre la almohada mientras mi cuerpo sufría otra sacudida. No era de extrañar que tuviera palpitaciones, pensé desconsolada. Demasiado exhausta para ponerme a rumiar siquiera sobre lo que debería hacer, cerré los ojos y me propuse dormir, porque en ese momento el corazón realmente me iba a cien. Tuve un sueño interrumpido constantemente por enfermeras que acudían para comprobar mi estado. Estaba cabeceando por enésima vez cuando oí una voz familiar.

—¿Tiggy? Soy Charlie.

Ni por asomo podía enfrentarme a él entonces, así que me hice la dormida.

—Es evidente que está frita, y lo que más le conviene es dormir —oí que susurraba a la enfermera—. Dígale que he venido a verla y que volveré tan pronto como me sea posible mañana por la mañana. Los valores están bien en estos momentos, pero si surge algún problema durante la noche, avíseme. La adenosina que he prescrito debería mantenerla tranquila. Désela en la próxima ronda de control.

—Sí, doctor Kinnaird. No se preocupe, cuidaré bien de ella —respondió la enfermera cuando la cortina se cerraba tras ellos, luego sus pasos se alejaron.

«¿Por qué ha ordenado más medicación?», pensé. Quizá fuera para el músculo que había recibido el impacto de la bala tras atravesar el anorak. Me dolía un poco respirar, pero probablemente se debía a la herida…

Me dormí, y la enfermera me despertó al cabo de un rato para realizar el último control.

—Menos mal que no te hemos quitado la vía, porque el especialista ha prescrito algo —me explicó mientras me introducía un líquido a través de una jeringa—. Ahora te dejaré descansar. Llama al timbre si necesitas algo.

—Gracias.

La enfermera de la mañana me despertó de un sueño irregular para llevar a cabo otro protocolo de control.

—Te alegrará saber que hoy la cosa tiene mucho mejor aspecto —me dijo mientras anotaba los valores—. Pronto pasará el carrito del té —añadió antes de irse.

Me incorporé y pensé que, efectivamente, me encontraba mejor. Mi corazón había dejado de dar brincos y tenía la cabeza lo bastante clara para reflexionar sobre mi conversación con Ulrika de la noche previa.

«¿Cómo puede asegurar que voy detrás de su marido? ¿Cómo se atreve a decir que he intentado influir en Zara? ¡Solo trataba de ayudarla! ¿Qué derecho tiene a despedirme...?»

Luego consideré mis opciones. Una de ellas era explicarle a Charlie lo sucedido, pero sabía que me daría demasiada vergüenza contarle la acusación de Ulrika de que estaba «colada» por él.

«¿Es porque podría tener razón?», me preguntó mi voz interior.

No era ningún secreto para mi alma que Charlie me había gustado desde el principio. Me encantaba pasar tiempo con él, y sí, decididamente me atraía...

La simple verdad era que el radar de Ulrika lo había captado.

—Tiene razón —gemí.

Llegó el carrito del té, y mientras daba pequeños sorbos al líquido tibio y flojo que me sirvieron, me pregunté qué debía hacer.

Pensé en Zed, que seguía en Kinnaird, y en el hecho de que alguien me hubiera disparado. Para colmo, a juzgar por lo que Zed y Zara me habían dicho, el futuro de Kinnaird era tan inestable como mi ritmo cardíaco...

—Es posible que no pueda trabajar en toda la semana —farfullé para mí—. Mejor largarme mientras las cosas están bien.

«Eres tú la que se va...», había dicho Chilly...

Eso fue el remate final.

Para cuando hube apurado la taza, sabía que solo tenía una opción. Y era hacer lo que Ulrika me pedía y desaparecer de Kinnaird. Mientras esperaba que llegara Cal, elaboré un plan. Cuando la enfermera regresó para descolgar el suero y quitarme la vía, le pedí un par de folios. Escribí una nota a Cal y redacté mi renuncia oficial para Charlie. A falta de sobres, doblé juntas ambas notas y en el dorso escribí el nombre de Cal en mayúsculas. Escondí las hojas debajo de la almohada.

Cal llegó a las nueve con mucho mejor aspecto. Dejó mi mochila en un rincón.

—Buenos días, Tig. Espero haber traído todo lo que me pediste. Comprenderás que me sentí un poco raro hurgando en el interior de tus cajones en busca de tu ropa… interior —Rio—. ¿Cómo te encuentras?

—Mucho mejor, gracias —contesté con una sonrisa—. Estoy segura de que me dejarán salir hoy. La enfermera ha dicho que mis valores tenían buena pinta.

—Esa es la mejor noticia de todas, y cuánto necesitaba oírla. Kinnaird está lleno de periodistas desesperados por conseguir una foto de nuestro precioso Pegaso.

—Dios mío. ¿Sigue tendido en el lugar donde… cayó?

—No, y eso es lo más extraño. Después de que la policía le quitara la bala del costado, Lochie y Ben ayudaron al equipo forense a levantar una tienda sobre el cuerpo de Pegaso para proteger las pruebas. Los muchachos hicieron guardia toda la noche, pero adivina qué. Cuando han ido a la tienda esta mañana, el cuerpo había desaparecido. —Cal chasqueó los dedos—. Así, como por arte de magia.

—¡Por favor, no me digas que alguien lo ha robado para convertirlo en un trofeo! —gemí.

—Lo dudo, a menos que a los dos muchachos les hubieran echado algo en el termo de café y se hubiesen quedado lo bastante sobados para no oír la llegada de un vehículo grande y a alguien sacar un ciervo enorme de la tienda. Y… —Cal agitó un dedo frente a mí— aquí viene otro misterio que te va a encantar. Cuando Pegaso cayó, quedó rodeado de sangre. Pues bien, según ha contado la policía esta mañana, cuando miraron dentro de la tienda no solo había desaparecido el ciervo, sino que la nieve en la que había caído estaba blanca e inmaculada.

—Como si Pegaso nunca hubiese existido… —susurré.

—Lo mismo pensé yo. Extraño, ¿eh?

—Todo es extraño en estos momentos —dije—. ¿Me juras que no me estás contando un cuento para que me sienta mejor?

—No es mi estilo, Tig. Si no me crees, puedes preguntarlo tú

misma cuando vuelvas a Kinnaird. Por cierto, Beryl te envía esto.
—Cal me tendió una fiambrera llena de galletas de caramelo y chocolate—. Dice que te gustan mucho. Te manda un beso, y también
los demás.

—¿Incluido Zed?

—No lo he visto, así que lo ignoro. —Cal se encogió de hombros—. Le he dejado las llaves de su Range Rover a Beryl y he salido pitando.

—Desde que él llegó, todo va mal en Kinnaird. —Suspiré—.
Espero que se dé cuenta y se largue. Cal, ¿te importa que te envíe
fuera media hora para poder lavarme y cambiarme de ropa? Me
haría sentir más humana.

—Claro que no. Aprovecharé para ir a la cafetería y comer
algo. No he tenido tiempo de desayunar antes de salir.

—Tómate tu tiempo —dije al tiempo que me levantaba de la
cama—. ¿Cal?

—¿Sí, Tig?

—Gracias por todo. Y… lo siento mucho.

—No seas boba —dijo con una sonrisa—. Hasta luego.

Sintiéndome terriblemente culpable por estar a punto de darle
otro disgusto a Cal, pero sabiendo que era inevitable, puse manos
a la obra rápidamente. Me arranqué del torso todos los parches
pegajosos que me mantenían conectada al monitor de electrocardiograma, agarré la mochila y volqué el contenido en la cama. Por
suerte, el pasaporte y la cartera estaban ahí, pero faltaba el móvil.
«No importa —pensé—. Me compraré uno cuando llegue…»

Dejé la nota para Cal encima de la almohada, me fui con la
mochila al lavabo más cercano y cerré la puerta. Me puse apresu-
radamente los vaqueros y el jersey que me había llevado Cal y me
recogí el pelo en un moño alto.

Cuando asomé la cabeza por la puerta del lavabo, advertí que
aún tenía que pasar por delante del mostrador de las enfermeras,
situado a pocos metros. Comprobé, aliviada, que en ese momento
no había nadie. Abrí la puerta del todo, salí con paso resuelto, giré
a la derecha y abandoné la planta sin contratiempos. Me acordé
entonces de lo que había dicho el agente de policía sobre la presencia de los medios y busqué una salida lateral, que finalmente encontré.

Una vez fuera, me subí rápidamente a uno de los taxis que aguardaban delante del hospital.

—Al aeropuerto de Inverness, por favor —pedí al taxista.

—Entendido, señorita. —Puso el coche en marcha y partimos.

En el diminuto mostrador de billetes del aeropuerto, la empleada me preguntó adónde quería ir.

—A Ginebra —contesté tras decidir que no había nada que necesitara tanto como los cuidados de Ma y el delicioso guiso de judías de Claudia.

Mientras la mujer introducía los datos en el ordenador, visualicé de nuevo el techo blanco de una cueva...

«Dile a Angelina que fui yo quien te mostró el camino a casa...»

—Espere... disculpe mi pobre inglés —mentí para mitigar el hecho de que estaba a punto de quedar como una completa idiota—. No quería decir Ginebra, sino Granada... ¡en España!

—Ya. —La mujer suspiró—. Eso es un poco más complicado...

Una hora y cuarenta y cinco minutos más tarde, el avión con destino al aeropuerto londinense de Heathrow aceleró sobre la pista y sentí que una gran opresión abandonaba mi pecho. Cuando nos disponíamos a desaparecer entre las nubes, contemplé la ciudad gris y el paisaje nevado, y lancé un pequeño beso.

«Tenías razón, querido Chilly. Y te prometo que les diré que fuiste tú quien me envió a casa.»

21

Muchas horas después, mi avión tomaba tierra en la pista del aeropuerto de Granada. Por suerte, había dormido todo el trayecto desde Heathrow, unas buenas tres horas. Cuando descendí por la escalerilla, un dulce olor a tierra caliente, cítrica y fértil asaltó mis fosas nasales. Aunque estábamos a principios de febrero, advertí que la temperatura era de diez grados incluso a esa hora de la noche, lo cual, después de un invierno con temperaturas bajo cero, se me antojaba maravillosamente tropical. Tras pasar el control de pasaportes y recoger mi equipaje, pedí en la oficina de turismo que me recomendaran un hotel en el Sacromonte. La mujer me entregó una tarjeta.

—Gracias. ¿Podría llamar para comprobar si tienen habitaciones?

—El hotel no tiene teléfono, señorita. Habrá habitaciones, no se preocupe.

—Bien, gracias.

Caminé hasta el vestíbulo del aeropuerto y me dirigí a un cajero automático para sacer algunos euros. Hecho esto, salí a buscar la cola de taxis.

—¿Adónde, señorita? —me preguntó el taxista.

—Al Sacromonte, señor, por favor —dije, desenterrando los restos de mi español del colegio.

—¿Va a un espectáculo de flamenco?

—No, al hotel Cuevas El Abanico. —Le entregué la tarjeta que me había dado la mujer del mostrador de información.

—¡Ah, sí, lo conozco!

Salimos disparados y lamenté que fuera de noche y no pudiera ver por dónde iba. En el suelo no había nieve, eso seguro, pensé mientras me quitaba la sudadera en el aire húmedo. Tardamos veinte minutos en llegar a la ciudad, que parecía tener un centro muy animado, a juzgar por la cantidad de gente que había en las calles pese a ser las diez y media de la noche. El taxi dobló a la izquierda por una calle angosta y empezamos a subir.

—La dejo aquí, señorita. Siga recto. —El taxista señaló una verja abierta encastrada en un muro grueso—. El hotel está a cinco minutos.

—Muchas gracias, señor. —Le pagué, me colgué la mochila a la espalda y contemplé el tortuoso sendero que se extendía ante mí, iluminado únicamente por alguna que otra farola antigua y festoneado en un lado por un muro bajo de piedra.

El taxi dio marcha atrás y se alejó colina abajo. Notando las punzadas de la herida en el costado, eché a andar.

Doblé una esquina y allí, alzándose al otro lado del valle, con su ancestral belleza iluminada por una luz tenue, estaba la Alhambra.

Se me llenaron los ojos de lágrimas y supe que ya había estado allí, lo supe sin más. Contemplé fascinada la etérea imagen: los aledaños estaban tan oscuros que el palacio parecía suspendido en el aire.

—Lucía bailó aquí… —murmuré, sin apenas creer que estuviera viendo lo que hasta ese momento solo había existido en mi imaginación.

Continué por el estrecho sendero que rodeaba la montaña. Moradas de piedra encaladas y cavadas en la roca forraban la ladera con sus coloridos postigos cerrados a esa hora de la noche. Se veían muy pocas luces encendidas, y recé por que la mujer de la oficina de turismo no se hubiese equivocado y el hotel no cerrara en invierno.

—De lo contrario, tendré que dormir aquí mismo —resoplé, sintiendo que mi corazón empezaba a protestar.

Afortunadamente, justo en la esquina siguiente, vislumbré unas luces y un letrero con el nombre del hotel que estaba buscando. Abrí la verja y entré.

—¿Puedo ayudarla? —oí que me preguntaban en español.

Me volví hacia mi izquierda y vi a una mujer sentada a una de las mesas de una pequeña terraza, fumando un cigarrillo y mirándome con recelo.

—Eh… ¿tiene una habitación?

—Sí, señorita. —Se levantó y me hizo señas para que me acercara a la puerta—. ¿Es británica? —me preguntó en inglés.

—En realidad soy suiza, por lo que también hablo francés.

—Mejor en inglés, ¿le parece? Soy Marcela, la dueña del hotel. —Me sonrió y las arrugas de su cara se acentuaron.

Camino de la recepción, reparé en que el hotel estaba compuesto por una sucesión de cuevas enjalbegadas. Sacó un juego de llaves y cruzamos una sala con varios sofás cubiertos con telas de alegres estampados. En la parte de atrás, Marcela abrió la puerta de otra cueva con una cama pequeña y muy bonita instalada en el centro.

—El baño. —Mi anfitriona señaló una entrada angosta, protegida por una cortina, que daba a un retrete y una ducha minúscula.

—Es perfecta —dije con una sonrisa—. Gracias.

Regresamos a la pequeña recepción y le di los datos de mi pasaporte a cambio de la llave.

—¿Tiene hambre? —me preguntó.

—No, gracias, he comido en el avión. Si tiene un vaso de agua, se lo agradecería.

Desapareció en una cocina de reducidas dimensiones y volvió con una botella de plástico y un vaso.

—Que duerma bien —dijo cuando me encaminé a mi cuarto.

—Gracias.

Después de lavarme como los gatos, como decía Ma, pues no quería correr el riesgo de ducharme y mojarme la herida, me metí en lo que resultó ser una cama sumamente cómoda. Me tumbé y contemplé el techo. Era idéntico al que tantas veces había visualizado.

—Estoy aquí de verdad —susurré maravillada antes de dejarme vencer por el sueño.

Me sorprendió descubrir que eran más de las diez de la mañana cuando miré la hora en las manecillas fluorescentes del despertador que descansaba sobre un baúl junto a mi cama. Ni un rayo de luz se colaba en la cueva.

Mi garganta atrapó algo de polvo y el sonido de mi tos retumbó en la habitación. No quería ni imaginar el tremendo ruido que debió de hacer Felipe cuando agonizaba en una cueva como esa…

Lo primero que hice fue sacar de la mochila el botiquín de primeros auxilios que había comprado en el aeropuerto de Heathrow. Con una mueca de dolor, retiré la gasa que me cubría la herida. Supuraba, pero no demasiado, teniendo en cuenta a lo que la había sometido el día anterior. Utilizando toallitas esterilizadas, la limpié, le unté gel antiséptico y la tapé con una gasa nueva. Contenta de ver que la herida estaba cicatrizando y no iba a morir de septicemia en el lugar donde había nacido, me lavé el resto del cuerpo y me puse el vestido de algodón que había comprado en el Duty Free. Me eché encima la sudadera y añadí las manoletinas que también había adquirido en mi orgía consumista para reemplazar las pesadas botas que llevaba la noche que Pegaso murió.

—Caramba, Tiggy —reí al contemplar mi vestido floreado—, realmente te mimetizas con el entorno.

Salí de la habitación y fui a la recepción. De la cocina me llegó un intenso olor a café recién molido.

—Buenos días, señorita. ¿Ha dormido bien?

—Sí, gracias —dije, preguntándome si Marcela, con su larga melena negro azabache y su tez aceitunada, era gitana.

—Creo que hace suficiente calor para desayunar en la terraza —propuso.

—Sí. —Salí con ella a un sol resplandeciente y parpadeé como un gato mientras mis ojos se adaptaban a la luz.

—Siéntese ahí —me indicó Marcela—. Enseguida le traigo el desayuno.

Apenas la oí, porque mi atención había quedado atrapada por lo que se extendía más allá de la verja. Caminé hasta ella y la abrí. Crucé el estrecho sendero y me acodé en el muro para admirar el esplendor del frondoso valle que se desplegaba a mis pies, con la majestuosa Alhambra en lo alto. A la luz del día vi como sus muros, de un naranja oscuro, despuntaban por encima del verde follaje.

—Ahora entiendo a qué se refería María cuando decía que tenían las mejores vistas del mundo —susurré—. Realmente lo son.

Durante un desayuno consistente en pan acompañado de deliciosas mermeladas y un vaso de zumo de naranja recién exprimido, leí una vez más la carta que me había escrito Pa Salt.

—Debes buscar una puerta azul —murmuré.

—¿Es usted turista? ¿Ha venido para visitar la Alhambra? —me preguntó Marcela, llenándome la taza de café hasta arriba.

—En realidad he venido para buscar a mi familia.

—¿Aquí en el Sacromonte o en Granada?

—En el Sacromonte. Incluso sé la puerta exacta a la que he de llamar.

—¿Es usted gitana?

—Creo que podría serlo, sí.

La mujer me observó con los párpados entornados.

—Tiene sangre paya, de eso no hay duda, pero puede que también tenga algo de gitana.

—¿Conoce a una familia llamada Albaycín?

—¡Ya lo creo! La familia Albaycín era una de las más grandes del Sacromonte, en los tiempos en que todos vivíamos aquí.

—¿Los gitanos ya no viven aquí?

—Quedan algunos, pero actualmente la mayoría de las cuevas están vacías. Muchos de nosotros nos mudamos a pisos modernos de la ciudad. Ya no vivimos a la manera antigua. Es triste, pero cierto. El Sacromonte parece un pueblo fantasma hoy día.

—¿Usted es gitana?

—Sí, nuestra familia vivió trescientos años aquí —respondió Marcela con orgullo.

—¿Cómo es que ha abierto este hotel?

—Porque los únicos visitantes que tenemos ahora son los turistas, que vienen para ver el espectáculo flamenco de Los Tarantos o el museo que muestra cómo vivíamos en las cuevas de arriba. Yo creo que esta calle tiene una de las mejores vistas del mundo. Es demasiado maravillosa para desperdiciarla. —Sonrió—. Además, pertenezco a este lugar.

—Su inglés es muy bueno. ¿Dónde lo aprendió?

—En el colegio y después en la universidad. Cuando murieron mis padres, vendí su piso y utilicé el dinero para volver a comprar la antigua casa de mi familia y convertirla en lo que llaman «un hotel con encanto».

—Lo tiene precioso. Y le doy la razón en lo de la vista, es increíble. ¿Cuánto tiempo lleva abierto?

—Solo un año. El negocio ha tardado en arrancar, pero todo lleva su tiempo, y ya tengo un montón de reservas para el verano.

—Pues a mí ya me encanta este lugar. —Sonreí.

—¿Dónde está su familia?

—Me dijeron que buscara una puerta azul en el Cortijo del Aire y preguntara por una mujer llamada Angelina. ¿La conoce?

—¿Que si la conozco? —Marcela parpadeó con incredulidad—. ¡Pues claro! Es la última bruja del Sacromonte. ¿Es usted pariente suya?

—Creo que sí.

—Ahora ya está mayor, pero cuando yo era niña, recuerdo las colas que se formaban delante de su puerta para pedirle remedios de hierbas y que les leyera el futuro. No solo venían gitanos, también muchos payos. Ahora ya no viene tanta gente, pero si quiere conocer su futuro, Angelina puede decírselo.

—¿Vive cerca de aquí?

—¡Señorita, vive aquí al lado!

Al oír las palabras de Marcela, me recorrió un escalofrío. Su mano señaló la colina de la izquierda.

—¿Tiene una puerta azul?

—Sí. Muchos de mis huéspedes van a ver a Angelina cuando les hablo de sus habilidades. Ella contribuye a nuestro negocio, y nosotros, al suyo.

—Nunca imaginé que encontrarla iba a ser tan fácil.

—Cuando algo está predestinado, la vida puede ser fácil. —Los ojos castaños de Marcela me escudriñaron—. Puede que la parte más difícil del viaje fuera tomar la decisión de emprenderlo.

—Sí —dije, sorprendida por su intuición—, lo fue. —Mientras la observaba, caí en la cuenta de algo—. Me contaron que el vecino de mis antepasados era un hombre llamado Ramón. ¿Es esta su cueva?

—¡Lo es! —Marcela aplaudió encantada—. Yo soy la sobrina biznieta de Ramón. ¡Mi tatarabuela era su hermana! No lo conocí, claro, pero me han contado que Lucía Albaycín ensayaba flamenco justo ahí. —Marcela señaló el sendero que se extendía por delante de la verja—. Mi abuela también lo recuerda. ¡Lucía fue en sus tiempos la bailaora más famosa del mundo! ¿Ha oído hablar de ella?

—Sí, y si la persona con la hablé estaba en lo cierto, era mi abuela.

—¡Dios mío! —exclamó, maravillada, Marcela—. ¿Usted baila? Tiene la misma figura que Lucía.

—Hice ballet de niña, pero no me he dedicado profesionalmente. Creo... creo que debería ir a ver a Angelina, ¿no le parece?

—Espere una hora. Como la mayoría de las gitanas, es mujer trasnochadora y no se levanta antes del mediodía. —Me dio unas palmaditas en la mano—. Creo que ha sido usted muy valiente al venir aquí, señorita. Muchas gitanas de su edad quieren olvidar sus orígenes porque se avergüenzan de ellos. —Marcela enarcó una ceja y entró en la casa.

Me quedé sentada al sol, pensando en lo que acababa de contarme Marcela. Casi no podía creerlo. Esperaba que me costara dar con Angelina, si es que daba con ella, no que la encontraría en la casa de al lado.

«Quizá tu vida ha sido lo bastante complicada últimamente y merecías un respiro, Tiggy...»

Me levanté y abrí de nuevo la verja. Giré a la izquierda, caminé unos metros y me detuve delante de la cueva contigua a la de Marcela. La puerta, efectivamente, era de un azul alegre, y me recorrió otro escalofrío.

«Tu vida empezó aquí...», dijo mi voz interior. Me volví para contemplar las vistas y me imaginé a María y a Lucía sentadas en el umbral, tejiendo sus canastos, mientras el barrio era una cacofonía de ruidos constantes procedentes de sus residentes. Entonces solo se oía el piar de los pájaros ocultos en los olivares que cubrían la ladera a mis pies.

—Un pueblo fantasma —me dije, lamentando que hubiera perdido su alma pero evitando, al mismo tiempo, fantasear sobre cómo habría sido vivir en el Sacromonte todos esos años atrás sin los servicios básicos. Si bien, paradójicamente, era la era moderna la que había destruido el pulso vibrante de esa comunidad.

Me senté en el muro y contemplé la Alhambra. Antes de que Marcela me hubiera expresado su sorpresa por el hecho de que hubiese vuelto en busca de mis orígenes, jamás se me había pasado por la cabeza que tener sangre gitana pudiera ser motivo de vergüenza. Chilly celebraba la cultura de la que él y, al parecer, yo proveníamos, de modo que simplemente me había sentido orgullosa de formar parte de ella. Sin embargo, pensándolo entonces, me daba cuenta de que mi situación era muy distinta; yo no había sufrido el menor atisbo de discriminación en toda mi vida. Me aceptaban en todas partes simplemente por mi aspecto europeo y mi pasaporte suizo, mientras que las personas que habían vivido en esa ladera se habían visto desterradas de la ciudad, perseguidas y rechazadas por la sociedad en la que vivían.

—¿Por qué...? —murmuré.

«Porque somos diferentes y no nos entienden, así que nos tienen miedo...»

Me levanté y seguí avanzando por el sendero, donde vi el letrero de un museo en una pared, junto a un estrecho tramo de escalones. Empecé a subir, hasta que noté una fuerte punzada en el pecho. Era evidente que mi cuerpo aún estaba recuperándose del trauma del tiroteo, por lo que regresé despacio al hotel y me senté al sol hasta que pasara el dolor.

—Angelina tiene la puerta abierta —me indicó Marcela cuando cruzó la verja veinte minutos después con una cesta llena de huevos—. Eso significa que está despierta. Tome. —Cogió tres huevos y me los dio—. Lléveselos de mi parte.

—Vale.

Fui a mi habitación, me pasé el cepillo rápidamente por el pelo y me tomé un par de ibuprofenos para calmar el dolor en el costado y el pecho.

—Bien. —Cogí los huevos—. *Courage, ma brave* —musité al tiempo que abría la verja con el pie y recorría los pocos metros que me separaban de la puerta azul.

Estaba abierta, y como tenía las manos ocupadas, no podía anunciar mi presencia llamando con los nudillos.

—¿Hola? —Hablé a la penumbra.

Finalmente apareció un hombre con el bigote retorcido más sorprendente que había visto en mi vida. Su cabeza exhibía una mata de pelo plateado a juego. Era corpulento, y su tez morena —surcada de profundas arrugas de años bajo el sol andaluz— envolvía dos ojos de color chocolate. Tenía una escoba en las manos que sujetaba como si blandiera un arma.

—¿Está Angelina? —pregunté.

—No hay lecturas hasta las siete de la tarde —dijo en inglés, con un marcado acento español.

—No quiero una lectura, señor. Me han enviado a esta casa para ver a Angelina. Es posible que sea pariente suya.

El hombre me miró y se encogió de hombros.

—No la entiendo, señorita. —Y me cerró la puerta en las narices.

Con cuidado, dejé los huevos en el escalón y llamé a la puerta.

—Tengo huevos —alcancé a decir en español. Y añadí—: De Marcela.

La puerta se abrió de nuevo. El hombre se agachó y recogió los huevos.

—Gracias, señorita.

—¿Puedo pasar, por favor? —No había llegado hasta allí para que un viejo con una escoba me negara la entrada.

—No, señorita —dijo, e intentó cerrar la puerta, pero metí el pie.

—¿Angelina? —llamé—. Soy Tiggy. ¡Me envía Chilly! —grité antes de que el hombre ganara la batalla de la puerta y volviera a cerrármela en las narices.

Suspirando, regresé al hotel y busqué a Marcela.

—¿No estaba? —Marcela parecía extrañada.

—Sí, pero hay un hombre que no me deja entrar.

—Ah, Pepe siempre está protegiendo a Angelina. Es su tío, después de todo —me explicó—. Vaya y llame otra vez.

No había llegado a la verja cuando Pepe asomó por la curva. Sin pronunciar palabra, envolvió mi mano con su manaza y me sonrió.

—Eres tú… y ya eres una mujer —dijo, y se le llenaron los ojos de lágrimas.

—Lo siento, no… —tartamudeé.

—Soy Pepe, tu tío, tu tío abuelo —declaró antes de estrecharme contra su pecho. Luego me condujo por la calzada hasta la puerta azul—. Lo siento, señorita —dijo, y farfulló algo en español—. ¡No me he dado cuenta de que eras tú!

—¿Habla inglés?

—¡Claro! Solo finjo que no entiendo si los turistas llegan demasiado pronto. —Rio—. Ahora te llevaré junto a Angelina, tu prima.

De pie en el umbral, había una mujer bajita con una melena rubia que iba encaneciendo en las raíces. Era tan menuda como yo y vestía un caftán estampado en tonos rojos y azules que le llegaba hasta los pies, los cuales calzaban unas cómodas sandalias de cuero. Sus ojos azules destellaban tras unas pestañas largas y negras, y la raya de los ojos era tan gruesa como sus cejas.

—Hola —dije, mirándola fijamente.

—Hola, Erizo. —Me sonrió y sus ojos se inundaron de lágrimas—. Estás aquí —dijo en un inglés forzado—. Has venido a casa. —Abrió los brazos y me fundí en ellos.

La mujer sollozó sobre mi hombro, y yo no supe qué hacer salvo sumarme a ella. Luego nos secamos las lágrimas y oí que Pepe se sonaba ruidosamente la nariz. Me volví hacia él, y el hombre se unió a nosotras en otro abrazo. El corazón me latía con fuerza y sentí un leve mareo mientras contemplaba a mi tío abuelo y a la mujer a la que me habían dicho que buscara. Finalmente nos separamos y me condujeron a un pequeño patio de cemento, situado detrás de la cueva, que albergaba un gran número de tiestos con plantas. Me llegó un olor a menta, salvia, hinojo y lavanda mientras Pepe señalaba una mesa de madera tambaleante y cuatro sillas igual de destartaladas. Nos sentamos. Las piernas de Pepe y Angelina se movían con agilidad pese a su avanzada edad.

Angelina me cogió una mano y la estrechó con fuerza.

—Mi inglés no está mal, pero hablo despacio —me advirtió—. ¿Cómo nos has encontrado?

Les expliqué todo lo claramente que pude lo de la carta de Pa, mi llegada a Kinnaird y mi encuentro con Chilly.

Angelina y Pepe aplaudieron con regocijo y hablaron rápido en español.

—Me ha alegrado el corazón oír que las viejas maneras todavía ejercen su magia —dijo Angelina.

—Entonces ¿conoce a Chilly? —le pregunté.

—Solo de nombre. Micaela, que cuidó de mí cuando era niña, le dijo a Chilly que él te enviaría a casa. Siento que Chilly está viejo y enfermo. Se está acercando al final de su vida —añadió sobriamente—. ¿Es así?

—Sí —susurré, detestando ser consciente también de ello.

Enseguida me había percatado de que a esa mujer no podía ocultarle mis pensamientos. Fuera cual fuese el don de Chilly, no era nada al lado del de Angelina. Ya podía notar la electricidad a su alrededor, su poder, y cómo empezaba a despertar la mía.

—Como es lógico, tu sangre está diluida por tus antepasados payos, pero —noté que me escudriñaba— siento que llevas el don en tu interior. Yo te enseñaré, igual que Micaela me enseñó a mí.

Me sonrió, y advertí tal ternura en su mirada que se me hizo un nudo en la garganta. Desprendía tanta… vitalidad. Hizo una pausa para examinarme, tras lo cual me cogió la mano y la colocó en su suave palma.

—Estás enferma, Erizo. ¿Qué te ha pasado?

Le relaté la historia de la noche que Pegaso murió de la forma más sucinta que pude.

Angelina puso los ojos ligeramente en blanco y, sin soltarme la mano, ladeó la cabeza, como si estuviera escuchando algo a lo lejos.

—Esa criatura ha sido enviada para protegerte —dijo—. Es tu guía espiritual y adquirirá muchas formas a lo largo de tu vida. ¿Lo entiendes?

—Creo que sí.

—Todo tiene una razón, Erizo, nada ocurre por casualidad. La muerte no es el final, sino el principio… —Tomó mis manos entre las suyas y procedió a estudiar la palma de mi mano con detenimiento—. Pepe, necesito la poción. —Le explicó en un español rápido lo que debía contener, enumerando los ingredientes con los dedos—. Tráesela.

Pepe desapareció un rato mientras Angelina seguía observándome.

—Pequeño Erizo… *Little Hedgehog*…

—¡Chilly me llamaba así! —exclamé—. Aunque él utilizaba la palabra «Hotchiwitchi». —Sonreí.

Pepe regresó con un vaso que contenía un líquido de aspecto asqueroso.

—Te ayudará a curar la herida del corazón y del alma —dijo Angelina cuando Pepe me lo puso delante.

—¿Qué es? —pregunté.

—Eso no importa —respondió Pepe—. Angelina dice que debes beberlo.

—De acuerdo. —Cogí el vaso sin excesiva convicción y vacilé al aspirar su olor fuerte y extraño.

—Bebe —me instó Angelina.

—¿Cuánto tiempo te quedarás? —me preguntó Pepe en cuanto hube ingerido el último sorbo del repugnante brebaje.

—No lo he pensado. Simplemente me subí a un avión y me vine. No esperaba encontraros tan fácilmente.

—Ahora que estás aquí, debes quedarte un tiempo, porque Angelina tiene mucho que enseñarte.

Miré a mi tío abuelo y luego a mi prima.

—¿Alguno de vosotros conoció a mis padres?

—Por supuesto —dijo Pepe—. Fuimos vecinos mucho tiempo. Estuvimos en tu nacimiento. —Pepe señaló la pared de la cueva—. Naciste ahí dentro.

—¿Cómo se llamaba mi madre?

—Isadora —dijo Pepe con gravedad, y Angelina bajó la cabeza.

—Isadora… —susurré, paladeando el nombre.

—Erizo, ¿cuánto sabes de tu pasado? —me preguntó Angelina.

—Chilly me ha contado casi todo lo que ocurrió antes de que Lucía se marchara a Barcelona y que María fue a buscarlos a José y a ella. ¿Me contaréis lo que pasó después, por favor? —supliqué.

—Lo haremos, pero primero tenemos que volver al punto donde Chilly lo dejó —dijo Angelina—. Debes saberlo todo. Me llevará muchas horas contarte la historia.

—Tengo todo el tiempo del mundo. —Sonreí, y me di cuenta de que así era.

—Debes saber de dónde vienes para saber adónde vas, Erizo. Si tienes la energía para concentrarte, empezaré ahora mismo. —Angelina me tomó el pulso y asintió—. Ajá, está mejor. —Me sonrió.

—Me alegro —respondí, pensando que, en efecto, me encontraba mejor. El corazón me latía más despacio y sentía una calma inusual en mí.

—Entonces, sabes que Lucía estaba con su padre, bailando en Barcelona, después de que su madre regresara al Sacromonte.

—Sí.

—Lucía pasó fuera del Sacromonte más de diez años, aprendiendo el oficio. Bailaba en muchos lugares, pero José y ella siempre volvían a Barcelona. Así que empezaré en el momento en que Lucía tenía veintiún años. Estamos hablando de… déjame ver… 1933…

Lucía

Barcelona, España

Agosto de 1933

Abanico flamenco
Utilizado en el baile flamenco y en el lenguaje
secreto del flirteo

22

Venga, Lucía. Es hora de ir a bailar.

—Estoy cansada, papá. ¿Y si me sustituyen esta noche?

José miró a su hija, que estaba tumbada en el viejo colchón de su pequeña habitación, fumando.

—Todos estamos cansados, chiquita, pero hay que ganar dinero.

—Eso es lo que me has dicho todos los días de mi vida. Puede que hoy sea un día diferente, un día que no trabajo. —Lucía dio unos golpecitos al cigarrillo y la ceniza cayó al suelo—. ¿Adónde me ha llevado, eh, papá? He viajado a Cádiz, a Sevilla, he hecho giras por provincias e incluso he bailado con la gran Raquel Meller en París y, aun así, ¡seguimos viviendo en este estercolero!

—Ahora tenemos nuestra propia cocina —le recordó José.

—Teniendo en cuenta que nunca cocinamos nada, ¿de qué nos sirve? —Lucía se puso en pie, se acercó a la ventana abierta y arrojó la colilla por ella.

—Pensaba que vivías para bailar, Lucía.

—Y así es, papá, pero los dueños de los bares me explotan como si fuera un estibador, ¡a veces hago tres espectáculos por noche para que ellos se llenen los bolsillos! Además, cada día viene a verme menos gente, porque ya no me quieren. Tengo veintiún años, ya no soy una niña, sino una mujer atrapada en el cuerpo de una cría. —Lucía se lo recorrió con las manos para enfatizar el argumento. Tenía la cintura diminuta, el pecho plano y las extremidades muy delgadas, y apenas superaba el metro y medio de estatura.

—Eso no es verdad, Lucía. Tu público te adora.

—Papá, los hombres que vienen al café quieren pechos y caderas. A mí podrían tomarme por un muchacho.

—Eso forma parte de tu encanto, ¡lo que hace única a La Candela! La gente no acude en tropel a verte por tus pechos, sino por tu taconeo y tu pasión. Y ahora, deja ya de compadecerte, vístete y ven al bar. Quiero que conozcas a alguien.

—¿A quién? ¿A otro empresario que asegura que me hará famosa?

—No, Lucía, a un cantaor famoso que hace poco que ha grabado un disco. Te veré en el bar.

La puerta se cerró de golpe detrás de José, y Lucía dio un puñetazo a la pared. Se volvió hacia la ventana abierta y contempló las calles bulliciosas y abrasadoras que se extendían debajo. Once largos años llevaba allí ya, matándose a bailar…

—Sin familia, sin vida…

Bajó la mirada y vio a una pareja joven que se besaba bajo su ventana.

—Y sin novio —agregó, y se encendió otro cigarrillo—. A papá no le gustaría nada, ¿verdad que no? Vosotros sois mis novios —dijo a sus pies, que eran tan pequeños que tenía que usar zapatos de niña.

Lucía se quitó el camisón y se puso el traje de flamenca blanco y rojo, que apestaba al sudor que la muchacha secretaba al bailar. En las mangas blancas con volantes apenas se disimulaban las manchas amarillas, y la cola estaba raída y sucia, pero solo había dinero para llevarlo a la lavandería una vez a la semana, los lunes, y ese día era sábado. Lucía odiaba los fines de semana: su propio hedor la hacía sentir poco mejor que una vulgar prostituta.

—Ojalá mamá estuviera aquí. —Suspiró, y después se colocó delante del espejo roto, se recogió la larga melena negra y se hizo un moño.

Recordó los momentos en que su madre se sentaba allí a su lado, en el colchón, y le cepillaba el pelo con delicadeza.

—Te echo de menos, mamá —dijo mientras se delineaba los ojos con kohl y se aplicaba carmín en las mejillas y los labios—. A lo mejor vuelvo a decirle a papá que debemos regresar a Granada, porque necesito descansar, pero, como siempre, replicará que no tenemos dinero para ese viaje.

Hizo un puchero sin apartar la vista de su reflejo, luego sacudió la cola y adoptó una pose.

—¡Parezco una de esas muñecas que venden en las tiendas de recuerdos! ¡Puede que un payo rico quiera adoptarme y jugar conmigo!

Salió del apartamento y recorrió el estrecho callejón hasta la calle principal del Barrio Chino. Los tenderos, los camareros y sus clientes la saludaban con la mano y silbaban al reconocerla.

«Cosa que en realidad no es de extrañar, porque debo de haber bailado en todos los bares de este barrio», pensó.

Aun así, la atención que atraía y las copas que se alzaban desde los bares, acompañadas de voces que gritaban «¡La Candela! ¡La Reina!», la animaron. Estaba claro que allí no le faltaría ni un trago gratis ni compañía.

—Hola, chiquita —oyó que decía alguien a su espalda, y cuando se volvió vio a Chilly abriéndose paso entre la multitud.

Ya llevaba puestos los pantalones negros y el chaleco, listo para la actuación de aquella noche. Se había desabrochado algunos botones de la camisa blanca con volantes para soportar el sofocante calor de agosto.

A lo largo de los últimos años, Chilly se había convertido en un buen amigo. Lucía y él formaban parte del «cuadro» de José, el grupo de artistas que actuaba con el padre de la joven en los numerosos bares del Barrio Chino. Mientras Chilly y José tocaban la guitarra y cantaban, Juana la Faraona, la prima de su padre, bailaba con Lucía; la madurez y las curvas de la mujer mayor contrastaban con la juventud y el fuego de Lucía. Había sido Juana quien, hacía más de un año, había sugerido que agregaran a otra bailaora a su pequeña compañía.

—No necesitamos a otra —había protestado Lucía de inmediato ante la propuesta—. ¿Es que yo no basto? ¿No gano muchas pesetas para todos vosotros?

A pesar del enfado de su hija, José estuvo de acuerdo con Juana en que contar con una bailaora más joven y voluptuosa haría que los contrataran con mayor facilidad. Rosalba Ximénez, con su cabello caoba y sus ojos verdes, no era rival para las apasionadas bulerías de Lucía, pero bailaba las alegrías con sensualidad y elegancia. Consciente de la fama del carácter de Lucía, Rosalba se había acercado a Chilly, que era más calmado, de modo que los celos iniciales de Lucía no habían hecho sino aumentar, pues sentía que Rosalba iba arrebatándole poco a poco a su amigo de la infancia.

Sin embargo, Chilly ya era un hombre adulto, y, haciendo caso omiso de los enfados de Lucía, hacía un mes que se había casado con Rosalba en una boda en la que todo el Barrio Chino había celebrado sus nupcias durante un fin de semana entero.

—Tienes mejor aspecto que ayer, Lucía —dijo cuando llegó a su altura—. ¿Te tomaste el tónico que te preparé?

Chilly era el brujo residente del cuadro, pues se pasaba la vida elaborando remedios herbales para sus miembros, y Lucía confiaba en sus habilidades y en su don para ver de forma implícita.

—Sí, Chilly, me lo tomé. Creo que ha funcionado, hoy tengo algo más de energía.

—Entonces ha sido para bien, aunque la cura más básica es dejar de forzarte tanto. —La miró de una forma que hizo que Lucía sintiera que le estaba escudriñando el alma. La joven apartó la vista y no respondió, así que Chilly continuó—: ¿Vas camino del Bar del Manquet?

—Sí, he quedado allí con mi padre.

—Pues te acompaño.

Chilly echó a andar junto a ella bajo el sol sofocante. Como era fin de semana, los bares ya estaban atestados de estibadores, trabajadores y obreros que se gastaban el sueldo en cerveza y aguardiente.

—¿Qué te pasa, Lucía? —le preguntó Chilly en voz baja.

—Nada —contestó ella de inmediato, pues no quería que sus problemas llegaran a oídos de Rosalba.

—Sé que te pasa algo… Veo que tu corazón está vacío.

—Sí, Chilly. Tienes razón —cedió—. Mi corazón está… aburrido, pero, sobre todo, se siente solo.

—Lo entiendo, pero… —Chilly se detuvo y le sostuvo las manos entre las suyas. Levantó la mirada hacia el cielo y Lucía supo que estaba teniendo una visión—. Se acerca alguien, sí… muy pronto.

—¡Bah! Ya me lo has dicho otras veces.

—Sí, es verdad, pero te juro, Lucía, que tu momento está muy cerca. Bueno —cuando llegaron al Bar del Manquet, la besó en las mejillas—, que tengas suerte, chiquita. La necesitarás. —Le guiñó un ojo y continuó caminando por la calle.

El Bar del Manquet estaba lleno, como siempre, y Lucía se abrió paso entre la clientela, que estalló en aplausos, para dirigirse a la mesa que el cuadro ocupaba al fondo, cerca del escenario. Su padre ya estaba sentado, con la cabeza inclinada y gesto de concentración, mientras hablaba con un hombre que quedaba de espaldas a Lucía.

—¿Lo de siempre, Lucía? —preguntó Jaime, el camarero.

—Sí, gracias. Hola, papá, ya me he arrastrado hasta aquí, como puedes ver. ¡Salud!

Levantó el vasito de anís que le tendió Jaime y lo vació de un solo trago.

—Ah, la reina ha llegado —respondió José—. Y mira quién ha venido a venerarte en tu trono.

—¡La Candela! Por fin nos conocemos. —El hombre se levantó y le dedicó una pequeña reverencia—. Soy Agustín Campos.

La primera característica de Agustín Campos en la que Lucía se fijó fue que no descollaba a su lado, como la mayoría de los hombres. Era de complexión diminuta pero elegante, e iba ataviado con un traje de muy buen corte. Llevaba el cabello negro pulcramente peinado hacia atrás desde la frente, y su piel era más clara que la de la mayoría de los gitanos. Lucía se habría apostado sus castañuelas nuevas a que por sus venas corría sangre paya. Aunque tenía unas orejas bastante prominentes, sus dulces ojos de color caramelo eran cálidos.

—Hola, señor Campos. He oído que sus grabaciones de guitarra se han hecho famosas en toda España.

—Por favor, llámame Meñique, como todo el mundo —dijo él.

—Meñique… —repitió Lucía con una sonrisa.

—Sí, me pusieron el apodo de niño, y como parece que no he crecido mucho desde entonces, sigue siendo un nombre apropiado, ¿no crees?

—Como puedes ver, yo tampoco he crecido mucho —dijo Lucía entre risas, encantada por la honestidad y la falta de arrogancia de aquel hombre. La mayoría de los guitarristas, en especial los de éxito, eran insufribles—. ¿Qué estás haciendo aquí, en Barcelona?

—Estoy grabando un disco nuevo para la compañía Parlophone. Y ya que estoy aquí, me apetecía pasarme por el Barrio Chino para ver a viejos amigos, y tal vez hacer alguno nuevo… —respondió mientras le recorría el cuerpo con la mirada—. Ya veo que La Candela arde con fuerza.

—No, su luz se está desvaneciendo porque está agotada de representar siempre los mismos bailes ante el mismo público. Pero tú, Meñique, suenas en todos los gramófonos que escucho.

—Vamos a tomarnos otra copa.

Meñique chasqueó los dedos para llamar la atención del camarero. Cuando José vio a su hija abandonar su mal humor anterior, elevó una oración de gratitud.

Esteban Cortés, el dueño del Bar del Manquet, se acercó a su mesa y, después de saludar a Lucía besándola en las mejillas, se volvió hacia Meñique.

—Ya es hora de que muestres tu magia, hombre. ¡Enséñale a Barcelona lo que nos hemos estado perdiendo!

Cuando Meñique subió al escenario, el público prorrumpió en vítores y después se sumió en un silencio expectante. Lucía se sentó a su mesa, con una copa de manzanilla entre las manos, y comenzó a darse aire con el abanico.

Observó a Meñique mientras afinaba la guitarra, y luego los dedos largos y finos del hombre tocaron los primeros acordes de una guajira. Lucía sonrió para sus adentros; era el estilo más ostentoso y complicado del flamenco —hasta su padre fallaba al tocarlo—, y solo los guitarristas más confiados se atrevían a interpretarlo.

Cuando se inició el ritmo del cajón y Meñique empezó a cantar con una voz grave y suave, Lucía no pudo apartar los ojos de él, de los dedos que acariciaban las cuerdas a gran velocidad pero con un roce ligero. Él levantó la vista de repente y la buscó entre la multitud. Cuando sus miradas se cruzaron, Lucía sintió que su cuerpo reaccionaba, que su corazón se acompasaba con los latidos de la música y un reguero de sudor le resbalaba por el cuello.

Con una floritura, Meñique alcanzó un final triunfal con una sonrisilla dibujada en los labios. Lucía se sorprendió devolviéndole el gesto mientras un pensamiento claro se formaba en su mente.

«Chilly tenía razón. Te tendré a ti, Meñique. Tú serás mío.»

Más tarde, aquella misma noche, una vez que el público del bar quedó satisfecho, los artistas fueron al piso de arriba para celebrar una juerga improvisada en una habitación privada.

—¡Dios mío! —exclamó Meñique cuando entró con Lucía y se encontró con una habitación abarrotada.

—Es día de cobro por aquí, en el Barrio Chino, y todos nos reunimos para bailar y cantar los unos para los otros —explicó ella.

—Mira, ahí está El Peluco. —Meñique señaló a un anciano que, sentado con majestuosidad en una silla, sostenía una guitarra en el regazo—. Me cuesta creer que siga en pie y tocando, con todo el aguardiente que bebe.

—No lo había visto nunca, pero puede que esté de invitado en el Villa Rosa, en esta misma calle —comentó Lucía al tiempo que se encogía de hombros—. Y ahora, por favor, vete a buscarme un poco de aguardiente.

El Peluco ya había empezado a tocar la guitarra y entonaba lo que Lucía reconoció como una de las viejas canciones que su abuelo le cantaba cuando era pequeña.

—Tengo que presentártelo, es una leyenda —le susurró Meñique al oído cuando la concurrencia despidió al anciano con un fuerte aplauso y otro cantaor ocupó el taburete vacío—. ¡Peluco!

Meñique lo saludó con la mano.

—Ah, el protegido de Pamplona.

El Peluco le devolvió el saludo y se unió a él.

—Un aguardiente para usted, señor. —Meñique le ofreció una copa. Brindaron, y luego el hombre más joven se volvió hacia Lucía—. ¡Y esta es La Candela! Otra protegida en la habitación.

Lucía notó la mirada de ojos pesados de El Peluco calvada en ella.

—Entonces eres tú de quien tanto oigo hablar. Y, sin embargo, eres tan pequeña que apenas hay nada de lo que hablar. —El Peluco rio antes de terminarse el aguardiente. Después, se acercó a Meñique—. Desde luego, no tiene nada de mujer. Y para bailar flamenco se necesita a una mujer. Tal vez no sea más que un fraude en miniatura —susurró en voz alta, justo antes de dejar escapar un eructo enorme.

Lucía lo oyó, tal como pretendía el anciano. La ira se apoderó de ella, y solo conocía una forma de librarse de ese sentimiento. Sin moverse de donde estaba, con los pies todavía descalzos tras su actuación de hacía un rato, comenzó a taconear contra el suelo. Levantó los brazos despacio por encima de la cabeza, juntó los dorsos de las manos para formar la silueta de una rosa, como su madre le había enseñado a hacer cuando apenas era un bebé. Y durante todo ese tiempo no apartó la mirada de los ojos del hombre que la había tildado de fraude.

Cuando la concurrencia se dio cuenta de lo que estaba sucediendo, se formó un círculo alrededor de Lucía y mandaron callar al cantaor. Meñique y José se adaptaron al ritmo y comenzaron a tararear los versos de una soleá antigua mientras los pies de Lucía golpeaban el suelo. Todavía mirando con fijeza al hombre que la había insultado, la joven reclamó el duende y bailó solo para él.

Al final Lucía se desplomó en el suelo, agotada. Luego le hizo un gesto con la cabeza a su público, que rugió su aprobación, se levantó y acercó la silla más próxima para que quedara justo al lado de El Peluco. Se subió a ella para ponerse a la altura de sus ojos.

—Nunca vuelva a llamarme fraude —dijo, a punto de clavarle un dedo en la nariz bulbosa—. ¿Entendido, señor?

—Señorita, juro por mi vida que nunca volveré a hacerlo. ¡Es… magnífica!

—¿Qué soy? —Lucía volvió a señalarlo con el dedo.

El Peluco buscó inspiración celestial antes de agachar la cerviz.

—¡La reina!

La habitación vitoreó su respuesta, y entonces Lucía le tendió la mano para que la besara.

—Ahora —le dijo a Meñique cuando la ayudó a bajar de la silla— ya puedo relajarme.

Lucía se despertó a la mañana siguiente con el habitual dolor de cabeza que le provocaba dormir muy poco y beber mucho aguardiente. Con los dedos, buscó sus cigarrillos en el suelo, junto al colchón. Encendió uno y contempló los anillos de humo mientras se elevaban hacia el techo.

«Hay algo distinto…», pensó, porque, ni sumida en la neblina de la resaca, sentía la depresión habitual por haber amanecido otro día en este mundo.

«¡Meñique!»

La joven se estiró con voluptuosidad, sujetando el cigarrillo por detrás de su cabeza, y se preguntó cómo sería que esos dedos tan sensibles y famosos la tocaran.

Entonces se incorporó de inmediato, cuando se impuso el sentido común.

«No seas ridícula —se dijo—. Meñique es una estrella, un rompecorazones. Es famoso en toda España y, con un solo chasquido de esos dedos, puede conseguir a la mujer que quiera.»

Pero tal vez la noche anterior la hubiera conseguido a ella, y ella se habría rendido de buena gana, de no haber sido porque al final de la velada su padre se había quedado dando vueltas a su alrededor como una gallina clueca.

—¿Te veré mañana, Lucía? —le había preguntado Meñique cuando José había dejado claro que era hora de que se fueran a casa.

—Tiene que bailar en tres cafés mañana por la noche, Meñique —le había recordado su padre.

—Entonces ¿puedo ir a tocar para ella en el Villa Rosa?

La petición de Meñique quedó suspendida en el aire cuando José se llevó a su hija de allí.

Esa noche, Lucía fue al Villa Rosa, donde debía actuar, pero no había ni rastro de Meñique.

—Tal vez sea lo mejor —murmuró, y la decepción la invadió cuando subió al escenario—. Esta noche mi vestido apesta aún más que ayer.

Más tarde, su padre y ella recorrieron con aire cansado el trecho de calle que los separaba del Bar del Manquet, con el acostumbrado grupo de fervientes admiradores de Lucía detrás de ellos. Allí, esperando a las puertas del café, estaba Meñique.

—Buenas noches, señorita, señor. Me temo que antes se me ha hecho tarde, pero, como ya os dije, me gustaría tocar para Lucía esta noche —explicó mientras los tres se dirigían al interior—. Le he preguntado al encargado y está de acuerdo, si a los dos os parece bien.

—Sí, papá, me apetecería mucho —instó Lucía a su padre.

—Yo… De acuerdo, si los encargados del bar y mi hija lo desean —convino José, aunque Lucía se percató de las nubes de tormenta que se acumulaban en su mirada.

Aquella noche, Meñique la puso al límite. Comenzó engañosamente despacio, pero de repente estampó el pie contra el suelo, gritó «¡Olé!» y pasó a una serie de arpegios cuyo ritmo era casi imposible de seguir incluso para los pies de Lucía. El público aplaudía, vitoreaba y patullaba el suelo mientras los dos protegidos, el de los dedos y la de los pies, intentaban ganar la batalla para eclipsarse el uno al otro. Lucía se transformó en un vertiginoso derroche de calor y pasión hasta que Meñique emitió un último rasgueo, negó con la cabeza y se levantó para dedicarle una reverencia a Lucía. La multitud estalló en aplausos cuando los dos bajaron juntos del escenario para beber aguardiente acompañado de abundante agua.

—¿Siempre tienes que ganar? —le susurró él al oído.

—Siempre.

Lucía le lanzó una mirada fulgurante.

—¿Quedamos para comer mañana? En el Cafè de l'Òpera, sin tu carabina.

Meñique señaló con la cabeza a José, que recibía la atención de los admiradores en el otro extremo de la barra.

—Él nunca se despierta antes de las tres.

—Bien. Ahora debo irme. He prometido tocar en el Villa Rosa. —Meñique le tomó la mano y se la besó—. Buenas noches, Lucía.

Ya la estaba esperando en una mesa al aire libre cuando Lucía llegó al café al día siguiente.

—Perdóname —se disculpó la joven mientras se sentaba frente a él y encendía un cigarrillo—. Me he quedado dormida —añadió, y se encogió de hombros como para restarle importancia.

En realidad había pasado la hora anterior probándose hasta el último vestido, blusa y falda que tenía, todos ellos viejos y pasados de moda desde hacía unos diez años. Al final se había decidido por un par de pantalones de baile negros y una blusa roja con un alegre pañuelo también rojo atado al cuello.

—Estás cautivadora —dijo Meñique, que se puso en pie para besarla en las mejillas.

—No me mientas, Meñique. Nací con el cuerpo de un niño y la cara de una abuela fea, y ni tú ni yo podemos hacer nada al respecto. Pero al menos sé bailar.

—Te aseguro que no tienes el cuerpo de un niño, Lucía —afirmó Meñique, que posó brevemente la mirada en el contorno velado de los pechos pequeños y firmes de la muchacha—. Bueno, como hace tanto calor, ¿quieres que tomemos un poco de sangría? Es muy refrescante.

—Es una bebida de payos —contestó ella frunciendo el ceño—, pero si sabe bien, ¿por qué no?

Meñique pidió una jarra de sangría y le sirvió un poco en un vaso. Lucía tomó un sorbo, agitó el líquido en el interior de su boca y luego lo escupió sobre la acera.

—¡Es demasiado dulce! —Chasqueó los dedos para llamar a un camarero—. Tráeme un café solo para quitarme el sabor.

—Estoy descubriendo que tienes un temperamento ardiente a la altura de la pasión de tu baile.

—Sí, es mi alma la que me proporciona el duende.

—Andaluces… sois todos iguales. Incontrolables por completo —dijo Meñique con una sonrisa.

—Y tú eres un señor paliducho de Pamplona. ¿Es verdad que tu madre es paya?

—Sí, y gracias a ella fui a la escuela y sé leer y escribir.

—Así que ahora que los payos pagan pesetas por tu música gitana, ¿te conviertes en uno de ellos?

—No, Lucía, pero no veo nada malo en compartir la cultura flamenca con un público ajeno a nuestra comunidad. Y tienes razón, los payos son los que tienen dinero. El mundo, y nuestro mundo de la danza, está cambiando. Estos sitios —Meñique hizo un gesto que pretendía abarcar los numerosos cafés cantantes que flanqueaban la calle— se están quedando obsoletos. ¡La gente quiere espectáculo! Luces, disfraces… una orquesta sobre el gran escenario de un teatro.

—¿Te crees que no lo sé? Estuve en París hace cuatro años, en el espectáculo de Raquel Meller en el Palais de París.

—Tengo entendido que fue un gran éxito. Entonces ¿qué pasó?

—A La Meller no le gustó que el Trío Los Albaycín, es decir, La Faraona, mi padre y yo, nos hiciéramos más famosos que ella. ¿Sabes que le dio un puñetazo en la nariz a La Faraona? —Lucía soltó una risita—. La acusó de intentar eclipsarla a propósito.

—Típico de La Meller. Su ego es mayor que su talento.

—Sí, así que dejamos el espectáculo y nos pusimos a trabajar en los cafés de Montmartre, que era mucho más divertido. Aquel estilo de vida me gustaba, pero no ganábamos casi nada, de manera que terminamos de nuevo aquí. Al parecer es la historia de mi vida, Meñique. Consigo una gran oportunidad y pienso «¡Sí! ¡Esta será la definitiva!». Entonces todo se me resbala entre los dedos y vuelvo a donde empecé.

—No exageres, Lucía. Eres famosa, aunque también podría decirse que infame, en el mundo flamenco.

—Pero no ahí fuera… —Lucía hizo un gesto con la mano en dirección al vasto país que se extendía a sus espaldas—. No como tú o La Argentinita.

—Que es, permíteme que te lo recuerde, varios años mayor que tú —apuntó Meñique con una sonrisa amable.

—Es casi una abuela, ¡y sin embargo acaba de salir en una película nueva!

—Un día, pequeña, tú también serás una estrella de la pantalla, te lo prometo.

—Anda, o sea, que ¿ahora debo suponer que eres capaz de ver el futuro, como mi amigo Chilly? —le espetó.

—No, pero sí soy capaz de ver tu ambición. Arde como una llama dentro de ti. ¿Qué, pedimos?

—Lo de siempre —indicó Lucía al camarero con tono grandilocuente—. ¿Sabes? Llevo casi tanto tiempo bailando como La Argentinita, ¿y adónde me ha llevado eso? Mientras ella viaja por Europa con sus pieles y sus carruajes, yo estoy aquí sentada comiendo sardinas contigo.

—Gracias por el cumplido. —Meñique enarcó una ceja—. Entonces ¿qué vas a hacer ahora?

—Carcellés nos ha organizado una gira por provincias.

—¿Carcellés? ¿Quién es?

—Otro empresario gordo que gana dinero gracias a nuestro duro trabajo. —Lucía se encogió de hombros—. Así que actuaré en bares de pueblo con animales de granja como público mientras La Argentinita ilumina escenarios delante de miles de personas.

—Lucía, eres demasiado joven para estar tan resentida —la reprendió Meñique—. ¿Irás a la gira?

—No tengo más remedio. Si me quedo aquí, en el Barrio Chino, mucho más tiempo me moriré —sentenció con dramatismo, y se encendió otro cigarrillo—. ¿Sabes qué otra cosa me frustra?

—¿Qué?

—¿Te acuerdas de Vicente Escudero, el bailaor? Me recomendó al famoso agente de La Argentinita, Sol Hurok, ¡que quiso llevarme a Nueva York! ¡Imagínatelo!

—¿Y por qué no fuiste?

—Mi padre dijo que los gitanos no podían cruzar el charco. ¿Puedes creerte que rechazara la oferta? —Lucía dio un puñetazo tan fuerte a la mesa que hizo temblar el hielo de los vasos de agua—. Después de aquello no le dirigí la palabra en un mes.

Meñique, que empezaba a hacerse una idea del temperamento de Lucía, dio por sentado que no estaba exagerando.

—Bueno, me has dicho que ya tienes veintiún años, así que, en principio, eres responsable de tu propio destino. Aunque creo que tu padre no se equivocó en lo de Nueva York.

—¿Que no se equivocó al impedirme cruzar el charco por miedo a no sé qué superstición gitana?

—No, que no se equivocó al dejar que siguieras madurando aquí. El Barrio Chino produce algunos de los mejores bailaores del mundo. Sigue observando y aprendiendo, mi querida Lucía. Florecerás con la enseñanza y la orientación correctas.

—¡No necesito maestros! ¡Improviso todas las noches! ¡Deja de tratarme como lo hace mi padre, que solo tienes unos años más que yo!

Les sirvieron la comida y Meñique observó a Lucía mientras engullía las sardinas para poder encenderse otro cigarrillo lo antes posible. Sabía que la chica estaba enfurruñada por sus comentarios, y le resultaba obvio que tenía potencial para convertirse en una diva de proporciones extraordinarias… Sin embargo, había algo en ella que lo fascinaba como nunca le había sucedido con ninguna otra mujer. La deseaba.

—Deberías venir a Madrid, si puedes. Hay un público más amplio, y además yo vivo allí…

Sonrió y deslizó una mano por encima de la mesa en dirección a Lucía. Ella la miró con sorpresa y cierto miedo.

Los dedos de Meñique llegaron hasta su mano y se la estrecharon. El guitarrista la sintió estremecerse ligeramente y después recomponerse.

—Y… ¿dónde iba a bailar yo en Madrid? —preguntó para tratar de concentrarse en la conversación.

—Hay muchos teatros grandes que presentan producciones con elenco y orquesta completa. Les hablaré de ti a los que conozco, pero mientras tanto, mi Lucía, intenta recordar que el objetivo no es la fortuna y la fama, sino el arte.

—Lo sé, ya lo sé… —Lucía suspiró, pues el roce de la mano de Meñique sobre la suya era como un bálsamo para su alma. Lo obsequió con una sonrisa débil—. Soy mala compañía, ¿verdad? Me siento aquí y no hago más que quejarme.

—Lo entiendo, Lucía. Como yo cuando toco la guitarra, entregas tu ser más íntimo cada vez que actúas. Estoy de acuerdo en que tu carrera se ha estancado y en que tu talento y tú merecéis que el mundo os vea y os reconozca. Juro que haré todo lo que pueda para ayudarte. Por ahora debes ser paciente y confiar en mí, ¿de acuerdo?

—Está bien —convino ella mientras Meñique se llevaba su mano a los labios y la besaba.

Durante el mes siguiente, Lucía y su cuadro viajaron en carreta por las provincias de España, en paralelo a la costa, por los pequeños pueblos que rodeaban la gran ciudad de Valencia, y a Murcia, donde la catedral gótica moldeaba el perfil urbano. Luego continuaron hacia el sur, donde la joven pudo ver las montañas de Sierra Nevada destellando en la distancia, un atisbo tentador de su verdadero hogar.

La muchacha bailaba noche tras noche para públicos extáticos pero poco numerosos, y cuando terminaba se reunía con los demás músicos y bailaores para sentarse alrededor de una hoguera y beber aguardiente o vino mientras escuchaban los místicos relatos de Chilly sobre los otros mundos. Algunas noches, mientras yacía en el carro, las palabras de aliento de Meñique eran lo único que lograba que siguiera adelante.

«Debo continuar aprendiendo», pensaba, así que, en lugar de marcharse del bar después de que su número hubiera terminado para sentarse fuera a fumar, Lucía se quedaba dentro y estudiaba la técnica y la elegancia perfectas de Juana la Faraona.

—Soy un manojo de fuego y alma, pero debo aprender a ser femenina —murmuraba Lucía para sí mientras observaba los elegantes brazos de La Faraona, la gracia con que se recogía la cola y la curva sensual de sus labios—. Puede que entonces Meñique me quiera…

—Papá, Juana me ha dicho que la semana que viene actuaremos en Granada —comentó Lucía cuando regresaban a su campamento, en Almería, después del espectáculo nocturno—. Tenemos que ir a visitar a mamá, Carlos y Eduardo, ¿verdad?

José no respondió, así que Lucía le clavó un dedo con fuerza.

—¿Papá?

—Creo que es mejor que vayas sola —contestó al final—. Yo ya no soy bienvenido en el Sacromonte.

—¿Qué quieres decir? ¡Pues claro que eres bienvenido! —lo regañó Lucía—. Tu esposa, tus hijos y muchos de nuestros parientes están allí. Se alegrarán mucho de vernos.

—Lucía, yo…

La muchacha advirtió que José se había quedado inmóvil de repente, en medio de un naranjal.

—¿Qué, papá?

—Tu madre y yo solo estamos casados de palabra. ¿Lo entiendes?

Lucía puso los brazos en jarras.

—¿Cómo no voy a entenderte, papá? He tenido tantas «tías» a lo largo de los años que sería idiota si no supiera a qué te refieres. Creía que mamá y tú teníais un pacto.

—La verdad es que tu madre no deseaba un «pacto», Lucía. Ella me odia, y es posible que Carlos y Eduardo también. Tal vez piensen que los abandoné para llevarte a Barcelona y darte tu oportunidad.

Lucía miró a su padre con horror.

—¿Estás diciendo que esto es culpa mía?

—Por supuesto que no. Eras una niña, y tuve que tomar una decisión.

Lucía echó la vista atrás hasta la última vez que había visto a su madre en Barcelona, hacía ya once años. La recordó sentada, cepillándole el pelo con delicadeza. Luego, después de que María la viera bailar en el Villa Rosa, se despidieron en la puerta. Lucía se acordó de que su madre se había echado a llorar.

—Pasara lo que pasase entre vosotros, debo ir a verla, papá.

—Sí.

José se apartó de Lucía y se dirigió hacia la carreta con los hombros encorvados.

Una semana más tarde, Lucía entró en el Sacromonte por la puerta de la ciudad. El cielo era de un azul perfecto, las blancas volutas de humo que salían de las cuevas diseminadas por la ladera ascendían hacia él formando penachos y el valle de finales de verano estaba tan verde y frondoso como lo recordaba.

Levantó la vista hacia la Alhambra y rememoró la noche en que se había colado como un ladrón en el escenario del gran Concurso de Cante Jondo y había bailado ante un público de miles de personas.

—Papá hizo todo eso por mí —trató de tranquilizarse mientras subía por los caminos polvorientos y serpenteantes hacia el hogar de su infancia.

Sonrió al ver a un anciano fumando un puro a la puerta de su casa. Él la miró con desdén, como si fuera una vulgar paya. Lucía continuó caminando y pensando en el abandono de su esposa y sus hijos que su padre acababa de confesar. A pesar de que parte de ella lo odiaba por haberle mentido durante años, Lucía no podía negar lo que José había hecho por ella aquella noche en la Alhambra ni su dedicación a su carrera durante los últimos once años.

«Sus problemas maritales no son asunto mío», se dijo con firmeza al mirar hacia arriba y ver el humo que surgía de la chimenea de su madre.

Cuando llegó a la entrada de la cueva, dejó escapar un pequeño suspiro de asombro, pues había una puerta pintada de azul brillante en el umbral tallado con tosquedad, y además la cueva lucía dos ventanas de vidrio, con unas flores de un rojo vivo plantadas en cajas debajo de ellas.

Vaciló con nerviosismo ante la puerta; al toparse con aquella formalidad desconocida, se preguntó si debía llamar con los nudillos.

«Esta es tu casa», se dijo, y agarró el pomo con una mano para abrir la puerta.

Y allí, en la cocina, sentada a la vieja mesa de madera, entonces cubierta con un bonito paño de encaje, estaba su madre. Aparte de por algún que otro mechón gris en el pelo, María tenía exactamente el mismo aspecto. Había un niño de unos diez años sentado a su lado, todo rizos negros y sonrisas mientras la madre de Lucía le hacía cosquillas.

María alzó la vista hacia su invitada inesperada y luego se tomó unos instantes para recuperar la compostura antes de respirar hondo y ponerse en pie tapándose la boca con una mano.

—¿Lucía? Yo… ¿Eres tú?

—Sí, mamá, soy yo. —Lucía asintió con aire indeciso—. ¿Y ese quién es?

—Es Pepe. Ve afuera a tocar la guitarra, cariño —le dijo al pequeño, que se fue enseguida, tras dedicarle una sonrisa a Lucía.

—Dios mío, ¡menuda sorpresa! —exclamó María al tiempo que abría los brazos y se acercaba a estrechar a su hija entre ellos—. ¡Mi Lucía ha regresado! ¿Te apetece un poco de zumo de naranja? Acabo de exprimir una jarra.

María se dirigió a lo que Lucía reconoció como un nuevo juego de armarios de madera que ocupaba todo un lado de la pared. En medio había un fregadero de hierro fundido y, justo al lado, una jarra de agua.

—Gracias —contestó, y no solo percibió la incomodidad de su madre, sino que también pensó que María parecía haber medrado en el mundo desde la última vez que ella había estado allí.

La maravillosa luz brillante del valle penetraba a través de las ventanas hacia el interior de la cueva, que sin duda hacía poco que habían blanqueado.

—Bueno, cuéntame cómo estás. ¿Cómo es que has venido? ¡Cuéntamelo todo!

María rio encantada mientras ofrecía a Lucía una mecedora tallada con gran gusto para que se sentara.

—Nuestro cuadro está de gira aquí cerca. Anoche estuvimos en Granada, actuando en un café de la plaza de las Pasiegas. Tuvimos mucho público.

—¿Y por qué no me he enterado antes? —María frunció el ceño—. Habría dado cualquier cosa por verte bailar, cariño mío.

Lucía pudo figurarse más o menos por qué sus amigos y vecinos no habían contado a María que su esposo y su hija estaban por la zona, pero lo dejó correr.

—No lo sé, mamá, pero ¡ay, cómo me alegro de estar aquí!

—Y yo me alegro mucho de verte.

—¿Eduardo y Carlos están también en casa?

—Hoy es fiesta y han salido a celebrarlo con el resto del Sacromonte, pero si te quedas esta noche los verás por la mañana.

—No puedo quedarme tanto tiempo, mamá. Nos marchamos esta misma noche.

Durante un instante, María pareció abatida.

—Bueno, no importa, al menos ahora estás aquí. —Acercó un taburete a su hija y se sentó—. Has crecido, Lucía…

—No mucho, mamá, pero ¿qué se le va a hacer?

Se encogió de hombros.

—Me refería a que te has convertido en una mujer. En una mujer hermosa.

—Mamá, sé que toda madre debe decir que su hija es guapa, pero no ignoro que no lo soy. Así es la vida. Bueno… —Lucía echó un vistazo en torno a la habitación—. ¿Estás bien? La cueva parece mucho más cómoda de lo que la recordaba.

—Estoy bien, sí. Aunque debo decirte que un brote de tifus se llevó a tus dos abuelos en verano.

—Vaya, esa sí que es una noticia triste.

En realidad Lucía apenas los recordaba.

—Pero por lo menos, antes de que fallecieran, el negocio de tu abuelo había prosperado gracias a la ayuda de tus hermanos. Los dos han sido muy buenos conmigo. Carlos es el que se ha encargado de todos los muebles nuevos y de la cocina, fíjate. ¿Te acuerdas de que cuando era niño siempre andaba tallando trozos de madera?

Lucía no lo recordaba, pero asintió.

—Entre tú y yo —prosiguió María—, sé que tu abuelo estaba desesperado por la torpeza de Carlos en la forja, pero se había fijado en su pasión por la carpintería. Le dio a tu hermano unos cuantos trozos de pino y le sugirió que intentara hacer una mesa. Y resulta que tu hermano es un buen carpintero, y ahora tanto los gitanos como los payos se pelean por comprar sus muebles. ¿Quién iba a creer que está a punto de abrir una tienda en la ciudad para exponer sus trabajos? Su esposa, Susana, la llevará por él.

—De acuerdo. —Lucía apenas seguía el ritmo de lo que le contaba su madre—. ¿Y dónde viven?

—Se hicieron una casa en una cueva al lado de la de tus abuelos, al mismo tiempo que Eduardo y Elena. Ellos ya tienen a

Cristina y a su hermano mayor, Mateo, y pronto tendré un tercer nieto…

—¡Más despacio, mamá! ¡La cabeza me da vueltas con tantos nombres!

—Perdóname, Lucía, es el impacto de verte, mi lengua va más deprisa que yo y…

—Entiendo. Las dos estamos nerviosas, mamá. Ha pasado mucho tiempo. —Lucía tendió una mano hacia las de su madre y suavizó la expresión—. Es maravilloso volver a verte, y me alegro de que a ti y a mis hermanos os haya ido bien desde que nos marchamos.

—Al principio no fue así. Los primeros años fueron muy difíciles. Pero ya pasó. —María sonrió, radiante—. Cuéntame más cosas de ti, Lucía.

—Mamá, primero debo decirte que por fin sé lo que pasó entre papá y tú. —Su decisión anterior acerca de que el matrimonio de sus padres no era asunto suyo se desvaneció en un instante—. Ha reconocido que te dejó aquí abandonada y me alejó de ti contra tu voluntad.

—Lucía, ambos tuvimos la culpa.

—No lo creo, mamá, y no puedo evitar sentir una rabia profunda por todos los años que he pasado pensando que no te preocupabas por mí y por qué no ibas a verme. Ahora lo entiendo.

—Lucía —susurró María con la voz quebrada—, te he echado de menos y he rezado por ti todos los días desde que nos separamos, créeme. Todos los años, en el mes de tu nacimiento, le enviaba a tu padre un paquetito para que te lo diera. Espero que los hayas recibido.

—Pues no —contestó Lucía con rotundidad—. Papá nunca me ha dado nada parecido.

María se dio cuenta de que los ojos de su hija se entornaban y su expresión se oscurecía, así que se apresuró a continuar:

—Bueno, puede que se perdieran por el camino, es un viaje muy largo. Tu padre hizo lo que consideraba correcto. Lo hizo por ti.

—Y por él —siseó Lucía—. ¿Qué pasó en realidad, mamá? Solo recuerdo algunas cosas de esa época, como por ejemplo después del concurso… Papá le gritaba a Carlos, que estaba llorando en el suelo, ahí mismo. —Señaló el punto exacto—. Entonces nos fuimos a Barcelona y muchas semanas después viniste. Me dijiste que mi hermano Felipe estaba en el cielo con los ángeles.

María cerró los ojos cuando los recuerdos empezaron a acudir a ella. Con la voz rota, explicó a Lucía las trágicas circunstancias de la muerte de Felipe.

—Fue la cárcel de los payos lo que lo mató, Lucía. Murió el día después de que lo soltaran. Así que fui a Barcelona a contároslo a ti y a su padre.

Lucía estiró los brazos, tomó las manos de su madre entre las suyas y sintió la aspereza del trabajo duro en la piel, muy bronceada. Luego apoyó la cabeza en ellas y rompió a llorar. De vuelta en la cueva, tomó plena conciencia de la pérdida de su infancia.

—¿Mamá? —dijo una voz.

Lucía levantó la vista, sorprendida, y se secó las lágrimas de la cara. Pepe había vuelto a entrar en la cocina, aferrado a su guitarra.

—¿Por qué lloráis las dos? —preguntó mientras se acercaba a ellas.

Lucía examinó con mayor detenimiento el rostro de Pepe y se fijó en los ojos grandes y oscuros, la fortaleza de sus pómulos y la mata de pelo negro.

—¿Este es…? ¿Él es…? —tartamudeó.

—Sí, Lucía. —María asintió con solemnidad y se enjugó las lágrimas—. Este es tu hermano. Pepe, saluda a tu hermana.

—Hola —dijo el niño con timidez, y una gran sonrisa.

Sin duda era la viva imagen de José.

—Me alegro de conocerte, Pepe. —Lucía consiguió esbozar una sonrisa.

—Eres más pequeña de lo que me había dicho mamá. Creía que eras mi hermana mayor, pero ¡soy más alto que tú!

—Sí, eres más alto, ¡y también más descarado! —Lucía fue incapaz de contener una carcajada.

—Si estás aquí, ¿ha venido papá contigo? Mamá dice que él toca la guitarra, como yo —prosiguió Pepe—. Quiero tocarle una canción nueva que he aprendido.

—Yo… —Lucía miró a su madre—. Me temo que papá no ha podido venir.

—Pepe, ve a dar de comer a los pollos, luego comeremos nosotros —ordenó María.

Cuando Pepe volvió a salir a regañadientes, Lucía lo miró maravillada.

—¿Cómo…? —comenzó ella.

—Hace años, después de dejarte con tu padre en Barcelona, volví a Granada. Pasaron dos meses antes de que me diera cuenta de que los vómitos no eran solo pena, sino un regalo de despedida de tu padre. Pero Pepe ha sido mi salvación, de verdad, Lucía. Deberías escucharlo tocar la guitarra; algún día llegará a ser mejor que José.

—¿Papá lo sabe?

—No. Cuando me marché de Barcelona, entendí que estaba concediéndole la libertad.

—Sí, la libertad de meter la picha donde quisiera —masculló Lucía, que sintió una nueva oleada de ira hacia su padre.

—Algunos hombres son incapaces de controlarse, es así de simple.

—Bueno, aún no ha aprendido la lección, mamá.

Y entonces ambas se echaron a reír, porque no podían hacer otra cosa.

—En general no es mal hombre, Lucía; tú lo sabrás mejor que nadie. ¿Es feliz?

—No lo sé. Toca la guitarra, bebe y…

—Bueno… —María interrumpió de golpe a su hija—. José es quien es, como todos los demás. Y una parte de mí siempre lo querrá.

Lucía vio a su madre suspirar, y la creyó.

—No lo odies, por favor —le suplicó María—. Quería ofrecerte una oportunidad.

—Y, de paso, aprovecharla —murmuró Lucía—, pero intentaré no odiarlo. Por ti.

—He preparado una sopa fresca para comer. ¿Quieres un poco?

—Sí, mamá.

Lucía devoró el cuenco entero y pidió más tras asegurar que era la mejor comida que había probado desde que había salido de la cocina de su madre hacía once años. María resplandecía de placer mientras miraba a Pepe y a Lucía sentados a la mesa, comiendo juntos como una familia. Luego las dos mujeres fueron afuera a sentarse.

—¿Te acuerdas de cuando intentabas que te ayudara con las cestas? —preguntó Lucía.

—Sí, y de que al cabo de unos minutos siempre encontrabas una excusa y te ibas.

—Hay tanta paz aquí, es tan hermoso... —dijo Lucía mientras miraba hacia el otro lado del valle—. Lo había olvidado. Quizá no fuera consciente de lo que tenía.

—Ninguno de nosotros lo es, cariño, hasta que lo pierde. He aprendido que el secreto de la felicidad es intentar vivir el momento.

—Es una lección que puede que me cueste bastante aprender, mamá. ¡Siempre estoy pensando en el futuro!

—Somos muy distintas, tú y yo: tú siempre mostraste una ambición por tu talento que yo nunca tuve. Yo quería un hogar, una familia y un esposo. Bueno —dijo con una sonrisa—, al menos he conseguido dos de esas cosas.

—¿Sigues bailando? Eras muy buena, mamá.

—Por placer, sí, pero me estoy haciendo vieja. Soy una abuela con dos nietos.

—Mamá, ¡debes de tener poco más de cuarenta años! Muchas de las bailaoras de Barcelona tienen entre cincuenta y setenta años. Entonces ¿eres feliz aquí? —insistió Lucía.

—Sí, creo que sí.

Una hora más tarde, mientras Lucía escuchaba a Pepe tocar la guitarra en la sala de estar en que, según le explicó María, habían convertido el viejo establo, oyó una voz masculina en la cocina.

—Hola, mi amor, he traído un regalito para que nos lo comamos de postre después del estofado de esta noche.

Lucía oyó a su madre mandar callar al invitado justo antes de que ella entrara en la cocina y viera a Ramón, el vecino de al lado, de pie junto a su madre, rodeándole los hombros con un brazo. María se sonrojó y se alejó de él.

—Hola, ¿cómo estás? —preguntó Lucía.

—Estoy bien, gracias —respondió Ramón con rigidez y las mejillas coloradas.

A Lucía le entraron ganas de reírse.

—¿Cómo están tus hijas, Ramón?

—Están bien, sí, muy bien.

—Dos están casadas, y celebramos el compromiso de Magdalena hace solo una semana, ¿verdad, Ramón? —lo alentó María.

—Sí, sí, así es —convino el hombre con un gesto de asentimiento.

—¿Cómo van tus naranjas?

—Van bien, gracias, Lucía.

—Ahora Ramón es dueño de un huertecito. —María continuó hablando por él—. Sus padres murieron con pocos meses de diferencia y, después de los funerales, Ramón encontró unas cuantas monedas escondidas en la chimenea de su casa. A saber cuánto tiempo llevaban allí, pero que no se hubieran fundido después de tantos años hizo que Ramón pensara que eran un regalo de la Santísima Virgen. Así que se compró el naranjal con ellas.

—Así es. —Ramón miró a Lucía con nerviosismo, esperando su reacción.

—Gracias, Ramón, por cuidar de mi madre mientras yo no estaba. Estoy segura de que has sido un gran consuelo para ella.

Lucía puso una mano conciliadora sobre la de su vecino.

—Ha sido un placer, señorita. —Ramón esbozó una sonrisa de alivio.

Cuando el hombre se marchó, María se volvió hacia su hija al tiempo que trataba de calmar el bochorno que le teñía las mejillas con las manos inquietas.

—¡Qué pensarás de mí!

—He aprendido que la vida es dura, mamá. Y tú has aceptado el consuelo cuando se te ha ofrecido. No hay nada de malo en ello.

—Yo… nosotros, Ramón y yo, no vamos por ahí anunciando nuestra… amistad. Créeme, nunca le faltaría al respeto a tu padre en público.

—Mamá, en el Barrio Chino he visto de todo. Ya no me escandaliza nada, y mucho menos la necesidad de consuelo.

—Gracias, Lucía. —María agarró las manos a su hija y se las apretó—. Te has convertido en una jovencita encantadora.

—Mamá, espero tener tu sentido común y la pasión de papá. Es una buena mezcla, ¿verdad? Bueno… —Vio que el sol empezaba a descender en su reverencia nocturna tras la Alhambra—. Tengo que volver a la ciudad. Esta noche salimos hacia Cádiz.

—¿No puedes quedarte un poco más, cariño?

—No, mamá, pero, ahora que nos hemos reencontrado, te juro que os visitaré más a menudo. Puede que incluso venga de vacaciones.

—La próxima vez, avísame y organizaré una fiesta para que te reúnas con toda tu familia. Mi puerta siempre está abierta, y yo siempre estoy aquí.

—Mamá, ¿qué quieres que le cuente a papá sobre... su hijo?

—Si puedes soportarlo, creo que lo mejor será que no le digas nada por el momento. Un día se lo diré yo misma en persona.

—Por supuesto. Adiós, mamá.

Mientras abrazaba a su madre, Lucía sintió el cosquilleo de las lágrimas. Antes de que comenzaran a brotar, salió de la cueva y emprendió el camino de regreso por los senderos polvorientos de su infancia.

23

Tengo una noticia para ti —anunció Carcellés cuando se sentaron juntos en la terraza de su bar favorito del Barrio Chino.

Lucía miró al empresario que había organizado su gira por provincias. Carcellés tenía la cara enrojecida por el exceso de aguardiente, y el vientre le sobresalía por encima del apretado cinturón con el que se ceñía los pantalones. El humo de los cigarrillos de ambos ascendía en volutas hacia el cielo, que oscurecía.

—¿Y de qué se trata?

Carcellés sirvió más aguardiente en sus respectivas copas.

—El teatro Fontalba de Madrid está organizando un homenaje a la actriz Luisita Esteso. Voy a meterte entre otras dos actuaciones. Ya es hora de mostrar tu talento en la capital.

Lucía, acostumbrada a aquellas alturas a las promesas extravagantes de Carcellés (concebidas para espolearla, pero que por lo general no llevaban a ninguna parte), lo miró con incredulidad.

—¿Vas a llevarme a Madrid?

—Sí, Lucía. Encajarás perfectamente en el programa. Incluso el gran Meñique se ha ofrecido a tocar para ti. ¿Qué te parece?

—¡Dios mío! —Lucía se levantó para abrazar a Carcellés, y en el proceso golpeó la mesa de caballete y derramó el aguardiente por todas partes—. ¡Caray, es una noticia maravillosa!

—Me alegra que te haga feliz, Lucía. Es solo una noche, y no te concederán más que cinco minutos del programa, pero son tus cinco minutos y debes mostrar a las personas que importan en Madrid lo que eres capaz de hacer.

—Lo haré, te lo prometo. Gracias, señor.

—¿Te has enterado, papá?

Lucía irrumpió en la habitación de José. Estaba solo, tumbado en la cama, fumando.

—¿De lo de Madrid? Sí, me he enterado. Por supuesto, no te pagarán. Eres consciente de eso, ¿verdad?

—¿A quién le importa el dinero? ¡Voy a actuar delante de más de mil personas! ¿No te parece una noticia buenísima?

—Me han dicho que te acompañará Meñique.

—Sí, así que no hace falta que vengas. Carcellés irá conmigo en el tren, y Meñique se ocupará de mí una vez que llegue allí.

—Eso es lo que me preocupa —murmuró José, taciturno, mientras apagaba la colilla de su cigarrillo en una botella de cerveza medio llena aún.

—Ya soy una mujer, papá. Recuerda que tengo veintiún años. Estaré de vuelta antes de que te des cuenta de que me he ido.

Lucía se marchó a su habitación, pues se negaba a permitir que el enfurruñamiento de su padre le aguara la fiesta. Se quitó el vestido de flamenca, se desplomó completamente desnuda en el colchón y se quedó allí tumbada, con los brazos y las piernas estirados, pensando. Al cabo de unos instantes, empezó a acariciar una idea en su mente.

—¡Sí!

Se levantó de la cama de un salto y se dirigió al rincón donde amontonaba su ropa. Hurgó entre las prendas, pues de pronto sabía con exactitud lo que se pondría para que tanto la actuación como ella resultaran inolvidables.

—Madrid… —Suspiró cuando encontró lo que estaba buscando—. ¡Y Meñique!

—¿Estás bien, pequeña? —le susurró Meñique al oído dos semanas más tarde, mientras esperaban juntos entre los bastidores del gigantesco escenario y escuchaban los aplausos entusiastas dedicados a El Botato, que bailaba su famosa farruca con cómicos saltos acrobáticos.

—Sí, pero estoy nerviosa, Meñique. Nunca me pongo nerviosa antes de bailar.

338

—Será para bien; la adrenalina le dará más profundidad a tu actuación.

—Aquí nadie ha oído hablar de mí. —Lucía se mordió el labio—. ¿Y si me abuchean tanto que me echan del escenario?

—Todo el mundo sabrá quién eres después de esto. Y ahora… —Le dio un ligero empujón en el hombro—. ¡Adelante!

Lucía salió al escenario entre aplausos que se apagaban; los deslumbrantes focos le abrasaban los ojos. Se sentía acalorada y le picaba todo debajo de la pesada capa que llevaba puesta. Meñique la siguió segundos después, y el público lo aclamó y aplaudió.

—Mamá —susurró ella mientras adoptaba la posición inicial—, este baile va por ti.

Sentado a un lado, Meñique observó la diminuta figura que se erguía en el centro del enorme escenario. Cuando empezaba a tocar los primeros compases y se preparaba para cantar, vio que Lucía levantaba la barbilla y que se le ensanchaban las fosas nasales. El ritmo se intensificó, y la joven se quitó la capa con un movimiento fluido y la arrojó hacia el otro extremo del escenario. El público se quedó boquiabierto al ver que aquella mujer minúscula vestía pantalones negros de cintura alta y la camisa blanca almidonada de los bailaores. Llevaba el cabello recogido hacia atrás, con raya en el medio y alisado con aceite. Los ojos delineados con kohl retaban a la concurrencia.

Entonces comenzó a bailar. Los pocos susurros de disensión cesaron al cabo de unos segundos, cuando el público, formado por más de mil cuatrocientas personas, quedó hechizado por aquella mujer-niño cuyos pies milagrosos se las ingeniaban, de alguna manera, para batir tantos golpes que, incluso en el caso de las manos más experimentadas, era imposible seguirles el ritmo. Cuando se dieron cuenta de que Lucía estaba interpretando la misma farruca que El Botato, un baile reservado para los hombres, el público se volvió loco, chillando y silbando ante aquella extraña visión. Meñique estaba tan embelesado cuando Lucía se convirtió en un derroche de pura energía que casi se olvida de entrar para el verso siguiente de la canción.

«Es tan pura… la esencia del flamenco», pensó.

Para entonces el público ya estaba en pie palmeando al ritmo de los pies de Lucía, que taconeaban de forma implacable, hasta el punto de que Meñique se preguntó si la joven se desmayaría y se desplomaría contra el suelo. Era incapaz de saber de dónde sacaba aquel pequeño cuerpo la energía para mantener aquel ritmo increíble durante tanto tiempo.

—¡Olé! —gritó ella cuando por fin dio un último taconeo y se inclinó hacia delante en una reverencia.

El público estalló en una ovación enfervorecida mientras Lucía saludaba una y otra vez. Meñique se adelantó para recibir su propio aplauso junto a ella.

—Lo has conseguido, pequeña, lo has conseguido —le susurró mientras la hacía avanzar una vez tras otra.

—¿Tú crees? —le preguntó Lucía cuando Meñique la condujo al fin afuera del escenario, hacia bambalinas, donde ya se había reunido una multitud para felicitarla.

—Has logrado un debut perfecto en Madrid.

—No me acuerdo de nada.

Meñique advirtió que Lucía parecía aturdida y de que se aferraba a su brazo en busca de apoyo. La guio entre la muchedumbre hacia su camerino y cerró la puerta a su espalda con firmeza.

—Necesitas un rato para recuperarte.

La sentó en una silla y le sirvió una copa de aguardiente.

—Gracias. —Lucía se bebió la copa de un trago—. Nunca recuerdo lo que he bailado. ¿Lo he hecho bien?

Meñique se percató de que era una pregunta sincera y de que no estaba buscando elogios.

—No lo has hecho «bien» sin más, Lucía. Ha sido… ¡un milagro!

Y entonces fue Meñique quien le dedicó una reverencia.

Oyeron que llamaban a la puerta con fuerza y, a continuación, un clamor de voces.

—¿Está La Candela preparada para recibir la aclamación de su devoto público?

—Sí.

Lucía se levantó, se volvió hacia el espejo y cogió un pañuelo para enjugarse el rostro empapado de sudor.

—Pero antes de que entren…

Meñique la tomó entre sus brazos y la besó.

—¿Cómo que mi padre llega hoy? —Lucía se incorporó junto a Meñique en la cómoda cama de este unos días después—. ¡Se suponía que no vendría hasta la semana que viene! Me va más que bien aquí sola en Madrid.

—Lucía, tu padre ha gestionado tu carrera desde que eras una cría. Estoy seguro de que no quieres negarle su momento de triunfo, ¿verdad? Además, es tu guitarrista. Solo él sabe cuál es la mejor forma posible de tocar para ti.

—¡No! —Lucía le agarró los dedos a Meñique y se los besó—. Estos son los que saben tocarme mejor. Y no solo la guitarra...

Meñique se estremeció cuando Lucía tendió su cuerpo desnudo junto al de él.

—Sí, pequeña, pero yo tengo un contrato en otro sitio para los próximos dos meses, ya lo sabes.

—Pues cancélalo —contestó Lucía mientras deslizaba la mano por debajo de la sábana—. Necesito que toques para mí en el Coliseum.

—Venga, venga. —Meñique la agarró de los codos—. Puede que tu estrella esté ascendiendo, pero todavía no eres una diva de pleno derecho, así que no te comportes como tal. Tu padre traerá a tu cuadro con él. Es mucho mejor que cuentes con tus propios guitarristas y cantaores para apoyarte, con personas a las que conoces y en quienes puedes confiar, en lugar de dejar que los elijan por ti.

—Ha sido tan agradable sentirme libre de él... —se quejó Lucía—. Estar aquí contigo... Me he sentido como una mujer, y no como una niña, que es como me trata mi padre.

—Está claro que has sido una mujer, Lucía. —Meñique tendió las manos hacia sus pechos y se los acarició, pero fue ella quien lo apartó entonces.

—Aunque llegue mi padre, ¿puedo quedarme aquí contigo?

—Cuando yo esté en Madrid, por supuesto que puedes, pero por fin estás ganando un buen dinero con tu contrato en el Coliseum, así que podrás buscarte un apartamento con el resto del cuadro. —Meñique salió de cama y comenzó a vestirse.

—¿Es que ya no me quieres aquí?

—Sí, pero no puedo estar siempre aquí para ti.

—¿Tu carrera es más importante que yo?

—Mi carrera es tan importante como tú —la reprendió Meñique—. Ahora debo irme, tengo una reunión sobre la nueva grabación. Te veo luego.

Lucía se dejó caer de golpe sobre las almohadas, furiosa porque tanto su amante como su padre le estropearan los planes. Desde el triunfo en el teatro Fontalba, había experimentado su primer contacto con la libertad, y no estaba dispuesta a renunciar a ella sin presentar batalla. Y menos teniendo en cuenta las nuevas delicias que había descubierto en el dormitorio con Meñique.

—¡Lo quiero! —gritó al apartamento vacío al tiempo que estampaba la mano contra el colchón—. ¿Por qué me deja aquí sola?

Salió a gatas de la cama, cogió sus cigarrillos y se sentó en el alféizar de la ventana para encenderse uno. Más abajo se extendía una amplia avenida arbolada que bullía de gente y coches. A cuatro pisos de altura, solo oía el ruido si abría la ventana, cosa que hizo para dejar que una voluta de humo escapara con delicadeza hacia la luz del sol de la mañana.

—¡Me encanta estar aquí! —gritó mirando hacia la calle—. ¡Y no quiero irme! ¿Cómo se atreve Meñique a sugerir que me busque otro sitio? —Tras tirar la colilla por la ventana, cruzó el apartamento desnuda para poner agua a hervir y prepararse su café cargado habitual. Las habitaciones, igual que Meñique, eran pequeñas y estaban inmaculadas y organizadas—. ¡Si hasta cocina! —murmuró mientras bajaba una taza de un estante—. ¡Lo quiero!

Lucía se llevó el café a la sala de estar y se acurrucó en una silla para tomárselo mientras miraba las guitarras de su amante, que se hallaban ordenadamente alineadas a lo largo de una pared. Meñique era distinto de cualquier otro gitano que hubiera conocido, pues tenía una madre paya y se había criado en Pamplona, en el norte de España. Cuando era pequeño, su familia vivía en una casa, ¡en una casa!, y él había crecido entre payos. A veces Lucía se sentía como un animal salvaje al compararse con la tranquila sofisticación de aquel hombre. Él no consideraba a los payos el enemigo, como le habían enseñado a hacer a ella, sino tan solo una raza diferente.

—Yo soy ambas cosas, así que debo abrazar las dos culturas, Lucía. Y son los payos quienes nos llevarán a ambos al éxito que tanto anhelamos —le había dicho una noche después de que ella lo ridiculizara por leer un periódico payo—. Son los que tienen el poder y el dinero.

—¡Mataron a mi hermano! —le había gritado Lucía—. ¿Cómo puedo perdonarles algo así?

—Los gitanos también matan a gitanos, y los payos matan a payos —le había recordado Meñique encogiéndose de hombros con expresión tranquila—. Lo siento por tu hermano, lo que le sucedió fue terrible, pero los prejuicios y el resentimiento no llevan a nada en la vida, Lucía. Debes perdonar, tal como la Biblia nos dice que hagamos.

—¿Ahora eres cura? —le había reprochado ella—. ¿Me estás diciendo que lea la Biblia? ¿Estás siendo condescendiente conmigo? Sabes que nunca he aprendido a leer.

—Yo te enseñaré.

—¡No lo necesito! —Lucía se había zafado del brazo que intentó rodearla—. Mi cuerpo y mi alma son lo único que me hace falta.

Sin embargo, en el fondo sabía que Meñique tenía razón. El tropel de personas que compraban por adelantado entradas para verla actuar no eran gitanos, sino payos, y era su dinero el que pagaría el cuantioso salario semanal que le habían ofrecido.

Lucía se levantó.

—¡Me trata igual que mi padre! —gritó a las guitarras—. Como a una gitanilla ignorante que no entiende nada. Y, aun así, ¡me toma tres veces por noche para satisfacer su lujuria! Mamá tiene razón, todos los hombres son iguales. Bueno, ¡pues voy a ponerle los puntos sobre las íes!

Echó un pie hacia atrás para coger impulso y asestó una patada a una guitarra. Las cuerdas restallaron cuando el instrumento cayó de lado. Lucía miró el ordenado estante de libros y los arrastró con la mano hasta hacerlos caer al suelo. Después de volver al dormitorio, se puso por primera vez en días el traje de flamenca que Meñique le había arrancado del cuerpo. A continuación cogió sus zapatos, se encaminó hacia la puerta del apartamento, la abrió y se marchó.

Tras toparse con aquel caos al volver a su apartamento, Meñique suspiró y se dirigió al teatro Coliseum, donde Lucía debía asistir a un ensayo aquella tarde.

Meñique se encontró a José fumando junto a la entrada de artistas, mientras que el resto del cuadro estaba reunido dentro.

—¿Ya ha llegado Lucía al teatro? —le preguntó Meñique a José.

—No, creía que estaba contigo —respondió José—. No la ha visto nadie.

—Mierda —maldijo Meñique en voz baja—, la he dejado en mi apartamento esta mañana... ¿Adónde habrá ido?

—Tú sabrás —le espetó José, capaz de dominar su ira a duras penas—. Se suponía que debías controlarla.

—Como bien sabes, nadie puede «controlar» a Lucía, y mucho menos si está furiosa.

—¡Estrena la semana que viene! ¡Hemos venido hasta aquí para ensayar! Y después de todo esto, ¿va a echar a perder su gran oportunidad?

Meñique daba vueltas en la cabeza a las distintas opciones.

—Ven conmigo, creo que sé dónde puede estar.

Media hora más tarde, llegaron a la plaza de Olavide, donde se concentraban varios bares y cafés. Y allí, en el centro de la plaza, estaba Lucía, en medio de una multitud que se había congregado a su alrededor. Dos guitarristas desconocidos se habían unido a ella, y cuando Meñique se abrió paso entre la muchedumbre oyó el tintinear de las monedas que caían en el suelo a su alrededor. Se quedó allí parado, de brazos cruzados, mirándola bailar. Cuando Lucía terminó, José y él se sumaron al enorme aplauso que recibió.

Meñique la observó mientras se agachaba a por las monedas e indicó a la multitud que la actuación había acabado.

—Hola, Lucía —dijo mientras se acercaba a ella—. ¿Qué estás haciendo aquí?

Lucía terminó de recoger el dinero, luego se enderezó y lo miró con expresión desafiante.

—Tenía hambre y no tenía dinero para comer. Así que he venido aquí y me lo he ganado. Y ahora, ¿nos vamos a comer?

A pesar de la reticencia de Lucía a tener a su padre en Madrid, al menos se alegró de ver al resto del cuadro.

—Chilly, ¿has traído mi tónico? —le preguntó haciendo caso omiso de Rosalba, que estaba de pie a su lado.

—Por tu aspecto, Lucía, diría que Madrid te está sentando muy bien —respondió Chilly con una sonrisa pícara—. ¿Eres feliz?

—Nunca estoy feliz del todo, pero, sí, Madrid tiene sus ventajas —convino Lucía.

A lo largo de los días siguientes, el cuadro encontró un apartamento en la ciudad y José comenzó a hacer audiciones para ampliar el elenco de guitarristas, cantaores y bailaores. Tras varias largas tardes en el teatro vacío, dieron con sus nuevos miembros.

Sebastián era un guitarrista que invitaba a todo el mundo a copas y cigarrillos, aunque pronto se supo que sus dedos eran igual de mañosos para colarse en los bolsillos de los payos que para tocar la guitarra. Había prometido no meterse en líos, pero, milagrosamente, seguía disponiendo de un flujo constante de pesetas para compartir.

El hermano de Sebastián, Mario, conocido como El Tigre, era un tipo ágil y masculino que atacaba cada baile como si se tratara de un toro que tuviera que derribar. Había sido el único bailaor que había dado a Lucía la impresión de poder igualar su energía feroz. Contrataron también a otras dos jóvenes bailaoras que Lucía eligió por la sencilla razón de que eran las más feas.

—Bueno, hija… —José levantó una copa para brindar con Lucía después de su primer ensayo con la orquesta—. Mañana el cuadro del Albaycín estrena en el Coliseum.

—Y yo también —susurró la joven al tiempo que entrechocaba su copa con la de José.

A lo largo de los meses posteriores, la fama de Lucía se extendió. En la taquilla del Coliseum se formaban grandes colas: todos querían ver a la encantadora joven gitana que bailaba con ropa de hombre.

Lucía Amaya Albaycín por fin se estaba convirtiendo en una estrella.

Pese a que echaba de menos el mar y la cultura de Barcelona, que tan bien encajaba con su alma gitana, Lucía adoraba Madrid, sus grandes edificios blancos y sus amplias avenidas. Había una sensación de urgencia y pasión en el aire debido a los mítines diarios de los diversos partidos políticos payos; todos trataban de obtener el mayor apoyo posible, la mayoría de ellos descontentos tras la victoria de los republicanos de centro y derecha en las elecciones de aquel noviembre. Aunque Meñique a menudo trataba de explicarle acerca de qué gritaban todos aquellos hombres, ella se limitaba a reírse y a besarlo en los labios para que dejara de hablar.

—Estoy aburrida de payos que se pelean entre sí —decía—, ¡vayamos a ver a uno que se enfrente a un toro!

—Este lugar es una pocilga —había comentado Meñique la primera vez que había visitado la habitación de Lucía en el apartamento del cuadro.

Raspas de sardina y otros restos de comida se amontonaban en los platos que abarrotaban el fregadero desbordado, y la ropa sucia yacía allí donde ella la hubiera dejado tirada hacía días.

—Sí, pero es mi pocilga, y me hace feliz —había replicado Lucía, y a continuación lo había besado.

A veces Meñique se sentía como si estuviera intentando domesticar a un animal salvaje; en otros momentos, deseaba proteger a la niñita vulnerable en la que Lucía podía transformarse con facilidad. Fuera como fuese, lo tenía totalmente fascinado.

El problema era que lo mismo le sucedía a todo Madrid. Entonces, en lugar de ser Meñique, el famoso guitarrista, quien se convertía en el centro de atención cuando salían juntos por la ciudad, era a Lucía a quien todos querían conocer.

—¿Qué se siente al ser la bailaora gitana más famosa de toda España? —le preguntó él una mañana mientras permanecían tumbados en la cama de él.

—Es lo que siempre había querido. —Lucía se encogió de hombros, con gesto despreocupado, y encendió un cigarrillo—. He esperado mucho tiempo para conseguirlo.

—Algunos tienen que esperar toda la vida y aun así nunca les llega, Lucía.

—Me lo he ganado, hasta el último segundo —respondió ella con fiereza.

—Entonces ¿ya puedes ser feliz?

—¡Por supuesto que no! —Apoyó la cabeza en el hombro de Meñique, que enseguida captó el aroma del aceite que Lucía usaba para alisarse el cabello—. ¡La Argentinita ha conquistado el mundo! Yo, solo España. Queda mucho que hacer.

—Estoy seguro, pequeña. —Suspiró.

—¿Te he contado que me han pedido que baile en una película? Es un cineasta payo, Luis Buñuel. He oído decir que es muy bueno. ¿Debería aceptar?

—¡Pues claro! Así tu talento quedará capturado para siempre y la gente podrá seguir viéndolo durante generaciones cuando estés muerta.

—Yo nunca moriré —replicó Lucía—. Viviré para siempre. Bueno, cariño, los dos tenemos que vestirnos e ir a reunirnos con mis nuevos amigos payos para comer en uno de sus restaurantes de lujo. ¡Soy la invitada de honor! ¿Te lo puedes creer?

—De ti me creo cualquier cosa, Lucía, la verdad —dijo Meñique mientras ella lo sacaba a rastras de la cama.

Madrid

Julio de 1936
Dos años más tarde

24

Qué ha pasado? —Lucía se encendió un cigarrillo y se recostó en las almohadas; la luz del sol que se colaba por la ventana de su habitación se derramaba sobre ellas.

—Ha habido un intento de golpe de Estado en el Protectorado de Marruecos —contestó Meñique sin levantar la vista del periódico—. Dicen que el alzamiento se extenderá hasta aquí cualquier día. A lo mejor deberíamos marcharnos de España mientras se pueda.

—¿Qué alzamiento? ¿Contra qué hay que alzarse? —preguntó Lucía con el ceño fruncido.

Meñique exhaló un suspiro profundo. Había hecho todo lo posible por explicar a Lucía la difícil situación de España, pero ella no tenía el menor interés por la política. Dedicaba los días a bailar, fumar, hacer el amor y comer sus adoradas sardinas, en ese orden de importancia.

—Los sublevados pretenden que el golpe militar triunfe en toda España.

—Estoy harta de tanta política, Meñique, ¿a quién le importa? —Bostezó y se desperezó de manera que su puño diminuto chocó contra el rostro del hombre.

—A mí, y a ti también debería importarte, pequeña, porque afecta a todo lo que hacemos. Deberíamos plantearnos irnos a Portugal enseguida; de todos modos, tienes que actuar allí dentro de nada. Me temo que en Madrid reinará el caos y la violencia.

—No puedo irme a Portugal cuando todavía tengo mi espectáculo en el Coliseum. La gente ha hecho colas que daban la vuelta a la manzana para comprar entradas. No debo defraudarlos.

—Bueno, si no cambia nada, nos iremos en cuanto termines. Esperemos que para entonces no sea demasiado tarde —murmuró Meñique mientras salía de la cama.

—¡A mí no me harán daño, soy la niña de los ojos de España! —gritó Lucía a su espalda—. ¡Quién sabe, a lo mejor hasta me coronan reina!

Meñique puso los ojos en blanco y buscó su camisa y sus pantalones entre el caos de la habitación. Por desgracia, no podía mostrarse en desacuerdo en lo que a su fama se refería. No solo había cosechado un éxito arrollador en Madrid, sino que, al aceptar el papel protagonista en la película española más cara de la historia, había consolidado su estatus nacional como celebridad.

—Me voy a mi apartamento en busca de un poco de paz y tranquilidad —dijo él justo antes de darle un beso—. Hasta luego.

Salió de la habitación de Lucía y recorrió el pasillo comunal del apartamento, no sin tropezarse con una taza de café que Lucía había dejado tirada en el suelo hacía al menos un día.

—Exasperante —masculló, y recurrió a su pañuelo para limpiar el líquido derramado.

Además de vivir sumida en su propio caos, Lucía compartía casa con un montón de personas que cambiaban constantemente; algunos eran amigos o familiares, otros meros acólitos que pululaban a su alrededor. Tal vez se debiera tan solo a la forma en que la habían criado, primero en medio de una gran familia en el barrio del Sacromonte y luego durante años en la unida comunidad del Barrio Chino. Lucía parecía necesitar que siempre hubiera gente a su alrededor.

—Me da miedo estar sola —había reconocido una vez—. El silencio me asusta.

Bueno, pues a él no lo asustaba: después de dos años y medio con Lucía, lo veneraba.

Cuando entró en la quietud de su propio apartamento, Meñique soltó un suspiro de alivio y se preguntó por enésima vez cómo terminarían las cosas entre Lucía y él. Resultaba obvio que toda España, y en especial la propia Lucía, estaba esperando que se casara con ella. Sin embargo, él todavía no se lo había pedido. Y por eso habían roto en numerosas ocasiones, cada vez que su amante perdía los estribos ante la ausencia de una propuesta de matrimonio. Entonces Meñique se alejaba de ella y el alivio le invadía el alma, pues ya no se encontraba en la montaña rusa de su relación con Lucía, su carrera profesional y su loco estilo de vida.

—¡Esa mujer es imposible! —se decía—. ¡Solo un santo podría aguantarla!

Luego, al cabo de unas horas de la paz que tanto anhelaba, se calmaba. Y varias horas más tarde, empezaba a añorarla hasta que tenía que volver con las orejas gachas y suplicarle que lo perdonara.

—Sí, te compraré un anillo —le decía cuando Lucía se plantaba ante él con los ojos como en llamas, y luego hacían el amor con avidez y pasión, ambos aliviados de que el dolor de la separación hubiera terminado.

Todo continuaba tranquilo hasta la siguiente vez que a Lucía se le agotaba la paciencia y volvía a comenzar el mismo ciclo para ambos.

Meñique no sabía por qué era incapaz de asumir ese compromiso definitivo. Del mismo modo, la razón por la que nunca podía alejarse de una vez por todas de Lucía era un verdadero misterio para él. ¿Era por la intensa atracción sexual que experimentaba cuando pensaba en ella? ¿O por el afrodisíaco que suponía para él el sublime talento de La Candela cuando la veía actuar? Era todo lo relacionado con ella, esa era la única conclusión a la que podía llegar. Era… Lucía, sin más. A veces le parecía que los dos estaban atrapados en un pasodoble eterno del que nunca escaparían.

—No es amor, es adicción —murmuró Meñique mientras intentaba abstraerse en una melodía que le estaba costando bastante componer.

Su capacidad de concentración era inexistente, y eso, pensó, era otro problema: estar con Lucía era un trabajo a jornada completa que le dejaba muy poco tiempo para dedicarse a su propia carrera. Cuando Lucía había recibido la oferta para actuar en Lisboa, ni siquiera le había consultado si deseaba ir, había dado por hecho que la acompañaría.

—Quizá lo mejor sea que me quede aquí —dijo a su guitarra—. Que la deje marchar.

Después miró por la ventana y posó la vista en la alarmante imagen de los soldados armados que marchaban por la calle, unas decenas de metros más abajo. Si estallaba una guerra civil en España, sería un momento peligroso para separarse y, además, la chusma que hacías las veces de comitiva de bailaores y músicos de Lucía no tenía ni idea de cómo funcionaba el mundo real, más allá del flamenco. Seguro que terminaban en la cárcel o frente a un pelotón de fusilamiento por decir lo que no debían.

Pero ¿acaso era problema suyo? Si lo era, él se lo había buscado.

Meñique bostezó. Habían regresado al amanecer de la fiesta que habían organizado para celebrar que las entradas para la actuación de Lucía se hubieran agotado la noche anterior. Depositó su guitarra con cuidado en la mesa, luego se estiró sobre el sofá y cerró los ojos. Sin embargo, a pesar de que estaba agotado, no consiguió dormir. Lo había invadido una inminente sensación de fatalidad.

—¿Qué es todo ese ruido de ahí fuera? —preguntó Lucía cuando entró en su camerino del Coliseum la noche siguiente.

—Han sacado la artillería pesada, Lucía. —Meñique oyó el estruendo y sintió que el miedo le atenazaba el corazón—. Me temo que el levantamiento ha comenzado en Madrid.

—El teatro sigue vacío a pesar de que es casi la hora de empezar. Me habían dicho que no quedaban entradas para esta noche.

—No es seguro andar por la calle, Lucía. La gente sensata está en su casa. Muchos de los que habían venido han vuelto a marcharse. Debemos decidir si cancelamos la actuación y regresamos a casa mientras podamos. Al fin y al cabo, es la última, y teniendo en cuenta que mañana nos marchamos a Lisboa…

—¡No he cancelado una sola actuación en mi vida, y nunca lo haré! Aunque no la vean más que los limpiadores. —Allí plantada, maquillada para salir al escenario, su rostro estaba aún más luminoso que de costumbre—. ¡Ningún ejército de payos va a impedirme bailar! —insistió.

Mientras hablaba, el estrépito de una gran explosión en algún lugar de la ciudad hizo que las sólidas paredes del teatro se estremecieran. Un puñado de polvo de yeso cayó sobre el pelo negro azabache de Lucía, que se agarró a Meñique, presa del pánico.

—¡Ay, Dios mío! ¿Qué está pasando ahí fuera?

—Creo que los sublevados están intentando tomar el control de la ciudad. El cuartel del ejército está muy cerca del teatro… En serio, Lucía, deberíamos marcharnos de inmediato y poner rumbo a Lisboa mientras podamos.

El resto de la compañía había comenzado a acudir al camerino, con el terror reflejado en el rostro.

—Puede que ya sea demasiado tarde para irse, Meñique —dijo José—. Acabo de echar un vistazo fuera y hay gente corriendo por todas partes. ¡Es un caos! —Se santiguó por pura costumbre.

Chilly se abrió paso entre el grupo ansioso y agarró a Lucía de las manos; el miedo había hecho que sus rasgos cobraran vida.

—Lucía, Rosalba está sola en el apartamento. ¡Sabes que hoy se ha quedado en casa porque se ha hecho un esguince en el tobillo! Debo ir con ella, ¡podría encontrarse en un peligro terrible!

—No puedes salir. —Sebastián, el guitarrista, tomó a Chilly del brazo para calmarlo—. Rosalba es una mujer sensata, se quedará donde está, en el apartamento. Deberías permanecer aquí, ya irás a buscarla por la mañana.

—¡Tengo que ir a por ella ahora mismo! Manteneos a salvo esta noche y, si Dios quiere, volveremos a encontrarnos en esta vida. —Chilly dio a Lucía un beso breve en cada mejilla y luego salió corriendo del camerino.

Los miembros del cuadro se quedaron inmóviles, conmocionados por la repentina partida de Chilly.

Meñique carraspeó.

—Debemos buscar refugio. ¿Alguien sabe si hay sótano?

En la puerta del camerino había aparecido una mujer que llevaba una escoba entre las manos. Su expresión era tensa. Meñique se volvió hacia ella.

—Señora, ¿puede ayudarnos?

—Sí, señor, les mostraré la entrada del sótano. Podemos refugiarnos allí.

—De acuerdo —dijo Meñique justo antes de que el traqueteo de los disparos hiciera que los ocupantes del camerino se sobresaltaran de nuevo, cada vez más asustados—. Que todo el mundo coja lo que pueda para ponerse lo más cómodo posible ahí abajo; luego la seguiremos, señora.

En cuanto se hicieron con todo lo que consiguieron salvar, la mujer de la escoba condujo al cuadro a la puerta del sótano. De un armario situado en el pasillo, sacó dos cajas de velas y unas cerillas.

—¿Estamos todos? —preguntó Meñique volviéndose hacia el pasillo.

—¿Dónde está mi padre? —inquirió Lucía muerta de miedo mientras lo buscaba con la mirada.

—Estoy aquí, cariño —respondió una voz desde los escalones que llevaban al auditorio. José apareció con los brazos cargados de botellas—. He ido a la barra del vestíbulo a por provisiones.

—¡Date prisa! —lo apresuró Meñique cuando otra explosión sacudió las paredes y las luces del pasillo se apagaron tras un breve parpadeo.

Encendieron las velas con premura y las fueron pasando de mano en mano.

—Y ahora bajemos al infierno —bromeó José, que se llevó una botella a los labios mientras bajaban los escalones.

—¿Cómo puede hacer tanto frío aquí abajo cuando el ambiente es tan cálido arriba? —preguntó Lucía a nadie en particular mientras todos se acomodaban lo mejor posible en el húmedo sótano.

—Al menos aquí estamos seguros —dijo Meñique.

—¿Y qué hay de Chilly? —espetó El Tigre mientras caminaba de un lado a otro, incapaz de permanecer quieto—. Ha salido a la calle, ¡tal vez esté muerto!

—Chilly es brujo; su sexto sentido lo mantendrá a salvo —aseguró Juana.

—Ay, puede ser, pero ¿y nosotros? Nos quedaremos aquí atrapados, ¡el edificio se derrumbará sobre nosotros! —gimió Sebastián.

—Y es posible que no haya suficiente aguardiente para todos —añadió José, y dejó las botellas en el suelo con un tintineo.

—Y así acaba todo. —El Tigre negó con la cabeza—. Moriremos aquí y todo el mundo nos olvidará.

—¡Eso nunca! —exclamó Lucía, que había empezado a temblar—. ¡A mí nunca me olvidarán!

—Tome, señorita, debe conservar el calor. —La mujer de la escoba se quitó el fino delantal y envolvió los hombros desnudos de Lucía con él como si fuese un chal.

—Gracias, señora, pero tengo una forma mejor de conservar el calor… —La mitad de su frase quedó ahogada por una explosión que parecía haberse producido justo encima de ellos.

—Señoras y señores —gritó Lucía para que la oyeran, ya con los brazos levantados por encima de la cabeza—, mientras esos estúpidos payos hacen saltar por los aires esta hermosa ciudad, ¡los gitanos bailaremos!

De todos los recuerdos que Meñique conservaría de Lucía en el futuro, los más vívidos fueron los de las horas que pasaron atrapados en el sótano del teatro Coliseum mientras comenzaba la verdadera destrucción de España.

Hizo que el aterrorizado cuadro se pusiera en pie e insistió en que los hombres cogieran sus guitarras y las mujeres bailaran. Mientras los sublevados atacaban el cuartel del ejército, una docena de gitanos ahogó el ruido de las armas celebrando su arte ancestral con una mujer con una escoba como único público.

A las cuatro de la madrugada, la ciudad se sumió en el silencio y, alimentado por el miedo, la euforia y el alcohol que había llevado José consigo, el cuadro se desplomó en el suelo y se quedó dormido.

Meñique fue el primero en despertar, aturdido por los efectos del exceso de aguardiente. Tardó un rato en comprender dónde estaba, pues la oscuridad era absoluta, y cuando lo recordó, tanteó el suelo en busca de las velas que había guardado bajo su chaqueta la noche anterior. Encendió una y vio que todos los demás seguían dormidos. Lucía tenía la cabeza apoyada en su hombro, así que la apartó con delicadeza para que se echara sobre su chaqueta. Cogió la vela y, desorientado, buscó los escalones que conducían arriba. Una vez en lo alto de la escalera, necesitó hacer acopio de valor para intentar abrir la puerta, consciente de que, si no lo lograba, todos los ocupantes del sótano eran ya muertos en vida, enterrados bajo los escombros de lo que quedara del teatro.

Por suerte se abrió con facilidad, así que Meñique salió al pasillo que llevaba a los camerinos. El único indicio de la violencia de la noche anterior era algún trozo de yeso desprendido del techo. El guitarrista elevó una plegaria de agradecimiento y luego avanzó por el pasillo hasta la puerta de artistas. La abrió despacio y echó un vistazo al exterior.

El aire seguía cargado del polvo levantado por las interminables explosiones, y el silencio de aquella ciudad por lo general bulliciosa resultaba espeluznante. Alzó la mirada y vio el edificio de enfrente marcado por los proyectiles y las granadas, con las ventanas hechas añicos. Meñique contuvo un sollozo. Sabía que aquel era el principio del fin de su querida España.

Regresó al sótano aún mareado y contempló a los miembros del cuadro que dormían plácidamente.

—Tengo sed —dijo Lucía cuando la sacudió con suavidad para despertarla—. ¿Dónde estamos?

—Estamos a salvo, pequeña, y eso es lo que importa. Subiré al bar a ver si encuentro algo de agua.

—No me dejes.

Lucía se aferró a él, y Meñique sintió sus uñas como garras en su piel.

—Entonces ven conmigo y ayuda.

Los dos subieron hasta el teatro y se sirvieron de las velas para orientarse entre bastidores y a través del auditorio desierto hasta llegar al bar.

Lucía apiló unas chocolatinas encima de las cajas que Meñique había llenado con jarras de agua.

—¡Y todo gratis! —exclamó, a todas luces encantada a pesar de las circunstancias, mientras se atiborraba de los caros dulces.

—Sabes que puedes comprar todas las chocolatinas que quieras, ¿no?

—Sí, pero eso da igual —replicó encogiéndose de hombros.

Abajo, los ocupantes del sótano comenzaban a despertarse y a elucubrar sobre dónde se encontraban tanto ellos como España aquella mañana.

—Debemos partir hacia Lisboa lo antes posible —sentenció Lucía—. ¿Cómo podemos llegar? ¿Hay trenes?

—Más en concreto, lo que me preocupa es cómo conseguir los documentos que nos lleven al otro lado de la frontera —añadió Meñique.

—¿Y cómo llego al apartamento y recupero el dinero que tengo escondido bajo los tablones del suelo? —gruñó José.

Al final se decidió que Meñique y José se aventurarían a salir para tratar de llegar cada uno a su apartamento, coger lo que necesitaban y dejar el resto en una seguridad relativa.

—Iré con vosotros —anunció Lucía—. No puedo llegar a Lisboa sin mi ropa.

—No habrá espacio para eso, Lucía. No, quédate aquí y pórtate bien. De aquí no sale nadie salvo José y yo, ¿de acuerdo?

—De acuerdo —dijeron a coro los ocupantes del sótano.

Meñique y José se aventuraron a salir a la calle, momento en que José descubrió lo que Meñique ya había visto.

—¿Qué han hecho? —preguntó horrorizado cuando se apresuraban por una calle a la que unos cuantos residentes aturdidos también se habían atrevido a salir—. ¿Y de qué lado estamos?

—Del nuestro, José, del nuestro. Ahora lleguemos a ese apartamento.

Dándole gracias a Dios por vivir a solo un par de calles, José fue a buscar los documentos del cuadro, su saco de pesetas y dos vestidos de Lucía. Entretanto, Meñique fue a realizar un ejercicio de rescate similar en su propio apartamento.

Tras reunir todas las pertenencias que pudo, Meñique se asomó por la ventana y vio que, abajo, las calles seguían en silencio, así que, obedeciendo un impulso, cogió las llaves de su coche y puso rumbo al apartamento de Chilly y Rosalba, que se encontraba a diez minutos. Había avanzado menos de trescientos metros cuando divisó el control militar que cortaba la vía. Angustiado por no poder comprobar si sus amigos se hallaban a salvo, pero consciente de que Lucía lo estaba esperando en el teatro, hizo un rápido cambio de sentido y recorrió la escasa distancia que lo separaba del apartamento de los Albaycín rezando para que aún le permitieran llegar. Cuando lo consiguió, José bajó la escalera cargado con todo lo que le permitían sus brazos y lo amontonó en el asiento trasero.

—Escóndete todos los objetos de valor debajo de la ropa para protegerlos si nos paran.

José, ya sentado en el asiento del pasajero, hizo lo que le decía, pero tuvo que colocarse el gran saco de pesetas entre las piernas.

—Ni siquiera a mí me cabe esto en los pantalones —dijo poniendo los ojos en blanco.

Iniciaron la marcha calle arriba, y no habían recorrido más que unos metros cuando vieron aparecer un camión del ejército por una calle lateral. Les dieron el alto con la mano y Meñique detuvo el coche.

—Buenos días, compadre. ¿Adónde se dirigen? —le preguntó un oficial uniformado que bajó del camión y se acercó al vehículo.

—Al teatro, a recoger a nuestra familia, que se quedó allí atrapada durante los enfrentamientos de anoche —explicó Meñique.

El hombre se asomó al interior del coche y clavó sus ojos pequeños en el saco que llevaba José entre las piernas.

—¡Salgan del coche ahora mismo!

Ambos ocupantes obedecieron en cuanto el soldado les apuntó con el arma al pecho.

—Deme las llaves. Requiso su vehículo para uso del ejército. Y ahora lárguense de aquí.

—Pero… ¡mi hija es Lucía Albaycín! —gritó José—. Necesita sus vestidos para la actuación de esta noche.

—No habrá actuación esta noche —replicó el soldado—. Antes del atardecer se habrá decretado el toque de queda.

—Pero el coche… Mi madre es mayor y está enferma y…

El soldado golpeó a José en el pecho con el cañón del arma.

—¡Cierra el pico, gitano! No tengo tiempo para ponerme a discutir contigo. Avanza o te pego un tiro aquí mismo.

—Vamos, José —intervino Meñique—. Gracias, capitán, y viva la República.

Agarró a José del brazo y lo apartó del coche sin atreverse a mirar atrás y volver a establecer contacto visual con el soldado hasta que doblaron la esquina y se sintieron a salvo. Entonces José se dejó caer de rodillas y rompió a llorar.

—¡Todo lo que teníamos! ¡Lo hemos perdido todo!

—¡Qué tontería! Hemos escapado con vida.

—Veinte mil pesetas, veinte mil…

—Ya volverás a ganarlas, cien veces más. Ahora levántate, volvamos al teatro y pensemos en cómo salir de España.

Todos se arremolinaron en torno a ellos cuando regresaron al sótano del teatro. José seguía sollozando, inconsolable.

—Debería haberlo dejado donde estaba —gemía— o haberlo metido en un banco…

—Yo no me preocuparía —le dijo El Tigre—. Mañana a estas horas la peseta valdrá lo mismo que un grano de arena de la playa.

Lucía agarró a Meñique de la mano.

—¿Me has traído los vestidos?

Él la miró frunciendo el ceño.

—No, pero he intentado buscar a Chilly.

Durante un instante, Lucía pareció avergonzada.

—¿Lo has encontrado?

—Es imposible llegar a su apartamento. Hay demasiados soldados en las calles. De momento lo único que podemos hacer es planear nuestra huida y no perder la esperanza de que Chilly pueda unirse a nosotros en Lisboa más adelante.

—¿Circularán los trenes? —preguntó ella.

—Aunque sea así, no tenemos dinero para pagar los billetes a Portugal.

—Seguro que aquí hay una caja fuerte —dijo Sebastián—. Estará en el despacho, como todas.

—¿Y cómo sabes tú eso? —preguntó Lucía lanzándole una mirada suspicaz.

—Es solo una intuición —respondió en tono inocente.

—Y si la hay, ¿sabremos abrirla?

—De nuevo, creo que mi instinto podría servirme de guía.

Enviaron a Sebastián al piso de arriba con la Señora Escoba, que resultó llamarse Fernanda y que sabía dónde se encontraba la caja fuerte exactamente. Entretanto los demás discutieron la mejor manera de huir de la azotada capital.

—¿Y qué pasará con los que se queden? —Lucía negó con la cabeza—. ¡Ay! Nuestro país se está destruyendo. ¿Qué será de mi madre? ¿Y de mis hermanos y sus familias?

—Si nos las arreglamos para dar con una manera de salir del país, quizá podamos enviar a alguien a por ellos.

Fernanda regresó con un Sebastián de expresión satisfecha que se sacó un fajo de billetes y un buen puñado de monedas de los bolsillos.

—Por desgracia, debieron de ir al banco ayer por la mañana, pero al menos tenemos suficiente para comprar los billetes de tren —anunció Sebastián.

—La pregunta es: ¿adónde? ¿Y cómo?

Fernanda susurró algo al oído a Lucía.

—Dice que su hermano es conductor de autobús. Tiene un juego de llaves porque su turno empieza a primera hora de la mañana, cuando todavía no hay nadie despierto.

Toda la compañía se quedó mirando a Fernanda, que asintió.

—¿Dónde vive? —preguntó Meñique.

—Aquí al lado —respondió la mujer—. ¿Quiere que le diga que traiga el autobús hasta el teatro?

—Señora, puede que no sea tan sencillo —Meñique suspiró—. La ciudad está sumida en el caos y es posible que los sublevados ya se hayan hecho con la estación de autobuses.

—No, no, señor, el autobús está aparcado a la vuelta de la esquina, en la parada.

—Entonces, por favor, señora, deje que la acompañe para ver si su hermano está dispuesto a llevarnos a la frontera.

—Exigirá que le paguen —dijo Fernanda sin quitar ojo a las monedas y los billetes que se amontonaban en el suelo del sótano.

—Tenemos dinero, como puede ver.

—Entonces lo llevaré con él. —Asintió.

Meñique y la Señora Escoba se marcharon. Al cabo de media hora, estaban de vuelta.

—Ha aceptado —anunció Meñique—, y va a acercar el autobús a la puerta de artistas para recogernos a todos.

Prorrumpieron en una ovación y cubrieron a Fernanda de besos y abrazos.

—Alguien nos ha bendecido —comentó Lucía sonriendo a Meñique.

—Por ahora, pero todavía nos queda un largo camino por recorrer.

Fernanda hizo señales a todos desde el otro lado de la puerta de artistas cuando el autobús se detuvo delante. Subieron a bordo, y la imagen de la capital asediada apaciguó la euforia inicial por haber encontrado una ruta de escape.

—¿Conoce el camino hasta la frontera? —preguntó Meñique al hermano de Fernanda, que se llamaba Bernardo.

—Créame, señor, podría hacerlo con los ojos cerrados.

—Si vive justo al lado, ¿por qué su hermana no se fue anoche a su apartamento? —murmuró Meñique mientras se sentaba junto a Lucía.

—Puede que porque, a pesar del caos y el peligro que esa noche reinaba en Madrid, Fernanda estuviera divirtiéndose como en su vida. —Sonrió.

Los pasajeros del autobús pronto se sumieron en el silencio mientras Bernardo, que lucía una larga barba gris y rizos bajo la gorra de conductor, conducía con seguridad, esquivando hábilmente las montañas de escombros y los enormes cráteres que habían aparecido en las anchas carreteras.

—La violencia de unos pocos ha puesto de rodillas a la elegante Madrid. —Meñique negó con la cabeza—. Aunque mi lado socialista esté de acuerdo en que debemos derrotar a los sublevados, ¿quién podría haber imaginado algo así?

—¿Qué quiere decir «socialista»? —preguntó Lucía.

La joven se había acurrucado y había recostado la cabeza en el regazo de Meñique, con los ojos cerrados, pues era incapaz de lidiar con las escenas que la rodeaban.

—Bueno, pequeña, es complicado; resumiendo, hay dos bandos en esta guerra —contestó él mientras le acariciaba el pelo—. Están los socialistas, gente como nosotros, que trabajamos duro y queremos que el país funcione de manera justa… Y luego están los sublevados, que quieren que el rey vuelva a España…

—A mí me caía bien el rey. Una vez bailé para él, ¿sabes?

—Sí, lo sé, pequeña. Bueno, los sublevados cuentan con el apoyo de Hitler, en Alemania, y de Mussolini, en Italia… Y ese general Franco que se alzó en Melilla es peligroso… Tengo entendido que los golpistas quieren controlar a quién veneramos, cómo trabajamos, hasta el último detalle de nuestra vida.

—Nunca dejaría que nadie me dijera lo que tengo que hacer —susurró Lucía.

—Me temo que si toma el control de nuestro ejército, además del de Marruecos, ni siquiera tú podrás plantar cara a un hombre como Francisco Franco. —Meñique suspiró—. Ahora duerme un rato.

En las hábiles manos de Bernardo, el autobús siguió su camino. Estaba claro que aquel hombre conocía la ciudad como la palma de su mano, y Meñique se preguntó qué ángel les habría enviado a su hermana y a él. No podrían haber soñado con un medio de transporte que llamara menos la atención para trasladarlos al otro lado de la frontera. Pronto se liberaron de la ciudad y avanzaron por campo abierto. Bernardo evitó los pueblos y las ciudades, y se abrió camino entre campos y bosques, por si acaso.

Ya anochecía cuando por fin llegaron a la pequeña ciudad fronteriza de Badajoz. Estaba atestada de vehículos de todo tipo, y la fila para franquear la aduana formaba ondas como una serpiente a lo largo de la carretera principal. Había coches y carros tirados por mulas cansadas, cargados con el contenido de las casas de aquellas gentes, y muchas personas a pie: mujeres que llevaban en brazos a sus hijos pequeños, hombres que sostenían sus posesiones más preciadas.

—¿Por qué tardamos tanto? —preguntó Lucía con impaciencia—. ¿Es que no ven que estamos intentando pasar? —Se levantó, avanzó hasta la parte delantera del autobús y presionó el claxon. La bocina retumbó en la calle y sorprendió a los que caminaban por delante de ellos.

—Pequeña, por favor, ten un poco de paciencia, y no llamemos demasiado la atención —le dijo Meñique mientras la empujaba de nuevo hacia su asiento.

Era medianoche cuando se detuvieron justo en la frontera y Bernardo, con gran tranquilidad, entregó los papeles de la compañía al guardia, que se había subido al autobús.

—¿Por qué intentan entrar en Portugal? —preguntó a los pasajeros.

—¡Caray, para bailar!

Lucía se puso en pie y se adelantó contoneándose.

—Lo siento, señora, pero nuestras órdenes son que hoy solo dejemos pasar a ciudadanos portugueses.

—Entonces tendré que casarme con un portugués. ¿Qué tal con usted, señor? —le sonrió.

—Estamos aquí porque el cuadro Lucía Albaycín tiene un contrato para trabajar en Lisboa —agregó Meñique enseguida, y a continuación señaló con la cabeza a José, quien se apresuró a sacar el contrato para enseñárselo al guardia.

El joven observó a Lucía, y fue entonces cuando la reconoció.

—Vi su película —dijo, y se sonrojó al mirarla.

—Gracias, señor.

Lucía le dedicó una elegante reverencia.

—Muy bien, la dejaré pasar, pero los demás tendrán que dar media vuelta.

—Pero, señor, ¿cómo voy a actuar sin mis guitarristas, bailaores y cantaores? —Lucía dio unas palmadas mirando a su cuadro—. ¡Mostradle al señor cómo tocamos!

José, Sebastián y Meñique sacaron las guitarras de debajo de los asientos y comenzaron a tocar de inmediato, mientras Juana cantaba.

—¿Ve? —Lucía se volvió hacia el guardia aduanero—. ¡El Teatro da Trindade de Lisboa nos está esperando! ¿Cómo voy a decepcionar a esa maravillosa ciudad? Pero no. —Lucía negó con la cabeza—. Debo regresar a España con mis amigos. No puedo ir sin ellos. Conductor, dé la vuelta.

Bernardo puso el motor en marcha cuando Lucía inició el camino de regreso hacia su asiento.

—Está bien, está bien, los dejaré pasar. —El guardia se secó el sudor de la frente—. Pero en los registros pondré que llegaron ayer, porque si no tendré problemas con mi jefe.

—¡Oh! —Lucía se volvió y le regaló una sonrisa deslumbrante; a continuación se acercó y le plantó un beso en la mejilla—. Señor, es muy amable. Se lo agradecemos; Portugal se lo agradece. Venga a la puerta de artistas y le daremos entradas para el espectáculo de esta semana.

—¿Puedo llevar a mi madre? —preguntó el guardia—. Le encantó su película.

—¡Sí! Lleve a toda su familia.

El joven bajó del autobús, intensamente sonrojado, y Bernardo cerró las puertas.

—¡Arranca, Bernardo! —murmuró Meñique cuando vio que otro guardia fronterizo con una gorra crestada se acercaba a su nuevo amigo, que les hacía gestos para que pasaran.

Cinco o seis kilómetros más allá de la frontera, Bernardo desvió el autobús hacia un campo antes de dar un giro brusco hacia la izquierda y detenerse delante de una granja pequeña. Se desplomó sobre el volante y Fernanda se levantó para ir a atenderlo.

—Bernardo dice que ya ha tenido suficiente y que no puede conducir más. Pasaremos aquí la noche.

—¿Está enfermo? —preguntó Meñique con preocupación.

—No, dice que está demasiado viejo para tantas emociones —respondió Fernanda.

—¿Dónde estamos? —Lucía se incorporó en el asiento y miró a su alrededor, un poco aturdida.

—En casa de nuestro primo —contestó Fernanda.

Todos bajaron del autobús cuando un adormilado hombre de mediana edad, su esposa y sus hijos aparecieron en la puerta principal y se quedaron mirando con asombro a las mujeres, que todavía llevaban puestos los trajes de flamenca. Bernardo explicó la situación a su primo y, aunque eran más de las doce, pronto toda la compañía pudo sentarse en la parte trasera de la granja para comer pan reciente, queso y aceitunas.

—Parece una fiesta, pero sé que no lo es —dijo Lucía sin referirse a nadie en particular.

Encendió un cigarrillo mientras el resto de la compañía terminaba de comer.

José también estaba callado; sin duda seguía esforzándose por asumir la pérdida de sus preciosas pesetas.

Por fin el cuadro se tumbó sobre unas mantas en un campo abierto alrededor de una fogata. Lucía se acurrucó entre los brazos de Meñique y levantó la mirada hacia las estrellas brillantes en el cielo negro que se extendía sobre ella.

—Aquí puedes pensar que lo que sucedió en Madrid la pasada noche no fue más que una pesadilla —susurró la muchacha—. Que todo sigue tal como estaba.

—Bueno, recemos por que podamos regresar algún día.

—Si no nos quedaremos a vivir en la granja con los primos de Fernanda y yo bailaré mientras recojo aceitunas. De alguna manera, hemos conseguido llegar hasta aquí.

—Así es. —Meñique asintió.

—Todos excepto Chilly, por supuesto. —Lucía se mordió el labio—. ¿Volveremos a verlo?

—Eso no lo sé. Lo único que podemos hacer es tenerlos a Rosalba y a él presentes en nuestras oraciones.

—¿Y qué crees que pasará en España, Meñique?

—Solo Dios lo sabe, pequeña.

—¿Se extenderá por el país? Si eso ocurre, debo encontrar una manera de sacar a mi madre y a mis hermanos. No puedo dejarlos atrás.

—Es mejor que vivamos esta situación día a día, ¿no crees?

—Le acarició el pelo y le dio un beso en la coronilla—. Buenas noches, Lucía.

Llegaron a Lisboa la tarde siguiente, desaliñados y exhaustos del largo viaje.

—Tenemos que encontrar algún lugar donde alojarnos. No puedo ir a ver al señor Geraldo vestida y oliendo como una cerda —sentenció Lucía—. ¿Cuál es el mejor hotel de Lisboa? —le preguntó a Bernardo, que era una fuente de conocimiento sobre todo lo relacionado con aquel país, dado que su madre era portuguesa.

—El Avenida Palace.

—Entonces nos hospedaremos allí —dijo.

—Lucía, no tenemos dinero —le recordó José.

—Y por eso debo asearme y después ir a ver al empresario que nos ha contratado. Debe hacernos un préstamo como adelanto de nuestros salarios.

José puso los ojos en blanco, pero diez minutos más tarde el autobús se detuvo delante de un hotel de lujo cuyas imponentes puertas de entrada estaban flanqueadas por dos porteros con elegantes uniformes rojos.

—Esperad aquí, ya entro yo.

Lucía bajó del vehículo y Meñique la siguió a toda prisa. La joven pasó por delante de los porteros y atravesó aquel vestíbulo con el suelo de mármol hasta el mostrador de recepción.

—Soy Lucía Albaycín —le anunció a una sorprendida recepcionista—. Mi cuadro y yo hemos venido a actuar en el Teatro da Trindade y necesitamos varias habitaciones.

La mujer echó un vistazo a aquella pilluela callejera ataviada con un vestido de flamenca mugriento y llamó enseguida al gerente.

—Tenemos gitanos en la recepción —murmuró mientras guiaba al gerente hacia la recepción.

El gerente se acercó a Lucía dispuesto a plantar batalla, pero entonces la observó con detenimiento y sonrió de inmediato.

—Lucía Albaycín, supongo.

—Sí, señor, no sabe cómo me alegro de que alguien me reconozca en este país dejado de la mano de Dios.

—Es un honor tenerla aquí. He visto su película tres veces. Soy español de nacimiento —explicó el gerente—. Bien, ¿qué puedo hacer por usted?

Quince minutos más tarde, la compañía estaba instalada en varias habitaciones de lujo. A Lucía le habían asignado una suite y bailó por toda ella sisando manzanas y naranjas del frutero a su paso, así como dos ceniceros y una pastilla de jabón del baño, que escondió en un armario para llevárselos cuando se marchara.

—Tenemos que comer —declaró cuando el resto de la compañía se reunió en su habitación—. Pedid por mí al servicio de habitaciones, si sabéis decir «sardinas» en portugués, y yo iré a darme un baño.

—Espero que a Geraldo no le importe hacernos un préstamo; estas habitaciones deben de costar un ojo de la cara —murmuró José justo antes de dar un trago a la botella de aguardiente que había encontrado en el mueble bar.

Cuando llegó el servicio de habitaciones, se sentaron en el suelo de la suite y comieron ávidamente con los dedos. A Fernanda y a Bernardo, que hablaban el portugués con fluidez, los habían enviado a buscarle a Lucía algo que ponerse para la reunión mientras el vestido de flamenca se quedaba en remojo en la bañera.

—¿Cómo estoy? —le preguntó a Meñique una hora más tarde al tiempo que daba vueltas con el vestido de lunares rojos que Fernanda había encontrado en el departamento de niños de unos almacenes del barrio.

—Preciosa. —Sonrió y la besó—. ¿Quieres que te acompañe?

—No, es mejor que vaya sola —contestó ya de camino a la puerta.

Con Bernardo como escolta e intérprete, Lucía encontró las oficinas del empresario. La recepcionista insistió en que su jefe había salido, pero Lucía entró de todas formas.

—Geraldo —llamó mientras caminaba hacia el hombre que se encontraba sentado detrás de un elegante escritorio doble—. ¡Estoy aquí!

Aquel señor de bigote grande y espeso alzó la vista del papeleo y la escudriñó. Al cabo de unos instantes, cayó en la cuenta de ante quién se encontraba y echó a su inquieta recepcionista de la habitación con un gesto de la mano.

—Señorita Albaycín, qué alegría conocerla en persona.

—Lo mismo digo, señor.

—Por favor, siéntese y perdone mi pobre español. ¿Es su padre? —preguntó al tiempo que señalaba a Bernardo, de pie junto a ella como un centinela.

—No. —Lucía dedicó un gesto imperioso de la mano a Bernardo—. Gracias, ahora ya puedes esperar fuera. Bueno, ¿dónde está el teatro en el que voy a actuar?

—Yo… —Geraldo la miró como si se le hubiera aparecido en sueños—. Debo admitir que me sorprende verla aquí.

—No podíamos defraudarlo, señor —dijo Lucía sonriéndole desde la silla situada frente a él—. ¿Por qué se sorprende?

—Por lo de Madrid, claro… el alzamiento de los sublevados… No pensé que pudiera venir. Se suponía que estrenaba anoche.

—Lo sé, señor, pero puede imaginarse que nos resultó un poco difícil abandonar el país. Aunque ahora ya estamos aquí, y eso es lo único que importa. Nos hemos venido con lo puesto y el ejército nos ha quitado el dinero, así que debo pedirle un adelanto de nuestros salarios para el alojamiento.

—Bueno, lo cierto es que… —El empresario se enjugó la frente—. Cuando hace unos días me enteré de lo que estaba pasando, como no supe nada de usted, imaginé que no vendría. Así que he —carraspeó— contratado a otra compañía que estaba… disponible. Estrenaron anoche y obtuvieron un gran éxito, por lo que tengo entendido.

—Pues me alegro por ellos, señor, pero ahora tendrá que echarlos, ¿de acuerdo? Estamos aquí, como prometimos.

—Señorita, lo entiendo, pero han llegado tarde y he… Bueno, he cancelado su contrato.

Lucía lo miró con el ceño fruncido.

—Señor, puede que no lo entienda debido a las dificultades del idioma. Estoy segura de que no ha dicho que ha cancelado nuestro contrato, ¿verdad?

—Me temo que sí, señorita Albaycín. No podíamos permitir que el teatro se quedara vacío anoche. Lamento que haya hecho un viaje tan largo, pero el contrato estipulaba que llegarían a tiempo para el ensayo general, y no fue así. —Se puso en pie y se acercó a un archivador, hojeó los papeles que contenía y sacó un documento—. Aquí está.

Se lo pasó por encima del escritorio.

Lucía lo miró, pero las palabras de la página carecían de significado para ella. Respiró hondo antes de hablar, tal como le había enseñado a hacer Meñique.

—Señor, ¿sabe usted quién soy?

—Sí, señorita, y es de lo más desafortunado...

—¡No es «desafortunado»! Es un desastre. ¿Sabe lo que hemos tenido que hacer para llegar hasta aquí, hasta Lisboa, y actuar en su teatro?

—No, señorita, aunque no puedo sino intuir y alabar su valentía.

—Señor... —Lucía se puso en pie, apoyó sus puños diminutos en el escritorio forrado de cuero y se inclinó hacia delante de tal manera que sus ojos quedaron a apenas unos centímetros de los del hombre—. Para cumplir nuestro contrato, hemos arriesgado la vida. El ejército nos ha arrebatado todo lo que teníamos, ¿y usted se queda ahí sentado, en su cómoda y enorme silla, y me dice que nuestro contrato está cancelado?

—Lo siento, señorita. Por favor, comprenda que las noticias procedentes de España no eran buenas.

—¡Y por favor comprenda usted, señor, que nos deja sin blanca y sin trabajo en un país extraño!

Él la miró y se encogió de hombros.

—No puedo hacer nada.

Lucía estampó los puños contra la mesa.

—¡Pues que así sea! —Dio la espalda a aquel hombre a tal velocidad que los mechones del largo cabello le azotaron la cara. Se dirigió a la puerta, aunque se detuvo y se volvió—: Lamentará lo que me ha hecho hoy. —Lo señaló con el dedo—. ¡Yo lo maldigo, señor, lo maldigo!

Cuando se fue, el empresario se estremeció de manera involuntaria y recurrió a la licorera que descansaba sobre su escritorio.

De nuevo en el hotel, Sebastián, el ladrón de cajas fuertes, recibió instrucciones de vaciarse los bolsillos de todas las pesetas que hubiera robado, menos lo que habían pagado a Bernardo por llevarlos hasta allí.

—¿Cuánto cuesta cada habitación? —preguntó Meñique a Lucía.

—El gerente no me lo ha dicho. Cree que soy una estrella de cine y tan rica que no necesito saberlo. ¡Ja!

Enviaron a Meñique a averiguar los precios en el cartel de tarifas que tenían colgado detrás del mostrador de recepción. Volvió negando con la cabeza.

—Tenemos lo justo para cubrir el coste de una de las habitaciones más pequeñas. Una noche.

—Entonces debemos encontrar la manera de ganar el resto —dijo Lucía—. Meñique, ¿me acompañas a tomar algo al bar de abajo?

—Lucía, no tenemos dinero para tomar copas en un lugar como este.

—No te preocupes, no pagaremos. Me retoco el maquillaje y nos vamos.

En la planta baja, el bar, amplio y elegante, estaba abarrotado. Lucía paseó la mirada por la sala mientras Meñique pedía, de mala gana, un trago para cada uno. Después, apoyada en los taburetes del bar, alzó su copa.

—Por nosotros, cariño, y por nuestra milagrosa huida. —Entrechocó su vaso con el de Meñique—. Ahora intenta relajarte y hacer como si te estuvieras divirtiendo —añadió entre dientes.

—¿Qué estamos haciendo aquí? No podemos permitirnos este despilfarro, Lucía, y...

—La flor y nata de Lisboa debe de venir a este bar. Alguien me conocerá y nos ayudará.

Como si la hubiera oído, una voz masculina, grave, resonó a su espalda.

—¡Señorita Lucía Albaycín! ¿Es usted de verdad?

La joven se volvió y miró a los ojos a un hombre que le resultaba vagamente familiar.

—Sí, señor, así es. —Lucía le tendió una mano con la misma majestuosidad que cualquier reina—. ¿Nos hemos visto antes?

—No, me llamo Manuel Matos y mi hermano, Antonio Triana, es conocido suyo, si no me equivoco.

—¡Antonio! Por supuesto, qué bailaor tan maravilloso. Actué una vez con él en Barcelona. Vaya, ¿cómo está su hermano?

—Estoy esperando recibir noticias de él desde España. Creo que las cosas están difíciles por allí.

—Sí, pero ya ve que no tan difíciles como para que no hayamos llegado sanos y salvos hasta aquí.

—Entonces su presencia entre nosotros alimenta mis esperanzas de que mi hermano esté bien. ¿Está actuando aquí, en Lisboa?

—Nos habían contratado, sí, pero hemos ido a ver el lugar y nos ha parecido inadecuado.

—¿En serio? Entonces ¿se marchará? ¿A París, tal vez?

—Quizá, pero Lisboa nos parece una ciudad preciosa tanto a mi compañía como a mí. Y por supuesto, en el hotel —Lucía señaló con una mano minúscula el entorno del bar— nos han tratado de maravilla durante nuestra estancia.

—Debo presentarles a mis amigos del Café Arcadio. Allí hay muchas personas a quienes les encantaría verla actuar antes de que se marche.

—Bueno, si tenemos tiempo, señor, nos encantaría hacerlo.

—Entonces la llevaré allí mañana mismo. ¿Le iría bien a las siete de la tarde?

—¿Podemos encajarlo? —Posó la mirada sobre Meñique.

—Estoy seguro de que encontraremos un hueco en nuestra apretada agenda si así lo desea, señor —contestó él con voz tensa.

—Tenemos que conseguirlo, Agustín —dijo Lucía con firmeza y usando a propósito su nombre de pila—, como favor a un viejo conocido. Así que nos vemos mañana a las siete, ¿no?

—Se lo comunicaré a mis amigos.

—Y ahora, discúlpenos, pero tenemos un compromiso para cenar, señor.

—Por supuesto —dijo Manuel mientras Lucía apuraba su vaso y se ponía en pie—. Hasta mañana —se despidió cuando Meñique seguía ya a Lucía hacia el exterior del bar.

—¿Adónde vamos? —le preguntó él cuando salieron del hotel y echaron a andar por la acera.

—A nuestra cita para cenar, por supuesto. —Lucía continuó

caminando hasta que llegó al final del edificio y luego guio a Meñique hacia el callejón que recorría el lateral del hotel—. Estoy segura de que habrá una entrada de personal que podamos utilizar para entrar y salir de nuestra habitación a escondidas —agregó.

Meñique la agarró de la mano, la obligó a detenerse y la inmovilizó contra la piedra de la pared que tenían detrás.

—Lucía Albaycín, ¡eres imposible! —Y entonces la besó.

25

La tarde siguiente, tras usar la bañera de la suite de Lucía para lavar su apestosa ropa, el cuadro recorrió las calles de Lisboa hasta el Café Arcadio. El esplendor de Lisboa rivalizaba con el de Madrid, y el Café Arcadio, con su regia fachada art nouveau, denotaba la riqueza de su clientela. Manuel los estaba esperando en la puerta, con un esmoquin negro inmaculado y pajarita.

—¡Ha venido! —exclamó antes de abrazar a Lucía.

—Sí, señor, aunque no podemos quedarnos mucho rato, porque nos han pedido que bailemos en otro sitio más tarde. ¿Podemos entrar?

—Por supuesto, pero…

—¿Hay algún problema, señor?

Meñique había captado la reticencia del hombre.

—El gerente, bueno, al parecer no es precisamente un gran admirador del… flamenco.

—¿Quiere decir que no le gustan las gitanas? —Lucía se volvió hacia él—. Entonces hablaré con él.

Lucía pasó junto a Manuel, airada, y abrió la puerta del café. En el interior, la atmósfera estaba cargada de humo y conversaciones que cesaron cuando Lucía se abrió paso entre las mesas hasta la barra del fondo.

—¿Dónde está el encargado? —preguntó con malos modos a un camarero que servía bebidas tras el mostrador.

—Yo… —El camarero la miró con nerviosismo cuando el resto de los gitanos se apiñaron en torno a ella—. Iré a buscarlo.

—Lucía, no, ¡puedes bailar en otros sitios! —le advirtió Meñique—. No actuaremos donde no nos quieren.

—Mira a tu alrededor, Meñique —susurró Lucía en voz baja al tiempo que señalaba a los clientes de las mesas que tenía a su espalda con un ligero movimiento de la cabeza—. Son payos ricos, y necesitamos su dinero.

El gerente salió, con los brazos cruzados en actitud defensiva, como si estuviera listo para enzarzarse en una pelea.

—Señor, soy Lucía Albaycín, y he venido con mi cuadro a bailar en su café. El señor Matos —Lucía señaló a Manuel— me dice que tiene muchos clientes cultivados en las artes creativas y que apreciarían nuestro oficio.

—Puede que sea así, pero ningún gitano ha actuado jamás en mi café. Además, no tengo dinero para pagarles.

—Quiere decir, señor, que no desea pagarnos, porque resulta obvio, por el traje que lleva y por la forma de vestir de sus clientes, que vive bien.

—Señorita Albaycín, la respuesta es no. Ahora, por favor, les pediría a usted y a su compañía que abandonaran el café de forma pacífica antes de que llame a la policía.

—Señor, su perfecto español me lleva a pensar que es uno de nosotros, ¿no?

—Soy de Madrid, sí.

—¿Y sabe lo que ha pasado en nuestro país? ¿Y lo que hemos tenido que hacer para venir a Lisboa a actuar para usted?

—Estoy enterado de los problemas de nuestro país, por supuesto, pero yo no les he pedido que vinieran...

—Entonces preguntaré a los clientes si desean verme bailar. ¡Y les contaré que nos hemos visto obligados a exiliarnos de nuestro país natal para que ahora uno de los nuestros nos eche de su casa!

Lucía le dio la espalda y agarró una silla de una mesa cercana. Apoyándose en el hombro de Meñique para coger impulso, se encaramó a ella y dio unas cuantas palmas fuertes con las manos. Cuando empezó a taconear con los pies sobre la silla, sin dejar de dar palmas, la sala se sumió en el silencio. Lucía se subió a la mesa y sus ocupantes apartaron las copas del tablero a toda prisa, antes de que el continuo golpeteo de los pies de la gitana las hiciera salir volando por los aires.

—¡Olé! —gritó ella.

—¡Olé! —repitieron su cuadro y algún que otro miembro del público.

—Bien, señoras y señores, el encargado no quiere que bailemos para ustedes. Sin embargo, hemos venido desde España, hemos puesto nuestra vida en peligro para escapar de nuestra querida patria con poco más que lo que llevábamos puesto.

Manuel tradujo las palabras de Lucía al portugués.

—Así que ¿quieren que mis amigos y yo bailemos para ustedes? —Estudió al público.

—*Sim!* —fue la respuesta de una de las mesas.

—*Sim!* —gritaron desde otra mesa, y así hasta que todo el bar estuvo con ella.

—Gracias. Entonces lo haremos.

Mientras apartaban las mesas para hacerle sitio al cuadro, el gerente se llevó a Lucía aparte.

—No le pagaré, señorita.

—Esta noche bailamos gratis, señor, pero mañana —Lucía le clavó un dedo entre las costillas del cuerpo esmirriado— suplicará pagarme.

Meñique observó a Lucía mientras devoraba el pan con fiambre, la única comida que había logrado improvisar el hotel a las tres de la madrugada. Mientras él se moría de cansancio, no solo a causa de la actuación de aquella noche, sino también por el trauma de los últimos días, Lucía no parecía afectada. Estaba sentada en el suelo y entretenía a la compañía reunida con historias sobre su triunfo de la noche.

«¿Cómo lo hace?», se preguntó. Tenía un aspecto muy frágil, y sin embargo su cuerpo parecía capaz de resistir todos los castigos que le impusiera, y su mente y sus emociones eran como una trampa de acero que encerraba todo lo desafortunado que había sucedido y le permitía despertar y atacar con ganas cada nuevo día.

—¡Bueno! ¡Ya podemos quedarnos aquí! —Lucía aplaudió como una niña—. Y podemos comprarnos trajes nuevos. Mañana tendremos que comprar una tela apropiada y buscar a una modista.

—Tal vez debamos trasladarnos a un hotel más barato, quizá a un apartamento para todo… —murmuró José.

—Papá, deja de preocuparte. Ayer el hotel podía habernos metido en la cárcel por alojarnos en habitaciones que no podíamos pagar. Esta noche nos han vitoreado cientos de personas. Y se correrá la voz, te lo prometo. —Lucía se acercó a su padre y lo abrazó—. ¿Otro aguardiente, papá?

—Vosotros podéis celebrarlo, pero yo me voy a la cama. —Meñique se acercó a Lucía y la besó en la parte superior del brillante cabello oscuro.

Al parecer la confianza que Lucía había demostrado en ganarse los corazones de los portugueses no iba desencaminada. Semana tras semana, la multitud que hacía cola a la puerta del Café Arcadio iba creciendo; centenares de personas clamaban por entrar y ver con sus propios ojos el fenómeno en que se había convertido La Candela. Era casi como si, ante un nuevo desafío, Lucía duplicara la fogosidad y la pasión de sus actuaciones. Eso, sumado al patetismo de ver la esencia misma del gran país vecino que estaba siendo arrasado por la Guerra Civil, no hizo sino alimentar el fervor del público por el flamenco. Sin embargo, al tiempo que la persona pública de Lucía alcanzaba las grandes cotas que tanto anhelaba en Portugal, su yo privado se afligía cada vez más. Todas las mañanas, mientras yacía tumbada en la cama de la suite, le pedía a Meñique que leyera las noticias de España y le hacía contarle las que oía entre susurros en los bares de Lisboa.

—Han asesinado a Lorca, nuestro mejor poeta, en Granada —dijo Meñique con amargura—. No se detendrán ante nada para destruir nuestro país.

—¡Dios mío! ¡Han llegado a Granada! ¿Qué va a ser de mi madre? ¿Y de mis hermanos? Mientras yo vivo aquí como una reina, es posible que ellos estén pasando hambre, ¡o incluso muertos! ¿Y si me pongo en contacto con Bernardo y le pido que me lleve de vuelta a Granada en el autobús?

—Lucía, España es un caos. No puedes volver —le repitió Meñique por enésima vez.

—¡Es que no puedo dejarlos allí sin más! ¡Mi madre lo ha sacrificado todo por sus hijos! Quizá en Pamplona las cosas sean distintas, pero en el Sacromonte la familia lo es todo.

—Pero es que tu madre no es responsabilidad tuya, pequeña, sino de tu padre.

—Sabes tan bien como yo que lo único que venera mi padre es el dinero y el cuello de una botella de aguardiente. Jamás se ha responsabilizado de mi madre, ni de mí o de mis hermanos. ¿Qué podemos hacer por ellos? —A Lucía se le llenaron los ojos de lágrimas y se retorció las manos sensibles—. Tienes muchos amigos payos en puestos destacados.

—Sí, ocupaban puestos destacados, Lucía, pero ¿quién sabe hasta dónde habrán caído a estas alturas?

—¿Y no podrías escribirles e intentar averiguar cómo se obtienen los documentos para que mi familia se traslade aquí? Por favor, necesito que me ayudes. Si no lo haces, entonces debo regresar a España y ayudarlos yo misma.

—No, es demasiado peligroso, pequeña. Salazar está apoyando a Franco en España, y aquí hay espías de los sublevados por todas partes. Si nos pillaran aunque solo fuera susurrando…

—¿Quién es ese Salazar? ¡Cómo se atreve a espiarnos! —gritó Lucía.

—Es el primer ministro de Portugal, Lucía. ¿Es que no escuchas nada de lo que te digo?

—Solo si lo acompañas a la guitarra, mi amor —respondió con sinceridad.

El domingo siguiente, como por la tarde no tenían programada ninguna actuación que los obligara a regresar pronto y agotado por las súplicas de Lucía, Meñique tomó prestado el coche de Manuel Matos y condujo hacia la frontera española. Había pasado más de un mes desde su llegada y albergaba la esperanza de recordar la ubicación de la granja en la que se habían refugiado la noche en que entraron en Portugal. Antes de que Bernardo y Fernanda se marcharan de Lisboa, Bernardo le había dicho que no regresarían a España, sino que pasarían la guerra en la granja de sus parientes, con quienes, según había insinuado Bernardo, había establecido un negocio duradero de contrabando durante la Gran Guerra.

—Dile que, le cueste lo que le cueste ir y sobornar a los funcionarios pertinentes, se lo pagaremos —le había ordenado Lucía.

Unas horas más tarde, y tras una serie de intentos fallidos por pistas llenas de baches, Meñique llegó ante una pequeña granja. Para alivio suyo, la reconoció.

—Ahora recemos por que sigan aquí —se dijo cuando salió del coche y fue a llamar a la puerta.

La abrió una figura conocida.

—¡Fernanda! ¡Gracias a Dios! —Meñique suspiró.

—¿Qué pasa? ¿Está enferma Lucía?

—No, no, no es eso. ¿Está Bernardo en casa?

—Sí, y estamos comiendo pastel. Entra.

Meñique tomó asiento y escuchó a Bernardo y a su primo, que le transmitieron las nefastas noticias que les habían contado los viajeros que cruzaban hacia Portugal desde su patria, devastada por la guerra.

—En España reina el caos. No he vuelto desde que los sublevados tomaron la frontera con Badajoz. Es demasiado peligroso.

—Entonces quizá no puedas ayudarnos.

—¿Qué necesitas? —Fernanda propinó un ligero codazo a Bernardo—. Recuerda que solo logramos escapar a tiempo gracias a nuestros amigos del teatro.

—Lucía me ha dicho que, si no encuentro una manera de ayudar a su familia a salir de España, irá a buscarlos ella misma. Y, conociéndola, todos sabemos que no es una amenaza vacía. Se ha ofrecido a pagar lo que sea necesario.

Bernardo miró a Ricardo, su primo, quien negó con la cabeza.

—En este momento, es demasiado arriesgado hasta para nosotros.

—Estoy seguro de que, entre vosotros dos y vuestros contactos en España, debe de haber alguna manera de conseguirlo —suplicó Fernanda—. Piensa que, si fuera nuestra madre, Bernardo, harías cualquier cosa para ayudarla.

—A veces me da la sensación de que me quieres muerto, mujer —replicó Bernardo.

—Podemos conseguirles los papeles —apuntó Ricardo—, pero el problema es la propia Granada. Entre la Guardia Civil y las escuadras negras están asesinando a cientos de ciudadanos. No tienen ningún problema en sacar a un hombre a la calle y dispararle allí mismo, delante de sus hijos. La cárcel de la ciudad está desbordada y nadie está a salvo.

—¿Cómo sabes tanto sobre Granada? —Meñique lo miró con suspicacia.

—Tenemos un pariente que llegó aquí, a la granja, procedente de Granada hace solo una semana.

—¿Cómo escapó si la frontera está cerrada?

—Se escondió en la parte trasera de un camión y cruzó cerca de Faro.

—Entonces sí hay una forma de hacerlo —dijo Meñique.

—Siempre la hay —respondió Ricardo—, pero, aunque suene cruel, aun en el caso de que llegáramos a la ciudad, no hay manera de saber si encontraríamos a la familia de la señorita Albaycín con vida. Su gente, la gente del Sacromonte, tiene todavía menos amigos que los civiles normales, como ya sabes.

—Lo sé, pero, de todos modos, están acostumbrados. Lucía está convencida de que su madre sigue viva, y su intuición no suele fallar. Tal vez podríais intentar averiguar cómo se consiguen los papeles que necesitaría la familia para cruzar la frontera y pensaros si estáis preparados para ayudarnos. —Meñique sacó el montón de escudos que había robado Lucía del escondite de su padre—. Esperaré a que me digáis si podéis hacer el viaje. —Meñique señaló una tarjeta que había dejado encima del fajo de billetes—. Enviadme un telegrama con vuestra respuesta.

—Haremos cuanto podamos, señor —dijo Bernardo, que primero clavó la vista en la pila de dinero y luego miró a su hermana y a su primo—. Adiós, por el momento.

Tres días después, Meñique recibió un telegrama.

IREMOS. STOP. VEN A VERNOS POCO ANTES DE QUE
SALGAMOS. STOP. BERNARDO. STOP.

Lucía no reveló el menor síntoma de ansiedad ni ante el resto de la compañía ni cuando actuaba para su público embelesado. Pero a solas con Meñique, por la noche, a medida que iban pasando los días y seguían sin tener noticias de Bernardo, la joven se acurrucaba entre sus brazos como una niña necesitada de protección.

—¿Cuándo sabremos algo? Los días pasan y empiezo a temerme lo peor.

—Recuerda —Meñique le levantó la barbilla hacia él—, en esta difícil vida que llevamos en la tierra, lo único que nos queda es la esperanza.

—Sí, lo sé, y debo tener fe. Te quiero, cariño.

Meñique le acariciaba el cabello hasta que se quedaba dormida en sus brazos, y pensaba que tal vez la única bendición de aquel momento fuera que Lucía se mostrase vulnerable; por primera vez desde que la conocía, Meñique sentía que compartían un miedo secreto del que no podían hablar y que eso los unía. Hasta entonces nunca había sentido que la poseyera, nunca había experimentado la sensación de unión que existía entre ambos, mientras ella dormía en sus brazos. Y por eso, al menos, estaba agradecido.

Fue seis semanas más tarde, en un día tormentoso del otoño de 1936, cuando un portero llamó a la puerta de su suite.

—Señor, tiene… invitados esperándolo abajo. El gerente sugiere que suban de inmediato. —El portero tragó saliva con dificultad, parecía avergonzado.

—Por supuesto —contestó Meñique, y le dio una propina por las molestias—. Los estamos esperando.

Cerró la puerta y fue a despertar a Lucía, que seguía dormida a pesar de que eran más de las dos de la tarde. La noche anterior habían hecho cuatro bises y no habían vuelto al hotel hasta las cinco de la mañana.

—Pequeña, tenemos visita.

Lucía se espabiló de inmediato y estudió la expresión de Meñique.

—¿Son ellos?

—No lo sé, no me han dicho los nombres, pero…

—Dios mío, por favor, que sea mamá y no Bernardo que haya venido para decirnos que está muerta…

Cinco minutos después, Lucía ya se había puesto unos pantalones y una blusa. Entró en la sala de estar justo cuando llamaron a la puerta.

—¿Quieres ir a abrir o lo hago yo? —le preguntó Meñique.

—Tú… No, yo… Sí. —Hizo un gesto de asentimiento con la

cabeza, cerró las manos diminutas en sendos puños ansiosos y se encaminó hacia la puerta.

Meñique la observó mientras se santiguaba, respiraba hondo y, por fin, abría. Unos segundos después, oyó un grito de alegría cuando Lucía hizo pasar a una mujer esquelética y a un chico que sostenía una guitarra y cerró la puerta con firmeza a su espalda.

—¡Mamá está aquí! ¡Ha venido! ¡Y mi hermano Pepe también!

—Bienvenidos. —Meñique se puso en pie y se acercó a ellos—. ¿Le apetece tomar algo, señora Albaycín?

Meñique se dio cuenta de que el cuerpo de María se estremecía por el mero esfuerzo de mantenerse en pie. El chico, que se veía mucho más sano, le dedicó una sonrisa tímida.

—¡Hay que pedir un banquete! Mamá parece que hace meses que no come como es debido —dijo Lucía mientras acompañaba a su madre a una silla y la ayudaba a sentarse—. ¿Qué quieres comer, mamá? Puedo conseguirte cualquier cosa que se te ocurra. —Se arrodilló y tomó las manos de pájaro de su madre entre las suyas.

Meñique vio que la mujer estaba aturdida, que su mirada se desplazaba con nerviosismo de un lado a otro de la lujosa habitación.

—Cualquier cosa. —María carraspeó para aclararse la voz—. Cualquier cosa me vale, Lucía. Pan, tal vez. Y agua.

—¡Pediré todo lo que haya en la carta! —anunció Lucía.

—No, de verdad, solo un poco de pan.

Mientras Lucía llamaba a un botones y procedía a entregarle una lista de todo lo que querían, Meñique estudió a María y al chico que imaginaba que era el hermano menor de la joven. No cabía duda de que era hijo de José, pues era la viva imagen de su padre. Se aferraba a la guitarra como si fuera de oro, como si fuera la última de sus pertenencias, cosa bastante probable.

A María se le cerraron los párpados casi en cuanto se sentó en la silla, como si estuviera corriendo un tupido velo ante todos los horrores que habían presenciado.

—Bueno, ya he pedido la comida —anunció Lucía, que volvió a entrar en la habitación y vio a su madre dormida—. Pepe, ¿ha sido un viaje terrible?

—No —contestó el muchacho—, nunca me había montado en un vehículo con motor, así que ha sido divertido.

—¿Habéis tenido algún problema por el camino? —le preguntó Meñique.

—Nos pararon solo una vez. Bernardo, el conductor, le dio a la policía un montón de escudos y nos dejaron seguir. —Pepe sonrió—. Aunque tenían un arma y estaban dispuestos a disparar.

—¿Quién, Bernardo o la policía?

—Uno y otros —respondió, y sus ojos parecieron enormes en su cara enjuta.

—Pepe… —Lucía se acercó y se arrodilló a su lado. Le habló en susurros para no molestar a su madre—. ¿Dónde están Eduardo y Carlos? ¿Por qué no han venido con vosotros?

—No sé dónde están mis hermanos. Carlos bajó a la ciudad, a la tienda de muebles, hace semanas y no volvió. Y entonces Eduardo fue a buscarlo y también desapareció. —Pepe se encogió de hombros.

—Pero ¿y qué hay de sus esposas e hijos? ¿Por qué no han venido con vosotros?

—Ninguno quiso marcharse sin saber qué les había pasado a sus respectivos maridos y padres.

Lucía se volvió y vio que María había abierto los ojos para hablar.

—Intenté convencerlos, pero se negaron.

—Bueno, puede que os sigan cuando encuentren a Eduardo y a Carlos.

—Si es que los encuentran alguna vez. —María exhaló un suspiro profundo—. En Granada han desaparecido cientos de hombres, Lucía, tanto payos como gitanos. —María se llevó una mano temblorosa al corazón—. He perdido a tres hijos en esa ciudad… —Se le fue apagando la voz, como si no le quedase ni energía ni valor para pronunciar aquellas palabras—. Ramón también se ha desvanecido. Fue al huerto de naranjos y no volvió…

—Dios mío —murmuró Meñique por lo bajo, y se santiguó.

Enterarse de la tragedia de España por medio de alguien que había perdido y sufrido tanto le hizo cobrar conciencia de una manera completamente distinta de la de los reportajes periodísticos. Lucía había roto a llorar.

—Mamá —se volvió hacia ella y le rodeó los delgados hombros con los brazos—, al menos ahora Pepe y tú estáis a salvo.

—Al principio mamá dijo que ella tampoco vendría —intervino Pepe—, pero le dije que no la dejaría allí sola, así que ha venido por mí.

—No podría cargar también con la muerte de Pepe en mi conciencia. —María suspiró—. Habría fallecido en el Sacromonte. No había comida… Nada, Lucía.

—Bueno, ahora sí hay, mamá, y llegará enseguida, toda la que puedas comer.

—Gracias, Lucía, pero no habrá una cama en la que pueda descansar primero, ¿verdad?

—Usa la mía. Vamos, te ayudo.

Meñique observó a Lucía mientras medio cargaba con su madre hasta el dormitorio. Miró a Pepe.

—No me vendría nada mal un aguardiente. ¿Y a ti?

—No, mi madre tiene el alcohol prohibido en nuestra casa. Y solo tengo trece años.

—Perdona, pensé que eras mayor. —Meñique sonrió a Pepe mientras se servía una copa de la licorera—. Parece que has sido muy valiente —dijo antes de beberse el aguardiente de un trago.

—Qué va. Cuando la Guardia Civil subió a nuestra calle buscando jóvenes a los que llevarse por la fuerza, mamá me escondió en el establo, debajo de la paja. Como no me encontraron, se llevaron la mula.

—Entiendo. —Meñique se sorprendió sonriendo de nuevo. Le gustaba aquel chico; a pesar de ser tan joven, estaba claro que su comportamiento tranquilo y su sentido del humor mordaz no lo habían abandonado a lo largo de los últimos meses, devastadores y peligrosos—. Entonces tuviste suerte.

—Mamá dijo que era lo único bueno de ser gitano: los oficiales no contaban con ningún registro de mi nacimiento.

—Cierto, cierto —convino Meñique—. ¿Tocas?

Señaló la guitarra a la que el muchacho seguía aferrado.

—Sí, pero ni de lejos como tú, he escuchado tus discos. Ni como mi padre. Mi madre me ha dicho que es el mejor. ¿Está aquí? No lo conozco, ¿sabes?, y me gustaría verlo.

—Sí, creo que está en el hotel, pero anoche estuvimos tocando hasta muy tarde. Lo más probable es que todavía esté durmiendo —respondió Meñique, desesperado por ganar algo de tiempo hasta que pudiera hablar con Lucía.

Pese a que José había abandonado a su familia, resultaba obvio que María había educado a su hijo menor en el amor y el respeto a su padre. El patetismo de aquello bastó para que se le llenaran los ojos de lágrimas. Se puso en pie y se sirvió otro aguardiente, y justo en ese momento llamaron a la puerta y llegó el servicio de habitaciones.

—¡Dios mío! —Pepe puso los ojos como platos al ver los dos carritos cargados de comida—. ¡Es un banquete digno de un rey!

Lucía entró a la habitación con las fosas nasales temblorosas por el olor a comida.

—Mamá se ha quedado dormida, así que le guardaremos algo para más tarde. Iré a despertar al resto del cuadro y les daré la maravillosa noticia.

—Sí, y tienes que decirle a tu padre que su querido hijo Pepe está aquí, emocionado por conocerlo al fin.

Meñique lanzó una mirada de advertencia a Lucía, y ella la captó.

—Por supuesto. Estoy segura de que él también tendrá ganas de conocerte, Pepe.

Lucía salió de la suite y recorrió los pasillos de moqueta suave hasta la habitación de su padre. No se molestó en llamar, entró sin más ceremonias. La habitación apestaba a humo de cigarrillos y licor. José estaba profundamente dormido, roncando como un cerdo.

—Despierta, papá, tengo una sorpresa para ti —le gritó al oído—. ¡Papá!

Lucía lo sacudió, pero él se limitó a gruñir. Entonces la joven se acercó al lavabo, llenó una taza con agua y se la vertió en la cara.

José soltó un taco, aunque se espabiló enseguida.

—¿Qué pasa? —preguntó mientras se esforzaba por incorporarse.

—Papá, tengo que contarte algo. —Lucía se sentó en un lado de la cama y le tomó las manos—. Envié a Bernardo y a su primo a Granada para que rescataran a mamá. ¡Y acaba de llegar! ¡Está aquí mismo, en mi suite! Ahora se ha quedado dormida, pero trae malas noticias…

—¡Para! —José levantó una mano para que se detuviera—. ¿Dices que tu madre está aquí, en Lisboa?

—Sí.

—¿Por qué?

—¡Porque si se hubiera quedado en España, estaría muerta! Alguno de nosotros tenía que hacer algo por salvarla. Eduardo y Carlos están desaparecidos, junto con miles de granadinos más. Lo siento, papá, pero utilicé los escudos que escondes bajo los tablones del suelo para pagar su rescate.

José se la quedó mirando mientras hacía todo lo posible por librarse de la resaca y comenzar a asimilar lo que le estaba diciendo su hija.

—¿Eduardo y Carlos están muertos?

—Debemos conservar la esperanza de que no, pero mamá dice que hace semanas que nadie los ve. Oye, papá, debes saber algo más antes de que te lleve a verla.

—¡Lucía! —José volvió a levantar la mano para hacerla callar—. ¿Es que no entiendes que tu madre me odia? La abandoné para marcharme a Barcelona contigo. Si me ve lo más probable es que se líe a puñetazos conmigo. Creo que lo mejor será que me quede aquí. —José se tapó hasta la barbilla con la sábana en ademán protector.

—No, papá, no va a «liarse a puñetazos» contigo. No te odia; de hecho, todavía te quiere, aunque soy incapaz de entender por qué, pero —prosiguió a toda prisa Lucía— no es de eso de lo que quería hablarte.

—¿Hay algo peor que la llegada de tu madre a Lisboa?

Lucía tuvo que contener las ganas de abofetear a su padre. A pesar de todo lo que había hecho por ella, que se negara a aceptar sus responsabilidades familiares la molestaba e irritaba sobremanera.

—Papá, también ha venido Pepe.

—¿Y quién es Pepe?

—Tu hijo menor. Cuando te marchaste conmigo a Barcelona, mamá ya estaba embarazada de él.

José la miró con total incredulidad.

—¡Creo que sigo dormido y todo esto es una pesadilla! Cuando tu madre vino a verme a Barcelona, no dijo que estuviera embarazada.

—No sabía que…

—O puede que el niño no sea mío.

El ruido de un cachete asestado con dureza resonó por toda la habitación cuando Lucía perdió el poco control que le quedaba.

—¿Cómo te atreves, papá? ¡La abandonas y luego le faltas así al respeto, a tu esposa y a la madre de tus hijos! ¡Eres un desgraciado! —Lucía temblaba de rabia; aunque ninguna hija gitana le faltaba al respeto a su padre, ya estaba harta—. Tú... —dijo con un dedo pegado a la nariz de José—. Más te vale escuchar lo que te estoy diciendo. Mamá ha criado a tu hijo para que ame y respete a su padre a pesar de que no te ha visto nunca. Él no sabe nada de las «tías» que han compartido la cama de su padre ni de tu amor por la botella de aguardiente, solo sabe que su padre es un guitarrista famoso que debe vivir lejos de su familia para mantenerla.

—¡Mierda! Tu madre ha venido por dinero, ¿verdad?

—¿No escuchas ni una palabra de lo que te digo o es que eres tonto de remate? —Lucía había empezado a gritar—. Que tu mente y tu corazón estén llenos de veneno no significa que también lo estén los de mi madre. Ese muchacho cree que va a conocer a un padre al que le hará tanta ilusión verlo como a él verte a ti.

—Te olvidas de una cosa, Lucía. A mí nadie me ha dicho que tuviera un hijo. ¿Acaso es culpa mía?

—¿Nunca te equivocas? En la vida todo es culpa de los demás, ¿verdad? —le espetó Lucía—. Sabes muy bien que abandonaste a tu familia, borraste a mi madre de mi vida, ¡ni siquiera me diste los regalos de cumpleaños que me envió! ¡Me pasé más de diez años sin verla! Y cuando por fin fui a verla, me hizo jurarle que no te contaría lo de Pepe. En cualquier caso... —negó con la cabeza, desesperada— yo ya no puedo decirte nada más. Haz lo que quieras, pero Pepe y mamá han venido para quedarse.

Lucía salió de la habitación sintiendo que le hervía la sangre. Se acercó a la ventana del pasillo, la abrió y respiró hondo varias veces. Cuando se hubo calmado lo suficiente para regresar a su suite, abrió la puerta y, desde el interior, le llegó el sonido de un par de guitarras. Meñique estaba tocando con Pepe, ambos inmersos en un mundo que solo les pertenecía a ellos. La imagen la tranquilizó y la hizo sonreír. Aunque al final su padre fuera incapaz de comportarse como debería con su hijo, tal vez Meñique llenara ese vacío.

—¡Dios mío! —exclamó Meñique cuando los dos terminaron de tocar—. ¡Lucía, Pepe ha heredado el talento de su padre! ¡Tenemos un fichaje nuevo para nuestro cuadro!

—Solo tiene trece años, Meñique —le recordó Lucía.

—Y tú eras aún más pequeña cuando comenzaste a bailar, Lucía.

—Gracias. —Pepe miró a Meñique con timidez—. Pero yo solo he tocado delante de familiares y vecinos, en bodas y fiestas.

—Y así empezamos todos —lo tranquilizó Meñique—. Te ayudaré, y estoy seguro de que tu padre también.

—¿Está despierto ya, Lucía? —preguntó Pepe esperanzado.

—Sí, se está vistiendo y enseguida vendrá a verte. Está tan emocionado como tú de que vayáis a conoceros. ¿Te apetece darte un baño mientras lo esperamos? —sugirió Lucía.

El olor a rancio del mugriento cuerpo de Pepe estaba impregnando la habitación.

—¿Un baño? ¿Tenéis un barril aquí dentro? —Pepe paseó la mirada por la lujosa suite, confundido.

—Hay una sala que tiene un retrete y una bañera, que se llena cuando abres los grifos.

—¡Venga ya! —Pepe no daba crédito a lo que oía—. ¿Puedo verlo?

—Pues claro. —Lucía le tendió una mano—. Ven conmigo.

Meñique los observó mientras se alejaban y pensó una vez más en la personalidad multifacética de Lucía. Se comportaba de una forma casi maternal con Pepe, se había gastado una fortuna en rescatar a su madre y a su hermano...

—La familia lo es todo. —Suspiró repitiendo las palabras de Lucía.

Se preguntó entonces si la llegada de la madre y el hijo iría en detrimento de la estrecha unión del grupo. Oyó el golpeteo de unos nudillos vacilantes en la puerta de la suite.

—Soy yo, José —dijo una voz desde el otro lado de la misma.

—Supongo que estoy a punto de averiguarlo —murmuró Meñique mientras se acercaba a abrirla—. Hola, José. Estás muy elegante.

—He venido a saludar al hijo que no sabía que tenía —contestó él en un susurro ronco, sin atreverse a franquear del todo el umbral y mirando con nerviosismo hacia el interior de la suite.

—En efecto.

—¿Y mi mujer? ¿Dónde está?

—Sigue durmiendo. El viaje la ha dejado agotada. Pasa, José. Lucía se ha llevado a Pepe a que se dé su primer baño.

—¿Cómo es el muchacho?

—Es un buen chico, su madre lo ha educado bien, y tiene talento como guitarrista.

—¿Estás seguro de que es mío? —susurró José, que primero se sentó y luego se levantó de nuevo y comenzó a caminar de un lado a otro por la suite.

—Cuando lo veas, podrás juzgarlo por ti mismo.

—Mis otros hijos, Eduardo y Carlos… Lucía me ha dicho que han desaparecido. —José se llevó una mano a la frente—. Cuántas emociones en una misma mañana. Creo que voy a tomarme un aguardiente.

—Será mejor que no lo hagas —le aconsejó Meñique—. Te convendrá estar lo más lúcido posible en las próximas horas.

—Sí, tienes razón, pero…

En ese momento, Lucía y su hermano salieron del baño. Pepe iba vestido con una camisa y unos pantalones limpios.

—Le he prestado algo de ropa tuya, Meñique, aunque los pantalones le quedan demasiado cortos —bromeó con el chico—. Eres alto, como tu padre. ¡Y aquí está! —anunció Lucía con la vista fija en José—. Papá, ven a saludar al hijo al que tanto anhelabas conocer.

—Yo… —José recorrió al joven de arriba y abajo con la mirada, evaluándolo, y se dio cuenta de que Lucía le había dicho la verdad. Se le llenaron los ojos de lágrimas—. ¡Hijo mío! Eres idéntico a mí cuando tenía tu edad. Ven aquí y deja que te abrace.

—Papá…

Pepe se encaminó hacia él, titubeante. José abrió los brazos, atrajo al joven hacia sí y después se echó a llorar como una Magdalena.

—¡Cuántos años, no me lo puedo creer! No puedo.

Lucía se acercó a Meñique, pues ella también necesitaba un abrazo. Se alegraba de que la reacción de José pareciera auténtica.

En ese momento, la puerta del dormitorio de Lucía se abrió y María apareció en el umbral. La mujer miró a su esposo y a su hijo, y las lágrimas se le agolparon en los ojos. Lucía interceptó su mirada y asintió.

—Mira quién está aquí, papá —dijo.

José se volvió y vio a su esposa, María, con los oscuros ojos enormes y temerosos en la cara delgada.

—María.

—Sí, José. Estoy segura de que ya te has enterado de que nuestra hija nos ha salvado la vida a nuestro hijo y a mí al sacarnos de Granada.

—Sí, me he enterado.

José se acercó despacio a ella, con la cabeza gacha como un perro apaleado que esperara una reprimenda. Se detuvo a medio metro de distancia y alzó la vista hacia ella mientras intentaba dar con las palabras adecuadas. El silencio pareció prolongarse eternamente, hasta que lo rompió Meñique.

—Estoy convencido de que los dos tenéis mucho de que hablar. ¿Por qué no os dejamos tranquilos y nos vamos a presentar a Pepe al resto del cuadro?

—Sí. —Lucía aprovechó de inmediato la sugerencia de Meñique—. Ven, Pepe, todavía no has conocido a tu tía Juana. Se va a quedar de piedra cuando vea lo alto que eres.

Lucía tendió la mano a Pepe, que no dejaba de mirar a sus padres con terquedad, pues era la primera vez en su corta vida que los veía juntos. Su hermana lo agarró y tiró de él hacia la puerta, con Meñique tras ellos.

—Luego nos vemos —dijo a sus padres—. Y entonces celebraremos juntos el reencuentro.

Con una última mirada mordaz a José, hizo salir de la habitación a Pepe y a Meñique.

—Bueno, ¿qué te ha dicho, mamá? —preguntó Lucía en un susurro una vez que se sentaron juntas en el suelo de la suite para terminarse la comida que había pedido antes.

—Que lo siente. —María se encogió de hombros mientras partía un pedazo de pan.

—¿Y tú qué le has contestado?

—He aceptado la disculpa. ¿Qué otra cosa iba a hacer? A Pepe ya le han destrozado suficientes sueños; por su bien, no voy a acabar con otro. Es lo que le he dicho a José. Y como ya sabes —María bajó aún más la voz—, tampoco estoy libre de engaño.

—No, mamá, ahí te equivocas. ¡Tu esposo os abandonó a ti y a tus hijos durante catorce años! Ramón estaba allí para ayudarte.

—Sí, Lucía, pero yo soy, y era, una mujer casada. Tal vez debería haberme resistido…

—No, él es lo que te mantuvo con vida cuando papá y yo nos marchamos. No debes sentirte culpable.

—Ramón trataba a Pepe como a un hijo. Lo quería muchísimo, lo crio como si fuera suyo… —se permitió decir María.

—Como tú hiciste con sus hijas después de que perdieran a su madre, ¿recuerdas? —Lucía dio un golpe exasperado en el suelo—. ¿Por qué las malas personas nunca se sienten culpables ni asumen la responsabilidad del daño que han causado mientras que todas las buenas que no han hecho nada malo se pasan la vida castigándose?

—Tu padre no es mal hombre, Lucía, solo es débil.

—¡Sigues excusando su comportamiento!

—No, solo entiendo quién es. Yo no era suficiente para él, eso es todo.

Lucía se dio cuenta de que no tenía sentido continuar la conversación.

—Entonces ¿sois amigos?

—Sí, claro. —María asintió—. Tu padre me ha preguntado si podíamos olvidar el pasado y comenzar de nuevo.

—¿Y qué le has dicho tú?

—Que podíamos olvidar el pasado, pero que no tenía energía suficiente para «comenzar de nuevo». Hay cosas a las que no se les puede dar la vuelta, nunca.

—¿Como qué?

María mordió un trocito de pan y lo masticó con aire pensativo.

—No volveré a compartir cama con él. Su concepto de «compartir» es distinto del mío y, siendo quien es, sé que no duraría, aunque él crea que sí. No puedo volver a pasar por ese sufrimiento. ¿Lo entiendes?

—Sí, mamá.

—Imagínate que fuera Meñique quien te dijera que te quiere, que eres la única para él, y que luego descubrieras que le había dicho lo mismo a muchas otras mujeres cuando le convenía. —María tuvo que hacer un esfuerzo para tragar, pues tenía el estómago tan encogido que digerir un solo trozo de comida suponía toda una hazaña.

—Le cortaría los cojones mientras durmiera —aseguró Lucía.

—Estoy segura de que lo harías, cariño, pero tú no eres yo y yo soporté esa humillación una y otra vez.

—Puede que papá haya cambiado. Los hombres cambian cuando envejecen. Y te juro que no lo he visto cerca de una mujer desde que fui a visitarte al Sacromonte.

—Bueno... —María hizo una mueca cuando consiguió deglutir el pan—. Algo es algo, supongo. No te preocupes, Lucía, hemos acordado que, por el bien de Pepe, si no por el de nadie más, nos reconciliaremos. Él, más que nadie, debe creer en nuestro amor.

—¿Sigues queriéndolo, mamá?

—José es el amor de mi vida, y siempre lo será, pero eso no significa que pueda volver a tomarme por tonta. He madurado y he aprendido qué puede tolerar mi corazón y qué no. Así que dormiré con Juana.

—¡No, mamá! Tendrás una habitación para ti. Bajaré a recepción ahora mismo y lo arreglaré.

—Gracias, Lucía. —María posó la mano sobre la de su hija—. Sé que es normal que quieras una reconciliación de verdad entre tus padres, pero no puede ser así.

—Lo entiendo, mamá, claro que sí. Tal vez más adelante, ¿no?

—He aprendido a no decir nunca jamás, cariño. —María sonrió con debilidad—. De momento, me alegro de estar a salvo y de que Pepe al fin haya conocido a su padre. Nunca podré agradecértelo lo suficiente, Lucía.

—Y esta noche, mamá, por primera vez en muchos años, ¡me verás bailar!

—Cierto, pero creo que debería irme a descansar para poder estar lista para apreciarlo.

—¡Pero si iba a llevarte de tiendas! Para comprarte un vestido nuevo.

—Mañana —dijo María sin fuerza tras levantarse de la mesa—. Mañana me comprarás un vestido nuevo.

—Me preocupa que mamá esté enferma —le dijo Lucía a Meñique en cuanto se quedaron a solas en la suite con los restos del festín.

—Lucía, creo que tenías demasiadas expectativas. Tu madre no está enferma, solo está débil después de meses de inanición, por no hablar del impacto de encontrarse aquí y ver a su marido por primera vez en catorce años.

—Bueno, espero que tengas razón. Debemos hacer todo lo posible para fortalecerla. No estoy segura de que se alegre mucho de estar aquí.

—Lucía —Meñique bebió un sorbo de café amargo—, ninguno de nosotros puede saber qué se siente al tomar la decisión de abandonar a dos hijos a los que quieres para salvar a otro. Ha venido hasta aquí por Pepe, no por ella.

—Sí, pero espero que también se alegre un poco de haber venido. Ahora me voy de compras para elegir a mamá un vestido que pueda ponerse esta noche. Quiero que esté preciosa. ¿Me acompañas?

Meñique accedió, como siempre, y asumió que tendría que renunciar al descanso que tanto necesitaba antes de la actuación de aquella noche.

Cuando salieron de la suite, también se preguntó por el nivel de madurez emocional de Lucía y si su deseo intrínseco de reconciliar a sus padres estaría encaminado a absolver una inmerecida culpa por haber propiciado el inicio de su separación.

María escuchaba las conversaciones de los elegantes bebedores del Café Arcadio. A pesar de que no entendía lo que decían, sabía que aquellos payos eran muy ricos, a juzgar por la ropa que llevaban y el licor caro que bebían. Hasta entonces nunca había tenido relación con los payos más allá del hecho de cruzárselos por la calle, y sin embargo, allí estaba aquella noche, sentada con un vestido tan elegante como la ropa que llevaban ellos, con el pelo recogido en la coronilla en un atractivo moño que le había hecho Juana.

Y todos habían acudido allí para ver a su hija: Lucía Albaycín, la gitanilla del Sacromonte. ¡Quién iba a pensar que conquistaría los corazones y las mentes de los payos de otro país! Tenía demasiado que asimilar.

—¡Me siento como si estuviera en un sueño! —Pepe se hizo eco de los pensamientos de su madre entre sorbo y sorbo de la cerveza que le habían comprado. Se aventuró a lanzar una mirada en torno al café—. La cola para comprar entradas es cada vez más larga. ¿Podemos estar aquí de verdad, mamá, entre tantos payos portugueses?

—Podemos, y todo gracias a tu hermana, que nos ha rescatado —contestó María.

—Y a papá —añadió Pepe—. Me ha dicho que fue él quien le dio los escudos para sobornar a los funcionarios y conseguir nuestros documentos.

—Y a él también, por supuesto —convino María con una sonrisa tensa.

Como si los hubiera oído, José apareció junto a ellos.

—Empezamos dentro de cinco minutos. —Recorrió el cuerpo de María con la mirada—. Esta noche estás preciosa. Apenas has cambiado desde que tenías quince años.

—Gracias. —María bajó los ojos e hizo acopio de fuerzas para ignorar sus comentarios.

—Bueno, debo ir a prepararme. —José les dedicó una reverencia.

—Pero si Lucía no ha llegado todavía.

—Sí, María, ya está aquí, pero todas las noches sale a hablar con los que se quedan sin entrar —explicó, y luego se alejó para unirse a los demás miembros del cuadro, que estaban reunidos en la parte posterior del café.

—Lucía es muy famosa, ¿verdad, mamá?

—Mucho —confirmó María con el mismo asombro que su hijo.

El resto del cuadro ocupó sus lugares entre los vítores y aplausos del público. José y Meñique empezaron a calentar, y María vio que Pepe sonreía de placer.

—Papá tiene mucho talento, ¿verdad? Puede que más que Meñique.

María miró a su hijo y se percató de la adoración absoluta que reflejaban sus ojos. Le entraron ganas de llorar otra vez.

—Sí, es igual que tú.

Cuando Pepe fue a dar otro trago a su cerveza, María le quitó la botella de las manos con firmeza.

—No, querido. El alcohol es malo para los dedos.

—¿De verdad? Entonces ¿por qué he visto a papá beber a la hora del almuerzo?

—Porque él ya ha aprendido todas sus técnicas. Ahora mira el espectáculo.

394

Al cabo de unos minutos de improvisación de José y Meñique, los dedos de José se detuvieron de golpe.

—Pero ¿dónde está La Candela? —Miró en torno a la sala mientras el público contenía el aliento—. No ha llegado, y no podemos empezar sin ella.

—Estoy aquí —dijo una voz desde la entrada del café.

Todo el público se volvió al oír la voz de Lucía y prorrumpió en aplausos y gritos. Ella los silenció levantando una mano mientras se abría paso entre la multitud, con la larga cola de su traje, cuya longitud rivalizaría con la de cualquier reina, siguiéndola como una serpiente. Llegó al escenario y, con un movimiento de la experta muñeca, lo sometió de inmediato.

—¡Arriba!

—¡Olé! —gritó el público en respuesta.

—Ahora sí que podemos empezar. —José ejecutó una floritura con la guitarra y Lucía comenzó a moverse.

Igual que el resto de los presentes en la sala, María permaneció allí sentada, subyugada por una criatura tan llena de fuego y pasión que apenas la reconocía como propia.

«Cómo has progresado, cariño —pensó mientras escuchaba el aplauso extático del público y, de pie, se unía a ellos en una ovación—. Eres simplemente magnífica.»

José también parecía haber alcanzado un nuevo nivel en sus actuaciones. Aquella noche igualó a su hija compás a compás, como si supiera con exactitud cuándo debía dejar que los pies de Lucía asumieran el control.

—¡Mi hermana es increíble! —susurró Pepe cuando Lucía concluyó sus alegrías y todo el café se puso en pie para pedir otro bis.

La joven volvió a hacer gestos con las manos para calmarlos.

—Sí, os ofreceré un bis, pero solo si mi invitado de honor se une a mí en el escenario. Ven, Pepe. —Lucía le hizo una seña y todas las miradas del café se volvieron hacia el chico.

—¡No puedo, mamá! —exclamó Pepe presa del pánico—. ¡No soy lo bastante bueno!

María agarró la guitarra de su hijo, pues Lucía había insistido en que la llevara.

—Ve, sube ahí con tu hermana, Pepe.

Temblando, el muchacho se dirigió al escenario. Meñique se

puso en pie y, con ademán cortés, ofreció su silla a Pepe. El chico se sentó al lado de su padre, que le susurró algo al oído.

—¡Señoras y señores, permítanme presentarles a José y a Pepe, padre e hijo, tocando juntos por primera vez! —anunció Lucía, que se apartó hacia un lado del escenario arrastrando la cola del vestido.

Cuando Pepe tuvo la guitarra en posición, José estiró una mano y estrechó el hombro a su hijo; luego asintió y comenzó a tocar. Al cabo de unos segundos, Pepe se unió, vacilante, mirando los dedos de su padre y escuchando el ritmo. María contuvo el aliento mientras su hijo luchaba por dominar los nervios, y por fin, cuando Pepe cerró los ojos y relajó los hombros, ella hizo lo propio. De repente vio que José dejaba de tocar, pues había entendido que Pepe tenía la seguridad necesaria para continuar solo. Absorto en su propio mundo, tal como le había ocurrido siempre a Lucía cuando bailaba, los dedos del muchacho se movían como arañas rápidas y ágiles sobre las cuerdas. Su solo arrancó un estallido de aplausos, y luego Meñique, José y Lucía se sumaron a él y llevaron la actuación a un crescendo brillante que hizo que el público se pusiera en pie y pateara el suelo pidiendo más.

José se levantó, tiró de su hijo para que lo imitara y lo abrazó. Incapaz de contenerlas, María dejó que las lágrimas resbalaran libremente por su rostro.

Lisboa

Agosto de 1938
Dos años más tarde

26

He recibido una oferta para que actuemos en Buenos Aires —anunció José, que estaba sentado con Lucía y Meñique en su suite.

—¿No es ahí donde nació La Argentinita? —preguntó Lucía a su padre.

—Nació en Argentina, sí.

—¿Y dónde está Argentina? ¿En los Estados Unidos de América?

—No, está en América del Sur; en Hispanoamérica, si prefieres llamarlo así —dijo Meñique poniendo los ojos en blanco ante los escasos conocimientos de geografía de Lucía.

—¿Allí hablan español?

—Sí. Diremos que no, por supuesto —dijo José.

—¿Por qué? —Lucía entornó los ojos—. Llevamos dos años en Portugal y ya estoy cansada de ser una exiliada en un país que habla un idioma diferente. En Buenos Aires, ¡entendería lo que dice todo el mundo! Papá, quiero ir.

—No iremos, Lucía —sentenció José con firmeza.

—¿Por qué no?

—Tenemos que subirnos a un barco y pasar muchos días en el agua para llegar allí. Como ya sabes, cariño, ningún gitano puede cruzar una masa de agua y vivir para contarlo —respondió José con solemnidad.

—¡Por favor, otra vez esa vieja superstición no! ¿Acaso morí cuando crucé el río Darro para salir del Sacromonte y atravesé el puente hacia la Alhambra? Éramos centenares de gitanos, papá, y ninguno de nosotros abandonó la tierra.

«Uno sí...», pensó María, que estaba sentada al fondo de la habitación en silencio, cosiéndole un volante al nuevo vestido de Lucía.

—El río Darro nos ha recibido durante siglos. ¡Por donde cruzamos mide solo unos metros de ancho, no es un océano en el que debamos vivir durante semanas! Además...

—Además ¿qué, papá? —inquirió Lucía.

—Aquí en Lisboa somos un éxito. Tenemos todo lo que queremos. En Buenos Aires no te conocen, Lucía, y deberíamos empezar de cero otra vez.

—¿Y no es eso lo que nos hemos pasado haciendo toda la vida, papá?

—Allí La Argentinita es la reina...

—¿Le tienes miedo? ¡Yo no! Aquí me aburro y, aunque estemos ganando un montón de dinero, hay otros países que deben ver lo que soy capaz de hacer. —Lucía se volvió hacia Meñique—. ¿Estás de acuerdo? —le preguntó.

—Creo que es una oportunidad interesante —respondió con diplomacia.

—Es más que eso. —Lucía le lanzó una mirada desafiante y se levantó—. Es el destino. Puedes enviar un telegrama diciendo que iré. En cuanto a los demás, la decisión de si queréis acompañarme es vuestra.

Lucía salió airada de la habitación mientras sus padres y Meñique se miraban con nerviosismo unos a otros.

—Es una locura marcharnos de aquí cuando todo nos va tan bien —insistió José—. Es verdad que no podemos regresar a nuestro país, pero disfrutamos de una buena vida cerca, en Portugal.

—Sí, es verdad —coincidió Meñique—, pero cada vez me preocupa más la situación política de Europa en general. Nuestra vida aquí es precaria, José. He hecho todo lo posible para mantenernos protegidos de los soplones, a pesar de que la fama de Lucía ha atraído todas las miradas hacia nuestro cuadro. ¿Cuándo empezará a sospechar de nosotros, los gitanos, la policía de Salazar y nos enviará de regreso a España para que nos maten? ¿Y cuándo contrariará Adolf Hitler lo suficiente a Francia y Gran Bretaña para que estalle una guerra absoluta?

—Hombre, lees demasiados periódicos y pasas demasiadas noches charlando con tus amigos payos —le espetó José con desprecio—. No hay nada más peligroso que cruzar los océanos. ¡Estás intentando llevarnos hacia la muerte!

—José, con todo el respeto, solo intento hacer lo mejor para todos. Tengo la corazonada de que deberíamos abandonar Portugal mientras las cosas estén bien y las fronteras continúen abiertas. —Meñique se volvió hacia María—. ¿Qué opinas tú?

María le sonrió agradecida. No era habitual que le preguntaran su opinión. Buscó las palabras apropiadas.

—Creo que el hambre de mi hija por mostrar su talento nunca se saciará. Todavía es joven y desea escalar montañas más altas. Como nos ha pasado a todos en algún momento. —María lanzó una mirada breve a José—. Es a ella a quien quiere ver el público, quien nos proporciona el pan nuestro de cada día. Y con independencia de cómo podamos sentirnos al respecto, debemos satisfacer su apetito de conquistar nuevos países. —María se encogió de hombros en ademán de disculpa y luego volvió concentrarse en su costura.

—Hablas con mucha sensatez, mujer —dijo José al cabo de unos instantes—. ¿No crees, Agustín?

—Sí —respondió, aliviado de que María estuviera de acuerdo con él, pero dolido por su comentario, sincero pero hiriente, de que era a Lucía a quien quería ver el público—. Y si descubrimos que me equivoco, hay barcos de regreso a Portugal. O, si tenemos suerte, a España algún día.

—Entonces pierdo la votación. —José exhaló un suspiro—. Aunque no sé si el resto del cuadro nos seguirá.

—Por supuesto que sí. —María detuvo la aguja y los miró—. Saben que no son nada sin Lucía.

«Pero ¿sabe ella que no es nada sin nosotros?», pensó Meñique.

—¡Dios mío! ¿Por qué nos hemos embarcado? —gimió Lucía tras sacar medio cuerpo por un lado del catre para vomitar en el cubo que Meñique había colocado allí para ella—. ¿Por qué tiene tanta agua el océano?

—Estoy seguro de que pronto estarás mejor, pequeña.

—No. —Lucía volvió a arrastrar el torso hacia el lecho y se aferró a los costados del catre cuando el barco se ladeó hacia la derecha—. Moriré antes de que lleguemos a tierra, estoy convencida. Y los tiburones devorarán mi cuerpo y será culpa mía por haber querido venir.

—Bueno, si no comes nada, no disfrutarán mucho de la cena —comentó Meñique, que era el único del cuadro que no se había mareado desde que el *Monte Pascoal* había zarpado del puerto de Lisboa una semana antes—. Bueno, voy a buscar a una camarera para que limpie aquí dentro. ¿Te traigo algo más? —preguntó al tiempo que abría la puerta.

—¡Un anillo de compromiso estaría muy bien! —gritó Lucía cuando la puerta se cerró detrás de él.

—Esta noche cenamos a la mesa del capitán —anunció Lucía tres días después, mientras se recogía el cabello y se aplicaba un poco de colorete en las mejillas, que aún revelaban la palidez de su convalecencia anterior.

—¿Te encuentras lo bastante bien, pequeña? —preguntó Meñique.

—¡Pues claro! Ha sido el mismísimo capitán quien ha solicitado mi presencia, así que no puedo decepcionarlo, de lo contrario podría hacer encallar este barco —dijo sin el menor rastro de ironía—. Y ahora ven aquí.

La cena resultó agradable. El capitán los atiborró a todos de buen vino y los camareros no paraban de sacar un plato tras otro. Solo Meñique logró comérselos todos. José estaba sentado a su lado, hablando acaloradamente con el capitán, un gran aficionado al flamenco.

—Ya se habrá enterado de las noticias de Inglaterra, ¿verdad? —comentó el capitán—. El primer ministro, el señor Chamberlain, ha prometido «la paz para nuestro tiempo»; sin duda, está manteniendo a Hitler a raya.

—Ya ves, hombre —dijo José al tiempo que daba una palmada en el hombro a Meñique—, ¡la paz! ¡Al final no era necesario que nos lanzáramos a este mar miserable! Oh, cuánto echo de menos España…

—Ah, amigo mío —dijo el capitán, que se inclinó hacia delante y sirvió un poco más de aguardiente en la copa de José—, en cuanto hayas visto el esplendor de Buenos Aires y Argentina, no querrás volver a marcharte.

—Acabo de ir al camarote de mi madre, ¡pero estaba vacío! —exclamó Lucía exultante al día siguiente.

—¿Y qué? Podría estar en cualquier rincón del barco.

—No a las seis de la mañana. Por eso luego me he acercado con tanto sigilo como un gatito hasta el camarote de mi padre. ¿Y adivina qué?

—Dime.

—Abro la puerta y los veo juntos en el lecho, abrazados. ¿No es maravilloso? —Lucía realizó un zapateado rápido alrededor de su catre—. ¡Lo sabía! Es que lo sabía.

—Sí, es una buena noticia que hayan superado su pasado, al menos por ahora.

—¡Meñique! —Lucía se volvió hacia él, con los brazos en jarras—. El amor verdadero es para siempre, ¿no?

—Por supuesto. Bueno, me voy a ensayar una canción nueva con Pepe.

Antes de que también a él le entraran unas ganas irreprimibles de vomitar en el cubo que seguía junto al catre por si Lucía sufría otro ataque de mareo, Meñique salió del camarote.

Cuando el *Monte Pascoal* enfiló la costa de Brasil, al menos el clima animó a los pasajeros. El cuadro subía a la cubierta para disfrutar del calor, como los tiburones que tanto temían. Toda su energía estaba concentrada ya en la preparación para su llegada a Argentina. Incluso Lucía, que había dejado de practicar debido a los mareos, se dignó ensayar con ellos.

—¿Meñique? —dijo la noche anterior al desembarco en Buenos Aires.

—¿Sí, pequeña?

—¿Crees que tendremos éxito en Argentina?

—Si alguien puede lograrlo, eres tú, Lucía.

La mano diminuta de la mujer serpenteó hacia la suya.

—¿Superaré a La Argentinita?

—Eso no puedo saberlo. Esta es su patria.

—La superaré —aseguró Lucía—. Buenas noches, cariño. —Lo besó en la mejilla y se dio la vuelta.

A la mañana siguiente, el barco entró con rapidez en el puerto de Buenos Aires. El cuadro se encontraba en la cubierta, todos vestidos para la ocasión con sus mejores galas y el pelo alisado con aceite.

—Aunque no venga nadie a recibirnos, actuaremos como si esperáramos que hubiera una multitud —le susurró Lucía a Meñique mientras observaban cómo bajaba la pasarela.

Lucía se puso de puntillas para echar un vistazo por encima del costado del barco, hacia la muchedumbre del muelle.

—¡Hablan como nosotros! ¡Y tienen el mismo aspecto! —exclamó feliz.

—¡Lucía! ¡La Candela! —gritó alguien desde abajo.

—¿Acaban de decir mi nombre? —Lucía miró a Meñique, sorprendida y encantada. Después se volvió de nuevo hacia la multitud y saludó—. ¡Estoy aquí! —gritó, y los graznidos de las gaviotas actuaron como coro improvisado.

El cuadro del Albaycín bajó por la pasarela, con sus maletas de cartón adornadas con ramilletes de hierbas atados con pañuelos para alejar la mala suerte.

—¡Hola, Buenos Aires! —gritó Lucía, triunfante, cuando pisó suelo argentino por primera vez—. ¡No me he muerto!

Abrazó al resto del clan. Una andanada de flashes estalló ante sus caras cuando un hombre se encaminó hacia ellos.

—¿Dónde está Lucía Albaycín? —preguntó.

—Estoy aquí. —Lucía se abrió paso entre la multitud.

—¿Es usted?

El hombre bajó la mirada hacia aquella mujer minúscula cuya cabeza no le llegaba al hombro siquiera.

—Sí, ¿y quién es usted?

—Soy Santiago Rodríguez, el empresario argentino que la ha traído hasta aquí, señorita.

—Bueno, ¡si usted paga, nosotros bailaremos para Buenos Aires!

Los espectadores estallaron en una ovación.

—¿Qué se siente al estar en territorio argentino?

—¡Es maravilloso! Mi padre, mi hermano, mi madre, ¡incluso mi bolso se mareaba en el mar! —contestó con una sonrisa—. Pero ahora ya estamos aquí, y a salvo.

Los flashes destellaron una vez más cuando el señor Rodríguez rodeó la diminuta forma de Lucía y otra gran ovación resquebrajó el aire.

—Y así —murmuró Meñique— comienza un nuevo circo…

Tiggy

Sacromonte, Granada

España
Febrero de 2008

Oso pardo europeo
(Ursus arctos arctos)

27

Y ahora tengo sueño —anunció Angelina, lo que me hizo regresar al presente—. No seguiré hasta que haya descansado.

La miré y vi que tenía los ojos cerrados. Llevaba hablando más de hora y media.

Lo que me apetecía hacer era volver corriendo al hotel, coger papel y boli, y anotar todo lo que me había contado Angelina para que no se me olvidara una sola palabra. La mayoría de los niños tenían el lujo de que su pasado estuviera unido a su presente y su futuro: los habían criado en un ambiente que aceptaban y entendían. En mi caso, era como si estuviera haciendo un curso acelerado sobre mi ascendencia, que no podría haber sido más distinta de la vida que había llevado desde que Pa me había sacado de allí. De alguna manera, tenía que aglutinar a las dos Tiggy en un solo todo, y sabía que tardaría un tiempo. Para empezar, únicamente tenía que acostumbrarme a ser esa nueva Tiggy «actual» que estaba descubriendo.

—Hora de comer. —Pepe se puso en pie y echó a andar hacia la entrada de la cueva.

—¿Te ayudo? —le pregunté. Lo seguí al interior y me encontré en una cocina antigua.

—Sí, Erizo. Los platos están ahí. —Señaló un armario de madera tallada que se parecía mucho a los que recordaba que Carlos, el hijo de María, había fabricado hacía muchos años.

Cogí los platos, tal como Pepe me había pedido, mientras él sacaba la comida de una nevera viejísima que zumbaba y runruneaba.

—¿Te importa que eche un vistazo rápido? Me gustaría ver dónde nací exactamente.

—No, se entra por allí. —Me indicó la parte posterior de la cueva—. Ahora es donde duerme Angelina. El interruptor de la luz está a la izquierda.

Crucé la cocina y retiré una cortina raída. En la oscuridad más absoluta, busqué a tientas hasta encontrar el interruptor, y entonces una sola bombilla iluminó la habitación de repente. Vi una cama vieja de latón con una colorida manta de ganchillo encima. Alcé la vista al techo oval y blanqueado, y dejé escapar un suspiro de asombro. ¿Cómo era posible que, siendo como era un bebé, recordara con tal viveza que aquellos brazos fuertes y seguros me levantaran hacia él?

De pronto, al salir de la habitación, me noté mareada y pedí a Pepe un vaso de agua.

—Ve a sentarte con Angelina. —Me dio el vaso e hice lo que me decía, aunque trasladé la silla a la sombra de un arbusto fragante.

Pepe salió con una bandeja hasta arriba y, mientras Angelina se espabilaba, lo ayudé a colocarlo todo.

—Aquí comemos alimentos sencillos —dijo en tono enérgico, por si me daba por hacer ascos al pan recién horneado, el plato de aceite de oliva y el cuenco de tomates gordos.

—Me va perfecto. Soy vegana.

—¿Qué significa eso? —preguntó Pepe.

—No como carne, ni pescado, ni leche, ni mantequilla ni queso.

—¡Dios mío! —Pepe me recorrió con la mirada de arriba abajo, sorprendido—. ¡No me extraña que estés tan flaca!

A pesar de su simplicidad, supe que jamás olvidaría el sabor de aquel pan untado con aceite de oliva casero ni de los tomates más frescos que había probado en mi vida. Miré a Angelina y a Pepe, sentados a la mesa frente a mí, y me maravillé de lo distinto que era su aspecto pese a ser tío y sobrina. Sin embargo, si alguien dudaba que estuvieran emparentados, la fluidez de sus movimientos y las inflexiones de su habla los identificaban como familiares. Me pregunté qué habría heredado de ellos.

—Debemos organizar algo pronto para que conozcas al resto de tu familia del Sacromonte —comentó Angelina.

—Tocaré la guitarra —dijo Pepe, que chasqueó los dedos y luego los usó para retorcerse el bigote daliniano.

—¿No se habían marchado todos de aquí? —pregunté.

—Se fueron del Sacromonte, pero están cerca, en la ciudad. ¡Tenemos que celebrar una fiesta! —Angelina aplaudió encantada—. Ahora voy a echarme una siesta, y tú también, Erizo, que necesitas descansar. Vuelve a las seis en punto y charlaremos un poco más.

—Y prepararé más comida. Vamos a ponerte fuerte, cariño —dijo Pepe.

Pusimos los cuencos y los platos en la bandeja, y devolví la jarra de agua y los vasos a la cocina. Angelina desapareció tras la cortina diciéndome adiós con la mano.

—A dormir, Erizo —insistió, así que dediqué un gesto de despedida a Pepe con la cabeza y volví al hotel.

Tras dormir como un tronco, me desperté diez minutos antes de las seis, me lavé la cara con agua fría para despejarme y me apresuré a volver hasta la puerta azul situada un poco más abajo en el estrecho sendero.

—Hola, Erizo. —Angelina ya me estaba esperando allí. Me agarró de la muñeca, me tomó el pulso con los dedos y luego asintió—. Estás mejor, pero te tomarás otra poción antes de irte. Ven.

Me hizo señas para que la siguiera y comenzó a bajar por el camino, dejando la cueva atrás.

Paseamos la una junto a la otra mientras el sol se ponía rápidamente. Cuando alcé la vista hacia la cima de la montaña, atisbé unas finas volutas de humo que brotaban de cuatro o cinco chimeneas. Después pasamos por delante de una anciana que se estaba fumando un cigarrillo a la puerta de su casa y que llamó a Angelina, la cual se paró para charlar con ella. Me sentí un poco mejor al saber que el Sacromonte no estaba del todo desierto. Luego reanudamos la marcha, y por fin llegamos a una zona muy arbolada a la izquierda del barrio. Angelina alzó un dedo para señalar la luna que se cernía sobre nosotras en el cielo.

—Es la luna llena de febrero, también llamada «de la nieve». Trae un nuevo amanecer, el nacimiento de la primavera, una época para expiar el pasado y empezar de cero.

—Me resulta curioso, porque nunca puedo dormir cuando hay luna llena. Y si consigo dar una cabezada, tengo unos sueños extrañísimos —le dije.

—Nos pasa lo mismo a todas las mujeres, sobre todo a las que tenemos el don. En la cultura gitana, el sol es el dios de los hombres, y la luna, la diosa de las mujeres.

—¿De verdad?

—Sí. —Mi sorpresa hizo que Angelina esbozara una sonrisa—. ¿Acaso podía ser de otra manera? Sin sol y sin luna, la humanidad no existiría. Nos proporcionan la fuerza vital. Del mismo modo que, sin hombres y sin mujeres, no se engendrarían más humanos. ¿Lo entiendes? Somos igual de poderosos, pero cada uno con nuestros dones especiales, con un papel distinto que desempeñar en el universo. Venga, sigamos.

Angelina se abrió paso entre los árboles hasta que llegamos a un claro. Vi que estaba lleno de tumbas, que el suelo se hallaba cubierto de cruces de madera talladas de forma tosca. Angelina me guio por las hileras hasta que encontró lo que estaba buscando.

Me señaló tres cruces, una por una.

—María, tu bisabuela; Lucía, tu abuela; e Isadora, tu madre.

Luego se quedó esperando mientras yo me arrodillaba frente a la tumba de mi madre para buscar la fecha de su muerte. Sin embargo, en la sencilla cruz solo aparecía su nombre.

—¿Cómo murió?

—En otra ocasión, Erizo. De momento salúdala.

—Hola —susurré al montículo de tierra cubierta de hierba—. Ojalá te hubiera conocido.

—Era demasiado buena para este mundo. —Angelina suspiró—. Dulce y amable, como tú.

Me quedé un rato allí, pensando que debería sentirme más emocionada de lo que estaba, puesto que se trataba de un momento seminal. Pero puede que mi cerebro todavía estuviera procesando la información, porque lo único que sentía era un extraño aturdimiento.

Al cabo de unos minutos, me incorporé y continuamos paseando a lo largo de la hilera de cruces. Vi los nombres de los bebés que María había perdido, luego los de sus tres hijos y los de sus nietos.

—Los cuerpos de Eduardo y Carlos no están aquí, pero Ramón hizo las cruces para recordarlos.

Angelina me obligó a desplazarme otras dos o tres filas mientras repetía:

—Amaya, Amaya, Amaya…

Las cruces eran interminables: toda la familia de mi bisabuela parecía enterrada u homenajeada allí.

Después nos trasladamos hacia los Albaycín, la familia de mi bisabuelo José, que eran igual de numerosos. Y al final, al pensar que mis raíces se remontaban hasta hacía más de quinientos años, algo se agitó en mi corazón y comencé a sentir el hilo invisible e ininterrumpido que nos conectaba a todos.

Angelina siguió caminando entre el mar de cruces hasta que salimos del claro y nos encontramos en una franja de bosque denso.

Bajó la mirada y dio unos golpecitos con los pies en el suelo.

—Muy bien —asintió—, primera lección. Túmbate, Erizo.

Me volví hacia Angelina y vi que ya estaba arrodillada. A continuación se tumbó de espaldas en el terreno fértil y terroso, y la imité.

—Escucha, Erizo. —Angelina se llevó una mano ahuecada detrás de la oreja con gesto exagerado y luego me señaló con la cabeza.

Vi a Angelina colocarse las manos diminutas sobre la nuca a modo de almohada y a continuación cerrar los ojos. La imité, aunque no tenía muy claro qué pretendía que escuchara.

—Siente la tierra —susurró, lo cual no ayudaba mucho, pero cerré los ojos e inspiré y espiré despacio con la esperanza de sentir y escuchar lo que se suponía que debía.

Durante mucho tiempo, no oí más que los pájaros, que se daban las buenas noches entre ellos, el zumbido de los insectos y el correteo de varios animales pequeños entre la maleza. Me concentré en esos sonidos, los sonidos de la naturaleza, y al cabo de un rato el ruido se intensificó hasta convertirse en una cacofonía en mis oídos. Entonces experimenté una sensación muy extraña: era como un pulso que palpitaba debajo de mi cuerpo, con suavidad al principio, luego cada vez más fuerte. Al final los latidos de la tierra se hicieron uno con el mío y sentí que me encontraba en perfecta armonía con ella…

No sé cuánto tiempo permanecí allí, pero cuanto más me dejaba llevar, en lugar de experimentar miedo, más oía, percibía y veía: el murmullo del río, que fluía muy por debajo de nosotras, me hacía sentir como si estuviera virtiendo su agua fresca y purificadora sobre mí, y después vi los magníficos colores de todos los peces que nadaban en él. Abrí los ojos, y el árbol que tenía encima se metamorfoseó en un anciano cuyos brazos-rama se agitaban despacio con la brisa; la larga melena blanca y la barba estaban formadas por miles de telarañas diminutas diseminadas a lo largo del tronco cubierto de musgo que era su cuerpo. Sus manos de brotes nuevos se cruzaban por encima de las ramas más pequeñas como si el hombre-árbol estuviera protegiendo a sus hijos.

Y las estrellas… Nunca había visto tantas ni las había visto brillar con tal intensidad… Mientras las contemplaba, el cielo comenzó a moverse y a cambiar por encima de mí hasta que advertí que estaba hecho de miles de millones de espíritus diminutos, cada uno con su propia energía, y me percaté, con asombro, de que en realidad los cielos se hallaban mucho más poblados que la tierra…

Entonces vi lo que en un principio pensé que era una estrella fugaz, pero cuando se quedó suspendida sobre las copas de los árboles caí en la cuenta de que debía de haberme equivocado, pues, tras detenerse unos segundos, salió disparada hacia arriba y se detuvo justo encima de mí; había encontrado su lugar en los cielos.

Me trasladé de inmediato a la cabaña de Chilly y lo vi tumbado en su cama, al menos el cuerpo que una vez lo había albergado, piel y huesos que yacían desechados como ropa vieja en su gélida cabaña. Supe lo que significaba aquello.

—Nuestro primo, Chilly… —dijo una voz a mi lado.

Me incorporé sobresaltada y miré a Angelina a los ojos.

—Está muerto, Angelina.

—Solo se va al más allá.

Una lágrima me resbaló por la mejilla, y Angelina se acercó para limpiármela con delicadeza.

—No, no, no. No llores, Erizo. —Señaló hacia arriba—. Chilly está feliz. Tú también lo sientes. Aquí. —Me puso una mano en el corazón antes de darme un abrazo.

—He visto su alma, su… energía elevarse también hacia el cielo —le dije, todavía conmocionada por todo lo que había visto y sentido.

—Ahora vamos a enviarle nuestro amor y a rezar por su alma.

Agaché la cabeza como había hecho Angelina y pensé en lo extraño que resultaba que los gitanos españoles combinaran unas creencias católicas tan arraigadas con sus propias costumbres espirituales. Supuse que, a pesar de lo distinto de sus prácticas terrenales, ninguna de las dos fes contradecía a la otra, porque ambas estaban relacionadas con la creencia en un poder superior, con la creencia de que en el universo existía una fuerza mayor que nosotros. Los humanos solo lo habían interpretado desde sus diferentes puntos de vista culturales. Los gitanos vivían en la naturaleza y, por lo tanto, los espíritus que veneraban formaban parte de ella. Los hindúes consideraban sagrados a las vacas y los elefantes, y el cristianismo celebraba lo divino en forma humana...

Angelina me indicó que debíamos levantarnos, y así lo hice, con la impresión de que, en efecto, mis sentidos estaban limpios y renovados. Cuando me tomó de la mano y serpenteó con confianza entre los árboles hasta que vimos las tenues luces del barrio delante de nosotras, experimenté una sensación de euforia por haber logrado de alguna manera sentirme una, y parte, con el increíble universo que habitábamos. Recordé las palabras de Pa: «Mantén los pies sobre la alfombra fresca de la tierra, pero eleva tu mente hacia las ventanas del universo».

De nuevo ante la puerta azul, Angelina volvió a tomarme el pulso.

—Cada vez mejor. Te daré la poción ahora mismo y pronto estarás recuperada.

Después de que me bebiera el desagradable tónico con Angelina sin quitarme ojo, me acarició una mejilla con la mano.

—Eres sangre de mi sangre. Soy feliz. Buenas noches.

Ya acostada en la cama de mi habitación del hotel, me noté el corazón más tranquilo, como si el pulso constante de la tierra hubiera disminuido y domado el mío. Mi mente voló de nuevo hacia el momento en que había visto que el alma de Chilly abandonaba la tierra, y le envié un mensaje silencioso. Que Angelina también lo hubiera sentido significaba que todas las ocasiones anteriores en las que había experimentado una sensación similar, la de que un alma transcendía, no habían sido mero producto de mi imaginación hiperactiva. Lo cual implicaba que la «otra parte» de mí era tan real como las sólidas paredes de la cueva que me rodeaban.

Y, solo por eso, ya me alegraba de haber decidido emprender ese viaje a mi pasado.

28

Una semana después, me sentía como si hubiera vivido otra vida desde mi llegada al Sacromonte. Angelina no bromeaba cuando dijo que me enseñaría todo lo que sabía en el tiempo del que disponíamos. Antes de empezar, me hizo jurar que nunca registraría en un ordenador nada de lo que me dijera.

—Nuestras costumbres secretas deben seguir siéndolo para que la gente equivocada no pueda hacerse con nuestra magia en esa máquina en red…

Así que bajé la colina hasta una tiendecita que había al otro lado de la muralla de la ciudad y que parecía vender de todo, desde comida para gatos hasta aparatos electrónicos, y me compré una libreta gruesa y unos cuantos bolígrafos. Ya había rellenado más de dos tercios de la libreta. No tenía ni la menor idea de cómo era capaz Angelina de recordar las infinitas variaciones de hierbas que se utilizaban en los diferentes remedios, y eso por no hablar de la cantidad exacta de cada una. Aunque también es cierto que yo estaba haciendo un curso acelerado, mientras que a ella la había enseñado desde la cuna Micaela, su mentora. Angelina también empezó a enseñarme a usar las manos para sanar.

—Chilly me dijo que tenía poder en las manos. Pero los animales son mi pasión. ¿Funciona también con ellos? —le pregunté.

—Por supuesto. Todas las criaturas terrestres son de carne y hueso. Es lo mismo.

Aunque a veces me frustraba, bajo la tutela de Angelina aprendí poco a poco a «sentir» la energía que fluía por todo ser vivo y a dejar que la fuente de un problema atrajera mis manos hormigueantes como un imán para después liberar cualquier mala energía y dispersarla. Angelina me animó a practicar con el viejísimo gato artrítico de Pepe, pero también me sorprendí deteniéndome en los callejones del Sacromonte para atender a los animales callejeros que se cruzaban en mi camino. Siempre que me agachaba ante alguno, mi única esperanza era que los transeúntes no pensaran que intentaba vendérselos a los restaurantes haciéndolos pasar por pollo.

Con el transcurso del tiempo, empecé a notar que el oído también se me iba acostumbrando al español que Pepe y Angelina hablaban entre ellos y que reconocía cada vez más palabras.

—Si paso otra semana aquí, hablaré con fluidez, al menos sobre hierbas españolas —me dije entre risas mientras caminaba hacia la puerta azul.

Era otro hermoso día soleado, así que sabía que encontraría a Angelina sentada en el jardín tomando café. Me estaría esperando el ya habitual tónico de sabor repugnante, porque al parecer el café no era bueno para mí.

—¿Cómo estás hoy? —me preguntó cuando llegué.

—Muy bien, gracias.

Cogí mi poción, que tenía un extrañísimo aroma a anís mezclado con excrementos de oveja, y me lo tomé a regañadientes. Sabía que me obligaría a bebérmelo todo.

Tras un par de horas de clase y nuestra acostumbrada comida sencilla, Angelina y Pepe se retiraron para echarse la siesta y yo volví al hotel para sentarme en la terraza durante un rato a concentrarme en mis garabatos mientras lo tenía todo fresco en la cabeza. Cuando terminé, yo también me tumbé para dormir la siesta, pues sabía que el cerebro de Angelina alcanzaba su máximo apogeo por la noche, así que el mío tenía que estar alerta para calcular y apuntar el torrente de información que compartía conmigo.

Aquella tarde, sin embargo, no pude dormir, y supe que era porque había llegado el momento de ponerme en contacto con el mundo exterior. Ya había pasado una semana y la gente estaría preocupada por mí. Por mucho que me apeteciera permanecer en mi universo paralelo, no era justo para los demás, debía decirles que estaba bien.

—Marcela, ¿tienes un teléfono desde el que pueda llamar a casa? —le pregunté.

—¿Aquí arriba? ¡Estás de broma! Los móviles tienen muy poca cobertura. En la tienda que hay justo al otro lado de las murallas de la ciudad tienen teléfono. El dueño nos deja usarlo si pagamos la tarifa. Mi máquina de fax para las reservas está también allí. Bajo todos los días a buscarlas. De hecho, me iba ahora. ¿Me acompañas?

—Gracias, Marcela.

En la tiendecita, Marcela explicó que quería utilizar el teléfono y me llevaron a un trastero situado al fondo, donde me mostraron un aparato anticuado.

Cuando me dejaron a solas, me planteé a qué número debía llamar primero y me decidí por el móvil de Cal. Rara vez contestaba debido a la falta de cobertura, de modo que podría dejarle un mensaje sin que me friera a preguntas.

Marqué el número y, en efecto, saltó directamente el buzón de voz.

—Hola, Cal, soy Tiggy. Solo quería decirte que estoy muy bien. Siento haberme marchado así, pero… necesitaba alejarme un tiempo. Volveré a llamarte pronto. Y no te preocupes por mí. Estoy muy feliz donde estoy. Besos a todos. Adiós.

Colgué el pesado auricular y me sentí mejor por haber dado señales de vida. Después volví a descolgarlo, pensando que debería hablar con Ma; no tenía nada de malo que supiera dónde estaba. Marqué el número y me saltó el contestador automático de Atlantis. Se me formó un nudo en la garganta cuando escuché el mensaje de voz de Pa Salt. Y me recordé que debía decirle a Ma que tenía que cambiarlo.

—Hola, Ma, soy Tiggy. Estoy muy bien, en España. Necesitaba un poco de calor después de tanto frío, y la verdad es que me está ayudando. Me dejé el móvil en Kinnaird, pero intentaré volver a llamar pronto. En serio, no te preocupes por mí. Muchos besos, adiós.

Colgué el auricular, aunque volví a posar una mano sobre él al sentir el impulso de dejar un mensaje en el móvil de Charlie también.

—¡No, Tiggy, es tu exjefe! —me dije con firmeza.

«Quieres hablar con él, ¿verdad? Porque te gusta…»

—No, no es cierto —contesté en voz alta.

«Sí lo es, Tiggy…»

Entonces suspiré. Uno de los efectos secundarios de mi reciente formación de la mano de Angelina era que mi intuición, también conocida como mi voz interior, había cobrado vida como una versión femenina de Pepito Grillo. De hecho, desde hacía unos días apenas se callaba, de modo que me obligaba a enfrentarme a cualquier mentira que intentara decirme a mí misma.

«De acuerdo», respondí a la voz para mis adentros mientras pagaba las llamadas, y salí de la tienda. Marcela había seguido hacia la ciudad y volví sola.

—Me gustaba… es decir, todavía me gusta —dije en voz alta—, pero está casado y tiene una hija, es el dueño de una finca enorme y posiblemente en quiebra que debe administrar, ¡y su vida es un caos absoluto! Así que, digas lo que digas, ¡en este asunto pienso ignorarte!

Levanté la vista y vi que pasaban dos mujeres lanzándome miradas muy extrañas.

—¡Tengo un amigo invisible! —grité en inglés, antes de saludarlas y continuar colina arriba hacia el Sacromonte.

Aquella noche, Angelina anunció que me hallaba lista para pasar a la «universidad», según sus propias palabras. Cuando llegué, Pepe estaba a punto de marcharse para organizar mi «fiesta», que habían programado para un par de días más tarde.

—Irá todo el mundo —me dijo al salir, y pude percibir su emoción—. ¡Será como en los viejos tiempos!

Angelina y yo nos sentamos, y comenzó a compartir conmigo algunos detalles de su magia más poderosa, que incluía talismanes, amuletos y monedas protectoras. En la cueva oscura, iluminada tan solo por una vela titilante —Angelina lo prefería a la luz intensa de una bombilla—, la mujer me mostró objetos sagrados que habían pertenecido a mis antepasados y, cuando los sostuve entre las manos hormigueantes, me instruyó acerca de cómo llegar al «otro mundo», un mundo donde los espíritus deambulaban y me susurraban al oído, que al parecer era lo que me hacía «saber» las cosas.

Cuando llegó a las maldiciones, al principio le dije que no.

—Pensaba que éramos sanadoras, mujeres de medicina. ¿Por qué íbamos a querer hacer daño a alguien?

Angelina me miró con expresión sombría.

—Erizo, el mundo está lleno de luz y oscuridad. Y en mi vida he visto mucha oscuridad. —Cerró los ojos, y supe que estaba pensando en el pasado que aún los atormentaba a ella y a aquel hermoso país—. En tiempos de oscuridad, haces todo lo posible por sobrevivir, por proteger a tus seres queridos y a ti misma. Así que ahora iremos al bosque y te enseñaré los versos de la maldición más poderosa.

A cabo de quince minutos, me invitó a detenerme en medio del claro y me hizo memorizar las palabras que me susurró en español después de haberme puesto un talismán alrededor del cuello para protegerme. No entender lo que significaban quizá fuera una ventaja para mí. Jamás debía pronunciarlas en voz alta, y mucho menos escribirlas, solo repasarlas mentalmente hasta que se me quedaran grabadas para siempre en la psique.

—¿Cuántas veces has usado la maldición? —le pregunté cuando regresábamos a casa.

—Solo dos —respondió—. Una vez por mí y otra por una persona que necesitaba mi ayuda.

—¿Qué les pasó a las personas que maldijiste?

—Murieron. —Se encogió de hombros.

—Vale. —Exhalé, tan abrumada como horrorizada por los poderes de aquella mujer y esperando no tenerlos también dentro de mí, pues aquella era una habilidad que no deseaba poseer.

—Bueno, lo has hecho bien, Erizo —dijo Angelina dos días después—. Y Pepe y yo tenemos una sorpresa para ti. Ahora vete a ver a Marcela.

Me echó para poder dormir la siesta, y subí caminando hasta el hotel, donde me encontré a Marcela esperándome con una sonrisa cómplice.

—Ven conmigo, Tiggy. —Tiró de mí hacia las estancias de la cueva que constituían su vivienda privada.

Estaban decoradas con telas y mantas tradicionales, y un gran televisor antiguo ocupaba una esquina.

—Ahí. —Señaló el sofá.

Estirado sobre él había un precioso vestido de flamenca, blanco, con abundantes volantes morados a lo largo de toda la falda.

—Pruébatelo —dijo Marcela—. Es mío, el viejo, de cuando era

pequeña, pero debería valerte. Te convertiremos en una auténtica bailaora para la fiesta de esta noche.

—¿Voy a ponérmelo esta noche? —pregunté sorprendida.

—¡Pues claro, es una fiesta!

Me entregó el montón de tela suave y me hizo pasar a un pequeño aseo, donde me quité el vestido que llevaba y me deslicé aquel tejido sobre la piel. Volví con Marcela para que pudiera abrocharme los numerosos botones, me alisé la falda y me ajusté el profundo escote de pico.

—Ven, Tiggy, mírate en el espejo. —Me hizo volverme para que me viera de frente.

Me eché un vistazo y la mujer que me devolvió el gesto me dejó impactada. Aquella Tiggy estaba bronceada gracias al sol de España, tenía los ojos brillantes y llevaba un vestido que le acentuaba la cintura estrecha y el escote terso.

—Preciosa —declaró Marcela—. ¡Guapísima! Ahora necesitas unos zapatos. Angelina me ha traído estos para ti; dudaba que te valieran, pero ahora que te he visto esos pies diminutos, sé que tiene razón.

Me tendió un par de zapatos de cuero rojo con una fina tira con hebilla. Los robustos tacones cubanos medían solo unos cinco centímetros, pero como nunca me ponía más que zapatos planos, era más que suficiente para mí. Los cogí y me los probé, sintiéndome casi como Cenicienta. Cuando se deslizaron a la perfección sobre mis pies, sentí un cosquilleo en la nuca.

—Marcela, ¿de quién son estos zapatos? —pregunté.

—Caray, pues de tu abuela Lucía, por supuesto —contestó.

A las nueve de la noche, Marcela y yo bajamos por la colina hacia una de las cuevas más grandes, aunque sin ella la habría encontrado de todos modos, pues la música retumbaba por todo el Sacromonte y daba la sensación de que hasta el aire cobraba vida gracias a ella. Me atusé el pelo de forma inconsciente cuando Marcela tiró de mí hacia el interior de la cueva, ya atestada. La mujer había conseguido dominar mi pelo untándolo con aceite, y me había pegado un rizo en el centro de la frente, justo como hacía Lucía, por las fotos que había visto de ella.

Cuando entré, un mar de gente comenzó a aplaudir y vitorear, y unos radiantes Angelina y Pepe, ambos vestidos con sus mejores galas flamencas, como toda la concurrencia, fueron arrastrándome de una persona a otra.

—Erizo, esta es la nieta de tu primo materno, Pilar... Y aquí están Vicente y Gael... Camila... Luis...

Con la cabeza embotada, me dejé guiar entre la multitud, abrumada por la calidez genuina de los abrazos de todo el mundo. Vicente, ¿o fue Gael?, me dio un vaso de vino de manzanilla, y vi a Pepe al fondo de la cueva, apoyado en una silla con la guitarra en el regazo, junto a un hombre sentado sobre un cajón.

—¡Empezamos! —anunció—. ¡Vamos a empezar!

—¡Olé! —gritó el público cuando dos jóvenes bailaoras salieron a la pista.

Comenzaron a bailar lo que Angelina me aclaró que era «una chufla, un baile sencillo», pero cuando vi a las mujeres golpetear el suelo con los tacones y los pies a aquel ritmo vertiginoso, al tiempo que guiaban las faldas con las manos de tal manera que la cueva quedaba inundada de colores brillantes, con la barbilla alzada con orgullo y en perfecta sincronía, su habilidad me dejó pasmada.

Y yo formaba parte de aquello; llevaba la cultura gitana en la sangre y en el alma. Cuando un joven me tendió la mano, no me resistí, sino que dejé que mi cuerpo se relajara y siguiera el ritmo de la guitarra de Pepe y de lo que allí todo el mundo llamaba «el duende» de mi interior.

No sé cuánto tiempo pasé bailando, pero era como si los zapatos de Lucía me guiaran. Me daba igual si parecía tonta al copiar los movimientos de mi compañero y pisotear el antiquísimo suelo de la cueva rodeada de toda mi nueva familia. La cueva vibraba mientras todos y cada uno de los hombres, mujeres y niños bailaban de pura alegría. El ritmo de la música era irresistible.

—¡Olé! —gritó Pepe.

—¡Olé! —repetí con todos los demás, y después me separé de mi compañero para ir a beber un poco de agua.

—¡Tiggy!

Noté una mano firme en el hombro. Y estaba bastante segura de que el alcohol que había bebido, combinado con las vueltas del flamenco, me tenía algo mareada, ya que me volví pensando lo mucho que se parecía aquella voz a la de Charlie Kinnaird.

—Hola, Tiggy —me saludó Charlie, que acto seguido me agarró del brazo y me sacó sin más ceremonias de entre la multitud de bailaores que taconeaban y palmeaban.

—¿Qué diablos estás haciendo? —grité tratando de hacerme oír por encima del estruendo—. ¡Suéltame!

Pero no me hizo caso, y por más que me retorciera y quejase, estaba pegada a él hasta que decidiera soltarme.

Nadie parecía mirarnos siquiera con extrañeza; lo que había aprendido aquella noche era que los gitanos eran una raza vociferante y emotiva, así que lo más probable era que nuestro comportamiento les pareciera de lo más normal.

—Tendré que llevarte afuera, aquí dentro no oigo ni mis propios pensamientos —dijo Charlie, que se quitó el jersey y me lo puso sobre los hombros desnudos.

Una vez en el exterior, echó un vistazo a su alrededor, divisó el muro de enfrente y me llevó hasta él. No me soltó el brazo hasta que lo alcanzamos, y fue solo para rodearme la cintura con las manos, alzarme y sentarme encima del muro.

—Charlie, ¿qué demonios estás haciendo aquí?

—Tienes que sentarte, Tiggy. —Retiró sus manos de mi cintura y me cogió la muñeca para tomarme el pulso.

—¡Charlie, ya basta! —Levanté la otra mano para apartarle de un manotazo los dedos.

—¡Tienes el pulso acelerado, Tiggy!

—Sí, porque acabo de pasarme una hora bailando con todas mis ganas —repliqué—. ¿Por qué estás aquí?

—Porque tanto yo como el resto del mundo llevamos mucho tiempo tratando de dar contigo.

—¿A qué te refieres con «el resto del mundo»? —Lo miré con el ceño fruncido.

—Cal encontró tu móvil en tu habitación y llamamos a todos los contactos de tu agenda para ver si habían tenido noticias tuyas. Nadie sabía nada de ti. No descubrimos que estabas en España hasta que dejaste esos mensajes para él y para Ma.

—Lo siento, Charlie. —Suspiré—. ¿Puedes ir más despacio, por favor? ¿Qué ha pasado? ¿Hay alguien enfermo?

—No, Tiggy, no hay nadie más herido —dijo—. Solo tú.

—¿Cómo que yo?

—Recibí los resultados de tu angiograma la mañana que decidiste escaparte del hospital. Mira, Tiggy, en pocas palabras, sospecho que tienes una enfermedad cardíaca grave llamada miocarditis. Necesitas atención médica inmediata.

—¿Una enfermedad cardíaca grave? —repetí sin fuerzas—. ¿Yo?

—Sí. O al menos potencialmente grave, si no se trata.

—Pero me encuentro bien —insistí—. Desde que estoy aquí, las palpitaciones parecen haber desaparecido. —Lo miré a los ojos por primera vez—. ¿Estás diciendo que has cogido un avión hasta aquí solo para decirme eso?

—Sí, por supuesto. Era imposible comunicarme contigo, así que no tenía alternativa. En serio, Tiggy, no podía cargar también con esto sobre mi conciencia, aparte de con el hecho de que estuvieras a punto de morir mientras trabajabas en la finca.

—Bueno, no habría recaído sobre tu conciencia, Charlie. Fui yo quien «se escapó» del hospital, según tus propias palabras.

—Sí, pero, obligaciones profesionales aparte, sentía que era mi deber como jefe. No tenía idea de lo difíciles que eran las cosas para ti en Kinnaird. Ahora entiendo por qué tuviste que marcharte.

Me quedé callada, preguntándome si se estaría refiriendo a mi conversación con su esposa.

—Beryl y Cal me explicaron el comportamiento de Zed Eszu —continuó—. Ambos coincidieron en que era él quien te había empujado a marcharte. Lo siento mucho, Tiggy, deberías habérmelo contado. Ese tipo de conducta es… inaceptable, sin más.

—No es culpa tuya, de verdad, Charlie.

—Ah, claro que sí —dijo—. Debería haber estado en Kinnaird, administrando la finca, porque así podría haberle puesto fin. Era un acoso sexual de manual. Si vuelvo a verlo, juro que le retorceré el cuello.

—Nadie le habrá dicho a Zed adónde me he ido, ¿verdad? —pregunté, inquieta de veras.

—Por supuesto que no —respondió Charlie—. Subí a Kinnaird de inmediato en cuanto me enteré por Cal de lo que había sucedido y le dije a Zed que se largara de mi casa. Recogió sus cosas y desapareció en su Range Rover aquella misma tarde. Ya no está, Tiggy, te lo prometo —añadió, pues percibía mi miedo. Puso una mano sobre la mía y su gesto hizo que un estremecimiento muy intenso me recorriera de arriba abajo—. Espero que sientas que ahora ya puedes volver a Kinnaird.

—Gracias.

De momento me conformaba con dejar que Charlie pensara que Zed era la única razón por la que me había ido.

—Por otro lado, la policía ha estado intentando ponerse en contacto contigo por lo del tiroteo. Han hallado los casquillos y los están analizando.

—¿Han encontrado a la persona que lo hizo? —pregunté pensando en el pobre Pegaso.

—No sabría decirte, pero quieren volver a hablar contigo en algún momento. En cuanto a tu problema médico, te he pedido hora para mañana en el hospital de Granada. Te haremos unas pruebas más para asegurarnos de que estás en condiciones de volver a casa en avión.

Lo miré sorprendida. Aunque su única intención era cuidarme, de pronto me recordó a Zed de una forma espeluznante: otro hombre que intentaba controlar mi vida.

—Lo siento, Charlie, pero me encuentro muy bien y tengo clarísimo que no voy a marcharme de Granada todavía.

—Sé que es posible que ahora te encuentres bien, pero ese angiograma, combinado con la radiografía de tórax y el electrocardiograma, demuestra que no lo estás. Esto es serio, Tiggy. Podría... bueno, matarte.

—Charlie, me hicieron un montón de pruebas del corazón de pequeña. No me encontraron nada entonces, ¿por qué iba a ser distinto ahora?

—De acuerdo. —Charlie suspiró y se apoyó contra el muro a mi lado—. Escúchame, ¿vale? Sin interrumpirme. Solo quiero hacerte un par de preguntas.

—Adelante —accedí de mala gana, pues oía el ritmo del cajón y los gritos de «¡Olé!» procedentes del interior.

De todas las noches de mi vida, aquella era la que menos me apetecía quedarme sentada en un muro en mitad de la calle discutiendo sobre una enfermedad cardíaca imaginaria.

—¿Cuándo notaste las palpitaciones por primera vez?

—Hum… Llevo tiempo teniéndolas de manera intermitente, pero creo que tienden a empeorar si cojo bronquitis fuertes. Y hace poco que tuve un buen resfriado y tos.

—Vale. Bien, ¿te acuerdas de algún momento, aunque sea hace años, en que estuvieras muy enferma y te quedaras en la cama con fiebre alta?

—Esa es fácil. Tenía diecisiete años, estaba en el último curso, en el internado. Me entró una fiebre altísima y me ingresaron en el sanatorio. El médico me diagnosticó una faringitis estreptocócica y me dio antibióticos. Al final me recuperé, pero tardé bastante. Eso fue hace años, Charlie, y desde entonces no he vuelto a tener ningún problema.

—¿Y te han hecho algún tipo de exploración cardíaca entre ese momento y tu ingreso en el hospital de Inverness?

—No.

—Tiggy —Charlie suspiró—, la miocarditis es bastante rara, y no siempre está claro qué la causa, pero por lo general se desencadena por una infección viral. Que es, con toda probabilidad, lo que tuviste a los diecisiete años, aunque te diagnosticaran una faringitis estreptocócica por error.

—Ah, entiendo —dije, toda oídos ya.

—Sea como sea —continuó Charlie—, el virus, por razones que todavía no comprendemos del todo, provoca la inflamación del músculo cardíaco. Es habitual que, cuando se sufren otras enfermedades, el corazón se vea sometido a un estrés adicional, y esa podría ser la razón por la que empezaste a tener palpitaciones después de la reciente enfermedad. Y la impresión causada por el tiroteo, claro.

Me había quedado callada, empezaba a recuperar la sobriedad tras la atmósfera y el alcohol de la cueva y a comprender por qué Charlie se había trasladado hasta allí.

—¿Podría… morirme?

—Sin el tratamiento adecuado, sí. Es grave, Tiggy.

—Y con medicación, ¿puede curarse?

—Tal vez, pero no hay un pronóstico claro. A veces el corazón se cura solo con descanso, a veces se cura con la ayuda de betabloqueantes o inhibidores de la ECA, y alguna que otra vez… Bueno, no hay un resultado positivo.

Sentí un escalofrío, en parte por el miedo, pero también porque, una vez que me había calmado, me daba cuenta de que la noche era fría.

—Vamos, tienes que entrar en calor. —Me tendió las manos para ayudarme a bajar del muro, pero salté sin su ayuda.

—Por cierto, estáis todos muy auténticos —comentó Charlie fijándose en mi atuendo—. Una buena fiesta de disfraces, ¿no?

—No. —Al menos aquel comentario consiguió hacerme sonreír—. La gente de ahí dentro son gitanos de verdad y, es más, ¡todos y cada uno de ellos están emparentados conmigo! Bueno —levanté la mirada hacia su rostro sorprendido—, aunque la palme mientras lo hago, me temo que tengo que ir a dar las buenas noches a mi nueva familia.

—Por supuesto. Te espero aquí.

Entré y observé a toda la multitud, que seguía taconeando, cantando y bailando como si no hubiera un mañana.

«Y puede que para ti no lo haya, Tiggy.»

Encontré a Angelina sentada junto a Pepe, que había dejado la guitarra y estaba secándose la cara con un pañuelo enorme.

—Me voy a acostarme ya. Espero que no os moleste, pero estoy muy cansada. Muchas gracias por todo.

Ambos me dieron abrazos sudorosos y besos en las mejillas.

—Ahora ya sí que eres una de nosotros, Erizo. Venga, vete con tu novio —dijo Angelina con una sonrisa.

—No es mi novio, es mi jefe —repuse con firmeza.

Angelina enarcó una ceja y se encogió de hombros.

—Buenas noches, Erizo.

—¿Qué es este sitio? —me preguntó Charlie mientras avanzábamos por el camino sinuoso—. Parecía desierto al bajar del taxi para hacer el registro en el hotel. ¿Sigue estando habitado?

—Sí, todavía vive gente, pero no mucha. Antes vivían todos en estas cuevas, hasta que comenzaron a mudarse a los apartamentos modernos de la ciudad.

—Es extraordinario —susurró cuando alcanzamos los escalones para volver a subir a la colina—. Debe de haber permanecido casi inmutable durante cientos de años. —Me miró mientras escalaba los peldaños a su lado—. Tómatelo con calma, por favor, Tiggy, solo hasta que aclaremos las cosas.

—En serio, me encuentro perfectamente. El aire de por aquí debe de haberme sentado bien. El corazón apenas se me ha disparado esta noche mientras bailaba —añadí cuando llegamos al final de la escalera y enfilamos el camino que serpenteaba por la montaña entre las hileras de cuevas—. Entonces ¿cómo has terminado dando conmigo aquí?

—Como ya te he dicho, gracias a tu llamada a Ma supimos que habías venido a España, así que Cal hurgó entonces en tus cajones en busca de pistas acerca de a qué punto exacto de España podrías haberte marchado. Vio que habías impreso unas cuantas páginas de Wikipedia sobre una bailarina española. Mencionaban Granada y el Sacromonte, por lo que pensamos que había muchas probabilidades de que fuera aquí donde te habías escondido. Uau, Tiggy... —Charlie se detuvo en seco cuando doblamos una esquina y la Alhambra apareció flotando por encima de nosotros en el cielo nocturno—. ¿No es una vista increíble?

—Sí, lo es.

—¿Has ido ya a visitarla?

—No, he estado demasiado ocupada. ¿Dónde te alojas?

—En el único hotel que hay aquí, según la señorita del mostrador de información del aeropuerto: Cuevas El Abanico. Así que lo reservamos.

—¿Reservasteis?

—Sí —dijo cuando ya nos acercábamos al hotel—, tenía la sensación de que no estaba... bien que viniera solo, así que me traje a una carabina. Vamos a verla. —Me invitó a franquear las puertas—. Puede que ya esté acostada, pero...

Apenas había entrado cuando una figura vestida con un pijama a cuadros salió corriendo hacia mí y me abrazó.

—¡Tiggy! ¡Cómo me alegro de verte!

—Y yo de verte a ti, Ally —dije asombrada tras apartarla de mí para observarla con detenimiento—. Uau, estás increíble. —Me fijé en los chispeantes ojos azules de Ally, en su espesa melena cobriza y en el gran bulto de su vientre, que empezaba a tirarle de los botones del pijama—. ¡Dios mío, estás enorme! Pareces a punto de estallar. ¿Seguro que todavía puedes volar?

—Estoy bien. Aún me queda más o menos un mes, pero estaba volviéndome loca de brazos cruzados en mi casa de Bergen, así que

Thom se apiadó de mí y me invitó a acompañarlo a un concierto en Londres. Convencí a mi médico de que me sentaría bien cambiar de aires. Luego, cuando Charlie me llamó y me enteré de lo que te había pasado y de que creía que estabas aquí, cambié el billete y me vine directamente a Granada con él.

—Ay, Dios, Ally, de verdad, estoy bien —gruñí—. Deberías estar tranquilita en Bergen, no corriendo por Europa detrás de mí.

—Tiggy, todos estábamos preocupados por ti. Bueno, si me disculpáis, señoritas, os dejaré charlar —intervino Charlie, que volvía a tomarme el pulso. Luego asintió—. Ya se ha calmado.

—¿Te ha explicado Charlie lo grave que es tu enfermedad? —preguntó Ally.

—Se lo he explicado —contestó Charlie—, y mañana irás a ese hospital aunque tenga que llevarte a rastras, ¿de acuerdo, Tiggy?

—Irá —respondió Ally por mí.

—Si surge cualquier problema durante la noche, ya sabes dónde estoy.

—Sí. Buenas noches, Charlie, y gracias —dijo Ally cuando él ya se dirigía a su habitación, situada en la parte trasera del hotel.

Ninguna de las dos dijo nada más hasta que oímos que cerraba la puerta a su espalda.

—¿Prefieres irte ya a la cama, Tiggy?

—No, estoy demasiado emocionada para dormir, y quiero que me cuentes todas tus novedades. Vamos a sentarnos allí. —Indiqué la pequeña sala de estar con sillones de cuero.

—No mucho rato, o el doctor Charlie se mosqueará —susurró Ally, que me siguió y se acomodó en uno.

—Bueno, ¿me explicas cómo me habéis encontrado?

—Charlie estaba fuera de sí cuando me llamó desde tu móvil. Es un tipo encantador. —Ally sonrió—. Y está claro que te tiene mucho cariño.

—Siento mucho haberos causado tantas molestias a los dos.

—De verdad, Tiggy, como ya te he dicho, agradecí mucho tener una excusa para no regresar a Bergen. Ya me conoces, soy toda acción. —Sonrió—. Además, estaba muy preocupada por ti, todos lo estábamos. Debo decir que tienes mucho mejor aspecto del que me esperaba.

—Y también me encuentro mejor, en serio. Cuando llegué aquí, tenía el corazón acelerado, pero se me ha calmado mucho desde entonces.

—Bien. Charlie también me ha contado que Cal encontró en un cajón varias páginas impresas sobre una bailarina de flamenco. —Ally señaló mi vestido—. Supongo que esa es la razón por la que viniste aquí, ¿no?, para encontrar a tu familia biológica.

—Sí.

—Vale, pero ¿qué fue lo que te hizo salir de la cama del hospital y marcharte sin decirle a nadie adónde ibas?

—Bueno... es complicado, Ally, es solo que necesitaba alejarme de todo.

—Conozco esa sensación —dijo—. Me dio la impresión de que Charlie pensaba que, aparte de lo del disparo, tenía algo que ver con un ciervo blanco y también con Zed Eszu.

—Sí, está claro que eso también influyó.

—Tengo entendido que hablaste con Maia —añadió Ally.

—Sí. Me confirmó todo lo que estaba sintiendo. Rechacé el trabajo, por supuesto.

—Theo dice que es un capullo redomado —dijo con una sonrisa triste.

Que Ally hablara del padre de su hijo en presente hizo que se me formara un nudo en la garganta. La miré, sintiendo por mi hermana mayor la misma admiración que cuando era una niña. Como, debido a mis frecuentes crisis de salud, me confinaban a menudo en la última planta de la casa, había pasado muchas horas sentada junto a la ventana viendo a Ally navegar por el lago de Ginebra a toda velocidad con su Laser. La había visto volcar y luego salir del agua y encaramarse otra vez a la embarcación solo para comenzar de nuevo todo el proceso. Yo, más que nadie, sabía el coraje y la determinación absoluta que Ally había demostrado para llegar a donde quería estar. Sin lugar a dudas, mi hermana era la mujer fuerte y capaz en la que aspiraba a convertirme cuando era más pequeña. Y su presencia aquella noche, sobre todo teniendo en cuenta que ni siquiera debería estar allí, cuando faltaba tan poco tiempo para que su bebé hiciera acto de presencia, me conmovía sobremanera.

—Zed resultaba tan cautivador, Ally... Es como... —Busqué las palabras adecuadas—. Bueno, como si fueras la única persona de la habitación. Concentra toda su atención en ti, y experimentas la misma sensación que los conejos que se quedan paralizados ante los faros de un coche. Él... te hipnotiza y no acepta un no por respuesta.

—Creo que lo que intentas decir es que, si quiere algo, lo persigue sin parar. Y por alguna razón que ninguna de nosotras logra entender, parece querer a las hermanas D'Aplièse. Puede que sea una coincidencia, pero resulta bastante extraño que yo viera el barco de Kreeg Eszu junto al de Pa durante su funeral privado. Tú eres la intuitiva, Tiggy. ¿Qué opinas?

—No lo sé, Ally, de verdad.

—Sé que en el pasado me he burlado de tus extrañas creencias, pero... —Ally se mordió el labio—. Te juro que a veces oigo a Theo hablándome. Me regaña por una cosa u otra, o dice algo divertido para hacerme reír cuando lo echo de menos.

Me di cuenta de que los ojos de mi hermana brillaban con lágrimas no derramadas.

—Estoy segura de que está aquí, Ally —le dije cuando un escalofrío repentino me recorrió la espalda y noté que se me erizaba el vello de los brazos.

Siempre me había preguntado qué significaba, y Angelina me había explicado que se debía a la presencia de un espíritu. Así que sonreí al oír que Theo me hacía una pregunta para Ally.

—Dice que quiere saber por qué no llevas puesto el ojo.

Ally palideció y se llevó la mano al cuello en un gesto automático.

—Yo... Tiggy, ¿cómo sabes eso? Era un collar que me compró justo después de pedirme que me casara con él. Era muy barato, y hace unas semanas se me rompió la cadena y todavía no la he llevado a arreglar... Dios mío, Tiggy, ¡Dios mío!

Ally parecía tan aterrada que me sentí culpable de inmediato, pero estaba sentada en las cuevas sagradas del Sacromonte, rodeada de todo el poder que contenían tras siglos de albergar a mis antepasados, y no podía dejar de oír lo que oía.

—También dice que le gusta el nombre «Bear».

—Una vez hablamos de cómo llamaríamos a nuestros hijos, y yo comenté que me gustaba Teddy, y él dijo... dijo —Ally tragó saliva con dificultad— que, como ese nombre le recordaba a los osos de peluche en inglés, prefería «Bear» a secas.

—Te quiere, Ally, y también dice... —agucé el oído todo lo que pude, ya que notaba que la energía se iba debilitando— que «estés preparada».

Me miró confundida.

—¿Qué significa eso?

—La verdad, Ally, no tengo ni idea, lo siento.

—Yo… —Ally se enjugó los ojos bruscamente con el dorso de las manos—. Es solo que estoy… alucinada por lo que acabas de decir. Dios mío, Tiggy, qué gran don tienes. Es decir, en serio, era imposible que supieras esas cosas. Imposible por completo.

—Aquí me ha pasado algo —contesté en voz baja—. Es difícil de explicar, pero al parecer desciendo de un largo linaje de videntes gitanos. Siempre he sentido cosas, aunque desde que conocí a Angelina, y después de lo que ella me ha enseñado, todo ha comenzado a cobrar sentido.

—O sea, ¿que has encontrado a una familiar tuya? —preguntó Ally, que había recobrado la compostura de forma evidente.

—Ah, sí. Charlie ya lo ha visto antes; en realidad, he dado con decenas de ellos. Estaban todos en la fiesta de esta noche, pero hasta ahora he pasado la mayor parte del tiempo con Angelina y su tío Pepe, mi tío abuelo.

—Entonces… Todo esto empieza a cobrar sentido también para mí. Desciendes de un linaje de gitanos, y todos conocemos su talento como adivinos. —Ally me sonrió.

—Bueno, de momento no he visto una sola bola de cristal ni una rama de verbena —dije, pues de pronto me sentía molesta y a la defensiva—. Angelina es lo que ellos llaman una bruja, en otras palabras, una curandera, y sabe más sobre hierbas, plantas y sus propiedades curativas que cualquier otra persona que haya conocido. Se ha pasado la vida cuidando no solo a los gitanos, sino también a los payos, los no gitanos. Es una fuerza benévola, y lo que hace es auténtico, Ally, te lo prometo.

—Después de lo que acabas de decirme sobre Theo, estoy dispuesta a creerme cualquier cosa —respondió Ally con un escalofrío—. De todos modos, antes de que me asustes más, es hora de que las dos nos vayamos a la cama. ¿Me ayudas a levantarme, por favor? —Ally me tendió una mano y tiré de ella.

Entonces esbozó una ligera mueca de dolor y se llevó las manos al vientre; luego me miró.

—¿Quieres sentir las patadas de tu sobrino o sobrina?

—Me encantaría.

Ally se llevó mi mano justo a la izquierda del ombligo.

Al cabo de unos segundos, noté un golpe fuerte contra la palma ahuecada. Era la primera vez en mi vida que sentía la patada de un bebé y se me llenaron los ojos de lágrimas.

Nos abrazamos y luego enfilamos el estrecho pasillo hacia nuestras habitaciones.

—Buenas noches, Tiggy, cariño. Que duermas bien.

—Y tú, Ally. Y lo siento mucho si…

—Chist. —Ally se llevó un dedo a los labios—. En cuanto logre procesarlo del todo, lo que acaba de pasar se convertirá en uno de los momentos más especiales de mi vida. Vaya…

—¿Qué?

—Ya sabes que ha dicho que le gustaba el nombre de «Bear».

—Sí.

—No es un buen nombre para una niña, ¿verdad?

—No, no lo es. —Le guiñé un ojo—. Buenas noches, Ally.

Al día siguiente, salí tambaleándome de la negrura de mi habitación hacia la brillante luz del sol. Sentados a una de las mesas del patio, me encontré a la improbable mezcolanza que formaban mi jefe, mi hermana y mis recién descubiertos familiares gitanos.

—Hola, bella durmiente —se burló Ally—. Estaba a punto de ir a buscarte. Ya es mediodía.

—Lo siento mucho, no había dormido hasta tan tarde en mi vida.

Angelina murmuró algo y se encogió de hombros de forma expresiva.

—Dice que te va bien dormir —tradujo Charlie.

—¿Hablas español? —le pregunté sorprendida.

—Pasé un año trabajando en Sevilla antes de empezar la universidad. Angelina y yo hemos mantenido una conversación muy interesante. Dice que ella también ejerce la medicina.

—Así es.

—Y también me ha contado que ha estado tratando tus problemas cardíacos desde que llegaste aquí.

—Ah, ¿sí? —Miré a Angelina—. ¿Es eso cierto? —le pregunté—. Esa cosa que me has estado haciendo beber…

—Sí.

Angelina se encogió de hombros. Luego habló de nuevo en español con Charlie, gesticulando en mi dirección, cosa que me irritó bastante, porque no fui capaz de entender apenas nada de lo que decían.

—Me ha dicho que tus «ancestros» vinieron a ayudarte cuando fuiste al bosque. Y que siguen ayudándote.

—¿En serio? ¿Me están ayudando? Bueno, pues si es así, me alegro mucho. Sobre todo si eso quiere decir que no tengo que ir al hospital…

—Lo siento, Tiggy, tengo una mentalidad abierta en lo que a los tratamientos alternativos se refiere, pero sigue siendo necesario que te hagamos esas pruebas. Y debemos marcharnos ya, si no te importa.

—Está bien. —Me rendí con un suspiro.

—Marcela me ha dicho que nos baja en coche. Vuelvo en un momento.

Charlie se fue a su habitación, y Angelina, Ally y yo nos quedamos sentadas al sol comiendo pan caliente con mermelada, regado, en mi caso, con otra dosis de poción.

—Esto debe de ser bueno para mí. —Cerré los ojos de forma exagerada mientras me tomaba los últimos sorbos—. Angelina, ¿por qué no me has contado que veías mi enfermedad?

—La enfermedad crea miedo, y el miedo se convierte en enfermedad. Mejor que no lo supieras. Entonces te recuperas deprisa.

—Lo cierto es que tienes muy buen aspecto —intervino Ally—. Les he contado a Angelina y a Charlie lo que me dijiste anoche, que no podrías haber sabido esas cosas. De verdad, Tiggy. —Ally puso una mano sobre la mía—. Todavía me estoy recuperando de la impresión.

—Ay, Dios. —Me sonrojé hasta las raíces del pelo—. Así que ¿Charlie también lo sabe todo de mí?

—Sí, pero no deberías avergonzarte, Tiggy. Lo que haces es absolutamente increíble.

—Sí. —Angelina se dio unas palmaditas orgullosas en el pecho—. Es de mi sangre.

—Bueno, será mejor que nos vayamos —dijo Charlie cuando reapareció en la terraza.

Marcela nos bajó a toda velocidad por las estrechas calles que llevaban a la ciudad, y pensé que si había algo que pudiera provocarme un ataque al corazón sería su forma de conducir. Sin preocuparse lo más mínimo por su minúsculo Fiat Punto, tomaba las curvas muy rápido y estuvo a punto de perder uno de los retrovisores al internarse en un callejón diminuto. Charlie, Ally y yo respiramos con mayor tranquilidad cuando el coche cruzó las puertas de la ciudad, a los pies de la colina, y nos adentramos en la relativa seguridad del intenso tráfico de Granada.

Eché un vistazo a mi reloj y vi que ya era cerca de la una.

—Tardarán un montón en atendernos, estoy segura.

—No tendremos que esperar —replicó Charlie—. Me puse en contacto con un amigo que conoce a una chica que trabaja en el departamento de cardiología de este hospital. Voy a llamarla para decirle que estamos a punto de llegar.

Cinco minutos más tarde, bajamos del coche de Marcela y echamos una mano a Ally para que pudiera desencajarse del asiento delantero. De camino a la recepción del hospital, vi a una mujer muy atractiva, con una melena de rizos oscuros y brillantes, que se acercaba a Charlie. Los dos charlaron un rato, y Ally y yo nos mantuvimos apartadas en señal de cortesía. Al cabo de unos instantes, Charlie nos presentó en inglés:

—Esta es Tiggy. Te presento a Rosa, que ha tenido la enorme amabilidad de ofrecerse a ayudarnos sin hacer cola.

—Hola, Tiggy. —Rosa me estrechó la mano—. Venga, vamos.

Rosa y Charlie se pusieron a la cabeza del grupo, aún charlando, mientras que yo los seguía junto a Ally sintiéndome como una niña a la que arrastraran al dentista. Subimos en un ascensor y, cuando nos bajamos, nos encontramos en una pequeña área de recepción atendida por una mujer con la que Rosa entabló conversación.

—Por favor, sentaos —nos indicó.

Obedecimos y entonces me volví hacia Charlie.

—Bueno, ¿qué van a hacerme exactamente?

—Primero te harán otro electrocardiograma y luego un ecocardiograma y varios análisis de sangre. Aparte de mi criterio profesional, Angelina también estaba de acuerdo en que era buena idea hacerte más pruebas.

—¿Está preocupada por mí?

—Creo que todo lo contrario, en realidad. Angelina piensa que estás a punto de curarte y quiere demostrármelo. De todos modos, está claro que las pruebas no te harán ningún daño.

Una enfermera con una carpeta se acercó a mí y me pidió que la siguiera. Casi se palpaba la animadversión del resto de los pacientes, que probablemente llevarían horas allí sentados y, apenas cabía duda, estaban mucho más enfermos que yo...

Tres horas después, tras haberme sometido a todos los exámenes y las pruebas, me vestí y volví a sentarme en la sala de espera con Ally.

—¿Charlie se ha ido?

—No. Ha desaparecido con la preciosa Rosa y no he vuelto a verlo desde entonces. —Ally soltó una risita—. Puede que Rosa lo haya seducido en el ecógrafo; desde luego, tenía pinta de querer comérselo.

—¿De verdad?

—¿No te has dado cuenta? Tampoco es de extrañar, ¿no? Es un hombre muy atractivo.

—Es bastante mayor, Ally. —Me froté la nariz por si acaso me sonrojaba.

—¿Mayor? Venga ya, Tiggy, solo tiene treinta y ocho años, y los treintañeros, como yo, todavía estamos vivos, ¿sabes?

—Lo siento, siempre me olvido de qué hay siete años de diferencia entre nosotras. En cualquier caso, ahí viene, así que está claro que ha sobrevivido a la seducción.

Charlie sostenía un gran sobre entre las manos.

—¿Estás bien, Tiggy? —me preguntó nada más sentarse.

—Sí, mejor que nunca.

—Pues sí —Charlie dio unos golpecitos con el dedo en el sobre—, parece que así es. Que estás mejor, vaya. Tendré que analizar los resultados de los escáneres con más detalle, pero da la sensación de que el músculo cardíaco se ha recuperado un poco. Tu electrocardiograma también es normal, aunque cuando vuelvas a Escocia me gustaría ponerte una caja negra durante un par de días, más o menos, solo para asegurarme de que está estabilizado.

—¿Qué es una caja negra?

—Te controla el corazón y nos proporciona un panorama general de cómo funciona.

—Entonces ¿estás convencido de que ha habido una mejora, Charlie? —intervino Ally.

Siempre le había gustado ir directa al grano.

—Casi me da miedo decirlo, pero sí. Desde luego, la mejora podría estar relacionada con el hecho de que Tiggy ha descansado bastante estos últimos días. O con que a veces el corazón comienza a curarse por sí solo…

—¿Qué? ¿En serio que un corazón puede curarse en diez días? —preguntó Ally.

—No, por lo general no, pero…

—Te dije que me encontraba mejor —le espeté en tono arrogante.

—¿Crees que es posible que los tratamientos de Angelina hayan tenido algún efecto? —preguntó Ally.

—Espero que sí —admitió Charlie—. Pero no te pongas demasiado chula, señorita —añadió señalándome con un dedo—, todavía hay una ligera inflamación, aunque no hay problema en que mañana vuelvas a casa en avión para que podamos controlarte como es debido durante un tiempo.

—Lo siento muchísimo, Charlie, pero no voy a volver a Escocia. Quiero quedarme en Granada. Angelina y Pepe cuidarán de mí, hace buen tiempo y hacía años que no me sentía tan relajada. Si surge algún problema, siempre puedo regresar a este hospital y ver a Rosa.

Ally y Charlie intercambiaron una mirada que me recordó a las de Ma y el viejo doctor Gerber cuando era niña. Nueve de cada diez veces, aquellas miradas significaban malas noticias para mí.

—Tiggy, de verdad pensamos que deberías volver a casa lo antes posible. No puedo quedarme contigo, por ya-sabes-quién. —Ally se señaló el vientre—. Pero Charlie me ha dicho que lo que necesitas es descansar.

—Tiggy, la miocarditis es… —Charlie buscó la palabra apropiada— impredecible. Quiero que, en lugar de andar vagando por el bosque de noche mientras hablas con los muertos, a partir de ahora te lo tomes todo con mucha calma.

—No lo describas así, Charlie —lo reprendí—. Aquí he mejorado, hasta tú lo reconoces.

—No creo que Charlie lo haya dicho con mala intención, Tiggy —acudió en su rescate Ally—. Pero ninguno de nosotros confía en que descanses si te quedas aquí sola.

—No, no nos fiamos, y Beryl ya ha dicho que estaría encantada de hacerse cargo de ti en el pabellón. Me tendrá en marcación rápida, preparado para enviarte una ambulancia aérea de inmediato en caso de emergencia. Pero, de momento, ¿por qué no volvéis las dos al hotel? Yo me quedaré aquí un rato. Rosa va a enseñarme el laboratorio de investigación, que por lo que se ve cuenta con tecnología punta.

—Claro, claro —murmuró Ally casi para sí—. Muy bien, entonces hasta luego, Charlie. —Se levantó—. No sé tú, Tiggy, pero yo estoy muerta de hambre. ¿Comemos algo en la ciudad antes de volver a subir?

Todavía me escocía que Charlie nos hubiera abandonado por los encantos de Rosa cuando pedimos indicaciones y nos dirigimos hacia la bulliciosa plaza Nueva. A cada paso que daba, percibía la historia abigarrada de aquella ciudad, desde grabados de granadas hasta coloridos mosaicos árabes. La plaza estaba rodeada de grandes edificios de arenisca, de cafés y tiendas abarrotados y, alrededor de un par de bailaores que se movían bajo el sol brillante, se había formado una multitud. Más arriba, las murallas de la Alhambra se hallaban flanqueadas por árboles, como si siguieran custodiando la ciudad casi mil años después.

Encontramos una acogedora bodega en una de las callejuelas adoquinadas que salían de la plaza, un montón de sillas y mesas desparejadas apretujadas en una pequeña sala desde la que percibíamos el calor de la cocina. Tras consultar la magnífica variedad de tapas de la carta, Ally atacó el chorizo y las empanadillas, mientras que yo disfruté de unas patatas bravas y unas alcachofas asadas, lo único vegano del menú.

—Bueno, Tiggy. —Ally me miró por encima de su taza de café—. Espero que obedezcas las órdenes del médico y vuelvas a Escocia mañana.

—No pienso regresar a Kinnaird de ninguna de las maneras, y no hay más que hablar.

—Tiggy, ¿qué pasa? Estás hablando conmigo, con tu hermana Ally. Sabes que soy una tumba; no se lo contaré a nadie, te lo prometo.

—Yo… El caso, Ally, es que no ha habido nada entre Charlie y yo, pero…

—Ya me imaginaba que podría ser algo así. Es decir, desde que me llamó por primera vez, me ha resultado bastante obvio lo que Charlie siente por ti.

—¡Ally! Solo somos amigos, de verdad. Es mi jefe…

—Y Theo era el mío. ¿Y? —respondió Ally.

—Pues que, aunque Charlie no lo fuera —continué—, ni te imaginas lo complicada que es su vida. Para empezar, está casado con una mujer francamente aterradora… y muy alta.

—Vale, respóndeme con sinceridad, Tiggy. ¿Has tenido o no has tenido una aventura con Charlie Kinnaird?

—¡No! —insistí—. Por supuesto que no, pero… Muy bien, te lo contaré siempre que jures no decir nada a nadie.

—No creo que haya nadie en Bergen a quien le interese tu vida amorosa, Tiggy.

—Cierto, pero es que no quiero que Ma ni el resto de nuestras hermanas lo sepan. La Valquiria, que es el apodo que le he puesto a la esposa de Charlie, también cree que ha pasado algo entre nosotros. Vino a verme al hospital y, en pocas palabras, me dijo que no se me ocurriera volver a llamar a su puerta, que es la de Charlie, en la vida.

—Entiendo. Y supongo que Charlie no sabe nada de todo eso, ¿no?

—No.

—Pero a ti… te gusta, ¿verdad, Tiggy? Te lo he notado.

—¡Claro que me gusta! Por eso me marché. Aunque no he hecho nada de lo que debiera avergonzarme… Bueno… —Sentí que me ruborizaba—. Me apetecía hacerlo, Ally. Y eso no está bien. Charlie es un hombre casado y me niego a destruir una familia. Además, ¡tienen una hija de dieciséis años! Por otro lado, fíjate en cómo ha reaccionado Rosa a su presencia. No quiero ser una de las muchas mujeres que se arrojan a sus brazos. Sería muy triste, muchísimo.

—Tiggy, ¿cuántos novios has tenido en realidad?

—Oh, un par, pero nada serio.

—¿Has… ya sabes?

—Sí —contesté bajando la mirada, avergonzada—, pero solo un par de veces. Me temo que soy una de esas chicas anticuadas que equiparan el sexo con el amor.

—Lo entiendo muy bien, no tienes por qué avergonzarte.

—Ah, ¿no? A veces siento que soy de lo más patético y antiguo. Ninguna de mis compañeras de la universidad se lo pensaba dos veces antes de pasar la noche con un hombre al que acababa de conocer en una fiesta. ¿Y por qué no iban a disfrutar del placer como los hombres?

—¿Porque no son hombres? —Ally puso los ojos en blanco—. Es que no entiendo a las feministas que parecen buscar un modelo que seguir en los hombres en lugar de confiar en lo que creo que son nuestras habilidades vitales femeninas, que son superiores a las suyas. Te lo juro, Tiggy, si las usáramos en lugar de tratar de imitar a los hombres, en una o dos décadas estaríamos gobernando el mundo. Bueno, que me voy por las ramas. A lo que iba es a que no tienes mucha experiencia con los hombres, ¿verdad?

—No.

—Bueno, pues yo estoy aquí para decirte que el que hemos dejado en el hospital hace dos horas no es solo un hombre decente, amable y muy atractivo —Ally me guiñó un ojo—, sino que además está tan interesado en ti como tú en él. ¿Por qué razón si no crees que se habría tomado tantas molestias?

—Pues por motivos profesionales, Ally. Él mismo me lo ha dicho.

—Tonterías. Charlie ha venido hasta aquí porque le importas muchísimo. Yo diría, casi con absoluta seguridad, que está enamorado de ti…

—Por favor, no digas eso, Ally —le supliqué—. Vas a confundirme más.

—Lo siento, pero después de lo que he pasado en los últimos meses, me he dado cuenta de que lo único que tenemos en esta vida es el momento presente. La vida es demasiado corta, Tiggy. Y decidas lo que decidas, solo quería decirte que ese hombre lleva escrito en la cara lo que siente por ti, así que no me extraña que su esposa se sintiera insegura.

—Entonces ¿no será mejor que desaparezca sin más? Es todo demasiado complicado.

—La vida suele ser complicada, y conseguir algo que valga la pena lo es más todavía. De todos modos, la conclusión es que no puedes quedarte aquí sola. Y si no quieres volver a Escocia, ¿qué me dices de Atlantis? A Ma le encantaría tenerte allí, y los hospitales de Ginebra son insuperables. ¿Qué te parece?

—Es que no entiendo por qué no puedo quedarme aquí.

—Empiezas a parecer una niña enfurruñada. —Ally suspiró—. Comprendo que confíes en Angelina para que te cuide, pero ni siquiera ella podría salvarte de un repentino ataque al corazón. Y tampoco es justo pedirle a Marcela que se encargue de ti. Además, el hotel cueva es genial, pero, dado que necesitas descansar, sería bastante deprimente estar ahí tumbada todo el día. Así que ¿por qué no te planteas marcharte a Ginebra y dejar que Ma desate todos sus instintos maternales reprimidos con su paciente?

Miré a Ally, procesé lo que acababa de decir y suspiré con pesadez.

—Está bien, pero lo hago solo por ti, Ally.

—Me da igual por quién lo hagas, Tiggy, lo único que quiero es que estés bien.

—Oh, Ally… —Me di cuenta de que se me habían llenado los ojos de lágrimas.

—¿Qué pasa? —Mi hermana me tendió una mano por encima de la mesa.

—Solo que… Pasé gran parte de mi infancia viendo la vida pasar desde la ventana de mi dormitorio de Atlantis. Estaba convencida de que esos días ya habían terminado. Tengo tantas ideas… tantos planes para el futuro, y todos ellos implican que esté bien. Y si esto… —me llevé una mano al corazón— no mejora, entonces no podré llevar a cabo ninguno de ellos. Tengo solo veintiséis años, por el amor de Dios. Soy demasiado joven para ser una inválida.

—Bueno, esperemos que no lo seas, Tiggy. Estoy segura de que sabes que garantizar tu salud futura bien vale unas semanas de sacrificio, ¿no? Y podrías tomártelas como un respiro para pensarte si quieres volver a Escocia o no.

—No voy a volver a Escocia, Ally. No puedo.

—De acuerdo. —Suspiró, e hizo un gesto para pedir la cuenta—.

Pero al menos tenemos un plan. Vamos a buscar una agencia de viajes en la ciudad para que te reserven un vuelo a Ginebra. Y después iremos a visitar la catedral de Granada y la Capilla Real, el lugar de descanso de mi heroína histórica favorita, la reina Isabel la Católica.

—¿Está enterrada aquí?

—Sí, junto a su querido esposo, Fernando. ¿Preparada? —me preguntó con una sonrisa.

—Preparada.

La mujer de la agencia de viajes frunció el ceño al mirar la pantalla de su ordenador.

—No hay una buena combinación de Granada a Ginebra, señorita.

—¿Cuánto tiempo tardaré en llegar? —le pregunté.

—Al menos doce horas, tal vez más, dependiendo de los vuelos de conexión desde Barcelona o Madrid.

—Vaya, entiendo. No lo había pensado…

—Es ridículo, Tiggy —me interrumpió Ally—. No estás en condiciones de hacer un viaje de tantas horas.

—¡Pero si tú has venido hasta aquí desde Londres y estás embarazada de casi ocho meses! —protesté.

—Es distinto, Tiggy. El embarazo no es una enfermedad, y una afección cardíaca, sí —me recordó—. Olvídalo, voy a llamar a Ma. Espérame aquí.

Y sin más, salió de la agencia, toda acción, como de costumbre, sacando el móvil del bolso ya.

Me encogí de hombros a modo de disculpa con la mujer de detrás del escritorio y comencé a hojear folletos de viajes para disimular la vergüenza mientras esperaba a que volviera mi hermana.

Cinco minutos más tarde, Ally regresó con una sonrisa de satisfacción en la cara.

—Ma dice que va a llamar a Georg Hoffman y a organizarlo todo para que un avión privado te lleve a Ginebra mañana por la noche. Dentro de poco me enviará un mensaje con los detalles.

—¡Pero eso es absurdo, Ally! No es necesario, y además, ¡no tengo dinero para ese tipo de cosas, ni mucho menos!

—Ma ha insistido: quiere tenerte allí de vuelta lo antes posible. Y no te preocupes por el coste; recuerda que somos hijas de un hombre muy rico que nos lo dejó todo. De vez en cuando, ese legado resulta muy útil, en especial en casos de vida o muerte —añadió muy seria—. Y ahora, no quiero que vuelvas a decir ni pío sobre este asunto. Vámonos a la catedral.

Dentro de la Capilla Real, el ambiente era fresco y oscuro. Alcé la vista hacia los altos arcos góticos y me pregunté si mi familia viviría en Granada ya en la época de la reina Isabel. Ally me agarró de la mano y caminamos juntas hacia los sepulcros de mármol blanco sobre los que los contornos de Isabel y Fernando estaban tallados con semblante tranquilo. Me volví hacia Ally, pues esperaba verla mirando la tumba de Isabel, absorta, pero en realidad ya estaba bajando una escalera. Nos encontramos entonces en una cripta situada debajo del imponente edificio; el aire era frío y las paredes rezumaban humedad, y delante de nosotras, tras una pared de cristal y bajo el techo de escasa altura de la cripta, había varios féretros de plomo, antiguos.

—Ahí está, al lado de Fernando para toda la eternidad —me susurró Ally—. Y esa de ahí es su hija, a la que llamaban Juana la Loca, y aquel, su marido. El nieto pequeño de Isabel también está aquí… murió en sus brazos cuando tenía solo dos años.

Le apreté la mano.

—Háblame de ella. Ahora que resulta que soy española, necesito ponerme al día con la historia.

—Recuerdo que vi una foto de Isabel en un libro de historia del colegio y pensé que me parecía un poco a ella. Luego leí más sobre su vida y me obsesioné. En realidad fue una de las primeras feministas: participaba en las batallas junto a su esposo, a pesar de que tenía cinco hijos. Trajo riquezas enormes a España y, sin ella, Cristóbal Colón nunca habría llegado al Nuevo Mundo. Sin embargo, cuando Colón le trajo esclavos nativos americanos, ella ordenó que los liberaran. Aunque también fueron Isabel y su esposo quienes instauraron la Inquisición en su reino, pero esa es otra historia. De todos modos —Ally esbozó una mueca de dolor y se llevó las manos al vientre—, creo que será mejor que volvamos al hotel para que pueda tumbarme. Lo siento, lo más probable es que sea una mezcla de embarazo avanzado y turismo.

Ya fuera, cuando cruzábamos la plaza parpadeando bajo la brillante luz del sol, oí una voz grave que gritaba:

—¡Erizo!

Me di la vuelta, sorprendida, y vi a una anciana gitana que me miraba con fijeza.

—Erizo —repitió.

—Sí —dije resollando—. ¿Cómo sabe quién soy?

Sin decir nada, sacó un ramito de romero atado con un hilo de una cesta llena de ellos y me lo tendió.

Lo acepté con una sonrisa y le di cinco euros. Luego se colocó mi mano sobre su palma áspera y murmuró algo en español antes de alejarse.

—¿De qué iba todo eso? ¿La conocías? —preguntó Ally.

—No —dije mientras frotaba el romero con los dedos y el aroma a hierbas frescas se elevaba hasta mis fosas nasales—. Pero, por algún motivo, ella me conocía a mí…

Regresamos al Sacromonte cuando el sol empezaba a ponerse y nos encontramos a Charlie, Pepe y Angelina en la pequeña terraza ajardinada.

—Qué bien huele aquí —comentó Ally.

—¿Son algunas de las hierbas que empleas en tu trabajo? —le preguntó Charlie a Angelina.

—Sí —respondió ella.

Me fijé en que Ally se acariciaba el vientre abultado con cuidado y en que parecía inquieta.

—¿Estás bien, cariño? —susurré.

—Creo que sí. Es solo que… necesito ir al baño.

Cuando ayudé a mi hermana a ponerse en pie, Angelina nos miró y entornó levemente los ojos oscuros.

—¿Va todo bien?

—Sí, voy a acompañar a Ally al baño —respondí.

De camino al interior de la cueva, Ally se detuvo en seco e hizo una mueca; se llevó una mano a la parte baja de la espalda y se agarró el vientre con la otra.

En ese momento, un torrente repentino de líquido claro salpicó el suelo de piedra bajo sus piernas.

—Ally, ¡ay, Dios mío, creo que has roto aguas!

Mientras la ayudaba a sentarse en una silla en la esquina, llamé a Angelina a gritos. La mujer apareció en la cocina dos segundos después, seguida de Charlie.

—El bebé, parece que desea llegar temprano. He traído al mundo a cientos de niños, no hay problema, cariño. —De hecho, a Angelina se le iluminaron los ojos de emoción—. Y también tienes aquí al buen médico británico. ¿Qué podría ser mejor?

Angelina sonrió y vi que la cara de Ally se relajaba.

—Hace mucho que no asisto un parto, os lo advierto —añadió Charlie en voz baja—. ¿Y si voy a llamar a una ambulancia?

—No pueden subir hasta aquí arriba, pero… veamos de cuántos dedos estás, cariño.

—Me falta más de un mes para salir de cuentas… ¿Y si…? —Ally se vio obligada a callar cuando una contracción se apoderó de su cuerpo. Me apretó la mano con todas sus fuerzas.

Angelina se puso en pie y tiró de Ally para que hiciera lo mismo. Agarró la cara con las manos a mi hermana y la miró con firmeza a los ojos, cargados de dolor.

—No hay tiempo para tener miedo —le dijo con rotundidad—. Tienes que emplear esa energía en ayudar al bebé. Ahora te llevaremos a mi habitación, que es más cómoda.

Entonces procedió a llevar a Ally medio a cuestas hasta la habitación de la parte posterior de la cueva.

—Caray, ¡ya está de cuatro dedos! —anunció Angelina después de habernos echado a todos para que Ally tuviera un poco de privacidad—. Demasiado tarde para llevarla al hospital, pero, Charlie, ve a llamar a una ambulancia por si surgen problemas. Ven conmigo, Erizo. Levantaremos a tu hermana y la ayudaremos a andar. Es la mejor manera de prepararla.

Obedecí y, en el mismo dormitorio donde había nacido yo, caminé junto a mi hermana arriba y abajo por el reducido espacio hasta que pensé que se me caía el brazo. Charlie y Angelina no paraban de asomar por la cortina, el primero para tomarle la tensión a Ally y controlar tanto su pulso como el del bebé, y la segunda para darle un tónico que la mantuviera fuerte y supervisar lo que Charlie llamaba «la dilatación».

—¡Tengo ganas de empujar! —gritó Ally tras lo que me parecieron días a pesar de que, seguramente, no fueran más de un par de horas.

La ayudamos a tumbarse en la cama, y yo le coloqué almohadas y cojines detrás de la espalda mientras Angelina procedía a examinarla.

—El bebé viene rápido. ¡Esto va bien, don Charlie! —le gritó Angelina—. Ya casi está abierta del todo. Muy bien, cariño, ya queda muy poco. Diez minutos más y podrás empujar.

—¡Pero es que quiero empujar ya! —bramó Ally.

Lo único que podía hacer era sentarme, agarrar la mano a Ally y acariciarle el cabello empapado de sudor mientras transcurrían los minutos.

Angelina volvió a examinarle el cuello del útero y asintió.

—Muy bien, ahora nada de lágrimas. Coge mucho aire y apriétale la mano a tu hermana. En la próxima contracción, empuja.

Unos minutos más tarde, mientras me apretaba la mano con la fuerza de una apisonadora, Ally dejó escapar un grito enorme. Unos cuantos empujones más y, por fin, trajo a su bebé al mundo.

Hubo lágrimas, felicitaciones y amplias sonrisas por todas partes mientras Angelina alzaba al niño lloroso de entre las piernas de su madre para que esta pudiera ver por primera vez al pequeño milagro al que había dado a luz.

—Es un niño —anunció Angelina—. Y de buen tamaño.

Charlie franqueó la cortina y se colocó junto a Angelina para hacer un examen rápido de las constantes vitales del bebé.

—Por lo que veo, está perfectamente sano a pesar de haber decidido aparecer un poco antes de lo previsto. —Nos dedicó una sonrisa de alivio a todas—. La ambulancia está esperando a las puertas de la ciudad.

A Ally se le llenaron los ojos de lágrimas de alegría cuando pidió que le pusieran a su hijo en brazos.

—Ally, solo tenemos que revisar la placenta y cortar el cordón —la tranquilizó Charlie, que se acercó a la cabecera de la cama para tomarle el pulso—. Unos minutos más y lo tendrás en brazos, te lo prometo.

Sin embargo, mientras él hablaba, Angelina ya se había hecho cargo de la situación con gran tranquilidad y había cortado el cordón umbilical con sus propios dientes. Todavía se apreciaban rastros de sangre en ellos cuando sonrió de oreja a oreja mientras envolvía con habilidad al bebé en una manta. Por alguna razón no pareció un gesto macabro ni bárbaro, sino del todo natural.

Angelina entregó a Ally aquel hatillo que se retorcía. Cuando lo hizo, el bebé abrió la boca como si fuera a llorar de nuevo, pero en realidad se limitó a emitir un ruido suave que pareció más bien un gruñido delicado. Angelina rio entre dientes y murmuró algo en español.

—Dice que cree que es un «oso» —tradujo Charlie.

—¿Un... «oso»? —repitió Ally mientras acunaba a su hijo.

—Es como se dice Bear en español —aclaró Angelina.

—Es perfecto. —Ally suspiró—. Además, con todo este pelo oscuro y revuelto, se parece un poco al animal.

Se me llenaron los ojos de lágrimas mientras observaba la conmovedora escena que se desarrollaba ante mí. Y una vez más, sentí que se me erizaba el vello de los brazos y supe, aunque no pudiéramos verlo, que Theo estaba presente, contemplando los primeros momentos de la vida de su hijo en la tierra.

—¿Quieres coger a tu sobrino? —me preguntó Ally.

—Sería un honor.

Acepté el bulto que Ally me tendía y, obedeciendo un impulso, levanté al humano en miniatura que sostenía en los brazos y alcé la mirada hacia el techo encalado de la cueva para dar las gracias en silencio a los poderes superiores —quienesquiera y lo que quiera que fuesen— por el milagroso ciclo de la vida.

Después de que Ally bebiera un poco de agua y de que Angelina limpiase lo mejor que pudo tanto a la madre como al bebé, me senté en la cama con mi hermana.

—Estoy muy orgullosa de ti, cariño —le dije—. Y sé que Theo también lo está.

—Gracias —contestó ella con lágrimas en los ojos—. La verdad es que no ha estado tan mal, ha sido mucho más fácil de lo que esperaba. —Fiel a su costumbre, mi increíblemente valiente hermana se había tomado con filosofía el trauma de un parto prematuro.

—Por lo que veo, está perfecto. Lo único que no podemos hacer es pesarlo —dijo Charlie—. Calculo que pesará unos tres kilos.

—¡Sí podemos pesarlo! Tenemos una báscula en la cocina —anunció Angelina.

Así que, sin muchas ceremonias, colocaron al pequeño Bear sobre la gran báscula oxidada que por lo general contenía patatas, zanahorias o harina.

—Tres kilos y cien gramos —dijo Angelina—. Ally, ¿quieres irte al hospital con los sanitarios de la ambulancia? —preguntó mientras yo veía a mi hermana engancharse el bebé al pecho.

—No, creo que, si los dos estáis conformes, preferiría quedarme aquí, por favor.

—Bueno. ¿Estás conforme, don Charlie?

—Estoy conforme, sí —convino Charlie tras haber examinado a Ally y determinado que estaba tan bien como su bebé—. Iré a decirles que pueden marcharse.

Ayudamos a Ally a ponerse lo más cómoda posible y salimos de la habitación para dejarla descansar y conocer a su osito. Luego nos sentamos fuera, al aire fresco de la noche, y brindamos por el recién nacido con un vaso de manzanilla.

—Cuidado con el alcohol, Tiggy —me advirtió Charlie—. Solo dejaré que te tomes esta, y porque es una ocasión especial.

—Gracias, doctor. —Lo miré enarcando una ceja.

Después acordamos que Angelina dormiría en la cama de Pepe para cuidar de Ally y que Pepe se trasladaría a la habitación de Ally en el hotel.

—¿Puedes llamar a Thom de mi parte mañana? Aquí no tengo cobertura. Su número está ahí —añadió señalando su teléfono móvil, que descansaba junto a la cama—. Y a Ma, por supuesto. Tendremos que hacerle el pasaporte al pequeño para llevárnoslo a casa. Dile a Thom que mi certificado de nacimiento está dentro de una caja en el cajón de mi archivo marcado como «documentos».

—Lo haré a primera hora. Y ahora —besé a la madre y al bebé con suavidad—, dormid bien, los dos. —Estaba a punto de salir de la habitación cuando me volví hacia Ally y le sonreí—. Creo que ya sabemos a qué se refería Theo con lo de que estuvieras preparada. Buenas noches, cariño.

De camino al hotel, me detuve y alcé la mirada hacia la Alhambra. Llevaba allí casi mil años, tan sólida como la tierra sobre la que la habían construido. Había sido testigo de las tribulaciones de los humanos —desde las de los andalusíes de hacía un milenio hasta las mías, pasando por las de Isabel la Católica, ese personaje tan querido por Ally—, y de repente pensé que mi hermana tenía razón y que nuestra vida era muy fugaz en comparación con la de cualquier otra cosa terrenal. Algunos árboles del valle que se extendía a mis pies también llevaban allí cientos de años, e incluso ya arrancados sus robustos cuerpos proporcionaban mobiliario que perduraba mucho tiempo después de que desaparecieran los traseros humanos que se sentaban sobre ellos.

Aquel pensamiento supuso una gran lección de humildad para mí, y me di cuenta de que su verdad desmentía el poder que los humanos creían ejercer sobre la tierra. De hecho, era esta la que estaba al mando, y nos sobreviviría a todos y cada uno de nosotros. Y yo no podía hacer más que aceptar mi lugar en ella, que no era sino una mera instantánea en el tiempo, lo cual estaba muy bien siempre y cuando utilizara mi momento con sabiduría.

«Cuánto he aprendido desde que estoy aquí», pensé al entrar en el hotel.

Tenía intención de irme directa a la cama, pero la enormidad de los acontecimientos de la noche seguía rondándome la cabeza. Así que, después de darle las buenas noches a Marcela, salí a la terraza a mirar las estrellas.

No sé cuánto tiempo estuve allí, sumida en mis pensamientos, pero di un respingo cuando sentí un golpecito suave en el hombro. Me volví y me encontré a Charlie de pie a mi espalda, con una copa de brandy en la mano.

—Hola —me dijo en voz baja—. Se supone que deberías estar en la cama.

—Es que no estaba cansada —murmuré, de pronto consciente de lo cerca de mí que se encontraba Charlie—. ¿No ha sido increíble presenciar el amanecer de una vida?

—Sí, lo ha sido. Me hace abrigar la esperanza de que aún sean posibles los nuevos comienzos, en todos los sentidos…

Antes de que pudiera procesar lo que estaba sucediendo, bajó la cabeza hacia mí. El roce de sus labios contra los míos hizo que una descarga eléctrica me recorriera todo el cuerpo, pero, cuando el beso se prolongó, se hizo más profundo y mi ser se fundió con el suyo, las alarmas estallaron en el interior de mi cabeza.

«¡Está casado! Su esposa ya sospecha algo… Tiggy, ¿qué demonios estás haciendo?»

Me separé de él con brusquedad.

—Charlie, esto está mal. Tu esposa... tu hija... Yo... no puedo hacerlo.

Charlie se recompuso haciendo un esfuerzo evidente, sin duda disgustado por sus actos.

—Lo siento. No debería haberte besado. Pero, por favor, quédate a hablar conmigo...

—¡No! Tengo que irme. Buenas noches, Charlie.

Y sin más, crucé la terraza a toda prisa en dirección a la seguridad de mi habitación.

A la mañana siguiente me desperté muy temprano, y los acontecimientos del día anterior volvieron a mí como si se tratara de un sueño, pero no, todavía sentía los labios de Charlie sobre los míos...

Gruñí y me levanté de la cama de un salto para vestirme y procurar alejarlos de mi mente. Salí en busca de cobertura para llamar a Thom y Ma con el móvil de Ally. De camino a las puertas de la ciudad, inspiré el olor de las flores primaverales que brotaban en los cactus y los árboles y, con el corazón apesadumbrado, intenté imaginarme en la nevada Ginebra.

Cuando por fin tuve cobertura, llamé a Thom, el hermano gemelo de Ally. No pude evitar sonreír al darme cuenta de cuánto se parecía a Ally: todo pragmatismo y acción.

—Bien, cogeré el próximo avión —anunció, y la alegría se hizo patente en su voz—. Bear, o Bjørn, en noruego, no tiene pasaporte para volar, así que debo ir a ayudar a Ally a sacárselo. También tendremos que registrar el nacimiento. Buscaré el consulado noruego más cercano y concertaré las citas necesarias.

—Trae también algo de ropa de bebé —le aconsejé, y después le revelé la ubicación del certificado de nacimiento de Ally.

Tras darle instrucciones sobre cómo llegar hasta donde nos encontrábamos, llamé a Ma y capté la profunda emoción de su voz. A fin de cuentas, en esencia, aquel era su primer nieto.

—Me muero de ganas de verlos a él y a Ally —dijo—. Por favor, transmítele todo mi cariño y mi enhorabuena.

—Lo haré, y, Ma, ¿estás segura de que sigue sin ser un problema que vuelva a casa para verte?

—Por supuesto que sí, Tiggy. Me encantaría cuidar de ti. Solo espero que estés lo bastante bien para hacer el viaje.

—Lo estoy, Ma, te lo prometo.

—Debes presentarte en la zona de vuelos privados del aeropuerto de Granada a las cuatro y media. Así que te veo esta noche. Buen viaje, *chérie*.

Deshice el camino bajo la brillante luz del sol, sintiéndome culpable aún por lo del avión privado, pero también pensando en cómo mi pasado y mi presente parecían haber colisionado en aquel lugar.

—El viejo mundo y el nuevo —murmuré cuando me acercaba al hotel.

Que el bebé de Ally hubiera nacido en la misma cama que yo lo hacía todo aún más conmovedor. Y en cuanto a Charlie...

—Tiggy, ¿puedo hablar contigo un segundo antes de irme?

«Hablando del rey de Roma...»

—Sí, claro. —Asentí enérgicamente con la cabeza, aún junto a la verja de hierro.

Vi que Marcela nos observaba con interés. Charlie se levantó de donde estaba desayunando.

—¿Vamos a sentarnos en el muro? Me gustaría disfrutar de la vista por última vez.

Franqueó la verja y echó a andar hacia arriba por el estrecho sendero para protegernos de las miradas indiscretas.

Poco después me encaramé al muro y las piernas me quedaron colgando como las de un niño, mientras que Charlie rozaba el suelo con los pies.

—Tengo que marcharme dentro de diez minutos, pero... es hora de que sea claro contigo, Tiggy.

—¿Acerca de...?

—Del futuro. El tuyo, el mío, el de Kinnaird... No es justo para ti que no lo haga. De todas maneras, con tu intuición, seguro que ya te habías imaginado que pasaba algo.

—Sí, en Navidad parecías entusiasmado, y luego te fuiste y... Si te soy sincera, Charlie, pensé que me estabas evitando o algo así.

—Y así era, o quizá no a ti, Tiggy, sino la situación. No sabía qué decir. Digamos que esta es una conversación que debo mantener con Cal y los demás miembros del personal cuando regrese.

Estaba intentando esperar para ver si había alguna otra forma, pero, tras haber barajado todas las opciones posibles, la verdad es que no creo que la haya.

—¿Quieres decir que la finca está en bancarrota? —le pregunté.

—Siendo justo, no diría tanto. —Me sonrió con tristeza—. Es decir, no hay efectivo en las arcas, pero dieciocho mil hectáreas, más una casa muy bien reformada, a pesar de estar hipotecada, valen algo.

—Vaya, lo siento mucho, Charlie. Zed me dijo que la finca estaba en quiebra.

—Sí, también me lo mencionó a mí cuando me llamó para ofrecerse a comprarla.

—¡Dios mío! Me dijo que se lo estaba pensando. No le habrás dicho que sí, ¿verdad? Aunque no es que sea de mi incumbencia, claro —añadí de inmediato.

—No —contestó Charlie riendo—. A pesar de que la oferta que me hizo era buena. En realidad, me gustaría poder considerar ofertas, pero ese es el problema, que ahora mismo no puedo hacer nada.

—¿Por qué no?

—Es una historia muy larga. En pocas palabras, han puesto en duda mi derecho a heredar la finca Kinnaird. Por lo tanto, hasta que la cuestión se resuelva en los tribunales, no puedo vender la propiedad porque no es mía.

—¿Qué? ¡Pero eso es ridículo! Eres el heredero legítimo, el único heredero…

—Bueno, eso es lo que creía, sí, aunque al parecer estaba equivocado.

Charlie miró hacia el otro lado del pacífico valle y después levantó la vista hacia la Alhambra. Dejó escapar un largo suspiro y, en él, percibí todo el agotamiento que sentía.

—Pero ¿quién lo ha puesto en duda? —le pregunté.

—¿Te molestaría que no entre en detalles? Como te he dicho, es una larga historia, y tengo que irme al aeropuerto dentro de cinco minutos. Te lo estoy contando porque, hasta que se resuelva la situación, tengo las manos atadas. No puedo hacer nada aparte de mantener Kinnaird en funcionamiento, lo cual significa que todos los planes que teníamos quedan en el aire. Y sabiendo lo mucho que este tipo de cosas tarda incluso en llegar a juicio, podrían pasar años antes de que se dicte una resolución. Por favor, Tiggy, no te tomes lo que te estoy diciendo como un despido —agregó a toda prisa—. Sigues teniendo trabajo en Kinnaird durante todo el tiempo que quieras, y me encantaría que te quedaras, por supuesto que sí, pero tampoco sería justo por mi parte fingir que las responsabilidades de tu puesto aumentarán en un futuro cercano. Soy consciente de que tus capacidades superan con creces el cuidado de cuatro gatos monteses. No te has pasado cinco años de tu vida formándote para eso, ¿verdad? Lo que estoy intentando decirte, Tiggy —prosiguió—, es que una vez que consigamos que mejores, y aunque me duela decirlo, puede que quieras buscar otro empleo. Nunca me perdonaría si de alguna manera te estuviera apartando de lo que promete ser una carrera profesional brillante.

Contemplé su perfil, casi perfecto, y tuve que hacer acopio de todas mis fuerzas para no agarrarlo de la mano.

—Lo siento mucho, Charlie. Parece una pesadilla.

—No ha sido maravilloso, pero, dicho esto, no pienso autocompadecerme. No ha fallecido nadie, y mi familia y yo no nos estamos muriendo de hambre. A fin de cuentas, son solo trescientos años de historia Kinnaird. —Se volvió hacia mí y esbozó otra sonrisa melancólica—. Bueno, será mejor que me vaya. Marcela se ha ofrecido a llevarme al aeropuerto. Ahora lo más importante de todo es que me prometas que te tomarás un descanso cuando llegues a Atlantis. Daré a Ma instrucciones sobre tu cuidado.

—Lo prometo, Charlie. Y, por favor, no te preocupes por mí. Ya tienes bastantes cosas encima.

—Me preocuparé, Tiggy, pero, pase lo que pase, espero que vuelvas pronto a Kinnaird, aunque solo sea para despedirte.

Lo vi ponerse en pie y, tras sus palabras, sentí el escozor de las lágrimas en los ojos.

—Iré.

—Y también siento mucho lo de anoche. No es mi estilo habitual; de hecho, hace diecisiete años que no beso a otra mujer que no sea mi esposa. Fue de lo más inapropiado, y espero no haberte ofendido, especialmente después de todo lo que te dije sobre Zed y su comportamiento.

—No me ofendiste en absoluto, Charlie —dije, pues me horrorizaba que pensara que sus atenciones no eran deseadas cuando en realidad sucedía todo lo contrario.

Volvimos al hotel en silencio, y él recogió la bolsa de viaje que lo esperaba en la terraza.

Justo en ese momento, Angelina apareció a nuestro lado, como salida de la nada.

—He venido a despedirme, don Charlie. Vuelva a visitarme pronto y hablaremos más. —Se puso de puntillas para besarlo en ambas mejillas.

—Lo haré.

—Ay, debería saber que ella —Angelina me señaló— tiene la solución a su problema. Adiós.

Charlie y yo intercambiamos una mirada perpleja cuando la anciana desapareció de la terraza tan rápido como había llegado.

—Vaya. Bueno, me llamarás para ir contándome cómo te encuentras, ¿verdad?

—Sí —respondí justo cuando Marcela se unía a nosotros.

—¿Listo para el viaje de tu vida, Charlie? —preguntó Marcela riendo.

—Estoy impaciente por empezarlo —contestó Charlie, que puso los ojos en blanco y empezó a seguirla—. Adiós, Tiggy.

Cuando se marcharon, me serví un vaso de agua y me lo bebí con avidez mientras pensaba que tal vez no fuera de extrañar que Ulrika recelara de su marido. Resultaba obvio que poseía un magnetismo al que las mujeres respondían. Sin embargo, parecía no ser apenas consciente de ello.

—Y puede que eso forme parte de su encanto —murmuré mientras salía del hotel para bajar a ver cómo se desenvolvían la flamante mamá y el bebé.

Encontré a Ally sentada en una silla junto a la entrada de la cueva de Pepe y Angelina con Bear dormido en los brazos. Tenía unas sombras tenues bajo los ojos, sin duda debidas a las exigencias de su primera noche de lactancia, pero le resplandecían de felicidad y satisfacción.

—¿Cómo te encuentras?

—Cansada, pero, aparte de eso, ¡estupenda!

—Es que estás estupenda, Ally, me alegro mucho por ti. Por cierto, he llamado a Thom y ya se está encargando de organizar las citas en el consulado.

—Típico de mi hermano —dijo con una sonrisa.

—Dudo que consiga llegar hoy mismo al Sacromonte. ¿Quieres que me quede otra noche, por si no llega hasta mañana?

—No, estoy bien, de verdad, Tiggy. Aquí hay más gente que me cuida, no te olvides. Tú vete a Atlantis y deja que Ma te malcríe durante un tiempo. Y hablando de Ma, ¿has podido hablar también con ella?

—Sí, se ha puesto contentísima con la noticia, como ya imaginarás. Te manda todo su cariño.

—Bueno, dile que pronto llevaré a Bear a Atlantis para que la conozca.

—De acuerdo. Ahora creo que será mejor que vaya a despertar a Pepe para que podamos ir a ver a Angelina.

—Muy bien. De todos modos, yo estaba a punto de echarme a descansar mientras este pequeño duerme.

—Luego vendré a despedirme, mi querida Ally.

Regresé al hotel y llamé a la puerta de la habitación de Pepe.

—¿Qué hora es? —oí mascullar a un Pepe malhumorado cuando abrió la puerta, evidentemente recién despertado. Pero en cuanto me vio la cara, se limitó a abrazarme—. Bien, cariño, debo bajar a prepararle el desayuno a Angelina, y tú y yo también necesitamos algo de comida…

Pepe se vistió y bajamos hasta la puerta azul. Una vez allí, hizo que me sentara en el pequeño jardín y se puso manos a la obra en la cocina. Regresó con una bandeja de pan caliente y café y con Angelina pisándole los talones.

—Entonces ¿te vas a casa? —preguntó.

Asentí.

—Sí, dentro de unas horas. Pero volveré en cuanto me den permiso —añadí enseguida—. Todavía me queda mucho que aprender de ti.

—Sí, y nosotros seguiremos aquí cuando regreses. Aunque Pepe esté viejo y gordo… Yo estoy fuerte como un toro. —Angelina me guiñó un ojo.

—Yo quiero quedarme aquí con vosotros —le expliqué—. Pero Ally y Charlie piensan que es mejor que me vaya a Ginebra…

—A veces hay que confiar en los demás para saber qué es lo mejor para ti. Y para ellos. —Angelina rio entre dientes—. No niegues a los que te quieren la oportunidad de cuidarte. ¿Entendido?

—Más o menos, pero la verdad es que no quiero irme.

—Lo sé, porque llevas este lugar en el corazón. Eres bienvenida aquí siempre que lo desees.

—Gracias.

Ataqué el delicioso pan e hice cuanto pude por saborear aquellos momentos de despedida de mi recién encontrada familia. Tras hacer acopio de valor, les pregunté lo que sabía que llevábamos tiempo posponiendo, tan solo porque el resultado tenía que ser triste.

—Antes de que me vaya, ¿podéis… podéis hablarme de mi madre y de mi padre, por favor? Tengo muchas preguntas, y no puedo irme sin saber…

—Sí, Erizo, por supuesto que debemos hablarte de ellos —contestó Angelina, y luego resopló—. No es una historia del todo feliz, y tal vez hayamos sido egoístas al no contártela antes. Pero a Pepe y a mí no suele gustarnos pensar en ella…

Él la tomó de la mano y los tres guardamos silencio unos momentos. Entonces Pepe pareció espabilarse y levantó sus ojos castaños hacia los míos.

—Bueno, empezaré yo, que estaba allí. Corría 1944 y, mientras el mundo continuaba destruyéndose en una guerra, Lucía estaba en América del Sur, en la cima de su carrera…

Lucía

Mendoza, Argentina

Septiembre de 1944

Vestido flamenco con cola,
también llamado «bata de cola».
Traje de baile con una falda larga y voluminosa
cuyo manejo requiere de una gran destreza

29

Meñique salió a la terraza y entrecerró los ojos al brillante sol de septiembre. Se apoyó contra la balaustrada para contemplar los viñedos que se extendían por el valle y, más allá, los picos nevados de los Andes. Nunca había respirado un aire tan puro como aquel y, a pesar de la altura a la que se encontraban, el sol le calentaba la piel de manera agradable. Le encantaba aquel lugar.

Lo avergonzaba admitir que la reciente desgracia de Lucía había sido una bendición para él: después de años de gira incesante por América del Sur, el cuadro se encontraba actuando en un teatro atestado de Buenos Aires cuando, durante una farruca particularmente feroz, Lucía había taconeado sobre el escenario con tanta fuerza que había roto las tablas.

Se hizo un esguince grave en el tobillo, y el médico le advirtió que no volvería a bailar en la vida si no reposaba el tiempo suficiente para que el pie sanara. Así que, por fin, Lucía se había visto obligada a ceder y tomarse un descanso. El resto del cuadro se había disuelto para lo que quedaba de temporada y se había desplazado por Argentina y por Chile para llevar a cabo sus propias actuaciones.

Era la primera vez en todos los años que llevaba con Lucía que Meñique la había tenido solo para él, y había sido un regalo. Tal vez fueran los potentes analgésicos que estaba tomando, o quizá que el increíble estrés al que sometía su cuerpo le estuviera pasando factura, pero Lucía se había mostrado más tranquila que nunca. De poder permanecer así para siempre, Meñique sabía que se casaría con ella al día siguiente.

—Telegrama, señor. —Renata, la doncella, salió a la terraza para entregárselo.

—Gracias.

Vio que iba dirigido a Lucía, que dormitaba en su tumbona. Lo abrió, porque de todas maneras Lucía se lo habría llevado para que se lo tradujera.

Estaba en inglés, y Meñique se sentó a la mesa y comenzó a descifrarlo.

TODAS LAS CONDICIONES ACEPTADAS. STOP. PASAJE RESERVADO DE BA A NY 11/9. STOP. IMPACIENTE POR RECIBIROS A TODOS AQUÍ. STOP. SOL

—¡Mierda! —soltó Meñique con el corazón desbocado de ira. —Se puso en pie y se acercó a Lucía a grandes zancadas—. ¡Tienes un telegrama! —anunció a voz en grito, y la vio despertarse sobresaltada.

Lo arrojó hacia ella y el papel cayó revoloteando sobre las baldosas de la terraza, meciéndose con la brisa cálida.

—Ah, ¿sí? —Lucía se incorporó y se agachó para recogerlo. Al ver que estaba en inglés, volvió a tendérselo a Meñique, pero él se negó a aceptarlo—. ¿Qué dice?

—Creo que lo sabes perfectamente, Lucía.

—Oh. —Bajó la vista hacia el telegrama en busca de alguna palabra que reconociera—. Sol.

—Sí, Sol. Sol Hurok. Por lo visto, te marchas a Nueva York.

—No, nos marchamos a Nueva York. ¡Como si fuera a dejarte atrás! Estarás orgulloso de mí, he hecho una negociación muy buena.

Meñique se tomó unos instantes para respirar hondo.

—¿Se te ha ocurrido pensar en algún momento que no estaría de más decirme lo que estabas planeando?

—No hasta que él hubiera aceptado mis condiciones. Siempre que mostraba interés en contratarme, os despreciaba a ti y al cuadro y me quería solo a mí. Así que… —Lucía levantó los brazos hacia él con una gran sonrisa en la cara—. Ahora ya puedo decírtelo.

Teniendo en cuenta que Lucía no sabía leer lo que ponía en el telegrama, Meñique conjeturó que las «condiciones» se habían «aceptado» mediante un par de llamadas telefónicas nocturnas durante las que Lucía lo había creído dormido.

Meñique se dejó caer despacio en una silla; tras su anterior sensación de paz, estaba desesperado por tantos motivos que tardaría un tiempo en enumerarlos todos.

—¿No te alegras, Meñique? —le preguntó ella—. Siempre ha sido mi sueño. —Se levantó, convertida de pronto en un derroche de energía y emoción nerviosas. Comenzó a golpetear el suelo de la terraza con los pies minúsculos—. ¿Te lo imaginas? ¡Por fin, América del Norte! Sudamérica es nuestra, ¡pero ahora debemos robarle a La Argentinita el verdadero premio!

—O sea, que todo esto es por ella, ¿no? —Meñique evitó mirarla a los ojos.

—No es ni por nada ni por nadie. Es un nuevo lugar donde mostrar mi baile a los payos. Y los payos de Nueva York son los más ricos del mundo. —Lucía se desplazó hasta él y le pasó los brazos por los hombros—. ¿No estás emocionado? —le susurró al oído—. ¡El señor Hurok me ha dicho que quizá pueda alquilar el Carnegie Hall! ¿Te lo imaginas? ¡Un puñado de gitanos españoles ocupando el escenario de la mejor sala de conciertos del mundo!

—Yo estoy bien aquí, en Mendoza, Lucía. Estaría encantado de quedarme en América del Sur el resto de mi vida.

—Pero aquí ya hemos visto todo lo que hay que ver, ¡hemos hecho todo lo que hay que hacer! —Lucía lo soltó y echó a andar a lo largo de la amplia terraza, llena de macetas florecientes de unos capullos rojos espectaculares que imitaban el color del pañuelo que Lucía llevaba al cuello—. Hemos estado en Uruguay, Brasil, Chile, Colombia... —Fue contando los países con los dedos—. Y luego en Ecuador, Venezuela, Santo Domingo, México, Cuba, Perú...

—La próxima vez, Lucía, cuando hagas un plan que me incluya, te pediría que tuvieras la decencia de comunicármelo.

—¡Pero si lo estaba preparando como una sorpresa especial! ¡Pensé que te alegrarías tanto como yo! —Lucía parecía tan apenada que la rabia de Meñique se aplacó un poco. Resultaba evidente que estaba convencida de que él se alegraría.

—Me encantaba estar aquí contigo y... —Negó con la cabeza—. Solo me pregunto si alguna vez echaremos raíces en algún lugar. Y tendremos una vida juntos.

—Puede que no echemos raíces, pero sí tenemos una vida juntos, y es emocionante, ¡y ganaré catorce mil dólares a la semana!

—No necesitamos más dinero, Lucía, ya tenemos suficiente.

—Nunca será suficiente. Somos gitanos. La vida es una búsqueda constante, no podemos quedarnos parados, ya lo sabes. —Lucía lo escrutó—. A lo mejor te estás haciendo viejo.

—A lo mejor solo estoy cansado de viajar constantemente. A lo mejor quiero un hogar. Contigo, Lucía... Y algún día, hijos.

—Tendremos todo eso, pero primero completemos nuestra aventura y vayamos a Nueva York. —Lucía se acercó de nuevo y se dejó caer de rodillas ante Meñique para agarrarle las manos—. Te lo ruego. Debo conquistar América. No me niegues esto.

—Pequeña... —Meñique volvió a respirar hondo—. ¿Acaso te he negado algo alguna vez?

En esa ocasión, cuando zarparon hacia Nueva York, los mares estaban en calma, lo cual significó que no hubo mareos entre la compañía, que había aumentado hasta los dieciséis miembros a lo largo de los seis años en América del Sur. A Lucía le ofrecieron el mejor camarote del barco en cuanto la vieron, y los demás pasajeros se inclinaban ante ella o levantaban una mano en señal de reconocimiento cada vez que la bailaora se dignaba aparecer en cubierta.

—¿Cómo te sientes? —María encontró a Meñique apoyado en la barandilla, envuelto en un abrigo grueso y una bufanda que un compañero de viaje que lo había visto temblar en la cubierta debido a la brisa otoñal había tenido la generosidad de prestarle.

—Triste por dejar atrás Sudamérica. El calor, el color...

—Sí. Te entiendo. Yo siento lo mismo, pero ¿qué se le va a hacer?

—Nada, María. —Meñique se acercó y le pasó un brazo por encima del hombro.

Con el paso de los años, los dos se habían cogido mucho cariño, y se consolaban y apoyaban el uno al otro cuando José o Lucía se ponían difíciles.

—Quiero... —comenzó Meñique.

—¿Qué quieres?

—Un final y un comienzo —susurró—. Que el viaje termine. Tener un hogar.

—Sí, lo entiendo. Dicen que la guerra terminará pronto en Europa. Necesito saber qué les ha pasado a mis hijos. Yo también quiero irme a casa.

María le apretó la mano antes de alejarse, una figura solitaria en la cubierta gélida.

—¿Sabes que quien me recomendó al señor Hurok fue Antonio Triana? —comentó Lucía mientras se preparaba para cenar a la mesa del capitán poniéndose unos pesados pendientes de diamantes y echándose una estola de piel sobre los hombros.

—No, no me lo habías comentado. Creía que era la pareja de La Argentinita.

—Sí, pero tengo entendido que a La Argentinita comienza a fallarle la salud, así que él está buscando una nueva pareja. ¡Y me ha elegido a mí!

Lucía dejó escapar una risita de satisfacción mientras enroscaba un dedo en el rizo negro que le ocupaba el centro de la frente.

Meñique la miró con fijeza.

—Creía que preferías bailar sola.

—Sí, pero la última vez que bailé con Triana en Buenos Aires sentí algo que me desbordaba, y además él ya es famoso en Estados Unidos.

—Lucía, por favor, dime que no estamos haciendo este viaje hasta Nueva York para robarle la pareja a La Argentinita.

—Por supuesto que no, pero puedo aprender mucho de Triana. Es un genio.

—¿En serio? —Meñique se situó detrás de ella y contempló el reflejo de Lucía en el espejo—. ¿Y eso lo dice la mujer que siempre ha insistido en que todos los bailes le brotan instintivamente del alma?

—Ya soy mayor, y deseo seguir mejorando. Si Triana puede enseñarme lo que sea que haya hecho tan famosa a La Argentinita en América, lo escucharé. Ya sabes que las cosas han cambiado. Ya no basta con bailar en un escenario con una orquesta. ¡Necesitamos un gran espectáculo!

—¿No es eso lo que le hemos estado ofreciendo al público de América del Sur durante todos estos años? —repuso Meñique en tono cansado—. Bueno, tengo hambre. ¿Has terminado o me voy solo al comedor?

Lucía se abrochó una pulsera de diamantes en la muñeca, se levantó y le tendió la mano.

—Estoy lista, y hambrienta de sardinas.

Dos días después, el cuadro de los Albaycín llegó a Nueva York. Meñique nunca había visto a Lucía tan entusiasmada como cuando atisbó aquellos rascacielos de altura imposible que desaparecían en el cielo nublado. Cuando se aproximaban a una isla pequeña en la desembocadura de un gran río, pasaron junto al mismísimo símbolo de Estados Unidos, la Dama de la Libertad, vestida con su túnica verde grisácea y sosteniendo la antorcha que le daba nombre.

Para cuando llegaron a la isla Ellis, su puerto de desembarco, Lucía estaba más que preparada para que la obsequiaran con una bienvenida digna de una heroína al bajar por la pasarela, pero solo la recibieron unos funcionarios de inmigración que insistieron en que la compañía los siguiera hasta un edificio para rellenar los formularios pertinentes.

—¡Yo no sé escribir! ¡Y mi madre y mi padre tampoco! —les espetó Lucía en español mirándolos con exasperación—. Estoy segura de que saben quién soy.

—No, señora, no tenemos ni idea —contestó un hombre después de que Meñique le tradujera aquellas palabras a regañadientes—. Lo único que sabemos es que es una inmigrante española que debe rellenar los formularios necesarios antes de poder entrar en los Estados Unidos de América.

A pesar de las protestas de Lucía, les negaron la entrada a todos. Tras contactar con Sol Hurok para avisarle de la demora, se produjo otro largo viaje en barco hasta La Habana. Durante la travesía, Meñique y los escasos miembros del cuadro que también sabían escribir pasaron horas enseñando a Lucía y al resto de la compañía al menos a firmar con su nombre.

Cuando regresaron a Nueva York, veinte días después, Meñique se alegró de verdad de dejar el mar atrás.

Esa vez, las formalidades en la isla Ellis se llevaron a cabo sin contratiempos, así que el cuadro se dirigió a Manhattan en ferri y luego se apretujó en varios taxis amarillos y negros. Mientras avanzaban en ellos, Meñique se quedó asombrado por los enormes edificios y el reflejo de la débil luz del sol invernal en los cientos de ventanas de cristal. Al bajar del taxi, la condensación de su aliento resultaba visible en el aire gélido y Meñique hizo cuanto pudo por ocultar su tristeza a Lucía, que estaba más que encantada ante los fastuosos escaparates con maniquíes envueltos en pieles y diamantes.

Iban a alojarse en el hotel Waldorf Astoria, donde Sol Hurok había reservado habitaciones para todo el cuadro. En el vestíbulo, Lucía firmó el registro con un garabato desafiante e ilegible. Su padre y los demás hicieron lo propio mientras el personal y los huéspedes que pasaban miraban con disgusto a la bulliciosa y parlanchina banda de gitanos.

Un recepcionista entregó las llaves de su suite a Lucía, que se dirigió hacia los ascensores con andares majestuosos.

Cuando el ascensorista presionó el botón, Lucía se volvió para quedar de cara al vestíbulo.

—¡Hola, Nueva York! ¡Pronto todos sabréis mi nombre!

—¡Así que vais a hacer vuestro debut estadounidense en el Beachcomber! —anunció Antonio Triana.

—¿Y eso qué es?

Lucía miró con desconfianza a aquel hombre esbelto y de ojos oscuros sentado delante de ella en la suite. Llevaba unos pantalones y un chaleco, hechos a medida y caros, sin duda, y el cabello negro aceitado a la perfección.

—Es un club muy sofisticado entre cuya concurrencia no cuesta encontrar a estrellas de cine de Hollywood. He bailado en él con La Argentinita —la tranquilizó Antonio.

—Entonces ¿no es ningún chiringuito de playa?

—Se lo aseguro, señorita Albaycín, no lo es. ¡Las entradas para el estreno se están vendiendo a veinte dólares cada una! Bueno, tengo que marcharme, pero a partir de mañana ensayaremos. A las nueve en punto de la mañana.

Lucía pareció horrorizada.

—Señor Triana, ¡nosotros nunca nos levantamos hasta el mediodía!

—Está en Nueva York, señorita Albaycín. Aquí las reglas son distintas. Así que los veré a usted y a su cuadro en el vestíbulo mañana a las nueve y los llevaré a nuestra sala de ensayo. —Y con una elegante reverencia, Antonio abandonó la habitación.

—¿Nueve en punto? —Lucía se volvió hacia Meñique—. ¡Caray, pero si eso es en plena madrugada!

—Debemos hacer lo que nos pida. Aquí es él quien conoce las reglas, Lucía.

—Tienes razón. —Suspiró—. Pero esta noche, ¡nos pegamos un banquete y bebemos vino! —exclamó.

—¿Estás lista para tu debut en Nueva York? —susurró Antonio Triana a Lucía dos semanas más tarde, mientras esperaban de pie entre bambalinas.

A través de la abertura del telón, ella atisbaba las luces de colores que parpadeaban y oía el murmullo de las voces en el exclusivo club que se encontraba al otro lado. El Beachcomber vibraba por las noches, y antes, de camino a la entrada de artistas, se había sentido muy satisfecha al ver a una gran multitud compitiendo por entrar.

—Después de tantos ensayos de madrugada, no he estado más preparada en mi vida —le contestó a Antonio.

—Bien, porque debo decirte que entre el público de esta noche se encuentran Frank Sinatra, Boris Karloff y Dorothy Lamour.

—¿Boris Karloff? ¿El hombre monstruo? ¿Por qué está aquí? ¿Para asustarme?

—Para verte bailar, Lucía. —Antonio sonrió—. Te aseguro que, en la vida real, no es ningún monstruo. Solo los interpreta muy bien en la pantalla. Venga. —La tomó de la mano—. Vamos a ofrecer a estos americanos ricos y famosos un trocito de España. Buena suerte, Candela. —Le besó las yemas de los dedos con delicadeza—. Allá vamos.

Meñique contempló desde su asiento, situado en un extremo del escenario, la aparición de Lucía, a quien Antonio guio hasta el centro. Como en todos sus debuts, Lucía llevaba unos pantalones de raso negro de corte impecable, un corsé que le abrazaba las caderas delgadas y un bolero con hombreras. Antonio le dedicó una reverencia y luego abandonó el escenario lanzándole un beso. Meñique sintió que los celos le trepaban por la espalda como una enredadera, pero se los sacudió enseguida por miedo a que le alcanzaran los dedos.

Hizo un gesto a Pepe con la cabeza y los tres guitarristas comenzaron a tocar mientras Lucía adoptaba la postura de inicio de una farruca, con los brazos por encima de la cabeza y los dedos extendidos.

—Buena suerte, mi amor —susurró, consciente de que Lucía nunca había tenido que cautivar a un público más sofisticado y exigente.

Una hora más tarde, con los dedos doloridos, Meñique tocó el acorde final y vio a Lucía concluir sus bulerías, entonces vestida con un suntuoso vestido violeta. Sonrió para sí, sabedor de que, a pesar de la cuidadosa formación de Antonio, Lucía había ignorado en gran parte la rutina que él le había fijado y había improvisado, como hacía siempre.

«Esa es tu magia, mi amor. Eres impredecible por completo, y debo intentar amarte por ello.»

Meñique se levantó, junto con José y Pepe, para recibir los aplausos ensordecedores. Vio que el mismísimo Frank Sinatra estaba de pie, y pese a lo negativo que Meñique se había mostrado respecto a la visita a Nueva York, sintió que se le llenaban los ojos de lágrimas mientras Lucía saludaba inclinándose una y otra vez.

«Qué lejos has llegado —pensó—. Solo puedo rezar para que por fin te baste.»

Tras las críticas entusiastas que aparecieron en la prensa después del debut de Lucía, la actuación en el Carnegie Hall se hizo inminente. Lucía se levantaba a las ocho en punto todas las mañanas, y Meñique nunca la había visto tan llena de energía. El cuadro ensayaba todo el día, y Antonio los dirigía con habilidad y paciencia. A Meñique lo sorprendía que Lucía aceptara sus críticas sin rechistar.

—Ya te lo dije, quiero mejorar. Tengo que aprender qué quieren aquí, en Estados Unidos.

Una noche Meñique se encontró a María cosiendo trajes todavía en la sala de estar de su suite cuando salió del dormitorio para ir a rellenar su vaso de agua.

—Son las dos de la madrugada, María. ¿Por qué sigues despierta?

—¿Y tú?

—No puedo dormir.

—Yo tampoco. —María dejó de mover los dedos—. José aún no ha vuelto.

—Vale. Te entiendo.

—No creo que puedas entenderlo. Sé que se está descarriando de nuevo. La semana pasada no volvió ni un solo día hasta la madrugada, muchas horas después de que los demás hubierais regresado de los ensayos.

—Me dijo que se está quedando a practicar los nuevos números del programa —respondió Meñique con sinceridad.

—¿Con quién?

—Con varios de los bailaores más jóvenes que se han unido al cuadro aquí.

—Exacto. Con Lola Montes, en concreto. —María bajó la mirada—. Y Martina. Son muy guapas, ¿verdad?

—María, entiendo tu preocupación, pero no debes inquietarte por Lola. Cualquiera que tenga ojos se dará cuenta de que está enamorada de Antonio.

—Así que eso nos deja a Martina.

—La verdad es que no creo que…

—Pues yo sí —lo interrumpió María con firmeza—. Confía en mí, reconozco los síntomas. Y no puedo, soy totalmente incapaz de pasar por esto otra vez. Me lo prometió, Meñique, cuando acepté volver con él me lo prometió. Me lo juró por la vida de nuestros hijos. Si es verdad, tendría que marcharme, tal vez regresar a casa, a España.

—No puedes regresar a casa, María, toda Europa sigue sumida en el caos. Me pregunto si tus experiencias pasadas no te habrán vuelto demasiado susceptible.

—Espero que tengas razón, pero me paso todo el día aquí y no veo lo que hace José cuando está fuera. ¿Me harías el favor de ser mis ojos y oídos? Eres el único en quien puedo confiar.

—¿Quieres que espíe a José?

—Me temo que sí. Bueno, ya es hora de que me eche a dormir en mi cama vacía. Buenas noches, Meñique.

Mientras observaba a María, con su cuerpo orgulloso y elegante, salir de la habitación, Meñique sacudió la cabeza con desesperación.

«El amor nos vuelve tontos a todos», pensó.

—¡No les he gustado!

Lucía se dejó caer en el sofá y comenzó a sollozar con fuerza mientras Meñique se reprochaba no haber revisado la crítica de *The New York Times* antes de que Lucía insistiera en que se la leyera. Sin embargo, las ovaciones que la compañía y ella habían recibido en el Carnegie Hall la noche anterior habían sido tan entusiastas que ni se le había pasado por la cabeza que la reseña fuera negativa.

—Eso no es verdad —insistió Meñique mientras repasaba el artículo para encontrar las citas positivas, que eran muchas—. «Un cuerpo maravillosamente ágil y flexible, afinado a un tono sin duda nervioso, pero siempre bajo control.» «Rápida, intensa y rebosante de emoción física, hace uso de su dinámica de una manera totalmente legítima y con una maestría admirable.» «En las alegrías, que baila de una forma magnífica, cada fibra de su cuerpo era consciente de la línea, la masa y la dinámica» —tradujo Meñique.

—¡Sí! Pero han dicho que fue una velada «mediocre» y que no debería bailar la córdoba. ¡Odiaba ese vestido de encaje blanco! Sé que estaba ridícula.

—Pequeña, lo único negativo que han podido decir es que tu estilo de baile encaja mejor en una atmósfera más íntima que el Carnegie Hall, ya que así el público puede verte y conectar con tu pasión.

—¡Así que ahora me insultan por mi altura, porque soy un puntito diminuto para los espectadores de la parte superior del teatro! A Lola Montes no la han insultado por sus bulerías. Incluso mi padre la ha felicitado más veces que a mí. —Lloró.

—Al público le encantaste, Lucía —le aseguró Meñique en tono cansado—. Y eso es lo único que importa.

—Cuando nos vayamos de gira la semana que viene, insistiré en abrir el espectáculo con las chuflas. Ese ha sido el error de Antonio; no se me puede moldear. Yo soy solo yo, y debo bailar lo que siento. —Lucía ya estaba erguida y caminaba con nerviosismo de un lado para otro.

469

—Lo sé, Lucía. —Meñique le tendió la mano—. Eres quien eres. Y el público te adora por ello.

—¡Ya verás cuando empecemos la gira estadounidense y toques para un público de verdad! A nadie se le pasará por alto lo que hago y lo que aporto a su ciudad. Detroit, Chicago, Seattle… ¡Las conquistaré todas! —Lucía se liberó del abrazo de Meñique y comenzó a pasearse de nuevo por la suite—. ¡Te juro que voy a echar una maldición a ese periódico! Me voy a ver a mi madre.

La puerta de la suite se cerró de tal portazo tras ella que tembló toda la habitación.

Ya llevaban cuatro meses en Nueva York, y mientras que Lucía rebosaba de una energía eléctrica, Meñique se sentía como si aquella ciudad frenética le estuviera drenando la suya poco a poco. Sufría constantes resfriados, y el clima helado hacía que fueran muy pocos los días que podía escaparse a pasear entre la vegetación de Central Park, una versión domesticada y artificial de su amada Mendoza.

Volvió a coger el periódico y leyó una línea del último párrafo de la crítica de *The New York Times*: eran solo ocho palabras, pero ocho palabras que lo animaban y estimulaban.

«La interpretación de Meñique fue todo un éxito…», articuló para sí.

Nunca las había necesitado más que en aquel preciso instante.

Un mes más tarde, iniciaron la gira. Meñique perdió la noción de los días, las semanas y los meses que pasaron metidos en trenes, recorriendo un país donde tanto la comida como la gente y el idioma eran de lo más insípido. Fiel a su promesa e inspirada por la crítica negativa, Lucía bailaba como si le fuera la vida en ello.

Pepe también había florecido y había adquirido mucha más seguridad en su forma de tocar. Los dos solían trasnochar para estudiar con detenimiento los periódicos payos en busca de noticias de la guerra mientras Meñique ayudaba a Pepe con el inglés.

Tras otra buena actuación en San Francisco, donde Meñique se sintió como si aquella niebla interminable se le metiera en los huesos, la compañía ocupó la mayoría de los reservados en un restaurante que abría toda la noche.

—Los soviéticos se están acercando a Berlín —anunció Meñique tras echar un vistazo a la portada de un periódico abandonado en una mesa llena de desconchones.

Pepe se sentó a su lado y estiró el cuello para leer el artículo.

—¿Significa eso que la guerra terminará pronto? —preguntó—. Esta noche he conocido en el bar a un marinero que se está preparando para marcharse a Okinawa. Por lo que se ve, en Japón la batalla es encarnizada.

—Solo podemos rezar por que se acabe.

Meñique se encogió de hombros y ambos pidieron una hamburguesa insípida más. Meñique miró de reojo a Pepe mientras leía los artículos y pensó en el gran truco que había obrado la genética al dar a Pepe el temperamento de su madre y la apariencia de su padre. Pepe parecía no darse cuenta siquiera de las numerosas miradas de admiración que atraía entre las mujeres del público. Y eso ya era más de lo que Meñique podía decir de José…

María fue a su mesa.

—Pepe, cariño, Juana quiere que habléis de cuántos compases tocas en la introducción de sus bulerías.

—Sí, mamá.

Pepe se levantó y se fue, y entonces María se deslizó por el banco del reservado hasta quedar frente a Meñique.

—Esta noche has tocado muy bien. —María sonrió—. Has hecho un solo más largo de lo habitual.

—He tenido que pedirlo casi de rodillas —respondió Meñique, que se encendió un cigarrillo.

—No sabía que fumaras.

—Es que no fumo, es solo otra mala costumbre que he cogido de Lucía. Ella se fuma al menos dos paquetes al día.

Observó a María mientras esta se recostaba contra el respaldo del banco de plástico rojo y paseaba la mirada por el restaurante en busca de su esposo. Meñique lo vio sentado junto a Martina en un reservado cercano, con un brazo descansando despreocupadamente encima del asiento, detrás de la muchacha.

—De verdad, María, te juro que desde que hemos empezado esta gira no he visto entre ellos nada que vaya más allá de hablar y beber.

—Puede ser. —María sonrió con aire melancólico—. Pero tú no lo ves todo; hay trampa. Muchas noches de esta larga gira me duermo sola. Ahora José es un hombre rico. Y también famoso, y con talento.

—Y tú, María, sigues siendo una mujer muy hermosa. José te quiere, estoy seguro.

—No como lo quiero yo a él. No intentes ser amable, Meñique. ¿Es que no ves la tortura que esto supone para mí? Estoy con él, pero ahora ya sé con certeza que nunca seré suficiente.

—Sí, lo veo, y esta gira se me está haciendo interminable. La de Sudamérica me pareció emocionante. Había muchas cosas que ver, la comida era maravillosa, y los vinos, también. Hablaban nuestro idioma, nos entendían. Pero aquí... —Meñique lanzó una mirada triste hacia la oscuridad a través de la ventana— lo mejor que pueden ofrecernos es un perrito caliente.

—Sí, yo también echo de menos Sudamérica, pero Lucía es feliz aquí. Ha conquistado América. Ha ganado a La Argentinita en su propio juego. Tal vez ahora pueda bajar el ritmo y relajarse un poco.

—No, María. —Meñique negó con la cabeza—. Ambos sabemos que eso nunca sucederá. Habrá otra Argentinita, otro país que conquistar... ¿Puedo contarte un secreto?

—Por supuesto que sí.

—Me han pedido que actúe en México, como solista, en un famoso café flamenco. Vieron las críticas del *The New York Times* y otros periódicos.

—Entiendo. ¿Y qué piensas hacer?

—No estoy seguro. Solo nos quedan unas semanas más de gira, ¿y quién sabe qué ocurrirá después? Quizá pregunte a Lucía si se vendría conmigo.

—¿Y qué pasa con el resto del cuadro?

—No están invitados. —Meñique cogió su vaso de cerveza y bebió un trago.

—No te acompañará, Meñique. Ya lo sabes. Es incapaz de dejar atrás todo lo que conoce.

—Bueno... —Apuró el vaso—. Es su elección.

—Y la tuya —replicó María.

De vuelta en Nueva York, ofrecieron a la compañía un contrato para actuar en el teatro de la calle Cuarenta y seis, pero cuando llegaron al Waldorf Astoria, les dijeron que no les quedaban habitaciones.

—¡Que no hay habitaciones! —gritó Lucía cuando el personal

del hotel los obligó a cruzar de nuevo el vestíbulo de mármol en dirección a la calle—. ¡Ay! ¡La mitad de estas habitaciones están vacías! Deberíais consideraros afortunados de tenernos aquí.

Fuera, mientras esperaban sus taxis protegiéndose de los chaparrones primaverales con un mísero paraguas, Meñique le pasó un brazo por los hombros para calmarla.

—Lucía, puede que no les hiciera mucha gracia lo que hiciste con sus costosos muebles de madera la última vez que estuvimos aquí.

—¿Y cómo querían que me asara las sardinas si no? ¡Necesitaba leña para el fuego! —insistió.

El cuadro se mudó a un amplio y cómodo grupo de apartamentos en la Quinta Avenida de Manhattan.

—Me alegro de estar aquí de vuelta. Es como estar en casa, ¿no? —preguntó a Meñique mientras sacaba el contenido de sus numerosos baúles y lo colocaba en montones en el suelo.

—No, para mí no. Odio Nueva York. No es mi sitio.

—¡Pero si aquí te adoran!

—Lucía, tengo que hablar contigo.

—Sí, claro. ¿Has compuesto algo nuevo para nuestro espectáculo? Te vi escribiendo en el tren en el viaje de vuelta. —Lucía se situó delante del espejo con un suntuoso abrigo de pieles blancas que acababa de sacar de un baúl—. ¿Qué te parece este abrigo?

—Me parece que con lo que cuesta podría alimentarse toda Andalucía durante un mes, pero te queda muy bien, mi amor. Por favor… —le dijo Meñique, pues sabía que Lucía estaba a punto de estallar—. Ven y siéntate.

Lucía percibió su tensión, se quitó el abrigo y fue a sentarse a su lado.

—¿Qué pasa?

—Me han ofrecido un contrato en un famoso bar de flamenco de México. Como solista.

—¿Cuánto tiempo estarás fuera?

—Puede que un mes, puede que un año, tal vez para siempre… —Meñique se levantó y se acercó a la ventana para contemplar el tráfico interminable que recorría la Quinta Avenida. Oía el ruido de los cláxones, incluso desde el piso número treinta—. Lucía, es que… no puedo seguir así.

—¿Qué quieres decir?

—Que no puedo seguir siempre a tu sombra. Yo también tengo talento y habilidades. Debo usarlos antes de que sea demasiado tarde.

—¡Por supuesto! Te daremos más solos en el espectáculo. Hablaré con mi padre y lo cambiaremos todo, no hay problema —dijo mientras se encendía un cigarrillo.

—No, Lucía. No creo que lo entiendas.

—¿Qué es lo que no entiendo? Te estoy diciendo que puedo darte todo lo que necesites.

—Y yo te estoy diciendo que lo que tú puedes darme ya no es lo que necesito. O quiero. No se trata solo de mi futuro musical, Lucía. Se trata de nuestro futuro.

—Sí, y yo siempre miro hacia el futuro. Sabes que hace mucho tiempo que quiero ser tu mujer y, sin embargo, después de tantos años, todavía no me has dado ese gusto. ¿Por qué no quieres casarte conmigo?

—Lo he pensado muchas veces. —Meñique se volvió hacia ella—. Y creo que por fin tengo la respuesta.

—¿Y cuál es? ¿Hay otra mujer? —A Lucía le brillaban los ojos de rabia.

—No, pero en ciertos sentidos, desearía que fuera así. Lucía. —Se arrodilló ante ella y le agarró las manos—. ¿No te das cuenta de que sí quiero casarme contigo? Pero no quiero casarme con tu familia, tu cuadro y tu carrera.

—No lo entiendo —confesó ella—. ¿No te cae bien mi familia? ¿Es ese el problema?

—Creo que tu familia es muy buena gente, pero yo siempre he sido y seré un extraño, aunque nos casemos. Tu padre administra las finanzas, organiza las giras… dirige tu vida, pero eso ni siquiera importaría si otras cosas fueran bien. Tengo treinta y cinco años, y lo que quiero es que nos casemos, que nos compremos una casita en Sudamérica y, tal vez algún día, regresar a nuestra querida España. Quiero que podamos cerrar la puerta y saber que nadie más la cruzará a menos que nosotros lo deseemos. Quiero que tengamos hijos, que los criemos como es debido, no de ciudad en ciudad, sino como parte de una comunidad, como me educaron a mí e incluso a ti durante tus primeros diez años de vida. Quiero que actuemos juntos, que busquemos una sala hasta la que podamos llegar caminando desde nuestra casa por la tarde y desde la que podamos volver para dormir en nuestra cama por la noche. Lucía, quiero que seas mi mujer de la manera correcta. Quiero que formemos nuestra propia familia. Quiero que… bajemos el ritmo, que disfrutemos del éxito que hemos logrado antes de volver a embarcarnos en otro viaje de incertidumbre. ¿Lo entiendes, mi amor?

Lucía, que había estado fulminándolo con su mirada de ojos oscuros mientras hablaba, le volvió la cara. Se puso en pie y luego se cruzó de brazos.

—No, no lo entiendo. Creo que lo que me estás pidiendo es que deje de lado a mi familia y que me vaya sola contigo para ser tu mujer.

—Es parte de lo que te estoy pidiendo, sí.

—¿Cómo voy a hacer algo así? ¿Qué sería del cuadro sin mí?

—Están Martina y Antonio, Juana, Lola, tu padre, tu hermano Pepe…

—¿Me estás diciendo que no me necesitan? ¿Que les iría bien sin mí?

—No estoy diciendo eso, Lucía, por supuesto que no. —Suspiró—. Estoy intentando explicarte que en la vida hay momentos en que las personas llegan a un punto en el que no pueden avanzar más por el mismo camino y deben cruzar un puente para pasar a otro. Y en ese punto es donde me encuentro yo ahora. —Se acercó a ella y la abrazó—. Lucía, ven conmigo. Empecemos una nueva vida juntos. Te prometo que, si dices que sí, te llevaré a la iglesia más cercana y me casaré contigo mañana mismo. Seremos marido y mujer de inmediato.

—¿Me estás chantajeando? Ya me lo has dicho muchas veces y nunca ha ocurrido de verdad. —Lucía se zafó de sus brazos—. ¡No estoy tan desesperada! ¿Y qué hay de mi carrera? ¿Quieres que deje de bailar?

—Por supuesto que no. Ya te he dicho que quiero que actuemos juntos, pero no a tan gran escala como hasta ahora.

—¿Quieres esconderme? ¿Obligarme a medio jubilarme?

—No, Lucía, no me importa en absoluto que de vez en cuando vuelvas a reunir al cuadro para actuar en grandes salas. Pero no deseo que sea así todos los días todas las semanas. Ya te lo he dicho: quiero un hogar.

—¡Esto confirma que eres más payo que gitano! ¿Qué problema tienes?

—Probablemente muchos —contestó Meñique encogiéndose de hombros—. Los dos somos quienes somos, pero te ruego, desde lo más profundo de mi corazón, que pienses en lo que te he dicho. Yo no anhelo la fama y la gloria de la misma manera que tú; aun así, mi pequeño ego desea ser reconocido aparte del clan Albaycín. Es imposible que me culpes por ello.

—Como siempre, tú no tienes la culpa de nada y el problema soy yo. ¡La diva! ¿Es que no ves que he sido yo quien nos ha traído hasta donde estamos ahora? ¡Yo! —Lucía se golpeó el pecho con el puño—. Yo, que rescaté a mi madre y a Pepe de la Guerra Civil, que nunca me doy por vencida, que nunca cedo.

—Me gustaría creer que yo también he contribuido en algo —murmuró Meñique.

—Entonces, me estás pidiendo que elija, ¿no? Entre mi carrera y mi familia, y tú.

—Sí, Lucía, por fin, después de tantos años, te pido que elijas. Si me amas, vendrás conmigo, nos casaremos e iniciaremos una nueva vida juntos.

Lucía guardó un silencio desacostumbrado mientras pensaba en lo que le había dicho Meñique.

—Pero ¿tú no me quieres lo bastante para quedarte? —preguntó al fin.

La expresión agónica de los ojos de Meñique fue suficiente respuesta para ella.

30

¡La guerra en Europa ha terminado! —María irrumpió en el apartamento de su hija, donde Lucía yacía a oscuras en el sofá, hecha un ovillo. Descorrió las cortinas y un chorro de luz inundó la estancia—. Cariño, toda la ciudad está celebrándolo en Times Square. El resto del cuadro también ha ido. ¿Te vienes?

Lucía no contestó. El plato de comida que María le había llevado la noche anterior continuaba intacto junto a un cenicero rebosante de colillas.

—¿Sigues sin saber de él? —preguntó María, acercándose a su hija.

—Sí.

—Estoy segura de que volverá.

—No, mamá, esta vez no. Dijo que no me quería lo suficiente para quedarse. Pretendía que dejara a mi familia y renunciara a mi carrera. ¿Cómo voy a hacer algo así? —Lucía se incorporó y se bebió de un trago el café frío que llevaba horas en el suelo, antes de encenderse un cigarrillo.

—Recuerda, cariño, que es tu vida lo que importa. Todos entenderían que siguieras a Meñique. Somos muchos los que por amor hacemos cosas que no queremos hacer.

—¿Te refieres a ti y a papá? ¡Y a su nueva zorra! —escupió Lucía—. Odio el amor, ya no creo en él.

María calló, paralizada por la revelación de su hija. Aunque hacía meses que lo sabía, aquella confirmación implacable la atravesó como un cuchillo.

Las dos mujeres guardaron silencio, cada una inmersa en su propio dolor.

—Sé que lo echas mucho de menos. —María fue la primera en hablar—. Apenas has probado bocado desde que se fue.

—¡Tengo el estómago revuelto, y eso hace que la comida me dé náuseas! Eso es todo.

—Si no vas con cuidado, cariño, acabarás desapareciendo. No permitas que Meñique te haga eso.

—¡Él no me está haciendo nada, mamá! Ha elegido y se ha ido. No hay más. Se eligió a sí mismo en lugar de elegirme a mí, como hacen todos los hombres al final.

—Por lo menos intenta comer algo. —María cogió un trozo de sardina con la cuchara y se lo ofreció a su hija.

—No puedo. Cada vez que veo una sardina me acuerdo de Meñique y me entran arcadas.

—Está bien, cariño, no te insisto más, pero voy a quedarme aquí por si me necesitas. No iré a Times Square con los demás —dijo María encaminándose a la puerta.

Se marchó de la sala, dejándola sola. Lucía se levantó y contempló la cerradura de la puerta. Jugueteó un rato con la llave, la giró y escuchó cómo el pedazo de acero se deslizaba suavemente en el agujero.

Retrocedió unos pasos, señalando la llave con el dedo como si fuera una serpiente venenosa.

—¡Eso es lo que él quería para mí! Separarme de mi familia, cerrarles a ellos y a mi carrera la puerta de nuestra casa. Me alegro de que se haya ido —dijo al sofá y las dos butacas—. Estoy mejor sin él. ¡Sí, lo estoy!

Nadie le replicó, y se paseó por la vasta sala pensando en lo agradable que era no tener el rasgueo constante de la guitarra de Meñique de sonido de fondo y sus periódicos de payos desparramados por la mesa y el suelo.

Incapaz de calmarse, fue hasta la ventana para contemplar a las multitudes alborozadas que bajaban como un río por la Quinta Avenida en dirección a Times Square. El tráfico se había parado. Abrió el cristal y enseguida la asaltó una lluvia de bocinazos, gritos y silbatos. Parecía que todo Nueva York estuviera de celebración, y se le escapó una mueca de dolor cuando vislumbró a parejas que se abrazaban y besaban por las aceras.

Cerró bruscamente la ventana y corrió las cortinas. Apretando los párpados, se rodeó el torso menudo con los brazos. El silencio de la sala era inagotable y ensordecedor, y apenas se veía capaz de soportarlo. Lucía se derrumbó en el sofá y hundió la cara en el cojín mientras las lágrimas amenazaban con brotarle.

—¡No voy a llorar! ¡No pienso llorar por él!

Golpeó el cojín con el puño, preguntándose si alguna vez se había sentido tan desolada como entonces.

«Puede que vuelva. Lo ha hecho otras veces...»

«No, no volverá, te dejó elegir...»

«Te quiere...»

«No te quiere lo suficiente...»

«Lo quiero...»

«¡NO!»

Se incorporó e inspiró hondo.

—¡Me he pasado la vida trabajando para conseguir todo esto! Si no basta, entonces...

Meneó la cabeza con vehemencia.

—Lo echo de menos... —susurró—. Lo necesito, lo quiero...

Finalmente, rindiéndose al dolor, enterró la cara en el cojín de nuevo y lloró desconsoladamente.

—¿Qué le pasa? —preguntó José a su mujer mientras el cuadro comía en el apartamento de Lucía después de otro espectáculo hasta la bandera en el 46th Street Theatre.

María guardó silencio pensando que su marido todavía no le había preguntado por qué había desertado de su dormitorio.

—Ya sabes lo que le pasa, José. Extraña a Meñique.

—Entonces ¿cómo podemos hacer que vuelva?

—Las cosas no son tan sencillas. Esta vez se ha ido para siempre.

—Nadie se va para siempre, María, y tú lo sabes —señaló José antes de beber un trago de aguardiente directamente de la botella.

María se levantó para no abofetearle las mejillas rubicundas por el alcohol o clavar un cuchillo en su desleal corazón.

—Estoy cansada. Me voy a la cama.

Salió de la estancia, pues sabía que conversar con José cuando estaba borracho era una pérdida de tiempo. Al día siguiente no se acordaría siquiera de lo que había dicho. María se metió en su cuartito y echó el pestillo. Resoplando a oscuras para tratar de calmar su acelerado corazón, caminó hasta la cama.

—¿Mamá? —dijo una voz bajo la colcha.

—¿Lucía? ¿Qué haces aquí? —María encendió la luz y vio a su hija tendida en posición fetal, igual que hacía de niña cuando dormía en el catre junto a su madre—. ¿Todavía te encuentras mal, cariño?

—Sí, no… Oh, mamá, ¿qué voy a hacer?

—¿Sobre Meñique?

—¡No! Esto no tiene que ver con Meñique. Él ha decidido dejarme porque no me quiere lo suficiente y no deseo volver a respirar nunca más el mismo aire que él.

—Entonces ¿qué es?

—Es… —Lucía rodó sobre su espalda. Los turbados ojos oscuros destacaban en su delgado rostro. Respiró hondo, como si estuviera armándose de valor para seguir hablando—. Es el regalo que me ha dejado.

—¿Qué regalo? No te entiendo.

—¡Este! —Lucía levantó la colcha y se señaló el vientre.

Para el resto de la gente, la ligera curva de su barriga habría pasado inadvertida, pero María sabía que a su hija no le sobraba un solo gramo de carne. Cuando estaba tumbada, su vientre aparecía cóncavo entre las estrechas caderas.

—¡Dios mío! —Se santiguó y se llevó una mano a los labios—. ¿Estás encinta?

—¡Sí! ¡Llevo dentro la semilla del diablo!

—No digas eso, Lucía. Este niño es tan inocente como el resto, da igual quiénes sean sus padres y lo que hayan hecho. ¿De cuánto estás?

—No lo sé. —Lucía suspiró—. Hace tiempo que no sangro. Puede que de tres o cuatro meses… No lo recuerdo.

—¿Por qué no se lo dijiste a Meñique? ¿O a nosotros? Por Dios, Lucía, tendrías que estar haciendo reposo, comiendo, durmiendo…

—Mamá, no lo supe —Lucía se incorporó sobre las almohadas y se clavó un dedo en la barriga— hasta que esto empezó a tener forma de medialuna, hace dos semanas.

—¿No tenías náuseas? ¿O mareos?

—Sí, pero desaparecieron al cabo de un tiempo.

—Últimamente casi no comes, e incluso tu padre me ha preguntado esta noche qué te pasaba… —María examinó el bulto—. ¿Puedo tocarlo, Lucía? ¿Notar su tamaño?

—Es como si tuviera dentro un globo que no para de crecer. ¡Me dan ganas de pincharlo! Oh, mamá, ¿cómo ha podido pasarme esto? —gimió Lucía mientras María le palpaba el vientre.

—¡Sí, se ha movido! Está vivo, gracias a Dios.

—Ya lo creo que está vivo. A veces me da patadas por la noche.

—¡Eso quiere decir que estás por lo menos de cuatro meses! Ponte en pie, Lucía. Relaja los músculos y deja que te vea de perfil.

Lucía obedeció, y María la observó con estupefacción.

—Ahora diría que de cinco. No me explico cómo has conseguido mantenerlo en secreto.

—Te habrás dado cuenta de que ya no llevo pantalones. La cremallera no me cierra, pero al menos el corsé de los vestidos me mete la barriga.

—¡No! —María meneó la cabeza, horrorizada—. ¡No vuelvas a utilizar corsés, Lucía! El pequeño necesita espacio para crecer. Y tienes que dejar de bailar de inmediato.

—¿Cómo voy a hacer eso, mamá? Se nos viene encima otra gira y…

—Se lo contaré a tu padre y mañana la cancelará.

—¡No! Todavía confío en que, si sigo bailando, el bebé se desprenda sin más. Me sorprende que aún esté vivo, porque hasta ahora no lo he alimentado más que con cigarrillos y café.

—¡Basta! —María se santiguó—. No digas barbaridades, Lucía, o te caerá una maldición. ¡Un hijo es el mejor regalo del mundo!

—¡Pues yo no quiero este regalo! Quiero enviarlo al lugar de donde salió, quiero…

María se acercó a su hija y le tapó la boca.

—Lucía, por una vez en tu vida vas a escucharme. Te guste o no, lo más importante ahora sois tú y tu futuro hijo. No solo puede enfermar el bebé, también la madre. ¿Lo entiendes? —María retiró la mano, confiando en que si conseguía que Lucía temiera por su propia vida recuperara el juicio.

—¿Me estás diciendo que podría morir dando a luz?

—Si empiezas a cuidarte a partir de ahora, habrá más probabilidades de que eso no ocurra.

Lucía alzó lentamente la mirada y se arrojó a los brazos de su madre.

—¿Qué será de nosotros si no puedo bailar? —susurró.

—Tener un hijo no es una condena a cadena perpetua. Dentro de unos meses estarás otra vez zapateando, y más deprisa aún que ahora.

—¿Qué dirá papá? —Lucía se derrumbó en la cama—. Se llevará un gran disgusto. Es una deshonra tener un hijo sin estar casada.

—Lucía… —María se sentó a su lado y le pasó un brazo por los hombros—. Sabes tan bien como yo que no tiene por qué ser así. Debes contárselo a Meñique…

—¡Jamás! ¡No se lo diré nunca! ¡Y tú tampoco lo harás! —Lucía se deshizo del abrazo de su madre y la miró con expresión desafiante—. Tienes que prometérmelo. ¡Prométemelo! ¡Júralo por la vida de Pepe!

—No lo entiendo. Tú lo quieres y él te quiere. Él mismo me dijo que deseaba tener hijos…

—¡Si fuera así se habría quedado! Yo lo maldigo, mamá. No quiero volver a verlo en mi vida.

—Son la rabia y el orgullo herido los que hablan. Si Meñique supiera esto —María le señaló la barriga—, estoy segura de que regresaría.

—¡No quiero que regrese! Y juro que, si se lo cuentas —Lucía se levantó—, me iré y no volverás a verme. ¿Me has oído?

—Te he oído. —María suspiró—. Pero te suplico que lo medites. No entiendo por qué, habiendo una solución feliz para todos, te empeñas en ignorarla.

—Puede que tú seas capaz de pasar toda tu vida con un hombre que no te respeta, pero yo no. Lo odio, mamá, ¿puedes entender eso?

María comprendió que era inútil seguir discutiendo. Su hija, al igual que José, era obstinada y demasiado orgullosa, incluso en esas circunstancias, para pedir a Meñique que volviera.

—Entonces ¿qué quieres hacer? —María modificó el planteamiento de la pregunta—. ¿Dónde te gustaría tener al bebé?

—No lo sé, tengo que pensarlo. Puede que me quede escondida en este apartamento.

—Si quieres mantenerlo en secreto, al menos por el momento, creo que lo más sensato sería irse de Nueva York.

—¿Porque *The New York Times* podría reparar en mi barriga cuando estoy paseando por la calle y criticar mi conducta inmoral además de mi manera de bailar?

—Si llegara a la prensa, estoy segura de que Meñique no tardaría en enterarse. Si estás decidida a no contárselo, entonces…

Despacio, Lucía se puso a caminar de un lado a otro.

—Tengo que pensar… necesito pensar. ¿Adónde podría ir? ¿Adónde irías tú?

—A España… —Las palabras brotaron de los labios de María antes de que pudiera detenerlas.

—España está muy lejos, mamá… —Lucía sonrió—. Pero al menos hablan nuestro idioma. —Caminó hasta la ventana, apoyó las manitas en la repisa y apretó la nariz contra el cristal.

—Lo mejor es que lo consultes con la almohada. Seguiremos hablando mañana. —María se levantó, pues no quería influenciar a su hija con sus propios deseos y necesidades—. Por lo menos la guerra ha terminado y podemos ir a donde te apetezca. Buenas noches, cariño.

—He tomado una decisión, mamá, y espero que estés de acuerdo en que es la mejor.

María, que seguía acostada, miró a su hija desde la cama. Lucía llevaba la misma ropa que el día anterior y tenía unas ojeras profundas.

—Iré a donde propongas, cariño.

—Creo que lo mejor es ir a casa.

—¿A casa? —María la miró intentando dilucidar qué entendía su hija por «casa». Después de todo, la chiquilla llevaba viajando desde los diez años.

—¡A Granada, naturalmente! Tienes razón, mamá, debemos volver a España. Además, mi corazón pertenece y siempre pertenecerá a Granada. —Lucía dirigió la vista al cielo—. Quiero despertarme por la mañana y ver la Alhambra, oler el aroma de las flores y los olivos, y comer tus magdalenas de desayuno, comida y cena, y ponerme muy, muy gorda… —Lucía rio quedamente al tiempo que se miraba la pequeña panza—. ¿No es lo que hacen todas las mamás?

Aunque su corazón saltó de alegría, María sabía que tenía que asegurarse de que Lucía no estaba idealizando sus recuerdos de la infancia.

—Cariño, recuerda que las cosas han cambiado mucho en España. La Guerra Civil y Franco han hecho estragos. Ni siquiera sé si queda alguno de los nuestros en el Sacromonte o si tus hermanos y sus familias han sobrevivido... —Se le quebró la voz.

—Ay, mamá. —Lucía se acercó a ella—. Ahora que la guerra ha terminado, ¿no deberíamos ir y averiguarlo? Yo estaré contigo. Y no tenemos por qué vivir en el Sacromonte. Seguro que podemos arrendar una finca bonita en algún lugar apartado. Nadie me buscará en Andalucía. Además, quiero que mi niño nazca donde nací yo.

—¿Estás segura de que no quieres contárselo a Meñique, Lucía?

—¡No, mamá! ¡Sigues sin entenderlo! ¡Quiero estar lo más lejos posible de él! Nunca se le ocurrirá buscarme en Granada. Y a lo mejor hasta dejo de bailar. —Lucía suspiró—. Tal vez esa etapa de mi vida se haya ido con Meñique y deba empezar de cero. Puede que ser madre me cambie y tranquilice mis inquietos pies. A ti, mamá, te cambió, ¿no es cierto? Prácticamente no volviste a bailar después de tenernos a mis hermanos y a mí.

—Lo hice por razones muy diferentes, Lucía —dijo María, comprendiendo que la decisión de Lucía estaba basada únicamente en el deseo de alejarse todo lo posible de Meñique y lo que veía como una traición y un abandono—. Yo era una simple gitana que bailaba por gusto, no una bailaora famosa con miles de admiradores.

—Yo también bailo por gusto, mamá, y tal vez pueda enseñar a mi bebé como tú me enseñaste a mí. También podría aprender a hacer magdalenas y tu estofado de salchichas. Tenemos que irnos lo antes posible. No quiero dar a luz en el mar —añadió Lucía con un escalofrío—. ¿Se lo dirás tú a papá?

—Ay, Lucía. —María se reprendió por sentir un estremecimiento de placer al imaginarse la cara de pasmo de su descarriado marido cuando oyera la noticia.

—No le cuentes adónde nos vamos en realidad. Dile que iremos a Buenos Aires, a Colombia o a donde se te ocurra. No me fío de que papá no se lo chive a Meñique.

—Con tu permiso, se lo contaré a Pepe. Tiene que saberlo alguien de la familia, por si necesitan ponerse en contacto con nosotras.

—Confío plenamente en Pepe —dijo Lucía, y esbozó una sonrisa repentina—. España, mamá. ¿Puedes creerte que volvemos a casa?

—No, Lucía, no puedo.

—Pase lo que pase, lo afrontaremos juntas, ¿sí? —Lucía le tendió una mano.

—Sí. —María la tomó y la estrechó con fuerza.

Antes de abandonar Nueva York, Lucía y María visitaron Bloomingdale's, en la calle Cincuenta y nueve con Lexington, donde compraron un baúl entero de juguetes, telas para hacer ropita al bebé, un cochecito Silver Cross y todos los complementos que María no había podido ofrecer a sus propios hijos. A continuación, Lucía se empeñó en ir a la sección de mujeres, donde les tomaron medidas para algunos vestidos y trajes de tarde elegantes. Lucía se compró, además, una pamela ancha con una cinta larga en torno a la copa.

—¡Ideal para el sol andaluz!

Sacó un fajo de dólares de su voluminosa cartera y encargó a la atónita cajera que metieran las compras en baúles y los llevaran a su camarote del barco de vapor que debía trasladarlas a España.

—No queremos despertar las sospechas de papá. Ahora, mamá, una última parada para rematar nuestra transformación.

María se llevó las manos a la cabeza cuando Lucía la arrastró hasta un salón de belleza y pidió para las dos un corte de pelo y el moderno peinado de los *victory rolls*. María se santiguó mientras los largos mechones negros le caían, mutilados, sobre los hombros. A Lucía, cuya melena le llegaba por debajo de la cintura, le recortaron más centímetros aún.

—No quiero que nadie me reconozca ni en el viaje ni en Granada, de modo que durante un tiempo nos haremos pasar por payas sofisticadas en lugar de gitanas, ¿vale, mamá?

—Lo que tú digas, Lucía. —María suspiró.

31

María y Lucía llegaron a Granada un soleado día de mayo después de una semana en el mar. Se alojaron en el hotel Alhambra Palace con el nombre de soltera de María; Lucía ocultaba su identidad bajo unas gafas de sol gigantescas y su nueva pamela de paja. Cuando cruzaron el elegante vestíbulo, decorado con azulejos de inspiración árabe de vivos colores, sofás lujosos y macetas con palmeras, María tuvo la sensación de que se adentraba en otra época, una época ajena a la guerra y la devastación, rodeada de abundancia y completamente alejada de la realidad.

Bajar del barco en el puerto de Barcelona le había producido una fuerte impresión, pues la pobreza se palpaba en el aire. Lucía y ella habían tomado el tren a Granada, y el viaje había sufrido retrasos constantes porque tuvieron que cambiar de vagón varias veces debido al mal estado de las vías.

A María la había aliviado ver que los bellos edificios de Granada se hallaban relativamente intactos. Después de los noticiarios que había visto en Nueva York de una Europa arrasada por el fuego y las bombas, esperaba encontrar una montaña de cenizas. Pero era el caso contrario, se estaban levantando edificios nuevos. Hombres con las costillas marcadas bajo camisas andrajosas llevaban ladrillos de un lado para otro bajo el sofocante sol. Cuando se lo mencionó al taxista, este enarcó una ceja condescendiente.

—Son prisioneros, señora, están pagando sus deudas a Franco y a su país —respondió.

Una vez instaladas en el hotel —Lucía por una vez no insistió en ocupar una suite—, María estaba decidida a no llamar la atención ni a gastar más dinero del que había tenido que suplicar a José antes de irse. La primera suma que este les había ofrecido era tan exigua que Lucía lo había amenazado con no dejarle controlar nunca más sus finanzas. José cedió y cuadruplicó la cantidad; aun así, Lucía tuvo que recurrir al robo de una suma equivalente el día que embarcaban. También vendió dos de sus queridos abrigos de pieles, además de las joyas de diamantes que le había regalado un adinerado admirador argentino.

—Me entran ganas de vomitar cuando pienso que he tenido que robar lo que es mío y vender mis posesiones para que la esposa, la hija y la nieta de mi padre puedan sobrevivir —había espetado Lucía mientras se instalaban en el camarote.

María se preguntó si las desavenencias entre padre e hija se solucionarían algún día, pero en cuanto zarparon hacia el este, rumbo a su patria, dejó de importarle. La libertad y el alivio que experimentaba a medida que el barco se acercaba a España eran abrumadores.

—Decida lo que decida Lucía, no pienso volver con él nunca más —dijo a los delfines que surcaban el Atlántico al lado del barco.

Pese a saber lo que la esperaba en Granada, María había disfrutado de la travesía. Casi todos los pasajeros eran compatriotas que regresaban a casa, de manera que el ambiente era festivo.

Y con la ropa nueva y el cabello peinado como el de las demás mujeres a bordo, María se había deleitado en el placer de pasar desapercibida. Incluso había charlado con otros comensales durante las cenas en torno a las grandes mesas redondas dispuestas con elegancia. Sin embargo, conforme ella emergía de su cascarón, Lucía iba metiéndose cada vez más en el suyo. Pasaba la mayor parte del tiempo encerrada en el camarote, durmiendo o fumando, y se negaba a cenar con los demás pasajeros alegando mareos y el temor a ser reconocida. Poco a poco, su carácter exultante se fue perdiendo bajo un velo de desaliento y desesperación.

La llegada a suelo español no le había insuflado la energía que María esperaba. Una vez en la habitación doble del hotel, Lucía permaneció tumbada en la cama, fumando lánguidamente uno de sus interminables cigarrillos, mientras su madre deshacía el equipaje.

—Tengo hambre —dijo María—. ¿Te apetece bajar y probar tu primera sardina española después de tantos años?

—No tengo hambre, mamá —contestó Lucía.

Con todo, María pidió que les subieran comida a la habitación. Conseguir que Lucía probara bocado se estaba convirtiendo en una tarea imposible, y María vivía constantemente preocupada por la salud de su hija y de la criatura que llevaba en el vientre.

Al día siguiente, María bajó al vestíbulo y buscó al conserje.

—Señor, mi hija y yo acabamos de llegar de Nueva York y queremos alquilar una finca en el campo. ¿Conoce alguna empresa que se ocupe de esas cosas?

—Me temo que no, señora. La gente lleva casi diez años deseando marcharse de Granada en lugar de encontrar un lugar que alquilar.

—Tiene que haber propiedades que estén desocupadas. —Feliz de poder conversar con fluidez con un desconocido por primera vez en muchos años, María no estaba dispuesta a dejarse desanimar.

—Seguro, pero ignoro el estado en que se encuentran. —El conserje la estudió detenidamente, como si estuviera sopesando algo—. ¿Cuántos son?

—Solo mi hija y yo. Las dos somos viudas —mintió María—. Acabamos de llegar de Nueva York. Y tenemos dólares.

—Las acompaño en el sentimiento, señora. Mucha gente se encuentra ahora en la misma situación que ustedes. Veré lo que puedo hacer.

—Gracias, señor.

Al día siguiente, Alejandro, como insistió en que lo llamara María, tenía novedades.

—Sé de una finca que podría interesarle. Yo mismo la llevaré —añadió.

—¿Te vienes a verla conmigo? —preguntó María a su hija, que apenas se había movido de la cama desde su llegada a Granada.

—No, mamá, ve tú. Estoy segura de que lo que elijas estará bien.

Así que María se marchó con Alejandro y juntos cruzaron Granada en coche. En las calles apenas había tráfico, pues todo el mundo iba a pie o en carretas tiradas por mulas raquíticas. Dejaron atrás el elegante hotel, y los edificios dieron paso a chabolas, y allí donde María recordaba restaurantes y bares de flamenco, las ventanas aparecían cubiertas con tablones. Mendigos sentados a las puertas de edificios abandonados seguían con la mirada el coche de Alejandro.

A tres o cuatro kilómetros de la ciudad, la carretera se adentraba en la extensa llanura rebosante de olivos.

—Tal vez no sea lo que busca, señora, porque está muy apartado y necesitará un coche para ir a la ciudad —comentó Alejandro al doblar por un tortuoso camino de tierra que cruzaba un naranjal.

Instantes después se detenían delante de una sencilla construcción de ladrillo de una sola planta, con las ventanas cubiertas de tablones para protegerla de intrusos.

—Es la casa de mis abuelos, que murieron durante la Guerra Civil. Mi hermana y yo hemos intentado venderla, pero, como es lógico, no hay compradores —explicó Alejandro mientras subía por unos escalones bajos de madera hasta una terraza cubierta por una frondosa parra que protegía la fachada de la casa de la luz deslumbrante del atardecer.

Dentro la casa olía a humedad, y María se percató de que había moho en las paredes. Como las ventanas se hallaban tapiadas, el conserje utilizó una vela para enseñarle la sala de estar, repleta de muebles de madera pesados, una cocina pequeña pero práctica y tres dormitorios que se beneficiaban de la sombra refrescante de las estribaciones de Sierra Nevada.

—Quizá no sea lo más adecuado para alguien que ha vivido en lugares tan sofisticados como Nueva York, pero…

—Señor, creo que es perfecta, aunque le hará falta un lavado de cara. ¡Y tendré que aprender a conducir! —María rio—. Las dos cosas son posibles.

Cuando salió a la terraza, vislumbró, con el rabillo del ojo, una silueta familiar. Alzó la vista hacia su izquierda y vio la Alhambra a lo lejos. Eso la convenció.

—Nos la quedamos. ¿Cuánto?

—¡La finca es perfecta, Lucía! Y como hay que arreglarla y Alejandro está desesperado, la he conseguido por nada y menos. Mañana tienes que ir a verla.

—Puede. —Lucía suspiró. Estaba acurrucada en la cama con la cara vuelta hacia la pared.

—Si miras a la izquierda, puedes ver hasta la Alhambra, Lucía —aseguró María, alentada por el hecho de haber encontrado tan pronto una casa para las dos y haber negociado ella sola el precio—. Alejandro me ha tratado con tal respeto que no creo que sospechara siquiera que soy gitana —añadió, contemplando orgullosa su reflejo en el espejo—. ¡Cómo se han vuelto las tornas! ¡Un payo queriendo nuestro dinero!

—Me alegro por ti, mamá.

—Espero que tú también te alegres cuando la veas. Y aprender a conducir no puede ser tan difícil, ¿no? Con la escasez de gasolina, apenas hay tráfico. Alejandro me ha dicho que puede conseguirme un coche barato a través de un amigo que tiene un taller.

—Parece que tienes un admirador nuevo.

Lucía recorrió a su madre con la mirada: le brillaban los ojos y el vestido veraniego que lucía dejaba adivinar la voluptuosidad de su cuerpo y unas curvas dibujadas en los lugares justos. Desprendía una seguridad en sí misma que Lucía solo podía atribuir al hecho de que finalmente hubiese dejado a José. Le habría gustado sentir lo mismo por haberse separado de Meñique, pero en su caso era él quien la había dejado a ella...

—Alejandro es un hombre casado y con cinco hijos, Lucía. Simplemente está agradecido de recibir unos ingresos extras para él y su hermana. Dice que podemos coger todas las naranjas que queramos antes de la cosecha. ¿Te imaginas? ¡Nuestro propio naranjal! Ahora... —María terminó de contar los dólares, juntó los billetes y se los guardó en el bolso—. Tengo que bajar y darle el depósito a Alejandro antes de que cambie de opinión. Dice que su amigo el cajero le hará un buen cambio. ¡Por lo visto aquí los dólares son como oro molido! —Esbozó una gran sonrisa y se marchó.

Lucía se alegró de verla partir. Pese a sentirse cruel y egoísta, el buen ánimo de María no hacía más que poner de manifiesto su propia falta de entusiasmo.

—¿Qué me pasa? —susurró mientras contemplaba una telaraña alojada en un rincón del techo—. ¿Qué he hecho? He desaparecido como la araña que tejió esa tela... Solo queda la cáscara.

Lucía cerró los ojos, derramando lágrimas de autocompasión.

«¿Dónde estás, Meñique? ¿Piensas en mí como yo pienso en ti? ¿Me echas de menos...?»

«Deja tu orgullo a un lado y cuéntale lo que ha ocurrido... Dile que hasta ahora no te has dado cuenta de que él es lo más importante… que no eres nada sin él…»

Lucía se incorporó, como había hecho miles de veces desde que Meñique se fuera. Alargó el brazo hacia el teléfono que tenía junto a la cama y su mano sobrevoló el auricular.

«Sabes dónde está, el número de teléfono del bar en el que toca… Llámalo y dile que lo necesitas, que su bebé lo necesita, que lo quieres…»

—¡Sí, sí, sí!

Agarró el auricular. Solo tenía que dar el número a la operadora y en cuestión de minutos estaría oyendo la voz de Meñique y la pesadilla habría terminado.

«¡Te dejó!» Como la arena en un mar tempestuoso, la voz del diablo empezó a batir el odio que Lucía sentía hacia él. «No te quería lo suficiente… Tampoco es que le gustaras mucho… siempre estaba criticando tu estupidez…»

Lucía devolvió el auricular a la horquilla.

—¡Jamás! —exclamó entre dientes—. Jamás me arrastraré hasta él, jamás le suplicaré que se quede conmigo. Él ya no nos quiere, de lo contrario no se habría ido.

Se derrumbó sobre las almohadas, agotada por el tiovivo mental del que parecía incapaz de bajar.

—Me ha quitado incluso a vosotros. —Se miró los pies, de los que se sentía completamente desconectada, como si fueran dos entes separados de ella que la habían llevado en un viaje eufórico hasta el cielo y en ese momento colgaban del extremo de sus piernecillas como dos sardinas muertas—. ¡Ni siquiera tengo ganas de bailar! Me lo ha quitado todo, todo. Y en su lugar te ha dejado a ti —dijo a su barriga.

Abrió el cajón de la mesilla de noche, extrajo una pastilla de la caja medio vacía y se la tragó con un vaso de agua. Se las había recetado el médico payo al que había ido a ver antes de abandonar Nueva York cuando le dijo que no podía dormir.

Diez minutos después, cayó en un dichoso estado de inconsciencia.

—¡Lucía, tienes que levantarte! —suplicó María a su hija—. ¡Llevas casi dos semanas encerrada en esta habitación! Estás flaca como una mula vieja y tienes pinta de haberte reunido ya en el cielo con nuestros mayores. ¿Es eso lo que quieres? ¿Morirte?

María advirtió que había alzado la voz. Estaba desesperada; nada de lo que hacía o decía conseguía sacar a su hija de la cama. Mientras ella pasaba los días restregando los años de abandono de su nuevo hogar, Lucía permanecía ahí tumbada, inerte y más indolente cada día que pasaba. Había llegado el momento de jugar su última baza.

—Me voy a la finca y cuando vuelva te quiero fuera de la cama. No te has lavado desde que llegaste y la habitación apesta a sudor. Si para entonces no estás levantada y vestida, no me quedará más remedio que llamar a Meñique y contarle dónde estamos y lo que ha pasado.

—¡No, mamá! —Lucía abrió los ojos de golpe, y María vio el miedo reflejado en ellos—. ¡No te atreverás!

—¡Ya lo creo que sí! No dejaré que sigas ahí tumbada ni un minuto más. Tengo que proteger a mi nieto. —María cogió el bolso y se encaminó a la puerta—. Recuerda lo mucho que he perdido ya, Lucía. No pienso permitir que se produzca otra muerte inútil delante de mis narices. Volveré al mediodía, ¿entendido?

No obtuvo respuesta, de modo que se marchó con un portazo, agradeciendo el aire relativamente fresco del pasillo. No había exagerado cuando le dijo a su hija que apestaba. Camino del ascensor, vio que le temblaban las manos y confió en que su amenaza tuviera el efecto deseado.

Para su alivio, cuando regresó después de comer, encontró a Lucía sentada en la cama con las piernas cruzadas y una toalla alrededor del cuerpo.

—Estoy levantada y lavada, como querías, y he pedido a la camarera que me cambiara las sábanas, ¿vale?

—Por algo se empieza. Ahora vamos a vestirte.

Mientras hurgaba en el armario de Lucía, María se dio cuenta de que una parte de ella lamentaba no poder cumplir con su amenaza. Tal vez lo mejor que podría haber pasado era que Meñique se enterara.

—Fuera hace calor, así que ponte esto. —Plantó un vestido de algodón en los brazos de Lucía—. Esta tarde quiero que me acompañes a la finca y veas el lugar donde nacerá tu hijo. Quiero que mires hacia la Alhambra y recuerdes quién eres, Lucía.

—¿Tengo elección?

—Sí. Puedes empezar a hacerte responsable de tu vida, pero, si insistes en comportarte como una niña, me veré obligada a tratarte como tal.

Esa tarde María instaló a Lucía en el asiento del pasajero del viejo Lancia que Alejandro le había conseguido a través de un amigo. Un coche elegante y potente en otros tiempos, años de abandono habían generado grandes cantidades de herrumbre en la carcasa, de color azul marino, y tampoco el motor parecía en mucho mejor estado cuando madre e hija pusieron rumbo a la finca entre tumbos y bandazos.

—Ojalá pudiera verte papá ahora. —Lucía rio cuando María apretó el freno en lugar del embrague y se desviaron hacia una zanja.

—No sé de qué te ríes —replicó María con fingida irritación mientras enderezaba el coche—. Tu padre no sabe ni mantener el morro de una mula en la dirección correcta.

Mientras traqueteaban por el polvoriento camino, María rezó para que Lucía diera su visto bueno al lugar que tanto se había esforzado por convertir en un hogar para las dos.

—¡Ahí está! Villa Elsa. Se llama así por la bisabuela de Alejandro. ¿No es preciosa?

—No tanto como mi casa de Mendoza, pero sí, lo es —añadió rápidamente Lucía, comprendiendo que su madre no aceptaría más respuestas negativas.

María le enseñó la casa, orgullosa de lo mucho que olía a limpio y de la luz estival que inundaba todas las habitaciones desde que retirara los tablones de las ventanas.

—Este será el cuarto del bebé, Lucía. —Se detuvieron en el vano de la puerta de la pequeña habitación situada entre su dormitorio y el de Lucía—. Recuerda que de pequeña dormías en un jergón de paja con tu padre y conmigo. Cuánto hemos prosperado, y todo gracias a ti y a tu increíble talento. ¿A que las habitaciones son grandes?

Lucía abrió la boca para decir que la finca no era precisamente el Waldorf Astoria, pero la cerró de inmediato, amedrentada por la amenaza de la llamada telefónica.

—Y mira —continuó María, al tiempo que abría una puerta y mostraba con satisfacción el retrete y la pequeña bañera—. Está todo conectado al pozo, que se llena con el arroyo que baja por la montaña. Me ha dicho Alejandro que no se ha secado una sola vez en cuarenta años. ¿Te apetece un zumo de naranja? —preguntó a Lucía cuando llegaron a la cocina—. Lo he hecho esta mañana.

—Gracias.

María sirvió dos vasos y salieron a sentarse en la sombreada terraza.

—¿La ves? —María señaló hacia la izquierda y hacia arriba—. Ahí tienes la Alhambra. La noche del concurso fue el principio de todo para ti, cariño.

—Sí —convino Lucía—. Para bien o para mal.

—Me alegro de que compráramos todo lo necesario para nosotras y el bebé en Nueva York. Es imposible conseguir nada en Granada a menos que lo adquieras en el mercado negro. Y los precios… —María meneó la cabeza y dio un sorbo a su zumo—. ¿Puedes creer que solo faltan tres meses para que llegue la criatura?

—No. Siento que mi vida ha cambiado mucho en los últimos meses, mamá.

—Este es el cambio más grande, Lucía. Tener a mis hijos es lo mejor que he hecho en la vida. Estoy muy orgullosa… de todos vosotros. —Contuvo las lágrimas.

—¿Has… has indagado sobre el paradero de Carlos y Eduardo? —inquirió, vacilante, Lucía.

—Pregunté a Alejandro por dónde debía empezar. Me dijo que… —María titubeó. Una vez que había conseguido sacar a Lucía de su abatimiento, no quería que volviera a derrumbarse.

—No te preocupes, mamá, puedo soportarlo.

—Alejandro dice… dice que es difícil seguir la pista a los desaparecidos. Hay —María tragó saliva— varias fosas comunes alrededor de la ciudad donde la Guardia Civil arrojaba los cuerpos tanto de hombres como de mujeres y niños en plena Guerra Civil. Dice que apenas se tienen registros. Estaba pensando…

—¿Sí?

—Estaba pensando en subir al Sacromonte para ver si alguien sabe algo. De hecho, lo he pensado cada día desde que estoy aquí, pero me asusta lo que pueda encontrar. O no encontrar. —María se llevó una mano a la frente—. Durante todos estos años, al menos he podido alimentar la esperanza de que un día encontraría a mis queridos hijos y nietos con vida. Sin embargo, llevo dos semanas en Granada y todavía no me he atrevido a subir.

—Yo te acompañaré, mamá —dijo Lucía, posando una mano sobre la de María—. Lo afrontaremos juntas, tal como nos prometimos, ¿de acuerdo?

—Gracias, hija.

Lucía se preguntó si la razón de que estuviera más animada era esa casa tranquila y encantadora que su madre se había esmerado tanto en convertir en un hogar para ellas. Además, pese a toda la destrucción y devastación que la guerra había causado en España, estaba viva, con una vida nueva en su interior, mientras que sus hermanos y sus familias…

—¿Mamá?

—¿Sí, Lucía?

—Siento haber sido tan… quisquillosa desde que llegué.

—Siempre lo has sido, cariño, pero entiendo tus motivos. Estabas muy triste.

—Tienes razón, lo estaba. Por todo lo que he sido. Pero, tal como dijimos, este es el comienzo de una nueva vida y debo intentar acogerla con los brazos abiertos, cuando son tantos los que no pueden.

María y Lucía se instalaron en la Villa Elsa unos días después. María sacó la máquina de coser Singer que había llevado con ella y se sentó en la terraza, delante de la basta mesa de madera, para confeccionar cortinas y manteles con el bonito algodón floreado que habían comprado en Nueva York. Lucía se distraía conduciendo el viejo coche por el camino polvoriento entre la casa y la carretera, y a las pocas horas ya era mejor al volante de lo que su madre lo sería nunca. María también le hizo algunos vestidos sencillos de embarazada, y con su gran pamela, la protuberante barriga bajo la tela volandera y en una ciudad llena de gente que se parecía a ella, Lucía empezó a aventurarse para comprar provisiones. Y con los platos caseros de su madre, de repente se encontró con apetito y capaz de dormir sin la ayuda de los somníferos.

—¿Mamá?

—¿Sí, Lucía?

Estaban sentadas a la mesa, desayunando pan recién horneado y probando una mermelada de naranja con la que había estado experimentando María.

—Creo que deberíamos subir al Sacromonte antes de que esté demasiado gorda para ir más allá de la terraza. ¿Estás preparada?

—Nunca estaré preparada —respondió María—, pero tienes razón, debemos ir.

—Y qué mejor día que hoy. —Lucía le estrechó la mano—. Voy a mirar cómo estamos de gasolina.

Al cabo de media hora, con la barriga de Lucía apretujada contra el volante, entraron en Granada y subieron por las tortuosas callejuelas en dirección al Sacromonte. Tras dejar el coche a las puertas de la ciudad, las dos mujeres se cogieron de la mano y se adentraron en un mundo que, en otros tiempos, había sido cuanto conocían.

—Sigue igual —comentó Lucía con alivio patente cuando tomaron el camino principal—. Aunque, mira, la vieja cueva de Chorrojumo está cubierta con tablones. Su familia debe de haberse marchado.

—O puede que la hayan asesinado… —añadió María con pesimismo, y estrujó la mano de su hija en busca de consuelo—. Fíjate, Lucía, no sale humo de las chimeneas. Este lugar está desierto.

—Es verano, mamá. Que no salga humo no significa nada.

—Significa mucho, Lucía. Incluso los días que hacía tanto calor que costaba respirar, yo seguía encendiendo el fuego para cocinar para mi familia. ¿Lo oyes? —susurró María deteniéndose en seco.

—¿Qué?

—El silencio, Lucía. En el Sacromonte nunca había silencio. A todas horas podías oír risas, discusiones, gritos… —María esbozó una sonrisa triste—. No me extraña que todos supiéramos qué pasaba en la vida de los demás. Las cuevas escupían hacia fuera todos nuestros secretos. No había intimidad. —Respiró hondo—. Bien, vamos a las cuevas de Eduardo y Carlos.

Las dos mujeres descendieron por el sendero serpenteante de la montaña hasta las cuevas situadas sobre el río Darro, donde en otros tiempos los padres de María habían tenido su próspera herrería. María asomó la cabeza y vio que el agradable hogar que su madre —Dios la tuviera en su gloria— había creado ya no era tal. Solo quedaba la carcasa; los vidrios de las ventanas, las cortinas y los muebles habían desaparecido hacía tiempo.

—Me alegro de que mis padres no hayan vivido para ver en qué se ha convertido su amada España —dijo en medio de lo que fuera la sala de estar, en ese momento nada más que un espacio vacío sucio y maloliente, con el suelo lleno de escombros, cajetillas y botellas de cerveza vacías—. Bueno —María tragó saliva—, ahora a las cuevas de tus hermanos.

Las dos mujeres subieron un trecho corto y encontraron los hogares de Eduardo y Carlos en el mismo estado que la cueva de los padres de María.

—No queda nada... —María se apartó las lágrimas con brusquedad—. Es como si nunca hubieran estado aquí —susurró con la voz quebrada—. Como si el pasado no hubiera existido. ¿Dónde están Susana, Elena y mis preciosos nietos?

—Puede que los encarcelaran, mamá. Sabes que muchos gitanos fueron encerrados durante la guerra. Meñique me dijo que eso era lo que contaban los periódicos payos.

—Pues aquí no averiguaremos nada más. Volvamos a casa, Lucía...

—Mamá, sé que esto es difícil para ti, pero ya que estamos aquí, deberíamos intentar buscar a algún vecino que pueda decirnos qué fue de Eduardo y Carlos. Seguro que encontramos a alguien que lo sepa. Subiremos hasta la cueva de nuestra familia y veremos si queda alguien.

—Tienes razón. Si no lo hago ahora, nunca volveré a encontrar el valor para regresar.

—Por Dios, ¿de verdad caminábamos cada día todo este trecho para buscar agua? —Lucía resopló cuando ascendían trabajosamente por la ladera.

—Estás embarazada, Lucía, por eso te cuesta más.

—También lo estuviste tú cuando vivías aquí, mamá, y muchas veces —repuso Lucía—. No sé cómo lo aguantabas.

—Todos hacemos lo que toca cuando no queda más remedio —contestó María—. Y cuando conocemos algo mejor, nos damos cuenta de lo dura que era nuestra vida. Lucía... —Se agarró al bra-

497

zo de su hija cuando, al doblar la curva, divisó su antigua cueva—. ¡Mira! —Señaló el tejado—. Sale humo de la chimenea. ¡Dios mío, hay gente viviendo ahí! Es…

—Tranquilízate, mamá —dijo Lucía cuando su madre se tambaleó y se llevó una mano a la boca, conmocionada. La sentó con cuidado en el murete que proporcionaba una barrera de seguridad frente a los olivares que se extendían ladera abajo—. Descansa un rato y bebe un poco de agua. Hace mucho calor. —Sacó una botella de la cesta que llevaba y su madre dio un largo trago.

—¿Quién será…? ¿Qué encontraremos detrás de esa puerta cerrada?

—A lo mejor es gente que ha ocupado la cueva ilegalmente y no tiene nada que ver con nuestra familia —le advirtió Lucía—. No debemos hacernos ilusiones.

—Lo sé, lo sé, pero…

—Mamá, ¿quieres quedarte aquí mientras voy a averiguarlo?

—No, quiero ver con mis propios ojos quién vive en nuestra cueva. —María se abanicó la cara con vehemencia—. Bien, vamos.

Segundos después se encontraban delante de su antigua puerta. La pintura azul estaba agrietada y descolorida.

—¿Llamo yo o llamas tú, mamá?

—Yo.

María trató de serenarse, consciente de que detrás de la robusta madera estaban las respuestas a las preguntas que se había hecho miles de veces desde que abandonara el Sacromonte. Levantó la mano, que le temblaba notablemente, y dio un golpecito en la puerta.

—Tendrás que llamar más fuerte, mamá —la alentó Lucía—. No te habría oído ni un perro con las orejas en alto.

María insistió y, conteniendo el aliento, aguardó a oír pasos al otro lado de la puerta. No se oyó ninguno.

—Puede que hayan salido. —Lucía se encogió de hombros.

—Un gitano jamás dejaría el fuego ardiendo en una cueva vacía —aseguró María—. Ahí dentro hay alguien, lo sé.

Llamó de nuevo y tampoco entonces abrió nadie. Se acercó a las ventanas para mirar a través de los cristales, pero estaban cubiertas por los tupidos encajes que ella misma había tejido y colgado para evitar miradas curiosas como la suya.

—¡Hola! —Llamó dando golpecitos en el cristal—. Soy María Amaya Albaycín. Antes vivía aquí. He vuelto para buscar a mi familia. ¡Déjenme entrar, por favor! ¡Hola!

—Y yo soy Lucía, su hija. No queremos hacerles daño —añadió Lucía en tono lastimero—. Abran, por favor.

Algo de lo que había dicho Lucía funcionó, porque alguien se acercó con andar pesado, levantó el cerrojo y abrió la puerta unos centímetros.

Un ojo verde miró por la rendija. Lucía le sostuvo la mirada.

—Soy Lucía —dijo, y tiró de su madre para colocarla delante de la hendidura—, y esta es mi madre. ¿Quién eres tú?

La puerta se abrió al fin y ante ellas apareció una cara familiar, con la piel surcada de arrugas, el pelo blanco como la nieve que coronaba las cumbres de Sierra Nevada y el cuerpo tan grande que llenaba el umbral.

—¡Dios mío! —susurró la mujer mirándolas de hito en hito—. María… y la pequeña Lucía, a la que ayudé a venir al mundo la noche que se casó la nieta de Chorrojumo. ¡No puedo creerlo! ¡No puedo creerlo!

—¿Micaela? ¡Eres tú! —exclamó María al tiempo que la bruja abría los brazos para estrechar a las dos mujeres contra su generoso pecho.

—Pasad, pasad… —Micaela oteó con nerviosismo el polvoriento camino cuando se hizo a un lado para dejarlas entrar. Acto seguido cerró la puerta y echó los numerosos cerrojos del interior.

María reparó en las mecedoras de madera de pino que le había fabricado Carlos y los ojos se le llenaron de lágrimas de esperanza.

—Caray, jamás pensé que volvería a veros a ninguna de las dos —dijo Micaela con una risa que retumbó contra las paredes de la cueva—. ¿Qué estáis haciendo aquí?

—Hemos venido en parte por Lucía… —María señaló el vientre de su hija—. Y en parte para averiguar qué ha sido de mis hijos y sus familias.

—Vaya. —Micaela colocó una mano sobre la barriga—. Tienes una niñita ahí dentro, un tesoro y una luchadora. Y se parece mucho a ti, María —añadió—. ¿Quién es el afortunado padre?

En vista de que ninguna de las dos contestaba, Micaela asintió.

—Entiendo. En fin, alegrémonos al menos de que una criatura de una nueva generación de gitanas esté a punto de llegar a este terrible mundo nuestro. Hemos perdidos a tantos…

—¿Sabes qué ha sido de mis hijos, Micaela? —María meneó la cabeza y buscó la mano de Lucía de forma instintiva.

—No, María. Si no recuerdo mal, todavía estabas aquí cuando los dos desaparecieron en la ciudad.

—Sí. ¿Y nadie los ha visto desde entonces?

—No. Lo siento mucho, María, pero muy pocos de nuestros hombres, tanto aquellos a los que se llevaron por la fuerza como los que simplemente jamás regresaron de la ciudad, nos han sido devueltos…

Micaela tomó la otra mano de María.

Lucía vio, fascinada, que Micaela ponía los ojos en blanco, igual que hacía Chilly cuando tenía una visión del más allá.

—Me están diciendo que están allí arriba ahora, mirándonos. Y que están bien.

—Yo… —María tenía la garganta tan seca que no podía tragar—. En el fondo lo sabía. —Se golpeó el corazón—. Aun así, tenía esperanzas.

—¿Qué seríamos los humanos sin esperanza? —Micaela suspiró—. No hay una sola familia del Sacromonte que haya quedado intacta, ni de la misma Granada. Generaciones enteras aniquiladas… Hombres, mujeres, niños… asesinados por crímenes que nunca cometieron. Payos y gitanos por igual. En fin… tú misma lo viste antes de marcharte. Y las cosas no hicieron más que empeorar.

—Pero… —María apenas podía hablar, embargada todavía por la emoción—. ¿Qué me dices de las esposas y los hijos de Eduardo y de Carlos?

—Después de que te fueras, la Guardia Civil subió para desalojar al resto de la comunidad gitana. María, lo siento mucho, pero se llevaron a Susana y a Elena, y también a sus hijos…

—¡No! —María rompió en sollozos—. Entonces ¿ellos también están muertos? ¿Cómo voy a soportarlo? Los dejé aquí para que murieran mientras yo salvaba el pellejo…

—¡No, mamá, eso no es cierto! —intervino Lucía—. Lo hiciste para salvar a Pepe, para dar aunque fuera a uno de tus hijos la posibilidad de vivir. Recuerda que suplicaste a la esposa de Carlos y a la de Eduardo que se fueran contigo.

—No debes culparte, María, les diste la oportunidad de elegir. Recuerdo que Elena me lo mencionó antes de que se la llevaran —dijo Micaela.

—Elena estaba embarazada… Era la mujer de Eduardo, Lucía. No he conocido una muchacha más dulce. ¿Tuvo el bebé antes de que…? —María no pudo terminar la frase.

—Sí, María. —Por primera vez, una sonrisa se dibujó en los labios carnosos de Micaela—. Y fue entonces cuando se produjo el milagro.

—¿Qué milagro? —preguntó Lucía.

Micaela se sentó a la mesa e hizo señas a la madre y a la hija para que la acompañaran.

—En la vida siempre hay un equilibrio. Incluso cuando a nuestro alrededor reina el mal, también hay cosas buenas, hasta bellas, que suceden para proporcionar la armonía natural. Unas semanas antes de que se la llevaran, Elena dio a luz una niña. Yo estuve con ella, ayudándola como ayudé a tu madre a traerte al mundo a ti, Lucía. Y puedes sentirte afortunada, María, pues no solo tuviste a tu Lucía, que es tan especial, sino que tu nieta, la hija de Eduardo… Lo supe en cuanto la vi.

—¿Supiste qué? —preguntó Lucía.

—Que había heredado el don de la videncia de tu bisabuela. Los espíritus del más allá me dijeron que sería la próxima bruja y que debía protegerla.

—¿La hija de Eduardo tenía el don? —susurró María.

—Sí. Y la profecía se cumplió: la misma mañana que se los llevaron, Elena se presentó en mi casa con la criatura, a la que había puesto de nombre Angelina porque tenía cara de ángel, y me pidió que la cuidara un par de horas mientras ella bajaba al mercado. Acepté encantada, pues tanto Elena como yo sabíamos ya que yo formaría parte del futuro de Angelina. Me até a la niña al pecho y fuimos al bosque a recoger hierbas y bayas. Pasamos fuera muchas horas, porque ya había empezado a enseñar a Angelina a escuchar el ritmo del universo a través de la tierra, los ríos y las estrellas. No sabía que, mientras nosotras estábamos en el bosque, la Guardia Civil había subido al Sacromonte y se había llevado a Elena, a Susana y a los hijos de ambas cuando se dirigían al mercado.

Lucía cayó en la cuenta de que estaba escuchando a la vieja bruja como si narrara uno de sus cuentos de antaño. Pero aquello era real y… no quería ni pensar cómo continuaba la historia.

—Se llevaron a casi todo el barrio. Solo consiguieron escapar los que no estaban en sus cuevas cuando llegó la Guardia Civil —explicó Micaela—. Entonces comprendí que los espíritus me habían enviado al bosque para proteger a Angelina. A partir de ese momento, María, he criado a tu nieta como si fuera mi hija.

—¿Me… me estás diciendo que sigue viva? —preguntó María tímidamente por miedo a haber entendido mal.

—Ya lo creo, vivita y coleando. Qué nieta tan inteligente y hermosa tienes, María. Ya me supera en poderes.

—¿Dónde está?

—En el bosque, buscando hierbas, como le he enseñado.

—¡No… no puedo creerlo! ¡La hija de Eduardo ha sobrevivido a toda esta tragedia! Realmente es un milagro, ¿verdad, Lucía?

—¡Ay, mamá, ya lo creo que sí!

—Muchas veces pensé que nos descubrirían —continuó Micaela—, pero el sexto sentido de Angelina iba siempre un paso por delante de la Guardia Civil. Me decía cuándo teníamos que marcharnos de la cueva y escondernos en el bosque hasta que se fueran los «hombres malos», como ella los llamaba. Ni una vez se equivocó, y he aprendido a confiar en su intuición más que en la mía.

—Así que ¿dejaste tu casa y te mudaste aquí? —preguntó María.

—Me pareció más prudente que mi cueva permaneciera vacía. Está demasiado cerca de las puertas de la ciudad y no soy una mujer fácil de esconder. —Micaela soltó una risotada ronca—. Tu cueva, en cambio, está lejos de las puertas de la ciudad y cerca del bosque, lo que nos permitía huir allí con facilidad.

María observó el tamaño de Micaela y estuvo de acuerdo en que le resultaría muy difícil hacerse invisible. No obstante, lo había conseguido. Lo había conseguido para salvar a la hija de Eduardo, Angelina. Su nieta…

—¿Volverá pronto? —preguntó Lucía—. ¡Estoy deseando conocer a mi sobrina!

—Volverá cuando haya conversado con los árboles para averiguar dónde debe recoger exactamente las hierbas mágicas que utiliza para preparar sus pócimas. Angelina es como el viento, un espíritu que solo hace caso a su infalible intuición.

—Micaela, jamás podré agradecerte lo suficiente lo que has hecho por mí, por esta familia...

—Yo no he hecho nada. Me salvaron para que pudiera salvar a Angelina. Lo sé.

—Y ahora que la guerra ha terminado, ¿la gente está volviendo al Sacromonte?

—Nuestra vieja comunidad ya no existe. Están muertos o repartidos por todo el mundo. El Sacromonte nunca volverá a ser lo que era —respondió Micaela con pesimismo.

—Puede que con el tiempo —replicó María.

—Ahora que habéis vuelto, mi trabajo ha terminado. —Micaela se encogió de hombros—. Y me alegro, porque me preocupaba qué iba a ser de Angelina cuando yo ya no estuviera. Me dijeron que alguien vendría a por ella cuando yo lo necesitara. Mi corazón ya no puede sostenerme. —Se levantó de la mesa con la cara colorada por el esfuerzo—. Bien, he hecho sopa para comer. ¿Tenéis hambre?

María y Lucía aceptaron la invitación de Micaela, sobre todo por la necesidad de tener algo en lo que concentrarse mientras aguardaban el regreso del pequeño milagro. María contó a Micaela algunas cosas de su vida de los últimos nueve años y que vivían en un campo de naranjos en las estribaciones de Sierra Nevada.

—Hola, maestra —dijo una voz aguda cuando la puerta se abrió y una criatura delgaducha entró en la cueva cargada con una cesta rebosante de lo que parecían hierbajos.

María la miró boquiabierta, pues la chiquilla no habría podido parecer menos gitana si la hubiesen bajado del hogar de los ángeles a los que hacía referencia su nombre. Con esos cabellos rubios y esos ojos azules, Angelina parecía enteramente paya.

Sus ojos sabios y serenos contemplaron a las dos mujeres sentadas a la mesa.

—Tienen algo que ver conmigo, ¿verdad? —preguntó con calma mientras se acercaba a ellas—. ¿Somos familia?

—Sí —contestó María, de nuevo al borde de las lágrimas—. Soy tu abuela, y esta es tu tía, Lucía.

—Me dijeron que hoy llegaría algo especial —dijo Angelina sin la menor muestra de asombro—. ¿Son estas las personas con las que viviré cuando te vayas al más allá, maestra?

—Sí. —Micaela observó la cara de estupefacción de María casi con petulancia—. Ya les he hablado de ti.

Angelina dejó la cesta en el suelo y abrió los brazos para abrazar primero a María y luego a Lucía.

—Me alegro de que hayáis venido. A mi maestra le preocupaba que se le estuviese acabando el tiempo. Ahora ya puede prepararse para su viaje sin temer por mí. ¿Hay sopa? —preguntó.

—Sí.

Micaela hizo ademán de levantarse, pero Angelina la detuvo con la mano.

—Voy yo. Intenta hacerlo todo por mí, pero siempre le digo que tiene que descansar. Tendrás una niña y seremos grandes amigas —dijo a Lucía mientras se echaba sopa en un cuenco de hojalata.

—Micaela ya se lo ha contado —le explicó María.

Lucía, por una vez, se había quedado sin habla ante esa extraordinaria criatura, mientras que María seguía mirándola maravillada.

«La hija de Eduardo... va a serme entregada...»

Angelina se sentó a la mesa y se puso a comer la sopa mientras hacía miles de preguntas acerca de María y Lucía y de los demás miembros de su familia.

—Tengo un tío además de una tía, ¿verdad?

—Sí, Angelina, y se llama Pepe. Puede que un día venga a vernos.

—Pasaré con él mucho tiempo. Las profecías se están cumpliendo, maestra —dijo a Micaela con una sonrisa—. Sabía que no nos defraudarían.

—¿Va a la escuela? —preguntó María a Micaela.

—¿Qué se me ha perdido a mí en la escuela? —repuso Angelina—. Aprendo todo lo que necesito saber de mi maestra y del bosque.

—Quizá deberías aprender a leer y escribir —intervino Lucía mientras buscaba los cigarrillos en su cesta y encendía uno—. Ojalá yo hubiera aprendido.

—Ah, eso ya sé hacerlo. Mi maestra hizo venir a un payo para que me enseñara. —La niña observó a Lucía mientras esta daba una calada a su pitillo—. Sabes que es malo para tu corazón. Te ayudará a matarte. Deberías dejarlo.

—Haré lo que me plazca —replicó Lucía, irritada por esa criatura angelical que parecía tener respuesta para todo.

—Nuestro sino depende de nosotros. A veces. —Angelina rio y dirigió una mirada cómplice a Micaela—. ¿Cuándo podré ir a verte? —preguntó a María—. Tu casa parece muy bonita.

—Muy pronto. —María sintió una oleada de cansancio. Habían sido demasiadas emociones juntas. La energía y la fuerza vital de esa chiquilla eran casi abrumadoras, y todavía tenía que procesar la confirmación de la pérdida de sus hijos y sus familias—. Quedaremos con Micaela para venir a recogerte en coche.

—Gracias —respondió educadamente Angelina—. Ahora debo preparar un brebaje antes de que se evapore la energía de mis hierbas. Es para el corazón de la maestra. También prepararé uno para tu bebé. —Colocó la cesta sobre la encimera y blandió un cuchillo grande sobre la tabla de cortar.

La despedida fue emotiva, y quedaron en recoger a Angelina dos días más tarde.

—Gracias por venir, abuela, tía. —Angelina las abrazó—. Me habéis hecho muy feliz. Adiós.

María y Lucía regresaron al coche en silencio.

—Es… extraordinaria —susurró María, más para sí que para Lucía.

—Lo es, aunque encuentro irritante que una niña de nueve años me diga que tengo que dejar de fumar. —Con un mohín, Lucía puso el coche en marcha—. Por lo menos ya sabemos de qué color debemos tejer la mantita del bebé —añadió con una risa ronca—. Angelina me recuerda a Chilly de pequeño. Siempre fue un niño precoz. Dios, cómo lo echo de menos. Otro ser querido al que casi seguro que hemos perdido en esta repugnante guerra.

—¿Le envío un telegrama a tu padre para comunicarle que sus hijos han muerto y que tiene una nieta? Creo que debería saberlo.

—¿Por qué no? Quizá se lo pueda leer su nueva zorra —contestó Lucía mientras dirigía el coche con cuidado por las callejuelas empedradas.

—Por favor… —María suspiró—. Ya hemos tenido suficiente odio y pérdidas en nuestras vidas por un día. Por mucho que haya hecho, José sigue siendo tu padre y mi marido.

—¿Sabes dónde está siquiera?

—Pepe me envió un telegrama para decirme que la semana que viene empiezan otra gira por Estados Unidos.

—¿Cómo lo leíste, mamá?

—Alejandro lo hizo por mí —confesó María—. Se ha ofrecido a enseñarme a leer mejor.

—Te dije que tenías un novio —Lucía rio—, que es más de lo que yo tengo o —añadió mirándose la barriga— tendré nunca.

—¡Todavía eres joven, Lucía! Tu vida no ha hecho más que empezar.

—No, mamá, creo que es la tuya la que acaba de empezar, pero… ¿Sabe Alejandro que eres gitana?

—No.

—¿Cambiarían las cosas entre vosotros si lo supiera?

—No lo sé, pero quizá sea más seguro para ti y para el bebé que no lo sepa.

—Tal como están las cosas, me parece que para ti también. —Lucía sonrió con ironía—. Muchos dirían que estamos traicionando nuestra cultura al actuar como las payas y vivir como ellas, en una casa normal…

—Y quizá tengan razón… —María suspiró—. Pero cuando pienso en los años que pasé en el Sacromonte, donde no se nos trataba mejor que a los perros, es un alivio poder vivir sin que a una la discriminen. Y por dentro seguimos siendo gitanas, Lucía, con independencia de cómo llevemos el pelo, de la ropa que vistamos o de dónde vivamos. Simplemente es… más fácil —reconoció.

—Entonces ¿no quieres que volvamos a vivir en nuestra cueva, mamá?

—No puedo echar a Micaela después de todo lo que ha hecho por Angelina. Creo que la situación nos conviene a todas.

—Sí, mamá. Yo también lo creo, por el momento.

32

Una semana después, Angelina bajó a verlas a Villa Elsa. Igual que le sucediera a Lucía cuando de niña visitaba las casas de los payos con su padre, Angelina se quedó con la boca abierta al ver las comodidades modernas. Lo que más la fascinó fueron el retrete y la bañera, y Lucía se la encontró mirando la taza mientras tiraba de la larga cadena.

—¿Te gustaría darte un baño? —le preguntó—. El agua sale muy caliente.

—Creo que me daría mucho miedo. ¡Mira lo honda que es! No sé nadar y podría ahogarme.

—Yo me quedaría a tu lado para asegurarme de que no te ahogaras. Y mira. —Lucía le enseñó la espuma de baño que había robado del Waldorf Astoria—. Esto sí que es magia.

La chiquilla rio encantada cuando vio aparecer las grandes y cremosas burbujas sobre el agua.

—¿Qué alquimia lo produce? —preguntó mientras Lucía la animaba a entrar en la bañera y rozar las burbujas con la nariz.

—La alquimia americana —dijo—. ¿Has visto alguna vez una película, Angelina?

—No. ¿Qué es?

—Imágenes que se mueven en una pantalla. Yo he salido en una. Puede que un día te la enseñe.

—Angelina es una mezcla muy extraña —comentó Lucía cuando regresó del Sacromonte después de dejar a la pequeña en la cueva—. Tiene una sabiduría muy superior a la de los niños de su edad, pero, al mismo tiempo, se ha criado en la naturaleza y su inocencia es asombrosa.

—Tú también te criaste en la naturaleza, Lucía, en la misma cueva que Angelina.

—Pero no me teníais apartada del mundo, mamá. Ya desde muy pequeña lo entendía todo. Le he preguntado si quería quedarse una temporada con nosotras. Ha dicho que no, que no podía dejar a Micaela sola porque estaba muy enferma y que, además, echaría de menos el bosque.

—Llegará el día en que no tendrá elección —dijo María—. Por lo que cuentan las dos, a Micaela no le queda mucho tiempo.

—Es como si todo esto hubiera sido orquestado por una mano invisible —rumió Lucía—. Si no hubiéramos vuelto, ¿qué habría sido de la chiquilla?

—Estoy segura de que habría sobrevivido. —María sonrió—. Es su sino.

Lucía se levantó de la mesa donde habían estado cenando y bostezó.

—Me voy a la cama, mamá. Estoy muy cansada.

—Que duermas bien, cariño.

—Lo haré. Buenas noches.

María se quedó sentada un rato más, antes de recoger los platos, pensando en el cambio que había dado su hija. Apenas eran las diez de la noche, la hora en la que la antigua Lucía empezaba a resucitar frente a centenares —a veces miles— de espectadores. Ahí, en cambio, solía retirarse temprano y dormía plácidamente toda la noche. La manera en que Lucía había seguido esforzándose a lo largo de los años le ponía los pelos de punta —María había temido a menudo que a su hija la matara el baile—, pero esa nueva Lucía era una mujer serena con la que daba gusto estar. Por el momento, al menos…

Tres semanas más tarde, cuando el sol empezaba a ponerse, María vislumbró una figura solitaria que se aproximaba a pie por el camino.

—Lucía —llamó cuando la luz crepuscular iluminó la cabecita rubia—, Angelina está aquí.

Bajó corriendo los escalones para recibirla. Cuando llegó junto a ella, se dio cuenta de que la pequeña estaba al borde del desmayo.

—¿Puedo beber agua, por favor? —resolló mientras María la llevaba hasta la terraza—. Hay un largo trecho hasta aquí.

—¿Qué ha ocurrido? —María la sentó en una silla y le sirvió rápidamente agua de la jarra que descansaba encima de la mesa.

—Micaela se ha ido al más allá, abuela —dijo Angelina—. Se ha ido esta mañana al amanecer. Me había dicho que, si eso pasaba, me viniera derecha aquí.

—¿Te refieres a…?

—Sí —confirmó Angelina—. Ya no está con nosotras en la tierra.

—¡Ay, mi pequeña! Si lo hubiéramos sabido, habríamos ido nosotras. No me extraña que estés agotada, es un largo trecho.

—Un hombre se ofreció a llevarme en su carreta, pero empezó a hacerme preguntas extrañas y me bajé de un salto. —Angelina bebió con avidez—. Pero ya estoy aquí, aunque hemos de volver pronto porque hay que enterrar a la maestra lo antes posible o su alma no descansará.

—Por supuesto. Iremos mañana a primera hora. ¿Dónde…?

—La he dejado en su cama.

—¿Estás triste? —le preguntó Lucía cuando apareció en la terraza.

—Sí, porque la echaré mucho de menos, pero sé que era su hora de irse y me alegro por ella. Ya no estaba cómoda en su cuerpo. El cuerpo se gasta y el alma debe abandonarlo para proseguir su camino.

—Lo siento mucho, Angelina. —Lucía le rodeó el hombro—. Pero no te preocupes, con nosotras estarás a salvo.

—Gracias, pero ¿sabéis que tengo que regresar al bosque para ver a mis amigos y recoger mis hierbas? —preguntó la chiquilla con el pánico reflejado en sus ojos azules.

—Lo sabemos. Te traeré algo de comer.

—No puedo comer hasta que la maestra esté dentro de la tierra.

—Iremos al Sacromonte mañana temprano —le prometió María.

—Gracias. Ahora creo que me gustaría dormir, por favor.

—Te pondremos en el cuarto del bebé. Hay una camita preparada —dijo María mientras Angelina se levantaba con el rostro macilento por el cansancio extremo—. Ven conmigo.

—¿Ya está acostada? —preguntó Lucía cuando su madre regresó a la terraza.

—Se ha metido bajo la manta y se ha dormido en un santiamén. Pobrecilla, parece tranquila, pero debe de estar muy afectada. Micaela es lo único que ha conocido.

—No lo parece —comentó Lucía—, aunque he de decir que es la niña más rara con la que me he topado en mi vida. —Apagó el cigarrillo y encendió otro—. Me estaba preguntando cómo vamos a arreglárnoslas Angelina, tú y yo para cavar un agujero lo bastante grande en el que enterrar a Micaela y trasladar su cuerpo hasta él.

—Tienes razón —reconoció María—, no podemos. Tendremos que buscar a algunos hombres para que nos echen una mano. ¿Lo ves, Lucía? Los hombres resultan útiles para algunas cosas —añadió con un atisbo de sonrisa.

Angelina las despertó justo después del alba, descansada y radiante como un girasol.

—Tenemos que irnos —dijo—. La maestra está impaciente por emprender su viaje al más allá.

Llegaron a la cueva cuando el sol se elevaba por encima de la Alhambra.

«Ha muerto en la cama donde me ayudó a dar a luz…», pensó María cuando Angelina abrió la puerta. Dentro de la cueva se respiraba ya el hedor a carne en descomposición. Lucía negó con la cabeza.

—Lo siento, pero si entro vomitaré —explicó dando la espalda a la puerta—. Angelina, ¿sabes de alguna familia con varones jóvenes que puedan ayudarnos a enterrar a la maestra?

—Sí, Lucía. Llamaremos a la casa de al lado.

Angelina subió por la cuesta hasta la cueva siguiente.

—Seguro que no hay nadie. La Guardia Civil se llevó a Ramón hace diez años… —comentó María mientras Angelina llamaba a la puerta y entraba sin más.

—Volvió hace tres años… ¿Ramón? —llamó la niña en dirección al dormitorio que había detrás de la cocina—. Soy yo, Angelina. Necesitamos tu ayuda.

Del otro lado de la cortina, les llegó un gruñido. Acto seguido, un hombre escuálido y con una larga barba gris apareció tras ella.

—¡Dios mío! —María se llevó una mano a la boca al tiempo que las lágrimas acudían espontáneamente a sus ojos—. Ramón, ¿eres tú de verdad?

—¡María! ¡Has vuelto! ¿Cómo? ¿Por qué?

—¡Pensaba que habías muerto! Vino la Guardia Civil…

—Sí. Me metieron preso, esperando que la palmara, pero, como puedes ver, aquí sigo. —Ramón tosió. El estertor se parecía mucho al que María había oído antes de que muriera Felipe—. Luego pasé muchos meses en el hospital payo, que no era mucho mejor que la cárcel. Pero tú, María, ¡estás más guapa que nunca!

—Ramón, no puedo creer que estés vivo. Yo…

—Ven, cariño, deja que te abrace.

Lucía contuvo las lágrimas cuando su madre se fundió en los brazos débiles y raquíticos de Ramón.

—¿Se conocen mucho? —Angelina se volvió hacia Lucía con cara de pasmo.

—Sí.

—Se quieren —declaró la muchacha—. ¿No te parece precioso?

—Sí —convino Lucía.

Abrumado por la emoción, y temiendo desplomarse, Ramón se sentó en un taburete con ayuda de María.

—¿Dónde están los muebles? —preguntó ella.

—Nos los robaron —contestó Ramón con resignación—. Solo me queda un camastro de paja, pero al menos soy un hombre libre y eso es lo más importante. Ahora cuéntame qué haces en mi cocina.

—Micaela se ha ido al más allá y tenemos que enterrarla —explicó María—. ¿Sabes de algún hombre en el Sacromonte capaz de ayudarnos?

—No, pero podemos buscar. Madre mía… Me cuesta creer que hayas vuelto, mi María. —Ramón la miraba embelesado.

—Otro milagro del amor —susurró Angelina a Lucía.

Las dos mujeres, la niña y el hombre frágil como un anciano octogenario recorrieron los polvorientos caminos del Sacromonte buscando manos para dar sepultura a su antaño venerada bruja. No todas las puertas se abrían de inmediato, y el profundo temor que se había instalado en esa comunidad rota resultaba palpable. Había muchas cuevas vacías, pero una vez que aquellos que consentían salir de sus moradas escuchaban lo sucedido, se mostraban encantados de echar una mano. Los pocos hombres físicamente capaces eran enviados con palas a cavar la tumba de Micaela mientras las mujeres juntaban sus escasos recursos y preparaban comida para la reunión posterior.

Una prestó su mula para atarla a la carreta de otro vecino, y después de instalar en ella los restos mortales de Micaela el precario cortejo puso rumbo al bosque, donde dieron sepultura a su bruja.

La reunión se celebró en la cueva de María, y un gitano viejo que en otros tiempos había regentado una de las tabernas ilegales llevó brandy para brindar por el deceso de Micaela. De los aproximadamente cuatrocientos residentes, no quedaban más que treinta o cuarenta. María y Lucía fueron objeto de numerosas bromas sobre sus nuevos peinados, pero, más allá del horror y la destrucción de los últimos diez años, la llama de la comunidad seguía titilando. Algunos hombres habían llevado sus guitarras y, por primera vez en muchos años, el sonido del flamenco llenó el aire del Sacromonte.

—¡Lucía, tienes que bailar para nosotros! —gritó un hombre cuyo estómago encogido le había enviado el brandy directamente a la cabeza.

—Tengo una bala de cañón en la barriga —replicó poniendo los ojos en blanco—. Puede que a mi madre le apetezca. Ella me enseñó todo lo que sé.

—No —dijo, ruborizada, María mientras las demás mujeres la empujaban hacia delante.

—¡Sí! ¡Sí! ¡Sí! —clamó la gente dando palmas al ritmo de las guitarras.

María no tuvo más remedio que aceptar y, aterrada de que sus pies y sus manos no recordaran qué hacer, bailó sus primeras alegrías por rosas en veinte años. El resto de los invitados —o cuando menos los que tenían fuerzas para ello— se fueron sumando mientras la pequeña Angelina contemplaba boquiabierta el espectáculo.

—¿Nunca habías estado en una fiesta? —le preguntó Lucía, inclinándose hacia ella.

—No, pero es lo más bonito que he visto en mi vida —respondió la niña con la mirada resplandeciente—. Lucía, esto no es un final, ¡es un nuevo comienzo!

Y cuando María invitó a Ramón a bailar, ofreciéndole su sostén, Lucía pensó que, en efecto, lo era.

—Lucía, tengo que preguntarte una cosa. —María apareció junto a la hamaca que habían atado entre dos naranjos para que Lucía pudiera descansar por las tardes.

—¿De qué se trata, mamá?

—¿Te importaría si invitara a Ramón a vivir con nosotras una temporada? Está muy enfermo y no tiene nada. Necesita que alguien cuide de él.

—Por supuesto que no. Con Angelina y el nuevo bebé en camino, estamos empezando nuestra propia comunidad gitana aquí mismo. —Rio.

—Gracias, cariño. Aunque ahora está enfermo, Angelina cree que se recuperará del todo y por lo menos podrá ser útil.

—Útil o no, tú lo quieres aquí, y a mí me parece bien. Entonces —añadió Lucía en tono inocente— ¿dormirá en el sofá de la sala?

—Eh… no. He pensado que lo más fácil es que…

—Es broma, mamá. Sé exactamente dónde dormirá, y es entre tus brazos. ¿Qué pensará Alejandro cuando se entere de que su novia ha encontrado a otro? —Sin darle tiempo a responder, Lucía se bajó de la hamaca y cruzó la terraza para coger un vaso de agua—. Dios mío, ¿no es para echarse a llorar que la vida amorosa de mi madre sea más agitada que la mía? —dijo a su bebé.

El 7 de septiembre, Lucía se despertó en mitad de la noche sudando y con sensación de malestar. Se levantó para vaciar la vejiga por quinta vez esa noche, pero no había dado ni dos pasos cuando notó que le resbalaba un líquido tibio por la parte interna de los muslos.

—¡Socorro, mamá, estoy sangrando! —gritó en medio de la oscuridad.

María y Angelina llegaron corriendo de sus respectivos cuartos y encendieron la luz.

María contempló el charco de líquido transparente que se había formado entre las piernas de su hija y respiró aliviada.

—Lucía, no estás sangrando, has roto aguas. Eso significa que el bebé está en camino.

—Voy a la cocina a preparar una poción —dijo Angelina—. El bebé llegará al amanecer —anunció antes de irse.

Pese a los chillidos de Lucía, que resonaban en todas las habitaciones con una fuerza capaz de ahuyentar a los lobos que acechaban en lo alto de las montañas, los músculos del vientre, tonificados a lo largo de tantos años de baile, le resultaron muy útiles cuando el bebé emprendió su viaje hacia la vida. Angelina, que parecía saber instintivamente lo que necesitaba Lucía, se hizo cargo de la situación; caminaba con ella, la sentaba, la levantaba y le frotaba la espalda, susurrándole constantemente que el bebé estaba bien y no tardaría en salir.

Cuando Lucía dijo que quería empujar, María y Angelina la tumbaron en la cama, y la pequeña llegó al mundo a las cinco de la mañana, justo cuando despuntaba el alba.

—¡Nunca más! —Lucía resopló de alivio—. Han sido las bulerías más difíciles que he bailado en mi vida. ¿Dónde está mi niña?

—Aquí —dijo Angelina, que acababa de cortar el cordón con los dientes, como había visto hacer a Micaela—. Está fuerte y sana.

—¿Qué nombre le vas a poner? —preguntó María, admirando el milagro de una segunda nieta que le había sido concedido desde su llegada a España.

—Isadora, en honor a la bailarina americana.

—Es original —comentó María.

—Sí.

Lucía no dijo nada más, pero mientras acunaba a su recién nacida, su mente traicionera se remontó al día de su trigésimo cumpleaños, cuando Meñique la había llevado a una exposición fotográfica de una bailarina llamada Isadora Duncan. Ella no quería ir, pero una vez allí, las imágenes y la historia de la vida de Duncan la cautivaron.

«Fue una pionera que traspasó barreras, igual que tú, pequeña», le había contado Meñique.

—Creo que se parece a su abuela —dijo Angelina.

—¡Gracias a Dios! Me alegro, porque no quiero que ninguna niña se parezca a mí. Hola, cariño —dijo Lucía a la pequeña carita—. Sí, no hay duda de que eres mucho más bonita que tu madre…

Cuando la criatura alzó la vista, Lucía contuvo la respiración al ver aquellas facciones que, incluso en miniatura, le resultaban tan familiares. Pero jamás, jamás reconocería ante nadie a quién había salido realmente su hija.

El otoño dio paso al invierno, y la pequeña y extraña familia que María y Lucía habían creado se retiró al interior de la casa para sentarse en torno al fuego de la sala de estar. María lo utilizaba para cocinar, pues prefería el sabor que daba a la comida en comparación con el gran fogón de hierro de la cocina. Isadora crecía fuerte y sana bajo los cuidados y atenciones de María y Angelina, a pesar de que Lucía se había negado en redondo a amamantarla.

—¿Por qué molestarse si podemos turnarnos las tres para darle el biberón? Además, chupa con tanta fuerza que casi me arranca los pezones. ¡Ha sido una tortura!

María sospechaba que el verdadero motivo era que a Lucía le gustaba dormir toda la noche de un tirón y, con otras manos dispuestas a levantarse para atender a Isadora, se aprovechaba. El hecho de que la criatura durmiera con Angelina en el cuarto infantil tampoco ayudaba. Pero María prefería callar cuando veía a la chiquilla cambiarle diligentemente los pañales y darle el biberón. Mientras Lucía fumaba sentada en la terraza, Angelina cantaba nanas a Isadora y la mecía para que se durmiera. Algunas mujeres, sencillamente, no poseían instinto maternal, y Lucía era una de ellas.

Y mientras Angelina cuidaba de Isadora, María utilizaba sus dulces manos, con la ayuda de los brebajes de Angelina, para atender a Ramón, que iba recuperando fuerzas día tras día. La estentórea tos, que remontaba a ambos al horror de la cárcel, remitió, y al poco tiempo Ramón fue capaz de pasear por el campo de naranjos, lamentándose de su penoso estado.

—Podría preguntarle a Alejandro si le gustaría que te ocuparas de los naranjos —propuso María una fría noche, cuando estaban sentados al calor del fuego.

—Ay, María, yo lo haría gratis, porque es lo que me gusta y lo que sé hacer —respondió Ramón—. Esta casa y tú me habéis salvado. Lo menos que puedo hacer es cuidar de los árboles que crecen en el terreno.

Al poco tiempo se inició un goteo constante de visitantes del Sacromonte que descendía por la ladera para tomar café con María en la casa paya y solicitar los servicios de videncia y las pócimas de la pequeña bruja. María se animó al oír que los residentes del Sacromonte iban regresando poco a poco al barrio después de años de exilio en otros países. La comida seguía siendo cara y las exquisiteces se vendían en el mercado negro, pero de vez en cuando Angelina recibía a modo de pago una tableta de chocolate o una botella de brandy de dudosa procedencia para Ramón.

En Navidad María peregrinó hasta la abadía del Sacromonte y se arrodilló para agradecer a Dios el feliz nacimiento de su nieta y aquella nueva y maravillosa vida en su tierra natal. No obstante, algo le decía que dicha vida era un mero paréntesis, presentimiento que se veía exacerbado por un sonido que no había oído en muchos meses: el golpeteo constante de los pies de Lucía contra las baldosas de la terraza.

—Mamá, estoy lista para volver a bailar —anunció Lucía una mañana—. Pepe me ha enviado un telegrama para decirme que al cuadro le han ofrecido otra temporada en el 46th Street Theatre. Y que ganarán el triple si regreso a los escenarios. Es el momento perfecto para volver.

—¿No es demasiado pronto? Tu hija solo tiene cuatro meses.

—Si no lo hago, perderé todo aquello por lo que he trabajado.

—No es cierto, Lucía. Eres la bailaora más famosa de América del Norte y del Sur. No hay prisa, cariño.

—El público tiene poca memoria, y ahora que ha muerto La Argentinita cada día aparece una bailaora nueva y más joven dispuesta a arrebatarme la corona. Además, lo echo de menos.

—¿Qué parte echas de menos?

—¡El baile, por supuesto! Es lo que soy.

—Ahora también eres madre —le recordó María, y miró a Isadora, que dormía plácidamente en su cochecito Silver Cross.

—Sí. Entonces ¿por qué no puedo ser ambas cosas?

—Puedes, claro que puedes. Bueno, ¿quieres que lo organice todo para que volvamos las tres a Nueva York?

—Mamá… —Lucía fue a sentarse en la silla de mimbre, delante de su madre—. Recuerdo lo que era estar siempre en la carretera de niña, yendo de ciudad en ciudad con papá, durmiendo en vagones o prados, sin recibir una educación, sin un lugar al que poder llamar hogar.

—Creía que te encantaba ir de un lado para otro, Lucía. Siempre decías que te gustaba el hecho de no saber nunca qué te traería el día siguiente.

—Es cierto, pero yo no tuve elección. Isadora sí la tiene. —Lucía miró a su madre—. Sé lo mucho que te gusta esto, mamá, y lo mucho que quieres a Isadora. Así que… —Hizo una pausa antes de continuar—. ¿Por qué no te quedas aquí con ella?

María hizo lo posible por no soltar un suspiro de alivio y se concentró en poner por delante las necesidades de su nieta.

—¿Y te irás a Nueva York sola?

—Sí, pero vendré a veros tan a menudo como pueda.

—Lucía, Isadora es muy pequeña, necesita a su madre. Yo no puedo sustituirte.

—Sí puedes, mamá. Eres mucho más maternal y paciente de lo que yo seré nunca. No imaginas lo nerviosa que me pone cuando llora. Además —añadió Lucía—, se nos está acabando el dinero. Tengo que ir y ganar más. O por lo menos ver a papá para pedirle más.

—¿Cuánto tiempo estarás fuera?

—El contrato es de seis meses. Ganaré lo suficiente para comprar esta casa. —Lucía se echó a reír—. Y entonces tendremos un techo seguro para el resto de nuestra vida. ¡Imagínate, mamá!

—Sería maravilloso, Lucía —reconoció María, sabedora de que una vez que a su hija se le metía algo en la cabeza nada podía detenerla. Así pues, no tenía sentido seguir discutiendo acerca de Isadora—. Haz lo que creas que es mejor, cariño.

—Bien. Entonces está decidido.

Cuando Lucía se levantó, María también vio la expresión de alivio en los ojos de su hija.

—¿Cómo he podido creer en algún momento que dejaría de bailar? Es su vida —explicó María a Ramón esa misma noche.

—Pero ahora es madre, María, y su hija la necesita.

—A tus hijas les fue bien sin su madre —le recordó María—. Siempre y cuando las criaturas reciban amor, no estoy segura de que importe de quién venga.

—¿Y dónde están mis hijas ahora? —repuso Ramón con una honda pena en el semblante—. Enterradas en una fosa común en algún lugar de la ciudad.

—Con mis hijos, sus esposas y mis nietos —añadió María, asiéndole la mano.

—¿Por qué sobrevivimos nosotros cuando les tocaba a ellos conquistar el mundo?

Era una pregunta que tanto Ramón como María lanzaban cada día a los cielos.

—Lo ignoro, y no lo sabremos hasta que nos llegue el turno de irnos de este mundo, pero al menos podemos proteger a la siguiente generación.

—Míranos, llorando por los hijos y los nietos que hemos perdido mientras una madre planea abandonar a su hija. —Ramón negó con la cabeza—. ¿No se da cuenta Lucía del regalo que se le ha concedido?

María era consciente de que a Ramón le costaba aceptar a Lucía y lo que consideraba una actitud egoísta.

—Todas las personas tienen sus puntos fuertes y sus puntos débiles, y lo único que podemos hacer es aceptarlas como son. Además, Lucía tiene razón: alguien de esta casa ha de trabajar antes de que nos quedemos sin dinero.

—Confío en poder volver a trabajar de jornalero cuando llegue el verano —comentó Ramón—. Yo me encargaré de traer dinero a casa.

—Ramón, sabes tan bien como yo que a España están volviendo miles de hombres desesperados por trabajar. ¿No quieres intentar recuperar tu campo de naranjos? —preguntó de nuevo María—. Es tremendamente injusto, pagaste por ese naranjal, te pertenece por derecho.

—¿Y qué pruebas tengo salvo un pedazo de papel del vendedor con la suma que pagué? No es una escritura legal, María... Yo contra el gobierno de Franco, el mismo que me lo robó inicialmente. —Ramón rio entre dientes—. No lo creo.

—A menos que alguien empiece a luchar, nada cambiará.

—María, bastante luchamos ya para sobrevivir sin más. Quizá has estado fuera tanto tiempo que has olvidado quiénes somos. Nosotros somos gitanos, el último escalafón de la sociedad. Nadie nos escucha.

—¡Porque no nos hacemos oír! —María meneó la cabeza—. Perdona, Ramón, pero en América las cosas son muy distintas. Mira lo lejos que ha llegado Lucía pese a ser gitana. Era aclamada allí adonde iba.

—Por su talento, porque es única y especial. Yo, en cambio, soy un simple obrero.

—Sí. —María le cogió la mano—. Un obrero al que amo con toda mi alma.

—Tenéis dinero suficiente para el alquiler y la comida de los próximos seis meses, además de una cantidad extra para toda la leche que traga Isadora. —Lucía sonrió mientras miraba a su hija, que estaba en pañales en el suelo, moviendo sus piernecitas desnudas. Se arrodilló y le besó los pies, las manos y los mofletes—. Ay, mi amor, mi pequeña, cuídate mucho hasta que vuelva.

—¡Ha llegado el taxi, Lucía! —gritó Ramón.

—Debo irme. Adiós, Ramón, Angelina... —Lucía la besó en las mejillas—. Adiós, mamá, cuídate y cuida de mi querida Isadora.

—Lo haré, y buen viaje, cariño. Cuídate mucho hasta que volvamos a vernos.

Lucía lanzó un beso al aire al tiempo que sus piececillos, embutidos en unos zapatos de salón nuevos, cruzaban la terraza repiqueteando contra las baldosas. Despidiéndose con la mano por última vez, subió al taxi y se alejó.

Cuando se quedó sola en la terraza, Angelina advirtió que se le llenaban los ojos de lágrimas.

«No volverán a verse», pensó.

33

Durante los meses siguientes, si bien la ausencia de Lucía resultaba dolorosa, sin su constante agitación la casa se convirtió en un lugar más tranquilo. Ramón, siempre incómodo en presencia de Lucía debido a José, se relajó y dio rienda suelta a su instinto paternal con la pequeña Isadora.

Por medio del boca a boca, empezó a crecer el número de visitantes de Angelina. Todos querían consultar a la criatura angelical, considerada ya la bruja más grande del mundo gitano de su generación. Comenzaron a llegar clientes de lugares tan remotos como Barcelona, y una noche Angelina fue a sentarse con María y Ramón.

—Me gustaría pediros consejo —dijo con las manos juntas sobre el regazo—. Como soy tan joven y todavía estoy aprendiendo, no pido dinero. La gente suele dejarme leche de cabra o huevos, como bien sabéis, pero me estaba preguntando...

—Si deberías cobrar por tus tratamientos y remedios —terminó Ramón por ella—. ¿Tú qué crees, María? Después de todo, la gasolina que utilizamos para subir tres veces por semana al Sacromonte para que Angelina pueda ir al bosque a por hierbas nos cuesta dinero. Al menos deberíamos cubrir ese gasto.

—¿Sabes cuánto cobraba Micaela, abuela? —preguntó Angelina a María.

—No. Nunca se negaba a tratar a un paciente que no podía pagarle, pero aceptaba dinero de los que sí podían. Sobre todo de los payos ricos que iban a verla.

—Dudo mucho que los payos vengan a ver a una niña como Angelina. —Ramón rio.

—Puede que todavía no —convino María—, pero era de donde Micaela sacaba casi todo su dinero.

—¡Cualquier día propondrás que enviemos a Angelina a la plaza de las Pasiegas de la catedral! Podría entregar un ramillete de romero y decir la buenaventura por unas monedas. —Ramón enarcó las cejas.

—¿Sabes? —comentó María esa noche mientras sacaba de debajo de los tablones del suelo la caja donde guardaba el dinero y la abría—. Aunque bromearas con lo de enviar a Angelina a la plaza con los payos ricos, puede que tengamos que hacerlo muy pronto. Solo nos queda dinero para tres meses.

—¿No prometió Lucía que te enviaría más?

—Sí, pero no ha llegado. ¿Y si lo ha robado alguien? El viaje entre América y España es largo, y el paquete habrá pasado por muchas manos. ¿Cuánta gente hambrienta hay en la oficina de correos de Granada?

—Lucía no es tan estúpida, cariño. Seguro que lo habría escondido bien. ¿Qué ocurre, María? Te noto rara.

—Lo sé. —Suspiró—. Aunque no soy bruja, presiento que va a pasar algo malo.

—Ese pesimismo no es propio de ti. —Ramón frunció el ceño y la abrazó—. Recuerda todo lo que hemos superado los dos. Te prometo que juntos podemos hacer frente a lo que sea.

—Eso espero, Ramón, eso espero.

Una semana más tarde, un coche que María no conocía subió a gran velocidad por el camino. Se detuvo delante de la casa y bajó una paya con la melena corta y lisa de color negro y unas gafas de sol enormes.

—Hola, señora —la saludó María con una sonrisa cuando la mujer subió los escalones de la terraza—. ¿En qué puedo ayudarla?

—¿Es usted la señora Albaycín? —preguntó la mujer.

—Sí. ¿Y usted es?

—La señora Vélez.

—¡Ah, la hermana de Alejandro! Pase, por favor. Me alegro mucho de conocerla. ¿Le apetece beber algo?

—No, señora. Me temo que estoy aquí porque he recibido quejas de los vecinos sobre usted y su familia.

—¿Quejas? —María se volvió hacia el campo de olivos y el naranjal que flanqueaban la finca—. Si no tenemos vecinos.

—He oído que un miembro de su familia está utilizando esta casa como lugar de trabajo.

—Perdone, señora, pero no la entiendo.

—Dice la buenaventura y hace brebajes con hierbas que luego vende. ¿Es cierto?

—Eh… Sí, mi nieta de diez años ayuda a la gente que está enferma o necesita consejo. Es bruja, señora.

—¿Dice que el negocio lo lleva una niña? —La mujer se quitó las gafas de sol para mostrar unos severos ojos verdes muy pintados.

—Sí, y es verdad que últimamente ha corrido el rumor sobre sus dones y ha venido más gente a verla.

—¿Sabía que es ilegal que los niños trabajen, señora?

—No es trabajo, no le pagan por ello…

—Señora Albaycín, estoy segura de que entiende que mi hermano y yo le alquilamos esta casa de buena fe. Mi hermano me aseguró que usted y su hija eran mujeres respetables. Ignoraba que se relacionaban con la clase de gente que ahora las visita. Tampoco sabía que nuestra casa alberga ahora un negocio y, para colmo, utiliza mano de obra infantil.

—Señora, le he dicho que mi nieta no cobra por sus servicios y que las personas que vienen a verla son…

—Gitanos. ¡Aún tendremos suerte de que no se haya traído a todo el clan!

En ese momento, Angelina apareció en la terraza con Isadora en brazos.

—Hola, señora. —Sonrió a la mujer—. ¿En qué puedo ayudarla?

—¿Es esta la niña que lee el porvenir?

—Sí, señora —respondió Angelina—. ¿Quiere que le lea el suyo?

—No. —La mujer se estremeció visiblemente cuando Ramón apareció a su vez en la terraza para ver quién había venido.

—¿Y quién es este?

—Me llamo Ramón, señora. Y le damos la bienvenida a nuestra casa. —Sonrió y le tendió la mano.

—Para su información, esta casa es mía. ¿Él también vive aquí?

—Sí, señora —dijo María.

—Alejandro no lo mencionó a él ni a la niña. Creo que en el contrato de alquiler solo constan usted y su hija. ¿A cuántos más tiene escondidos?

—Solo somos los que ve. Mi hija ha vuelto a América y…

María siguió a la mujer cuando esta entró en la casa y procedió a abrir todas las puertas con cautela, como si esperara que la atacara un grupo de salvajes indeseables. Tras comprobar que no había nadie más, paseó la mirada por la sala de estar y la cocina.

—Como puede ver, señora, he dejado su casa preciosa —dijo María.

La mujer apartó una hormiga de la mesa de la cocina con el dedo.

—Aparte de descubrir que ha metido a otros miembros de su familia en nuestra casa sin permiso y que una menor trabaja en ella, he venido a decirle que vamos a subirle el alquiler a partir del mes que viene. Mi hermano siempre ha pecado de bonachón, y hasta él se ha dado cuenta de que es demasiado bajo para una propiedad como esta.

—¿Cuánto más va a cobrarnos, señora?

La mujer mencionó la cifra, y Ramón y María se miraron horrorizados.

—Pero, señora, ¡eso es cuatro veces lo que estamos pagando ahora! No podemos permitírnoslo y…

—Quizá podría pedirle a ella que suba sus tarifas. —La mujer miró a Angelina.

—Pero teníamos un acuerdo…

—Sí, para dos personas. Ahora son cuatro y, además, estoy segura de que la policía nos apoyará cuando digamos que la casa de nuestros queridos abuelos ha sido invadida por gitanos. Si no pueden pagar lo que pedimos, tendrán que irse a final de mes, para lo que faltan, le recuerdo, tres días. —La mujer se dio la vuelta para irse con las gafas de sol de nuevo en su lugar—. Ah, y no se le ocurra llevarse nada. Sabemos exactamente todo lo que había en la casa. Adiós, señora.

Cuando puso rumbo al coche, Angelina atravesó la terraza y la señaló.

—Yo la maldigo, señora —murmuró entre dientes—. ¡Que se pudra en las profundidades del infierno!

—¡Chis! —soltó María mientras la mujer los miraba, ponía el coche en marcha y se alejaba por el camino con un chirrido de neumáticos—. Eso no ayudará.

—¿Tenemos que irnos de esta casa? —le preguntó Angelina.

—Sí. —María cogió a la pequeña Isadora de los bracitos de la muchacha y miró desesperada a Ramón—. ¿Adónde iremos?

—Por el momento, creo que deberíamos regresar al Sacromonte.

Angelina aplaudió.

—Al menos yo seré feliz. Estaré cerca del bosque, aunque echaré de menos la bañera.

—Por lo menos la cueva es nuestra y nadie puede arrebatárnosla —dijo María—. Sabía que iba a pasar algo, que esto era demasiado bueno para ser cierto.

—Y tenías razón. —Ramón le tendió una mano—. Recuerda que hubo un tiempo en que fuimos felices en el Sacromonte, cariño. Espero que podamos volver a serlo.

—¿Y si Lucía ha enviado el dinero aquí y llega cuando ya no estemos? —dijo María, presa del pánico.

—Enviaremos un telegrama a Pepe para informarle de lo ocurrido e iremos a la oficina de correos para pedirles que te guarden toda la correspondencia que llegue a tu nombre. ¿Lo ves, María? —Ramón le estrechó la mano—. Siempre hay una solución para cada problema.

—¿Por qué eres tan optimista?

—Porque no queda otra.

Tres días después, tras pedir prestada una mula para atarla a la carreta, Ramón partió con todas sus pertenencias. María lo seguía en el coche, que esperaba poder vender porque en el Sacromonte no iban a necesitarlo. Aunque sabía que ser gitano significaba que todos los hogares eran temporales, no pudo evitar llorar la pérdida de su querida finca y su vida de paya.

Ramón se esmeró en alegrar su viejo nuevo hogar. Encaló todas las paredes y arregló un pequeño patio al lado de la cueva donde sentarse los largos días de calor. Incluso le propuso a María convertir el viejo trastero que había detrás del establo en un cuarto de baño.

—No puedo proporcionaros agua corriente —dijo mientras María, Angelina y él contemplaban la maltrecha bañera de hierro y el retrete que Ramón había llevado en la carreta desde el depósito de chatarra de la ciudad—, pero algo es algo.

—Gracias, Ramón. —Angelina lo abrazó—. Servirán igual.

Al final, pensó María cuando se sentaron fuera para ver la puesta de sol sobre la Alhambra, la mudanza había resultado menos dolorosa de lo que esperaba. Su viejo hogar les había dado la bienvenida y era reconfortante estar entre amigos.

Ramón había enviado el telegrama a Pepe y cada mañana bajaba a la oficina de correos de la ciudad para ver si había llegado el paquete de América.

—Por lo menos tenemos el dinero del coche, cariño, y puede que pronto encuentre trabajo de jornalero —le recordó Ramón.

María lo miró. Su cuerpo escuálido todavía estaba luchando por recuperarse de los estragos que habían hecho en él los años de cárcel.

—Confiemos en que el paquete llegue en las próximas semanas. —Suspiró.

A los cuatro meses todavía no había llegado ningún paquete y tampoco noticias de Pepe. María se puso a tejer canastos de nuevo, pero poca gente de la ciudad disponía de dinero para comprárselos.

—¿Puedo ir contigo, abuela? —preguntó Angelina cuando María introducía las cestas en una vara larga y se preparaba para llevarlas a la plaza principal—. Ramón puede cuidar de Isadora unas horas, y no te iría mal un poco de ayuda.

—Gracias. —María sonrió—. Y sí, puede que tu bonita carita atraiga clientes.

Emprendieron el largo camino, y María agradeció que hubiese llegado el verano. La primavera había sido particularmente lluviosa y de las montañas descendían riachuelos de barro que apestaban y le traían recuerdos del pasado. Ese día de julio lucía un sol radiante y se sentía un poco más animada con Angelina parloteando a su lado.

—No te preocupes, abuela, el dinero vendrá, te lo prometo —dijo la muchacha con una sonrisa cuando llegaron a la plaza de

las Pasiegas, situada delante de la gran catedral de Granada—. Bien.
—Miró a su alrededor y señaló un lugar junto a los escalones de acceso al templo—. La misa está a punto de terminar —añadió tras leer el tablón que colgaba de la portada—. Saldrán muchos feligreses y puede que alguno quiera comprar tus canastos. Señorita… —Se acercó a una paya que cruzaba la plaza—. Mi abuela ha hecho estos preciosos cestos con sus propias manos. ¿Le gustaría comprar uno? Son muy resistentes.

La mujer negó con la cabeza, pero Angelina la siguió.

—¿Y si le leo la buenaventura?

La mujer negó de nuevo con la cabeza y apretó el paso.

—¿No desea saber si su hija se casará con el hombre rico que la corteja? —insistió Angelina—. ¿O si su marido conseguirá el ascenso al que aspira en la oficina?

La mujer frenó en seco y se volvió hacia Angelina con cara de estupefacción.

—¿Cómo sabes eso?

—Señora, por una peseta puedo saber mucho más. Ahora deme su mano…

María se quedó donde estaba y observó a Angelina deslizar sus deditos por la palma de la mujer y ponerse de puntillas para susurrarle secretos al oído. Al cabo de diez minutos, la mujer asintió, se llevó la mano al bolso y sacó el monedero. María la vio extraer un billete de cinco pesetas.

—¿Tienes cambio? —preguntó a Angelina.

—Por desgracia, no, señora, pero tal vez quiera llevarse un canasto de mi abuela.

La mujer, que parecía hipnotizada, asintió de forma mecánica y Angelina se acercó a María para agarrar un cesto.

—Gracias, señora. Les deseo a su familia y a usted una vida larga y feliz.

Cuando la mujer se hubo marchado, Angelina regresó junto a María.

—¿Lo ves? —Agitó el billete—. Te he dicho que no tenías que preocuparte por el dinero.

Para cuando emprendieron el regreso al Sacromonte por las tortuosas callejuelas, María no acarreaba un solo canasto. En su lugar llevaba el bolsillo de la falda repleto de monedas y billetes.

—Nunca he visto nada igual —explicó esa noche a Ramón mientras disfrutaban de las morcillas que había comprado María—. Ha conseguido atraer a un cliente tras otro para leerles el futuro. Y ni siquiera tenía ramilletes de romero que darles. —Sonrió.

—Puede que ayude el hecho de que sea una niña y parezca paya —adujo Ramón.

—Sí, pero además a todos les decía algo sobre su vida personal que los convencía. —María negó con la cabeza—. Su don es estremecedor, Ramón. Daba miedo verla. Me ha dicho que quiere volver la semana que viene, pero no sé si está bien utilizar sus poderes a cambio de dinero. Eso fue lo que pasó con Lucía.

—Y, como en el caso de Lucía, Angelina sabe lo que quiere. Créeme, esa jovencita nunca hará nada que no quiera hacer. Además…

—¿Qué?

—Angelina ha hecho lo que ha hecho hoy para tranquilizarte. Quería demostrarte que no tienes que preocuparte porque te quiere. ¿Qué tiene eso de malo?

—Que siempre tengo la sensación de que dependo de otros. —María suspiró.

—No, María, somos nosotros los que dependemos de ti. —Ramón le dio unas palmaditas en la mano—. Bueno, hora de irse a la cama.

Isadora

Junio de 1951

34

¿Estás despierta, Isadora?

—No —contestó la chiquilla enterrando la cara en la almohada—. Estoy dormida.

—Sé que no duermes porque me estás hablando, y si no sales de la cama tendré que hacerte cosquillas... —Los dedos de Angelina se colaron por debajo de la manta buscando la cintura de Isadora, que era donde más cosquillas tenía, y se deslizaron como pequeñas arañas por su barriga hasta que la chiquilla rompió a reír.

—¡Para, para! —chilló riendo al tiempo que apartaba la manta y saltaba de la cama—. ¡Mira, ya estoy levantada! ¿Qué quieres?

—Que vengas conmigo a la ciudad antes de que se despierten la abuela y Ramón.

—La abuela dice que no debes leerles el porvenir a los payos —le advirtió Isadora frotándose las legañas con las manitas.

—He mirado en la lata del dinero y, si no lo hago, también nos dirán que no hay nada para cenar —declaró Angelina—. ¿Me acompañas, por favor? Siempre consigo más clientes cuando estás conmigo —imploró.

—Está bien. —Isadora suspiró—. ¿Tengo que ponerme ese estúpido vestido? Me va muy pequeño y me pica.

—Sí, porque estás preciosa con él. —Angelina cogió el vestido floreado con mangas de farol.

—Es un vestido de bebé —protestó Isadora—, y ya te he dicho que prefiero vestir como un niño. ¡Ay! —gimió cuando su prima le pasó un cepillo rígido por los largos rizos negros.

—Te prometo que después te compraré un helado —la engatusó

Angelina mientras le ponía una cinta rosa en un lado del pelo—. Ahora cálzate y nos vamos.

Pasaron de puntillas por delante de la cortina del dormitorio de su abuela y Ramón, y Angelina se detuvo para verter agua de la jarra en una botella. Cuando salieron de la cueva, Isadora notó el calor del día a pesar de que apenas eran las ocho.

—Estás muy guapa con ese vestido —comentó mirando a su prima. Angelina le parecía la criatura más bella del mundo y sabía que todos los chicos del Sacromonte pensaban lo mismo. Con su larga melena rubia, sus grandes ojos azules y una piel que nunca se oscurecía con el sol, Isadora pensaba que parecía una de las princesas del libro de cuentos que le había comprado Ramón cuando la enseñó a leer—. ¿Te casarás algún día? Ya tienes casi dieciséis años.

—Yo nunca me casaré, pequeña. —Angelina negó firmemente con la cabeza—. No es mi sino.

—¿Cómo puedes decir eso? Todas las princesas hermosas encuentran a su príncipe. Hasta la abuela encontró a Ramón. —Isadora rio.

—Porque lo sé. —Angelina se encogió de hombros—. Tengo muchas cosas que hacer, mientras que tú —le tomó la mano y la balanceó muy alto— ya has conocido al tuyo.

—Espero que no. Todos los niños que conozco son feos y brutos. ¿Estás segura?

—Sí.

—¿Cómo sabes todas esas cosas? —preguntó la pequeña cuando franquearon el muro de la ciudad y descendieron por las empinadas callejuelas de adoquines en dirección a la ciudad.

—No lo sé, las sé sin más. A veces me gustaría no saberlas, sobre todo si son cosas horribles.

—¿Como monstruos o serpientes gordas y largas?

—Por ejemplo. —Angelina sonrió.

—Me encantaría tener un don como el tuyo. Así podría ver si la abuela va a hacerme magdalenas para merendar cuando vuelvo de la escuela.

—Vamos, pequeña, ¡no te entretengas!

Isadora apartó la vista de una oruga verde que trepaba lentamente por un muro de piedra y corrió calle abajo para dar alcance a su prima.

Una vez en la plaza, se quedó de pie sonriendo con dulzura al lado de Angelina mientras esta atraía a su primer cliente para leerle la mano. Independientemente de lo que su prima les dijera sobre su futuro, Isadora sabía que se trataba de una conversación privada, por lo que se distraía mirando las callejuelas que partían de la plaza. Su lugar favorito era el café con el mostrador abierto en un costado que vendía helados a los turistas. Los tenían de todos los colores y había probado la mayoría.

—Hoy pediré el verde con trocitos de chocolate —se dijo, contemplando el helado con avidez—. Hace mucho calor.

Se secó la frente y asomó la cabeza por encima del mostrador para ver si su amigo Andrés estaba ese día en el café. Andrés era el hijo del arisco vendedor de helados. Tenía siete años, uno más que ella. Durante las vacaciones, Andrés trabajaba con sus padres, pero siempre se le caían los platos y no sabía colocar el helado en el centro justo del cucurucho, por lo que sus padres lo mandaban a la plaza a jugar.

Se habían conocido en la callejuela de al lado del café, cuando intentaban esconderse del resplandor del sol del mediodía. Andrés le había ofrecido un sorbo de limonada que llenó de burbujas la boca de Isadora. A partir de ese momento, Isadora adoraba a Andrés, y la limonada.

Él, naturalmente, era payo, de ahí que, cuando Angelina le dijo que ya conocía a su príncipe, Isadora supiera que Andrés no contaba. Era tan guapo, con esos ojos de color avellana claro y esos tupidos rizos castaños… Andrés era dulce e inteligente, leía y escribía mucho mejor que ella. A diferencia de otros payos, no parecía odiarla en absoluto; más aún, se diría que le fascinaba el hecho de que viviera en una cueva y que tuviera una prima que leía el futuro.

A veces la miraba como si quisiera besarla, acercando sus labios a los de ella, pero de repente le subían los colores, se limpiaba la boca con la mano y le proponía chutar al balón en la plaza.

Isadora no le había hablado a nadie de su amigo. Sabía que su familia odiaba a los payos, los cuales solo servían para que les dieran dinero a cambio de la buenaventura. Pero Andrés era diferente, e Isadora sabía que le gustaba. Le había dicho que algún día se casaría con ella y que tendrían su propio olivar.

—No me gustan las aceitunas —había replicado Isadora, secretamente emocionada por sus palabras.

—Podemos tener otras cosas también —respondió él al instante—. Lo que tú quieras.

—¿Podremos comer helado todos los días?

—Claro.

—¿Y podremos tener un gatito o un bebé y una bañera? —preguntó Isadora mientras chutaba la pelota.

—Tendremos eso y muchas cosas más. Cuando nos casemos, haremos una gran fiesta en tu cueva, como esas de las que me hablas. Bailaremos juntos y todo el mundo comerá helado. —Andrés sonrió y le pasó la pelota.

—¿Quieres uno, niña? —dijo el padre de Andrés desde detrás del gran congelador que exhibía los helados.

Isadora salió de su ensimismamiento.

—Sí, pero no tengo dinero, señor.

—¡Entonces largo! —le gritó el hombre—. Me estás espantando a la clientela.

Isadora se encogió de hombros y decidió que no lo invitaría a la fiesta. Andrés no había llegado aún al café, pero todavía era temprano.

—A mí no me espanta —dijo una voz grave a su espalda—. Póngame dos de esos. —El hombre señaló el helado verde.

—Sí, señor.

Isadora se dio la vuelta y vio gente que salía en tropel de la catedral. Seguramente había terminado la misa matinal. Se percató de que Enrico, el padre de Andrés, cambiaba la expresión y de repente era todo sonrisas con el payo. Mientras llenaba los dos cucuruchos, Isadora observó al hombre, que era muy alto y estaba moreno, y tenía los ojos castaños y hundidos. Parecía amable, pensó, y un poco triste.

—Tome, señorita —le dijo este tendiéndole uno de los cucuruchos.

Isadora lo miró atónita.

—¿Es para mí? —preguntó.

—Sí. —Él asintió.

—Gracias a Dios —exclamó Isadora antes de dar un lametón al helado, que ya estaba derritiéndose con el sol y goteaba por el cucurucho. Identificando a un posible cliente, esbozó una sonrisa dulce—. ¿Quiere que le lean el porvenir? —le preguntó.

—No comprendo. Hablo inglés —respondió el hombre.

—*You like fortune tell?* —Angelina le había enseñado las palabras como un loro por si entablaba conversación en la plaza con algún turista inglés.

—*You can tell my fortune?* —El hombre la miró.

Entonces fue Isadora la que dijo que no entendía.

—Mi prima, Angelina, es muy buena. —Isadora señaló la plaza—. *She is very good.* —Abrió la mano e hizo el gesto de leer la palma.

—¿Por qué no? —El hombre se encogió de hombros al tiempo que lamía el helado y hacía señas a Isadora para que lo guiara.

Angelina estaba terminando con una clienta e Isadora se quedó a unos metros mientras el dinero cambiaba de manos.

—Mira —le dijo cuando la mujer se hubo marchado—, te traigo a un hombre. Su español no es muy bueno —le susurró al oído.

—Hola, señor. —Angelina esbozó su sonrisa más radiante—. *I see hand?* —preguntó en inglés—. Luego le hablaré de su hija.

—¿Mi hija?

Al ver la cara de asombro del hombre, la misma que ponían todos los clientes cuando Angelina les mencionaba un secreto que, por alguna razón, conocía, Isadora fue a terminarse su helado a la sombra de una marquesina que había al otro lado de la plaza. Esperaba que Angelina le diera unos céntimos de comisión por haberle llevado al hombre. Tal vez le comprara un regalo a su abuela con el dinero. Estaba pensando en eso y lamentando que Andrés no hubiese llegado aún al café cuando un gatito blanco y negro apareció a su lado, procedente del callejón, y empezó a pasear su delgaducho cuerpo entre las piernas de Isadora.

—¡Qué bonito! —Lo levantó del suelo, y el gatito se puso a ronronear—. Creo que te llevaré a casa como regalo para la abuela. —Lo besó en la cabeza.

Alzó la vista y advirtió que el hombre que había llevado a Angelina se estaba alejando. Cruzó la plaza con el gatito en brazos.

—Mira lo que he encontrado. —Isadora la observó esperanzada, pero los ojos de Angelina todavía seguían a su cliente—. ¡Mira! —insistió—. ¿Podemos llevárnoslo a casa, Angelina? Por favor —suplicó.

—Sabes que no podemos. Si apenas nos llega para alimentar nuestras bocas, no digamos la de un animal. Estoy demasiado cansada y acalorada para atender a más clientes y, además, es hora de volver a casa.

—¿Y mi helado?

—Ya te has comido uno, ¿no, pillina? Te lo ha comprado ese hombre. Cuánta tristeza hay en el mundo… Ay. —Angelina se pasó una mano por los ojos—. Ahora deja ese gato donde lo has encontrado y vámonos.

Isadora obedeció malhumorada, porque tenían por delante un largo trecho, no había visto a Andrés y, por mucho que rogara, no le dejaban tener una mascota.

—¿Te has ganado un buen dinero esta mañana? —preguntó a Angelina.

Estaba acostumbrada a los silencios de su prima cuando regresaban de la plaza. La abuela decía que leer la buenaventura la dejaba exhausta, por lo que Isadora siempre intentaba animarla durante el trayecto de vuelta a casa.

—Sí, ese hombre me ha dado diez pesetas.

—¡Diez pesetas! —Isadora aplaudió—. ¿Por qué no te alegras?

—Porque, aunque sean payos, preferiría no tener que cobrarles, poder leerles el futuro gratis.

—No cobras a los gitanos que vienen a verte, ¿verdad?

—No, pero eso es porque no tienen dinero. —Angelina sonrió débilmente y le alborotó el pelo—. Eres una buena chica, Isadora. Perdona si a veces me enfado.

—Lo entiendo. —La pequeña le dio unas palmaditas en la mano—. Es una gran responsabilidad la que acarreas —dijo con solemnidad, repitiendo las palabras que había oído utilizar a María tres noches antes, cuando una vecina fue a su cueva suplicando un brebaje para salvar a su madre de setenta años. Angelina se lo dio, pero cuando la mujer se hubo marchado, meneó la cabeza. «Morirá durante la noche, y no hay nada que yo pueda hacer.»

—Te agradezco que digas eso, pero mi don también es un gran privilegio y no debería quejarme. —De repente Angelina se detuvo y abrazó a Isadora—. Te quiero, cariño, y debemos pasar juntas y felices el tiempo que nos ha sido concedido.

Al cabo de un mes, cuando el calor de junio dio paso a un julio aún más tórrido, Isadora llegó a casa y encontró a un extraño sentado en la cocina. Miró a su abuela, que estaba en la mecedora con los ojos enrojecidos por el llanto.

—¿Qué tienes? ¿Qué ha pasado, abuela? —preguntó, ignorando al hombre y cruzando la cocina para subirse al regazo de María.

—Ay, Isadora… —María abrazó a su nieta mientras trataba de serenarse—. Lo siento tanto, cariño, tanto…

—¿Qué ha pasado? Parecéis muy tristes. —Isadora miró al hombre sentado a la mesa con un vaso del brandy especial de Ramón—. ¿Quién es?

—Esa es la parte buena. —María acertó a esbozar una sonrisa débil—. Es Pepe, tu tío.

—¡Pepe! ¿El hijo tuyo que vive en América? —Los expresivos ojos de Isadora se posaron de nuevo en María—. ¿Mi tío?

—Sí.

—¿Y ha venido aquí?

—Sí. —María sonrió y señaló a Pepe.

—Pero… —Isadora se llevó un dedo a los labios, como hacía cuando cavilaba—. ¿Por qué no estás contenta, abuela? Siempre decías que lo echabas mucho de menos y ahora está aquí.

—Es cierto… —María asintió—. Y me alegro mucho de verlo, sí.

Isadora se bajó de la rodilla de su abuela y atravesó la cocina para plantarse delante de su tío.

—Hola, me llamo Isadora y me alegro de conocerle. —Le tendió una mano con formalidad.

Pepe rio al tiempo que se la estrechaba.

—Veo que mi sobrina ha aprendido unos modales excelentes.

—Gracias a Angelina. Se la lleva a veces a la ciudad, donde lee el porvenir a los payos. También chapurrea el inglés.

—Yo no soy payo, pequeña, así que ya estás dándole un abrazo a tu tío Pepe.

Isadora se dejó envolver por los brazos de su tío. Cuando este la besó, el enorme bigote le hizo cosquillas en la mejilla.

—Mira, te he traído un regalo de América. —Pepe cogió una caja del suelo y se la entregó.

—¿Un regalo? ¿Para mí? ¡Mira! ¡Una caja envuelta con un papel precioso, abuela! Gracias, tío Pepe.

—No, Isadora. —Él sonrió—. Tienes que quitar el papel y mirar lo que hay dentro de la caja. Ese es el regalo.

—Pero el papel es muy bonito y se estropeará si lo quito —replicó ceñuda Isadora.

—Yo te enseño. —Pepe colocó la caja en la mesa y, tras deshacer los incontables lazos rosas, abrió el papel por un extremo—. ¿Lo ves? Termina tú.

Isadora lo hizo y, siguiendo las indicaciones de su tío, abrió la tapa. Cuando vio lo que había dentro, ahogó un gritito.

—¡Es una muñeca! ¡Y se parece a Angelina! Es preciosa. ¿Es mía de verdad?

—Sí, y espero que la cuides bien. Se llama Gloria —dijo Pepe mientras Isadora sacaba la muñeca de la caja con la mirada radiante.

—Las he visto en las tiendas de los payos, pero cuestan muchas pesetas. Gracias, tío —dijo, abrazando a Gloria—. Te prometo que la cuidaré. —Se volvió hacia María—. Entonces ¿estabas llorando de felicidad, abuela? —preguntó esperanzada.

Pepe y María intercambiaron miradas.

—Estábamos tristes porque Pepe me ha contado que tu mamá, Lucía, se ha ido al cielo con los ángeles.

—¿Se ha ido al más allá? —preguntó Isadora mientras subía y bajaba los brazos de Gloria y jugaba con el diminuto zapato y el calcetín que se le habían resbalado del piececito.

—Sí.

—Entonces ¿nunca la conoceré en la tierra?

—No, Isadora.

—Bueno, me habría gustado conocerla, pero estoy segura de que es feliz donde está. Angelina dice que el más allá es un lugar muy bonito. ¿Puedo ir a enseñarle a Gloria?

—Claro. Está en el patio, cuidando de sus hierbas.

Cuando Isadora se hubo marchado, Pepe sonrió.

—Es una niña preciosa, mamá. Muy natural, no como los niños de América.

—Sí, y en cierto modo me alegro de que fuera demasiado pequeña para recordar a su madre, así su muerte no le dolerá tanto. Me estabas contando lo que pasó, Pepe.

—Estábamos en Baltimore y es cierto que Lucía estaba agotada y bebiendo y fumando demasiado, pero nada fuera de lo normal. Subió al escenario, como siempre, y comenzó su farruca. Cuando terminó, gritó «¡Olé!» y se desplomó. El público pensó que formaba parte de la actuación, y nosotros también, aunque al ver que no se levantaba comprendimos que pasaba algo. Llamamos a una ambulancia, pero cuando llegó al hospital certificaron su muerte. Dijeron que había tenido un ataque al corazón. No sufrió, mamá.

María se santiguó por costumbre.

—El baile la mató.

—Sí, mamá. Por lo menos murió haciendo lo que amaba.

—¡Pero era tan joven! ¡Aún no tenía ni cuarenta años! Y es tan triste que no pudiese volver nunca al Sacromonte para ver a su hija…

—Sí. Le pregunté muchas veces si pensaba venir, pero siempre encontraba una excusa para no hacerlo. Ahora que he visto a Isadora, creo que sé por qué. ¡Es la viva imagen de su padre!

—Supongo que sí —reconoció María—. Y se parece mucho a él. Amable, dulce y muy, muy paciente. Sigue a Angelina como un perrito.

—Mamá, ¿crees que deberíamos decirle a Meñique que tiene una hija? —preguntó Pepe.

—Lucía me hizo prometerle que no se lo diría, pero ya no está entre nosotros… ¿Tú qué opinas?

—He oído que Meñique se casó y vive en Argentina con su mujer y dos hijos.

—O sea, que finalmente superó la relación con Lucía.

—Sí. ¿Es justo perturbar a su nueva familia con esta noticia? Por otro lado, ¿es justo que Isadora no conozca a su padre?

—Aquí ha tenido a Ramón, Pepe, además de a Angelina y a mí. Necesito preguntarte algo. Nunca recibí un céntimo de Lucía después de su partida, a pesar de que te envié un telegrama donde te decía que nos habíamos mudado y que debíais enviar el dinero a la dirección de la oficina de correos.

—Recibí el telegrama, mamá, y juro que estaba con Lucía cada vez que te enviaba el dinero, lo que hacía regularmente. ¿Nunca te llegó?

—No, y eso que Ramón se ha pasado los últimos cinco años yendo a la oficina de correos una vez por semana. Y siempre le decían que no había llegado ningún dinero.

—En ese caso, apuesto a que en la oficina de correos hay un hombre muy rico paseándose en un deportivo. ¿Por qué no me dijiste que necesitabas ayuda?

—No quería suplicar a mi propia familia. —María negó con la cabeza—. Además, nos las hemos apañado.

—Lo siento mucho, mamá. —Pepe se levantó y se acercó a ella—. Si lo hubiese sabido, os habría ayudado. En cualquier caso, ahora he vuelto y puedo cuidar de vosotros. He traído todos mis ahorros y, si somos cuidadosos, habrá suficiente para alimentarnos durante muchos años. Además… —Pepe se acarició el bigote.

—¿Qué?

—Antes de irme hablé a papá de Isadora y le pedí que me diera dinero para ella. A fin de cuentas, Lucía era su madre y todo lo que ganó y todo lo que poseía debería pasar, por derecho, a su hija.

—Tienes razón. ¿Y te lo dio?

—Dijo que había sido un año difícil, que los trajes nuevos para el espectáculo se habían comido los sueldos del cuadro. Me dio algo, pero nada comparado con lo que le debía a Lucía.

—Veo que no ha cambiado —se lamentó María con un suspiro hondo.

—No, mamá, no ha cambiado. Aun así, antes de irme me tomé la libertad de vender las joyas y los abrigos de pieles de Lucía. No me dieron lo que valían, pero por lo menos Isadora dispone ahora de una buena suma para su futuro. Mañana iré al banco y le abriré una cuenta. Con suerte, si las cosas mejoran en España, su herencia crecerá. Creo que no deberíamos decirle nada y dársela cuando cumpla los dieciocho.

—Sí. —María sonrió por primera vez—. Por lo menos así tendrá algo con lo que empezar su vida adulta. Mejor nos olvidamos del asunto hasta entonces. ¿Cuánto tiempo vas a quedarte, Pepe?

—Bueno, el cuadro ya no existe. Tras la muerte de Lucía, cada miembro se fue por su lado, y yo estoy cansado de vivir en la carretera. Así que —Pepe le cogió las manos— he venido para quedarme, mamá.

—¡Esa sí es una noticia dichosa! Y puedes instalarte en la cueva de Ramón.

—¿Ramón vive aquí contigo?

—Sí —afirmó María, negándose a ocultar más su amor por el hombre que era todo lo que su marido no había sido—. Espero que lo entiendas, Pepe.

—Lo entiendo, mamá. Es posible que de niño idolatrara a mi padre, pero no tardé en darme cuenta de cómo es en realidad.

—Sin Ramón no habría sobrevivido —dijo María—. ¿Y qué hay de tu padre? ¿Dónde está?

—Lo dejé en San Francisco. Le gusta el clima de California. Tiene un trabajo tocando la guitarra en un bar.

—¿Está solo? —quiso saber María, percatándose de que ya no le dolía preguntarlo.

—Eh… no. Su última novia se llama Juanita, pero estoy seguro de que no le durará.

—Y tampoco me importa —aseguró María, comprendiendo que era cierto—. ¿Y qué me dices de ti, Pepe? ¿Tienes novia?

—No, mamá, quién iba a quererme a mí. —Rio.

—¡Muchas mujeres! Mírate. Eres guapo y joven todavía, y tienes talento.

—A lo mejor no estoy hecho para el matrimonio.

—Espera a que te vean las muchachas del Sacromonte. Las tendrás haciendo cola delante de tu puerta. —María se levantó—. Voy a preparar la cena. Vete a ver si ha vuelto Ramón con el agua, ¿quieres?

—Sí, mamá.

Cuando Pepe salió de la cueva para bajar la cuesta, soltó un suspiro y se preguntó si debería contarle la verdad a su madre para evitar que intentara buscarle esposa. No obstante, había cosas que ni siquiera una madre, por mucho que quisiera a su hijo, podía saber jamás. Si le contaba lo que era, el disgusto podría matarla. Pepe sabía que era un secreto que tendría que guardarse el resto de su vida.

Las noticias viajaban deprisa en el monte, y al día siguiente parecía que hasta el último gitano que quedaba en Granada había acudido a la cueva de María para darle el pésame por La Candela, la bailaora más grande que había nacido en el Sacromonte, y asistir al entierro de las cenizas, que había llevado Pepe. Al anochecer, María y Angelina encabezaron la peregrinación hasta el bosque; las mujeres se lamentaban y entonaban cantos fúnebres mientras Angelina murmuraba conjuros para guiar a Lucía hasta el más allá.

Pepe sujetaba con una mano la caja de madera tallada que contenía las cenizas de Lucía y, con la otra, la manita de su sobrina. Se volvió hacia Isadora, que tenía la mirada fija en el camino, los ojos secos, el semblante sombrío. Le rompía el corazón pensar que nunca conocería a su madre, que Lucía nunca la abrazaría, nunca bailaría con ella…

Cuando llegaron al claro del bosque, se hizo el silencio. En la hilera de cruces donde descansaban varias generaciones de la familia Albaycín, habían preparado una pequeña parcela junto a los hermanos de Lucía. Mientras Angelina entonaba una oración, Pepe y María depositaron delicadamente la caja en el hoyo y utilizaron sus propias manos para cubrirlo con la fértil tierra marrón mezclada con las lágrimas de María.

Pepe se levantó y, contemplando la tumba de Lucía, se santiguó. «Mi querida hermana —pensó—, me salvaste la vida de más maneras de las que imaginas.» Cuando regresó junto a Isadora para cogerla en brazos y emprender el largo camino de vuelta, lanzó una oración silenciosa al cielo. «Te juro, Lucía, que cuidaré de tu hija hasta el día que me muera.»

Tiggy
Sacromonte, Granada
España

Febrero de 2008

Ciervo blanco
(Cervus elaphus)

Ciervo rojo con un patrón genético llamado «leucismo» que causa una reducción de la pigmentación en el pelaje y la piel. Criaturas extremadamente raras, se las considera mensajeras del más allá en el folclore británico.

35

Pepe bostezó y se sonó la nariz.

—Creo que he hablado suficiente —concluyó, asintiendo con la cabeza—. Angelina seguirá por mí. —Se levantó y abandonó la terraza.

—Pobre Lucía —dije, obligándome a regresar literalmente del «otro mundo» en el que había pasado la última hora—. Era tan joven...

—Sí, lo era, pero también egoísta. Solo vivía para bailar. Son muchas las grandes artistas que no están hechas para ser esposas o madres —repuso Angelina.

—Creo que puedo imaginarme el secreto que Pepe quería ocultar a María —dije con voz queda.

—Sí. Yo lo supe en cuanto lo vi. Hoy día no pasa nada por ser uno mismo, que te gusten los hombres, las mujeres o incluso ambos, pero en aquel entonces sí, y más aún en la comunidad gitana. Pobre Pepe, nació en el siglo equivocado.

—O sea, que se quedó en el Sacromonte contigo, María, Ramón y mi madre.

—Sí. Se ganaba la vida como guitarrista y nos las apañábamos. Llevábamos una vida sencilla pero no por ello infeliz. Además, ya has oído que Pepe se trajo algún dinero de América. Y gracias a él, Isadora recibió una herencia de su madre cuando cumplió los dieciocho años. Eso fue lo que ayudó a la familia a prosperar.

—¿A qué te refieres?

—A que Isadora empleó el dinero para ayudar a su marido a montar un negocio. Tu padre, Erizo.

—¿Quién era? ¿Cómo era? —le pregunté con avidez.

—El nombre ya lo has oído. Era Andrés, el muchacho al que tu madre conoció de niña. Sus padres tenían el café en la plaza. Por supuesto, los padres no querían que su hijo se casara con una gitana, pero a Andrés no le importó y, cuando se casó con tu madre, se vino aquí arriba. Ramón, María, Pepe y yo regresamos a la antigua cueva de Ramón y agrandamos esta para que Isadora pudiera formar su propia familia con Andrés. Isadora utilizó su dinero para ayudar a Andrés y a Ramón a montar un negocio. Cuando Pepe le habló de los carros de bebidas que había visto en las calles de Nueva York, Andrés decidió comprar campos de naranjos. Ramón recogía y exprimía las naranjas y Andrés vendía el zumo en la ciudad. Tu padre y Pepe diseñaron un aparato de refrigeración para el jugo que iba atado en el costado de la motocicleta. El zumo que vendía en la plaza no le daba una fortuna, pero sí lo bastante para vivir. Quedaban suficientes payos adinerados y cada vez había más turistas. Al cabo de un tiempo, fabricó dos máquinas más y en verano contrataba a otros para que vendieran zumo de naranja y Coca-Cola, que se había vuelto muy popular. Andrés era, como decís vosotros, un emprendedor.

—¿Cuándo se casaron mis padres?

—Cuando tu madre tenía dieciocho años.

—Pero eso significa... —Hice un cálculo mental—. ¡Que tardaron veinte años en tenerme! ¿Por qué esperaron tanto?

—No esperaron, querida. Su mayor sueño era crear una familia, y no había pareja que lo mereciera más. Se querían tanto... —Angelina suspiró—. Yo intentaba ayudar, pero tu pobre madre tuvo varios abortos espontáneos y ya habían perdido la esperanza mucho antes de que tú llegaras. Entonces, como pasa a veces, cuando dejaron de intentarlo y se relajaron, decidiste venir.

—Y, si estaban felizmente casados, ¿por qué demonios acabaron entregándome a Pa Salt?

—Ay, Erizo, recuerda que aunque la Guerra Civil había terminado hacía tiempo, Franco dejó el país en una situación penosa. Los años siguientes fueron, para muchos, casi tan malos como los anteriores. El país entero tenía problemas de dinero, y una vez más nuestra comunidad fue la que más sufrió. Pero eso no habría importado si...

—¿Qué, Angelina?

Vi que los ojos de la anciana se llenaban de lágrimas. Trató de serenarse, y también yo me preparé para escuchar al fin lo ocurrido.

—He visto cosas terribles en mi vida, pero creo que la tragedia de tu madre y tu padre fue la peor de todas. Sí —asintió—, la peor.

—Me hago cargo, Angelina, pero tienes que contarme qué pasó.

—Bien, antes de nada debes saber que jamás he visto tanta felicidad en un ser humano como el día que mi Isadora vino a decirme que estaba embarazada. Al rato llegó tu padre en su motocicleta con los brazos llenos de flores para ella. Nunca había visto a un hombre tan feliz. Le dije, no obstante, que tu madre era mayor y que tenía que hacer reposo. Andrés la trataba como si fuera una muñeca de porcelana. Trabajaba horas extras para ahorrar dinero para cuando tú llegaras. Como puedes imaginar, después de haber perdido tantos bebés, cada semana que transcurría contigo en la barriga de tu madre era un milagro para los dos. —Angelina asintió con tristeza—. Entonces, una noche que hacía muy mal tiempo y las carreteras estaban inundadas por las lluvias, tu padre no llegó a casa. Pepe acudió esa misma noche a la policía y le dijeron que, efectivamente, habían encontrado a un hombre muerto en una cuneta con la motocicleta encima. Era Andrés… El aparato que había atado para vender zumos de naranja era pesado y la policía dijo que volvía inestable la motocicleta cuando hacía mal tiempo… —Angelina sacó un pañuelo rosa y se sonó la nariz.

Junté las manos y me esforcé por contener las lágrimas. Angelina meneó la cabeza y tuvo un escalofrío.

—Tantos años buscándote y no vivió para verte nacer. A tu madre la afectó mucho la muerte de Andrés. No podía comer ni beber, aunque yo le decía que debía hacerlo por la salud del bebé. Naciste un mes antes de lo previsto, y aunque tienes que creerme si te digo que lo intenté todo para salvar a tu madre, no pude. No fui capaz de detener la hemorragia, Erizo, y cuando llegaron los hombres de la ambulancia que había pedido Pepe, ellos tampoco pudieron. Murió un día después de que tú nacieras.

—Entiendo.

No había nada más que decir. Nos quedamos un rato calladas; pensé una vez más en lo cruel que podía ser la vida.

—¿Por qué ellos? —susurré más para mí que para Angelina—. Después de intentarlo tantos años, ¿no se merecían disfrutar un tiempo de su bebé? Quiero decir, ¿de mí?

—Sí. Es una historia terrible y seguro que comprendes que me rompa el corazón contarla. No obstante, aunque sus vidas fueron cortas y a ti se te negó el privilegio de conocer a tus padres y recibir sus cuidados, sé de mucha gente que tiene una vida larga y nunca encuentra un amor como el de tus padres. Consuélate, cariño, pensando que no podrías haber sido más deseada. Muchas veces siento a tu madre a mi alrededor, siento su felicidad. Siempre estaba contenta, ese era su don. Yo... la adoraba. —Angelina se sonó la nariz de nuevo y negó con la cabeza—. Creo que a Pepe su muerte le destrozó el corazón para siempre. Por eso se ha marchado ahora. No soporta hablar de ello.

Me serené, pues era consciente de que se me agotaba el tiempo y necesitaba saberlo todo antes de irme.

—Entonces ¿cómo acabé con Pa Salt?

—Justo después de que muriera tu madre, Pa Salt vino a verme para que le leyera el futuro. Tú estabas conmigo y apenas tenías unos días. Le conté tu historia y se ofreció a adoptarte. Debes entender, Erizo, que Pepe y yo éramos viejos y pobres. No podíamos darte la vida que merecías.

—¿Confiabas en él?

—Desde luego —me aseguró Angelina—. Lo consulté con el más allá y me dijeron que sí, que era lo correcto. Tu padre es... era un hombre muy especial. Iba a darte la vida que nosotros no podíamos ofrecerte. Pero le hice prometer que cuando fueras mayor te enviaría aquí. ¡Y mira! —Sonrió débilmente—. Cumplió su promesa.

—¿Y María? ¿Todavía vivía cuando yo nací?

—Ramón murió un año antes que María. Los dos vivieron lo bastante para ver a Isadora contraer matrimonio con tu padre, pero, por desgracia, no para verte nacer, Erizo.

—¿Me puso mi madre un nombre antes de morir?

—Un nombre como es debido, no, pero... cuando naciste todos comentamos que parecías un erizo porque tenías el pelo apuntando hacia arriba. Tu madre y los demás te llamamos «Erizo» el tiempo que estuviste con nosotros.

—Y luego me convertí en «Tiggy» por el erizo del cuento.

—Medité sobre esa coincidencia, si es que era tal—. ¿Sabes que mi verdadero nombre es «Taygeta»?

—Sí, tu padre nos dijo que te pondría el nombre de una de las Siete Hermanas. ¿Encontró a alguna más?

—Sí, una más. Mi hermana Electra llegó un año más tarde.

—¿Y la Séptima Hermana?

—Pa Salt dijo que no la encontró. Solo somos seis.

—Me sorprende —repuso Angelina.

—¿Por qué?

—Porque… —Abrió la boca para decir algo, pero volvió a cerrarla. Se encogió de hombros—. A veces los mensajes son confusos. Y ahora, Erizo, ¿te gustaría ver una foto de tus padres?

—Sí, por favor.

Cuando me la entregó, me subió un escalofrío por la nuca. Observé la imagen con fascinación.

—¿Son ellos el día de su boda? —murmuré.

—Sí. Se casaron en 1963.

La pareja de la fotografía se estaba mirando, y el amor y la adoración que sentían el uno por el otro brillaban en sus rostros jóvenes e inocentes. Los colores se habían desvaído con los años, pero vi que el hombre tenía el pelo moreno y muy rizado, y unos ojos dulces de color castaño claro, mientras que la mujer…

—Como puedes ver, te pareces a ella —comentó Angelina.

Sí, podía verlo. Su cabello era más oscuro que el mío, pero la forma de los ojos y las facciones de la cara me resultaban muy familiares.

—Mi madre —susurré—. Te quiero.

Eran más de las dos y debía estar en el aeropuerto a las cuatro y media. Tenía muchas cosas en las que pensar, pero no era el momento. Dejé a Angelina dormitando al sol y fui a recoger mi mochila al hotel. A continuación, regresé a la cueva de la puerta azul y descorrí la cortina del dormitorio para despedirme de mi hermana y de la última incorporación a nuestra familia. Oso estaba mamando con avidez del pecho de Ally.

—He venido a decir adiós, Ally. Cuídate mucho y cuida del pequeñín, ¿vale? Y gracias por venir a por mí. —Los besé a los dos.

—No, gracias a ti y a tus maravillosos parientes por estar aquí conmigo. Qué gran regalo me llevo a casa. —Ally sonrió—. Espero verte muy pronto en Atlantis.

—Cuenta con ello.

—¿Estás bien? —me preguntó—. Tienes la cara pálida.

—Angelina ha estado hablándome de mis padres y de cómo murieron.

—Oh, Tiggy. —Ally me tendió una mano—. Lo siento mucho.

—Supongo que el hecho de no haberlos conocido ayuda. Para serte sincera, estoy como anestesiada.

—No me extraña. Un día, si quieres, te lo contaré todo sobre mi familia biológica y tú puedes hablarme de la tuya, pero por el momento, cariño, vuelve a Atlantis y recupera fuerzas.

—Lo haré. Adiós, Ally. Adiós, Oso.

Salí al patio y desperté a Angelina para decirle que me iba.

—Vuelve pronto, Erizo, y trae contigo a ese simpático mister Charlie —dijo al tiempo que me guiñaba un ojo, y yo me sonrojé.

Pepe apareció en el patio con una pila de CD.

—Toma, Erizo. —Me los tendió—. Aunque no conociste a tu abuelo Meñique, puedes oír la música que compuso. Escúchala y sentirás el duende aquí. —Se llevó la mano al corazón y me sonrió, lo que acentuó las arrugas en torno a sus ojos—. Ve con Dios, cariño.

Angelina y Pepe me abrazaron y me besaron en las mejillas, que tenía bañadas en lágrimas.

Marcela me esperaba junto a su Punto para llevarme al aeropuerto.

—¿Estás lista, Tiggy?

Sonreí a mi familia y agité la mano por última vez.

—Sí —dije.

Esa noche volé a Atlantis en el avión privado que había pedido Ma, con la cabeza llena todavía de mi pasado pero también de mi presente. Dada mi situación, había decidido que no quería pensar en el futuro. Cuando Ma me recibió en el embarcadero y Christian me ayudó a bajar de la lancha para entregarme a su abrazo cálido y reconfortante, recordé lo que había dicho Angelina de que las personas que nos querían deseaban tener la oportunidad de cuidarnos. Me quedaría allí unas semanas para descansar y punto.

Así pues, me rendí al caparazón confortador que constituía estar convaleciente en Atlantis. Mi cama se hallaba en medio de la habitación para que pudiera disfrutar de las maravillosas vistas del lago de Ginebra. Yacía como una princesa en mi espacioso refugio del ático, donde descubrí que —tanto mental como físicamente— estaba mucho más cansada de lo que había imaginado. No era de extrañar, me dije, teniendo en cuenta todo lo ocurrido las últimas semanas, de modo que decidí prestar atención a mi cuerpo y atender todas sus demandas. Después de comer solía quedarme dormida escuchando la guitarra y la voz sedantes de Meñique en mi reproductor de CD portátil y me despertaba una hora más tarde. Claudia, nuestra maravillosa ama de llaves, insistía en subirme a la habitación el desayuno, la comida y la cena, además de una taza de leche de avena caliente con galletas caseras por la noche.

Hacia finales de la primera semana, empecé a impacientarme.

—Por favor, Claudia, déjame cenar hoy abajo —le imploré cuando me trajo otra bandeja de comida—. ¡Seguro que estás harta de subir la escalera diez veces al día! Además, ya me noto más fuerte...

—*Nein, Liebling*. Tienes que quedarte en la cama y descansar.

Era obvio que Charlie había estado hablando con Ma, y mis dos cuidadoras insistían de forma irritante en que siguiera sus consejos al pie de la letra. Me habían prohibido abandonar la habitación, y el día de mi llegada incluso había tenido que impedir a Ma que me acompañara al cuarto de baño. No obstante, tras comprender, con el paso de los días, que era una batalla perdida, me rendí y empecé a pensar en cómo aprovechar el tiempo. Angelina siempre decía que las cosas sucedían por algo, y cuando saqué de la mochila los apuntes que había tomado en el Sacromonte y comencé a memorizarlos, comprendí que tenía razón. El proceso me llevó a reflexionar sobre cómo debía utilizar exactamente mis nuevas habilidades. ¿Debía cambiar por completo de profesión y establecerme como herborista y espiritista como mis antecesoras? En la actualidad, dedicarse profesionalmente a eso —ya fuera recetando potentes remedios de hierbas o haciendo imposición de manos sobre cuerpos heridos, tanto de personas como de animales— requería una titulación que demostrara que sabía de lo que hablaba. Diez días con una vieja gitana española no darían la talla en el mundo burocrático actual. Las brujas del pasado habían tratado a clientes que confiaban plenamente en sus dones; no habían necesitado certificados para respaldar sus dotes curativas.

Pasaba muchas horas contemplando por la ventana las montañas del otro lado del lago y preguntándome cómo podía incorporar lo que había aprendido a mi trabajo. Y cuanto más pensaba en ello, más convencida estaba de que Chilly tenía razón cuando me dijo que había elegido el camino equivocado. La conservación de la fauna estaba muy bien, pero ya no dudaba al respecto de que quería utilizar mis habilidades directamente con los animales.

—Tu poder está en tus manos, Tiggy —murmuré mirándolas con seriedad.

Pensé entonces en Fiona, en la manera en que su medicina convencional había curado a Cardo en un par de días. Y en Charlie y Angelina, que habían empleado métodos modernos y holísticos para cuidar de Ally y de mí, y me pregunté si habría una manera de combinar ambos...

—Ay, no sé.

Suspiré pensando en lo sencillo que había sido todo cuando trabajaba para Margaret. Los animales, el aire puro de las Highlands, ocupada desde alba hasta el anochecer.

Me metí en internet para echar un vistazo a cursos que podrían acreditarme en el mundo «normal» para trabajar con animales. Para mi sorpresa, encontré varios estudios holísticos en torno al reiki. Y, tal como había mencionado Fiona, descubrí que había una lista de profesionales veterinarios alternativos que ya utilizaban esa técnica.

—¿De verdad quiero pasarme otro montón de años en la universidad para formarme como veterinaria? —me pregunté mordisqueando la punta del boli—. ¡No! —Negué con la cabeza—. Sería una anciana para cuando terminara y, además, no me interesa diseccionar animales y estudiar el funcionamiento de su sistema linfático. Tiene que haber otra manera...

A medida que iba recuperando fuerzas, al llegar la noche me descubría totalmente desvelada, de modo que una vez que Ma me tomaba la tensión y me daba las buenas noches, y la oía alejarse con sigilo por el pasillo hasta sus dependencias, dejaba pasar media hora para que se durmiera antes de levantarme de la cama y deambular por la casa. La primera vez que había experimentado el impulso de hacer tal cosa pensé que era porque sentía claustrofobia, pero en vista de que seguía levantándome noche tras noche para proseguir con mis paseos, al final comprendí que estaba buscando algo o, para ser más exactos, a alguien…

Sentía la presencia de Pa en la casa con tanta fuerza que era como si acabara de levantarse de su escritorio para ir a la cocina por un vaso de agua o de subir la escalera para acostarse.

Una noche me descubrí revolviendo los cajones de su mesa en busca de alguna prueba de que había estado allí recientemente o de alguna pista que pudiera explicar el enigma de mi querido padre.

—¿Quién eras? —inquirí al tiempo que asía un pequeño icono de la Virgen y me preguntaba si Pa había sido un hombre religioso. De pequeñas nos llevaba a la iglesia, pero a medida que nos fuimos haciendo mayores nos dejó decidir si queríamos asistir o no.

Reparé en un ramillete de hierbas atadas con un trozo de cordel deshilachado. Lo cogí con delicadeza y visualicé a la gitana que se me había acercado en la plaza de Granada y conocía mi apodo.

—¿Te lo dieron cuando estuviste allí? —susurré al aire, cerrando los ojos y pidiendo una respuesta a mi espíritu guía. El problema era que no sabía si Pa era o no mi guía—. Si estás ahí arriba, háblame, por favor —susurré.

Pero no me contestó.

—¡Ma, te lo ruego, no puedo seguir en la cama ni un minuto más! Por favor, hace un día precioso. —Señalé el tibio sol de marzo que estaba derritiendo el rocío del cristal de la ventana—. Después de dos semanas y media encerrada, seguro que Charlie vería con buenos ojos que me diera un poco el aire.

—No sé. —Ma suspiró—. Además del riesgo de que te resfríes, tendrías que subir todos esos escalones hasta la cama.

—Si insistes, dejaré que Christian me suba en brazos —propuse.

—Me temo que Christian no ha venido hoy… —Podía ver que Ma estaba sopesando algo—. Hablaré con Claudia y Charlie, *chérie*. Ah, casi se me olvida, tienes una carta.

—Gracias.

Ma se marchó y abrí el sobre tras advertir que provenía del extranjero.

26 de febrero de 2008
Reserva Natural de Majete
Chiwawa, Malaui

Estimada Srta. D'Aplièse:

Gracias por su solicitud para el puesto de directora de conservación de la Reserva Natural de Majete. Le enviamos por correo una invitación para una entrevista en Londres el viernes 7 de marzo a las 13.00 horas, pero no hemos recibido respuesta. Le rogamos que nos comunique, a más tardar el miércoles 5 de marzo, si sigue interesada en el puesto y si asistirá a la entrevista, cuyos pormenores aparecen en el documento adjunto.

Atentamente,

KITWELL NGWIRA
Director de la Reserva Natural de Majete

Tragué saliva y me levanté para sacar del cajón mi viejo portátil. Me había olvidado por completo del correo que había enviado en un momento de frustración, y desde mi llegada a Atlantis no había tenido motivos ni ganas de mirar mi cuenta.

No solo encontré dos mensajes que me pedían que asistiera a la entrevista en una semana, sino que también tenía tres mensajes de Charlie. Los tres constaban de un par de frases amables en las que me preguntaba cómo estaba, y en el último me pedía permiso para solicitarme varios escáneres y pruebas en el hospital de Inverness a mediados de marzo, tras mi estancia en Atlantis.

En otras palabras, Charlie daba por hecho que iba a regresar a Escocia.

—Es mejor que no vuelvas, Tiggy —me dije—. Seguro que a Cal no le importa adoptar a Alice y enviarte tus cosas…

Procurando no parecer desagradable ni desagradecida después de todo lo que había hecho por mí, le escribí una respuesta rápida antes de que pudiera cambiar de opinión.

Querido Charlie:

Te agradezco los mensajes. Estoy mejorando y descansando mucho. Gracias por ofrecerte a pedirme hora para las pruebas, pero probablemente sea más fácil que me las haga en Ginebra. Como bien sabes, aquí la asistencia médica es excelente.

Espero que estés bien.

TIGGY

—Dios —murmuré al tiempo que pulsaba enviar.

Detestaba sonar tan fría y formal, pero cualquier otra cosa habría sido un sinsentido y —por el bien de Zara cuando menos— no era mi intención destrozar un hogar.

—De acuerdo, Tiggy —dijo Ma de regreso en mi habitación—, acabo de hablar con Charlie y le parece buena idea que salgas a dar un paseo.

—Ah. —Me encogí al pensar en el correo que acababa de enviarle—. Bien.

—Aunque no le hace mucha gracia que subas tantos escalones, de modo que Claudia y yo hemos decidido que debes utilizar el ascensor.

—¿El ascensor? ¡No sabía que tuviéramos ascensor!

—Tu padre lo mandó instalar poco antes de… dejarnos, porque cada vez le costaba más subir la escalera —explicó Ma—. Así que, *chérie*, te abrigaremos bien y te llevaré abajo.

Una vez que Ma se hubo mostrado satisfecha con mi indumentaria, la seguí por el pasillo, impaciente por ver dónde estaba el ascensor. Me dirigí hacia la escalera para ir a la planta inferior, donde se hallaba el dormitorio de Pa, pero Ma me detuvo.

—El ascensor está aquí, *chérie*.

Se sacó una llave plateada del bolsillo de la falda y se encaminó a la pared del fondo del pasillo. La introdujo en una cerradura abierta en uno de los paneles, la giró y descorrió el pequeño pestillo que había debajo. El panel se abrió para desvelar una puerta de teca. Ma pulsó un reluciente botón de bronce situado en un lateral y se accionó un mecanismo.

—No puedo creer que el verano pasado no reparara en esto —dije mientras esperábamos el ascensor—. ¿Y por qué Pa lo hizo llegar hasta el ático si su habitación está un piso más abajo?

—Quería tener acceso a todas las plantas de la casa. Antes de la primavera había una vieja ventanilla para servir —respondió Ma.

El ascensor anunció su llegada con un suave sonido metálico, y Ma abrió la puerta.

Aunque las dos éramos delgadas, tuvimos que apretarnos. El interior, al igual que la puerta, estaba forrado de madera. Me recordaba a los ascensores de los hoteles de lujo antiguos.

Ma cerró la puerta y pulsó unos de los botones dorados. Cuando el ascensor empezó a descender, me fijé en que había cuatro botones cuando, que yo supiera, la casa solo tenía tres plantas.

—¿Adónde va este, Ma? —Señalé el último botón.

—A la bodega. Es donde tu padre guardaba el vino.

—Ignoraba que tuviéramos una bodega. Me sorprende que mis hermanas y yo no la encontráramos en nuestras exploraciones. ¿Cómo se llega?

—Con el ascensor, naturalmente —dijo Ma al tiempo que este se detenía con suavidad.

Salimos por otro panel similar empotrado en el pasillo que conducía a la cocina.

—Voy a por mi abrigo y mis botas —añadió Ma.

Crucé el vestíbulo preguntándome qué era eso que había dicho Ma en el ascensor que me había sonado a mentira. Abrí la puerta y aspiré el maravilloso aroma del aire fresco y puro para intentar estimular mi cerebro.

La estrategia funcionó, porque de repente pensé que si el ascensor era la única manera de acceder a la bodega, significaba que llevaba allí desde mucho antes de la primavera, que era cuando Ma había dicho que Pa lo había mandado instalar, de lo contrario, ¿cómo había bajado Pa a la bodega antes de eso…?

Ma se reunió conmigo y salimos a la fresca y vigorizante tarde. Decidí no mencionar el misterio del ascensor, al menos por el momento.

—Qué extraño —dije mientras recorríamos la senda que conducía al lago—, aunque el terreno y el clima son similares a los de Kinnaird, el olor aquí es muy diferente.

—¿Crees que regresarás a Escocia una vez que te hayas recuperado del todo? —me preguntó Ma.

—No lo creo. El trabajo no es lo que esperaba.

—Creía que eras muy feliz allí, *chérie*. ¿Estás asustada por lo del tiroteo?

—No, eso no fue más que mala suerte. Estoy segura de que el cazador iba a por Pegaso, no a por mí. De hecho, Ma, la carta que me diste era de una reserva natural de Malaui para invitarme a una entrevista en Londres la semana que viene para el puesto de directora de conservación.

—¿Malaui? ¿Londres la semana que viene? —Ma me miró inquieta—. ¿No estarás pensando en ir?

—Me gustaría hacer la entrevista, sí. Siempre he soñado con trabajar en África, Ma, y lo sabes.

—Tiggy, te estás reponiendo de una grave afección cardíaca. Irte a África sería… en fin, sería una absoluta locura. ¿Qué diría Charlie?

—Charlie no es mi guardián, Ma.

—Es tu médico, Tiggy, y debes hacerle caso.

—Ya que lo mencionas, acabo de escribirle para decirle que voy a trasladar mi tratamiento médico a Ginebra. Es mucho más fácil que volar a Escocia.

—Sin embargo, estás contemplando la posibilidad de volar a Londres, ¡y puede que a Malaui! —Ma entornó los párpados—. Tiggy, ¿qué está pasando?

—Nada, Ma. En cualquier caso, hablaremos de eso en otro momento. ¿Cómo está Maia?

Ma captó la indirecta.

—Muy bien. Me alegro tanto de que haya encontrado la felicidad… Creo que pronto sonarán campanas de boda.

—¿Va a casarse con Floriano?

—No lo ha confirmado, pero intuyo que está deseando tener sus propios hijos ahora que todavía es joven.

—Uau, Ma, la próxima generación…

—Hablando de generaciones, esta mañana me he enterado de que Ally tiene previsto venir dentro de un par de semanas con el pequeño Oso. Estoy deseando verlos. Confía en que todavía estés aquí —añadió deliberadamente.

—Aunque vaya a Londres para la entrevista, haré lo posible por volver aquí para verlos. Y si no puedo, por lo menos no me añorarás teniendo un bebé al que hacer carantoñas. Dios, me parece que fue ayer cuando yo misma era una niña y estaba enferma en la cama mientras Electra hacía temblar la casa con sus gritos. —Sonreí.

—Esperemos que acabes recuperándote del todo. Está refrescando, Tiggy, deberíamos volver.

—Ahora mismo a la cama —dijo Ma cuando entramos en casa—. Te llevaré una taza de té.

—De hecho, ahora que puedo contar con el ascensor, me gustaría sentarme un rato en la cocina contigo y con Claudia. Arriba estoy muy sola —añadí en tono lastimero.

—*D'accord* —aceptó Ma—. Dame tu abrigo para que lo cuelgue, Tiggy.

Obedecí y crucé el pasillo hasta la espaciosa cocina, mi estancia preferida de niña. Cuando estaba enferma, si Ma tenía que salir a hacer recados, me permitía bajar para que Claudia cuidara de mí y me dejara ayudarla a cocinar.

—¿Sabes, Claudia? Si un perfumista pudiera embotellar el olor de tu cocina, yo lo compraría —aseguré cuando me acerqué a darle un beso en la mejilla.

Descuidando un instante la aromática sopa que estaba removiendo, se dio la vuelta y en su rostro aparecieron arrugas de placer.

—Pues tendría que ser una gama de muchos olores, porque cambian a cada minuto del día. —Claudia puso agua en el hervidor y lo encendió.

—¿No te has dado cuenta, Claudia? Estoy abajo y acabo de dar un paseo con Ma.

—Me he dado cuenta y me alegro. Estoy de acuerdo en que necesitas aire puro. A Marina, como a la mayoría de los parisinos, parece que el aire puro le dé pánico.

Estaba acostumbrada a los comentarios desdeñosos de Claudia sobre los franceses. Era alemana y ya tenía cierta edad, de modo que la enemistad era *de rigueur*.

—¿Encuentras… difícil trabajar aquí sin Pa? —le pregunté.

—Ya lo creo, Tiggy, a todos nos cuesta. La casa ha perdido su alma…

Era la primera vez en toda mi vida que veía a Claudia al borde de las lágrimas. Aunque había forjado con ella una relación más estrecha que mis hermanas, nunca la había visto emocionarse.

—Ojalá las cosas fueran diferentes —continuó, haciéndome señas para que me sentara a la mesa antes de plantarme delante dos *scones* y un tarro de mermelada.

—¿Te refieres a que te gustaría que Pa siguiera vivo?

—Sí, naturalmente. —Cuando Ma apareció en la cocina, advertí que las maneras bruscas habituales de Claudia la envolvían como una capa—. ¿Té?

Al cabo de un cuarto de hora, Ma insistió en que subiera a descansar. Cuando la vi sacar la llave del armarito que había junto a la puerta de la cocina, me sentí como una presa a la que devolvían a su celda. Una vez en el pasillo, me mantuve detrás de ella mientras abría el panel con la llave y tiraba de él. Presté atención a la técnica que utilizaba.

—¿Por qué decidió Pa ocultar el ascensor, Ma? —le pregunté cuando subíamos.

—No me preguntes, *chérie*. Quizá porque no quería que os pasarais el día subiendo y bajando en él —respondió—. O por una cuestión de orgullo. A lo mejor no quería que supierais lo enfermo que estaba.

—Entonces ¿el ataque al corazón no fue inesperado?

—Eh… no, no lo fue, y eso demuestra lo serias que pueden ser las afecciones cardíacas —añadió de forma deliberada cuando llegamos al ático—. Ahora descansa, Tiggy, luego pensaré si te permitiré bajar de nuevo para cenar.

Me dejó en la puerta de mi habitación y fui a sentarme junto a la ventana para ordenar mis pensamientos. Aunque había visto muchas puestas de sol espectaculares en Atlantis, siempre me maravillaban, pues las montañas parecían arder con la luz anaranjada. La diferencia entonces era el silencio que reinaba en la casa; en otros tiempos, siempre se oía música tronando en la habitación de alguna de mis hermanas, risas y peleas, el zumbido de la lancha acercándose al embarcadero o el del cortacésped deslizándose por la hierba.

En ese momento, aunque Ma y Claudia estaban en la casa, parecía que Atlantis hubiera sido abandonado, como si toda la energía que mis hermanas y Pa habían proporcionado se hubiese esfumado, dejando tan solo el fantasma de recuerdos lejanos. Era deprimente, tremendamente triste, y me preguntaba cómo conseguían Claudia y Ma lidiar día tras día con ese vacío. ¿Qué propósito habían pasado a tener? Claudia cocinando únicamente para Ma y manteniendo una casa a la que las hermanas apenas íbamos, y Ma con su gran nido vacío. Atlantis había sido su vida; la sensación de vacío debía de ser enorme.

—No me gusta estar aquí sin mis hermanas y sin Pa… —farfullé mientras bajaba del asiento de la ventana y me percataba de que debía de estar mucho mejor. Dos semanas y media en Atlantis me habían mostrado que mi casa de la infancia se me había quedado pequeña—. Quiero recuperar mi vida —murmuré—. Mejor dicho, necesito encontrar una vida.

Abrí el portátil y saqué la carta de la reserva natural de Malaui. Volví a leerla y, sin darle más vueltas, contesté por correo electrónico que asistiría a la entrevista en Londres.

Sintiéndome más tranquila por haber hecho algo para dar un empujón a mi vida, me concentré de nuevo en Atlantis. Tenía un plan para esa misma noche…

Para mi exasperación, era más de medianoche cuando oí que se cerraba la puerta de Ma. Esperé veinte minutos largos, durante los cuales me mantuve despierta recitando los ingredientes de los remedios de Angelina y recordando las palabras de la maldición prohibida. No tenía ni idea de por qué mi cerebro se empeñaba en que no las olvidara y me instaba cada día a repetirlas.

Finalmente me puse mis viejas Uggs y un jersey grueso de lana, cogí la linterna que Ma dejaba siempre en la mesilla de noche y salí de la habitación. Crucé el pasillo de puntillas y encendí la linterna para alumbrar la escalera hasta la planta baja. Fui al armarito de la cocina, saqué la llave que había utilizado Ma para abrir el ascensor y busqué el panel en el pasillo. Lo abrí e iluminé la puerta con la linterna. Me arriesgaba a que Ma oyera el traqueteo y el zumbido del aparato desde el ático, pero por suerte sus dependencias estaban al final del pasillo.

Pulsé el botón de llamada y llegó el ascensor. Entré y alumbré con la linterna los botones dorados. Apreté el de abajo y noté una sacudida cuando el cubículo emprendió el descenso, deteniéndose apenas unos segundos después. Abrí la puerta y me topé con una oscuridad absoluta. Encendí de nuevo la linterna y di un paso al frente, pero cuando mi pie tocó el cemento el espacio se inundó de luz.

Miré alrededor y vi que Ma me había dicho la verdad sobre su contenido. La sala, de techos bajos pero espaciosa, puede que tanto como la cocina que tenía encima, semejaba más un sótano moderno que una bodega húmeda. Las paredes estaban forradas de botelleros llenos hasta arriba, y pensé que era realmente extraño que Pa, que solo bebía vino en fiestas y días señalados, tuviera una colección tan vasta. Me paseé por la bodega retirando el polvo de las viejas botellas con una mezcla de alivio y decepción. Lo que fuera que había esperado encontrar no parecía estar ahí.

Reparé entonces en una palomilla que revoloteaba cerca de uno de los focos empotrados en el techo. Cuando bajé la vista del techo, vislumbré en una de las paredes una brecha que desaparecía detrás de un botellero. Me acerqué.

—Es imposible que puedas moverlo, Tiggy —murmuré.

No obstante, retiré las botellas de las dos hileras del medio y dirigí la linterna a la pared de atrás, iluminando un panel idéntico al que con tanta eficacia ocultaba el ascensor. Saqué las botellas de la hilera de debajo y vi una pequeña cerradura redonda empotrada en el panel.

Con el corazón acelerado, cogí la llave del ascensor y alargué el brazo a través del botellero para ver si encajaba en la cerradura. Así fue, y la oí girar con un chasquido metálico. Tiré del cerrojo hacia mí y hacia un lado, tal como había hecho con el de arriba, y el panel enseguida cedió. Por desgracia, el botellero estaba demasiado arrimado a la pared para permitirme abrirlo más.

—¡Mierda! —exclamé, y mi voz retumbó en el sótano.

Para entonces el cansancio estaba haciendo mella en mí y necesité toda mi energía para devolver el panel a su lugar y las botellas a los estantes.

—No debería inquietarme por hacer lo que me dé la gana en una casa de la que soy copropietaria —farfullé mientras regresaba resoplando al ascensor.

Cuando llegué, advertí que la puerta estaba rodeada de un marco de acero y que había otras dos puertas en las que no había reparado antes porque se fundían con el entorno metálico. En la pared había un botón que aposté a que las cerraba.

—Uau, parece la cámara acorazada de un banco —murmuré, tentada de pulsarlo, pero comprendía que si las puertas de acero se cerraban podía quedar atrapada ahí abajo, sin modo de conectar con el mundo exterior.

Diez minutos después, cuando me metía exhausta en la cama, procedí a tramar la manera de seguir investigando.

36

Ma entró en mi habitación a la mañana siguiente con la bandeja del desayuno.

—*Bon matin, chérie* —dijo. Me incorporé y me la colocó encima de las rodillas—. ¿Qué tal has dormido?

Tal vez fueran imaginaciones mías, pero creí ver un atisbo de recelo en sus vivos ojos verdes.

—Muy bien, gracias. ¿Hoy es el día libre de Claudia?

—Sí. De hecho, se ha cogido tres días para ir a ver a un familiar, así que estaremos tú y yo solas. Como le confesé a CeCe cuando estuve con ella en Londres, soy una cocinera pésima, pero Claudia ha dejado tus platos preferidos en el congelador, por lo que no tengo más que descongelarlos.

—No te preocupes, Ma, en caso de apuro, puedo hacer un asado de frutos secos. —Sonreí.

—Confío en que no tengamos que llegar a eso —repuso arrugando la nariz. Como muchos parisinos, en lo referente a comida Ma era una esnob que consideraba una aberración cualquier plato que no llevara carne—. Cuando hayas terminado de desayunar, te tomaré la presión. Tienes mala cara, *chérie*. —Me observó con atención e hice lo posible por no ponerme colorada bajo su escrutinio—. ¿No has dormido?

—He dormido estupendamente, Ma. De hecho, estaba pensando en llamar al doctor Gerber para que me recomiende un cardiólogo en Ginebra.

—Oh, Tiggy, el doctor Gerber murió hace unos meses, pero llamaré a la consulta. ¿Estás segura de que no quieres seguir bajo la supervisión de Charlie?

—Lo estoy. Me gustaría ver al médico que nos recomienden cuanto antes. Voy a acudir a la entrevista de Londres y, como es lógico, necesitaré que me dé el visto bueno en el caso de que acepte el trabajo.

—Ya sabes lo que pienso al respecto, Tiggy, pero ya eres una mujer hecha y derecha, no una niña. Haré las gestiones por ti. Ahora, por favor, tómate el desayuno. Volveré más tarde.

Mientras comía, pensé en el sótano y en sus impenetrables puertas de acero, y decidí preguntar directamente a Ma por ellas cuando regresara. Oí el timbre del teléfono fijo y, dos minutos después, Ma entró en mi cuarto y me tendió el auricular.

—Para ti. Dice que es una amiga.

—Gracias. —Lo cogí—. ¿Diga?

—Hola, Tiggy, soy Zara. ¿Cómo estás?

—Hola, Zara, qué alegría oírte. —Sonreí—. Estoy mucho mejor, gracias. ¿Y tú?

—Estoy bien. En el aeropuerto de Ginebra.

—¡¿Qué?!

—¿Puedes explicarme cómo se llega a tu casa del lago?

—Eh… Zara, ¿cómo has conseguido el número?

—Lo busqué en el móvil de papá.

—Ya. ¿Saben tus padres dónde estás?

—Hummm… Te lo contaré todo cuando te vea.

—Espera un momento… Está en Ginebra —expliqué a Ma con los labios—. ¿Dónde está Christian?

—Acaba de dejar a Claudia en el aeropuerto, por lo que aún debe de rondar por allí.

Tras decir a Zara que aguardara en el mostrador de información de llegadas, Ma llamó a Christian para pedirle que la recogiera allí.

—¿Qué está haciendo aquí, Tiggy? —me preguntó Ma—. ¿Lo saben sus padres?

—Lo dudo. Es una experta en escaparse de casa.

—Hay que llamar de inmediato a Charlie.

—¿Puedes hacerlo por mí, Ma?

—Puedo, pero… ¿no quieres hablar con él personalmente?

—Dile que convenceré a Zara de que lo llame en cuanto llegue.

—*D'accord*, pero… Charlie se ha portado muy bien contigo, Tiggy. ¿Por qué no quieres hablar con él?

—Porque… no.

—Ya. —Ma tiró la toalla—. Pues si va a quedarse, *chérie*, la pondré en la habitación de Ally, al fondo del pasillo.

—Gracias.

—¿Es una chica conflictiva?

—Zara es adorable, aunque tiene una situación familiar complicada.

—Espero que su llegada no afecte de forma negativa a tu recuperación. Ella es responsabilidad de sus padres, no tuya. Me voy a llamar a Charlie.

Acto seguido giró sobre sus elegantes tacones y se marchó.

—¡Tiggy! —Zara irrumpió en mi habitación y se acercó para abrazarme—. ¿Cómo te encuentras? —preguntó sentándose en mi cama.

—Estoy perfectamente, Zara, aunque Ma insiste en tenerme aquí arriba la mayor parte del tiempo.

—Es solo para que te restablezcas, Tiggy. Todos necesitamos que te pongas bien.

—Estoy bien —insistí con un dejo de petulancia en la voz—. Pero vayamos al grano. ¿Qué demonios haces aquí? Ma ha telefoneado a tu padre para informarlo de que estabas con nosotras y tu padre ha dicho que lo llamaras en cuanto llegases.

—Me sorprende que haya notado mi ausencia, la verdad. He estado en casa de permiso por estudios y apenas lo he visto.

—¿Y tu madre?

—Eso es lo más extraño de todo. Está en Kinnaird por voluntad propia, Tiggy. Ignoro qué es, pero algo pasa. —Zara suspiró—. Sabes que mi madre siempre ha odiado la finca, y ahora de repente le ha dicho a papá que va a hacerse cargo de ella porque él está demasiado ocupado.

—Eso es bueno, ¿no? Significa que podrás pasar más tiempo allí.

—Lo sería si hubiese sido invitada —gruñó Zara—. Mamá me dijo que no podía subir con ella, que tenía que quedarme en casa y ponerme al día con los deberes que dejé sin hacer cuando falté a clase.

—Es comprensible, Zara. En Kinnaird te distraerías.

—Supongo. —La joven contempló el lago de Ginebra por la ventana—. Uau, Tiggy, este lugar parece el castillo de un cuento de hadas. Es precioso, y tu Ma es un encanto. Christian me ha dicho que, si quiero, me enseñará a pilotar la lancha. Está muy cachas para su edad, ¿no crees?

—Supongo que sí. —Su comentario me hizo sonreír—. Lleva aquí desde que me alcanza la memoria, por lo que no me he fijado.

—Tu hermana Electra lo ha llamado mientras veníamos. ¿Cómo voy a esperar que me mire a mí cuando tiene al teléfono a una supermodelo? —se lamentó Zara, encogiéndose de hombros.

—¿Electra ha llamado a Christian? —pregunté sorprendida. Hacía meses que no sabía nada de mi hermana.

—Sí. ¿Cómo es?

—Electra tiene mucho carácter. —Lo dejé ahí, pues teníamos por norma no hablar de nuestra hermana famosa con gente «de fuera»—. Te enseñaré tu habitación para que puedas asearte.

—De acuerdo.

Conduje a Zara por el pasillo de las hermanas hasta la puerta de Ally.

—Debía de ser genial convivir con cinco hermanas aquí arriba —comentó Zara al entrar en la habitación—. Es como vivir en un internado divertido. Apuesto a que siempre tenías a alguien con quien jugar —dijo, pensativa—. Seguro que nunca te sentías sola.

—De niña me ponía enferma a menudo, por lo que pasaba mucho tiempo sola. Pero es cierto que me encantaba estar rodeada de mis hermanas. Ahora tienes que llamar a tu padre.

—Vale —contestó Zara, y advertí el nerviosismo en sus ojos.

Bajamos juntas y la conduje a la cocina.

—*Chérie*, ¿qué estás haciendo? Sabes que no debes…

—Por favor, Ma, me encuentro perfectamente, te lo prometo. Y pienso comer aquí abajo contigo y con Zara, una vez que haya llamado a su padre.

Descolgué el auricular y se lo pasé.

—Gracias —dijo Zara antes de salir de la cocina marcando el número.

—Espero que lo llame de verdad —comenté a Ma, que estaba

agachada delante del horno mirando con inquietud lo que fuera que hubiera dentro.

—¿Cuánto tarda en calentarse un asado de frutos secos, Tiggy?

—No te preocupes, Ma, yo me encargo.

—*Merci* —respondió aliviada justo cuando Zara regresaba a la cocina.

—Me ha salido el buzón de voz y le he dejado un mensaje diciéndole que estoy aquí contigo y que estoy bien.

—¿Te apetece un asado de frutos secos, Zara? —le preguntó Ma mientras procedía a poner la mesa.

—Mucho, gracias. Desde que conozco a Tiggy, he intentado no comer carne, aunque no puedo evitar las ganas de devorar un bocadillo de beicon de vez en cuando.

—No te preocupes, creo que nos pasa a todos. —Sonreí—. Ignoro por qué me ocurre a mí también cuando en los tiempos en que comía carne detestaba el cerdo. Ma, ¿puedo pelar algunas hortalizas para acompañar el asado?

Finalmente nos sentamos a comer y Zara bombardeó a Ma con preguntas sobre Atlantis y mis hermanas. Observé que Ma empezaba a relajarse a medida que rememoraba sus recuerdos favoritos de nuestra infancia.

—Me habría encantado vivir con vosotras —dijo Zara mientras yo iba a buscar la tarta de limón que Claudia había dejado de postre y servía a Ma su acostumbrado café de sobremesa.

—¿Quieres tarta, Zara? —le pregunté.

—No, gracias —contestó—. Voy un momento al baño.

—Tiggy —dijo Ma cuando Zara se hubo marchado—, aunque es una chica encantadora, no es lo que necesitas en este momento. Siempre estás recogiendo criaturas desamparadas...

—Porque acuden a mí, Ma, es algo mutuo. Además, me gusta Zara. Y ahora voy a salir a que me dé el aire antes de que oscurezca —añadí cuando reapareció Zara—. ¿Te apetece acompañarme?

—Claro.

Zara asintió y nos marchamos antes de que Ma pudiera protestar.

—Cuánta paz hay aquí —dijo cuando cruzábamos el césped.

Las briznas ya aparecían cubiertas de diminutas gotas de agua que pronto se transformarían en afilada escarcha nocturna.

—Cuando era pequeña no había esta paz, no con cinco hermanas —le advertí—. Siempre había alguien gritando a alguien. Este es el jardín especial de Pa. Es una pena que sea marzo y solo haya campanillas de invierno y pensamientos, porque en verano florecen todos los rosales que rodean la pérgola.

Me senté en el banco mientras Zara deambulaba por el jardín hasta llegar a la esfera armilar que descansaba en el centro. Me hizo señas para que le explicara la esfera y sus inscripciones.

—Entonces ¿hay una hermana desaparecida? Uau, Tiggy, ¿no te gustaría encontrarla?

—Ni siquiera sé si existe. Si así fuera, estoy segura de que Pa ya la habría encontrado.

—A menos que no quisiera ser encontrada —repuso Zara sentándose a mi lado en el banco—. Me habría encantado tener una hermana o un hermano —añadió con pesar.

Como estaba oscureciendo y empezaba a refrescar, regresamos a casa y encontramos a Ma en el vestíbulo, tendiéndole el auricular a Zara.

—Tu padre está al teléfono, *chérie*.

Mientras Zara hablaba con Charlie, abrí la puerta del salón, una estancia que siempre había relacionado con la Navidad. Había tres cómodos sofás dispuestos en «U» alrededor de una chimenea siempre a punto para ser encendida. Acerqué una cerilla, y los troncos, secos después de semanas dentro de la casa, prendieron al instante.

—Qué vistas tan bonitas tiene este salón —dijo Zara cuando entró y tomó asiento conmigo frente al fuego.

—¿Qué te ha dicho tu padre?

—Que tengo que regresar. Me está reservando un vuelo para mañana y me recogerá en el aeropuerto de Inverness para que no vuelva a escaparme.

—Probablemente sea lo mejor. No obstante, creo que deberías contarle lo que está pasando en casa, con tu madre ausente y él todo el día en el hospital.

—Ven conmigo, por favor —dijo, implorándome con sus ojos azules—. Tiene muy mala cara, Tiggy, como si llevara meses sin dormir. Y se niega a ir a Kinnaird. Él confía en ti, te necesita…

—Zara, no…

—Por favor, Tiggy, ven conmigo. Yo también te necesito. Eres la única persona con la que puedo hablar.

Me levanté para avivar el fuego y evitar así la mirada suplicante de Zara. Mi obstinada voz interior me decía que sería una buena idea regresar a Kinnaird, aunque solo fuera para recoger mis cosas y despedirme de Cal, Cardo y Beryl. Además, en cualquier caso, la semana siguiente tenía que estar en Reino Unido para la entrevista...

—De acuerdo, iré contigo —acepté.

Cuando Zara soltó un gritito y me abrazó, me odié por el escalofrío que me subió por la espalda ante la idea de volver a ver a Charlie.

37

Qué sorpresa —comentó Zara cuando abandonábamos el vestíbulo de llegadas del aeropuerto de Inverness. Levantó la vista del móvil—. Papá me ha enviado un mensaje de texto. No ha venido a buscarnos porque ha tenido que irse a Kinnaird. Dice que cojamos un taxi.

—Vale —contesté, y la seguí obedientemente hasta la cola de taxis.

Durante el trayecto de hora y media hasta Kinnaird, reparé en que estaban apareciendo los primeros signos de la primavera. Los arroyos iban cargados de la nieve de las montañas, que comenzaba a derretirse con el aumento de la temperatura. El lago lucía azul bajo el cielo soleado, y los primeros narcisos empezaban a brotar de forma desordenada a lo largo la orilla. Cuando el taxi enfiló el empinado camino que conducía al pabellón, vi que bajo la nieve asomaban los primeros retazos de hierba.

Zara insistió en llevarme la mochila hasta la cabaña. Cal ya estaba en la puerta, esperándome.

—Hola, forastera —dijo antes de envolverme con sus enormes brazos.

Lo interrumpió un torbellino de pelo gris que se abalanzó sobre nosotros. Sosteniéndose sobre las patas traseras, Cardo colocó ágilmente sus pezuñas delanteras en mis hombros y me cubrió la cara de lametones eufóricos.

—Parece que se alegra de verte. Estoy pensando en poneros a Zara y a ti un chip para saber dónde estáis cuando os perdéis por ahí. ¿Cómo estás, Tig? —me preguntó al tiempo que Cardo, convencido ya de que yo era real, se alejaba dando saltos para saludar a Zara.

—Mucho mejor, gracias. Siento haberte dado tantos problemas, Cal.

—Me los diste, no lo niego. El laird se puso hecho un basilisco cuando desapareciste, pero bien está lo que bien acaba. Aunque no puedo decir lo mismo de cuanto ha pasado aquí desde tu marcha. No hemos parado, Tig. —Bajó la voz para que Zara, que jugaba con Cardo en el patio, no nos oyera—. ¿Te ha contado algo Charlie?

—En España me contó algo sobre una disputa legal.

—Eso es solo el principio —murmuró mientras Zara se acercaba a la cabaña.

—Vamos a ver a los gatos monteses antes de que anochezca —le propuse con una sonrisa—. ¿Cómo están, Cal?

—Estupendos, todos ellos. Tan antisociales como siempre, aunque he hecho lo que he podido.

Fieles a sus costumbres, los gatos mostraron su malestar por mi ausencia negándose a dejarse ver. Zara, sin embargo, encontró finalmente a Posy sentada en su caja favorita e intenté persuadirla para que saliera.

—No son muy agradecidos que digamos —dijo Zara cuando llegamos a la puerta de atrás del pabellón.

Al abrirla oímos unos sollozos de mujer

—No, no lo son. ¿Es tu madre? —pregunté, poniéndome de puntillas, lista para huir.

—No —contestó Zara.

Entró y, con gesto apremiante, me hizo señas para que avanzara con ella.

—Tengo que volver a la cabaña, en serio…

—Por favor, Tiggy, averigüemos quién es.

La seguí a regañadientes por el pasillo y me detuve cuando se metió en la cocina.

—¡Oh, Beryl! ¿Qué te pasa? —oí que preguntaba mientras yo me mantenía oculta detrás de la puerta.

—Nada, cariño, nada.

—Es evidente que te pasa algo. Tiggy también está aquí, ¿no es cierto? —llamó Zara.

Entré en la cocina.

—Me ha entrado un ataque de tos, por eso me lloran los ojos. Hola, Tiggy.

—Hola, Beryl.

Vi que estaba haciendo un gran esfuerzo por serenarse.

—Zara —dijo enjugándose las lágrimas—, ¿podrías traerme unos huevos de la despensa?

—Está bien. —Captando la indirecta, Zara me lanzó una mirada interrogante antes de abandonar la cocina.

—¿Qué ocurre, Beryl? ¿Qué ha pasado?

—Oh, Tiggy, qué desastre, qué desastre... Nunca debí contárselo. Si no se lo hubiera contado, no habría vuelto y yo no habría puesto al pobre laird en esta situación. ¡Maldigo el día que lo traje a este mundo! Es una mala persona de la cabeza a los pies. Solo he venido a presentar mi renuncia. Recogeré mis cosas y me iré enseguida. —Me entregó un sobre—. ¿Puedes asegurarte de que lo reciba el laird? Es probable que lo esté esperando, de todos modos.

—Francamente, Beryl, no sé de qué estás hablando —dije mientras la seguía por el pasillo hasta el cuarto de los abrigos, donde se puso sus pesadas botas y el grueso anorak, el gorro y los guantes que utilizaba para volver a su casa.

—¡Por desgracia, lo sabrás muy pronto!

—¿No... no crees que deberías quedarte y hablarlo con Charlie? Sea lo que sea, estará perdido sin ti.

—Después de lo que ha pasado, estará encantado de verme salir por la puerta, Tiggy, puedes estar segura. He destrozado a la familia Kinnaird, de eso no hay duda.

Con una última mirada de angustia, Beryl salió por la puerta de atrás.

—Uau, está muy disgustada, ¿no, Tiggy? —Zara apareció a mi lado con los huevos.

—Sí. Dice que se va.

—Imposible. Kinnaird sin Beryl es como papá sin su estetoscopio. —Zara se encogió de hombros—. Esta es su casa y siempre lo ha sido. En fin... —Miró los huevos—. Está visto que esta noche me tocará hacer la cena para papá y para mí, a menos que aparezca mamá, claro...

De regreso en la cocina, oímos la puerta de la sala y al asomarnos al pasillo vimos que Charlie acompañaba al recibidor a un hombre vestido con traje de tweed.

—Gracias por venir enseguida, James —le oímos decir—. Por lo menos ahora conozco las opciones.

—Su situación no es buena, pero estoy seguro de que encontraremos una solución. Buenos días, mi laird.

La puerta principal se cerró y oímos que Charlie soltaba un hondo suspiro antes de echar a andar por el pasillo en nuestra dirección. Zara asomó inopinadamente por la puerta de la cocina.

—¡Hola, papá! Estamos aquí. ¿Quién era ese hombre?

—Mi abogado, Zara. Oh, hola, Tiggy —dijo Charlie con cara de absoluta sorpresa al verme detrás de su hija—. No sabía que venías.

—¿Qué está pasando aquí, papá? Acabamos de ver a Beryl llorando como una Magdalena. Dice que se va.

—Dios, ¿dónde está ahora? Iré a hablar con ella.

No solo veía el agotamiento de Charlie, también lo oía.

—No puedes porque acaba de irse —lo informó Zara.

—Y me temo que me ha dado esto para ti. —Agarré el sobre y se lo entregué.

—Me imagino qué es. —Charlie lo cogió.

—Papá, ¿piensas contarnos qué pasa? Olvídate de Beryl un segundo. ¿Dónde está mamá?

—Eh…

Charlie miró a su hija, luego a mí, y meneó la cabeza con desesperación.

—Papá, deja de tratarme como a una niña de dos años. ¡Ya soy una mujer y quiero saber qué está pasando!

—De acuerdo —dijo él—. ¿Qué os parece si vamos al salón? No me iría nada mal un whisky.

—¿Por qué no vais Zara y tú? —sugerí—. De todos modos, tengo que volver a la cabaña.

—Quédate, Tiggy, por favor —me suplicó Zara—. No te importa, ¿verdad, papá?

—No. —Charlie me miró con una sonrisa débil—. Te has portado de maravilla, Tiggy, y dado que esto también afecta a tu futuro quizá deberías escucharlo.

Zara y yo nos instalamos en el sofá mientras Charlie se servía dos dedos de whisky de la botella del minibar. Acto seguido, se sentó en la butaca junto al fuego y dio un largo trago.

—Bien, Zara, me has pedido que te trate como a una adulta y eso es exactamente lo que voy a hacer. Primero, lo más gordo. Siento mucho decirte esto, cariño, pero tu madre quiere el divorcio.

—Ajá. —Zara asintió con calma—. No es ninguna sorpresa, papá. Tendría que estar sorda y ciega para no darme cuenta de que no sois felices juntos.

—Lo siento mucho.

—¿Dónde está mamá?

—En… otro lugar.

—Papá, te he preguntado dónde está. «Otro lugar» no es una respuesta. Me dijo que estaba en Kinnaird. ¿Es cierto?

—Está en la cabaña de Fraser, al otro lado de la verja de entrada. Es el hombre que te encontró en la cuneta con la rueda pinchada la última vez que intentaste escapar.

—¡Ah, ese! —Zara puso los ojos en blanco—. Sé que mamá mencionó que había salido a cabalgar con él un par de veces. Dijo que le estaba enseñando.

—Es posible, Zara. Pues ahí es donde está.

—¿Y Fraser es, digamos, su nuevo novio?

—Sí.

—Papá —Zara se puso en pie y se acercó a él—, lo siento mucho. —Lo abrazó.

—No lo sientas, Zara. Tú no eres la responsable de esta situación. El problema lo tenemos tu madre y yo.

—Mamá me dijo una vez que estaba muy enfadada, que solo te casaste con ella porque estaba embarazada. ¿Es cierto?

—No te mentiré, Zara, esa es la razón de que nos casáramos con tantas prisas. Pero no lo lamento. —Charlie cogió la mano de su hija y la estrechó—. Te tuve a ti y eso hacía que todo lo demás valiera la pena.

Podía ver que Charlie estaba al borde de las lágrimas, y me pregunté si no debía marcharme discretamente y dejarlos solos.

—Si esto te hace sentir mejor, llevo años deseando que os divorciéis. Y si seguías con mamá solo por mí, no tendrías que haberlo hecho. Aunque ahora duela, papá, seréis mucho más felices separados, estoy segura.

—¿Sabes una cosa, Zara? —Charlie esbozó una sonrisa débil con la mirada vidriosa—. Eres increíble.

—He salido a mi padre —repuso ella encogiéndose de hombros—. Ahora volvamos a Beryl y al motivo de que quiera irse.

—Creo que necesito tomarme otro whisky antes de poder contarte esa parte.

—Yo te lo sirvo. —Me levanté y cogí el vaso de Charlie para llenarlo—. ¿Estás seguro de que no prefieres que me vaya? —pregunté cuando se lo devolví.

—Lo estoy, Tiggy, porque esta es la parte que os afecta a ti y a los demás empleados de Kinnaird. Ya te lo mencioné en España, pero quiero que sepas exactamente por qué mi futuro es tan incierto.

—¿Qué ocurre, papá? —lo instó Zara—. ¡Habla de una vez!

—Bien, ahí va. Cuando era niño, Fraser era mi mejor amigo. Fraser es hijo de Beryl, Zara.

—¡Ostras! —La cara de Zara era la viva imagen de la estupefacción—. Ahora entiendo que esté tan disgustada, si mi madre se ha largado con él.

—Sí, pero me temo que hay más. —Charlie vaciló unos segundos antes de continuar—. En fin, ya sabes que son muy pocos los niños que viven dentro de la finca o cerca de ella, así que Fraser y yo, al tener la misma edad, éramos, como ya he dicho, inseparables. Lo hacíamos todo juntos. Cuando teníamos diez años, mi padre incluso se ofreció a pagarle el internado al que iba yo. —Negó con la cabeza—. Pensé que solo estaba siendo generoso, pero…

—Todo eso es muy bonito, papá —lo interrumpió Zara—, pero ¿qué pasó exactamente?

—Fraser y yo tuvimos una fuerte discusión cuando estábamos en la Universidad de Edimburgo. Me robó a Jessie, mi novia, de hecho mi prometida en aquel momento. Dejaron la universidad y se fueron juntos a Canadá, el país de Jessie. Más tarde conocí a tu madre y me casé con ella. Puedo asegurar que durante años no volví a pensar en Fraser, de modo que cuando en Navidad apareció de repente en Kinnaird me quedé atónito.

—Lo recuerdo —murmuré para mí.

—Y ha vuelto a hacerlo… Te ha robado a mamá —dijo Zara—. ¡Será cabrón! Dices que era tu amigo, pero para mí que quería todo lo que era tuyo.

—Creo que tienes razón. —Charlie suspiró—. Y como el idiota que era yo, siempre estaba dispuesto a dárselo. El problema es que nadie me contó nunca la verdad sobre Fraser, aunque, mirando atrás, era bastante evidente.

—¿Cuál es esa verdad, papa?

Charlie vaciló unos instantes. La sien le palpitaba con fuerza.

—Vamos, papá, seré capaz de soportarla —lo alentó Zara—. La cosa no puede ponerse mucho peor.

—Me temo que sí puede, cariño. Bien… resulta que mi padre, o sea, tu abuelo, no era muy feliz con tu abuela. Resumiendo, el caso es que él y Beryl fueron amantes durante años.

—¡El abuelo y Beryl!

—Sí. Mi padre la conoció unos años antes de conocer a mi madre, pero Beryl no provenía de la clase de familia que los padres de mi padre consideraban apropiada para la novia del laird. Así que se casó con mi madre; sin embargo, Beryl lo siguió poco después a Kinnaird. Y ahora viene el remate final, Zara: Beryl se quedó embarazada y dio a luz a Fraser dos meses antes de que mi madre me tuviera a mí.

El silencio se adueñó de la estancia mientras asimilábamos lo que Charlie acababa de contarnos. Fue Zara quien finalmente lo rompió.

—¡Dios mío, papá! Entonces ¿Fraser y tú sois hermanos?

—Hermanastros. Y, ahora que lo sé, me he dado cuenta de que me he pasado la mayor parte de mi vida en la inopia. Si miras las fotos de mi padre, Fraser, con su estatura y su afición a la caza y el whisky, es clavado a él. Probablemente lo veía todo el mundo menos yo. ¿Cómo he podido ser tan burro?

—Qué fuerte, papá. Lo siento mucho. —Zara le dio otro achuchón.

—¿Fraser ha sabido siempre que era tu hermanastro? —pregunté a Charlie.

—No. Dijo que su madre se lo contó antes de que él y Jessie se largaran a Canadá. Hace poco Beryl me confesó que se lo había dicho para tratar de impedir que Fraser me hiciera una cosa tan terrible, pero es evidente que no funcionó. Eso tampoco habría detenido a mi padre. También él hizo siempre lo que le vino en gana.

—¿Y la abuela, papá? ¿Sabía que Beryl estaba liada con su marido?

—Lo ignoro, Zara. Recuerda que murió en un accidente de equitación cuando yo tenía siete años. A papá le vino como anillo al dedo. —Charlie suspiró—. Con razón Beryl ha sentido siempre que esta era su casa. Cuando mi madre murió y a mí me enviaron al internado con Fraser, probablemente se convirtió en la señora en todo salvo por el apellido.

—¿Odias a tu padre? —le preguntó Zara—. ¿Por haberle hecho eso a tu madre? Yo lo odiaría. Ahora odio a mamá por hacerte esto.

—No, Zara, no lo odio. Mi padre era como era, igual que Fraser. Si te soy franco, no estoy seguro de que lo quisiera ni de que él me quisiese a mí. Después de todo, uno no elige a su familia. —Charlie lanzó una mirada triste en mi dirección.

—¿Y qué hay de Beryl y lo que hizo?

—Creo que Beryl sí quería a mi padre. Y el hecho de que estuviera aquí para cuidar de él en la vejez me hizo la vida mucho más fácil. Ella es la persona que más lamentó, y sigue lamentando, su muerte. Ahora está completamente sola.

—Bueno, la buena noticia es que tú no lo estás, porque yo estoy aquí y te quiero un montón —aseguró Zara con vehemencia—. Yo cuidaré de ti, te lo prometo.

Me entraron ganas de abrazarla por ser tan madura. En cierto modo, Zara era la verdadera víctima de esa situación.

—Gracias, cariño. —Visiblemente conmovido, Charlie besó la coronilla brillante de su hija—. Pero me temo que hay algo peor.

—¿Peor que lo que acabas de contar? —Zara puso los ojos en blanco—. ¡Jesús! Suéltalo, papá, ahora que has cogido carrerilla.

—Veamos —continuó él con un leve temblor en la voz—, al principio no conseguía entender por qué Fraser había vuelto de pronto en Navidad, pero obviamente estaba aquí para ver si mi padre le había dejado algo en el testamento.

—¿Y lo hizo? —preguntó Zara.

—Mi padre no se tomó la molestia de redactar un testamento, por lo que no había nada sobre el papel. No obstante, hace poco el abogado de la familia me informó de que hace unos años mi padre puso a nombre de Fraser la cabaña donde vive ahora. Lo más probable es que lo hiciera para aplacar su sentimiento de culpa, porque jamás iba a ser capaz de reconocer legalmente a Fraser. Todo el mundo daba por sentado que la finca pasaría de manera automática a mí como su heredero. O por lo menos… —Charlie respiró hondo— eso parecía.

—¿A qué te refieres? —Zara frunció el entrecejo.

«Dios, no...», pensé. Basándome en lo que Charlie me había contado en España, creía tener una idea de lo que se avecinaba.

—El problema, Zara, es que Fraser, como ya he dicho, es el hijo primogénito de mi padre, y dado que mi padre no redactó ningún testamento donde me dejaba la finca, Fraser tiene derecho a reclamar una parte de Kinnaird.

Zara blasfemó entre dientes al tiempo que yo ahogaba una exclamación.

—¿Y qué ocurrirá ahora? —El terror se reflejó en las menudas facciones de Zara.

—¿Recuerdas que justo antes de Año Nuevo Fraser vino a verme al pabellón?

—Sí, oí todos aquellos gritos, luego me dijiste que te ibas a Inverness y me ca... enfadé mucho —recordó Zara—. Fui a la cabaña para desahogarme contigo, Tiggy.

—Efectivamente —confirmó Charlie—. Ese día Fraser me contó que había buscado asesoramiento legal y que pretendía ir a juicio para reclamar lo que creía que era su parte justa de la finca.

—¡No! —Zara se levantó y empezó a pasearse por el salón—. No puedes dejar que eso ocurra, papá. ¡No puedes! ¡Fraser se ha tirado un montón de años sin poner un pie en Kinnaird!

—De tal palo tal astilla... —dijo Charlie—. En cierto modo, es el heredero natural. No...

—¡Basta, papá! ¡No puedes rendirte y permitir que eso pase! ¡Kinnaird es tuyo... nuestro! Y que comparta contigo una parte del ADN no significa nada.

—En los tribunales me temo que sí, Zara. De hecho, acaba de llegarme una carta del abogado de Fraser en la que me pide que le proporcione una muestra de saliva y un folículo, pero teniendo en cuenta lo que me explicó Beryl, no hay duda de que eso confirmará que Fraser es mi hermanastro.

—¡Pero Fraser es un bastardo! —espetó Zara, enfurecida—. ¡Tú eres el verdadero heredero, porque el abuelo y la abuela estaban casados!

—Hasta hace unas décadas, ni siquiera se habría tenido en cuenta a un heredero ilegítimo, pero hoy día las cosas han cambiado. Te prometo que me he asesorado muy bien, que he barajado todas las posibilidades, pero los hechos son los hechos. Fraser es mi hermano mayor, el hijo de mi padre, el laird, e ilegítimo o no, tiene derecho a heredar como mínimo la mitad de la finca. Si eso ocurre, tendremos que vender Kinnaird para poder repartirnos el dinero, porque, desgraciadamente, compartir Kinnaird con Fraser no es una opción. Tendría que irme de aquí. Lo lamento de corazón, Zara, sé lo mucho que significa Kinnaird para ti, pero por el momento no veo una salida.

—¿Lo sabe mamá? —preguntó Zara al fin.

—Sí, estaba presente el día en que Fraser me lo dijo.

—¡Dios mío! —gritó Zara—. Lo que más me fastidia es que mamá está claramente de su lado. —Se puso de nuevo a caminar por el salón—. ¡Ella sabe lo que Kinnaird representa para mí! ¡Y largarse con un hombre que podría dejar a su propia hija sin herencia!

—Para ser justos, tu madre dijo que, si no tenían hijos, Fraser estaba de acuerdo en nombrarte a ti como heredera en su testamento.

—¡Dios mío, papá! —repitió Zara—. ¿Cómo puedes estar tan tranquilo?

La vi explotar una vez más por lo injusto de todo ese asunto. Aunque también a mí me hervía la sangre, guardé silencio. No era un buen momento para expresar mi opinión sobre la manera de proceder de Charlie.

—Además, mamá todavía es lo bastante joven para tener hijos si se queda con Fraser. Esa oferta es patética. ¡Patética! —Por las mejillas de Zara empezaron a rodar lágrimas de rabia.

—Zara, me has pedido que te tratara como a una adulta y eso es lo que estoy haciendo —contestó Charlie con suavidad—. Entiendo que estés disgustada, pero así están las cosas.

—¡Pues échale huevos, papá! ¡Pelea! —Zara propinó una patada al respaldo de una silla—. Necesito que me dé el aire. —Se encaminó a la puerta y la cerró con violencia tras de sí.

—El problema es que llevo peleando desde enero sin resultado alguno. —Charlie sacudió la cabeza—. Al final este asunto lo decidirá un juez, pero no es probable que Fraser se marche con las manos vacías.

—¿Quieres que vaya a buscar a Zara? —le pregunté.

—No, solo necesita tiempo para calmarse. Aunque le cueste aceptarlo, ha heredado el mal genio de su madre. —Charlie torció el gesto—. Qué asunto tan penoso.

—Sí.

—Lo más triste es que Kinnaird ya llevaba años deteriorándose antes de que yo viniera al mundo. Lo que en realidad necesita es una inversión de varios millones a fin de salvaguardar su belleza para las generaciones futuras. Y ni Fraser ni yo tenemos ese dinero.

—¿Qué hay de las subvenciones que has solicitado, Charlie?

—Tiggy, no quiero parecer desagradecido, pero lo que me den será una gota en el océano. Sin embargo, ahora que lo mencionas, hace un par de semanas hablé con alguien del Fondo Nacional para la Preservación Histórica y, si por algún milagro logro conservar Kinnaird, esa podría ser la solución.

—Explícate.

—Podría «ceder» la finca a la nación. En otras palabras, entregarla con la condición de que mi familia pueda seguir en la finca, o sea, en el pabellón, de forma indefinida. Mucha gente en mi situación lo hace. Pero no vale la pena pensar en eso ahora. Pueden pasar meses o incluso años antes de que el caso llegue a los tribunales.

—Lo siento muchísimo, Charlie, sobre todo lo de Ulrika. Debes de estar destrozado.

—Sé que la situación parece terrible, y entiendo que ahora mismo Zara odie a su madre, pero ni ella ni tú conocéis toda la historia. La verdad es que nunca debí casarme con Ulrika. Estaba despechado por lo de Jessie, y Ulrika era muy guapa y muy apasionada, y sí, reconozco que el deseo tuvo mucho que ver. Y cuando el deseo murió y Ulrika vio que, aunque se había casado con un laird, yo era un hombre corriente que se ganaba la vida como médico, se mostró muy… —Charlie buscó la palabra— decepcionada.

—Entiendo. —Asentí, pensando en lo leal que era, si bien tuve que contener un escalofrío cuando mencionó el deseo que había sentido por su esposa.

—Nos casamos por las razones equivocadas, así de sencillo —continuó Charlie—. Es curioso, porque aunque debería darle una buena paliza a Fraser por robarme la esposa, en realidad siento alivio. Espero que sean felices juntos, Tiggy, lo digo de corazón. Llevaba años esperando que Ulrika encontrara a otro.

—¿Nunca te habrías divorciado de ella?

—No, lo que me convierte en un cobarde o en un padre que

quería por lo menos dar a su hija una infancia estable. Lo peor de todo este asunto es que sé que he suspendido a ese respecto.

—Hiciste lo que creías que era lo correcto, Charlie, y nadie puede hacer más que eso.

—También conozco mis defectos, Tiggy. Cuando Zara me ha dicho que le echara huevos, tenía razón. Me parezco demasiado a mi madre, prefiero una vida tranquila, sin grandes complicaciones. Por desgracia, he conseguido justo lo contrario, al menos en el ámbito personal.

—Pues yo creo que hay que ser muy valiente para hacer el trabajo que haces tú a diario, Charlie.

—De todos modos —continuó resignado—, nada de esto es problema tuyo, Tiggy, y lamento mucho que te hayas visto tan envuelta.

—No te disculpes, por favor. Por lo que has contado, nada de esto es culpa tuya tampoco. Voy a buscar a Zara.

Me levanté y él hizo otro tanto. Se acercó a mí y me cogió la mano.

—Gracias por cuidar de ella.

En ese momento la puerta se abrió y Ulrika irrumpió en el salón, seguida de Fraser.

—Siento interrumpir tan romántica escena, Charlie —dijo Ulrika, acercándose despacio.

Charlie me soltó la mano inmediatamente.

—Tiggy es mi amiga, Ulrika, te lo he dicho un montón de veces. ¿Qué quieres?

—Me he enterado de que Zara está en Kinnaird. Quiero verla. ¿Dónde está?

—Ha salido a que le diera el aire.

—Entonces ¿se lo has contado?

—Sí.

—¿No habíamos quedado en hablar con ella los dos juntos?

—Sí, pero se ha dado cuenta de que algo pasaba y ha insistido en que se lo contara.

—¿Por qué no me has llamado? —Los preciosos ojos azules de Ulrika ardían de rabia—. ¡Habría llegado en diez minutos, y lo sabes! No me mientas, Charlie. ¡Querías asegurarte de que oyera primero tu versión de la historia para darle pena!

—¿Quién me da pena?

Los cuatro dimos un brinco cuando el rostro demacrado de Zara apareció en la puerta. Cruzó los brazos con gesto beligerante.

—Hola, mamá. Hola, Fraser. Qué alegría veros.

—Zara, cariño, cuánto lo siento. —Ulrika se acercó a su hija e intentó abrazarla, pero Zara se escabulló.

—¡No me toques, mamá! No puedo creer que lo hayas traído contigo.

—Y yo no me puedo creer que digas eso —gruñó Ulrika señalándome—, cuando ella está ahí, cogiéndole descaradamente la mano a tu padre en mi propia casa. Supongo, Zara, que ya sabes que tu padre y ella hace meses que tienen una aventura.

—No digas tonterías, Ulrika —soltó Charlie. Se colocó delante de mí en actitud protectora—. Tiggy no ha hecho nada malo. Es más, lo cierto es que tanto tú como yo deberíamos darle las gracias por haber ayudado a Zara todo este tiempo.

—Sí, estoy segura de que es un ángel, y no espero que reconozcas lo que has hecho —espetó Ulrika—. Siempre me toca ser la mala de la película, pero esta vez no pienso tolerarlo.

—Será mejor que me vaya —farfullé, sonrojándome.

—No, Tiggy, quiero que te quedes —dijo Zara, que se acercó a mí y me cogió la mano—. ¡Me da igual que papá y tú llevéis meses follando como conejos!

Abrí la boca para protestar, pero volví a cerrarla cuando Charlie saltó en mi lugar.

—¡Por el amor de Dios! Por última vez, Tiggy y yo no tenemos ninguna aventura. Ahora, ¿podemos salir de la guardería y comportarnos como adultos?

—Tu padre miente, Zara. —Ulrika suspiró—. Pero da igual. Es evidente que ella te ha puesto en contra de mí, después de todo lo que he hecho por ti… —Se volvió hacia Fraser, que no había abierto la boca, y enterró la cabeza en su pecho—. Solo quiero recuperar a mi pequeña —gimió.

—Claro, mamá, claro. El problema es que tu pequeña desapareció hace años. Ya soy una mujer hecha y derecha, ¿recuerdas?

—Vale, vale —intervino Charlie—. Y ahora, ¿podemos tranquilizarnos, por favor? Zara, estoy seguro de que tu madre quiere hablar contigo y explicarse. ¿Qué os parece si os dejamos solas un rato?

—No pienso hablar con mamá con ese aquí. —Zara señaló la figura silenciosa de Fraser.

—En ese caso, yo también me iré. —Fraser retiró las manos de los hombros de Ulrika y, poniéndose el sombrero, se volvió hacia la puerta—. Te espero en el coche.

En ese momento un rayo de sol se posó en él, proyectando una sombra en el suelo. Y vi la silueta de su sombrero dibujada con claridad en la alfombra nueva que Ulrika había colocado hacía poco.

«Dios mío...», susurré para mí, tambaleándome ligeramente mientras Charlie me empujaba con suavidad hacia la puerta.

—No os vayáis de la casa, ¿vale? —nos pidió Zara.

—Estaremos en la cocina —contestó Charlie.

—Bien.

Vi a Fraser alejarse por el pasillo a grandes zancadas y abandonar la casa con un portazo. Luego seguí a Charlie hasta la cocina y cerré la puerta con firmeza.

No me percaté de que estaba conteniendo el aire hasta que lo solté e hice algunas inspiraciones profundas.

—¿Estás bien, Tiggy? Parece que hayas visto un fantasma. —Charlie encendió el hervidor de agua y se volvió hacia mí cuando me dejé caer en una silla, resollando.

—Es posible.

—¿Qué te pasa?

—Es él, Fraser. ¡Dios mío! —Sacudí la cabeza—. ¡Es él!

—Lo siento, Tiggy, no te sigo.

—Ese sombrero, el que describí a la policía como un sombrero de fieltro, ¡es él! —repetí.

—Lo lamento, pero no te entiendo. Intenta explicarme con calma lo que quieres decir.

—Lo que estoy intentando explicarte, Charlie, es que Fraser es el hombre al que vi aquella noche en la cañada. ¡Fue él quien disparó a Pegaso y casi acabó conmigo!

—Pero... ¿cómo puedes estar tan segura?

—Ya te lo he dicho, por el sombrero que llevaba hace un momento. He visto su sombra en la alfombra y era idéntica a la sombra que vi en la nieve. Estoy completamente segura, Charlie.

—Es el sombrero de la Policía Montada de Canadá y, sí, supongo que tiene una forma parecida a la de un sombrero de fieltro.

La verdad es que no me sorprendería —dijo mientras se acercaba para colocar una taza de té en mis manos temblorosas y, cambiando de parecer en el último segundo, la dejaba sobre la isla—. ¿Estás segura de que estás bien, Tiggy?

—¡Sí! ¿Qué vamos a hacer? Ya sabes que soy pacifista, pero no pienso permitir que Fraser quede impune por la muerte de Pegaso. El agente de policía que vino a verme al hospital dijo que la persona que lo mató podría haberme matado a mí también, que, aparte de disparar para conseguir un animal raro, podríamos estar ante un caso de intento de asesinato.

—Entonces llamemos ahora mismo a la policía. —Charlie hizo ademán de levantarse, pero alcé una mano para detenerlo.

—Primero pensemos cuál es la mejor manera de proceder. Si la policía lo interroga, Fraser lo negará todo, y conociendo a Ulrika, es probable que le dé una coartada. ¿Te acuerdas de dónde estaba ella la noche que me dispararon?

—En Kinnaird, creo recordar… Sí, seguro, porque al día siguiente Zara tenía un permiso de fin de semana y Ulrika tuvo que bajar a Yorkshire del Norte para recogerla. Ahora entiendo que de repente tuviera tantas ganas de estar aquí. —Charlie enarcó una ceja.

—Mierda —solté—. Tal como están las cosas, seguro que mentirá para proteger a Fraser. Aun así, sé que la policía tiene la bala que me rozó el costado y el casquillo. Eso les permitiría identificar el arma…

—La cual probablemente descansa en el granero de Fraser mientras hablamos.

—Fraser podría ir a la cárcel por esto —declaré.

—O no, si consigue una coartada de Ulrika y una buena defensa. Te aseguro que con estas cosas nunca se sabe —me advirtió Charlie—. He sido llamado para testificar en un par de juicios por asesinato donde para mí era evidente que la víctima no había muerto por causas naturales y el acusado ha salido impune.

—Vaya —contesté, desinflándome—. Aun así, seguro que no ayudaría a su reclamación de Kinnaird que el juez supiera que está siendo investigado por disparar a un animal raro en la misma finca de la que aspira a ser propietario.

—Lo siento, Tiggy, pero me temo que estás siendo un poco ingenua. Eso no sería considerado una prueba material en el juicio, aunque estoy de acuerdo en que no le favorecería.

Hicimos una pausa para tranquilizarnos.

—Charlie —dije al fin—, estaba pensando…

—¿Qué?

—Verás, me estaba preguntando si podríamos utilizar el hecho de que sé que fue Fraser quien me disparó para ayudarte.

Charlie me miró de hito en hito.

—¿Te refieres a hacerle chantaje?

—Hummm, sí, supongo que sí. ¿Qué tal si le digo que sé que es el hombre que nos disparó a Pegaso y a mí aquella noche y que voy a llamar a la policía? No obstante… dado que él es de la familia y tú no quieres un escándalo, estaría dispuesta a no ir a la policía si abandona su intención de reclamar Kinnaird, se marcha del país y regresa al agujero del que salió. La cuestión es: ¿cómo crees que reaccionaría? ¿Lo negaría todo o se subiría al primer avión con destino a Canadá con Ulrika a cuestas?

—¿Quién sabe? Por lo general, los matones, y reconozcámoslo, Fraser es un matón, en el fondo son unos cobardes. Pero sería pedirte demasiado, Tiggy. Seguro que prefieres verlo entre rejas por lo que te hizo pasar.

—Estoy viva, ¿no? La muerte de Pegaso es lo que quiero vengar, y si lo que sé puede impedir que el hombre que lo mató destruya Kinnaird, me doy por satisfecha, y Pegaso, también.

—Mucho dependerá de si Fraser conserva o no el arma —rumió Charlie.

—¿Sabe Cal dónde está la cabaña de Fraser?

—Claro. ¿Por qué?

Miré por la ventana de la cocina y estiré el cuello para comprobar si el coche de Fraser seguía en el patio de atrás con él dentro. Así era.

—Aprovechando que Fraser está aquí, ¿por qué no llamas a Cal y le pides que vaya a su cabaña y compruebe si en el granero está…?

—La escopeta. —Charlie ya se había puesto en pie y caminaba hacia el despacho.

—Y dile que nos llame si la encuentra —añadí al tiempo que en mi cabeza empezaba a gestarse un plan.

—Bien. —Charlie regresó a la cocina un minuto más tarde—. He enviado a Cal, y me llamará al fijo para decirme si la escopeta de caza de Fraser está allí. Por suerte, la cobertura es medio decente cerca de la cabaña. Tiggy —Charlie tomó mis manos entre las suyas—, ¿quieres consultarlo con la almohada? Tal vez sea mejor dejar que se encargue la policía…

—No dejemos para mañana lo que podamos hacer hoy. Debemos aprovechar que tenemos a Fraser controlado. He de hacer esto ahora, antes de que me entre el miedo, y antes de que él se entere de que lo he reconocido y huya. En cuanto Cal nos confirme lo de la escopeta, le dirás a Fraser que entre. ¿No tendrás a mano una grabadora?

—Tengo mi dictáfono en el coche. Lo utilizo para dictar cartas a mi secretaria. ¿Por qué?

—Por si confiesa —dije pensando en las novelas policíacas baratas que había leído de adolescente—. Así tendríamos una prueba.

—Que seguramente no sería admisible en un juicio, pero entiendo lo que pretendes. Iré a buscarlo, tengo el coche en la entrada. Estate pendiente del teléfono.

Antes de que se fuera, cruzamos una sonrisa infantil, pues la situación, pese a su gravedad, tenía algo de surrealista. Y puede que lo más surrealista de todo, pensé de repente, fueran las palabras de despedida que Angelina le había dicho a Charlie en Granada: «Ella tiene la solución a tu problema…».

Solo me quedaba confiar en que sus predicciones fueran correctas.

El teléfono sonó en el despacho segundos después y corrí a contestar.

—Tig, soy Cal. Estoy en el granero de Fraser con la escopeta de caza en las manos.

—¡Jesús, Cal, espero que lleves guantes o encontrarán tus huellas en ella!

—Charlie ya me ha prevenido. ¿Qué demonios está pasando ahí?

—Te lo cuento luego. Quédate donde estás hasta que te llamemos, ¿vale?

—Vale. Adiós.

Oí que la puerta del salón se cerraba con estruendo. Asomé la cabeza y vi que Zara avanzaba por el pasillo gritando improperios a su madre, que seguía en el salón.

—¡Zara! —susurré. Corrí a su encuentro y la arrastré hasta la cocina—. ¡Presta atención! Ahora mismo me da igual lo que pienses de tu madre, porque existe una posibilidad de que tu padre y yo salvemos Kinnaird si vuelves ahí dentro y le das conversación.

—¿Estas de broma, Tiggy? La odio. ¡No quiero volver a respirar el mismo aire que ella jamás! ¡Puaj...!

—Zara. —Charlie entró con el dictáfono en la mano—. ¡Vuelve ahora mismo al salón con tu madre! ¿Me oyes? ¡Te quedarás allí dándole conversación hasta que yo te diga que puedes salir!

—Sí, papá. —Zara asintió, amilanada por la inusitada agresividad de su padre.

—¿No quería que le echara huevos? —me dijo Charlie mientras la veíamos darse la vuelta y regresar al salón.

—Bien. Ahora esconde el dictáfono y —tragué saliva— ve a buscar a Fraser.

—Vale. —Charlie puso en marcha el aparato y lo colocó detrás de la panera—. ¿Estás segura de que quieres hacerlo, Tiggy?

—Sí, si estás conmigo.

—Siempre. —Sonrió y fue a buscar a Fraser.

El corazón me latía con violencia, de modo que alcé la vista al cielo y pedí a Pegaso que me acompañara mientras hacía la actuación de mi vida. Para salvar Kinnaird, a Zara y a mi querido Charlie...

Oí que se abría la puerta de atrás y Charlie y Fraser ponían rumbo a la cocina.

—Me temo que nada de lo que digas o hagas me hará cambiar de opinión —estaba diciendo Fraser cuando entraron—. Quiero lo que es mío por derecho, y punto. —Reparó entonces en mí, que estaba sentada frente a la isla, y lanzó una mirada desdeñosa en mi dirección—. ¿Qué hace ella aquí?

—A Tiggy le gustaría tener unas palabras contigo, Fraser.

—¿En serio? Bien, di lo que tengas que decir.

Lo observé tomar asiento frente a mí. El hecho de verlo tan seguro de sí mismo, de que no se hubiera dignado siquiera quitarse el sombrero delante de su víctima, me insufló la rabia que necesitaba para decir lo que tenía que decir.

—Es acerca de la noche que dispararon a Pegaso —comencé tras decidir que no era momento de andarse con rodeos—. Le conté a la policía que había visto la sombra de mi agresor en la nieve y que llevaba lo que parecía un sombrero de fieltro. Cuando hace un rato he visto tu sombra en la alfombra del salón, me he dado cuenta de que fuiste tú quien disparó a Pegaso y quien estuvo a punto de matarme.

—¡¿Qué?! —Fraser se levantó de inmediato—. Demonios, Charlie, no puedo creer que hayáis caído tan bajo. Me largo.

—Como quieras —contesté con calma—. Por cierto, Cal está en tu cabaña con la escopeta de caza que creemos que utilizaste para dispararnos a Pegaso y a mí. La policía me dijo que tenían la bala y el casquillo, de modo que lo único que han de hacer es comprobar si pertenecen a tu escopeta. Los llamaremos y les diremos que se reúnan contigo allí, ¿te parece?

—Eso… eso que dices es absurdo, y lo sabes. Ulrika estaba conmigo esa noche. Ve y pregúntaselo.

—En realidad, nos da igual, ¿verdad, Charlie? —dije con aire desenfadado—. Interrogaros a Ulrika y a ti es trabajo de la policía. Ve a llamarla, Charlie. Adiós, Fraser.

Me levanté y llevé mi taza al fregadero para lavarla y darme así la oportunidad de respirar, y a Fraser de reflexionar. Vi que Charlie se encaminaba a la puerta.

—Los dos sabemos que fuiste tú, Fraser —comenté con calma, dejando la taza en el escurreplatos—. Y ahora que lo pienso, acabo de acordarme de que la escopeta me apuntó directamente a mí esa noche. Seguro que a la policía le interesaría mucho que les hablara de ese detalle. Dijeron que podría catalogarse como intento de asesinato. Si el ciervo no se hubiera interpuesto entre nosotros, podría haber muerto yo.

—Está bien, está bien, hablemos —accedió Fraser. Charlie se detuvo con la mano en el pomo todavía—. ¿Qué quieres? —me preguntó.

—Justicia, por supuesto, para Pegaso y para mí. —Me volví con lentitud hacia Fraser y comprobé, complacida, que había tenido la decencia de quitarse el sombrero—. Pero también para Charlie. Vas detrás de un pedazo de la finca porque es suya, no porque la ames. Seguramente habría que venderla para darte tu parte, y los siglos de historia de Kinnaird quedarían en nada. Sería una verdadera lástima, ¿no crees?

—¡Maldita zorra! —murmuró Fraser, y Charlie dio un paso firme hacia él.

—¡Basta, Fraser!

—No te preocupes, Charlie, puede insultarme todo lo que quiera —dije sin inmutarme—. En especial porque está todo grabado y Fraser ya ha reconocido que fue él.

—¡Yo no he hecho tal cosa!

—Yo creo que sí —repuse encogiéndome de hombros—. Bien, Fraser, la decisión es tuya. Charlie y tú lleváis la misma sangre, después de todo, e independientemente de lo que le hayas hecho, no le gustaría ver a su hermanastro en la cárcel, ¿verdad, Charlie?

—Por supuesto que no, Tiggy —convino Charlie.

—Así pues, Fraser, estoy dispuesta a no contar a la policía que fuiste tú quien nos disparó a Pegaso y a mí esa noche si tú estás dispuesto a renunciar a Kinnaird y a abandonar el país.

—¡Eso es chantaje puro y duro! —bramó Fraser, pero no se movió de donde estaba.

—Sí, soy una chantajista, qué se le va a hacer. Entonces ¿qué será? La decisión es tuya.

Un amplio espectro de emociones que abarcaban desde la ira hasta el miedo cruzó por los fríos ojos azules de Fraser. Al final se puso en pie.

—¡Lamentarás haber hecho esto por él! —gritó señalándome vehementemente con el dedo—. Charlie es patético, pregúntale a su esposa, o incluso a mi exesposa. Ellas te lo dirán. —Se dirigió a la puerta.

—¿Deduzco entonces que has decidido abandonar el país?

—Necesitaré unas horas para organizarme. Cuento con ellas, supongo.

—Claro. Ah, y Cal se quedará con tu escopeta por si cambias de opinión, ¿de acuerdo?

Fraser miró en torno a la cocina mientras todo su cuerpo temblaba de ira. A continuación, nos lanzó una mirada tan llena de odio que me estremecí. Ese hombre era pura maldad, y por primera vez me alegré de conocer las palabras de la maldición.

Sin una palabra más, Fraser giró sobre sus talones y se marchó.

Oímos que sus pasos retrocedían hasta la puerta de atrás y, mirando furtivamente por la ventana, lo vimos subir al jeep y abandonar del patio con un chirrido de neumáticos.

—Llamaré a Cal y le diré que salga pitando del granero. Voy a enviarlo unos días a la granja de los padres de Lochie por si Fraser decide ir a por él. Nunca lo buscará allí. —Charlie se dirigió al despacho.

Ulrika apareció en la cocina instantes después. Zara le iba a la zaga, arrastrando los pies y poniendo los ojos en blanco.

—¿Acabo de ver el coche de Fraser saliendo del patio? —preguntó Ulrika.

—Sí —farfullé.

—¡Le he dicho que me esperara!

Sentí que la adrenalina, o lo que fuera que se había apoderado de mí, abandonaba mi cuerpo y me dejé caer en una silla.

—¿Estás bien, Tiggy? Tienes mala cara —dijo Zara al tiempo que Charlie entraba en la cocina y me miraba levantando el pulgar.

Ulrika se quedó donde estaba, titubeante.

—¿Habéis tenido una charla Zara y tú? —le preguntó Charlie.

—Sí —respondió—. Está de acuerdo en que es lo mejor.

—Ajá —dijo Zara. Luego, por encima de la espalda de su madre, preguntó con los labios: «¿Qué demonios está pasando?».

—¿Estás completamente segura de que quieres el divorcio, Ulrika? —Charlie clavó la mirada en su esposa.

—Completamente. No hay marcha atrás. —Ulrika se volvió hacia mí—. Si lo quieres, es todo tuyo. Bien, me largo. Fraser y yo cenamos fuera esta noche.

—Pasadlo bien —dije cuando puso rumbo a su jeep.

El teléfono sonó y Charlie fue al despacho a cogerlo.

Zara esperó a que la puerta de atrás y la del despacho se cerraran para volverse hacia mí.

—¿Puedes contarme de una vez qué está pasando? ¡He tenido que hacer ver que me parece estupendo que mamá esté ayudando literalmente al idiota de su novio a robarme la herencia delante de mis narices! ¡Y que acceder a pasar la mitad de mis vacaciones en su sucia cabaña cuando lo único que quiero es machacarlo!

—No seas demasiado dura con tu madre, Zara. Sabes lo mucho que puede cegarnos el amor, ¿no es cierto?

—¿Qué? ¿Ahora te pones de su parte?

—No, Zara, pero… esperaremos a que vuelva tu padre para contarte lo que ha pasado. Entretanto, ¿podrías prepararme un té con mucho azúcar?

Cuando Charlie regresó, corrió a mi lado para poner los dedos en mi muñeca.

—Era Cal otra vez. Está en la granja sano y salvo. Aunque no es de extrañar, tienes el pulso disparado. A la cama ahora mismo, señorita. —Me rodeó la cintura y me ayudó a levantarme.

No opuse resistencia. Estaba absolutamente agotada.

—¿Es que nadie va contarme qué está pasando? —protestó Zara.

—Lo haré después de dejar a Tiggy en la cama. Pero digamos, Zara, que esta extraordinaria mujer acaba de salvar tu herencia.

38

Desperté al día siguiente con la tenue luz que se filtraba por las ventanas. Miré el despertador y vi que eran las ocho y veinte. Había dormido toda la noche de un tirón. Poco a poco, mi mente amodorrada fue uniendo los hilos de lo que había sucedido el día antes.

—¿De verdad eras tú? —murmuré cuando me visualicé en la cocina, fría como un témpano, diciéndole a Fraser que sabía que era él quien me había disparado. Ignoraba de dónde había sacado el coraje para enfrentarme a él, porque era la persona menos combativa que conocía.

Tras echarme agua fría en la cara, oí unos golpecitos en la puerta.

—Adelante —dije volviendo a la cama.

Charlie entró con una bandeja que contenía una tetera, una tostada y un tensiómetro. También llevaba un estetoscopio alrededor del cuello.

—¿Cómo te encuentras, Tiggy? He venido un par de veces durante la noche para controlarte el pulso, pero ahora quiero tomarte la presión y auscultarte el corazón.

—Estoy perfectamente, Charlie. He dormido de maravilla.

—Pues yo no —dijo, dejando la bandeja sobre la cama—. Quiero pedirte disculpas por haberte hecho pasar por la dura experiencia de anoche. Fue muy egoísta por mi parte. Todo ese estrés era lo último que necesitabas.

—Me encuentro bien, en serio —repliqué mientras Charlie se colgaba el estetoscopio de las orejas y me auscultaba el corazón y el pecho antes de tomarme la tensión—. ¿Te hiciste las pruebas en Ginebra antes de irte?

—No, volé aquí con Zara, pero…

—Nada de peros. Te reservaré hora en el hospital de Inverness para mañana mismo. Aunque, por sorprendente que parezca, tus valores son normales —comentó Charlie antes de retirarme el tensiómetro y servirme el té.

—Acabo de pasarme casi tres semanas haciendo reposo en la cama. Además, lo de anoche fue como un viaje astral. No recuerdo lo que dije. Era como si otra persona hablara por mí.

—Pues eras tú, y estuviste magnífica. En serio, Tiggy, nunca podré agradecértelo lo suficiente. No te arrepientes, ¿verdad? ¿O crees que deberías llamar a la policía?

—No. ¿Por qué iba a hacerlo si ya nos hemos deshecho de Fraser? El hecho de no poder arrebatarte Kinnaird es un castigo tan duro como la cárcel. Se ha ido, ¿verdad? —Mi corazón sufrió una leve sacudida.

—Sí, pero Ulrika se ha presentado aquí a las siete de la mañana. Estaba histérica. Quería saber qué le había dicho a Fraser para que cogiera sus cosas y se largara de madrugada sin ella.

—¿No se la ha llevado con él?

—No. De hecho, le dijo que habían terminado y que se volvía a Canadá solo. Ulrika, como es lógico, ha dado por sentado que yo había hablado pestes de ella para ahuyentarlo. Me sorprende que no hayas oído los gritos.

—No los he oído, no. ¿Sigue aquí? —pregunté nerviosa.

—No, se ha largado en el jeep a toda pastilla, diciendo que me vería en los tribunales. Kinnaird aún no está a salvo. —Charlie suspiró—. Estoy seguro de que Ulrika exigirá su parte del pastel en las condiciones del divorcio.

—Ah, no había pensado en eso.

—Tendré que encontrar la manera de compensarla. Puede que venda algunas hectáreas a la finca de al lado. Llevan años detrás de ellas, y gracias a ti, Tiggy, podremos conservar la mayor parte. Ahora cómete la tostada.

—Gracias. —Le sonreí, contenta de ver que, pese a que tenía pinta de no haber dormido, sus ojos habían perdido la pátina de desesperanza y brillaban con un azul vívido—. ¿Qué dijo Zara cuando le contaste lo que hicimos? —le pregunté mientras me comía la tostada.

—Las palabras que utilizó no pueden repetirse entre gente civilizada… pero, utilizando otras, estaba feliz. —Asintió.

—¿Dijo algo más sobre vuestro divorcio? Sé que anoche se mostró muy entera, pero tiene que haberla afectado.

—Si está triste, lo disimula muy bien, Tiggy. Y puede que vernos por separado sea más sano para ella. Siempre ha sido la niña de papá, desde que era un bebé, y supongo que Ulrika piensa que yo lo he fomentado envenenándole el oído a Zara, lo cual es totalmente falso. Siempre quise que se llevaran bien, pero no hubo manera. Por cierto, Zara ya está hablando de mudarse a Kinnaird conmigo. Lochie le ha hablado de la universidad a la que fue él. Tal vez debería considerarlo —dijo Charlie—. Que mis antepasados Kinnaird y yo fuéramos a internados no significa que Zara tenga que hacer lo mismo, ¿no crees? Además, si quiero salvar Kinnaird para ella, voy a necesitar toda la ayuda que pueda conseguir.

—¿Vas a mudarte aquí? —dije, preguntándome si lo había entendido bien.

—Sí, Tiggy. Anoche, después de que te acostaras, estuve pensando mucho, y la buena noticia es que, reconozco que con la ayuda de un whisky, finalmente vi las cosas con claridad.

—¿Como qué?

—Para empezar, que llevo Kinnaird en la sangre. A veces, solo cuando estás a punto de perder algo te das cuenta de lo mucho que significa para ti. Por lo menos puedo agradecerle eso a Fraser. He decidido que voy a tomarme un año sabático en el hospital, así tendré la oportunidad de centrarme en la finca y averiguar qué se puede hacer para restaurarla. Y de ver qué tal llevo lo de vivir aquí. Se lo debo a mis antepasados y a Zara y, si la cosa no sale bien, siempre puedo volver a la medicina. O hacer lo que en una ocasión nos contamos que era nuestro sueño y largarme a África. —Charlie sonrió.

—Hum, hablando de África… —Me sentía culpable Dios sabía por qué—. La semana que viene tengo una entrevista para el puesto de directora de conservación de una reserva de Malaui.

—¿Malaui de África?

—Sí.

—Ah. Entiendo. —Creí ver inquietud y un atisbo de pánico en sus ojos—. En fin… —Tragó saliva—. Es cierto que te dije que tu futuro en Kinnaird era incierto, y no seré yo quien intente disuadirte.

No obstante, debo decir que estaría muy preocupado por tu salud, porque dudo que haya un hospital decente cerca. Además…

—¿Qué?

—Tenía la esperanza de que te quedaras en Kinnaird y me ayudaras.

Un silencio elocuente, cargado de cosas que los dos queríamos decir pero no sabíamos cómo, se instaló entre nosotros. Sintiéndome terriblemente incómoda, bebí un sorbo de té y me volví hacia la ventana. Charlie se levantó y se puso a andar de un lado para otro con las manos en los bolsillos.

—Anoche, cuando estábamos tramando lo que he acabado por llamar el «Frasergate», me dije que… en fin, que formábamos un gran equipo. Y me sentí de maravilla, Tiggy.

—Yo también —reconocí.

—Y… sé que es pronto y que, aunque hayas conseguido rescatar Kinnaird, todavía hay que transformar la finca en algo viable y sostenible en el futuro, lo que quizá no sea posible. A eso hay que añadir un proceso de divorcio que seguro será desagradable, pero confiaba en que tú… estuvieras conmigo.

—¿Como empleada? —pregunté. Pese a que sabía que no se refería a eso, necesitaba oírlo de sus labios.

—Sí, eso también, pero no, quería decir… conmigo.

Charlie regresó a la cama y tomó asiento. Lentamente, acercó su mano a la mía, sus dedos largos y elegantes suplicando ser aceptados. Vi que mi mano se abría por su propia cuenta y los estrechaba con fuerza. Nos sonreímos con timidez. No hacían falta palabras, pues los dos lo sabíamos.

«En lo bueno y en lo malo, en la riqueza y en la pobreza, en la salud y en la enfermedad…»

Charlie apartó la bandeja, abrió los brazos y me atrajo hacia sí. Descansé la cabeza en su pecho y me acarició el pelo.

—Quiero cuidarte el resto de mi vida —susurró—. Quiero que construyamos Kinnaird juntos, que seamos una familia, una familia feliz. Lo deseé desde el instante en que te vi en el hospital. Llevo meses soñando con esto, pero no veía la manera de hacerlo realidad. Ahora sí.

—Yo también he soñado con esto. —Me ruboricé cuando Charlie me levantó el mentón para mirarme a los ojos.

—¿En serio? Me sorprende. Soy mucho mayor que tú, y cargo con una mochila que tardaré bastante tiempo en ordenar... No va a ser fácil, Tiggy, y lo último que quiero es que acabes odiándome, como Ulrika.

—Yo no soy Ulrika —respondí enseguida—. Yo soy yo, y el odio no forma parte de mí.

—No, la magia forma parte de ti... Eres pura magia —dijo con los ojos llenos de lágrimas—. Dios, soy patético. ¡Mírame, estoy llorando! ¿Te quedarás?

Aunque ansiaba decir que sí, sabía que me debía a mí misma tomarme un tiempo para meditarlo. Porque ese hombre adorable había sufrido mucho y, si yo aceptaba, tenía que ser para siempre.

—Dame unas horas, ¿quieres? —le pedí—. Primero tengo que ver a alguien.

—Claro. ¿Puedo preguntarte a quién?

—No, porque si te lo digo pensarás que estoy loca.

—Ya pienso que estás loca, Tiggy. —Charlie me besó en la frente y se levantó—. Y aun así, te quiero —añadió con una sonrisa.

«Me quiere...»

—Bien, entonces ¿puedes decirme dónde está enterrado Chilly?

—Desde luego. —Charlie asintió, esforzándose por contener una sonrisa—. En el cementerio de la familia, naturalmente. Chilly era de la familia, después de todo. Está enterrado detrás de la capilla. Te veré más tarde. —Se levantó—. Me voy a casa de Beryl a contarle lo que ha pasado y rogarle que vuelva.

—Hola, querido Chilly —dije agachándome y contemplando la sencilla cruz, una réplica de las del cementerio del Sacromonte. Solo llevaba su nombre, pues allí nadie conocía el apellido de Chilly ni su fecha de nacimiento—. Siento mucho no haber estado aquí para despedirme como es debido, pero gracias por haber hecho una parada en tu camino aquella noche.

Di unas palmaditas con la mano enguantada en la nieve que cubría la tumba, me levanté y dirigí la mirada al cielo, porque era donde él estaba.

—El primer día que me viste dijiste que me iría de Kinnaird. Bien, ahora he vuelto y Charlie me ha pedido que me quede. Significaría renunciar a mi sueño de ir a África, pero… ¿podrías preguntar a los demás de ahí arriba qué piensan?

No obtuve respuesta, y en realidad tampoco la esperaba, porque —pese a lo que ya podía ver que serían numerosas dificultades en el futuro— ya lo sabía. Y hasta la última fibra de mi ser vibraba de felicidad y certeza.

—Dile a Angelina que iré a verla pronto con mister Charlie —añadí cuando regresaba a Beryl sorteando las tumbas de trescientos años de antepasados Kinnaird.

«Algún día tú también descansarás aquí, Hotchiwitchi», dijo una voz en mi cabeza cuando subí al coche. Me reí, porque era una frase muy propia de Chilly, y el hecho de que fuera mi sino descansar ahí algún día significaba que —independientemente del tiempo que me quedara en este mundo— Charlie y yo estaríamos juntos el resto de nuestras vidas. Y eso era todo lo que necesitaba saber.

—Ha vuelto la heroína del momento —dijo Cal cuando entré en la cabaña, todavía emocionada por lo acaecido durante las últimas horas y por mi visita a la tumba de Chilly—. ¿Cómo te encuentras, Tig?

—Un poco mareada, la verdad —reconocí al tiempo que me sentaba en el sofá.

—Zara pasó por aquí y me puso al día. Parece ser que hiciste una jugada maestra, y gracias a ti nos hemos salvado todos. Además, corre el rumor de que el laird va a divorciarse. ¿Es cierto?

—No puedo ni confirmarlo ni negarlo —respondí con desenfado.

—Ya era hora de que esos dos tomaran caminos distintos. Y ahora —dijo levantándose cuan alto era y mirándome desde arriba—, he de enseñarte algo que te volverá loca. ¿Estás preparada?

—No será nada malo, espero.

—En absoluto. ¡Es un auténtico milagro! ¿Vienes?

—Si es bueno, sí —dije pese a estar hecha polvo por el estrés mental y emocional.

Al cabo de unos minutos descendíamos por la colina hacia el establo donde se alojaban las vaquillas preñadas.

—Por aquí. —Cal señaló otro establo pequeño situado a la izquierda. Se sacó una llave del bolsillo de la cazadora y abrió el candado—. ¿Preparada?

—Preparada.

Abrió la puerta y lo seguí. Dentro, en un rincón, se oían suaves crujidos, e iluminada por la luz que se colaba por el hueco de la puerta vi una cierva escuálida tendida sobre un lecho de paja. Advertí, por sus vanos esfuerzos por ponerse en pie, que estaba muy débil.

—¿Qué le ha pasado? —susurré.

—La encontré anoche en el bosquecillo de abedules, Tig —susurró Cal a su vez—. Estaba angustiada, de rodillas y con el vientre abultado, y comprendí que se había puesto de parto. Lochie y yo conseguimos subirla a la parte de atrás de Beryl y traerla aquí. El pequeñín tampoco está bien. Llegó durante la madrugada, probablemente antes de lo que le tocaba, pero la última vez que vine a verlo todavía vivía. La madre, sin embargo, lo tiene difícil.

Vimos que había vuelto a tumbarse sobre la paja, incapaz de seguir luchando.

—Ve a ver a la cría —me instó Cal.

—¿Has llamado a Fiona?

—No, y enseguida entenderás por qué. —Me empujó con suavidad hacia la cierva.

Susurrando palabras reconfortantes en alto y también en silencio, me acerqué muy despacio, centímetro a centímetro. Me detuve en el borde del lecho de paja y me arrodillé.

—Hola —dije bajito—. Me llamo Tiggy y estoy aquí para ayudarte.

Notaba el frío y la humedad del suelo del establo en las rodillas, pero no aparté los ojos de la cierva en ningún momento.

«Confía en mí, soy tu amiga…», le decía mi voz interior una y otra vez.

Finalmente fue la cierva la que apartó sus ojos grandes y profundos cuando su magro cuerpo se relajó al fin. Me acerqué un poco más.

—Mira detrás de ella —susurró Cal a mi espalda—. Coge la linterna.

Me la tendió y dirigí el haz de luz hacia la penumbra, donde se adivinaba la silueta de dos patitas muy flacas que asomaban entre las patas de la madre. Deslicé la luz por el cuerpo yacente e inquietantemente inmóvil y ahogué un grito. Preguntándome si era un efecto engañoso de la luz, volví a pasear el haz por el cuerpecillo.

—¡Dios mío! —susurré volviéndome hacia Cal.

—Lo sé, Tig. Te dije que era un milagro.

Me arrastré por la paja mientras los ojos se me anegaban en lágrimas. Miré por encima del cuerpo tendido de la cierva para observar más detenidamente a la cría.

—¡Es blanco, Cal, blanco inmaculado! Es…

Cal asintió y advertí que a él también le brillaban los ojos de la emoción.

—El problema, Tig, es que a la madre probablemente le quede muy poco tiempo y el pequeño apenas se ha movido desde que nació. Necesita mamar.

—Voy a intentar acercarme un poco más.

Avancé de rodillas a fin de colocar la mano debajo del morro de la cierva para que me olisqueara. Permanecí así todo el tiempo que pude y, seguidamente, levanté la mano y se la puse sobre la nuca. Al notarla, la cierva me miró y vi todo el miedo y el dolor que sentía. Y comprendí que su tiempo en la tierra se estaba agotando.

Busqué una postura más cómoda para echar otro vistazo a la cría, tendida junto a la exhausta madre. Posé la mano sobre el suave pelaje de su costado y procedí a acariciarlo con suavidad, moviendo los dedos por el cuerpo para examinarlo. Con sumo cuidado, levanté una de las patas traseras a fin de tantear los huesos y comprobé que, aunque estaba débil, el animalillo no presentaba ningún impedimento físico.

—¿Cómo está? —me preguntó Cal.

—Perfecto, aunque muy débil. No sé si sobrevivirá, pero…

«Tienes que salvarlo, Tiggy…», dijo mi voz interior.

—Bien, voy a intentarlo.

Cerré los ojos y pedí la ayuda que necesitaba.

Tal como me había enseñado Angelina, imaginé que toda la energía vital del universo fluía por mis manos mientras las deslizaba por el cuerpo del cervatillo. Repetí el proceso unas cinco o seis veces, extrayendo la energía mala y lanzándola al éter. No habría sabido decir cuánto tiempo estuve así, pero cuando volví en mí advertí que la cría tenía los ojos abiertos y me observaba con interés.

—Hola —dije.

El cervatillo respondió estirando las patas y alejándolas de su madre para apoyar la cabeza sobre mis rodillas.

—Eres un chico muy guapo. —Me incliné para plantarle un beso en el joven pelaje blanco.

Vi que su madre se esforzaba por levantar la cabeza. Abrió de nuevo sus tímidos ojos y clavó la mirada en mí.

—Tú también eres preciosa —murmuré contemplando sus largas pestañas y la estrella blanca que tenía en el centro de la frente—. Pegaso te eligió especialmente, ¿verdad?

Le puse mi otra mano en la cabeza y la cierva levantó una de sus delgadas patas, como si quisiera tocarme. Me di cuenta de que apenas le quedaban fuerzas, y tiempo.

—No te preocupes —susurré en tanto que le acariciaba la cabeza y me inclinaba para besarla—. Estarás a salvo en el lugar al que te dispones a ir, y no tienes que preocuparte por tu pequeño. Te juro que me aseguraré de que esté bien cuidado.

Me pareció ver que se le formaba una lágrima en un ojo antes de que se dejara caer sobre la paja de nuevo y cerrara los párpados por última vez.

Mis propias lágrimas cayeron sobre el cálido pelaje de su hijo huérfano, consciente del paralelismo, representado en forma animal, con mi nacimiento. Con la cabeza del cervatillo sobre mis rodillas, lloramos juntos por la madre que habíamos perdido antes de conocerla.

—¿Estás bien, Tig? —preguntó Cal al cabo de un rato.

—Sí. Me da pena que la madre haya muerto, pero creo que la cría sobrevivirá. ¡Mira!

El cervatillo estaba frotando el hocico contra mi mano, sin duda buscando leche.

—Mierda, Tig —soltó Cal—. Eso significa que tendremos que criarlo con biberón.

—¿Tienes alguno en el cobertizo?

—Iré a buscar un par y un poco de leche, aunque es probable que la rechace. También traeré la estufa de gas para evitar que pilles una pulmonía.

—Gracias, Cal —dije, si bien no me di cuenta de que estaba tiritando hasta que él lo mencionó, pero seguramente era más de emoción que de frío—. ¿Qué vamos a hacer contigo? —susurré para intentar calmar al cervatillo, que ya estaba completamente despierto y famélico—. A lo mejor deberíamos pintarte de marrón para que nadie más sepa que existes…

Cal regresó al cabo de veinte minutos, y para entonces me alegré de ver la estufa. Lo acompañaban Lochie y Zara, a quienes indiqué que se acercaran para ver al hijo de Pegaso.

—Me he encontrado a estos dos fumando fuera del pabellón —informó Cal clavando una mirada severa en Zara—. Pensé que les gustaría decirle hola.

—Oh, Tiggy —susurró Zara acercándose—. Es adorable.

—No puedo creerlo, Tiggy. —Lochie se arrodilló junto a Zara—. Quién iba a pensarlo. ¿Puedo acariciarlo?

—Sí. Si quiere sobrevivir, necesitará acostumbrarse a que lo toquen los humanos —dije, y observé a Lochie y a Zara acariciar con delicadeza al recién nacido.

—Cal dice que le has infundido vida, Tiggy. Tienes mano con los animales, como mi madre —comentó Lochie, que descansó una mano tímida sobre el blanco pelaje.

—Aquí lo tienes, Tig. —Cal me tendió el biberón antes de arrastrar la estufa hacia nosotros por el suelo irregular.

Con cuidado, deslicé la tetina entre los labios del cervatillo, pero este se negó a abrir la boca. Probé entonces a rociarle las encías con un poco de leche tibia, rezando para que la aceptara.

—Vamos, cariño —susurré—, necesitas beber y ponerte fuerte por tu mamá y tu papá.

Tras varios intentos, para alivio de todos, abrió la boca y finalmente empezó a mamar.

—Cree que eres su madre, Tig. —Cal sonrió mientras el cervatillo apuraba el biberón y frotaba el hocico contra mi mano, buscando más—. La cuestión es: ¿qué vamos a hacer ahora con nuestro huérfano? Para empezar, no puedes pasar la noche aquí, Tig. No quiero ser el responsable de que vuelvas a caer enferma, pero nadie puede enterarse de su nacimiento o su adorable cabecita acabará en un pedestal en menos que canta un gallo.

—Podríamos llevarlo a mi casa —propuso Lochie—. Mi madre estaría encantada de tener otra mascota, sobre todo una tan especial como esta.

Cal y yo nos miramos, vislumbrando un pequeño rayo de esperanza.

—¿Estás seguro, Lochie? —le pregunté—. Yo iría cada día, pero criar un cervatillo es mucho trabajo.

—Yo también puedo ayudar —se ofreció Zara.

—No será ningún problema, Tiggy —me tranquilizó Lochie—. Estoy seguro de que podremos cuidarlo entre todos. Nuestra granja está apartada, lejos de las miradas curiosas, así que con nosotros estaría a salvo.

—Es la mejor solución, Tig —convino Cal—. Esta vez no podemos correr riesgos. Ahora, ¿por qué no trasladamos al jovencito al coche y Lochie os lleva a la granja? Cuanto antes lo saquemos de aquí, mejor.

Me levanté y llevé al cervatillo —con sus patas largas y flacas colgando por fuera de la cuna que había creado con mis brazos— hasta el coche. Mientras Cal me ayudaba a instalarme en el asiento del acompañante y Zara subía detrás, Lochie se sentó al volante.

—Yo me ocuparé de la madre —dijo Cal.

—Por favor, no la despellejes ni la sangres —le supliqué.

—Por supuesto que no, Tig. La enterraré en el bosque, cerca del pabellón, y marcaré la tumba con un par de ramas.

—Gracias.

Sostuve mi valiosa carga con fuerza y nos alejamos por el accidentado camino. Tras cruzar las verjas de la finca, doblamos a la izquierda y continuamos unos cuantos kilómetros por los páramos. Finalmente divisamos una pequeña granja de piedra gris. De la chimenea salía humo, y las tierras circundantes aparecían salpicadas de puntos blancos todavía visibles a la luz crepuscular.

—Falta poco para la parición de las ovejas —comentó Lochie, que detuvo el vehículo y lo rodeó para abrir la puerta del acompañante y ayudarme a bajar con el cervatillo en brazos.

Me quedé allí de pie unos instantes, con mi preciosa carga, y alcé la mirada para ver la luz plateada de la luna nueva que daba la bienvenida al mundo al recién nacido. Luego Zara y yo seguimos a Lochie hasta una cocina de techo bajo. Fiona estaba delante del fogón, removiendo una gran cacerola de sopa.

—Hola, Tiggy, Zara. —Nos recibió con una sonrisa—. ¡Qué sorpresa! ¡Cuánto me alegro de veros! ¿Qué traéis ahí? —Se acercó para verlo mejor.

—Es algo muy especial, mamá, y papá y tú tenéis que jurar que no diréis una palabra a nadie —le advirtió Lochie.

—Eso no hace falta ni decirlo. —Fiona miró a su hijo con una ceja levantada antes de volverse hacia el cervatillo—. Dios mío, Tiggy, ¿es lo que realmente creo que es?

—Sí. Ten, cógelo.

—Será un placer —dijo Fiona, visiblemente emocionada.

Le pasé el animalillo con cuidado y reculé para observar cómo se adaptaba a unos brazos nuevos. Apenas se movió mientras Fiona lo mecía y le susurraba palabras cariñosas. Respiré aliviada, pues en ese momento supe que Fiona era la madre suplente idónea, y la granja, el escondite perfecto.

—Lochie, saca la olla del fuego y pon agua a hervir —ordenó Fiona a su hijo antes de indicarnos a Zara y a mí que nos acercáramos a la desgastada mesa de la cocina. Me hizo señas para que me sentara a su lado—. Imagino que la madre ha muerto.

—Por desgracia, sí, pero por causas naturales.

—Lochie me contó que te dispararon cuando intentabas salvar al ciervo blanco de un cazador furtivo.

—Sí.

—Y este debe de ser hijo del ciervo blanco. Normalmente el gen leucístico se hereda.

—Imagino que sí. Cal dice que ha nacido esta mañana. He conseguido darle un biberón, aunque sigue débil.

—Pero muy despierto, lo cual es buena señal. Voy a examinarlo, si no te importa.

—Todo lo contrario. No estaba tan despierto hace un rato —expliqué cuando Fiona cogió su maletín del suelo de detrás de la puerta y sacó el estetoscopio.

—Cal ha dicho que Tiggy ha puesto las manos sobre el cervatillo y le ha infundido vida —comentó Zara mientras Fiona auscultaba el corazón al cervatillo.

—Sí, he oído que tienes unas manos sanadoras, Tiggy. ¿Es cierto? —me preguntó Fiona.

—Cal dice que sí —respondió Lochie por mí.

—Lochie, ¿por qué no llevas a Zara al establo para enseñarle los nuevos gatitos y hacer sitio a este pequeñín? —propuso Fiona.

—Vale.

Cuando Lochie y Zara se marcharon, Fiona siguió examinando a la cría.

—¿Te gustaría trabajar conmigo? Me parece que ya te lo mencioné la última vez que nos vimos. Creo mucho en combinar la medicina holística con la medicina tradicional.

—Vaya, Fiona, me encantaría, pero no tengo formación ni titulación oficial.

—Lo de la titulación se puede arreglar. Lo más importante es poseer el don.

—¿Hablas en serio? —pregunté, incrédula.

—Absolutamente —me aseguró—. Quedemos un día para hablar del tema, preferiblemente delante de una buena copa de vino. Ya está. —Fiona devolvió el instrumental al maletín—. Se encuentra en perfecto estado. ¿Te importa sostenerlo mientras remuevo la sopa? El padre de Lochie llegará en cualquier momento esperando su cena.

Decidí que Fiona McDougal era la mujer que me gustaría ser algún día: esposa, madre, ama de casa, veterinaria y un ser humano excepcional.

—¿Sabes? El Pegaso mitológico era huérfano y fue criado por Atenea y las Musas…

—En ese caso, creo que deberíamos ponerle el nombre de su padre —susurré hacia el pelaje del cervatillo. Mi instinto maternal se estaba despertando de una manera que casi me asustaba.

—¿Te quedas a cenar, Tiggy? Así podremos hablar de los cuidados de Pegaso —dijo Fiona al tiempo que entraba en la cocina un hombre que me recordó a Cal por su corpulencia y su rostro curtido—. Hola, cariño —lo saludó Fiona con una sonrisa cuando él la besó antes de quitarse la cazadora—. ¿Puedes avisar a Lochie y a Zara? Están en el establo con los gatitos.

—Voy. Pero ¿quién es esta? Y… —se acercó para mirar más detenidamente a Pegaso— ¿ese?

—Hamish, esta es Tiggy. Trabaja en Kinnaird como asesora de fauna silvestre del laird.

—Hola, Tiggy, me alegro de conocerte. —Hamish me sonrió y en sus ojos vi bondad.

—Ah, y «ese» —continuó Fiona— es Pegaso. Ha nacido esta mañana y se quedará una temporada con nosotros para evitar que le hagan daño. Ahora, cariño, ¿puedes ir a buscar a los chicos antes de que se enfríe la sopa? —añadió mientras procedía a llenar los cuencos.

Cinco minutos más tarde estábamos todos sentados en torno a la mesa de roble de la cocina, tomando una deliciosa sopa de verduras mojada con gruesos trozos de pan blanco caliente.

—O sea, que eres vegetariana, como mi mujer, ¿no? —me preguntó Hamish.

—Soy algo mucho peor. Soy vegana —respondí con una sonrisa.

De pronto sonó un pequeño maullido en la dirección de Zara y nos volvimos todos hacia ella.

—No podía dejarlo en el establo. —Zara tuvo la gentileza de sonrojarse cuando se abrió la chaqueta y sacó un gatito de rayas blancas y naranjas, como las de un tigre diminuto, y de aspecto igual de fiero—. Mamá detesta los gatos, pero ahora que papá se viene a Kinnaird podremos tener uno o incluso dos en el pabellón. ¿No es una monada? —dijo acariciándole la cabeza.

—Lo es, Zara, pero no mientras cenamos —repuso Fiona con firmeza—. Déjalo en el suelo. Puede ir a saludar a Pegaso.

Zara obedeció y todos nos quedamos mirando cómo el gatito daba saltos por la cocina sobre sus minúsculas patitas antes de avanzar con timidez hacia el fogón, delante del cual dormía profundamente Pegaso encima de una manta.

—¿No es una escena adorable? —dijo Zara cuando el gatito olisqueó al cervatillo y, ronroneando, se acurrucó contra el suave pelaje blanco—. Un día tendré una casa como esta —declaró volviéndose hacia Lochie, que le sonrió con devoción.

«Esta noche está preciosa —pensé—, sencillamente porque rebosa felicidad.»

—Así que ¿el laird se viene a vivir aquí de manera permanente? —preguntó Fiona a Zara.

—Sí, y con suerte yo también, a menos que mi padre cambie de opinión. La semana que viene iremos al North Highland College de Dornoch para ver qué cursos ofrecen. Estoy muy interesada en la gestión de la fauna silvestre. Si estudio allí, podré vivir en Kinnaird con mi padre. En una semana cumpliré los diecisiete y, cuando pase el examen, podré ir sola en coche a clase.

—Me parece muy bien que el laird se ponga al frente de la finca. —Hamish asintió.

—¿Y tu madre, Zara? —preguntó Fiona—. ¿Le apetece mudarse aquí?

—Mis padres van a divorciarse. —Zara se encogió de hombros—. De modo que no le afecta.

—Entiendo. ¿Y te parece bien?

—¡Ya lo creo! Debería empezar una campaña para los chicos como yo que viven en un hogar infeliz. Creedme, los padres jamás deberían permanecer juntos por nosotros. En cualquier caso, la buena noticia es que, como estoy a punto de cumplir los diecisiete, ya he hecho la matrícula para el examen de conducir. Si apruebo, podré venir en coche y ayudar a cuidar de Pegaso cuando tú estés trabajando, Fiona. Hasta entonces, puedes traerme tú, ¿verdad, Lochie? —preguntó con timidez Zara, y, por la expresión de sus ojos, comprendí que Johnnie North había quedado completamente olvidado.

—Cuando quieras —respondió el chico, entusiasmado.

—Ahora lo más importante es que ninguno de los presentes mencione una sola palabra sobre el recién nacido. —Fiona señaló a Pegaso, que se había despertado y observaba al gatito, que danzaba por la cocina cazando moscas imaginarias.

—Podríamos hacer turnos para alimentarlo —propuse—. No es justo que tú hagas el turno de noche, Fiona.

—Yo lo haré —se ofreció Lochie.

—Y yo vendré durante el día, mientras vosotros trabajáis —me sumé—. ¿Seguro que no os importa tenerlo aquí?

—En absoluto. —Hamish miró al cervatillo ladeando la cabeza—. Cuando nazcan los corderos, podrá salir con ellos al prado de atrás. Son del mismo color —añadió con una sonrisa.

—Es su futuro lo que me preocupa —dije—. Deberíamos devolverlo a su entorno natural lo antes posible, pero si lo hacemos estaremos firmando su sentencia de muerte. Mirad lo que le ocurrió a su padre.

—Lo sé, Tiggy, y puede que tenga que pasar aquí el resto de su vida —respondió Fiona—. Lo veremos sobre la marcha. Cerca tenemos mucho terreno arbolado. Podríamos presentarle a otros cervatillos para que no esté solo, y Cal podría ayudar a Lochie a cercar...

—¿Cal podría ayudar a Lochie a cercar qué?

Dimos un brinco cuando se abrió la puerta y apareció la figura de Cal en el umbral.

—Buenas noches a todos. —Entró seguido de Charlie—. El laird y yo nos sentíamos excluidos en Kinnaird y hemos decidido apuntarnos a la fiesta.

—Entrad enseguida a calentaros, por favor —los instó Fiona.

—Siento aparecer sin avisar, pero Cal me ha hablado del recién nacido y quería verlo —dijo Charlie—. ¿Dónde está?

—Bienvenido, laird. —Hamish se levantó para estrecharle la mano—. Es un honor tenerlo aquí.

—Está aquí, papá —dijo Zara al tiempo que agarraba al gatito antes de que escapara por la puerta—. Se llama Pegaso, como su padre. Es un milagro.

Charlie se acercó al fogón y se inclinó hacia el cervatillo, que estaba retorciéndose en el suelo, tratando de averiguar qué debía hacer para ponerse en pie.

—Hola —susurró alargando el brazo para acariciarlo.

De inmediato, Pegaso acercó el hocico a su mano y comprendí que tenía hambre.

—Le calentaré un biberón —dije, levantándome.

—Utiliza esto, Tiggy. —Fiona bajó un cazo del estante y me lo tendió—. Bien, chicos, ¿podéis recoger la mesa?

—Entretanto voy a abrir algo especial para celebrarlo —anunció Hamish, que salió de la cocina.

—Es un milagro —susurró Charlie mirándome—. ¿Está bien de salud?

—Estupendamente —respondió Fiona—. Y, por lo que cuenta Cal, es gracias a Tiggy y a sus manos mágicas. Puede que tenga que robártela algunos días para que trabaje conmigo. ¡Mirad, ya casi está en pie! —señaló—. ¿Puedes ayudarlo, Charlie?

Charlie cogió al cervatillo por el centro del cuerpo y lo levantó.

Las patitas cedieron la primera vez, pero al cuarto intento entendieron lo que debían hacer y soportaron el peso del cervatillo. Y el hijo de Pegaso dio sus primeros pasos vacilantes antes de desplomarse sobre la rodilla de Charlie.

Todos aplaudimos cuando Hamish regresó a la cocina con una botella de whisky.

—Por Dios, ¿en serio piensas abrir eso con la de años que tiene? —bromeó Fiona.

—Por supuesto. —Hamish retiró el precinto y vertió el líquido en siete vasos que luego repartió—. El antiguo laird me regaló esta botella hace años por ayudarlo a rescatar a unos corderos recién nacidos de una nevada ... Creo que este es el momento idóneo para bebérsela. Por un nuevo comienzo.

—Por un nuevo comienzo —brindamos.

Tras apurar su whisky de un trago, Cal se llevó la mano al bolsillo del abrigo y sacó un objeto redondo, del tamaño de un pomelo, envuelto en una gasa.

—¿Qué demonios es eso? —pregunté cuando lo dejó encima de la mesa y todos los ojos se posaron en él.

—Es una morcilla escocesa, muchacha. Pero creo que necesitaré otro trago antes de proseguir. —Tendió su vaso a Hamish y este le sirvió un chorro generoso—. En una ocasión le prometí a Tig que si veía un ciervo blanco en la finca me pasearía en cueros con solo una morcilla cubriendo mis partes íntimas, y soy un hombre de palabra —explicó a los presentes mientras sus gruesos dedos viajaban hasta los botones de la camisa.

—Cal, creo que prefiero exonerarte de tu promesa —lo frené en medio de una carcajada colectiva—. Además, ya has hecho suficiente por los dos Pegasos.

—Me parece que tiene hambre. —Charlie señaló al cervatillo, que estaba removiéndose en su regazo, buscando leche.

—Llévalo a la sala, donde hay más tranquilidad —propuso Fiona mientras yo sacaba el biberón del cazo con agua caliente y comprobaba la temperatura sobre el dorso de mi mano.

—Gracias.

Me acerqué a Charlie para cogerle a Pegaso.

—Yo te lo llevo —se ofreció.

Cuando llegamos a la sala, dejó a Pegaso sobre mi rodilla y el pequeño mamó de la tetina con fruición.

Charlie se quedó de pie, mirándome, y vi que tenía los ojos vidriosos, como yo.

—¿Has visto a Beryl? —le pregunté rompiendo el silencio.

—Sí. Después de muchas lágrimas y disculpas por su parte, he logrado convencerla de que vuelva.

—¡Gracias a Dios! Es la única que sabe manejar esos hornos.

—De hecho, los dos estamos de acuerdo en que deberíamos deshacernos de ellos y recuperar los fogones. —Charlie enarcó una ceja—. Igual que esos focos industriales y ese mamotreto de isla. Guardé la mesa de pino original en el granero, así que también vuelve.

—Está claro que la cocina es el corazón de una casa, tal como acabamos de ver.

—Mientras veníamos también he estado hablando con Cal. Llevaba tiempo dando vueltas al asunto, antes de que Fraser apareciera en Navidad. Creo que después de todos sus años de servicio a la familia, es hora de que tenga su propio terreno, de modo que le he dicho que de regalo de boda voy a darles a Catlin y a él cuarenta hectáreas junto a la entrada de la finca. Allí hay una vieja cabaña que lleva años vacía. Con algunos arreglos les puede quedar un hogar muy acogedor.

—Es todo un detalle, Charlie. Apuesto a que Cal se ha puesto muy contento.

—Sí, pero es lo mínimo que se merece. También le he contado que voy a vender un trozo de terreno a mis vecinos, lo cual, además de costear el divorcio, me permitirá contratar a más personal y comprar una «Beryl» nueva.

—Uau, has estado muy ocupado —dije con una sonrisa.

—Necesitaba estarlo para dejar de pensar en si habías tomado ya una decisión.

—Entiendo.

—Oye, si necesitas más tiempo…

—No lo necesito, Charlie.

—Entonces ¿te quedas o te vas a África con tus leones y tus tigres?

Miré a Pegaso, que había engullido el biberón y dormía plácidamente, y de nuevo a Charlie.

—Creo que tengo suficiente fauna que conservar aquí, ¿no crees?

—¿Me estás diciendo que te quedas?

—Sí. Aunque algún día me gustaría ver esos leones y tigres.

—Y a mí. —Me tendió la mano por segunda vez ese día y la acepté sin vacilar.

La besó con ternura y, seguidamente, acercó sus labios a los míos.

—Soy tan feliz, Tiggy… De verdad.

—Y yo.

—No será fácil.

—Lo sé.

—Pero juntos podemos por lo menos darle una oportunidad, ¿no? Me refiero a la finca, a los animales, a nosotros...

—Sí.

—Bien. —Charlie se puso en pie y, con suma suavidad, nos levantó a Pegaso y a mí—. Hora de irse.

—¿Adónde?

—A Kinnaird, naturalmente. —Sonrió—. Tenemos trabajo que hacer.

Electra

Nueva York

Febrero de 2008

El sol

39

Alcé la vista y advertí que estaba nevando y que los copos empezaban a cuajar sobre el alféizar. Tal vez eso ayudara a amortiguar el ruido incansable del tráfico continuo que transcurría bajo mi apartamento. Aunque el tío del alquiler me había dicho que las ventanas tenían triple cristal, nada conseguía frenar el zumbido de los motores entremezclado con los bocinazos de conductores irritados treinta y tres plantas más abajo.

—¡Callaos de una vez! —gemí, comprendiendo que me estaba concentrando en el ruido y que eso no hacía más que intensificarlo.

Bebí otro trago de la botella pero, consciente de que el vodka no ayudaría a ahogarlo, me levanté del suelo de la cocina y me arrastré hasta la sala de estar para poner música. En los altavoces ocultos tronó *Born in the USA*.

—Me alegro de que sepas dónde naciste, mister —grité a Bruce mientras la botella de vodka y yo nos contoneábamos por la sala al ritmo de la música—. ¡Porque yo no tengo ni la más remota idea!

Aunque la música sonaba a todo volumen, los bocinazos seguían retumbando en mis oídos. Miré de nuevo en el cuenco donde escondía mi medicina especial. Aparte de un polvillo alrededor del canto, que froté contra mis encías con un dedo humedecido, no quedaba nada.

Hacía una hora que Ted, mi proveedor, tendría que haber llegado con más, pero hasta el momento no había dado señales de vida. Podía bajar en ascensor hasta el vestíbulo y entregar a Bill, el portero, un billete de cien dólares, como sabía que hacían otros residentes del edificio. Y, como por arte de magia, diez minutos después llegaría a mi apartamento un «paquete» para mí entregado en mano. Pero por muy desesperada que estuviera, no podía arriesgarme. Un rumor filtrado a la prensa, por pequeño que fuera, y aparecería en los titulares de todo el mundo. Básicamente porque era la embajadora de un producto de belleza «natural» que estaba promocionando una marca para adolescentes y porque últimamente había salido en *Elle* describiendo mi régimen de vida «saludable».

—¿Natural? Sí, seguro… —farfullé mientras me tambaleaba hasta el teléfono para preguntarle a Bill si había llegado la visita que esperaba.

En la sesión de fotos, la maquilladora me había dicho que se trataba de un timo, que quizá los ingredientes originales provinieran de la naturaleza pero los productos químicos que tenían que utilizar pasa sustituir la grasa animal convertían el pintalabios en un artículo tremendamente tóxico.

—¿Por qué tanta mentira? —Meneé la cabeza con gesto lastimero. El contoneo me reconfortaba y mareaba al mismo tiempo, así que me dejé caer al suelo—. La vida es un montón de mentiras, incluido el amor…

Rompí a llorar, derramando gruesas lágrimas que goteaban de mi nariz mientras me preguntaba por enésima vez por qué me había dejado Mitch tan solo tres semanas después de pedirme que me casara con él. Vale, su proposición había tenido lugar en la cama, pero lo creí. Acepté, le dije «¡SÍ!». Cuando, al día siguiente, se marchó a Los Ángeles, fui lo bastante ingenua para remolonear en la cama pensando en qué diseñador iba a elegir para que me hiciera el vestido de novia y en posibles lugares donde celebrar la boda. Me hacía gracia Italia, un *palazzo* grande en las colinas de la Toscana. Después de eso… silencio. Le había mandado mensajes de texto y correos electrónicos, y le había dejado mensajes de voz en los que le pedía que me llamara, pero no había vuelto a saber de él. Vale, estaba actuando en el Hollywood Bowl, pero, por Dios, ¿no podía encontrar un momento para hablar con su prometida…?

Al final recibí un mensaje —¡un mensaje!— donde me decía que probablemente había llegado la hora de poner distancia, «nena», que los dos estábamos muy ocupados y no era el mejor momento para ponernos serios. Puede que en unos meses, cuando terminara su gira mundial…

—¡Jesús! —grité arrojando por los aires la botella de vodka vacía—. ¿Por qué me falla todo el mundo?

Tal vez Mitch pensaba que, como era Electra, solo tenía que salir a la calle y ligarme a otro tío. En la práctica podía hacerlo, pero la cuestión no era esa. Me había enamorado de él, perdidamente. Era el hombre perfecto para mí; quince años mayor que yo pero muy en forma, y una superestrella internacional acostumbrada a ser el centro de las miradas. Ya no le interesaban las fiestas; prefería relajarse en su casa de la playa de Malibú. Incluso sabía cocinar, de hecho, le gustaba la cocina, no consumía alcohol ni drogas y era una influencia excelente para mí. Me gustaba su serenidad y que no se dejara camelar; estaba harta de salirme siempre con la mía. Hasta había reducido mi ingesta de pastillas y ni siquiera las echaba de menos, y ya había decidido que estaba preparada para mudarme a California con él.

—Él me cuidaba —gemí—, sabía llevarme…

«Sí, era una figura paterna, un sustituto de Pa Salt…»

—¡Calla! —espeté a la voz de mi cabeza, porque era una idea demasiado retorcida.

Además, yo no había sentido nada cuando Pa murió, nada. Comparada con mis hermanas, que estaban desoladas, me había sentido como un bicho raro. Había probado el vodka, el cual, como siempre, me hizo llorar, pero tampoco funcionó. Al menos desde entonces. Lo único que había cuando pensaba en la muerte de Pa Salt era impasibilidad.

—Y puede que algo de culpa —murmuré mientras me levantaba tambaleándome y sacaba otra botella de vodka del armario de la cocina, antes de consultar la hora y ver que eran las once pasadas.

Cogí el móvil y telefoneé de nuevo a Ted, pero justo en ese momento me llamó el portero para decirme que había llegado mi «invitado».

—Hágalo subir —dije con gran alivio.

Fui a buscar los dólares que necesitaría para hacer el intercambio y esperé con impaciencia en el recibidor.

—Hola, muñeca —dijo un tipo que no era Ted cuando abrí la puerta—. Me envía Ted. Esta noche está ocupado.

Me cabreó que Ted hubiese enviado a otra persona de la que no sabía si podía fiarme, pero estaba tan desesperada que no podía decirle que se había equivocado de apartamento.

—Gracias. Adiós. —Me disponía a cerrarle la puerta en las narices cuando el tipo la frenó con la mano.

—Oye, ¿tienes problemas para dormir? —me preguntó.

—A veces. ¿Por qué?

—Tengo unas pastillas geniales que te dejarán fuera de combate y te harán dormir como un bebé.

Interesante. Mi médico de Nueva York se había negado a recetarme más Valium y somníferos. Había estado utilizando el vodka como sustituto, sobre todo desde que me había dejado Mitch.

—¿Qué son?

—Me las facilita un médico de verdad. Son la bomba. —Sacó el paquete del bolsillo y me lo enseñó.

—¿Cuánto?

Mencionó el precio por una tira de Temazepam. Era un robo, pero ¿qué importaba? Si algo me sobraba era dinero.

Cuando se hubo marchado, fui a la sala y, con los dedos temblando de expectación, me hice una raya.

«Nunca toméis drogas ni conduzcáis motos», había sido el mantra de Pa Salt cuando éramos jóvenes. Desde entonces yo había hecho ambas cosas y muchas otras que sabía que él no vería con buenos ojos. Justo cuando me derrumbaba en el sofá, más tranquila ya, me sonó el móvil. Instintivamente lo cogí para ver si era Mitch, porque a lo mejor había cambiado de opinión y quería suplicarme que volviera…

Era Zed Eszu. Aguardé hasta que el teléfono me dijo que tenía un mensaje de voz. Lo escuché.

«Hola, soy yo. Estoy en la ciudad y me preguntaba si te gustaría ir al ballet conmigo mañana por la noche. Tengo un par de entradas para ver a Maria Korowski en el estreno de *La gargantilla azul*…»

Aunque era el espectáculo más aclamado del momento, no estaba de humor para dos horas de cuerpos flexibles y una algarabía de medios esperando fuera para preguntarme por qué no había asistido a ninguno de los conciertos petados de Mitch. Sabía que Zed me utilizaba para elevar su perfil ante los medios, y alguna que otra vez me había convenido acompañarlo. Casualmente, también era muy bueno en la cama; pese a no ser mi tipo, existía una extraña química sexual entre nosotros, si bien nuestros polvos esporádicos habían cesado cuando conocí a Mitch el verano anterior.

Eso, al menos, había agradado a Pa, que me había llamado cuando una foto en la que Zed y yo aparecíamos juntos en la Gala del Met ocupó todas las portadas el año anterior.

—Electra, sabes que nunca me metería en tu vida, pero te lo ruego, mantente alejada de ese hombre. Es… peligroso. No es lo que parece. Es…

—Estoy de acuerdo en lo de que no debes meterte —le había respondido yo, encendiéndome como me sucedía siempre que Pa intentaba decirme lo que debía o no debía hacer. Mis hermanas hacían caso de todo lo que él decía. Yo pensaba que era un controlador.

Aunque Zed sabía, como el resto del mundo, que Mitch y yo estábamos juntos, había persistido con sus llamadas y yo las había ignorado. Hasta entonces…

—Quizá debería ir mañana con él —musité mientras me hacía otra raya, pensando que las pastillas podrían dejarme fuera de combate más tarde, cuando empezara el bajón—. Aparecer en las portadas para darle en las narices a Mitch.

Me encendí un cigarrillo mientras notaba que la coca me subía y empezaba a sentirme como la Electra estupendísima que era normalmente. Volví a subir la música, di otro trago a la botella y me encaminé bailando al vestidor de mi dormitorio. Tras hurgar entre las incontables perchas, decidí que no tenía nada lo bastante deslumbrante.

Por la mañana llamaría a Amy, mi asistente personal, para que pidiera a Chanel que me enviara a un mensajero con algo de su nueva colección. En un mes debía desfilar para ellos en París.

Tras escribir a Zed que aceptaba, decidí llamar a Imelda, mi publicista, para que avisara a los medios de mi aparición en el teatro la noche siguiente. Llevaba un tiempo sin dejarme ver, incluso había cancelado un par de trabajos porque no soportaba que nadie me mencionara el nombre de Mitch. Saber que la vida que podríamos haber tenido, la vida con la que había soñado desde el día que lo conocí, se había esfumado, me desgarraba el corazón. Me había gustado que fuera más famoso que yo y no me necesitara para elevar su perfil —Mitch había salido con una larga lista de modelos y actrices famosas—, y había creído sinceramente que me quería por cómo era yo.

Lo admiraba… Lo amaba.

—¡Que lo jodan! ¡Nadie deja a Electra! —grité a las elegantes paredes de color beige salpicadas de carísimos lienzos cubiertos de garabatos de vivos colores que, en mi opinión, daban la impresión de que alguien les hubiera vomitado encima.

Me percaté de que en el fondo de mi estómago comenzaba esa terrible sensación de bajón y, antes de que fuese a más, me quité la camiseta y el pantalón, y entré desnuda en la sala de estar para coger el Temazepam que me había vendido el tipo. Me tomé dos comprimidos con un trago de vodka y me tumbé en la cama.

—Ahora solo necesito dormir —supliqué al cielo, algo que no había hecho de forma natural desde que se había largado Mitch.

Permanecí ahí tendida, pero el techo me daba vueltas y si cerraba los ojos era aún peor.

—Pasa esta noche y mañana te encontrarás mucho mejor —susurré, notando que me volvían las lágrimas.

¿Por qué nada me funcionaba ya? Dos Temazepam más el vodka derribarían incluso a un oso polar.

«¿Has pensado alguna vez en someterte a un tratamiento de desintoxicación?», me había preguntado mi terapeuta. No contesté, simplemente me levanté y me largué, indignada por la sugerencia. La despedí de inmediato a través de su recepcionista. Yo no conocía a nadie que estuviera limpio salvo Mitch. La gente sobrevivía gracias a la coca y el alcohol.

Llegué por los pelos al baño antes de ponerme a vomitar y maldije al tipo que me había vendido el Temazepam. Estaba claro que era polvo de tiza y a saber qué más, y que no tendría que haberme fiado de él. Después de vomitar por segunda vez, debí de perder el conocimiento, porque tuve un sueño extraño en el que Pa me cogía la mano y me acariciaba la frente.

—Estoy aquí, cariño, Pa está aquí —decía su voz familiar—. Vamos a darte la ayuda que necesitas, te lo prometo…

—Sí, necesito ayuda —sollocé—. Ayúdame, Pa. Estoy tan sola…

Volví a dormirme, sintiéndome reconfortada, pero me despertó otra arcada. Esa vez no llegué a la taza del baño, estaba demasiado cansada. Intenté incorporarme, buscando a Pa, pero estaba de nuevo sola y supe que se había ido.

Bibliografía

Andrews, Munya, *The Seven Sisters of the Pleiades*, North Geelong (Australia), Spinifex Press, 2004.

Beevor, Antony, *The Battle of Spain: The Spanish Civil War 1936-1939*, Londres, Phoenix, 2006. [Hay trad. cast.: *La Guerra Civil española*, Barcelona, Editorial Crítica, 2015.]

Bowen, Wayne H., *Spain during World War II*, Columbia, Missouri, University of Missouri Press, 2006.

Dublin, Anne, *Dynamic Women Dancers*, Toronto (Canadá), Second Story Press, 2009.

Fletcher, John, *Deer*, Londres, Reaktion Books, 2014.

Jasper Lee, Patrick, *We Borrow the Earth: An Intimate Portrait of the Gypsy Folk Tradition and Culture*, Chicago, Ravine Press, 2000.

Leblon, Bernard, *Gypsies and Flamenco*, Hatfield (Reino Unido), University of Hertfordshire Press, 1994. [Hay trad. cast.: *Los gitanos en España*, Barcelona, Gedisa, 2018.]

Preston, Paul, *The Spanish Holocaust: Inquisition and Extermination in Twentieth-Century Spain*, Londres, HarperPress, 2013. [Hay trad. cast.: *El holocausto español: odio y exterminio en la Guerra Civil y después*, Barcelona, Debolsillo, 2013.]

Sevilla, Paco, *Queen of the Gypsies: The Life and Legend of Carmen Amaya*, Sevilla, Sevilla Press, 1999.

Vega de Triana, Rita, *Antonio Triana and the Spanish Dance: A Personal Recollection*, Chur (Suiza), Harwood Academic Publishers, 1993.

Whitehead, G. Kenneth, *Deer and their Management in the Deer Parks of Great Britain and Ireland*, Londres, Country Life Limited, 1950.

Nota de la autora

Cuando me pongo a escribir los agradecimientos de un libro, suelen haber transcurrido unos cuantos meses desde la finalización del manuscrito, y siempre me siento como si la historia se hubiera escrito sola. Tal vez se parezca un poco a un parto: al menos para mí, el dolor del proceso se ha olvidado debido a la maravillosa compleción del producto final, sea este un bebé o una novela. Pero, desde luego, cada obra son nueve meses de muy arduo trabajo, en parte debido a la enorme cantidad de investigación que se necesita para que sea lo más objetivamente correcta posible. Sin embargo, todas mis novelas son también una obra de ficción basada en datos reales y, muy de vez en cuando, tengo que recurrir a las licencias artísticas para que encajen en el argumento. Por ejemplo, en *La hermana luna*, la luna llena que Tiggy ve en 2008 cuando se interna en el bosque con Angelina en realidad tuvo lugar tres semanas después. Y es importante recordar que la historia de Tiggy sucede en 2008; a lo largo de la década siguiente se han producido muchísimos cambios importantes debido a los avances tecnológicos y, sobre todo este año, a favor de la igualdad de las mujeres.

Investigar la rica cultura gitana también supuso un reto, ya que hay muy pocas cosas fijadas en los libros. Sus muchos misterios se transmiten de manera oral más que escrita, pero estoy en deuda con Óscar González por hacerme de guía en el Sacromonte. También con Sarah Innes MacNeill, Ryan Munro y Julie Rutherford, que me hicieron sentir muy a gusto en la increíble finca Alladale, de Escocia, en la que está basada Kinnaird. Ambos viajes de investigación fueron igual de asombrosos y esclarecedores. Como me ocurre con las historias de todas las hermanas, tengo la sensación de haber pisado la totalidad de los caminos que Tiggy elige en la historia.

El año pasado, debido a problemas de salud, fue el más complicado que he vivido hasta el momento, y este libro no podría haberse escrito sin el respaldo de mi increíble equipo, tanto en el ámbito editorial como en el doméstico: Ella Micheler, mi ayudante de investigación, y Susan Moss, mi correctora y mejor amiga para siempre, han trabajado con gran ahínco para entregar este libro a tiempo a los editores. Olivia Riley, que coordina todo lo relacionado con el tema administrativo, y Jacquelyn Heslop también me han apoyado en lo personal y en lo profesional, y les estaré eternamente agradecida por todo su cariño y ayuda.

Gracias a mis editores internacionales, en especial a Jeremy Trevathan, Claudia Negele, Georg Reuchlein, Nana Vaz de Castro y Annalisa Lontini, que, aparte de ser unos editores maravillosos, me han ofrecido su amistad y me han empujado a creer en mí no solo como escritora, sino a la vez como ser humano. También a Tracy Allebach-Dugan, Thila Bartolomru, Fernando Mercadante, Loen Fragoso, Julia Brahm, Bibi Marino, Tracy Blackwell, Stefano Guisler, Kathleen Doonan, Cathal Dineen, Tracy Rees, MJ Rose, Dan Booker, Ricky Burns, Juliette Hohnen y Tarquin Gorst: todos habéis estado ahí para mí de muchas formas distintas.

A todo el personal de The Royal Marsden Hospital, donde he pasado gran parte del último año y donde se escribieron fragmentos de este libro, sobre todo a Asif Chaudry y su equipo, a John Williams y a sus encantadoras chicas, Joyce Twene-Dove y todas las enfermeras que me han cuidado con tanto esmero. Lo creáis o no, ¡os echo de menos a todos!

Gracias también al doctor Mark Westwood y a Rebecca Westwood, maestra de reiki, cuya maravillosa consulta veterinaria holística me proporcionó inspiración para partes de la historia de Tiggy.

Por fin, a mi esposo y agente, Stephen, y a mis hijos, Harry, Isabella, Leonora y Kit. Hemos hecho un viaje aterrador y accidentado este año, y todos y cada uno de vosotros habéis estado ahí para darme el valor y la fuerza necesarios para superarlo. Estoy muy orgullosa de todos vosotros, no sé muy bien qué haría sin vosotros, la verdad.

Y a todos mis fantásticos lectores; si he aprendido algo del último año es que es verdad que el presente es lo único que tenemos. Intenta, si puedes, disfrutarlo, con independencia de las circunstancias en las que te encuentres, y nunca pierdas la esperanza: es la llama fundamental que nos mantiene vivos a los seres humanos.

LUCINDA RILEY
Junio de 2018

Toda gran historia comienza
con una mujer extraordinaria

Continúa leyendo la serie
Las Siete Hermanas

www.penguinlibros.com
esp.lucindariley.co.uk